만인의 길

만인의 길

새뮤얼 버틀러 지음
남유정·조기준 옮김

The Way of All Flesh

Atto Book

차례

The Way of All Flesh

19세기 초 내가 어렸을 때 나는 무릎까지 내려오는 반바지를 입고 낡아빠진 양말을 신고 지팡이를 짚고 마을 거리를 절뚝거리며 다녔던 노인을 기억한다. 그는 1807년에 80세가 되었고 내가 1802년에 태어났기 때문에 나는 거의 그를 기억하지 못한다. 그의 귓가에는 흰 머리카락이 몇 개 보였고 어깨는 굽었으며 무릎은 약해졌지만 그는 여전히 노익장을 과시하며 페일햄이라는 작은 세상에서 무척 공경을 받았다. 그는 폰티펙스 씨였다.

그의 아내는 그의 주인으로 알려졌다. 그녀가 그에게 약간의 지참금을 줬다는 말을 들었지만 그렇게 많지는 않았을 것이다. 그녀는 키가 크고 어깨가 각이 졌으며 (아버지가 그녀를 고딕 여자라고 부르는 것을 들었다) 폰티펙스 씨가 아주 젊었을 때 결혼하자고 했다. 그는 구애하는 어떤 여자에게도 거절할 수 없을 정도로 선량했다. 그 부부는 행복하지 않았지만 함께 살았다. 폰티펙스 씨의 성격은 온순했기 때문에 곧 다소 사나운 아내의 성미에 맞추는 법을 알았다.

폰티펙스 씨는 목수였다. 한때 교구 서기이기도 했다. 그러나 내가 기억하는 그는 더 이상 자신의 손으로 일을 하지 않아도 될 만큼 출세했다. 그는 젊었을 때 그림 그리는 법을 독학했었다. 나는 잘 그렸다고 말하지는 않았지만 그가 늘 해왔던 것처럼 그림을 잘 그리는 것이 놀라웠다. 1797년경 페일햄에서 살았던 아버지는 폰티펙스 씨의 오래된 그림들을 많이 소장하셨는데 그 그림들은 항상 지역에 대한 주제를 담고 있었고 꾸준하게 공을 들였기 때문에 몇몇 훌륭한 초기 작품의 주인들은 마음에 들었을 것이다. 그 그림들이 교구 목사관의 서재 액자에 걸려 있었고 방의 다른 모든 것들이 색을 띄듯이 창가에서 자라는 담쟁이 잎의 가장자리에서 녹색이 반사되어 빛났던 것이 기억난다. 나는 그것들이 실제로 어떻게 멈춰서 그림으로 끝날지 그리고 그들이 어떤 새로운 존재의 단계로 들어갈 지 궁금하다.

화가가 되는 것에 만족하지 않고 폰티펙스 씨는 음악가가 되어야겠다고 생각했다. 그는 교회에서 직접 오르간을 만들고 자신의 집에서는 더 작은 오르간을 만들었다. 그는 자신의 그림 실력만큼 연주를 했고 전문가의 기준에 따라 매우 잘하는 것은 아니었지만 기대했던 것보다 훨씬 뛰어났다. 나는 어린 나이에 음악을 좋아했고 그것을 알게 된 폰티펙스 씨는 곧 나를 아주 좋아했다.

손대는 일이 너무 많아서 그가 그다지 잘 살지 못했을 거라고 생각할 수도 있지만 그렇지 않았다. 그의 아버지는 일용직 노동자였고 그는 어떠한 자본도 없이 자신의 좋은 감각과 좋은 체격만으로 생활을 꾸려나갔다. 이제는 그의 마당에 나무들이 제법 있고 그의 집 전체에는 견고한 안락함이 느껴졌다. 18세기 말 무렵 내 아버지가 페일햄에 오기 얼마 전까지 아버지는 약 90에이커의 농장을 소유했고 그에 따라 생활이 상당히 좋아졌다. 농장과 함께 아름다운 정원과 과수원이 있는, 구식이지만 편안한 집이었다. 목수는 한때 수도원의 일부였던 별채들 중 한 곳에서 일을 했고 그 흔적은 애비 클로즈라는 곳에서 볼 수 있었다. 인동초와 크리핑 장미로 둘러싸인 집은 그 자체로 마을 전체의 장식품이었고 내부 배치도 외관만큼 전형적이었다. 폰티펙스 부인이 최고의 침대를 만들려고 천에 풀을 먹였다고 했는데 나는 그 말을 믿을 수 있다.

나는 그녀의 남편이 만든 오르간이 절반을 차지하고 집밖에서 자랐던 돌배나무와 시들어버린 사과 한두 개의 향기가 나는 그녀의 응접실을 너무나 잘 기억하고 있다. 폰티펙스 씨가 직접 벽난로 위 선반에 그렸던 우승한 소의 그림, 눈이 내리는 밤에 마차를 비추러 오는 남자의 투명함, 이 또한 폰티펙스 씨가 그렸다. 날씨를 알려주는 키 작은 노인과 노파, 남자 목동과 여자 목동, 공작 깃털이 한두 개 들어 있고 깃털 같은 화초가 있는 병, 천일염으로 말린 장미 잎으로 가득 찬 도자기 그릇. 모든 것이 사라지고 추억이 되고 희미해졌지만 여전히 내겐 향기롭다.

하지만 그녀의 부엌과 그 너머 보이는 동굴 같은 지하 저장고에는 우유통의 옅은 표면이 빛나거나 크림을 걷어내는 젖 짜는 사람의 팔과 얼굴을 볼 수 있었다. 혹은 그녀의 창고에 그녀의 특별한 영광 중 하나였던 유명한 입술 크림을 다른 귀중한 것들과 함께 보관했고 그녀가 기꺼이 존경하는 사람들에게 매년 선물을 했다. 그녀는 내 어머니가 돌아가시기 1~2년 전에 요리법을 알려줬지만 우리는 그녀가 했던 것처럼 만들지 못했다. 우리가 어렸을 때 그녀는 가끔 어머니에게 존경을 표했고 우리에게 와서 차를 마시고 가라고 했다. 맞아, 그녀는 우리에게 장난을 치곤했다. 그녀의 성격 때문에 우리는 살면서 이렇게 유쾌한 부인을 만난 적이 없다. 폰티펙스 씨가 참아야 했던 것이 무엇이든 간에 우리는 불평한 적이 없고 그는 우리에게 오르간을 연주해주곤 했다. 우리는 그의 주위에서 입을 벌리고 서서 그가 지금까지 가장 영리한 사람이라고 생각했다. 물론 우리 아버지를 제외하고 말이다.

폰티펙스 부인은 유머 감각이 전혀 없었고 적어도 나는 그런 기억이 나지 않는다. 그녀의 남편을 외모만 보고 추측하는 사람은 별로 없었겠지만 매우 재미났다. 한번은 아버지가 나에게 그의 작업장에 가서 접착제를 얻어 오라고 했던 기억이 난다. 늙은 폰티펙스 씨가 그의 아들을 꾸짖을 때 우연히 가게 됐다.

그는 그 청년, 즉 푸딩 모양의 머리를 한 사내의 귀를 잡고는 "뭐? 또 잃어버렸어? 미치겠네."라고 말하고 있었다. 나는 그가 방황하는 영혼이고 그래서 길을 잃은 소년이라고 생각한다. "있지, 얘야." 그가 말을 이었다. "어떤 애들은 멍청하게 태어났고 너는 그들 중 한 명이야. 어떤 애들은 우둔하게 태어났고 그것도 바로 너야, 짐. 너는 멍청하게 태어났는데 권리만 늘었어. (여기에서 소년의 머리와 귀가 좌우로 흔들리는 클라이맥스가 있었다.) 어떤 사람은 우둔함을 떠맡기도 하지. 만약 그것이 주님을 기쁘게 한다면 주님에게서 우둔함을 받아들인 것이란다. 아들아, 비록 내가 너의 귀를 때려야겠지만," 나는 그 노인이 짐의 귀를 때리거나 그를 놀라게 하는 척하는 것 이상을 하는 것을 보지 못했다. 그 두 사람은 서로가 서로를 완벽하게 이해했기 때문이다. 또 한번은 그가 마을 쥐잡이에게 "사흘 밤낮 여기 오네."라고 말하는 것을 들었는데 쥐잡이가 인사불성이 됐다는 것을 나중에 알게 되었다. 그러나 그런 사소한 일은 더 이상 말하지 않겠다. 나이 든 폰티펙스 씨의 이름이 언급되면 아버지의 얼굴은 항상 밝아지곤 했다. "정말이지, 에드워드." 아버지는 나에게 이렇게 말씀하셨다. "폰티펙스 씨는 유능한 사람일 뿐만 아니라 내가 아는 가장 유능한 사람 가운데 한 명이란다."

어린 나로서는 이 점이 의아했다. 내가 답했다. "아버지, 그가 무엇을 했나요? 그는 그림을 조금 그릴 수 있었지만 왕립아카데미 전시회에 작품을 걸어서 생계를 꾸릴 수 있었나요? 그는 오르간 두 대를 만들었고 한 번은 삼손에서 미뉴에트를, 다른 한 번은 스키피오에서 행진곡을 연주할 수 있었어요. 그는 훌륭한 목수이고 농담을 좀 잘하죠. 그는 훌륭한 노인이지만 어째서 그가 더 유능한가요?"

아버지가 답하셨다. "애야, 일 자체만 보고 판단하지 말고 주변과 관련된 일을 보고 판단해야 해. 혹시 지오토나 필리포 리피도 전시회에 그림을 걸 수 있었을까? 우리가 파두아에 있었을 때 보러 갔던 프레스코화들 중 하나를 전시회에 보냈다면 걸릴 가능성이 아주 희박했을까? 아카데미 사람들은 너무 화가 나서 불쌍한 지오토에게 프레스코화를 와서 가져가라고 편지를 쓰지도 않았을 거야. 어휴!" 하고 그가 말을 이었다. "폰티펙스 어르신이 크롬웰과 같은 기회를 가졌더라면 크롬웰이 했던 모든 일을 더 잘했을 것이다. 만약 그가 지오토와 같은 기회가 있었다면 그는 지오토가 했던 모든 것을 했을 것이고 더 못하지는 않았을 것이다. 그는 마을 목수로서 평생 동안 일을 절대 대충하지 않았다고 말하고 싶구나."

난 "하지만 그렇게 많은 '만약'을 가지고 사람들을 판단할 수는 없어요. 만일 폰티펙스 어르신이 지오토의 시대에 살았다면 그는 또 다른 지오토였을지도 모르지만 지오토의 시대에 살고 있지 않잖아요." 라고 했다.

"있지, 에드워드." 아버지께서 엄하게 말씀하셨다. "그들이 하는 일에 대해 우리가 생각하는 것처럼 우리는 무슨 일을 하느냐로 사람을 판단해서는 안 돼. 어떤 사람이 그림, 음악 또는 일상생활을 잘했다면 그가 충분히 해낸 긴급 상황에서 그는 믿을 수 있다고 생각해. 사람이 실제로 자신의 캔버스에 그려놓은 것이 아니라, 말하자면 나는 그가 생각하고 목표로 했던 것에 대해 판단하는 것이 아니고 그가 자신의 삶이라는 캔버스에 그려놓는 행동들을 보고 판단할 거야. 그가 내가 사랑할 만한 것들을 사랑스럽다고 느끼게 만들었다면 나는 더 이상 묻지 않아. 그의 문법이 불완전할 지도 모르지만 여전히 나는 그의 말을 이해해. 그와 나는 마음이 맞아. 다시 한번 말하지만 에드워드, 폰티펙스 어르신은 그냥 유능한 사람이 아니고 내가 아는 가장 유능한 사람들 중 한 명이란다." 이에 대해 더 이상 할 말이 없었고 누이들은 나를 조용히 지켜봤다. 내가 아버지와 의견이 다를 때 누이들은 어떤 식으로든 내가 입을 다물도록 언제나 애를 썼다.

"그의 성공한 아들에 대해 이야기해요." 내가 성나게 했던 아버지는 코웃음을 쳤다. "그 아이는 자기 아버지의 검은 부츠와 어울리지 않지. 그는 1년에 수천 파운드를 벌지만 그의 아버지는 삶이 끝날 무렵 아마 1년에 3,000실링을 벌었을 거다. 아들은 현재 성공한 사람이지. 그러나 회색의 가장 질 나쁜 양말과 넓은 챙의 모자와 갈색 제비꼬리 코트를 입고 페일햄 가를 절뚝거리며 다니는 그의 아버지가 그의 모든 마차와 말, 그리고 그의 거만한 태도 때문에 조지 폰티펙스보다 100배는 더 나아." 그가 덧붙였다. "하지만 그래도 조지 폰티펙스도 바보는 아니지." 그리고 이것으로 우리가 관심을 가질 필요가 있는 폰티펙스 일가의 2세대 이야기가 시작된다.

2장

폰티펙스 씨는 1750년에 결혼했지만 그의 아내는 15년 동안 아이를 낳지 않았다. 그 무렵 폰티펙스 부인은 남편에게 상속자나 상속녀를 안겨주려는 확실한 징후를 보여서 온 마을을 놀라게 했다. 그녀는 오래전부터 가망이 없다고 생각했고 어떤 증상의 의미에 대해 의사와 상담할 때 매우 화를 냈으며 말도 안 되는 소리를 했다는 이유로 의사를 괴롭히기까지 했다. 그녀는 분만에 대비해 바늘에 실을 꿰는 것조차 거부했고 만약 이웃들이 그녀보다 그녀의 상태를 더 잘 판단하지 않았다면, 그녀에게 그것에 대해 말하지 않고 준비했었다면, 선뜻 하려고 하지 않았을 것이다. 그녀는 네메시스가 누구인지, 무엇인지 확실히 알지는 못했지만 네메시스를 두려워했다. 아마도 그녀는 의사가 실수할까봐 두려워했고 그래서 비웃음을 받았다. 그러나 어떤 이유로든 명백한 사실을 인정하는 것을 거부했고 의사가 거친 시골길을 급박하게 달려 왔던 1월의 어느 눈 오는 밤까지 그 사실을 인정하지 않았다. 그가 도착했을 때 자신의 도움이 필요한 환자가 한 명이 아니라 두 명이라는 것을 알게 됐다. 그 당시 조지 왕의 통치를 기리기 위해 머지않아 조지라는 이름으로 세례를 받을 남자아이가 때마침 태어났기 때문이다.

내 생각에 조지 폰티펙스는 완강한 노부인인 그의 어머니로부터 천성 대부분을 물려받았다. 남편 외에는 아무도 사랑하지 않았고 어느 정도 그만을 사랑했다고 생각한 어머니는 노년에 뜻밖에 생긴 아이를 깊이 사랑했지만 그럼에도 불구하고 그 사랑을 거의 드러내지 않았다. 소년은 지성이 풍부하고 어쩌면 원칙대로 배우는 것에 너무나 잘 준비된 단호하고 밝은 눈을 가진 작은 친구로 성장했다. 그는 집에서 극진히 대우 받았고 천성적으로 아버지와 어머니를 사랑했지만 다른 사람들은 좋아하지 않았다. 자기 것은 잘 챙겼지만 다른 사람에 대한 배려는 없었다. 영국에서 가장 살기 좋고 가장 건전한 마을 중 한 곳에서 자랐고 작은 팔다리로도 잘 놀았으며 그 당시 아이들의 머리는 지금처럼 혹사당하지 않았다. 아마도 바로 이런 이유로 소년은 배우려는 열의를 보였다. 일곱 살이나 여덟 살 때 그는 마을에서 또래 다른 소년들보다 읽기와 쓰기, 덧셈을 더 잘했다. 내 아버지는 아직 페일햄의 교구목사가 아니었고 조지 폰티펙스의 어린 시절을 기억하지는 못했지만 소년은 유난히 재빠르고 앞서갔다고 이웃사람들이 아버지에게 말하는 것을 들었다. 그의 아버지와 어머니는 당연히 그들의 후손을 자랑스러워했고 그의 어머니는 그가 언젠가는 이 땅의 왕들과 의원들 중 한 명이 되어야 한다고 생각했다.

그러나 이 점에서 누군가의 아들이 더 큰 상들을 수상할 것이라는 것과 일과 운명을 결부시키는 것은 별개이다. 조지 폰티펙스는 목수로서 자라나 아버지의 뒤를 이어 페일햄의 젊은 큰손들 중 한 명으로 성공했을지도 모른다. 그러나 실제보다 더 진짜로 성공한 사람이 되었다. 왜냐하면 내 생각에 이 세상에 폰티펙스 노부부에게 떨어진 운보다 더 확실한 성공은 많지 않기 때문이다. 그러나 1780년경 조지가 15세였을 때 페어리 씨와 결혼한 폰티펙스 부인의 여동생이 페일햄을 며칠간 방문했다. 페어리 씨는 주로 종교 관련 서적을 내는 출판인이었으며 출판사를 패터노스터 가에 설립했다. 그는 출세했고 그의 아내는 그와 함께 출세했다. 몇 년 동안 자매들은 그렇게 가깝지 않았고 페어리 부부가 그들의 언니와 형부의 조용하지만 매우 편안한 집에 손님으로 있었던 사실조차 그들은 정확히 잊고 있었다. 그러나 어떤 이유로 방문이 성사됐고 어린 조지는 곧 이모부와 이모의 신임을 얻는 데 성공했다. 훌륭한 언변, 건강한 체격, 존경할 만한 부모가 있고 머리가 명석하고 똑똑한 소년은 많은 부하직원들이 필요한 노련한 사업가가 지나칠 수 없는 잠재적인 가치를 가졌다.

방문 일정이 끝나기 전에 페어리 씨는 소년의 아버지와 어머니에게 그를 자신의 일에 참여시키자고 제안했고 동시에 소년이 잘한다면 누군가가 그를 먼저 데리고 가는 것을 원치 않는다고 장담했다. 폰티펙스 부인은 아들의 관심이 너무 커서 제안을 거절할 수 없었고 페어리 부부가 떠나고 약 2주 후 조지는 마차를 타고 런던으로 향했으며 그곳에서 함께 살기로 한 삼촌과 숙모를 만났다.

이것은 조지의 인생에서 위대한 시작이었다. 이제 그는 한때 익숙하게 입었던 것보다 더 세련된 옷을 입었고 페일햄에서 했던 발걸음이나 촌스러운 발음이 너무 빨리 완전히 없어져서 소위 교육이라는 것을 받은 사람들 사이에서 태어나고 자라지 않았다는 것을 알게 되는 것은 불가능했다. 소년은 자신의 일에 큰 관심을 기울였고 페어리 씨가 그에 대해 가졌던 호의적인 의견은 옳았다. 가끔 페어리 씨는 며칠간 휴가를 보내라며 그를 페일햄으로 보냈고 곧 그의 부모는 그가 페일햄에서 했던 것과 다른 분위기와 말버릇을 갖게 되었다는 것을 알아차렸다. 그들은 그를 자랑스러워했으며 사실상 필요가 없게 된 부모로서의 간섭을 내려놓고 곧 자신들에게 어울리는 자리로 돌아갔다. 그 보답으로 조지는 항상 그들에게 친절했고 죽는 날까지 여성과 아이에게 느꼈을 거라고 내가 생각한 감정보다 아버지와 어머니에 대한 감정이 더 애틋했다.

그가 페일햄을 방문할 때는 그렇게 시간이 걸리지 않았다. 런던과의 거리가 50마일 미만이고 바로 가는 마차가 있어서 여행은 쉬웠다. 그래서 신기함이 젊은이나 부모의 편에서 사라질 시간이 없었다. 조지는 지금과는 다르게 그 당시에 좁고 음침한 길이었던 패터노스터 가에서 오랫동안 익숙했던 어둠 속 신선한 시골 공기와 푸른 들판을 좋아했다. 낯익은 농부들과 마을 사람들 얼굴을 보는 즐거움과는 별개로 그는 자신의 재능을 숨기는 젊은이가 아니었기에 그렇게 멋지고 운이 좋은 젊은이가 됐다고 보여주며 축하받는 것 또한 좋아했다. 그의 삼촌은 저녁에 라틴어와 그리스어를 가르쳤다. 그는 이 언어들을 잘 받아들였으며 많은 소년들이 습득하는 데 몇 년이 걸리는 것을 빠르고 쉽게 터득했다. 그의 경험으로 그가 의도했는지 아닌지 스스로 느끼게 하는 자신감이 그에게 생긴 것 같았다. 어쨌든 그는 곧 문학 작품 심사관으로서 자리를 잡기 시작했고 여기서부터 미술, 건축, 음악, 그리고 다른 모든 것을 심사하는 것에 이르기까지 그 길은 쉬웠다. 그의 아버지처럼 그는 돈의 가치를 알고 있었지만 아버지보다 더 과시하고 덜 자유로웠다. 반면 아직 어린 소년으로서 그는 세상에서 완전히 작은 사람이었고 그의 아버지에게는 너무 본능적이어서 그것에 대해 설명할 수 없을 만큼 심오한 신념보다는 개인적으로 시험해보고 인정한 원칙을 잘 수행했다.

내가 말했듯이 그의 아버지는 그를 궁금해 했지만 홀로 내버려두었다. 그의 아들은 그와 상당히 거리를 두었고 말은 하지 않았지만 아버지는 그 점을 완벽하게 잘 알고 있었다. 몇 년이 지난 후 그는 아들이 집에 올 때마다 가장 좋은 옷을 입었고 젊은이가 런던으로 돌아갈 때까지 평범한 옷도 버리지 않았다. 나는 폰티펙스 씨가 자부심과 애정과 더불어 그의 아들에 대해 어떤 두려움을 느꼈다고 생각한다. 폰티펙스 부인은 이런 점을 전혀 느끼지 못했다. 그녀에게 조지는 순수하고 절대적으로 완벽했으며 그녀는 그가 남편과 남편 가족의 성격과 기질이 아니라 자신과 자신의 가족을 닮았다는 것을 기쁘게 보거나 보았다고 생각했다.

조지가 스물다섯 살쯤 되었을 때 그의 삼촌은 매우 관대한 조건으로 그와 동업을 했다. 그는 이 단계를 후회할 이유가 거의 없었다. 젊은이는 이미 활발한 일에 새로운 활력을 불어넣었고 서른이 되었을 때 연간 1,500파운드 이상의 이익을 자신의 몫으로 받았다. 2년 후 그는 자신보다 일곱 살 정도 어린 여자와 결혼했고 그녀는 많은 결혼 지참금을 챙겨왔다. 하지만 막내인 알레시아가 태어난 1805년에 세상을 떠났고 조지는 다시 결혼하지 않았다.

3장

19세기 초 어린 아이 다섯 명과 보모 두 명이 페일햄을 정기적으로 방문하기 시작했다. 말할 필요도 없이 그들은 폰티펙스 일가의 아이들이었다. 그들의 이름은 엘리자, 마리아, 존, 시어볼드(나처럼 1802년생), 그리고 알레시아였다. 폰티펙스 씨는 가장 좋아하는 알레시아를 제외하고 항상 손주들 이름 앞에 '도련님' 또는 '아가씨'라는 접두사를 붙였다. 손주에게 저항하는 것은 아내에게 저항하는 것만큼 그에게 불가능했을 것이다. 심지어 폰티펙스 노부인은 그녀를 존경하는 나와 누이들에게 결코 허락하지 않았을 일도 그들에게는 모두 허용해줬다. 규칙 두 가지만 지키면 됐다. 집에 들어올 때 신발을 잘 닦아야 하고 폰티펙스 씨의 오르간에 바람을 너무 많이 넣거나 파이프를 빼지만 않으면 괜찮았다.

교구목사관에서 사는 우리는 어린 폰티펙스 집안사람들이 페일햄을 연례적으로 방문하는 것을 가장 기대했다. 우리는 적당한 자유를 즐겼다. 더불어 그들을 만나기 위해 폰티펙스 부인의 집에 차를 마시러 갔고 그 다음 우리의 어린 친구들은 교구목사관에서 우리와 함께 차를 마시라는 부탁을 받았고 우리가 즐겁다고 여겼던 시간을 보냈다. 나는 알레시아와 사랑에 빠졌다. 사실 우리 모두 서로 사랑에 빠졌다. 아내들이나 남편들은 보모들 앞에서 솔직하고 부끄럽지 않게 인정을 받는지에 대해 이야기를 주고받았다. 우리는 매우 즐거웠지만 너무 오래 전에 매우 즐거웠다는 사실을 제외하고는 거의 모든 것을 잊었다. 나에게 영원히 남은 인상으로 거의 유일한 것은 시어볼드가 어느 날 그의 보모를 때리고 놀렸다는 사실이다. 그리고 그녀가 나가라고 소리 쳤을 때 "떠나지 마세요. 일부러 당신을 괴롭힐 거예요." 라고 했다.

하지만 1811년 어느 겨울 아침, 우리는 탁아소 뒤쪽에서 옷을 입고 있을 때 교회 종소리를 들었고 그것은 폰티펙스 노부인을 위한 것이라는 말을 들었다. 우리 하인 존이 우리에게 말했고 그녀를 데려가려고 종을 울리는 것이라고 엄숙하게 말을 덧붙였다. 그녀는 갑자기 마비 증세를 보였다. 그것은 매우 충격적이었고 더불어 우리의 보모가 만약 신이 선택한다면 우리 모두는 그날 마비가 와서 바로 심판의 날을 맞이할지 모른다고 장담했다. 가장 잘 알 것 같은 사람들의 의견에 따르면 심판의 날은 어떤 상황에서도 몇 년 이상 지체되지 않을 것이며 그런 다음 전 세계가 불타오를 것이고 우리가 현재 할 수 있는 것보다 더 많은 것을 고치지 않는 한, 우리 자신은 영원히 고문을 받게 될 것이다. 이 모든 것이 너무 놀라워서 우리는 비명을 질렀고 아주 큰소리로 울부짖었다. 그래서 보모는 자신의 평안을 위해 우리를 안심시켜야 했다. 그렇게 울고 난 후 우리는 더 이상 폰티펙스 노부인의 집에 차와 케이크가 없다는 것을 떠올리면서 다소 차분하게 울었다.

하지만 장례식 날 우리는 매우 흥분했다. 폰티펙스 노인은 19세기 초에 여전히 흔했던 풍습에 따라 모든 마을 주민들에게 1페니짜리 빵 한 덩이씩을 돌렸는데 그 빵은 '돌dole'이라 불렸다. 우리는 이 풍습에 대해 들어본 적이 없다. 게다가 종종 페니 빵에 대해 들어본 적은 있지만 본 적은 없었다. 더욱이 그것은 마을 주민으로서 우리에게 주는 것이었고 우리는 어른으로 대우 받았다. 우리 아버지와 어머니와 하인들은 각각 빵 한 덩이를 받아야 했지만 그냥 단 한 덩이만 받았다.

우리는 아직 우리가 주민이라는 사실을 전혀 의심해본 적이 없었다. 마침내 작은 빵들은 새 것이었고 우리 몸에 좋지 않을 거라 생각했기 때문에 거의 먹을 수 없거나 결코 먹을 수 없는 새로운 빵을 우리는 너무나 좋아했다. 그러므로 우리의 오랜 친구에 대한 애정은 고고학적 관심, 시민권과 재산권, 작은 빵 그 자체에 대한 눈의 즐거움과 선함 그리고 실제로 죽은 누군가와 친밀하게 지내면서 우리가 얻은 중요성의 복합적인 공격에 맞서야 했다. 우리 중 어느 누구도 때 이른 죽음을 기대할 이유가 거의 없는 것 같았기 때문에 다른 사람이 죽어 교회 마당에 묻히는 것에 더 마음이 놓였다. 따라서 우리의 마음은 짧은 시간에 극심한 우울증에서 극심한 환희로 바뀌었다. 친구들의 죽음으로 이득을 얻을 수 있다는 생각에 새로운 천국과 새로운 땅이 우리에게 나타났다. 그리고 한동안 비통한 일이 거의 일어나지 않았던 그 마을에 사는 모든 사람들의 건강에 관심을 가졌던 것에 대해 나는 두려워했다.

그 시절은 위대한 사람들이 모두 멀리 떨어져 있는 것처럼 보였던 시기였고 우리는 나폴레옹 보나파르트가 실제 살아 있는 사람이라는 것을 알고 놀랐다. 그런 위대한 인물은 아주 오래 전에만 살았다고 생각했는데 결국 그는 우리와 거의 같았던 것이다. 이것은 심판의 날이 더 가까울 수도 있다는 생각을 갖게 해주었지만 보모는 이제 괜찮다고 말했다. 그녀는 알고 있었던 것이다. 그 시절에는 눈이 지금보다 더 오래 쌓이고 길에 더 깊이 남아 있었으며 겨울에 가끔 우유가 언 채 오기도 해서 우리는 그것을 보기 위해 부엌으로 갔다. 런던에서는 얼어붙은 우유를 본 적이 없어서 겨울이 예전보다 더 따뜻하다고 생각한다.

아내가 죽은 지 1년 후 폰티펙스 씨도 그의 조상들 곁으로 갔다. 내 아버지는 그가 죽기 전날에 그를 만났다. 그 노인은 일몰에 대한 지론이 있었고 부엌 정원의 벽에 계단 두 개를 만들어놓았으며 그곳에 서서 해가 지는 것을 지켜보곤 했다. 아버지는 해가 질 무렵 오후에 그에게 가면 벽에 팔을 기대고 아버지가 다니는 길이 지나는 들판 너머의 태양을 바라봤다. 아버지는 해가 질 때 "태양아, 안녕, 안녕, 해야." 라고 말하는 그의 어조와 태도를 통해 그가 매우 허약하다는 것을 알았다. 다음 해가 지기 전에 그는 사라졌다.

'돌'은 없었다. 그의 손주들 중 일부는 장례식에 끌려왔고 우리는 그들에게 불평했지만 그렇다고 많은 것을 얻지는 못했다. 나보다 한 살이 더 많은 존 폰티펙스는 페니 빵을 비웃으며 내가 그것을 원하면 아빠와 엄마가 그것을 살 여유가 없기 때문일 것이라고 했다. 차라리 존의 상황이 최악이라 생각하지만 그 반대일 수도 있었다. 나는 누이의 보모보다 체격이 컸는데 그녀는 이 문제를 윗사람들에게 알려서 우리 모두 수치심에 빠졌지만 우리는 꿈에서 완전히 깨어났고 부끄러워서 귀가 화끈거리지도 않고 '페니 빵'이라는 말을 들어도 괜찮았던 사실이 나는 기억난다. 만약 나중에 십여 개의 '돌'이 있다면 우리는 그중 하나를 건드려서는 안 됐다.

조지 폰티펙스는 페일햄 교회에 다음과 같은 비문이 새겨진 평범한 석판으로 된 기념비를 세웠다.

존 폰티펙스
1727년 8월 16일 출생, 1812년 2월 8일 사망, 85세

아내 루스 폰티펙스
1727년 10월 13일 출생, 1811년 1월 10일 사망, 84세

에게 바친다.

그들은 종교적, 도덕적, 사회적 의무를 행하는 데 있어 순박했으며 모범적이었다.

이 기념비는 그들의 외아들이 세웠다.

4장

1, 2년 후 워털루와 유럽에 평화가 찾아왔다. 그 후 조지 폰티펙스는 여러 번 해외로 나갔다. 몇 년 후 배터스비에서 그가 처음으로 쓴 일기를 본 기억이 난다. 특색 있는 기록이었다. 나는 그것을 읽으면서 작가가 쓰기 전부터 자신이 칭찬할 만하다고 생각하는 것에만 감탄하고 도둑과 사기꾼들의 자손 대대로 내려온 안경을 통해서만 자연과 예술을 바라보기로 한 거 같다는 느낌을 받았다. 몽블랑을 처음 봤을 때 폰티펙스 씨는 통속적인 황홀경에 빠졌다. '내 감정이 표현이 안 된다. 처음으로 산의 군주를 보았을 때 나는 숨을 헐떡거렸지만 감히 숨을 내쉴 수 없었다. 나는 그의 야심찬 형제들보다 훨씬 더 높은 거대한 왕좌를 차지한 천재가 독방에서 우주를 거스르는 모습을 상상했다. 또한 내 감정에 너무 압도돼 내 능력을 거의 잃어버렸고 눈물을 흘리며 약간의 안도감을 찾을 때까지 나의 첫 감탄을 세상에 말하지 않을 것이다. 고통 속에 나는 처음으로 '어렴풋이 보이는 곳에서' (그 뒤에 내 영혼과 눈은 뒤쫓아 간 것 같았지만) 이 숭고한 광경의 사색에서 벗어났다.' 제네바에서 보다 가까이 알프스 경치를 본 후 그는 내리막길 12마일 중 9마일을 걸었다. '내 정신과 마음은 가만히 앉아 있기에 너무 충만해서 운동으로 내 감정을 지치게 해 안도감을 찾았다.' 시간이 흐르면서 그는 샤모니에 도착했고 일요일에는 몽탄베르로 가서 메르 드 글라스를 보았다. 그곳에서 그는 방명록에 다음과 같

은 구절을 썼다.

> 주님, 제가 주님 손의 경이로움을 보는 동안,
> 저의 거룩한 경외심은 주님께 향합니다.
> 이 무시무시한 고독과 두려운 안식, 눈 한 점 없는 숭고한 피라
> 미드,
> 이 첨탑과 미소 짓는 평야,
> 영원한 겨울이 지배하는 이 바다,
> 이것들은 당신의 작품이고, 제가 그것을 바라보는 동안
> 저는 당신을 찬양하는 묵언을 듣습니다.

어떤 시인들은 7~8줄을 쓰고 난 후 항상 무릎을 가누지 못한다. 폰티펙스 씨는 마지막 2행 때문에 애를 먹었고 거의 모든 단어들이 최소 한 번은 지워지고 다시 쓰였다. 하지만 몽탄베르의 방명록에서 그는 분명히 이런저런 읽을거리에 전념했을 것이다. 모든 구절을 살펴보면 폰티펙스 씨는 그날에 어울리는 것을 생각한 것이 옳았다고 말할 수 있다. 나는 메르 드 글라스에 대해 너무 매정하게 구는 것을 좋아하지 않기 때문에 그것들이 풍경에 어울리는지에 대해서는 말하지 않을 것이다.

폰티펙스 씨는 그레이트 세인트 버나드에 갔고 거기서 그는 몇 구절을 더 썼는데 이번에는 라틴어로 되어 있어서 나는 두려웠다. 그는 또한 숙소와 환경에 받은 인상을 제대로 보여주기 위해 많은 주의를 기울였다. '이 가장 특별한 모든 여정이 꿈만 같았다. 특히 그 끝은 신사석인 사회에서 가장 험난한 바위와 만년설이 내리는 곳의 모든 편의 시설과 숙소였다. 수도원에서 잠을 자고 나폴레옹 못지않은 사람의 침대를 차지하고 구세계에서 가장 높은 거주지이며 그 모든 곳에

서 축하받는 곳에 내가 있다는 생각에 한동안 잠에서 깨어 있었다.'
이와는 대조적으로 나는 여기에 독자들이 곧 많이 듣게 될 그의 손
자 어니스트가 작년에 내게 쓴 편지에서 발췌한 일부를 인용하려 한
다. 그 구절은 이렇다. '그레이트 세인트 버나드에 올라가 개를 봤다.'
머지않아 폰티펙스 씨는 이탈리아로 향했는데 이탈리아에서 - 적어
도 그 당시 유행했던 - 그림들과 다른 예술 작품들에 그는 감탄을 자
아냈다. 피렌체의 우피치 미술관에 대해 그는 이렇게 썼다. '오늘 아
침에 미술관에서 세 시간을 보냈고 이탈리아에서 본 모든 보물 중 하
나를 선택한다면 그것은 미술관의 트리뷴 전시실일 것이다. 여기에
는 메치디 가의 비너스, 탐험가, 고대 그리스 선수들, 파우누그 청동
상 및 훌륭한 아폴로상이 있다. 이것은 로마의 라오콘과 벨베데레 아
폴로보다 더 크다. 게다가 라파엘의 성 요한과 많은 세계 걸작들도
있다.' 폰티펙스가 토로한 감정과 우리 시대 비평가들의 열광적인 표
현을 비교하는 것은 흥미롭다. 얼마 전 한 저명한 작가가 미켈란젤로
작품 앞에서 '기뻐서 소리치고 싶었다.'고 했다. 나는 비평가들이 그
것이 진품이 아니라서 그가 진짜 미켈란젤로 앞에서 소리치고 싶었
는지 아니면 다른 사람들이 진짜라고 한 유명한 미켈란젤로 작품 앞
에서 소리치고 싶었는지 궁금하다. 그러나 똑똑한 사람들보다 돈이
더 많은 좀도둑이 지금이나 60년이나 70년 전이나 거의 같다고 생각
한다.

폰티펙스 씨가 취향과 문화를 가진 사람으로서의 명성을 확고히
해 그렇게 안심했던 그 트리뷴 전시실과 관련해 멘델스존을 다시 한
번 보자. 그는 안도감을 느끼며 썼다. '나는 그때 트리뷴에 갔다. 이
방은 너무 작아서 열다섯 걸음으로 가로지를 수 있지만 예술 세계로
가득하다. '칼을 휘두르는 노예' 동상 밑에 있는 내가 가장 좋아하는
팔걸이의자에 앉아서 두어 시간 동안 즐겼다. 여기서 한눈에 나는 '마

돈나 델 카르델리노', 교황 율리우스 2세, 라파엘의 여성 초상화 그리고 그 위에는 페루지노의 사랑스러운 성가정을 볼 수 있다. 메치디 가의 비너스는 손으로 만져볼 수 있을 만큼 가까이 있다. 그 너머에는 화가 티치아노 작품이 있다. 그 사이의 공간은 라파엘의 다른 그림들, 티치아노의 초상화, 도메니키노 작품 등이 차지하고 있다. 이 모든 작품들은 당신의 여러 개의 방 하나보다 크지 않은 작은 반원 안에 있다. 이곳은 인간이 자신의 하찮음을 느끼고 겸손함을 배울 수 있는 장소이다. 트리뷴은 멘델스존 같은 사람들이 겸손을 공부하기에 어려운 곳이다. 그들은 보통 그것을 향해 한 걸음씩 가면 두 걸음 멀어진다. 나는 멘델스존이 그 의자에 두 시간을 앉아 있는 동안 얼마나 많은 분필을 썼는지 궁금하다. 그가 두 시간이 다 됐는지 확인하기 위해 시계를 얼마나 자주 봤는지 궁금하다. 진실이 알려진다면 자신이 거물이라고 얼마나 자주 스스로 말했는지 그 앞에서 그의 작품을 보았던 어떤 사람들처럼 방문객들 중 누군가가 그를 알아보고 같은 의자에 그렇게 오래 앉아 있는 것에 대해 그를 경외하고 있는지 얼마나 자주 궁금했는지 그를 지나치고 못 알아봐서 얼마나 자주 짜증을 냈는지 궁금하다. 그러나 만약 진실이 밝혀지면 그의 두 시간은 진짜 두 시간이 아닐 것이다.'

폰티펙스 씨의 이야기로 돌아와서 그가 그리스와 이탈리아의 걸작이라고 믿었던 것을 좋아했든 아니든 간에 그는 이탈리아 예술가들의 모사품 몇 점을 가지고 돌아왔고 나는 그가 원작을 비교해 가장 엄격한 검사를 받고 스스로 만족했다는 것에 의심의 여지가 없다. 이 모사품들 중 두 점은 아버지의 재산 분할에서 시어볼드의 몫으로 떨어졌고 나는 시어볼드와 그의 아내를 보러갈 때 배터스비에서 종종 그것들을 봤다. 하나는 사소페라토의 마돈나였는데 머리에 파란 두건을 쓰고 있었고 그녀의 머리는 반쯤 그늘에 드리워져 있었다. 다른 하나는 카를로 돌치의 막달레나로, 머리카락은 매우 가늘었고 대리석 꽃병을 손에 들고 있었다. 내가 젊었을 때 이 그림들이 아름답다고 생각했지만 배터스비를 방문할 때마다 두 그림 모두에 '조지 폰티펙스'라고 쓰여 있는 것이 점점 더 보기 싫어졌다. 결국 나는 머뭇거리다가 그 그림들을 없애라고 조심스럽게 말했지만 그들은 즉시 반발했다. 그들은 아버지와 할아버지를 좋아하지 않았지만 그가 권력과 일반적인 능력뿐 아니라 문학과 예술에 있어 완벽한 취향을 가진 사람이었다는 것은 확실했다. 사실 외국 여행 동안 쓴 일기로 이것은 충분히 증명됐다. 짧은 인용구 하나를 더 써서 이 일기 이야기를 마무리하고 내 이야기를 하겠다. 폰티펙스 씨는 피렌체에 머무는 동안 다음과 같이 썼다. '나는 방금 대공과 그의 가족이 여섯 마리의 말이 이끄는 두 대의 마차를 타고 지나가는 것을 보았지만 여기선 전혀 유명하지 않은 내가 지나가는 것과 같았다.' 나는 그가 피렌체나 다른 곳에서 전혀 유명하지 않은 자신의 존재에 대해 반신반의했다고 생각하지 않는다!

5장

포춘은 눈이 멀고 변덕스러운 양어머니로, 그녀의 소중한 자식에게 선물을 쏟아 붓는다. 그러나 그것을 비난으로 여긴다면 우리는 그녀에게 심각한 불의를 행하는 것이다. 요람에서 무덤까지 한 남자의 삶의 흔적을 따라가고 포춘이 그를 어떻게 대했는지 알아보자. 언젠가 자식이 죽었을 때 그녀가 어떤 매우 피상적인 변덕에 대한 비난으로부터 대부분 무죄가 입증된다는 것을 알게 될 것이다. 그녀의 실명은 단순히 꾸며낸 이야기이다. 그녀는 사랑하는 자식들이 태어나기 훨씬 전에 그들을 볼 수 있었다. 포춘의 눈은 다가오는 폭풍도 분별할 수 있다. 그녀는 자신이 좋아하는 것들을 런던 골목에 놓거나 왕궁에서 망쳐버리기로 결심하면서 웃는다. 무정하게 젖을 먹인 아이들에게 측은함을 절대 느끼지 않았고 소중한 아기를 보살피는 데 완전히 실패하는 경우는 거의 없다.

조지 폰티펙스는 포춘이 가장 사랑하는 자식 중 한 명이었을까? 전체적으로 나는 아니라고 말해야겠다. 그는 그렇게 생각하지 않았기 때문이다. 너무 신앙심이 깊어서 포춘을 신처럼 여기지 않았던 것이다. 그녀가 주는 것은 무엇이든지 가졌지만 감사해 하지 않았고 자신에게 이득이 되는 것은 자신이 얻는 것이라고 굳게 확신했다.

"Nos te, nos facimus, Fortuna, deam."라고 시인은 외쳤다. "포춘,

당신을 여신으로 만드는 것은 우리야."라는 뜻이다. 포춘이 우리로 하여금 그녀를 만들 수 있도록 한 이후이다. 시인은 '아니오.'라고 적을 때 아무 말도 하지 않는다. 아마도 몇몇 사람들은 조상들과 주변 환경으로부터 독립적이며 그들 자신 안에 어떠한 인과관계도 없는 원초적 힘을 가지고 있을 것이다. 하지만 이것은 어려운 질문이고 피하는 것이 더 나을 수도 있다. 조지 폰티펙스는 자신을 행운아로 여기지 않았고 자신을 행운아로 여기지 않는 사람은 불행하다고만 하자.

사실 그는 부유했고 누구에게나 존경받았으며 훌륭한 체질을 타고났다. 만약 그가 적게 먹고 덜 마셨더라면 그는 어느 날 몸이 안 좋아진 것을 결코 알지 못했을 것이다. 아마도 그의 주된 강점은 비록 그의 능력이 평균보다 조금 높았지만 그리 대단한 것은 아니었다는 사실에 있었다. 이 점에서 많은 영리한 사람들이 갈라섰다. 성공한 사람은 그것이 나타날 때 혼란스러운 정도는 아니므로 그들은 볼 수 있기 때문에 이웃보다 훨씬 더 많은 것을 볼 것이다. 너무 많이 아는 것보다 너무 조금 아는 것이 훨씬 안전하다. 사람들은 한 사람을 비난하겠지만 다른 사람을 따르라고 하면 분개할 것이다. 현재 내가 생각하기로 사업과 관련해 폰티펙스 씨가 감각이 좋다는 것을 보여주는 가장 좋은 예는 그가 회사에서 출판한 광고 형식에 영향을 끼친 혁신이다. 그가 처음 동업자가 되었을 때 그 회사의 광고 중 하나는 다음과 같았다.

이 계절에 선물하기 좋은 책

기독교인이 일생 동안 매일매일 안식과 성공으로 어떻게 꾸려나갈 수 있는지에 대한 지침이 되는 경건한 지역 교구민. 안식일을 보내는 방법: 무슨 성경의 어떤 책을 먼저 읽어야 하는가?, 전체 교육 방법: 영혼을 장식하는 가장 중요한 덕목 모으기, 주님의 만찬에 대한 담론: 병에 걸린 영혼을 바르게 하는 규칙들. 그래서 이 논문은 구원에 필요한 모든 규칙들을 담았다. 증보 개정 8판. 가격 10d.

책을 구매한 사람들은 공제 가능

그가 동업자가 되기 전에 그 광고는 다음과 같았다.

경건한 지역 교구민. 기독교 헌신의 완전한 설명서. 가격 10d. 무상으로 배포할 경우 구매자에게 할인됩니다. 현대적으로 앞서 말한 것이 얼마나 많이 발전했는지 그리고 다른 사람들이 인식하지 못했을 때 볼품없는 구식을 자각하는 것에는 어떤 지성이 수반되는가!

그럼 조지 폰디펙스의 갑옷의 약점은 어디였을까? 나는 그가 너무 빨리 성공했다고 생각한다. 마치 어떤 세대들의 전도 교육이 엄청난 부를 누리는 데 필요한 것처럼 보일 것이다. 만약 어떤 사람이 역경을 서서히 겪는다면 단 한 번의 생애에 도달한 어떤 위대한 번영보다 대부분의 사람들은 침착하게 버틸 수 있다. 그럼에도 불구하고 어떤 종류의 행운은 보통 마지막까지 스스로 노력한 사람에게 온다. 더 큰 위험에 처한 것은 1세대 혹은 1세대와 2세대의 자녀들이다. 왜냐하면 경쟁은 개인이 할 수 있는 것보다 성공의 밀물과 썰물 없이 갑자기 성공적인 실행을 반복할 수 없고 어느 한 세대가 더 눈부신 성공을 거둘수록 그 후의 고갈은 회복할 수 있을 때까지 시간이 더 걸린다는 것이 일반적이다. 그래서 성공한 사람의 손자가 아들보다 더 성공하는 경우가 많다. 이는 할아버지에게서 아들에게는 잠재된 채 쉬었던 정신이 손자에게는 채찍질로 작동하는 것이다. 게다가 아주 성공한 사람은 혼성체 같은 것이 있다. 그는 생소한 많은 요소들이 모여서 생겨난 새로운 동물이며 동물이든 식물이든 비정상적인 성장의 번식은 불규칙하고 전혀 불임이 아니더라도 믿어서는 안 된다고 잘 알려져 있다.

그리고 확실히 폰티펙스 씨는 매우 빨리 성공했다. 그가 동업자가 된 지 불과 몇 년 후 그의 삼촌과 이모는 몇 달 사이에 두 분 모두 돌아가셨다. 그 후 그들이 그를 상속자로 삼은 것이 밝혀졌다. 그래서 그는 그 사업에서 유일한 동업자였을 뿐 아니라 약 3만 파운드의 재산을 물려받았고 이것은 당시 큰 액수였다. 돈이 그에게 쏟아져 들어왔고 돈이 더 빨리 들어올수록 그는 더 좋아했다. 그러나 그가 자주 말했듯이 그는 자기 자신을 위해서가 아니라 사랑하는 자녀들을 부양하는 수단으로 돈을 소중히 여겼다. 사람이 돈을 매우 좋아하면 자녀도 매우 좋아하기란 쉽지 않다. 그 둘은 하나님과 마몬Mammon, 부의 신과 같다. 맥컬레이 경은 사람이 책에서 얻을 수 있는 즐거움과 지인으로 인한 불편함을 대조하는 구절을 썼다. 그는 '플라토는 절대로 침울하지 않다. 세르반테스는 결코 심술궂지 않다. 데모스테네스는 계절에 맞지 않게 오는 법이 없다. 단테는 너무 오래 머물지 않는다. 정치적인 의견의 차이는 키케로를 소외시킬 수 없다. 어떤 이단도 보보쉬엣Bossuet의 공포를 자극할 수 없다.'고 했다. 맥컬레이 경이 지명한 작가들에 대한 내 평가는 다를 수 있지만 그의 주요 명제에 대해 논쟁할 수는 없다. 다시 말해 우리는 우리가 신경 쓰는 것 이외에 그들 문제를 겪을 필요는 없지만 친구들은 항상 그렇게 쉽게 떨쳐낼 수 없다. 조지 폰티펙스는 자식과 돈에 대해 이런 점을 느꼈다. 돈은 절대 버릇없지 않다. 돈은 결코 소리를 내거나 쓰레기를 만들지 않았고 식사할 때 식탁보에 물건을 엎지르지도 않았으며 나갈 때 문을 열어놓지도 않았다. 배당금은 자기들끼리 다투지 않았고 그의 양도 저당은 성년이 돼서 사치스러워지고 조만간 빚을 갚아야 하는 불안감도 없다. 존은 그를 매우 불안하게 하는 성향이 있었고 그의 둘째 아들인 시어볼드는 게으르고 때로는 정직함과는 거리가 멀었다. 아마 자식들이 아버지의 마음을 알았더라면 그가 그의 돈을 때리지 않았다고 대답했을지도 모른다. 그는 자식들을 자주 때리지 않았다. 결코 돈을 성급하게 또는 하찮게 다루지 않았기에 그와 돈은 잘 어울렸다.

19세기 초 부모와 자식 간의 관계가 여전히 만족스럽지 못했다는 것을 기억해야 한다. 필딩, 리처드슨, 스몰렛, 셰리던이 묘사한 폭력적인 유형의 아버지는 이제 문학 작품보다 메스르스Messrs 원작 광고에서 찾아볼 수 있다. 그러나 페어리&폰티펙스 사의 '경건한 시골 교구민'은 본질에서 가깝게 끌어내지 못했으며 너무 끊임없이 반복됐다. 여류 작가 오스틴의 소설에 나오는 부모들은 이전 작가들의 작품들 속 야만적인 야수들과 덜 닮았지만 그녀는 분명히 그들을 의심스럽게 바라보았으며 '아버지는 만능이다.'라는 감정은 그녀의 작품 대부분에 걸쳐 충분히 드러난다. 엘리자베스 시대에는 부모와 자녀의 관계가 전반적으로 더 다정했던 것으로 보인다. 아버지와 아들은 셰익스피어 작품으로 대부분 친구가 됐고 오랜 청교도주의가 유대인의 이상을 가진 사람들의 마음에 익숙해져서 일상생활에서 재현하려고 노력할 때까지 혐오로 가득 찬 악도 나타나지 않았다. 아브라함, 입다, 레합의 아들 요나답이 어떤 전례를 제시하지 않았는가? 구약 성서의 모든 음절이 하나님의 입에서 그대로 전해짐을 의심하는 합리적인 남녀가 거의 없는 시대에 그것들을 인용하고 따르는 것이 얼마나 쉬운가. 더욱이 청교도주의는 자연적 쾌락을 제한했다. 한탄은 찬사로 바뀌었고 늘 잘못된 학대는 지지를 원했다는 것을 잊었다.

폰티펙스 씨는 이웃들보다 그의 아이들에게 조금 더 엄격했을지도 모른다. 하지만 그렇게 많이 엄격하지도 않았다. 그는 아들들을 일주일에 두세 번 때리고 몇 주 동안 더 자주 때렸지만 그 당시 아버지들은 항상 아들들을 때렸다. 모든 사람들이 견해가 있을 때 더 정당한 견해를 가지는 것은 쉽지만 다행인지 불행인지 초래되는 결과는 그의 도덕적 죄의식이나 무책임함과는 아무 상관이 없다. 무슨 일이 일어나든 간에 그것들은 오직 일어난 일에 달려 있다. 도덕적 죄의식이나 이와 같은 태도의 무책임함은 결과와는 아무 상관이 없다. 상당한 수의 합리적인 사람들이 배우처럼 자리에서 해야 할 일을 했는지에 대한 질문을 하게 된다. 그 당시에 매를 아끼는 것은 아이를 망치는 것이라고 보편적으로 생각했고 성 요한은 매우 추악한 곳에서 부모들에게 불복종을 강요했었다. 만약 그의 자식들이 폰티펙스 씨가 싫어하는 것을 했다면 그들은 분명히 그들의 아버지에게 불복종한 것이다. 이 경우에는 현명한 사람이 취할 수 있는 방법은 분명히 하나뿐이었다. 그것은 자식들이 너무 어려서 심각한 저항을 할 수 없는 반면에 자기 의지의 첫 신호를 확인하는 것이다. 어렸을 때 자신의 의지가 '잘 꺾였다'는 표현을 많이 사용하면 21살이 될 때까지 복종하는 습관을 갖게 될 것이다. 그러면 그들은 스스로 기뻐할 것이다. 그는 자신을 보호할 줄 알아야 한다. 그때까지 그와 그의 돈은 그가 바랐던 것보다 더 자비를 베풀었다.

우리는 우리의 생각을 거의 알지 못한다. 우리의 반사적 행동은 실제로 그렇다. 인간은 사실 자신의 의식에 자부심을 느낀다. 우리는 이유를 모르고 자라는 바람과 파도, 떨어지는 돌과 식물과는 다르며 이성의 도움 없이 말할 수 있어 기뻐하는 듯이 먹이를 쫓아 오르락내리락하며 헤매는 생명체와는 다르다고 뽐낸다. 우리는 스스로 무엇을 하고 있고 왜 그것을 하는지 잘 알고 있다. 그렇지 않은가? 나는 현재 우리의 삶과 우리 후손의 삶을 주로 형성하는 것은 우리의 덜 의식적

인 생각과 덜 의식적인 행동이라는 관점이 어느 정도 맞는다고 생각
한다.

6장

폰티펙스 씨는 자신의 동기에 대해 크게 고민하는 사람이 아니었다. 당시 사람들은 지금 우리처럼 자기 성찰적이지 않았고 경험에 근거한 규칙에 따라 살았다. 아놀드 박사는 지금 우리가 거둬들이고 있는 진지한 사상가의 생각을 아직 받아들이지 못하고 사람들은 자기 자신에게 어떤 나쁜 결과도 따라오지 않을 것 같으면 왜 자기 마음대로 해서는 안 되는지 알지 못했다. 그러나 지금처럼 그들은 때때로 기대했던 것보다 더 많은 나쁜 결과에 스스로를 내버려뒀다. 이번 세기 초의 다른 부자들처럼 그는 건강을 유지하기에 충분했던 양보다 훨씬 더 많이 먹고 마셨다. 또한 훌륭한 체질에도 오랫동안 과식과 과음을 했다. 그의 간은 눈에 띄게 망가졌고 황달 눈으로 아침 식사를 하러 내려왔다. 그러고 나서 젊은이들은 더 조심해야 했다는 것을 알았다. 신 포도를 먹어서 아이들의 치아가 흔들리는 것은 흔하지 않다. 부유한 부모들은 신 포도를 거의 먹지 않는다. 아이들이 위험한 것은 달콤한 것을 너무 많이 먹기 때문이다.

나는 부모가 즐거워야 하고 아이들이 벌을 받아야 하는 것이 매우 부당하다는 것을 인정한다. 그러나 젊은이들은 수년 동안 자신은 부모의 일부였고 그래서 부모님의 모습에서 즐거움을 많이 느꼈다는 것을 기억해야 한다. 지금 그 재미를 잃었다면 그것은 밤새 취해서 머리가 아픈 사람들과 다를 바 없다. 머리가 아픈 사람은 술에 취한 사람과 다른 사람인 척하지 않고 벌 받아야 할 사람은 전날 밤의 자신이지 오늘 아침의 자신이 아니라고 말한다. 더 이상 후손은 부모가 겪었던 두통에 대해 불평해서는 안 된다. 왜냐하면 정체성의 지속은 그다지 즉각적인 것은 아니지만 다른 경우와 마찬가지로 현실이기 때문이다. 정말 힘든 것은 아이들이 태어난 뒤 부모가 즐거움을 느끼고 아이들은 벌을 받는 것이다. 암담한 시기에 그는 일에 대해 너무 암울하게 생각하고 그들에게 친절히 함에도 불구하고 그의 자식들은 그를 사랑하지 않는다고 혼자 말하곤 했다. 하지만 간이 망가진 남자를 누가 사랑할 수 있겠는가? '이토록 배은망덕하다니!'라고 그는 스스로에게 외칠지도 모르겠다. 그는 자식들에게 아낌없이 바친 돈의 100분의 1도 자신에게 쓰지 않았고 아주 모범적인 아들로서 항상 그의 부모를 공경하고 순종했던 자신이 얼마나 힘들었는지 혼잣말을 하곤 했다. '항상 같은 이야기이다. 젊은 사람들은 많을수록 더 많은 것을 원하고 덜 감사해 한다. 나는 큰 실수를 했어. 자식들한테 너무 관대했어. 신경 쓰지 마. 나는 아이들한테 할 내 의무와 더 많은 것을 다했어. 만일 그들이 실패한다면 그것은 하나님과 그들 사이의 문제야. 어쨌든 나는 죄가 없어. 다시 결혼해서 아버지 역할을 두 번째로 한다면 어쩌면 더 다정한 가족이 되었을지도 몰라.' 그는 자식들에게 해준 비싼 교육 때문에 자신을 불쌍히 여겼다. 교육이 도움이 되기보다는 생계를 유지하려는 힘을 쉽게 잃게 한 것을 보면 그는 그 교육으로 자신보다 자식들이 더 희생된다고 생각하지 않았고 그래서 독립해야 할 나이가 된 후에도 몇 년 동안 아버지의 자비를 받았다. 공립학교 교육은 한 소년이 후퇴하는 것을 막는다. 그는 더 이상 노동자나 정비사가 될 수 없고 이들은 독립 기간이 위태롭지 않은 유일한 사람들이다. 물론 상속자로 태어나거나 안전하고 깊은 곳에 있는 젊은이들을 제외하고는 말이다. 폰티펙스 씨는 이것에 대해 아무것도 알지 못했다. 그가 아는 것이라고는 법이 그에게 강요하는 것보다 훨씬 더 많은 돈을 자녀들에게 쓰고 있다는 것과 그래서 자신은 무엇을 더 얻을 수 있는가 하는 것뿐이었다. 그는 두 아들을 청과물 상인에게 견습시키지 않았을까? 만약 그가 그런 마음이 있다면 내일 아침에 그렇게 하지 않을 수도 있다. 이 이야기는 화가 났을 때 그가 가장 좋아하는 주제였다. 사실 그는 아들들 중 어느 쪽도 청과물 상인의 견습생을 시키지도 않았고 그의 아들들은 의견을 교환해 일찍이 그가 원하는 결론에 도달했다.

별로 좋지 않은 다른 때에 그는 자식들에 대한 뜻이 흔들린다며 그들을 놀린다. 또한 그들과 관계를 전부 끊고 끝내는 되돌려줄 수밖에 없는 돈을 빈민 구호소 설립에 남기는 것을 상상하고 그리하여 다음에 격노했을 때 관계를 끊는 기쁨을 즐길 것이다.

물론 젊은 사람들의 행동이 살아 있는 사람들의 뜻에 따라 영향을 받는다면 그들은 매우 잘못하고 있고 결국엔 고통 받는 사람이 된다는 걸 알아야 하며 그럼에도 불구하고 의지 박탈과 의지 흔들기의 힘은 남용하기 쉽고 계속 괴롭혀서 만약 내가 할 수 있다면 각 범죄의 날짜로부터 3개월 동안 유언장을 만들 수 없도록 법을 통과시키고 유죄 판결을 받기 전에 유언장 효력이 정지된 기간 동안 그가 사망할 경우 판사들이 옳고 합리적으로 생각할 것이기 때문에 그들이 재산을 처분하도록 할 것이다.

폰티펙스 씨는 아이들을 식당으로 데려갔다. 그는 말했다. "존, 시어볼드, 날 봐. 나는 아버지와 어머니가 런던으로 보내주신 옷만 가지고 살기 시작했어. 아버지는 나에게 10실링을 주셨고 어머니는 용돈으로 5실링을 주셨는데 나는 후하다고 생각했어. 나는 아버지에게 평생 1실링도 요구하지 않았고 월급을 받을 때까지 매달 내게 허락해주셨던 푼돈 이상으로 아버지로부터 받은 적도 없었어. 나는 스스로 길을 찾았고 내 아들들도 그렇게 하기 바란다. 내 아들들이 날 위해 쓸 돈을 벌기 위해 인생을 허비할 것이라고 생각하지 마라. 네가 돈을 원한다면 내가 한 것처럼 스스로 벌어라. 너희에게 약속하는데 돈 받을 자격이 있다는 것을 보여주지 않으면 너희 둘에게 한 푼도 남기지 않을 거야. 요즘 젊은이들은 내가 어렸을 때 들어본 적이 없는 온갖 사치와 관용을 기대하는 것 같아. 내 아버지는 평범한 목수였고 나는 여기 있는 너희 둘을 공립학교에 보내느라 1년에 몇 백씩 써야 했는데 너희 나이 때 나는 페얼리 삼촌의 회계과 책상에서 열심히 일하고 있었다. 내가 너희들의 장점 반만이라도 있었다면 무엇을 하지 말아야 했을까? 너희들은 공작이 되거나 미개척국에서 새로운 제국을 찾아야 했어. 그렇다고 해도 너희들이 내가 했던 것과 비례해서 그렇게 했을지 의문이구나. 아니, 아니지, 너희들을 학교와 대학에 보낼 거다. 그런 후에 너희가 원한다면 바라는 대로 세상을 살아갈 수 있을 거야."

이런 식으로 그는 스스로를 그렇게 도덕적인 분노의 상태에 빠뜨려 때때로 아들들을 때렸고 순간의 구실을 만들어냈다. 그럼에도 아이였을 때 어린 폰티펙스들은 운이 좋았다. 한 사람의 생활이 더 좋으면 다른 10명은 더 가난했을 것이다. 그들은 건강에 좋은 음식을 먹고 마셨고 편안한 침대에서 잤다. 아플 때 돌봐줄 최고의 의사가 있었고 돈으로 받을 수 있는 최고의 교육을 받았다. 신선한 공기의 부족은 런던 골목길에서 사는 아이들의 행복에 크게 영향을 끼치지 않는 거 같다. 그들 대부분은 마치 스코틀랜드의 황무지에 있는 것처럼 노래하고 연주한다. 그래서 온화한 정신적 분위기의 결핍을 전혀 모르는 아이들은 보통 그것을 인식하지 않는다. 젊은이들은 죽거나 주변 환경에 적응하는 놀라운 능력이 있다. 그들이 불행하나 하더라도 어떻게 그것을 모르는지 또는 어떤 식으로든 자신의 잘못이 아닌 다른 탓이라고 하는지 놀랍다.

조용한 삶을 살고 싶어 하는 부모들에게 전하고 싶다. 당신의 아이들에게 매우 버릇없으며 대부분의 아이들보다 훨씬 더 버릇없다고 말하라. 몇몇 지인들의 자녀들을 완벽함의 모범이라고 가리키고 자신들의 깊은 열등감을 자식들이 알게 하라. 당신은 그들보다 더 많은 총을 가지고 있어서 그들은 당신과 싸울 수 없다. 이것은 도덕적인 영향이라 불리며 당신이 원하는 만큼 그들을 휘두를 수 있게 한다. 그들은 당신이 알고 있다 생각하고 당신이 대변하는 비세속적이고 양심적이고 진실 된 사람이 아니라는 것을 종종 충분히 의심하면서도 당신이 거짓말하는 것을 아직 잡지 못할 것이다. 당신이 얼마나 겁쟁이이고 그들이 끈기와 판단력으로 싸운다면 당신이 얼마나 빨리 달아날지 알 수 없을 것이다. 당신은 주사위를 가지고 아이들과 당신 자신을 위해 던진다. 그리고 주사위를 들어 올리면 자식들이 주사위를 검사하는 것을 쉽게 저지할 수 있다. 당신이 얼마나 너그러운지 그들에게 말하라. 당신은 먼저 그들을 세상에 존재하게 했고 특히 다른 사람의 자녀가 아닌 당신의 자녀로서 받은 헤아릴 수 없는 은혜를 주장하라. 당신이 화가 날 때마다 그들의 최고 관심사가 걸려 있다고 말하고 당신 영혼의 위안으로 당신 스스로를 불쾌하게 하라. 이런 최고의 관심사를 많이 이용하라. 죽은 윈체스터 주교의 일요일 이야기와 같은 유황당수(소아용 해독제)를 그들에게 영적으로 주자. 당신은 모든 트럼프 카드를 쥐고 있거나 카드를 훔칠 수 있다. 만약 당신이 판단력 같은 것으로 그들을 대한다면 나의 오랜 친구 폰티펙스 씨처럼 당신은 행복하고 단합된 하나님을 두려워하는 가족의 대표가 될 것이다. 사실 당신의 자녀들은 언젠가 이 모든 것을 알게 될 것이지만 자식들에게 큰 도움이 되거나 당신이 불편할 때까지는 아니다. 일부 풍자가들은 인생의 모든 즐거움이 인생 초기에 있기 때문에 삶에 대해 불평했고 우리는 어쩌면 노쇠한 노년의 비참함이 남겨질 때까지 즐거움이 점차 줄어드는 것을 봐야 한다.

　나에게 청춘은 봄과 같은 과장된 계절 같다. 만약 좋아하는 계절이라면 정말 마음에 들겠지만 실제로는 매우 드물게 좋아하고 보통 온화한 바람보다 칼동풍이 불기 때문 더 놀랍다. 가을은 더 그윽한 계절이며 꽃으로 잃는 것이 과일로 얻는 것보다 더 많다. 90세의 폰테넬은 인생에서 가장 행복했던 때가 언제였냐는 질문에 그때보다 훨씬 행복했던 적은 없었지만 아마도 그의 전성기는 55세에서 75세 사이였을 것이라고 말했고 존슨 박사는 노년의 기쁨을 젊은이들보다 훨씬 더 높이 평가했다. 노년기에 우리는 다모클레스의 검처럼 언제든지 내려올 수 있는 죽음의 그림자 속에 살고 있지만 우리는 오래 전부터 인생이 상처보다 더 두려운 것임을 알게 되었고 베수비오Vesuvius 밑에 사는 사람들처럼 별 두려움 없이 인생을 살 수 있다.

7장

앞장에서 언급한 많은 젊은이들에게는 몇 마디로 충분할 것이다. 두 명의 장녀인 엘리자와 마리아는 그렇게 예쁘지도 않고 그렇게 평범하지도 않지만 모든 면에서 모범적인 젊은 숙녀인 반면, 알레시아는 대단히 예쁘고 활기차고 다정해서 다른 형제자매들과 뚜렷한 대조를 이루었다. 그녀는 얼굴뿐만 아니라 재미를 즐기는 것도 아버지가 아니라 할아버지를 닮았는데 많은 사람들에게 재치로 통하는 다소 거친 유머가 없지 않았다.

존은 잘생기고 신사적인 사람으로 자랐으며 용모는 너무나 균형 잡힌 조각 같았다. 그는 옷을 너무 잘 입고 언변도 좋고 책을 꾸준히 읽어서 선생님들의 애제자가 되었다. 그러나 소년들에게는 인기가 없었다. 그의 아버지는 때때로 잔소리를 했지만 나이가 들면서 아들을 자랑스러워했다. 더욱이 아버지는 아들이 사업에 능한 사람이 될 것이고 장래성이 쇠퇴하지 않을 것으로 생각했다. 존은 아버지의 비위 맞추는 법을 알았고 비교적 어린 나이에 누구에게나 양보하는 천성을 자신감만큼이나 인정받았다.

그의 동생 시어볼드는 형의 상대가 안 된다는 것을 알고 운명을 받아들였다. 그는 형만큼 잘생기지 않았고 언변도 그리 좋지 않았다. 어렸을 때 매우 열정적이었지만 현재는 내성적이고 수줍음을 많이 타고 몸과 마음이 나태하다. 존보다 단정치 못하고 자기주장을 할 줄 몰랐으며 아버지의 변덕에 잘 맞추지 못했다. 그가 누군가를 진심으로 사랑할 수 있었을 것이라고 생각하지 않는데 그의 다소 뚱한 성격에 비해 너무 활달한 여동생 알레시아를 제외하고 가족들은 그를 애정으로 대하기보다 억압했다. 그는 항상 희생양이었고 나는 가끔 그가 아버지와 형 존이라는 두 명의 아버지와 싸웠을 것이라고 생각했다. 누이들인 엘리자와 마리아는 거의 세 번째와 네 번째 아버지가 되어 있을지도 모른다. 아마도 자신의 속박을 예리하게 느꼈다면 참지 못했겠지만 그는 체질적으로 소심했고 아버지의 손찌검 때문에 겉으로는 형제자매들과 매우 가깝게 어울렸다.

아들들은 한 가지 점에서 아버지에게 쓸모가 있었다. 그는 그들이 서로 싸우게 했다. 늘 용돈을 부족하게 줬고 시어볼드는 형의 주장이 당연히 가장 중요하다고 주장하는 반면 그는 가족이 많다는 사실에 대해 존에게 주장하면서 그에게 들어가는 비용이 너무 많아서 죽을 때 나누어야 할 돈이 거의 없다고 진지하게 단언했다. 그들의 아버지는 자기 앞에서 하지 않는다면 그들이 의견을 나눠도 상관하지 않았다. 시어볼드는 아버지의 등 뒤에서도 불평하지 않았다. 나는 그가 어렸을 때 학교에서 그리고 다시 케임브리지에서 그를 잘 알고 있었지만 그는 아버지가 살아 있는 동안에도 아버지의 이름을 거의 언급하지 않았고 그 후에도 내색하지 않았다. 학교에서 그는 형처럼 그렇게 미움을 받지는 않았지만 너무 따분하고 활달하지 않아서 인기가 없었다.

태어나기도 전에 그는 성직자가 되는 것으로 정해졌다. 유명한 종교 서적 출판업자인 폰티펙스 씨는 적어도 아들 중 한 명을 교회에 바쳐야 할 것 같았다. 이렇게 해야 일거리가 생길 수도 있고 어떤 식으로든 회사를 유지할 수도 있기 때문이다. 게다가 그는 주교들과 교회 고위 인사들에게 관심을 가졌고 그의 영향력으로 아들이 어떠한 혜택을 받기를 바랐을지도 모른다. 소년의 운명은 어린 시절부터 그의 눈앞에 잘 보였고 그의 묵인에 의해 거의 끝난 문제로 여겨졌다. 그럼에도 불구하고 그에게는 어떤 자유의 표현이 허용되었다. 폰티펙스 씨는 아들에게 선택권을 주는 것이 옳고 이로부터 얻을 수 있는 이점이 무엇이든 아들을 원망하기에 너무 공평하다고 말했다. 그는 어떤 젊은이를 자신이 좋아하지 않는 직업으로 몰아넣는 것에 대해 가장 큰 공포를 느꼈다고 외칠 것이다. 직업과 관련해 아들에게 압력을 가하는 것은 그와는 거리가 멀고 사역과 관련된 부름이 그렇게 성스러운 경우에는 훨씬 적다. 그는 집에 손님들이 있을 때와 아들이 방에 있을 때 이런 식으로 이야기했다. 또한 매우 현명하고 말을 잘해서 손님들은 그를 올바른 정신의 귀감으로 여겼다. 그 역시 그렇게 강조하며 말했고 그의 대머리는 너무 자애로워 보여서 그의 이야기에 빠지지 않기란 어려웠다. 나는 이웃의 두세 명의 가장이 직업 문제에 있어서 아들들에게 절대적인 선택의 자유를 줬다고 생각한다. 그리고 그들이 한 일에 후회할 만한 상당한 이유가 있는지 확신이 서지 않는다. 손님들은 시어볼드가 수줍어하고 자신의 바람을 너무나 고심해서 전혀 움직이지 않는 모습을 보고 아버지를 감당할 수 없거나 열정이 없는 청년이 될 것이라 생각했는데 그는 더 많은 인생을 살아야 하고 보이는 것보다 장점을 더 잘 알고 있어야 했다.

그 소년만큼 전체 거래의 정당성을 확고히 믿는 사람은 없었다. 편치 않다는 느낌은 그를 침묵하게 했지만 그가 완전히 생기가 넘치고 이해하기에는 너무 심오하고 끊임없이 너무 많았다. 그는 사소한 반대에도 아버지의 얼굴에 나타나는 사악한 찌푸림이 두려웠다. 아버지의 폭력적인 위협이나 거친 비웃음은 보다 힘이 센 소년에게는 먹히지 않을 것이지만 시어볼드는 강인한 소년이 아니었고 옳든 그르든 간에 그의 협박에 따른 준비가 됐다고 생각했다. 아버지가 원하는 것을 정확히 원하지 않으면 반발한다고 해서 그가 원하는 것을 여전히 얻지 못했고 실제로 양보 받지도 않았다. 저항하려는 생각이 있었다면 그에게는 지금 아무것도 없을 것이고 맞설 힘은 완전히 사라져서 바라는 것이 남아 있지 않았다. 짐 사이에 웅크리고 있는 당나귀처럼 활기 없는 묵인만 남았다. 그는 자신의 본연과 다른 잘못된 이상을 가졌을지도 모른다. 때때로 먼 이국땅의 군인이나 선원 또는 심지어 황량한 고원에 사는 농부의 아들을 꿈꿨지만 꿈을 현실로 만들 기회가 별로 없었고 진흙탕이 된 물줄기를 따라 표류해야만 했다.

나는 교회 교리문답서가 지금도 흔한 부모와 아이들 사이의 불행한 관계와 상당한 관련이 있다고 생각한다. 그것은 부모의 관점에서 너무 배타적으로 쓰였다. 그것을 쓴 사람은 자녀가 몇 명 없어서 그를 도와주지 않았던 것이 아닐까. 그 사람은 분명히 젊지 않고 그 책은 아이들을 좋아하는 사람의 작품이라고 말해서는 안 된다. 기억하기로는 비록 '나의 착한 아이'라는 말이라도 일단 전도사의 입에 오르면 결국 가혹한 소리가 된다. 그것이 젊은이들에게 남긴 일반적인 인상은 태어날 때 그들의 사악함이 세례 중 매우 불완전하게 씻어진다는 것과 단지 젊다는 사실만으로도 죄의 본성이 어느 정도 명백하다는 것이다.

그 교리서의 개정판이 나온다면 합리적인 즐거움을 추구하고 명예롭게 피할 수 있는 모든 고통을 피할 의무를 주장하는 몇 마디를 소개하고 싶다. 나는 아이들이 자신이 좋아하지 않는 것을 좋아한다고 말해서는 안 된다는 가르침을 받은 것을 보고 싶다. 단지 다른 사람들이 좋아한다고 해서 아이들이 아무것도 이해하지 못할 때 이것저것을 믿는다고 말하는 것이 얼마나 어리석은가. 이러한 개정으로 교리문답서가 너무 길어진다면 나는 이웃과 성찬에 대한 의무에 대한 언급을 줄일 것이다. '나의 주 하나님, 우리 하나님 아버지를 원합니다.'로 시작하는 구절로 대신하고 싶지만 아마도 나는 시어볼드에게 되돌려 줘서 교리문답서의 개정을 유능한 손에 맡길 것이다.

8장

폰티펙스 씨는 아들이 목사가 되기 전에 대학 펠로우fellow가 되는 것에 신경을 썼다. 이것은 그가 바로 될 수 있는 것이고 그의 아버지의 성직자 친구들 중 어느 누구도 도와주지 않는다면 아들의 생계를 보장해줘야 할 것이다. 아들은 펠로우가 될 수 있을 만큼 학교에서 충분히 잘했고 케임브리지의 작은 대학들 중 한 곳으로 보내져 곧 최고의 개인 교사들과 함께 공부를 하게 되었다. 펠로우십fellowship 기회가 늘어나는 학위 취득 1년 전에 시험 제도가 도입되었는데 그는 수학보다 고진학을 더 잘해서 이 제도는 고전 연구에 더 많은 도움이 됐다. 열심히 하면 독립의 기회가 있다고 보고 펠로우가 되는 것이 마음에 들었다. 그래서 주저 없이 지원했고 결국 학위를 받았는데 그가 펠로우가 되는 것은 시간 문제였다. 폰티펙스 씨는 정말 기뻐했고 아들에게 권위 있는 작가의 작품을 선물하겠다고 했다. 청년은 베이컨의 책을 골랐고 10권의 멋진 책을 받았다. 그러나 그 책은 얼핏 봐도 중고품이었다. 이제 그는 학위를 받았고 다음으로 기대할 수 있는 것은 사제서품이었다. 시어볼드는 지금까지 그것을 언젠가 당연한 일로 받아들일 수밖에 없다고 생각했다. 그러나 이제 그 일은 실제로 다가왔고 몇 달밖에 남지 않았는데 한번 발을 들여놓게 되면 나올 방법이 없기 때문에 오히려 두려웠다. 사제서품을 가까이에서든 멀리서는 보는 것도 좋아하지 않았고 그의 아들 어니스트가 발견한 금테

두른 종이에 써진 그의 아버지 편지에서 알 수 있듯이 거기에서 벗어나기 위해 미약하게나마 노력했다. 그 편지의 잉크는 색이 바랬고 테이프로 깔끔하게 묶여 있었지만 쪽지나 설명은 없었다. 그 편지는 다음과 같다.

사랑하는 아버지

저는 결정됐다고 생각한 질문을 하는 것을 좋아하지 않지만 시간이 다가옴에 따라 제가 성직자가 되기에 얼마나 맞는지 매우 의문스러워지기 시작했습니다. 감사하게도 영국 국교회에 대한 의구심이 매우 미미하고 제가 완벽한 지혜를 얻게 한 39편의 기사들을 일일이 구독할 수 있었으며 페일리 역시 상대방에게 어떤 허점을 남기지 않았습니다. 그러나 주교님이 저를 사제 서품할 때 말해야 하는 복음 전도자가 되려고 하는 영적인 부름을 느끼지 않는다는 것을 숨긴다면 아버지의 바람에 반하는 것이라고 확신합니다. 저는 이 감정을 얻으려고 노력하고 간절히 기도하고 때때로 조금은 그 감정을 느꼈다고 생각하지만 잠시 후에 사라집니다. 성직자가 되는 것을 절대 꺼리지 않고 성직자가 된다면 하나님의 영광으로 살아가려고 노력할 것이며 땅 위에 그의 관심을 증진시키려고 노력할 것이라고 믿지만 제가 교회에 들어가는 것이 당연히 되기 전에 이보다 더 많은 것이 필요하다고 느낍니다. 장학금을 얻었음에도 불구하고 아버지께서 큰돈을 들였다는 것을 알고 있습니다. 그러나 아버지는 저에게 제 양심에 따라야 한다고 가르치셨고 저의 양심은 제가 성직자가 되면 잘못된 일을 하는 것이라고 말합니다. 아버지를 위해 기도했고 계속해서 기도할 것이라는 것을 확신하기에 하나님은 올바른 정신을 아직 주실 수 있지만 그렇지 않을 수도 있습니다. 그런 경우 저는 다른 것을 찾아보려고 노력하는 것이 낫지 않겠습니까? 아버지나 형 존은 제가 당신들 일에 뛰어드는 것을 바라지도 않고 돈 문제에 대해 이해하지 못한다는 것을 압니다. 제가 할 수 있는 다른 일이 없습니까? 의대나 법대에 다니는 동안 뒷바라지 해달라고 부탁하고 싶지 않습니다. 그러나 우선 펠로우십이 된다면 더 이상 아버지에게 손을 벌리지 않도록 노력하겠습니다. 아마 글을 쓰거나 학생들을 가르쳐 돈을 조금 벌 수 있을 것입니다. 저는 아버지가 이 편지를 부적절하다고 생각지 않을 것이라고 믿습니다. 제가 바라는 것 이상으로 아버지를 불안하게 하는 것은 없습니다. 그 누구도 당신처럼 저에게 자주 주입시켜주지 않았던 저의 양심에 비롯된 현재 감정을 용납해주시기 바랍니다. 짧게 몇 줄 씁니다. 아버지, 감기가 나았으면 좋습니다. 엘리자와 마리아에게 사랑을 전하며….

— 아버지의 애정 어린 아들, 시어볼드 폰티펙스 올림

시어볼드에게

나는 너의 감정을 이해할 수 있고 너의 말에 다루고 싶지 않아. 한 가지 길에 대해 너는 소외되는 것 같고 생각해보니 네가 어울리지 않는다고 느끼는 것은 지극히 옳고 자연스러운 것이며 이것으로 내가 상심했다고 말하지 않을 거다. 너는 '저의 펠로우십에도 불구하고'라고 말하지 말았어야 했어. 너의 교육에 대한 부담을 질 때 네가 나를 도울 수 있고 그 돈은 원래 나에게 돌려줬을 때에만 맞는 말이다. 네 편지의 모든 내용으로 봐서 네가 신경과민이라고 확신한다. 그것은 악마가 사람들을 파멸로 유인할 때 가장 좋아하는 도구 중에 하나야. 네 말대로 나는 네 교육에 많은 돈을 썼어. 네가 혜택을 누리도록 나는 아끼지 않았고 영국 신사로서 아들에게 돈을 주고 싶었다. 하지만 그 비용이 낭비되는 것을 보고 처음부터 다시 시작해야 할 준비가 안 됐어. 너는 그저 어리석은 양심의 가책을 느꼈기 때문이고 나 못지않게 너 자신에게도 부정한 일에 맞서야 해. 오늘날 많은 남녀의 골칫거리인 변화에 대한 불안한 욕망에 굴복하지 마라. 물론 사제서품을 받을 필요는 없어. 아무도 너에게 강요하지 않을 거야. 너는 완전히 자유로워. 너는 23살이고 네 마음을 알아야 해. 하지만 조금 더 일찍 알지 못했을까? 너를 대학에 보내는 데 비용을 들이기 전까지 반대 뜻을 내비치도 않았고 네가 지시를 따르기로 했다는 걸 내가 믿지 않았다면 결코 그렇게 하지 않았을 거다. 나에게는 네가 사제서품을 받겠다는 확고한 의지를 담은 편지가 있고 너의 형제자매들은 너에게 어떠한 압박도 하지 않았다고 말하면서 내 편을 들 것이다. 너는 네 마음을 착각하고 있고 매우 자연스럽지만 자신에게 심각한 결과는 안기지 않는 신경적인 소심증을 앓고 있어. 나는 몸이 좋지 않고 네 편지로 인한 불안감이 자연스레 나를 괴롭히고 있구나. 하나님께서 너를 더 나은 판단으로 인도하시길 바란다.

　　　　　　　　　　　　　　　- 사랑하는 아버지가, G. 폰티펙스

　이 편지를 받고 시어볼드는 용기를 냈다. 그는 스스로 말했다. '내가 싫다면 사제서품을 받을 필요가 없다고 했어. 나는 싫어. 난 사제서품을 받지 않을 거야. 하지만 '자신에게 심각한 결과를 안기는'의 의미는 무엇일까? 비록 통하기는 불가능하겠지만 이 말에 협박이 숨어 있나? 실제로 협박하지 않으면서 협박의 효과가 나도록 의도한 것일까?' 시어볼드는 아버지가 자신의 의미를 오해할 가능성이 거의 없다는 것을 잘 알고 있었지만 지금까지 반대의 길을 걸어왔고 할 수 있다면 사제서품을 받고 싶지 않았기에 더 나가기로 결심했다. 따라서 그는 다음과 같이 썼다.

친애하는 아버지

아무도 저에게 사제서품을 강요하지 않을 것이라고 말씀해주셔서 정말 감사합니다. 제 양심이 심히 반한다면 아버지가 사제서품을 강요하지 않을 것임을 알고 있었습니다. 그래서 사제서품 받는 것을 포기하기로 결심했고 만약 현재 하고 계시는 일을 제게 허락해주신다면 오래지 않아 펠로우십을 받은 후, 아버지께서 더 이상 돈을 지불하지 않도록 할 것입니다. 가능한 한 빨리 어떤 직업을 택할지를 결정해서 아버지께 알려드리겠습니다.

　　　　　　　　　　- 사랑하는 아들, 시어볼드 폰티펙스 드림

우편 반송으로 보낸 나머지 편지는 이제 볼 것이다. 이는 간결했다.

사랑하는 시어볼드

네 편지를 받았단다. 나는 그 편지의 동기를 짐작할 수 없지만 결과는 매우 분명해. 네가 정신을 차릴 때까지 너는 나에게서 6펜스도 받지 못할 거야. 만일 네가 어리석음과 사악함을 고집한다면 믿음과 행복의 원천이 되어 내가 의지할 수 있는 다른 아이들이 있다는 것을 기억하고 있어서 기쁘단다.

　　　　　　　　- 너의 사랑하지만 걱정하는 아버지, G. 폰티펙스

앞서 말한 편지들 후 일어난 일은 잘 모르지만 결국 모두 완벽하게 들어맞았다. 시어볼드는 실망했거나 아버지가 그를 밖으로 몰아내는 것을 틀림없이 간절히 기도했던 내면의 부름으로 해석했을 것이다. 왜냐하면 그는 기도의 효과를 굳게 믿고 있었기 때문이다. 그리고 나 또한 어떤 상황에서 그렇다. 테니슨은 이 세상이 꿈꾸는 것보다 더 많은 일들이 기도 때문에 일어난다고 했지만 그것이 좋은 것인지 나쁜 것인지 말하는 것을 현명하게 삼갔다. 세상이 기도로 일어나고 있는 몇 가지 일들을 꿈꾼다면 아니면 잘 알게 된다면 더 좋을지도 모른다. 그러나 그 질문은 분명히 어렵다. 결국 시어볼드는 학위를 받은 직후 운 좋게 펠로우십을 얻었고 1825년 같은 해 가을에 사제서품을 받았다.

9장

앨러비 씨는 케임브리지에서 몇 마일 떨어진 마을인 크램포드의 목사였다. 그는 좋은 학위를 취득하고 대학 성직(급여와 집이 제공되던 자리)을 얻고 생활비로 1년에 400파운드와 집을 받았다. 개인 소득은 연간 200파운드를 넘지 않았다. 펠로우십을 그만 두면서 그는 자신보다 훨씬 어린 여인과 결혼해 11명의 자녀를 낳았고 그 중 아들 둘과 딸 일곱이 살아 있다. 두 큰딸들은 제법 결혼을 잘했지만 서른 살에서 스물두 살까지 자녀 다섯 명은 미혼이었고 아들들은 아직 아버지의 손에서 벗어나지 못했다. 앨러비 씨에게 무슨 일이 생긴다면 가족은 잘 살지 못할 것이 분명했고 이로 인해 부부는 행복하지 못했다. 혹시 1년에 200파운드를 제외하고 기껏해야 얼마 안 돼서 다 쓰게 되는 돈을 벌어본 적이 있는가? 동시에 어떻게든 독립생활을 시작해야만 하는 두 아들과 결혼하지 않은 딸 다섯을 두었는가? 만약 당신이 남편감을 찾는 방법을 안다면 그것만으로도 감사할 것이다. 도덕성이 대체적으로 말년에 사람에게 평화를 준다면, 즉 그것이 완전한 사기가 아니라면 이런 상황에서 당신이 도덕적인 삶을 살았다고 착각할 수 있을까? 비록 당신의 아내가 너무나 좋은 여자여서 그녀에게 싫증나지 않았음에도 당신의 건강에 해로운 것처럼 이것은 당신에게 좋지 않다. 당신의 가족이 활기차고 상냥하고 상식이 있다 하더라도 말이다. 나는 도덕적으로 평판이 좋은 노인들을 많이 알고 있지만 그들은 오랫동안 사랑하지 않은 배우자와 살고 있거나 남편감을 찾을 수 없어서 못생기고 무뚝뚝한 결혼하지 않는 딸들이 있었다. 남몰래 미워하는 딸들이나 늘 무식하고 사치스러운 아들들은 그들의 걱정거리였다. 그런 일들을 자초한 것이 한 사람에게 도덕적인가? 누군가는 도의적으로 펙스니프 베이컨이 과학적 공로로 인정받았던 일을 해야 한다.

앨러비 부부 이야기로 돌아가자. 앨러비 부인은 세상에서 가장 쉬운 일이었던 것처럼 결혼한 두 딸에 대해 이야기했다. 그녀는 다른 어머니들이 그렇게 하는 말을 들었기 때문에 이런 식으로 이야기했지만 마음속으로는 그녀가 어떻게 그렇게 했는지도, 정말로 그녀가 한 일인지도 몰랐다. 먼저 그녀가 상상 속에서 반복해서 연습했던 어떤 묘책들을 시행하려고 했던 것과 관련된 젊은 남자가 있었는데 그것을 실제로 적용하는 것이 불가능하다고 생각했다. 그 후 몇 주 동안 희망과 두려움 그리고 종종 악의적이지 않은 작은 술수들이 있었고 그러다가 결국에는 청년은 묶여 있고 딸의 발에 그의 심장에 꽂힌 화살이 있었다. 그녀에게는 반복할 가망이 거의 없거나 전혀 없는 하나의 요행으로 보였다. 그녀는 사실 그것을 한 번 반복했고 아마 운이 좋게도 또다시 한 번 반복했을지도 모르지만 다섯 번이 넘었다! 그것은 끔찍했다. 그녀는 독신인 딸을 결혼시키면서 지치고 고생하기보다 출산을 세 번 하는 것이 낫다고 했다. 그럼에도 불구하고 그렇게 해야 했고 불쌍한 앨러비 부인은 한 젊은이를 미래의 사윗감으로만 보았다. 아빠, 엄마들은 때때로 젊은이들에게 그들의 청혼이 딸들에게 명예로운 것인지 물어본다. 나는 아직 미혼인 딸이 있는 집에 초대받기 전, 젊은 남자들이 가끔 부모에게 그들의 청혼이 훌륭한지 물어볼 수도 있다고 생각한다.

"부목사를 둘 여유가 없어, 여보." 앨러비 씨는 두 사람이 다음에

할 일을 의논할 때 아내에게 말했다. "어떤 젊은이가 와서 일요일에 잠깐 나를 돕는 것이 더 나을 거야. 일요일 한 번에 1기니(영국의 구 금화, 21실링)를 주면 될 것이고 잘하는 사람을 구할 때까지 이리저 리 바꿀 수 있을 거야." 그래서 앨러비 씨는 예전만큼 건강하지 못했 고 일요일 업무를 하는 데 도움이 필요하다는 것으로 정리됐다. 앨러 비 부인에게는 훌륭한 친구가 있었는데 유명한 코웨이 교수의 아내 인 코웨이 부인이었다. 그녀는 소위 정말 신앙심이 충만한 여성으로 통통하고 수염이 조금 났고 학부생들 사이에서 폭넓은 인맥을 가지 고 있었으며 특히 그 당시 절정에 달했던 위대한 복음주의 운동에 참 여하려는 사람들 사이에서 인맥이 넓었다. 그녀는 2주일에 한 번 저 녁 파티를 열었는데 기도가 오락의 일부였다. 신앙심이 충만할 뿐만 아니라 열정적인 앨러비 부인이 말했던 것처럼 그녀는 빈틈없는 여 성이었고 남성처럼 의견도 상당히 훌륭했다. 그녀에게도 딸들이 있 었지만 그녀가 앨러비 부인에게 말하곤 했던 것처럼 그들은 하나둘 결혼해서 그녀를 떠났기 때문에 자신은 앨러비 부인보다 불운하다고 했다. 그래서 만약 그녀의 교수 남편이 그녀를 아끼지 않았다면 노년 기는 적막했을 것이다.

물론 코웨이 부인은 대학에 있는 모든 미혼 성직자들을 알고 있었 고 앨러비 부인을 도와 그녀의 남편을 도울 사람을 찾는 데 적임자였 다. 앨러비 부인은 약속에 따라 1825년 11월 어느 날 아침에 마차를 타고 와서 코웨이 부인과 함께 이른 저녁식사를 하고 오후를 보냈다. 저녁식사 후 두 부인은 자리에서 일어나 그날의 일을 시작했다. 울타 리를 치는 방법, 서로를 꿰뚫어 보는 방법, 서로를 꿰뚫어 보지 않는 척하는 충성심에 대해 가벼운 희롱을 하면서 여러 교회 집사들의 신 앙심과 신앙을 버린 집사의 장단점에 대해 이야기하며 대화를 이어 나갔고 이 모든 것은 독자의 상상에 맡기겠다. 코웨이 부인은 스스로 계획을 세우는 데 너무 익숙했다. 많은 어머니들이 어려울 때 그녀에게 의지했고 신앙심이 가득하면 그녀는 모두에게 최선을 다했다. 젊은 학사의 결혼이 천국에서 이루어지지 않았다면 그것은 코웨이 부인의 응접실에서 아마도 열렸거나 어떤 식으로든 시도되었을 것이다. 그때 어떤 희망의 불씨라도 숨어 있던 대학의 모든 집사들에 대해 속속들이 이야기를 나눴고 그 결과 코웨이 부인은 그날 오후 우리의 친구 시어볼드를 가장 적합한 인물로 정했다. 코웨이 부인이 말했다. "나는 그가 특별히 매력적인 청년인지 모르겠어요, 부인. 차남이지만 펠로우십이 있고 출판인 폰티펙스 씨 같은 사람의 차남이라도 넉넉해야 하는데 말이죠." 앨러비 부인은 "왜 그래요, 부인. 바로 그 사람이에요." 하고 만족스럽게 대답했다.

10장

다른 모든 좋은 일들과 마찬가지로 면담을 끝내야 했다. 낮이 짧았고 앨러비 부인은 크램포드까지 마차로 6마일을 달려갔다. 그녀가옷을 차려 입고 자리에 앉았을 때 앨러비 씨의 일꾼인 제임스는 그녀의 외모에 아무런 변화도 느끼지 못했고 여주인과 함께 집으로 가는일련의 즐거운 환상이 무엇인지 거의 알지 못했다. 코웨이 교수는 시어볼드의 아버지를 통해 책을 출판했고 시어볼드는 대학 생활 초기부터 이 문제로 코웨이 부인에게 끌려갔다. 그녀는 얼마 전부터 그에게 눈독을 들이고 있었고 가엾은 앨러비 부인이 딸들 중 한 명의 남편감을 구하려고 할 때 거의 마찬가지로 아내가 필요한 젊은 남자들의 명단에서 그를 빼는 것이 그녀의 의무라고 느꼈다. 그녀는 이제그에게 편지를 써서 그녀를 보러 와달라고 부탁했고 그것은 그의 호기심을 일깨웠다. 그가 왔을 때 그녀는 앨러비 씨의 건강이 나빠졌다는 이야기를 꺼냈고 코웨이 부인의 관심 덕분에 그런 어려움들이 원만히 해결돼서 시어볼드는 6주간 일요일마다 랜스포드에 가서 0.5기니를 받고 앨러비 씨의 업무 절반을 대신하기로 했는데 코웨이 부인이 임금을 무자비하게 줄였기 때문이고 시어볼드는 거부할 만큼 힘이 없었다.

그의 마음의 평화를 위해 준비되고 있던 계획은 모르고 3기니 이상 받을 생각도 하지 않고 아마도 그의 학문 소양에 크램포드 주민들을 놀라게 할지도 모르는 시어볼드는 사제서품을 받고 불과 몇 주 후인 12월 초 일요일 아침에 부목사관으로 향했다. 그는 지질학을 주제로 한 설교에 많은 노력을 기울였고 그 후 신학의 골칫거리로 주목을 받았다. 그는 지질학적 가치를 보여줬고(그는 콧방귀를 뀔 만큼 너무 자유주의적이었기 때문에) 창세기 천지 창조 모자이크 설명에서는 당연히 역사적 인물을 확인시켜 주었다. 처음에는 견해에 반하는 것처럼 보이는 어떤 현상은 부분적인 현상일 뿐이었고 연구를 통해 무너졌다. 그 무엇도 더 이상 훌륭할 수 없었고 시어볼드가 예배 중간 식사를 하는 교구 목사관으로 자리를 옮겼을 때 앨러비 씨는 그가 나타나자 그를 열렬히 칭찬했고 반면 부인들은 그들의 감탄을 표현할 말을 거의 찾을 수 없었다.

시어볼드는 여자에 대해 아무것도 몰랐다. 그가 아는 여자들은 그의 누이들뿐이었고 그 중 두 명은 늘 그에게 지적만 했으며 아버지가 엘름허스트에서 부탁한 몇몇 학교 친구들뿐이었다. 이 젊은 숙녀들은 너무 수줍어서 그들과 시어볼드는 전혀 어울리지 못했거나 아니면 그들은 영리하게 보이려고 그에게 똑똑한 말을 했어야 했다. 그는 스스로 똑똑한 말을 하지 않았고 다른 사람들이 말하는 것을 원하지 않았다. 뿐만 아니라 그들은 음악에 대해 이야기했고(그는 음악을 싫어했다) 그림 이야기를 했으며(그는 그림을 싫어했다) 책 이야기도 했다(그는 고전을 빼고 책을 싫어했다). 그리고 때때로 그들은 그와 함께 춤을 추고 싶어 했지만 그는 춤을 출 줄도 몰랐고 알고 싶지도 않았다.

코웨이 부인의 파티에서 그는 몇 명의 젊은 숙녀들을 만났고 그들을 소개받았다. 그는 상냥하게 보이려고 노력했지만 늘 성공하지 못했다. 코웨이 부인의 집에서 본 젊은 숙녀들은 대학에서 찾을 수 있었던 가장 매력적인 여성은 결코 아니었고 시어볼드는 그들 중 더 많은 사람들에게 마음을 빼앗기지 않은 것에 대한 평계를 찾을지 모른다. 반면 만약 1~2분 동안 더 예쁘고 더 상냥한 여자아이들 중 한 명과 함께 있다면 그는 거의 동시에 자신보다 덜 수줍은 누군가에 의해 자리를 뺏겼고 여자에 관한 한 베데스다 연못에서의 무능력한 사람처럼 느끼면서 몰래 빠져나왔다. 정말 멋진 소녀와 무엇을 했는지는 알 수 없지만 여동생이 아니었다면 아마도 좋아했을 그의 막내 여동생 알레시아를 제외하고 운명은 그에게 나타나지 않았다. 그의 경험에서 여성들은 그에게 잘해주지 않았고 그는 그들과 어떤 즐거움을 함께 하는 데 익숙하지 않았다. 만약《햄릿》중 그들과 관련된 부분이 있다면 그가 연기해야 하는 연극 대본에서 그 부분을 삭제해 그는 그들의 존재를 믿지 않게 되었다. 키스에 있어서 그는 누이와 우리가 모두 어렸을 때 내 누이를 제외하고는 평생 동안 어떤 여자에게 키스한 적이 없었다. 이 키스들에 덧붙여 그는 아주 최근까지 아침과 밤에 아버지의 뺨에 침통하고 무기력한 키스를 해야만 했다. 내 생각에 내가 지금 쓰고 있는 키스에 대해 시어볼드가 아는 것은 이 정도였다.

이런 예전 일들 때문에 시어볼드는 자연히 다섯 명의 낯선 젊은 숙녀들이 자신을 좋아한다는 것을 알고는 다소 부끄러움을 느꼈다. 내가 어렸을 때 내 여동생 중 한 명이 다니는 기숙학교에서 차를 마시자고 부탁 받았던 일을 기억한다. 그때 나는 12살이었다. 교장 선생님이 계셨기 때문에 다과 시간에 모든 것은 순조롭게 흘러갔다. 그러나 그녀가 떠나고 나는 소녀들과 함께 홀로 남겨졌다. 교장이 돌아갔을 때 내 나이쯤 된 대표 여학생이 다가와서 손가락으로 나를 가리키고는 오만상을 찌푸리며 진지하게 말했다. "못–된–놈!" 모든 여학생들이 남학생인 나에게 했던 그녀의 동작과 책망의 말을 따라했다. 나는 크게 놀랐다. 울었던 것 같고 도망가고 싶다고 강렬히 원하지 않고 여자를 다시 만나기까지 오래 걸렸다. 시어볼드는 처음에는 내가 여학교에서 경험했던 것과 같은 것을 느꼈지만 앨러비 가 아가씨들은 그에게 못된 놈이라고 말하지 않았다. 그들의 아버지와 어머니는 매우 친절했고 그가 대화에 잘 끼어들 수 있게 해줘서 저녁 식사가 끝나기도 전에 시어볼드는 그 가족이 정말 매력적이라고 생각하고 그가 지금까지 익숙하지 않은 방식으로 인정받은 것 같았다. 저녁을 먹으면서 그의 수줍음은 사라졌다. 그는 결코 평범하지 않았다. 그의 학문적인 면은 매우 상당했다. 그에게는 색다르거나 우스꽝스럽다고 할 만한 것이 아무것도 없었다. 그가 젊은 숙녀들에게 준 인상은 그들이 그에게 준 인상만큼 아주 좋았다. 왜냐하면 그녀들은 그가 여자에 대해 모르는 것보다 더 남자에 대해 몰랐기 때문이다.

그가 떠나자마자 그 집의 화합은 그들 중 누가 폰티펙스 부인이 되어야 하는가에 대한 문제의 폭풍으로 깨졌다. 그들의 아버지는 그들 스스로 이 문제를 해결하지 못할 것 같아서 이렇게 말했다. "얘들아, 내일까지 기다렸다가 그를 걸고 카드놀이를 해." 그런 후 그는 밤마다 위스키 한 잔을 마시고 담배를 피우는 서재로 향했다.

11장

다음날 아침, 시어볼드는 그의 방에서 학생을 지도하고 있고 장녀 앨러비양의 침실에서 앨러비 아가씨들은 시어볼드를 걸고 카드놀이를 했다. 승자는 미혼의 둘째딸인 크리스티나였고 당시 27살이어서 시어볼드보다 네 살 더 많았다. 여동생들은 크리스티나가 너무 나이가 많아서 기회가 없었기 때문에 그녀가 잡을 수 있게 남편감을 거는 것이라고 불평했다. 크리스티나는 천성적으로 양보를 잘하고 성격이 좋았지만 평소와는 달리 전의를 보였다. 그녀의 어머니는 그녀를 밀어주는 것이 더 낫다고 생각했고 그래서 위태로운 두 딸들은 짐을 싸서 어딘가 멀리 떨어져 있는 친구들에게 보내졌으며 의지할 수 있는 충성심 있는 사람들만 집에 머물도록 했다. 형제들은 심지어 무슨 일이 일어나고 있는지 의심조차 하지 않았고 아버지가 도움을 받는 것은 그가 정말로 원했기 때문이라고 생각했다. 집에 남은 자매들은 약속을 지켰고 크리스티나에게 그들이 할 수 있는 모든 도움을 주었다. 그녀들이 잘해서 시어볼드가 더 빨리 올수록 더 빨리 다른 교회 집사가 그녀들 중 이긴 사람에게 올 것이기 때문이다. 믿음이 가지 않는 두 자매는 시어볼드의 첫 번째 방문 후 다음 방문인 일요일이 되기 전에 집을 떠나도록 모든 것이 아주 빨리 처리되었다.

이번에는 시어볼드가 새 친구들의 집에 편안함을 느꼈다. 그가 그들을 방문해야 한다고 앨러비 부인이 고집했기 때문이다. 그녀는 젊은 남성들, 특히 성직자들에게 엄마처럼 관심을 가졌다. 시어볼드는 어린 시절부터 아버지와 모든 장로들을 믿었기 때문에 그녀가 말한 모든 말을 믿었다. 크리스티나는 저녁 식사 시간에 그 옆에 앉았고 언니의 침실에서 카드놀이를 했던 것보다 덜 분별력 있게 카드놀이를 했다. 그녀는 그가 말할 때마다 미소를 지었다(그리고 그녀의 미소는 장점 중 하나였다). 누가 그녀를 비난할 수 있을까? 시어볼드가 자매들과 함께 위층에서 바이런의 작품을 읽을 때 그녀가 꿈꿔왔던 이상은 아니었지만 그는 가능성의 범위 안에 있는 실제 인물이었고 결국 그렇게 나쁘지 않았다. 그녀가 또 뭘 할 수 있었을까? 도망을 갈까? 그녀는 감히 그러지 못했다. 그녀보다 못한 사람과 결혼해서 그녀의 가족에게 불명예가 된다면? 그녀는 감히 그러지 못했다. 집에 남아서 노처녀가 되어 비웃음을 받을까? 그녀는 할 수만 있다면 그러지 않을 것이다. 이성적으로 예상할 수 있는 유일한 일을 했을 뿐이다. 그녀는 물에 빠져 있었다. 시어볼드는 그냥 지푸라기일 수도 있지만 그녀는 그를 잡을 수 있었고 결국 잡았다.

진실한 사랑의 과정이 결코 순탄치 않다면 진실한 중매의 과정은 때때로 순조롭다. 이 일에서 유일한 불만은 다소 느리다는 것이었다. 시어볼드는 코웨이 부인과 앨러비 부인이 바랐던 것보다 더 쉽게 빠져들었다. 그는 크리스티나의 애교에 온화해졌다. 그녀의 기품에도 매료됐다. 여동생들과 아버지와 어머니에 대한 그녀의 다정함, 아무도 떠맡으려 하지 않는 작은 일을 기꺼이 떠맡으려는 태도, 활기찬 모습까지 모든 것이 여성 세계에 대해 익숙하지 않지만 여전히 한 인간인 어떤 사람에게는 매혹적이었다. 그녀가 눈에 띄지는 않지만 분명히 자신을 진심으로 좋아한다는 것에 즐거웠다. 그녀는 그를 더 호의적인 시선으로 바라보고 이 대단한 가족들 중 누구보다 그를 더 잘 이해하는 것 같았다. 아버지, 형제, 자매들이 그랬던 것처럼 그를 무시하지 않고 그녀는 그를 이끌어내고 그가 하는 모든 말에 주의 깊게 귀를 기울였으며 그가 더 말해주길 분명히 원했다. 그는 대학 친구에게 자신이 지금 사랑에 빠졌다는 것을 알고 있다고 말했다. 누이들보다 훨씬 더 좋아했기 때문에 정말 그랬다.

이미 열거된 추천사항들 외에도 그녀는 매우 아름다운 콘트랄토 contralto, 가장 낮은 여성 음역일 거 같은 목소리를 가졌다. 고음에서 '레'보다 더 높이 올라가지 못했기 때문에 그녀의 목소리는 확실히 콘트랄토였다. 유일한 단점은 저음이 그만큼 낮아지지 않았다는 것이다. 그러나 당시에는 소프라노가 소프라노 음에 도달할 수 없으면 콘트랄토 음을 소프라노가 대신했고 지금은 어떤 것이 콘트랄토인지 정할 필요가 없다. 그녀의 목소리는 음역대와 힘이 부족했지만 그녀가 노래할 때의 감정으로 보완됐다. 그녀는 자신의 목소리에 맞게 '언제나 밝고 아름다운 천사들'을 낮은 키로 바꿔 불렀고 그녀의 어머니가 말했듯이 조화의 법칙을 완벽히 알고 있음을 보여줬다. 이뿐만 아니라 매 구절마다 그녀의 가정교사가 그녀에게 가르쳐준 대로 건반의 한쪽 끝에서 다른 쪽으로 아르페지오를 추가했다. 따라서 그녀는 ─ 그녀 말로는 ─ 헨델이 남긴 형식에서 다소 무겁게 느껴지는 분위기에 생명과 재미를 더했다. 그녀의 가정교사에 따르면 그녀는 사실 드물게 뛰어난 음악가였다. 케임브리지의 유명한 클라크 박사의 제자였고 마징기가 편곡한 아탈란타의 서곡을 연주하곤 했다. 그럼에도 불구하고 시어볼드가 청혼이라는 난제에 용기를 내기 전까지 얼마간의 시간이 걸렸다. 그가 푹 빠져 있는 것은 분명했지만 앨러비 씨는 자신의 업무를 다할 수 있다는 사실을 아직 몰랐고 그가 지불하는 0.5기니에 못마땅해 하면서 여러 달이 흘렀고 아직 청혼은 없었다. 크리스티나의 어머니는 그녀가 세상 최고의 딸이며 그녀와 결혼한 남자에게 귀중한 보물이 될 것이라고 장담했다. 시어볼드는 앨러비 부인의 의견을 따뜻하게 받아들이고 일요일마다 오는 것 외에 일주일에 두세 번씩 교구 목사관을 찾았지만 여전히 청혼하지 않았다. "그 애는 아직 순진해요. 폰티펙스군." 어느 날 앨러비 부인이 말했다. "적어도 내가 알기에는 그래요. 그녀를 흠모하는 남자들이 없어서가 아니에요. 아! 그렇죠. 그런 사람들이 많았지만 그녀는 즐겁게 하기는 너무, 너무 어렵죠. 하지만 그 애가 훌륭하고 착한 사람에게 빠질 것이라 생각해요." 그녀는 얼굴이 빨개진 시어볼드를 뚫어지게 바라보았다. 그러나 며칠이 지났지만 그는 여전히 청혼하지 않았다.

언젠가 시어볼드는 코웨이 부인에게 비밀을 털어놨고 여러분은 그녀에서 크리스티나에 대해 어떠한 이야기를 들었는지를 추측할 것이다. 코웨이 부인은 질투심을 자극했고 경쟁자가 있을 수 있다고 암시했다. 질투의 본능적인 고통이 그의 가슴에서 조금 일어났고 그는 자신이 그냥 사랑에 빠졌을 뿐만 아니라 몹시 사랑에 빠졌고 그렇지 않다면 질투를 전혀 느끼지 않았을 것이라고 우쭐해하며 생각하기 시작했다. 그럼에도 불구하고 여전히 하루하루가 지나갔지만 그는 청혼하지 않았다.

앨러비 부부는 큰 결단을 내렸다. 그들은 그의 퇴로가 사실상 막힐 때까지 그의 기분을 맞춰줬지만 그는 여전히 그것이 열려 있다고 착각했다. 시어볼드가 거의 매일 교구 목사관을 방문한 지 약 6개월이 지난 어느 날, 대화는 우연히 긴 약혼으로 이어졌다. "저는 긴 약혼을 좋아하지 않습니다, 앨러비 씨"라고 시어볼드가 경솔하게 말했다. "그렇군." 앨러비 씨는 신랄한 어조로 "오랜 구애도 아니지."라고 말했고 시어볼드에게 착각한 척한다고 할 수 없는 표정을 지었다. 그는 가능한 빨리 케임브리지로 돌아갔고 절박한 거 같았던 앨러비 씨와의 대화에 겁이 나서 같은 날 오후 크램포드에 개인 심부름꾼을 통해 편지를 보냈다. 편지는 다음과 같다.

친애하는 크리스티나 양에게

오랫동안 당신 때문에 즐거웠던 감정들을 짐작하셨는지 모르겠습니다. 제가 만약 하게 되면 상당히 길어질 약혼에 당신을 끌어들이는 두려움으로 최대한 감춰뒀던 감정들 말입니다. 그래도 더 오래 숨기는 것은 제 능력 밖입니다. 저는 열정적으로, 헌신적으로 당신을 사랑하며 나의 아내가 되어달라고 말하고자 몇 줄의 편지를 보냅니다. 왜냐하면 감히 당신에 대한 저의 애정이 얼마나 큰 지를 표현하기에는 제 말을 믿을 수 없기 때문입니다. 사랑인지, 실망인지 전혀 알 수 없는 마음을 드리는 척할 수는 없습니다. 저는 사랑을 했던 적이 있고 제 마음은 그녀가 다른 이의 사람이 되는 것을 바라보면서 느꼈던 슬픔에서 회복하는 데 몇 년이 걸렸습니다. 하지만 그것은 끝났고 당신을 보면서 한 때 저에게 치명적이었을 것이라고 생각했던 실망에 기뻐하고 있습니다. 그렇지 않았다면 덜 열정적인 연인으로 남았겠지만 당신의 많은 매력에 감사하는 저의 힘과 당신이 저의 아내가 되어주길 바라는 바람은 열 배 더 커졌습니다. 저의 청이 받아들여졌는지는 심부름꾼을 통해 몇 줄의 답장으로 알려주세요. 만약 당신이 저를 받아들인다면 언젠가 아버님, 어머님으로 부를 수 있길 바라는 앨러비 부부와 그 문제에 대해 이야기할 것입니다. 아내가 되겠다고 승낙한다면 대학 성직 자리가 나올 때까지 결혼할 수 없기 때문에 우리의 결합은 몇 년이 걸릴 수 있다고 알립니다. 그러므로 당신이 저를 거절하는 것이 맞다고 생각한다면 저는 놀라기보다는 슬퍼할 것입니다.

　　　　　　– 당신에게 가장 헌신적인 시어볼드 폰티펙스 올림

이것은 공립학교와 대학 교육을 받은 시어볼드가 할 수 있었던 전부였다! 그럼에도 불구하고 그는 자신의 편지가 오히려 좋은 편지라 생각했고 특히 옛사랑 이야기를 지어낸 자신의 영리함에 스스로 자랑스러워했는데 그 이면에는 크리스티나가 그녀에 대한 그의 행동에 열정 부족을 불평한다면 자신을 감추려는 의도였다. 당연히 받아들였기에 나는 크리스티나의 대답을 말해줄 필요가 없었다. 시어볼드가 앨러비 씨를 무서워할 만큼 그가 정말 청혼할 정도의 용기를 내지 않았을 것이라고 생각하지만 약혼이 어쩔 수 없이 길어진다는 사실은 그 기간 동안 여러 가지 일이 생길 수도 있다는 것이다. 아무리 그가 다른 사람들과의 긴 약혼을 탐탁지 않아 했을지라도 자신의 경우라면 그들을 특별히 반대했을까 의심스럽다. 한 쌍의 연인은 일몰과 일출과 같다. 매일 일어나지만 우리는 거의 보지 않는다. 시어볼드는 상상할 수 있는 가장 열정적인 연인이라고 말했지만 현재 유행하고 있는 그 저속한 말을 사용한 것은 모든 면에서 편협했다. 하지만 그때 크리스티나는 감동을 잘했고 눈물 없이는 '미솔롱기'라는 이름을 들을 수 없었다. 어느 일요일 우연히 시어볼드가 설교문을 두고 갔을 때 그녀는 그것을 품에 안고 잤고 다음 일요일에 그것을 내놔야 했을 때 허망했다. 하지만 시어볼드는 잠자리에 들 때 크리스티나의 오래된 칫솔만큼 많은 것을 가져간 적이 없다고 나는 생각한다. 왜냐하면 나는 한때 자기 여선생님의 스케이트를 가지고 2주 동안 같이 잤다가 포기해야 할 때 울었던 한 젊은이를 알고 있기 때문이다.

12장

시어볼드의 약혼은 아주 좋았지만 조만간 아들의 생각을 듣게 되는 파더노스터 가의 회계 사무실에는 대머리에 장밋빛 뺨을 가진 한 노신사가 있었고 그 노인이 어떻게 상황을 받아들일지 어쩔지 시어볼드가 자문했을 때 그의 가슴은 떨렸다. 하지만 위험한 일은 밝혀져야 했고 시어볼드와 미래의 부인은 아마도 무분별하게 단번에 그것을 깨끗이 해치우기로 결심했다. 그는 편지 초안을 도와준 크리스티나와 함께 모든 것이 효심이라 생각되는 글을 썼고 가능한 최소한으로 미뤄서 결혼하고 싶다고 했다. 대학 성직 자리기 공석이 될 때까지 몇 년이 걸릴 수 있다는 점을 감안해 그가 성직 자리를 얻도록 그의 아버지가 힘을 써달라고 부탁하면서 편지를 마무리했고 그와 미래의 부인은 결혼하면 어차피 중단되는 시어볼드의 펠로우십 외에는 둘 다 돈이 없었기 때문에 다른 방법이 없었다. 시어볼드의 어떤 행동이든 그의 아버지의 눈에는 괘씸했다. 그는 아들의 편지에 답장을 이렇게 썼다.

앨러비 양에 대한 너의 열광적인 격정과 형언할 수 없는 어리석음에 나는 너무나 걱정스럽구나. 연인의 무분별에 모든 것을 허용하기에 나는 여전히 그 숙녀가 우리 가족을 망신시키지 않고 품행이 단정하고 상냥한 젊은이라는 것에 대해 의심의 여지가 없지만 내가 바라는 며느리보다 열 배 더 가치가 있다면 너희가 같이 가난한 것은 너의 결혼에서 극복할 수 없는 어려움이구나. 나는 너 말고도 자식이 넷이나 더 있고 들어가는 비용 때문에 저축도 못한다. 올해 특히 돈이 많이 들어갔는데 사실 내가 오랫동안 마무리하고 싶었던 건물을 완성하기 위해 필요했던 땅 두 곳이 매물로 나와 구입해야만 했다. 많은 젊은이들이 가족을 부양하는 나이에 나는 네가 편안하게 돈을 벌 수 있도록 비용에 상관없이 교육을 시켜줬다. 따라서 네가 공평하게 인생의 첫걸음을 내딛고 더 이상 나를 귀찮게 하지 말라고 할 것이다. 긴 약혼은 보통 불만족스럽고 지금의 경우 가능성이 끝이 없을 것 같구나. 내가 널 위해 무슨 관심과 기도를 할 수 있다고 생각하니? 충분한 돈도 없이 결혼하고 싶어 하는 내 아들 때문에 전국을 다니며 사람들에게 구걸할까? 나는 매정하게 쓰고 싶지 않고 너에 대한 나의 진심은 달라지지 않겠지만 성과도 없는 일에 부드러운 말을 하는 것보다 솔직히 말하는 것이 종종 더 낫단다. 물론 너도 나이가 있으니 하고 싶은 것을 마음대로 할 수 있다는 것을 알지만 만약 네가 법을 따지며 아버지의 감정을 고려하지 않고 행동한다면 언제가 내가 나의 자유를 주장하더라도 너는 놀라지 않아야 할 거야.

－ 진심을 담아, 너의 사랑하는 아버지, G.폰티펙스

나는 이미 보여준 편지들과 보여줄 필요가 없는 것과 함께 이 편지를 찾았는데 전체적으로 동일한 어조가 만연했고 편지 끝부분에 다소 분명한 의지의 흔들림이 있었다. 그의 아버지가 돌아가신 후 그를 알았던 몇 년 동안 시어볼드의 아버지에 대한 무덤덤함을 떠올려보면 건강과 자연의 희미한 냄새가 나는 듯한 편지 보관과 '나의 아버지에게 온 편지' 표시가 매우 감동적이었다. 시어볼드는 크리스티나는 물론 누구에게도 아버지의 편지를 보여주지 않았다. 그는 천성적으로 비밀스러웠고 너무 어렸을 때부터 아버지가 걱정하는 곳에서 난간을 타거나 화풀이를 못하게 억눌러졌다. 그의 불만은 여전히 불분명했고 날마다 둔하고 무거운 짐처럼 느껴졌으며 만약 그가 밤에 깨어 있다면 현재도 계속 그렇지만 그는 그게 무엇인지 몰랐다. 나는 그와 가장 가까운 친구였는데 오랫동안 함께 지낼 수 없었기 때문에 그를 별로 보지 못했다. 그는 내게 경외심이 없다고 말했다. 나는 존경받을 가치가 있는 것에 대한 경외심이 가득하다고 생각했지만 그가 황금으로 여기는 신들은 사실 비금속으로 만들어졌다. 내가 말했듯이 그는 결코 나에게 그의 아버지에 대해 불평하지 않았고 그의 유일한 다른 친구들도 그처럼 재미없고 고지식하고 복음주의 성향이 강했으며 부모에 대한 불복종 행위에 깊은 죄의식으로 가득했고 누구도 선량한 젊은이에게 화를 낼 수 없었다.

크리스티나가 연인으로부터 아버지의 반대와 그들이 결혼하기 전에 떨어져야 할 시기에 대한 통보를 받았을 때 그녀는 그를 약혼에서 자유롭게(얼마나 진심인지는 모르지만) 해주겠다고 했다. 그러나 시어볼드는 '적어도 지금은' 아니라면서 거절했다. 크리스티나와 앨러비 부인은 자신들이 그를 다룰 수 있다는 것을 알았고 그다지 만족스럽지 않지만 약혼은 유지됐다. 그의 약혼과 당장 파혼을 거부한 것은 시어볼드가 보기에 좋은 생각이었다. 그는 따분했지만 자화자찬은 조용히 하지 않았다. 자신의 대학의 명성과 순결한 삶(그가 성격만 더 좋다면 새로 낳은 알처럼 순수할 것이라 말한 적이 있다) 그리고 돈 문제에 있어서 나무랄 데 없는 성실함에 스스로 감탄했다. 그는 일단 성직을 받게 되면 교회 내 승진에 자신 있었고 당연히 그가 언젠가 주교가 될 가능성은 컸으며 크리스티나는 궁극적으로 그렇게 될 것이라 확신한다고 말했다.

성직자의 딸이자 예비 아내로 당연하지만 크리스티나의 생각에 종교가 많은 영향을 미쳤고 비록 이 세상에서 그녀와 시어볼드가 고위직 자리를 거부하더라도 그들의 미덕은 충분히 인정받아야 한다고 생각했다. 그녀의 종교적 견해는 시어볼드와 굉장히 비슷했고 그녀는 하나님의 영광과 그가 성직 자리를 얻고 결혼하자마자 그들이 헌신할 수 있는 완전성에 대해 그와 많은 대화를 나눴다. 조금 더 빨리 성직 자리에 오르는 것을 방해하는 교구 목사를 없애지 않는 것에 대한 진정한 관심과 신의 섭리가 보여준 맹목적인 것에 대해 가끔은 의문을 품게 하는 위대한 결과에 그녀는 확신했다. 당시 사람들은 순진하게 믿었고 현재 교육 받은 남녀들 사이에서는 볼 수 없었다. 시어볼드는 성경에 나오는 어떤 음절의 문자 그대로의 정확성을 의심하는 마음이 전혀 없었다. 그는 이로 인해 논란이 된 책을 본 적이 없고 그것을 의심하는 사람을 만난 적도 없었다. 사실 지질학에 대한 약간의 두려움이 있었지만 그 안에는 아무것도 없었다. 하나님이 세상을 6일 만에 만드셨다고 하면 왜 그 이상도 이하도 아닌, 6일 만에 세상을 만드셨느냐고 했다. 만약 하나님이 아담을 잠들게 하고 갈비뼈 하나를 꺼내어 여자로 만들었으면 그것은 당연한 일이었다. 시어볼드 폰티펙스와 같은 아담은 시어볼드 폰티펙스처럼 정원에서 잠을 잤는데 그 정원은 여름 동안 참 예쁜 크램포드 교구 목사관 정원 같은 것이었고 조금 더 크고 길들여진 야생 동물이 있을 뿐이었다. 앨러비 씨나 그의 아버지 같은 하나님이 그에게 다가오셔서 그를 깨우지 않고 갈비뼈 하나를 능숙하게 꺼냈으며 상처를 기적적으로 치유하여 흔적이 남지 않았다. 마침내 하나님은 갈비뼈를 온실로 가져가서서 크리스티나와 같은 또 다른 젊은 여성으로 바꾸어 놓으셨다. 그렇게 된 것이다. 문제에 대한 어려움도 어려움의 그림자도 없었다. 하나님은 자신이 좋아하는 일을 할 수 없었고 그가 한 일을 알려주는 성경 속 그가 있지 않은가?

이것은 50년, 40년 심지어 20년 전 모세의 우주론에 대해 꽤 교육을 받은 젊은 남녀들의 평균적인 태도였다. 따라서 진취적인 젊은 성직자들은 하나님을 믿지 않는 것으로 거의 싸우지 않았고 교회는 대도시의 가난한 사람들에게 보여준 활동에 대해 알지도 못했다. 그 후 이 문제들은 웨슬리 뒤를 이은 사람들의 노동에 대한 저항이나 협력으로 노력 없이 대부분 남겨졌다. 사실 이교도 국가에서의 선교 활동은 어떤 힘으로 하는 것이지만 시어볼드는 선교사가 되어야 한다는 어떠한 부름도 받지 못했다. 크리스티나는 여러 번 그에게 선교 활동을 제안했고 그녀에게 선교사의 아내가 되는 것과 그의 위험을 함께하는 것이 이루 말할 수 없는 행복이라 확신시켰다. 그녀와 시어볼드는 심지어 순교할 수도 있었다. 물론 그들은 함께 순교할 것이다. 그리고 수년 후 교구 목사관 정원의 나무가 돼서 순교는 고통스럽지 않고 다음 세상에서 그들에게 눈부신 미래를 보장해준 것이며 적어도 이 세상에서 사후 명성을 얻게 될 것이다. 비록 그들이 기적적으로 다시 살아나지 못하더라도 말이다. 그리고 순교자들에게 지금까지 그런 일들이 일어나고 있다. 하지만 시어볼드는 크리스티나의 열정에 이끌리지 않았고 그녀는 이교도 그 자체보다 어쩌면 더 위험한 적인 가톨릭교회 문제로 되돌아갔다. 가톨릭교와의 싸움은 그녀와 시어볼드가 순교의 왕관을 위해 아직 이길 수 있다. 사실 가톨릭교회는 그때까지만 해도 참을 수 있을 정도로 조용했지만 폭풍 전의 고요함이었고 그녀는 단순한 이유에 근거한 어떤 주장으로 얻을 수 있었던 것보다 더 깊은 신념을 가지고 있었다.

그녀가 외쳤다. "시어볼드, 우리는 언제나 충실할 거예요. 우리는 죽을 때도 굳건히 서로가 서로를 지지할 거예요. 자비로우신 하나님은 우리가 산 채로 불타는 것에서 구원해주실 거예요. 그분은 그렇게 하실 수도 있고 안 하실 수도 있어요. 오, 주님(그녀는 기도하는 마음으로 하늘을 바라봤다), 나의 시어볼드를 살려주시거나 그가 참수될 수 있도록 허락해주세요." "내 사랑." 시어볼드가 진지하게 말했다. "지나치게 불안해하지 말아요. 심판의 시간이 온다면 우리는 하나님의 영광에 대한 금욕과 헌신하는, 조용하고도 눈에 띄지 않는 삶을 영위했기에 그것을 맞이할 준비가 가장 잘 되어 있을 거예요. 그런 삶이 우리가 기도할 수 있게 하시는 하나님을 기쁘게 하는 기도인 거죠." "사랑하는 시어볼드." 크리스티나가 눈에 고여 있던 눈물을 닦으며 소리쳤다. "당신이 늘, 언제나 옳아요. 우리 금욕하고, 고결하고, 정직하고, 진실 된 말과 행동만 해요." 그녀는 두 손을 꼭 쥐고 천국을 우러러보며 말했다. "내 사랑." 그녀의 연인이 응수했다. "우리는 지금까지 이 모든 것들을 이루기 위해 노력해 왔어요. 우리는 세속적인 사람이 아니에요. 끝까지 계속할 수 있도록 지켜보고 기도해요."

　달은 떠오르고 그들은 더 편한 계절로 그들의 염원을 더 미뤘다. 어떤 때 크리스티나는 자신과 시어볼드가 그녀의 구원자의 명예를 회복시켜야 하는 위대한 과업을 이루는 데 있어 거의 모든 인간의 경멸에 용감히 맞서고 있다고 생각했다. 그녀는 이것을 위해 무엇이든 마주할 수 있었다. 그러나 그녀의 환상이 끝날 쯤 항상 천국의 황금빛 지역 높은 곳에 작은 대관식 장면이 떠올랐고 천사와 대천사들이 선망과 감탄으로 지켜보는 가운데 그녀의 머리 위에 왕관이 올려졌다. 이곳에서도 시어볼드 그 자신은 없었다. 만약 정의의 재물이 있었다면 크리스티나는 틀림없이 그와 친구가 되었을 것이다. 그녀의 아버지와 어머니는 매우 존경할 만한 사람들이었고 시간이 흐르면 그들이 매우 편안한 천국의 집을 받게 될 것이다. 그녀의 자매들은 의심할 바가 없었다. 아마 형제들도 그럴 것이다. 그러나 그녀 자신은 더 높은 운명이 준비 중이라 느꼈고 그것은 결코 놓쳐서는 안 되는 그녀의 의무였다. 그것을 향한 첫 번째 단계는 시어볼드와의 결혼이다. 그러나 이러한 종교적 낭만주의의 비행에도 불구하고 크리스티나는 좋은 성품에 친절한 소녀였으며 분별력 있는 평신도(우리는 여관 주인이라 할 것이다)와 결혼했다면 좋은 주인이 되고 손님들에게 당연히 인기가 있었을 것이다.

시어볼드의 약혼 생활은 이랬다. 두 사람은 작은 선물들을 많이 주고받았고 서로를 위해 작지만 놀라운 일을 즐겁게 많이 준비했다. 그들은 결코 다투지 않았고 그들 중 누구도 다른 사람과 시시덕거리지 않았다. 앨러비 부인과 미래의 처제들은 시어볼드가 앨러비 씨를 돕는 한 다른 집사가 와서 일을 맡는 것이 불가능함에도 불구하고 시어볼드를 아꼈으며 그는 공짜로 일을 돕고 있었다. 두 자매는 크리스티나가 실제로 결혼하기 전 겨우 남편감을 찾았고 매번 시어볼드가 바람잡이 역할을 했다. 결국 일곱 딸 중 둘만이 독신으로 남았다.

3, 4년 후 폰티펙스 노인은 아들의 약혼에 익숙해졌고 지금은 용인할 수 있는 관례적인 권리 중 하나로 봤다. 1831년 봄, 시어볼드가 처음 크램포드로 간 지 5년이 넘은 해에 뜻밖에 대학 성직 자리가 공석으로 났고 수락할 것이라 예상했던 선배 두 명이 여러 가지 이유로 거절했다. 다음에 그 성직 자리를 제안 받은 시어볼드는 당연히 수락했고 적당한 집 및 정원과 함께 1년에 최소 500파운드를 받았다. 그 후 폰티펙스 노인은 기대했던 것보다 훨씬 더 관대해져서 아들과 며느리에게 1만 파운드를 줬고 나머지 재산은 그들이 알아서 했다. 1831년 7월 시어볼드와 크리스티나는 남편과 아내가 되었다.

13장

목사관에서 출발한 행복한 한 쌍이 탄 마차를 향해 마을사람들은 낡은 신발을 많이 던졌고 마차는 마을 맨 아래 모퉁이를 돌았다. 그런 다음 전나무를 지나 200야드 또는 300야드 정도 멀어진 후 시야에서 사라졌다. "존." 앨러비 씨가 하인에게 말했다. "문 닫아." 그리고 그는 안도의 한숨을 내쉬며 안으로 들어갔다. "내가 해냈어, 살았어." 이는 노신사가 마차 뒤를 쫓아 20야드를 더 달려가 슬리퍼를 던지는 동안 열광적인 환희를 터뜨린 후의 반응이었다. 사실 슬리퍼는 적당히 내던졌다. 마을을 지나 전나무 숲을 조용히 달리고 있을 때 시어볼드와 크리스티나의 감정은 어땠을까? 사랑에 푹 빠진 사람의 가슴이 뛰지 않는 한, 아무리 강심장이라도 약해지는 것이 바로 이 시점이다. 신부와 함께 파도가 울렁이는 바다 위 작은 배를 타고 있고 두 명 모두 배멀미를 하고 있는데 아픈 사랑에 빠진 청년이 신부의 지금 상황이 최악일 때 사랑하는 연인의 머리를 잡아주는 행복 속에서 자신의 고뇌를 잊을 수 있다면 그의 심장은 전나무 숲을 지날 때 약해질 위험이 없을 것이다. 다른 사람들, 그리고 불행히도 기혼자들 중 대다수가 '다른 사람들'로 분류되어야 하는데 어쩔 수 없이 경우에 따라 15분 내지 30분 정도 다소 안 좋은 일을 겪게 될 것이다. 숫자로 봤을 때 나는 뉴게이트 감방보다 세인트 조지의 하노버 광장으로 이어지는 거리에서 겪는 정신적 고통이 더 크다고 생각한다. 결혼했지만 진정으로 사랑하지 않는 여자와 단 둘이 있는 첫 30분보다 이탈리아인들이 죽음의 딸이라고 부르는 그녀가 차가운 손을 남자에게 올리는 것이 더 끔찍하다.

죽음의 딸은 시어볼드를 살려주지 않았다. 그는 지금까지 매우 잘했다. 크리스티나가 그를 놓아주겠다고 했을 때 그는 관대하게 자리를 지켰고 그 이후로 계속 잘난 체했다. '어쨌든 나는 명예로운 영혼이다. 아니 그렇지 않아.' 등등 하면서 말이다. 솔직히 말하면 대단한 순간에 실제로 돈 버는 것은 여전히 멀었다. 그의 아버지가 결혼을 정식으로 허락했을 때 상황은 더 심각해지기 시작했다. 공석이 된 대학 성직을 받아들였을 때는 더욱 더 심각해 보였다. 하지만 크리스티나가 정말로 결혼 날짜를 잡았을 때 시어볼드는 마음속으로 기절했다. 약혼이 너무 길어지자 그는 익숙해졌고 변화는 혼란스러웠다. 그가 생각하기에 크리스티나와 그는 오랫동안 아주 잘 지냈다. 왜, 어째서 남은 세월 동안 지금처럼 계속 지내면 안 되는 걸까? 그러나 그는 도축업자의 뒷마당으로 몰리는 양보다 도망칠 기회가 더 없었고 그 양처럼 저항해도 얻을 것이 없다고 생각했기 때문에 아무것도 하지 않았다. 사실 그는 예의 바르게 행동했고 사람들은 상상할 수 있는 가장 행복한 남자들 중 한 명으로 그를 떠올렸다.

하지만 이제 비유를 바꾸면 일은 벌어졌고 불쌍한 남자는 그가 사랑하는 사람과 함께 어중간한 상태가 되었다. 이 사람은 이제 33살이 되었고 그렇게 보였다. 그녀는 울고 있었고 눈과 코는 불그스름했다. 앨러비 씨가 신발을 던진 뒤, 그의 얼굴에 '해냈어, 살았어.'라고 쓰여 있었다면 전나무 숲을 지나갈 때 시어볼드 얼굴에는 '끝났어, 얼마나 더 오래 살 수 있을까 모르겠다.'라고 쓰여 있었다. 그러나 교구목사관에서 이런 것은 보이지 않았다. 그곳에서 볼 수 있는 것은 길가 울타리를 지나갈 때 등자에 앉아서 위로 솟은 마부의 머리가 위아래로

혼들리는 것과 검고 노란색의 마차뿐이었다. 두 사람은 한동안 아무 말도 하지 않았다. 첫 30분 동안 그들이 느꼈을 감정을 내가 말하기에는 능력 밖이기 때문에 독자가 짐작해야 한다. 하지만 그 시간이 끝날 무렵 마음 한 구석에서 시어볼드는 이제 그와 크리스티나가 더 빨리 결혼을 해서 두 사람의 사이가 더 좋아졌다는 결론을 내렸다. 어려움에 처한 사람들이 합리적이라고 분명히 인식하는 첫 번째 작은 합리적 일만 한다면 그들은 항상 다음 단계를 보다 쉽게 받아들일 것이다. 그렇다면 시어볼드가 지금 이 순간 가장 먼저 고려해야 할 문제는 무엇이며 그와 크리스티나의 상대적인 입장에 대한 공정한 견해는 무엇이라고 생각했을까? 분명히 그들의 첫 저녁 식사는 결혼 생활의 의무와 즐거움에서 처음으로 함께하는 것이었다. 식사를 주문하는 것은 크리스티나가 할 일이었고 돈을 내는 것은 그가 할 일이었다.

이 결론에 이르는 논쟁과 결론 그 자체는 시어볼드가 뉴마켓으로 가기 위해 크램포드를 떠난 후 약 3.5마일이 지나서야 뇌리에 떠올랐다. 그는 일찍 아침을 먹었지만 평소보다 식욕이 떨어졌다. 그들은 결혼식 아침 식사를 위해 머물지 않고 정오에 목사관을 떠났다. 시어볼드는 이른 저녁 식사를 좋아했다. 그가 배고프다는 생각이 들었다. 이때부터 앞 단락에 언급된 결론에 이르기까지는 쉬웠다. 몇 분 더 곰곰이 생각한 후에 그 문제를 신부에게 이야기했고 그래서 서먹서먹한 분위기는 깨졌다. 시어볼드 부인은 갑자기 중요한 일을 맡는 것에 대비하지 못했다. 결코 강하지 않은 그녀의 신경은 아침 행사로 최고의 긴장 상태였다. 그녀는 시선에서 벗어나고 싶었다. 또한 그날 아침에 결혼하는 신부로 보이는 것보다 나이가 조금 더 들어 보인다는 것을 의식했다. 집주인, 식모, 급사 등 모든 사람과 모든 것이 두려웠다. 심장이 너무 빨리 뛰어서 거의 말을 할 수 없었는데 하물며 낯선 여인과 낯선 호텔에서 저녁을 주문하라는 시련이 왔다. 그녀는 봐달라고 간청하고 빌었다. 만약 시어볼드가 이번 한 번만 저녁을 주문한다면 앞으로 매일 저녁을 주문할 것이다. 그러나 매정한 시어볼드에게 그런 터무니없는 변명은 통하지 않았다. 그는 이제 주인이었다. 두 시간 전에 크리스티나는 그를 존경하고 순종하겠다고 엄숙하게 약속하지 않았던가? 그리고 그녀는 이런 사소한 일에 강경한가? 그의 얼굴에서 사랑스러운 미소는 사라졌고 그의 아버지가 부러워했을 찌푸린 표정을 지었다. "크리스티나, 쓸데없는 소리 말아요." 그가 가볍게 소리치며 마차 바닥에 발을 동동 굴렀다. "남편의 저녁 식사를 주문하는 것은 아내의 의무예요. 당신은 내 아내니까, 당신이 내 것을 주문해줘요." 왜냐하면 시어볼드가 논리적이지 않다면 그는 아무것도 아니기 때문이었다. 신부가 울기 시작했고 그가 불친절하다고 했다. 그는 아무 말도 하지 않았지만 속으로 이루 말할 수 없는 것들이 돌아다녔다. 그러면 이것이 그의 6년간의 끊임없는 헌신의 끝일까? 크리스티나가 그를 놔주겠다고 했을 때 약혼을 고집한 것이 이것 때문이었나? 이것이 그녀의 의무와 종교적 자세에 대한 이야기의 결과였을까? 이제 결혼 당일에 그녀는 하나님에 대한 순종의 첫 번째 단계가 자신에 대한 순종이라는 사실을 깨닫지 못한 것인가? 그는 크램포드로 돌아가 앨러비 부부에게 항의할 것이다. 크리스티나와 결혼할 생각이 없었다. 그는 그녀와 결혼하지 않아야 했다. 그것은 모두 끔찍한 꿈이었다. 그럴 것이다. 하지만 그의 귓가에 계속해서 "너는 할 수 없다, 할 수 없어, 할 수 없다고"라는 목소리가 들렸다.

"할 수 없어?"라고 그 불행한 생명체는 자신에게 소리쳤다. "그래." 무자비한 목소리가 말했다. "할 수 없어. 너는 결혼했어." 그는 마차 구석에 돌아앉아서 영국 결혼법이 얼마나 부당한지를 처음으로 느꼈다. 그래서 밀턴의 산문 작품들을 사서 이혼에 대한 책자를 읽을 것이다. 아마도 뉴마켓에서 그 책들을 구할 수 있을 것이다. 신부는 마차의 한쪽 구석에 앉아 울었다. 그리고 신랑은 다른 쪽에서 부루퉁했고 그녀가 두려웠다. 그러나 곧 구석에서 신부의 힘없는 목소리가 들렸다. "시어볼드, 여보, 용서해줘요. 제가 너무 잘못했어요. 제발 화내지 말아요. 내가 주문할…." 그러나 '저녁 식사'라는 단어에 흐느낌이 들렸다. 이 말을 들은 시어볼드는 마음이 조금 풀리기 시작했지만 그렇게 기분 좋지는 않았다. "당신이 좋아하는 걸 말해줘요"라며 목소리가 이어졌다. "집주인에게 말할게요. 뉴마에 도착하면." 하지만 그녀는 또다시 흐느꼈다. 시어볼드의 마음은 점점 풀렸다. 그녀는 결국 그를 쥐고 흔들지 않았을 수도 있었을까? 게다가 그의 관심을 그녀에게서 곧 먹을 저녁 식사로 돌리지 않았나? 그는 더 많은 근심들을 삼키면서도 여전히 침울하게 말했다. "브레드소스, 햇감자, 완두콩을 곁들인 닭구이를 먹을 수 있을 거요. 그리고 나서 체리 타르트와 크림을 먹을 수 있는지 알아봅시다."

몇 분 후에 그는 그녀를 자기 쪽으로 끌어당겨 눈물을 키스로 닦아주며 그녀가 그에게 좋은 아내가 될 것임을 확신시켰다. 그녀가 답하며 외쳤다. "시어볼드, 당신은 천사예요." 시어볼드는 그녀를 믿었고 10분 후 행복한 부부는 뉴마켓의 여관에 내렸다. 크리스티나는 힘든 일을 멋지게 해냈다. 시어볼드가 꼭 불가피하게 기다려야 하는 것보다 더 오래 기다리지 않도록 여주인에게 몰래 간청했다. "만약 수프가 준비되면 닭이 익는 동안 먹으면 되니까 10분 정도 절약할 수 있을 거예요. 바버 부인." 얼마나 그녀가 절박한가! 하지만 사실 그녀는 머리가 깨질 듯이 아팠고 혼자 있기 위해 무엇이라도 했을 것이다.

저녁 식사는 성공적이었다. 셰리주 1파인트로 시어볼드의 마음은 따뜻해졌고 그는 결국 일들이 훨씬 잘 풀릴 거라는 희망을 가지기 시작했다. 첫 전투에서 승리했고 이것으로 위신이 커졌다. 얼마나 쉬웠는가! 왜 그는 누이들을 이런 식으로 대하지 않았을까? 다음에 그들을 볼 때 분명 그렇게 할 것이다. 그는 시간이 지나면 형 존이나 심지어 아버지에게 맞설 수 있을 것이다. 이처럼 와인과 승리감에 취해 얼굴이 붉어진 채 허황된 꿈을 꾸고 있다. 신혼여행이 끝날 때 시어볼드 부인은 영국에서 가장 헌신적이고 고분고분한 아내가 되었다.

내가 지금까지 아주 소심하고 만만하다고 묘사한 사람이 결혼식날 갑자기 그런 포악성을 드러내다니 이상하다. 아마도 내가 그의 교제 기간을 너무 빨리 건너뛴 거 같다. 이 기간 동안 그는 대학 지도 교수가 되었고 마침내 부학장이 되었다. 나는 그가 5~6년 동안 상주 펠로우십을 한 후에도 자신의 중요성을 제대로 인식하지 못하는지 몰랐다. 정말이다. 아버지 집에서 반경 10마일 이내에 도착하자마자 마법이 일어났고 그의 무릎은 풀리고 위대함은 사라졌으며 그는 다시 영겁의 먹구름에서 몸만 자라난 아기처럼 느껴졌다. 그러나 엘름허스트에 자주 가지 않았고 그가 그곳을 떠나자마자 마법은 다시 풀렸다. 또다시 그는 연구원, 대학 지도교수, 부학장, 크리스티나의 약혼자, 앨러비 가 여성들의 우상이 되었다. 만약 크리스티나가 바바리 암탉이었고 저항의 표시로 그녀의 깃털을 곤두세웠다면 시어볼드는 감히 그녀에게 으스대지 않았을 것이지만 그녀는 바바리 암탉이 아닌 그냥 흔한 암탉이었고 또한 보통의 암탉들보다 용기가 좀 없었다.

14장

배터스비 온더힐은 시어볼드가 현재 목사로 있는 마을 이름이다.
다소 넓은 지역에 주민 4~500명이 살았고 모두 농부와 농장 일꾼들이
었다. 목사 관저는 널찍했고 언덕 꼭대기에 있어 경치가 좋았다. 방문
반경 내에 이웃들이 꽤 있었는데 한두 가족을 제외하고 주변 마을의
성직자와 성직자 가족이었다. 지역에서 폰티펙스 가족은 이웃주민들
에게 대단한 사람들로 환영 받았다. 그들은 폰티펙스 씨가 매우 영리
하다고 말했다. 그는 전형적인 어른이었고 달변가였다. 사실 완벽한
천재이면서 실용적인 상식도 많았다. 출판인인 아버지 폰티펙스 씨
의 유명한 아들로 미래에 큰 재산을 물려받을 것이다. 형이 없었나?
있었다. 하지만 재산이 너무 많아서 시어볼드는 아마 상당히 받을 것
이다. 물론 그들은 저녁 파티를 열 것이다. 그리고 폰티펙스 부인, 그
녀는 정말 매력적인 여성이다. 그렇게 예쁘지는 않지만 매우 상냥
한 미소를 지었고 태도는 매우 발랄하고 애교가 있었다. 남편에게 너
무나 헌신적이었고 남편도 그랬다. 그들이 젊었을 때 어떤 연인이었
는지 떠올리게 했다. 이 타락한 시대에 그러한 한 쌍을 만나는 것은
드물었다. 무척 아름다웠다 등등 새로 등장한 이들에 대한 이웃들의
평가는 그랬다.

시어볼드의 교구민들에 대해 말하자면 농부들은 예의 바르고 일꾼
들과 아내들은 고분고분했다. 어느 경솔한 전임자의 업적에 대해 약

간의 이견이 있었지만 시어볼드 부인은 "시어볼드가 그 문제를 처리할 수 있을 거예요"라고 자랑스럽게 말했다. 교회는 당시 옛 노르만 양식에 초기 잉글랜드 양식이 더해진 흥미로운 표본이었다. 지금은 수리 상태가 아주 형편없게 보이겠지만 4~50년 전에는 수리가 잘된 교회가 거의 없었다. 현 세대가 다른 세대에 비해 한 가지 특징이 있다면 훌륭한 교회 복원가가 있다는 것이다.

호레이스는 그의 시편에서 교회 복원을 설교했다.

> 죄책감 없이, 당신은 조상들의 태만에 대한 대가를 치를 것입니다.
> 로마는 당신이 사원과 무너진 신의 신전과
> 검은 연기로 더러워진 동상을 재건할 때까지 대가를 치를 것입니다.

아우구스투스 시대 이후로 오랫동안 로마와 잘되는 것은 없었지만 교회가 성전을 복원했기 때문인지 아니면 복원하지 않았기 때문인지는 잘 모르겠다. 콘스탄티누스 시대 이후에는 확실히 모든 것이 잘못되었지만 로마는 여전히 중요한 도시였다. 시어볼드는 배터스비에서 몇 년을 보내기 전에 배터스비 교회 재건에 도움이 되는 일을 찾았고 상당한 돈을 들여서 그 일을 자청했다. 그는 스스로 건축가가 돼서 비용을 절약했다. 작업을 시작한 1834년에는 건축에 대해 잘 알지 못했고 그 결과 몇 년을 더 기다렸던 것에 비해 만족스럽지 못했다. 문학, 음악, 그림, 건축 등 모든 사람의 작품은 언제나 자신의 초상화이며 자신을 감추려 할수록 그의 성격은 그도 모르게 더욱 뚜렷하게 나타날 것이다. 나는 내가 이 책을 쓰는 동안 내 자신을 비난하고 있을지도 모른다. 왜냐하면 이 책을 좋아하든 싫어하든 내가 독자들 앞에 설정한 어떤 인물들을 묘사하는 것보다 더 분명하게 나 자신을 묘사하고 있다는 것을 알고 있기 때문이다. 그렇게 해서 미안하지만 어쩔 수 없다. 그래서 나는 보수한 배터스비 교회를 보면 거장을 제외하고 어떤 조각가나 화가가 만들었을 작품보다는 늘 시어볼드의 초상화처럼 보인다고 네메시스에게 말할 것이다.

나는 시어볼드가 결혼한 지 6~7개월 정도 지나고 오래된 교회가 아직 있을 때 시어볼드와 함께 지냈던 것을 기억한다. 교회에 가니 나아만이 나병을 치료하고 돌아오는 주인님과 동행해야 할 때 어떤 일들에 대해 느꼈을 것 같은 느낌이 들었다. 시어볼드의 설교보다 이 일과 사람들에 대한 기억이 더 생생하다. 지금도 나는 발뒤꿈치에 닿는 푸른 망토를 입은 남자들과 주홍색 망토를 입은 여러 명의 노파가 보인다. 칼라일이 묘사한 혁명 이전의 프랑스 농민과 훨씬 더 흡사한 체격도 얼굴도 볼품없고, 생기가 없고, 무감각하고, 무뚝뚝하고, 둔하고, 멍한 시골 청년들이 이제는 더 똑똑하고, 더 잘생기고, 더 희망적인 세대로 바뀌었고, 이 세대는 행복을 얻을 수 있는 가장 좋은 방법에 대한 생각이 더 명확하고 더불어 행복을 누릴 권리가 있음을 알았다. 겨울이 오고 징이 박힌 부츠의 요란한 소리와 입김이 나오는 숨소리가 차례차례 들려온다. 그들은 들어오면서 눈을 털어냈고 열려진 문을 통해 나는 황량한 납빛 하늘과 눈 덮인 묘비를 잠시 흘끗 보았다. 어쩌다 보니 헨델이 '근처에 쟁기질하는 사람이 있다'라는 가사를 더한 선율이 머릿속에 떠올랐고 또 생각이 났다. 옛날 헨델이 이 사람들을 얼마나 훌륭하게 이해했는가! 그들은 성경대를 지나면서 시어볼드에게 고개를 까딱하고('여기 있는 사람들은 정말 존경스럽고 그들보다 더 나은 사람들을 알아봐요'라고 크리스티나가 나에게 속삭였다.) 벽에 기대어 길게 줄 서서 자리를 잡는다. 합창단은 첼로, 클라리넷 및 트롬본과 같은 악기를 들고 갤러리로 올라갔다. 나는 그들을 바라보고 곧 그들의 음악을 듣는다. 예배 전에 찬송가가 있었는데 선율이 거칠고 내가 착각하는 게 아니면 종교 개혁 이전 기도 흔적이 남았다. 내가 생각한 그 찬송가는 5년 전 베니스의 SS. 지오바니 에 파올로 교회의 오래 전 음악 선구자 작품으로 들었다. 그리고 나는 6월 안식일에 대서양 한가운데에서 멀리 떨어진 회색 바다에서 다시 그 소리를 들었고 바람도 파도도 흔들리지 않을 때에 이민자들이 갑판 위에 모이고 그들의 애절한 찬송가가 하늘의 은빛 안개 위에 울려 퍼지며 더 이상 한숨을 쉴 수 없을 때까지 한숨을 쉬어 온 바다의 황무지에 울려 퍼진다. 아니면 웨일스 언덕에서 열리는 감리교 야영 모임에서 들을 수도 있지만 교회에서는 영원히 사라졌다. 내가 음악가라면 웨슬리 교파 교향곡 아다지오 악장의 소재로 했을 것이다.

이제 클라리넷과 첼로와 트롬본은 사라졌고 '에스겔서'의 애절한 생명체처럼 제멋대로인 음유시이고 불협화음이지만 한없이 애처롭다. 술에 취한 거처럼 겸손함이 그를 혼란에 빠트리고 입을 다물게 하고 '양떼를 거느린 양치기'라는 가사가 나올 때까지 아기를 겁먹게 하는 목소리가 큰 사람, 바산 마을 대장장의 울부짖는 소리는 사라지고, 음악적인 목수, 모든 사람들보다 더 활기차게 함성을 지르는 붉은 머리의 건장한 양치기는 사라졌다. 내가 그들을 처음 봤을 때 그들은 불운했고 나쁜 일이 일어날 것 같은 예감이 있었지만 그들은 여전히 합창단 생활을 했고 다음에 나오는 가사를 외쳤다.

사악한 손이 그를 뚫고 못을 박았고 그를 나무에 못 박았네.

하지만 어떠한 묘사도 그 효과에 대해 제대로 그리지 못한다. 내가 마지막으로 배터스비 교회에 있을 때 학생 합창단과 다정해 보이는 소녀가 연주하는 하모늄(작은 오르간 같은 악기)이 있었고 그들은 아주 정확한 소리로 찬송가를 불렀으며 고대와 현대 찬송가를 불렀다.

높은 신도석은 사라졌다. 아니 옛 합창단이 노래했던 바로 그 갤러리는 사람들에게 높은 곳으로 상기시킬 수 있는 저주받은 것으로 여겨져서 없어졌고 시어볼드는 늙었으며 크리스티나는 교회 마당에 있는 주목나무 밑에 묻혀 있었다. 그러나 저녁 무렵 나는 아주 늙은 세 남자가 반대파 예배당에서 낄낄거리며 나오는 것을 보았고 그들은 틀림없이 나의 오랜 친구, 대장장이, 목수, 양치기였다. 그들의 얼굴에는 그들이 노래를 부른다는 것을 내가 확실히 알 수 있는 만족스러운 표정이 역력했다. 첼로, 클라리넷, 트롬본의 옛 영광은 의심할 여지가 없지만 여전히 시온의 노래를 불렀고 새로운 의식은 없었다.

15장

찬송가가 나의 주의를 끌었다. 그것이 끝났을 때 나는 신도들을 살펴볼 시간이 있었다. 그들은 주로 농부였고 뚱뚱하고 매우 부유한 사람들이었는데 그들 중 일부는 2~3마일 떨어진 외딴 농장에서 아내와 아이들과 함께 왔다. 가톨릭교를 싫어하는 사람과 가톨릭에 대해 말하기를 좋아하는 사람들, 어떤 종류의 이론도 매우 싫어하고 아마도 옛 전쟁 시대의 추억담을 즐기면서 현재의 상황을 유지하는 것이 이상형인 선하고 현명한 사람들과 날씨가 더 이상 자기들 마음대로 안 된다고 잘못된 생각을 하고 더 높은 가격과 더 저렴한 임금을 바라지만 그렇지 않으면 상황이 거의 변하지 않아야 가장 만족해하는 사람들, 연인이 아니라면 익숙한 모든 것을 용인하고 익숙하지 않은 모든 것을 싫어하는 사람들이다. 그들은 기독교에 대한 의구심을 듣고 그것이 행하여지는 것을 보고 똑같이 두려워했을 것이다.

"시어볼드와 교구민들 사이에 무슨 공통점이 있을까요?" 남편이 잠시 자리를 비운 저녁 무렵에 크리스티나가 내게 말했다. "물론 불평해서는 안 되지만 시어볼드처럼 능력 있는 사람이 이런 곳에 내팽개쳐진 것을 보면 정말 슬퍼요. 만약 우리가 A, B, C, D 경들의 집이 있는 게이스베리에만 있었다면 당신도 알듯이, 우리는 그런 사막에 살고 있다고 생각을 하지 말아야 하죠. 하지만 저는 그것이 최선이라고 생각해요"라고 그녀는 보다 쾌활하게 덧붙였다. "주교는 동네에 있을 때마다 우리에게 올 거예요. 그리고 우리가 게이스베리에 있었다면 그는 D경에게 갔겠죠."

아마도 나는 이제 시어볼드의 주름살이 생긴 곳과 그가 결혼한 여자가 어떤 부류인지 충분히 말해줄 수 있다. 그의 습관에 대해 이야기하면 그가 죽어가는 소작민의 아내를 방문하기 위해 진흙투성이 길과 물떼새가 있는 목초지를 터벅터벅 걸어간다. 그는 자신의 식탁에 그녀의 고기와 포도주를 가져다가 조금이 아니라 마음껏 먹는다. 또한 그의 뜻에 따라 종교적 안식을 행한다.

"지옥에 갈까봐 무서워요." 아픈 여자가 우는 소리를 내며 말했다. "오, 목사님, 저를 구해주세요. 저를 살려주세요. 견딜 수가 없어요. 목사님, 저는 두려움에 사로잡혀 죽을 거예요. 그 생각만으로도 온통 식은땀이 나요." "톰슨 부인." 시어볼드가 진지하게 말한다. "당신은 당신의 구원자의 소중한 피를 믿어야 합니다. 당신을 구원할 수 있는 사람은 오직 그분뿐입니다." "하지만 정말일까요, 목사님." 그녀가 그를 애처롭게 바라보며 말한다. "그분이 저는 용서하실까요. 제가 그렇게 착한 여자가 아니었는데 사실 그런 적도 없어요. 그리고 만약 제 죄가 용서되는지 물어볼 때 하나님의 입으로 '그렇다'라고 명백하게 말하신다면…." "하지만 그들은 당신을 용서했습니다, 톰슨 부인." 시어볼드는 엄하게 말한다. 같은 이야기를 이미 여러 번 했고 그는 불행한 여인의 근심 걱정을 지금 15분 내내 참고 있다. 그런 다음 그는 '병자 방문'에서 선택한 기도문을 반복하며 대화를 중단시키고 가난하고 불쌍한 사람이 자신의 상태에 대한 불안을 더 말하는 것을 무시한다. "알려주실 수 없나요, 목사님." 그가 떠날 준비를 하는 걸 보고 그녀가 안타깝게 외쳤다. "심판의 날도 없고 지옥 같은 곳도 없다고 말할 수 없나요? 천국은 없어도 되지만 지옥은 견딜 수 없어요." 시어볼드는 매우 충격을 받았다. "톰슨 부인." 그가 인상 깊게 다시 한 번 말한다.

"우리 종교의 두 가지 초석을 의심 없이 지금과 같은 순간에 당신의 마음에 떠올리라고 간곡히 부탁합니다. 다른 것보다 더 확실한 것이 있다면 우리 모두는 그리스도의 심판대 앞에 서며 사악한 이는 영원한 불의 호수에서 타버릴 것이라는 것입니다. 이것을 의심한다면 톰슨 부인, 당신은 길을 잃었습니다." 불쌍한 여인은 마침내 눈물로 안도감을 찾은 두려움의 폭발에 열이 나는 머리를 침대보에 묻는다.

시어볼드가 문에 손을 얹고 말했다. "톰슨 부인, 한숨 돌리고 진정하세요. 당신은 심판의 날에 당신의 죄가 어린 양의 피로 새하얗게 씻겨질 것이라고 했던 내 말을 믿어야 합니다. 톰슨 부인. 정말입니다." 그는 필사적으로 외친다. "그것은 비록 주홍빛이지만 양털처럼 하얗게 될 것입니다." 그리고 그는 바깥의 맑은 공기를 쐬기 위해 악취가 나는 오두막에서 가능한 한 빨리 도망친다. 면담이 끝났을 때 그는 얼마나 고마웠는지 모른다.

그는 자신의 의무를 다했고 죽어가는 죄인에게 종교적 안식을 준 것을 의식하며 집으로 돌아간다. 그의 흠모하는 아내는 그를 목사관에서 기다리고 있고 어떤 성직자도 신도의 안녕에 그렇게 헌신한 적은 없었다고 그에게 확신시킨다. 그는 그녀를 믿는다. 그는 그가 듣는 모든 것을 자연스럽게 듣는 경향이 있고 아내보다 누가 이 일의 진실을 더 잘 알겠는가? 불쌍한 사람! 그는 최선을 다했지만 물고기가 물밖으로 나오면 물고기에게 가장 좋은 것은 무엇인가? 그분은 고기와 포도주를 남겨주셨고 다시 부르셔서 더 많은 고기와 포도주를 남기실 것이다. 매일같이 물떼새가 다니는 똑같은 들판을 터벅터벅 걷고 매일매일 그는 침묵하지만 떠나지 않고 불안의 고뇌를 끝까지 들으며 마침내 사비로운 나약함은 고통 받는 사람이 앞날을 신경 쓰지 않게 했고 시어볼드는 그녀의 마음이 이제 예수님 안에서 평안하게 안식 중이라고 만족한다.

16장

그는 자기 직업에서 이 부분을 좋아하지 않는다. 정말로 그는 그것을 싫어하지만 스스로 인정하지는 않을 것이다. 자신에게 무언가를 인정하지 않는 버릇은 굳어버렸다. 그럼에도 불구하고 병든 죄인이 없거나 그들이 더 무관심한 고문의 영원에 직면한다면 삶이 더 즐거워질 것이라는 잘못된 인식이 그를 괴롭힌다. 그는 자기가 자기 분수에 맞지 않는다고 생각한다. 농부들은 자기 분수에 맞는 것처럼 보인다. 그들은 몸이 좋고 건강하고 삶에 만족해한다. 하지만 그와 그들 사이에는 큰 차이가 있다. 그의 입꼬리에 딱딱하고 찡그린 표정이 자리 잡기 시작해 비록 그가 검은 외투에 흰 넥타이를 매지 않았더라도 어린 아이는 그가 목사라는 것을 알 것이다. 그는 자기 본분을 다하고 있다는 것을 알고 있다. 날마다 이 사실을 더 확고히 확신시키지만 그가 해야 할 의무는 많지 않다. 그는 슬프게도 취미가 없다. 40년 전 성직자에게 어울리지 않는다고 여겨지지 않았던 그 어떤 운동 경기도 좋아하지 않는다. 승마도, 사격도, 낚시도, 골프도, 크리켓도 하지 않는다. 실력을 보여주기 위해 결코 좋아한 적이 없는 공부를 했고 배터스비에서 공부하게 된 동기는 뭐였을까? 그는 오래된 책도, 새 책도 읽지 않았다. 예술이나 과학이나 정치에 관심이 없지만 그 중 어떤 것이 자신에게 익숙하지 않은 전개를 보이면 빠르게 돌아선다. 사실 그는 직접 설교문을 쓰지만 아내조차도 그의 강점은 설교대에서의 말보다 삶의 본보기(오랫동안 자신을 헌신하는 행위)에 있다고 생각한다. 아침 식사 후, 그는 서재로 물러가고 성경의 작은 구절과 구절을 절묘하고도 깔끔하게 잇는다. 그는 이것을 구약과 신약의 조화라고 부른다. 발췌문과 함께 그는 미드(시어볼드 말에 따르면 그가 요한계시록을 제대로 이해한 유일한 남자다), 패트릭과 다른 옛 신학자들의 발췌문 필적을 완벽히 모방한다. 여러 해 동안 매일 아침 30분씩 꾸준히 이 일을 하는데 그 결과물은 의심할 바 없이 값지다. 몇 년이 지나고 그는 자녀들 수업을 듣고 매일매일 수업 시간에 서재에서 들려오는 비명소리는 그 집에서 일어나는 끔찍한 이야기를 들려준다. 또한 식물 표집을 수집했는데 내가 이름을 까먹었지만 배터스비 지역에서 처음으로 발견된 식물로 그의 아버지의 관심으로 〈새터데이 매거진〉에 한 번 언급됐다. 이 잡지의 이번 호는 빨간 모로코 염소가죽으로 제본되어 있고 응접실 탁자 위에 있다. 그는 정원 주위를 서성거린다. 암탉이 꼬꼬댁 하는 소리를 들으면 크리스티나에게 말하고 곧바로 알을 주우러 간다.

종종 그랬듯이 앨러비양 두 명이 크리스티나와 함께 지내려고 왔을 때 그들은 언니와 형부가 이끄는 삶은 목가적이라고 말했다. 크리스티나의 선택으로 그녀는 정말 행복했다. 왜냐하면 그녀가 선택할 수 있었던 것은 곧 그들 사이에 뿌리를 내린 소설이었고 행복한 시어볼드는 그의 크리스티나를 선택했다. 웬일인지 크리스티나는 자매들이 그녀와 함께 지낼 때 늘 카드놀이를 조금 꺼렸다. 비록 다른 때 그녀는 크리비지(카드 게임)나 휘스트(카드 게임)를 마음껏 즐겼지만 자매들은 그들이 만약 그 작은 일을 이야기한다면 다시는 배터스비에 초대받지 못할 것을 알았고 배터스비에 초대 받는 것은 그만큼 가치 있는 일이었다. 시어볼드는 다소 짜증을 내도 그들에게 화풀이하지 않았다. 본질적으로 그는 자신을 위해 저녁 식사를 해줄 누군가를 찾을 수 있었다면 무인도에 살았을 것이다. 교황과 더불어 인류에게 가장 큰 골칫거리는 남자 혹은 그런 취지의 말을 마음에 두고 있었는데 아마 크리스티나를 제외하고는 여성만이 더 나쁠 뿐이었다. 그러나 방문객들이 왔을 때 그는 뒤에서 기대했던 누구보다 더 괜찮은 표정을 지어보였다. 아버지의 집에서 만난 어떤 문학계 유명인들의 이름을 소개하는 것에 아주 재빨랐고 곧 크리스티나 자신도 만족하는 큰 명성을 쌓았다.

배터스비의 폰티펙스 씨처럼 생활이 올바르고 죄에 더럽혀지지 않은 사람은 누구인가? 교구 관리에 어려움이 생기면 누가 상담하기에 적합한가? 진지한 호기심이 부족한 기독교인과 만사에 능한 사람의 행복한 혼합물은 누구일까? 그래서 사람들은 실제로 그를 찾았다. 그들은 그가 매우 훌륭한 사업가라고 말했다. 확실히 그가 특정 시간에 돈을 지불하겠다고 말했다면 그 돈은 약속된 날에 나올 것이고 이것은 모두에게 좋은 거래라고 할 수 있다. 그의 타고난 소심함으로 반대가 있거나 홍보 가망이 거의 없을 때는 선을 넘지 않았고 그의 올바른 태도와 다소 엄격한 표정은 도를 넘지 않도록 하는 큰 보호 장치였다. 그는 돈에 대해서는 한 번도 이야기한 적이 없고 돈 문제가 거론될 때마나 늘 화제를 바꿨다. 온갖 비열한 짓에 대한 표현으로 그 자신이 비열한 사람이 아니라는 것을 충분히 보여줬다. 게다가 그는 가장 평범한 정육점과 빵집을 제외하고 어떠한 사업상 거래도 하지 않았다. 그의 취향은(만약 있다면) 우리가 본 바와 같이 단순했다. 그는 1년에 900파운드를 벌고 집 한 채를 가지고 있었다. 마을은 저렴하고 한동안은 그를 귀찮게 할 아이도 없었다. 만약 시어볼드가 부럽지 않다면 누가 부러워하지 않았을 것이고 부럽다면 왜 존경을 받았을까?

하지만 나는 크리스티나가 그녀의 남편보다 전반적으로 더 행복했다고 생각한다. 그녀는 병든 교구민들을 찾아가서는 안 되었고 집 관리와 가계부 정리로 원하는 만큼의 일을 할 수 있는 여유가 되었다. 그녀의 주된 의무는, 그녀가 늘 말했듯이 남편이었고 그를 사랑하고, 존경하고, 그가 좋은 성품을 유지하게 하는 것이었다. 자신의 정의를 위해 그녀는 이 의무를 다했다. 그녀가 남편에게 그가 가장 훌륭하고 현명한 사람이라고 그렇게 자주 확신시키지 않았다면 더 좋았을 것이다. 왜냐하면 그의 작은 세계에서는 아무도 그에게 다른 것을 말하고 싶어 하지 않았기 때문이다. 그리고 그는 그 문제에 대해 의심을 품지 않게 되었다. 때때로 매우 난폭해지는 그의 성질에 대해 그녀는 곧 일어날 것 같은 작은 징후가 보이면 비위를 맞추려고 신경 썼다. 그녀는 일찍이 이것이 훨씬 쉽다는 것을 알았다. 그녀에게 천둥은 드물었다. 결혼하기 훨씬 전부터 그의 행동들을 살폈고 불이 원하는 만큼 불에 연료를 더하는 방법을 알고 있었으며 가능한 한 연기를 적게 만들면서 현명하게 불을 줄였다.

돈 문제에 있어서 그녀는 꼼꼼함 그 자체였다. 시어볼드는 그녀가 옷, 용돈, 그리고 작은 자선 활동들과 선물에 쓸 돈을 분기별로 나눠줬다. 이 마지막 항목들에서 그녀는 수입에 맞게 자유롭게 돈을 썼다. 사실 그녀는 옷은 아껴서 입었고 선물이나 자선단체에 모든 것을 나눠주었다. 아, 시어볼드에게 얼마나 큰 안심인가, 6펜스짜리 은화 한 개도 허락 없이는 쓰지 않는 아내가 있다는 것이 말이다. 그녀의 절대적인 순종은 물론이고 모든 주제에 대한 그녀의 의견과 자신의 의견이 완벽하게 일치하며 그가 말하거나 행하는 모든 일에서 그가 옳았다는 그녀의 끊임없는 확신, 그가 가장 기댈 수 있는 것은 돈 문제에 대한 그녀의 꼼꼼함이었다. 세월이 흐르면서 살아 있는 생명체를 좋아했던 그의 본성에 따라 그는 아내를 좋아하게 되었고 그의 약혼, 즉 그가 지금 보상을 받고 있는 미덕의 일부였던 약혼을 고집한 자신에게 스스로 박수를 보냈다. 심지어 크리스티나가 그녀의 분기별 수입보다 30실링 혹은 몇 파운드를 더 지출했다면 어떻게 적자가 생겼는지를 시어볼드에게 항상 분명하게 밝혔다. 오랫동안 입으려고 몹시 비싼 이브닝드레스를 샀다거나 아니면 누군가의 예상치 못한 결혼식으로 분기별 잔고를 넘는 더 멋진 선물이 필요로 했던 것이었다. 초과된 지출이 한 번에 10실링뿐이라도 다음 분기나 다다음 분기에는 항상 메워졌다.

하지만 그들이 결혼한 지 20년이 지난 후, 돈에 관한 크리스티나의 완벽함이 다소 떨어졌다고 생각한다. 그녀는 여러 분기 동안 점차적으로 밀리더니 7~8파운드 정도 납부하는 일종의 국내 국채인 장기 대출까지 받았다. 시어볼드는 마침내 충고가 필요하다 느꼈고 은혼식날에 크리스티나에게 부채 탕감을 알려주고 동시에 앞으로는 지출과 수입을 맞출 것을 간청했다. 그녀는 사랑과 감사의 눈물을 터뜨렸고 그가 남자들 중에서 가장 훌륭하고 관대하다고 그에게 확신시켰고 결혼 생활의 나머지 기간 동안 그녀는 1실링도 밀리지 않았다.

크리스티나는 남편 못지않게 모든 종류의 변화를 싫어했다. 그녀와 시어볼드는 이 세상에서 그들이 바랄 수 있는 거의 모든 것을 가지고 있었다. 그러면 왜 사람들은 아무도 끝을 예측할 수 없는 모든 종류의 변화를 접하기를 원하는가? 그녀가 깊이 믿는 종교는 마지막 발전을 이룬 지 아주 오래되었고 합의적인 사람 마음속에 영국 국교회가 심어준 것보다 더 완벽한 신앙은 생길 수가 없었다. 그녀는 주교의 직위가 아니라면 성직자의 아내보다 더 명예로운 자리는 상상할 수 없었다. 아버지의 영향을 고려했을 때 시어볼드가 언젠가 주교가 되는 것은 전혀 불가능한 일이 아니었고 그 후 그녀는 영국 국교회의 관행에서 하나의 작은 결점을 떠올렸다. 그 결점은 실제로 그 교리가 아니고 정책에 있었고 그녀는 이 점에서 전체적으로 잘못되었다고 생각했다. 주교의 아내 자리가 남편의 지위만큼 올라가지 않는다는 사실을 말하는 거다.

이것은 가톨릭 신자였던 엘리자베스 여왕의 소행이었다. 어쩌면 사람들은 세속적인 위엄에 대한 단순한 경의를 뛰어넘었어야 했지만 세상은 그대로였고 그런 것들은 어쨌든 그들에게 영향을 미쳤다. 윈체스터 주교의 부인인 폰티펙스 부인으로서 그녀의 영향력은 틀림없이 상당할 것이다. 만약 그녀가 영향력을 크게 끼칠 수 있는 충분히 눈에 띄는 영역에 있었다면 그녀와 같은 인물은 영향력을 미칠 수밖에 없을 것이다. 하지만 꽤 멋지게 들리는 윈체스터 부인 혹은 주교 부인으로, 그녀의 힘이 커질지 누가 의심할 수 있을까? 그리고 그녀에게 딸이 있다면 딸이 주교와 결혼하지 않는 한 딸은 주교 부인이 아니기 때문에 더 좋을 것이다. 사실 딸 또한 주교와 결혼하게 되겠지만 그럴 것 같지는 않다.

그녀의 좋은 시절에 대한 생각들은 이랬다. 다른 때에 정당성을 위해 그녀는 모든 면에서 자신이 마땅히 지녀야 할 신앙심이 충만한지를 의심했을 것이다. 구원에 방해되는 모든 적들을 이겨내고 사탄이 그녀의 발에 차여 멍이 들 때까지 그녀는 계속 누르고 밀고 나갔음에 틀림없다. 사람들이 돼지를 죽일 때마다 그녀가 지금까지 공짜로 먹었던 블랙 푸딩(순대와 비슷한 음식)을 더 이상 먹지 않는다면 그녀는 동시대 사람들 일부를 앞지를 수도 있다는 생각이 떠올랐다. 만약 그녀가 또한 그녀의 식탁에는 목을 비틀어 베이고 피를 흘려야 하는 닭고기를 내놓지 않도록 신경 쓴다면 말이다. 성 바울과 예루살렘 교회, 심지어 이교도 개종자들조차 목이 졸리거나 피를 흘리는 일을 삼가야 한다고 주장했고 그들은 의문의 여지없이 가증스러운 본질에 대한 부도덕한 행위 금지에 함께했다. 그러므로 앞으로 그것을 자제하고 주목할 만한 종교적 결실이 뒤따르는지 보면 좋을 것이다. 그녀는 자제했고 결심한 날부터 더 강해지고 마음이 더 깨끗해지고 모든 면에서 지금까지 그녀가 느꼈던 더 신앙심이 깊어졌다고 확신했다. 시어볼드는 그녀만큼 이 문제를 그렇게 중요시하지 않았지만 그녀가 저녁에 먹을 것을 정했기 때문에 그가 닭 목을 조르지 않도록 주의할 수 있었다. 그녀는 그 일이 예전보다 더 보편적 의식이 되길 바랐다. 평범한 폰티펙스 부인으로서는 시도조차 할 수 없는 일을 윈체스터 부인이었다면 할 수 있을지도 모르는 것이었다.

그래서 이 훌륭한 부부는 매달, 매년 해냈다. 만약 독자가 중년이고 성직자 연줄이 있었다면 시어볼드와 크리스티나와 물질적인 면에서 별 다르지 않은 목사와 목사 부인 수십 명을 알았을 것이다. 목사관저의 보육실 아이였던 시절부터 거의 80년에 걸친 나의 기억과 경험으로 말하자면 나는 50년 전 어느 영국인 시골 목사의 삶의 나쁜 점보다는 좋은 점을 그렸다고 말해야겠다. 하지만 요즘에는 그런 사람들이 없다는 것을 인정한다. 전반적으로 영국에서는 더 단합되거나 더 행복한 부부를 찾을 수 없었다. 다만 그들의 결혼 생활 초에 슬픈 일이 일어났다. 내 말은 그들에게 태어났던 아이들이 현재 살아 있지 않다는 것이다.

17장

시간이 흐르면서 이 슬픔은 사라졌다. 결혼한 지 5년째 되던 해에 크리스티나는 무사히 아들을 출산했다. 1835년 9월 6일이었다. 소식은 바로 폰티펙스 씨에게 전해졌고 그는 정말 기뻐했다. 그의 아들 존의 아내는 딸들만 낳아서 그는 남자 후손을 잇지 못할까봐 몹시 불안해했다. 그래서 그 좋은 소식은 더 환영받았고 엘름허스트에서는 기뻐했으며 당시 존 폰티펙스가 살았던 워번 스퀘어에서는 실망했다. 사실 여기에서 이 운명의 괴물은 공개적으로 원망할 수 없기 때문에 더욱 잔인하게 느껴졌다. 그러나 기쁨에 찬 할아버지는 존 폰티펙스의 기분은 전혀 신경 쓰지 않았다. 그는 손자를 원했고 손자도 얻었고 이 정도면 모두에게 충분했을 것이다. 그리고 이제 시어볼드 부인은 더 많은 손자들을 그에게 안겨줄 수도 있을 것이다. 그는 셋 미만으로는 만족하지 못했기 때문이다.

그는 집사를 불렀다. 그가 진진하게 말했다. "겔스트랩, 지하실로 내려갈 거야." 겔스트랩은 촛불을 들고 앞장섰고 그가 가장 좋아하는 포도주를 보관하는 안쪽 지하에 들어갔다. 그는 많은 와인통을 지나쳤다. 1803년산 포트, 1792년산 임페리얼 토케이, 1800년산 클라레, 1812년산 셰리, 이것들과 많은 와인통을 지나쳤지만 폰티펙스 가문의 대표가 지하실로 내려간 것은 그것 때문이 아니었다. 비어 보였던 와인통 하나에 촛불을 한가득 비추자 1파인트 병 하나가 들어가 있었다. 이것이 폰티펙스 씨가 찾던 것이었다.

겔스트랩은 종종 이 병이 궁금했다. 약 12년 전 폰티펙스 씨가 친구였던 유명한 여행가 존스 박사를 방문하고 돌아온 후부터 거기에 있었지만 내용물을 알 수 있는 명판은 없었다. 그의 주인이 외출했다가 실수로 열쇠를 두고 간 일이 한두 번 있었는데 겔스트랩은 과감하게 병을 자세히 살펴봤지만 그것은 너무나 잘 봉인되어 있어서 아무것도 알아낼 수 없었다. 하지만 이제 그 수수께끼가 풀리게 되었다. 아차! 내용물을 한 모금이라도 마실 수 있는 마지막 기회가 영원히 사라지는 것처럼 보였다. 폰티펙스 씨는 병의 봉인을 주의 깊게 살펴본 후 손에 들고 빛을 비추었기 때문이다. 그는 미소를 지으며 병을 손에 든 채로 와인통에서 떠났다. 그 후 대참사가 일어났다. 그는 빈 바구니에 걸려 넘어졌다. 떨어지는 소리가 들렸고 유리가 깨졌고 순식간에 지하실 바닥은 수년 동안 아주 조심스럽게 보존된 액체로 뒤덮였다.

폰티펙스 씨는 평소와 다름없이 숨찬 목소리로 겔스트랩에게 해고를 외쳤다. 그 후 그는 일어나서 크리스티나가 저녁 식사를 주문하지 않으려고 할 때 시어볼드가 했던 것처럼 발을 굴렀다. "요르단 강의 물이라고"라며 몹시 화를 내며 소리쳤다. "큰 손자의 세례를 위해 보관했단 말이야. 젠장, 겔스트랩, 지하실에 바구니를 내버려두다니 왜 그렇게 조심성이 없어?" 성스러운 시냇물의 물이 지하실 바닥에 쌓여서 그를 꾸짖지 않았을까 궁금하다. 겔스트랩은 이후에 다른 하인들에게 주인의 말 때문에 간담이 서늘해졌다고 말했다. 그러나 그가 '물'이라는 단어를 듣는 순간, 그는 다시 방법을 생각해내고 탕비실로 향했다. 주인이 자리를 뜨기도 전에 그는 작은 스펀지와 대야를 가지고 돌아와서 마치 요르단 강물이 평범한 액체인 것처럼 적시기 시작했다. "제가 걸러낼게요, 주인님." 겔스트랩이 부드럽게 말했다. "아주 깨끗해질 거예요." 폰티펙스 씨는 이 말에 희망이 생겼고 곧 압묵지 종이와 깔때기를 이용해 거르는 것을 눈으로 보았다. 결국 반 파인트 정도 건졌고 이 정도면 충분했다.

그런 다음 그는 배터스비를 방문할 준비를 했다. 엄선된 음식과 음료로 가득한 바구니를 주문했다. 최고의 선택은 선택하지 않는 것이다. 왜냐하면 그는 첫 번째 기쁨에 최고의 와인을 골랐지만 돌이켜보면 모든 것에는 한도가 있다고 생각했고 요르단 강 최고의 물을 내주면서 자기의 두 번째로 좋은 와인 몇 병만 보냈다. 배터스비에 가기 전 그는 런던에서 하루 이틀 머물렀는데 70세가 넘어 일을 거의 하지 않고 사실상 사업에서 은퇴했다. 그를 예의주시하던 존 폰티펙스 부부는 그가 변호사를 만났다는 사실을 알고 실망했다.

18장

태어나서 처음으로 시어볼드는 자신이 뭔가를 제대로 해냈고 그의 아버지를 두려움 없이 만나는 것을 기대할 수 있었다. 그 노신사는 정말로 그에게 가장 다정한 편지를 써서 그 아이의 대부가 되어주겠다고 했다. 나는 작가로서 최선을 다하는 모습을 보여주기 위해 편지 전체를 보여주겠다. 내용은 다음과 같다.

사랑하는 시어볼드에게

너의 편지에 나는 정말 진심으로 기뻤고 최악의 경우를 생각했기에 더욱 그랬다. 며느리와 너에 대한 나의 진심어린 축하를 받아주기 바란다. 나는 나의 첫 손자 세례식을 위해 요르단 강물을 오랫동안 보관해왔어. 신께서 나에게 허락하신다면 말이다. 나의 오랜 친구 존스 박사가 줬어. 성례의 효험이 세례수의 원천에 달린 것은 아니지만 다른 조건이 변함없다면 요르단 강물에 대한 생각을 무시해서는 안 되는 것을 너도 동의할 거다. 이와 같은 작은 문제들이 때때로 아이들의 앞날 전체에 영향을 미친다. 나는 내 요리사를 데려와서 세례식 만찬을 위한 모든 것을 준비하라고 했다. 네 식탁에 앉을 수 있는 인원만큼 친한 이웃들을 많이 초대해라. 그나저나 레수어에게 바닷가재는 사지 말라고 했다. 네가 솔트니스에 가서 가져오는 것이 더 나을 거다. 배터스비는 해안에서 불과 14~15마일 떨어져 있으니까 말이다. 적어도 내 생각엔 영국 어느 곳보다 그곳이 더 좋은 것 같다. 네 아들이 21살이 될 경우에 대비해 무엇인가에 이름을 올려뒀다. 만약 형 존이 계속 딸만 낳는다면 나중에 내가 더 많은 것을 할 수도 있을 거다. 하지만 나에게 재산에 대한 권리가 많이 있고 네가 생각하는 것만큼 부유하지 않단다.

– 너의 사랑하는 아버지, G 폰티펙스

며칠 후, 위와 같은 편지를 쓴 사람은 길든햄에서 배터스비까지 14마일이 되는 거리를 재빠르게 왔다. 요리사 레수어는 마부와 함께 마차를 타고 왔는데 지붕과 여기저기에 바구니들이 한가득이었다. 다음날 존 폰티펙스 부부가 왔고 엘리자와 마리아, 그리고 그녀의 특별한 부탁으로 아들의 대모가 된 알레시아도 왔다. 왜냐하면 폰티펙스 씨는 행복한 가족 파티로 만들고 싶었기 때문이었다. 그래서 그들 모두가 와야만 했고 모두가 행복해야 했다. 그렇지 않으면 사이가 더 나빠질 것이다. 다음날 이 모든 와자지껄한 상황의 주인공은 정말로 세례를 받았다. 시어볼드는 그를 할아버지 폰티펙스 이름을 따서 조지라고 부르자고 했지만 이상하게도 아버지 폰티펙스는 어니스트라는 이름을 선호하며 그의 제안을 반대했다. '성실한'이라는 단어가 막 유행하기 시작했는데 그는 요르단 강물로 세례를 받았듯이 어떤 이름을 갖느냐에 따라 아이의 성격에 영원한 영향을 미치고 그의 인생에서 더 중요한 시기에 좋은 영향을 줄 수 있다고 생각했다.

나는 그의 두 번째 대부가 되어달라는 부탁을 받았고 몇 년 동안 만나지 못했지만 계속 편지를 주고받았던 알레시아를 만날 기회가 생겨서 기뻤다. 그녀와 나는 함께 놀았던 어렸을 때부터 줄곧 친구였다. 그녀의 조부모님 사망으로 페일햄에서 그녀와 관계가 끊겼을 때 나는 시어볼드와 같은 학교를 다녔기 때문에 폰티펙스 가족과 친밀감은 계속 이어졌다. 폰티펙스 가족은 모두 외모가 잘생겼다. 그녀를 볼 때마다 나는 점점 더 그녀를 가장 선하고, 친절하고, 재치 있고, 가장 사랑스러우면서 내가 본 사람들 중 가장 멋진 여자라고 마음속으로 감탄했다. 그들은 발육이 좋고 맵시가 좋은 가족이었지만 미모에 관해서는 알레시아가 군계일학이었고 여성을 사랑스럽게 만드는 다른 모든 특성을 고려해봤을 때 세 딸들에게 충분히 골고루 물려받아야 했던 혈통이 그녀에게만 모두 몰렸고 그녀의 언니들은 아무것도 받지 못한 것처럼 보였다.

그녀와 내가 어떻게 결혼을 하지 않았는지 설명하기는 어렵다. 우리 둘은 너무나 잘 알고 있었고 그것으로 독자들에게 충분할 것이다. 우리 사이에는 가장 완벽한 공감과 이해가 있었다. 우리 둘 다 다른 사람과 결혼하지 않을 거라는 걸 알았다. 나는 그녀에게 열 번 넘게 청혼했었다. 이 정도까지 말했으니 내 이야기의 전개에 전혀 필요 없는 점에 대해서는 더 이상 말하지 않겠다. 지난 몇 년 동안 우리는 만나기가 어려웠고 나는 그녀를 보지 못했다. 내가 말했듯이 그녀와 계속 친밀한 편지를 주고받았다. 당연히 나는 그녀를 다시 만나게 되어 무척 기뻤다. 그녀는 이제 겨우 서른 살이었지만 나는 그녀가 그 어느 때보다 멋져 보인다고 생각했다. 물론 그녀의 아버지는 파티의 사자였지만 우리 모두가 온순하고 기꺼이 잡아먹히려고 했기에 그는 우리를 향해 포효하기보다 자신에게 포효했다. 장밋빛의 주름 진 턱 밑에 냅킨을 집어넣고 큼직한 조끼 위로 냅킨이 떨어지도록 놔두는 모습이 보기 좋은 반면, 상들리에에서 나오는 빛은 베들레헴의 별처럼 그의 대머리 위에서 이리저리 흔들렸다.

그 노신사는 확실히 기뻐했고 수프는 나오기 시작했다. 젤스트랩은 주인의 의자 뒤에 서 있었다. 나는 시어볼드 부인의 왼쪽 옆에 앉았고 맞은편에 앉아 있는 그녀의 시아버지를 충분히 관찰할 기회가 생겼다. 수프와 생선이 나오는 처음 10여 분 동안 내가 그에 대해 마음을 굳힌 지 얼마 되지 않았더라면 그가 얼마나 훌륭한 노인이고 자녀들이 그를 얼마나 자랑스러워해야 하는지 생각했을 것이다. 그러나 바닷가재 소스를 먹고 있을 때 갑자기 그는 얼굴을 붉히고 극도의 불쾌한 표정을 지으며 은밀하지만 맹렬한 시선으로 테이블의 끝에 앉아 있는 두 사람을 바라봤다. 불쌍한 영혼들인 시어볼드와 크리스티나도 물론 뭔가 매우 잘못된 것을 보았고 나도 보았지만 크리스티나의 귓가에 그 노인의 쉭쉭거리는 소리를 듣기 전까지는 그게 뭔지 짐작할 수 없었다. "암 가재로 만든 게 아니잖아." 그는 말을 계속하였다. "그의 친아버지가 암놈과 수놈을 구분하지 못하면 내가 그 아이를 어니스트라 부르고 요르단 강물로 세례를 받게 한 것이 무슨 소용이 있겠어?"

이 일로 나도 상처를 받았다. 그 순간까지 나는 바닷가재들 사이에 암놈과 수놈이 있다는 것을 알지 못했기 때문이지만 결혼 문제에서 그들은 마치 하늘에 있는 천사들과 같고 바위와 해초에서 거의 자연스럽게 자라는 것이라고 막연하게 생각했었다. 다음 코스가 끝나기 전 폰티펙스 씨는 화를 풀었고 그때부터 저녁 식사가 끝날 때까지 그는 최선을 다했다. 더불어 우리에게 요르단 강물에 대해 모두 말해 줬다. 존슨 박사가 라인 강, 론 강, 엘베 강, 다뉴브 강의 물이 담긴 물병을 가져온 방법, 세관에서 겪었던 문제들, 유럽에서 가장 큰 강에서 물로 펀치를 만들려는 목적, 폰티펙스 씨의 요르단 강물 보관 방법 등등에 대해 이야기했다. "아니, 아니, 아니야." 그는 계속 말했다. "알다시피, 전혀 그런 게 아냐, 그건 아주 불경한 생각이야. 그래서 우리는 각각 1파인트짜리 병을 집으로 가져갔고 펀치는 그 물을 안 넣은 게 훨씬 더 좋았지. 하지만 며칠 전에 간신히 나올 수 있었어. 내가 배터스비에 가져다주려고 그것을 들고 올라가고 있었을 때 지하실에 있던 바구니에 걸려 넘어졌는데 만약 내가 가장 크게 조심하지 않았다면 그 병은 틀림없이 깨졌을 거다. 하지만 나는 그것을 살렸지." 그리고 겔스트랩은 저녁 식사 내내 그의 의자 뒤에 서 있었다. 폰티펙스 씨를 화나게 하는 일은 더 이상 일어나지 않았고 우리는 즐거운 저녁 시간을 보냈는데 나는 대자代子의 뒷일을 살필 때 종종 그때 일을 떠올렸다.

나는 하루 이틀 뒤에 들렀는데 폰티펙스 씨는 여전히 배터스비에 있었고 점점 그는 쇠약해져서 간 질환과 우울증으로 누워 있었다. 나는 오찬 시간에 머물렀다. 노신사는 짜증을 냈고 매우 힘들어했다. 또한 아무것도 먹을 수 없었다. 전혀 식욕이 없어 보였다. 크리스티나는 양 살코기를 아주 잘게 썰어서 그에게 먹여보려고 했다. "이성적으로 어떻게 나보고 양고기를 먹으라고 하니?"라고 그는 화를 내며 소리쳤다. "크리스티나, 너는 완전히 간 것으로 위를 달래야 한다는 걸 잊었구나." 그리고 그는 버릇없는 아이처럼 입을 삐죽 내밀고 인상을 찌푸리며 접시를 밀어냈다. 나중에 알게 된 것을 바탕으로 쓰자면 나는 인간이 변할 때 어쩔 수 없이 일어나는 소동인 세상의 성장통만 봐야 했다. 가을에 수액에 신경 쓰지 않고 잎이 노랗게 변하고 오랫동안 으르렁거리고 투덜거림으로써 어미나무를 매우 불편하게 하는 일은 실제로 없을 것 같다. 하지만 확실히 자연은 마음을 쏟는다면 덜 짜증내고 일을 계속하는 방법을 찾을지도 모른다. 도대체 왜 한 세대와 다른 세대는 서로 겹쳐져야 하는가? 왜 우리는 잉글랜드 은행 지폐로 1만~2만 파운드로 각각 감싼 깔끔하고 작은 방에 알로 묻힐 수 없고 팔꿈치에 충분한 식량을 남겨놓지 않은 아빠와 엄마를 깨어나서 찾는 말벌처럼 깨어날 수 없는가? 그러면서 참새가 스스로 먹고 살기 몇 주 전, 참새에게 잡아먹힌 적이 있는가?

약 1년 반 후에, 존 폰티펙스의 부인이 아들을 무사히 출산했고 배터스비에서는 상황이 역전됐다. 1년쯤 지난 지금 조지 폰티펙스는 자신의 어머니처럼 마비로 갑자기 쓰러졌지만 어머니가 지낸 세월은 몰랐다. 그의 유언장이 공개되었을 때 그가 시어볼드에게 원래 남겼던 2만 파운드(결혼 당시 그와 크리스티나에게 지불했던 액수 이상)의 유산이 폰티펙스 씨가 어니스트에게 '무엇인가'를 남겨서 1만7,500파운드로 줄어들었다. 그 '무엇인가'는 2,500파운드로 신탁에 맡겨져 축적되는 것이었다. 각각의 딸들에게는 그들의 어머니로 물려받은 몫에 5,000파운드를 더해 1만5,000파운드씩 남겨진 것을 제하고 나머지 재산은 존 폰티펙스에게 돌아갔다. 시어볼드의 아버지는 그에게 진실을 말했지만 모든 진실을 말하지는 않았다. 그럼에도 불구하고 시어볼드가 불평할 무슨 권리가 있겠는가? 사실 시어볼드의 주머니에서 돈이 늘 나올 때 확실히 그와 그의 가족은 승자였고 유산의 명예와 영광을 얻었다고 하기는 다소 어렵다. 반면 아버지는 의심할 여지없이 어떤 것도 남기지 않겠다고 시어볼드에게 말한 적이 결코 없다고 주장했다. 그는 자기 돈을 원하는 대로 할 수 있는 충분한 권리가 있었다. 만일 시어볼드가 부당한 기대를 채우기로 했다면 그건 그가 상관할 바가 아니다. 그는 후하게 아들에게 돈을 줬고 여전히 시어볼드의 아들 어니스트의 몫으로 남겨져 있는 2,500파운드를 시어볼드가 받는다면 결국에 거의 같은 거였다.

유언자가 완전한 권리를 가졌다는 것은 아무도 부인할 수 없다. 그럼에도 불구하고 독자는 시어볼드와 크리스티나가 모든 사실을 알았다면 세례식 만찬이 대성공이었다고 생각하지 않았을 수 있었다는 내 의견에 동의할 것이다. 폰티펙스는 평생 동안 엘름허스트 교회에 그의 부인을 추모하는 기념비(조지 4세의 사생아들과 같은 유골함과 아기 천사 그림의 석판과 나머지 모든 것)를 설치했고 그의 아내의 비문 아래 자신의 비문을 위한 공간을 남겨두었다. 나는 그것을 그의 자녀 중 한 명이 썼는지 그의 친구들이 썼는지는 모른다. 나는 어떤 풍자가 의도된 것이라고 생각하지 않는다. 심판의 날이 다가오면 폰티펙스 씨가 얼마나 훌륭한 사람이었는지 전하려는 의도였다고 생각하지만 처음에는 간교한 속임수로부터 자유롭다고 생각하기가 어려웠다. 비문은 생년월일과 사망일을 알려주는 것으로 시작된다. 그러고 나서 고인이 수년간 페어리와 폰티펙스 사의 대표였고 엘름허스트의 교구 주민이었다는 것이 적혀 있다. 칭찬이나 불평은 한마디도 없다. 마지막 줄은 다음과 같다.

그는 이제 마지막 날의 즐거운 부활을 기다리며 누워 있다.
그날 그가 어떤 인간이었는지 알게 될 것이다.

19장

우리는 그동안 그가 거의 73세까지 살다가 부유하게 죽었기 때문에 그의 주변 환경과 매우 공평하게 조화를 이루었을 것이라고 말할 수 있다. 나는 가끔 이러이러한 사람의 삶이 거짓이라는 말을 들은 적이 있다. 그러나 어느 누구의 삶도 아주 나쁜 거짓이 될 수는 없다. 삶이 조금이라도 계속되는 한, 최악의 경우 진실은 10분의 9에 불과하다. 폰티펙스 씨는 오래 살았을 뿐만 아니라 마지막까지 잘 살았다. 이것으로 충분하지 않은가? 이 세상에 존재한다는 것은 삶을 최대한 활용하는 것이 우리의 명확한 임무가 아니면 장수와 위안을 누리기 위해 진실 된 성향은 무엇이며 그에 따라 행동하고 있는가? 인간을 제외한 모든 동물들의 삶의 주된 일은 그것을 즐기는 것임을 알고 있고 그들은 인간과 다른 환경이 허용하는 한 그것을 즐긴다. 그는 인생을 잘 즐겼고 최고의 인생을 보냈다. 하나님은 우리가 우리에게 충분한 것보다 그 이상을 즐기지 않도록 보살필 것이다. 만약 폰티펙스 씨가 비난을 받는다면 덜 먹고 덜 마셨기 때문에 간이 덜 아팠고 아마도 1년이나 2년 더 오래 살았기 때문일 것이다.

선량함은 장수와 충분한 재력을 바라는 성향이 없다면 가치가 없다. 나는 폭넓게 말하는 것이고 당연한 예외는 인정한다. 그래서 시편 작가는 '의로운 사람에게는 좋은 것이 부족하지 않다'고 말한다. 이것은 단지 파격적인 시적 표현이거나 무엇이든지 부족한 자는 의롭지 않다는 것이다. 선한 것도 부족하지 않고 장수한 사람도 실제로도 충분히 선한 사람이라는 추정도 있다.

폰티펙스 씨는 그가 매우 아끼는 어떤 것도 결코 부족하지 않았다. 사실 그는 자신이 상관하지 않는 것들에 신경을 썼다면 지금보다 더 행복했을지도 모르지만 이것의 핵심은 '만약 그가 신경을 썼다면'에 있다. 우리는 모두 죄를 지었고 우리가 쉽게 죄를 지었던 것만큼 우리 자신을 편안하게 만드는 영광에 미치지 못했지만 이 특별한 경우에 폰티펙스 씨는 신경 쓰지 않았고 그가 원하지 않는 것을 얻음으로써 많은 것을 얻지 못했다. 미덕의 진정한 태생이 그것에게 충분치 않은 것처럼 미덕에 아첨하는 것보다 더 나쁜 것은 사람 앞에 돼지고기를 던지지 않는 것이지만 미덕은 정교적인 선구자들의 추측대로 뜻대로 할 수 없는 어떤 종의 혈통을 물려받았을 것이다. 미덕의 진정한 혈통은 미덕을 위해 만들어질 수 있는 어떤 것보다도 더 오래되고 더 훌륭하다. 미덕은 자신의 행복에 관한 인간의 경험에서 비롯되었고 절대 확실하지 않지만 이것은 여전히 우리가 겪는 가장 작은 실수이다. 이것보다 더 나은 토대가 없으면 견딜 수 없는 제도는 그 자체로 너무나 불안정해서 우리가 어떤 받침대 위에 올려놓든지 간에 무너질 것이다.

세상은 오래 전부터 도덕과 미덕이 인간의 마지막 순간에 평온을 가져다주는 것으로 여겼다. 습자책에서 '덕을 세워라. 그러면 행복할 것이다'고 했다. 확실히 이 점에서 평판이 좋은 선이 보통 부족하면 그것은 단지 음험한 형태의 악일 뿐이고 평판이 자자한 악이 한 인간의 말년에 아주 심각한 해를 끼치지 않는다면 그것은 그렇게 나쁜 악이 아니다. 불행하게도 우리 모두 선에는 행복해지는 경향이 있고 악은 슬픔으로 끝난다는 주된 의견에 동의하지만 세부적으로 들어가면 만장일치가 아니다. 흡연과 같은 어떤 경우에는 행복하거나 반대인 경향이 있다. 빈약한 관찰 결과 내 의견은 자녀들에게 부모가 무정하고 이기적으로 행동해도 일반적으로 부모들에게는 나쁜 결과가 뒤따르지 않는다는 것이다. 부모들은 아이들을 아프게 할 수 있는 그 어떤 것을 겪지 않고도 오랫동안 아이들의 삶에 어두운 그림자를 드리울 수 있다. 그렇다면 만약 일정 범위 내에서 자녀들의 삶이 그들에게 짐이 된다면 부모들 입장에서는 큰 도덕적 해이를 나타내지 않는다고 할 수 있다. 가령 폰티펙스 씨가 그렇게 고상한 성격이 아니었다면 평범한 사람들은 고상한 성격을 가질 필요가 없다. 우리가 인간의 '주된' 혹은 '평균'과 같은 도덕적, 정신적 위상에 있다면, 즉 평균이면 충분하다.

늙어서 죽는 부자들이 인색했었다는 바로 그 본질과 관련이 있다. 가장 대단하고 현명한 사람은 거의 항상 가장 중간의 사람으로, 과잉된 미덕이나 악덕 사이에서 가장 '평균'을 잘 지켜온 사람들이다. 그들은 이런 일을 하지 않았다면 거의 번성하지 못했을 것이고 얼마나 많이 함께 실패했는지를 고려하면, 그가 이웃들보다 더 나빴다면 영광스러운 일이 전혀 아니다. 호메로스는 '그리스 문자'에서 항상 다른 사람보다 뛰어나고 더 높은 위치에 서려는 어떤 사람에 대해 이야기한다. 그는 정말 비사교적이고 무례한 사람이었음에 틀림없다! 호메로스의 영웅들은 대개 나쁜 결말을 맞이했고 나는 그가 누구였든 간에 이 신사가 조만간 그렇게 됐다는 것을 의심치 않는다. 또한 어떤 매우 높은 기준에 진귀한 선행이 포함되는데 진귀한 선행은 세상에서 견딜 수가 없는 희귀 동식물과 같다. 미덕이 쓸 만해지려면 금처럼 흔하지만 보다 내구성이 강한 금속과 합금되어야 한다.

사람들은 마치 두 가지만 있고 다른 어떤 것이 없었다는 듯 악과 선을 구분한다. 하지만 그렇지 않다. 조금의 악 없이는 유용한 선은 없으며 약간의 선을 수반하지 않는 악은 거의 없다. 선과 악은 삶과 죽음, 또는 마음과 물질과 같이 그 반대되는 것이 없다면 존재할 수 없는 것이다. 가장 절대적인 삶에는 죽음이 포함되어 있고 시신은 여전히 많은 면에서 살아 있다. 또한 '주여, 당신에게 행해진 일을 나타내기 위해 극단적으로 행동하소서'라는 말이 있는데 이는 우리가 생각할 수 있는 가장 높은 이상일지라도 너무 터무니없지 않다면 그 시대의 가난한 학대를 감내할 만큼 악과의 많은 타협을 인정할 것임을 보여준다. 악이 선에 경의를 표하는 것은 악명 높다. 우리는 이것을 위선이라 부른다. 선이 드물게 득이 되지 않거나 어쨌든 악에 대가를 치르는 것이 현명한 경의에 대한 말이 있어야 한다.

어떤 사람들은 우리 모두가 다른 사람들보다 더 높은 도덕적 기준에서 행복을 찾으려 한다는 것을 인정한다. 그러나 그들이 이것에 관심이 있다면 그들은 자신의 보상으로 선에 만족해야 하며 만약 고귀한 돈키호테적 성격이 이 세상에 없는 왕국에 속한 값비싼 사치라 생각하더라도 불평해서는 안 된다. 그들은 두 세계를 최대한 즐기려 할 때 가난한 인물을 없앴는지 궁금해서는 안 된다. 기독교의 성장을 기록한 이야기의 세부 내용을 믿지 않겠지만 기독교 가르침의 상당 부분은 마치 우리가 세부 사항을 받아들이는 것처럼 사실로 남을 것이다. 우리는 하나님과 마몬을 동시에 섬길 수 없다. 길은 좁고 좁은 길은 믿음으로 사는 사람들이 가장 가치 있는 일로 이끄는 문이고 성경이 행한 것보다 말을 더 잘할 방법은 없다. 따라서 상업에서 종종 혼쭐나는 투기꾼이 있어야 한다고 생각하는 사람도 있겠지만 대다수가 중도를 벗어나 다른 길로 가는 것은 좋지 않다.

대부분 사람들에게, 그리고 대부분 상황에서 쾌락 즉 이 세상에서 유형의 물질적 번영은 선의 가장 안전한 시험이다. 진보는 아주 뚜렷한 선보다 쾌락을 거쳐 왔고 가장 고결한 자는 금욕주의보다 과잉으로 기울었다. 상업에 비유하자면 경쟁이 매우 치열하고 수익은 너무 깎여서 선은 진정한 기회를 허비할 수도 없고 돋보이는 사업 계획서 대신 실제로 움직여서 번 돈을 바탕으로 선은 행동해야 한다. 따라서 선은 다른 문제에 있어 충분히 신중하고 경제적인 사람들이 그러하듯이 들키지 않거나 어쨌든 우리가 처음으로 죽는 기회의 중요한 요소를 간과하지 않을 것이다. 합리적인 선은 그 이상도 이하도 아닌 정당한 가치를 이 기회에 부여한다. 결국 쾌락은 권리나 의무보다 더 안전한 길잡이다. 우리에게 쾌락을 주는 것이 무엇인지 아는 것이 어렵기 때문에 의무와 권리는 여전히 구별하기 어렵고 만약 우리가 실수한다면 쾌락에 관한 잘못된 생각만큼이나 우리를 안타까운 곤경에 빠지게 할 것이다. 사람들이 쾌락을 좇아 혼이 난 후에 그들은 자신의 실수를 알게 되고 상상의 의무를 수행하거나 옳은 선행에 대한 근거 없는 생각을 좇다가 혼이 난 후 어디서 잘못했는지 더 쉽게 알게 된다. 사실 악마는 천사의 옷을 입었을 때 뛰어난 기술을 가진 전문가들만이 발견할 수 있고 너무 자주 이 변장을 해서 천사와 대화하는 것은 전혀 안전하지 않으며 신중한 사람들은 보다 가정적이지만 더 존경스럽고 대체로 훨씬 더 신뢰할 수 있는 안내자로서 쾌락을 추구할 것이다.

폰티펙스 씨의 이야기로 돌아와서 장수하고 번창하게 살았고 많은 후손들을 남겼고 조금의 변화가 있는 육체적, 정신적 특성뿐만 아니라 쉽게 물들여지지 않는 특성 즉 그의 금전적 특성도 물려주었다. 그는 가만히 앉아서 흡사 그의 뜻과는 상관없이 돈이 굴러가도록 내버려둬서 돈을 벌었다고 할 수 있지만 잠시 돈을 벌 때도 돈을 관리하지 않는 사람이 많은데 후손에게 물려줄 수 있도록 그들과 함께할 수 없는가? 폰티펙스 씨는 이렇게 했다. 그는 자신이 번 것을 유지했고 돈은 능력에 대한 평판과 같고 유지하는 것보다 버는 것이 더 쉽다. 그리고 그를 전적으로 믿어라. 나는 내 아버지처럼 그를 심하게 대하고 싶지 않다. 매우 높은 기준에 따라 그를 판단하면 그는 어디에도 해당되지 않는다. 그를 타당한 보통 기준으로 판단하면 흠잡을 데가 없다. 나는 앞 장에서 한 번 말했기 때문에 맥락을 끊고 반복하지 않을 것이다. 독자가 조지 폰티펙스뿐만 아니라 시아볼드와 크리스티나에 대해서도 너무 성급하게 생각을 고쳐서 말할 필요도 없다. 이제 내 이야기를 계속하겠다.

20장

아들의 탄생으로 시어볼드는 지금까지 어렴풋이 알고 있었던 것을 제대로 알게 되었다. 그는 아기가 얼마나 성가신지 몰랐다. 아기들은 갑자기 세상에 오고 그들이 태어나면 모든 것을 매우 몹시 화나게 한다. 왜 그들은 가정에 충격을 덜 주고 몰래 들어올 수는 없는가? 그의 아내 역시 출산 후 빨리 회복하지 못했다. 그녀는 몇 달 동안 허약했다. 또 다른 골칫거리와 돈이 많이 들어가는 골칫거리가 있었는데 그것은 만일의 경우에 수입을 지출하거나 가족 부양을 위해 준비하는 것을 방해했다. 이제 그는 가족이 있기에 그래서 더 저축할 필요가 생겼지만 아기가 그를 방해하고 있다. 이론가들은 한 남자의 아이들은 그 자신의 정체성의 연속이라고 말하겠지만 보통 이런 식으로 말하는 사람에게 자신의 자녀들은 없다. 현실적으로 가정이 있는 남자들이 더 잘 안다.

어니스트가 태어난 지 약 12개월 후 둘째가 조셉으로 세례를 받고 1년도 채 되지 않아 샬롯이라는 이름의 딸이 태어났다. 딸이 태어나기 몇 달 전, 크리스티나는 런던의 존 폰티펙스 부부를 방문했고 그녀의 상태를 알고 왕립 아카데미 전시회에서 위원들이 묘사한 아름다운 여성들을 보며 시간을 보냈다. 왜냐하면 그녀는 이번에 딸이어야 한다고 생각했기 때문이다. 알레시아는 그녀에게 이렇게 하지 말라고 주의를 줬지만 그녀는 끝까지 고집했고 딸이 맞았지만 그 그림들 때문이었는지는 모르겠다.

시어볼드는 아이들을 전혀 좋아하지 않았다. 그는 항상 가능한 한 빨리 그들에게서 떨어졌고 그들도 그랬다. 그는 스스로에게 왜 아이들은 다 커서 세상에 태어날 수 없는지 묻고 싶었다. 만약 크리스티나가 사제의 명령으로 다 성장한 성직자 몇 명을 낳을 수 있었다면 온건한 생각을 하면서 오히려 복음주의 성향을 가지고 편안한 생활을 하고 모든 면에서 시어볼드를 꼭 빼닮았다면 더 이해가 됐을지도 모른다. 또는 만약 언제나 집에서 아기를 만들고 태어날 때부터 그들과 함께하는 것 대신 사람들이 가게 한 곳에서 그들이 좋아하는 나이와 성별로 이미 태어난 아이들을 살 수 있다면 더 좋을지도 모르지만 그는 그것은 싫었다. 크리스티나와 결혼해야 했을 때는 오랫동안 아주 멋지게 잘해왔고 현재의 기반에서 일을 계속할 것이라고 느꼈었다. 결혼 문제에 있어서 그는 어쩔 수 없이 그것을 좋아하는 척했다. 그러나 시대가 변했고 그가 지금 어떤 것을 좋아하지 않는다면 그는 반감을 분명히 드러낼 수 있는 나무랄 데 없는 방법으로 100가지를 찾을 수 있을 것이다.

젊은 시절에 시어볼드가 아버지에게 더 많이 반항했더라면 더 좋았을지도 모른다. 그가 그렇게 하지 않았다는 사실은 자녀들로부터 암묵적인 순종을 기대하게 만들었다. 그는 자신을 믿을 수 있었고 아마도 아버지가 자신에게 했던 것보다 더 관대하다고 말했다(크리스티나도 그랬다). 그의 위험한 점은 오히려 지나치게 관대하다는 것이라고 했다(그리고 크리스티나도 마찬가지였다). 어떤 의무도 자녀가 모든 일에 부모에게 순종하도록 가르치는 것보다 더 중요할 수 없기에 그는 이것을 조심해야 한다.

그는 아라비아와 소아시아의 외딴 지역을 탐험하던 중 눈에 띄게 강인하고 냉철하며 근면한 작은 기독교 공동체를 접한 지 얼마 되지 않은 동양 여행자의 글을 읽었는데 이들은 모두 건강 상태가 가장 좋은 사람들이었고 레갑의 아들인 요나답의 실제 살아 있는 후손으로 밝혀졌다. 그리고 엉터리 악센트의 영어를 말하면서 동양인 피부 색깔을 가진 두 사람이 유럽식 의상을 입고 진짜로 그 후 배터스비에 부탁을 하러 왔고 그들은 이들에게 속하는 것처럼 굴었다. 그들은 구성원들을 영국 기독교로 개종시키기 위해 기금을 모은다고 했다. 그가 1파운드, 크리스티나가 지갑에서 5실링을 그들에게 주었을 때 그들은 옆 마을로 가서 술에 취했고 그 중 한 명은 배터스비에서 취했기 때문에 그들이 사기꾼인 것이 밝혀졌다. 그렇다고 이 일로 동양 여행자의 이야기가 틀렸다는 것은 아니었다. 그리고 로마인들이 있었다. 로마인들의 위대함은 아마도 가족의 가장이 모든 구성원들에게 행사한 건전한 권위에 기인했을 것이다. 몇몇 로마인들은 심지어 그들의 아이들을 죽이기도 했다. 이것은 너무 지나쳤지만 로마인들은 기독교인이 아니었고 그 정도밖에 몰랐다.

앞서 말한 것의 현실적인 결과는 시어볼드의 마음속에 확신으로 자리 잡았고 만약 그의 마음속에 있다면 크리스티나의 마음속에 있었고 유아기 때부터 자식들이 가야 할 길을 가르치는 것이 그들의 의무였다. 첫 번째 고집의 조짐을 신중하게 찾아봐야 하고 그것이 자라기 전에 한 번에 뿌리째 뽑아야 했다. 시어볼드는 이 무감각한 뱀에 대한 비유를 골라서 표현을 그의 품에 소중히 간직했다.

어니스트는 기어 다니기 전 무릎을 꿇는 법을 배웠고 말을 잘하기 전 주기도문과 총고해하는 법을 배웠다. 어떻게 이런 것들을 너무 일찍 가르칠 수 있었을까? 만약 그의 관심이 약해지거나 기억하지 못한다면 이것은 바로 뽑히지 않는 한 빠르게 자라는 나쁜 잡초였고 그것을 뽑을 수 있는 유일한 방법은 그를 채찍질하거나 찬장에 가두거나 어린 시절의 작은 즐거움들을 빼앗는 것이었다. 그는 세 살이 되기 전 어느 정도 글을 읽고 쓸 수 있었다. 네 살이 되기 전 라틴어를 배웠고 세 자릿수 계산을 할 수 있었다. 그 아이에 대해 말하자면 본래 성격이 차분했고 보모와 새끼 고양이와 강아지 그리고 그가 친절을 베풀 수 있는 모든 것들을 좋아했다. 어머니도 좋아했지만 아버지에 대해서는 공포와 위축감 외에는 어떤 감정도 기억할 수 없다고 나에게 훗날 말해줬다. 크리스티나는 시어볼드에게 아들에게 내준 과도한 숙제에 항의하지 않았고 수업 시간에 계속되는 채찍질에 대해서도 항의하지 않았다. 실제로 시어볼드가 없는 동안 그녀가 수업을 맡았을 때 그녀가 할 수 있는 유일한 일은 슬픔에 빠지는 것이었고 시어볼드만큼 효과적으로 못했지만 그녀는 시어볼드가 결코 사랑한 적이 없는 아들을 사랑했고 맏아들에 대한 마음속 모든 사랑이 부서지기까지 오래 걸렸다. 하지만 그녀는 견뎌냈다.

21장

이상하다! 왜냐하면 그녀는 그를 사랑했고 확실히 다른 아이들 중 그 누구보다 그를 더 사랑했기 때문이다. 그녀는 시어볼드와 자신만큼 자녀들의 안녕을 위해 헌신하고 자신을 부정하는 부모들이 아직 없다고 생각했다. 그녀는 어니스트의 미래가 아주 밝을 것이라고 확신했다. 이 때문에 모든 것이 더 엄격했고 그래서 처음부터 그는 모든 악의 더러움으로부터 순수하게 지켜졌을 것이다. 그녀는 메시아가 이제 나타났기에 메시아가 나타나기 전 모든 유대인들이 빠졌던 성 짓기 영역을 스스로 허락할 수 없었지만 곧 새 천년이 도래할 것이다. 분명 1866년 이전에 어니스트는 적당한 나이가 될 것이고 현대의 엘리아는 그 도래를 알리고 싶어 할 것이다. 천국은 그녀와 시어볼드의 순교의 신념이 결코 줄어들지 않았다는 것을 증언으로 받아들일 것이고 만약 그녀의 구세주에게 필요한 것이라면 그녀는 아들을 위해 순교하는 것을 피하지도 않을 것이다. 오, 안 돼! 만약 하나님이 아브라함에게 말씀하신 대로 그녀에게 첫 번째 아이를 내놓으라고 하신다면 그녀는 그를 피그베리 비컨으로 데려가고 그렇게 할지도 모르는 다른 누군가를 빠트릴 것이다(아니, 그녀는 그렇게 할 수 없지만 불필요한 것이다). 어니스드가 요르단 강물로 세례 받은 것은 헛된 일이 아니었다. 그녀도 시어볼드가 한 것도 아니었다. 그들은 그것을 찾지 않았다. 성스러운 시냇물에서 나오는 물이 성스러운 아기를 위해 필요했을 때 멀리 팔레스타인에서 육지와 바다를 건너 아이가 누워 있는 집의 문으로 흘러가는 통로가 발견되었다. 그것은 기적이었다. 그렇다! 그녀는 지금 모든 것을 보았다. 요르단 강이 강바닥을 떠나 그녀의 집으로 흘러들어왔다. 이것을 기적이 아니라고 하는 것은 부질없었다. 어떠한 수단도 없이 기적은 일어나지 않았다. 신도와 비신도 사이의 차이는 전자는 후자가 볼 수 없는 기적을 볼 수 있다는 사실에 있다. 유대인들은 나사로를 키우고 5,000명을 먹여도 기적을 볼 수 없었다. 존 폰티펙스 부부는 요르단 강물에 관하여 기적을 볼 수 없을 것이다. 기적의 본질은 수단이 주어졌다는 사실이 아니라 방해 없이는 이용할 수 없었던 수단을 위대한 목적에 맞게 쓰는 것에 있다. 그리고 부탁을 받지 않았는데 존스 박사가 그 물을 가져왔을 거라고 아무도 생각하지 않을 것이다. 그녀는 이것을 시어볼드에게 말하고 시어볼드에게 그것을 보도록… 아마도 그러지 않는 것이 더 나을 것이다. 이런 종류의 문제에 있어 여성이 남성보다 통찰력이 더 깊고 더 정확하다. 남자가 아니고 여자가 하나님에 대한 충만함으로 가장 가득했다. 하지만 왜 그들은 그 물을 사용한 후 그것을 소중히 간직하지 않았을까? 그것은 절대로 버려져서는 안 되는 것이었지만 이미 버려졌다. 그러나 아마도 이것 역시 최선이었을 것이다. 그들은 너무 많은 것을 저장하려는 유혹을 받았을 수 있고 종교적 교만의 근원이 되었을지도 모른다. 그것은 다른 모든 사람들의 죄로, 그녀가 가장 혐오했다. 요르단 강물이 배터스비로 흘러가는 수로는 팔레스타인에서 강이 흐르는 땅보다 중요하지 않았다. 존스 박사는 틀림없이 세속적이었고 비록 정도는 덜하지만 시아버지도 그렇다는 것에 그녀는 유감스러웠다. 마음속으로는 틀림없이 영적이었고 그가 나이가 들어감에 따라 점점 더 영적으로 변했지만 그는 아마 죽기 몇 시간 전까지도 세상에 물들여져 있었지만 반면 그녀와 시어볼드는 예수 그리스도를 위해 모든 것을 포기했다. 그들은 세속적이지 않았다. 적어도 시어볼드는 그렇지 않았다. 그녀는 세속적이었지만 목이 졸린 것과 피를 먹지 않았기 때문에 그녀가 품위 있게 자랐다고 확신했다. 이것은 다마스커스의 강인 아바나와 바르발과 대조를 이루는 요르단 강에서 씻는 것과 같았다. 어쨌든 그녀가 봤던 목이 졸린 가금류 고기나 블랙 푸딩을 그녀의 아들은 만져서는 안 됐다. 그는 욥바 지역의 산호를 가지고 있어야 한다. 그 해안에 산호충이 있었기 때문에 약간의 힘만 들이면 쉽게 가질 수 있었다. 그녀는 존스 박사에게 그것과 기타 등등에 대해 편지를 썼다. 몇 년 동안 매일 함께 몇 시간씩 계속됐다. 정말로 시어볼드 부인은 믿음을 바탕으로 그녀의 아이를 매우 사랑했지만 그녀가 자면서 꾼 꿈들은 깨어 있는 동안 그녀가 빠졌던 꿈들에 비하면 냉정한 현실이었다.

내가 이미 말했듯이 어니스트가 두 살이었을 때 시어볼드는 그에게 읽기를 가르치기 시작했다. 가르치기 시작한 지 이틀 후에 그에게 회초리질을 시작했다. '마음이 아팠어요'라고 그가 크리스티나에게 말했지만 할 수 있는 건 그것뿐이었다. 그 아이는 작고, 하얗고, 허약했기 때문에 그들은 칼로멜과 제임스 가루약을 처방하는 의사에게 계속해서 보냈다. 모든 것은 사랑, 근심, 소심함, 어리석음, 그리고 조바심 속에서 이루어졌다. 그들은 작은 일에도 어리석었다. 그리고 작은 일에도 멍청한 사람은 큰일에도 멍청할 것이다.

현재 폰티펙스 노인이 죽었고 유언장에서 그가 어니스트에게 남긴 유산과 더불어 내용 변경이 조금 있었다. 더 이상 그들에게 상처 줄 수 없게 된 지금 특히 그들의 마음을 유언자에게 조금이라도 전할 방법이 없어 참기 힘들었다. 그 소년과 관련해 유산이 그에게 지독한 불운이 될 것이라는 것을 누군가는 알아야 한다. 그에게 많지 않은 자유를 남기는 것은 아마도 젊은 사람에게 가해질 수 있는 가장 큰 상처였을 것이다. 그것은 그의 에너지를 약화시키고 활발하게 활동하는 욕망을 약화시킬 것이다. 20세가 되어 몇천 파운드를 물려받는 것을 알게 된다면 많은 젊은이들이 나쁜 길로 인도 될 것이다. 그들은 분명히 아들의 관심사를 알고 있다고 믿었을 것이며 21살 때 그 관심사에 대해 그가 내릴 판단보다 더 나은 판단을 해야 한다. 게다가 그때 레갑이 손주들에게 상당한 유산을 남겼다면 레갑의 아버지의 아들인 요나답은 (혹은 레갑을 바로 말하는 것이 더 간단할 수도 있다) 왜 아이에게 그것을 잘 처리하는 방법 등등을 알려주지 않았을까? "여보." 시어볼드가 크리스티나와 스무 번째 이 문제를 상의한 후 말했다. "이런 불운에서 우리를 인도하고 위로할 수 있는 유일한 방법은 실제 일에서 위안을 구해야하죠. 톰슨 부인을 가서 만나봐야겠어요." 그 당시 톰슨 부인은 자신의 죄가 다른 사람들보다 조금 더 빨리 그리고 조금 더 철저하게 모두 하얗게 씻겨 내려갔다는 등의 말을 듣곤 했다.

22장

나는 '대자'와 그의 형제자매들이 어렸을 때 종종 하루나 이틀 동안 배터스비에 머물곤 했다. 시어볼드와 사이가 점점 더 멀어졌기에 내가 왜 갔는지 잘 알지 못한다. 하지만 사람들은 때때로 익숙함에 빠지고 나와 폰티펙스 부부 사이에 처음만큼은 아니지만 우정 같은 것이 계속 존재했다. 나의 대자는 다른 어느 아이들보다도 나를 더 즐겁게 해주었지만 어린 아이 같은 활달함은 별로 없었고 내가 좋아했던 노인보다 더 작고 병약했다. 하지만 아이들은 매우 상냥했다. 나는 어니스트와 그의 동생이 방문 첫 날 나에게 주려고 시들해진 꽃을 들고 내 주위를 오랫동안 맴돌았던 것을 기억한다. 나는 이에 대한 보답을 했다. 근처에 과자를 살 수 있는 가게가 있는지 물었다. 가게가 있다고 해서 주머니 안을 찾아봤지만 겨우 2펜스와 반 페니만 있었다. 나는 그들에게 이 돈을 줬고 네 살과 세 살짜리 아이들이 혼자 힘으로 아장아장 걸어갔다. 얼마 지나지 않아 그들은 돌아왔고 어니스트는 "우리는 이 돈으로는 과자를 살 수 없어요"라고 했다(혼나는 거 같았지만 혼내는 것이 아니었다). "우리는(1페니를 보여주면서) 이걸로는 살 수 있어요", "(다른 1페니를 보여주면서) 그리고 이것도요", "그런데 우리는 합쳐서 이 돈으로는 못 사요"라면서 반 페니를 보탰다. 그들은 2펜스 케이크 같은 것을 사고 싶었던 거 같다. 나는 재미있었고 그들이 어떻게 하는지 보고 싶어서 그들 자신의 방식으로 문제를 해결하도록 내버려두었다.

곧 어니스트는 "(0.5페니를 보여주면서) 이건 돌려드려도 될까요?", "(펜스를 보여주면서) 이거랑 이건 안 돌려드릴게요"라고 말했다. 내가 동의하자 그들은 안도의 한숨을 내쉬고 기뻐하며 길을 떠났다. 몇 펜스짜리 선물들과 장난감을 줬고 나는 그들의 신임을 얻기 시작했다. 그들은 내가 듣지 말았어야 했던 많은 것을 나에게 말했다. 할아버지가 더 오래 살았다면 아마도 주님이 되었을 것이고 그러면 아빠는 주님의 자식이 되었을 텐데 그 할아버지는 이제 하늘에 계셨고 할머니 앨러비와 함께 그들을 매우 사랑하시는 예수 그리스도 옆에서 아름다운 찬송가를 부르고 있다고 했다. 그리고 어니스트가 아팠을 때 그의 엄마는 그가 수업을 제대로 듣지 않아서 아버지를 화나게 했고 더 이상 아버지를 절대 괴롭히지 않겠다고 약속한다면 그가 천국으로 바로 가는 것을 두려워할 필요가 없다고 말했다. 그리고 그가 천국에 가면 할아버지와 할머니가 그를 만날 것이고 그는 항상 그들과 함께 있을 것이며 그들은 그에게 매우 잘 대해줄 것이고 그가 지금 그토록 좋아하던 찬송가를 훨씬 더 잘 부르는 법과 기타 등등을 가르쳐줄 것이다. 하지만 그는 죽는 것을 바라지 않았고 병이 나았을 때 기뻤다. 하늘에는 새끼 고양이도 없었고 차로 마실 수 있는 카우슬립 꽃도 없었다.

어머니는 분명히 그들에게 실망했다. "내 아이들은 천재가 아니에요. 오버튼 씨." 어느 날 아침 식사 때 그녀가 내게 말했다. "애들이 실력도 상당하고 시어볼드 수업 덕분에 몇 년 앞서 가고 있지만 천재는 아니에요. 천재는 이런 것과는 다르죠, 그렇지 않나요?" 물론 나는 "이런 것과는 상당히 다르죠"라고 말은 했지만 내 생각을 있는 그대로 말한다면 "커피나 주세요, 부인, 그리고 말도 안 되는 소리하지 마세요"일 것이다. 천재가 뭔지는 모르지만 그것에 대한 내 생각을 말한다면 과학과 문학계 박수 부대들이 빨리 버리지 못하는 어리석은 단어였다.

크리스티나가 정확히 무엇을 기대했는지 모르지만 나는 이와 같을 것이라고 생각했다. "내 아이들은 모두 천재여야 해요. 나와 시어볼드의 애들이고 그렇게 되지 않는 건 말이 안 돼요. 물론 그 애들은 시어볼드와 저만큼 착하고 영리할 수는 없죠. 만약 애들이 그런 모습을 보인다면 그것은 그들에게 나쁜 일이 되겠죠. 하지만 다행히도 그렇지 않지만 그렇지 않다는 것이 매우 두려워요. 천재라고 하면 사실 거만해요. 왜 천재들은 태어나자마자 지적인 재주를 보여줘야 하는지 그리고 내 아이들 중 누구도 아직은 신문에 실리게 할 수 없어요. 내 아이들이 잘난 체하지 못하게 할 거예요. 시어볼드와 내가 그렇게 해주는 것으로 충분해요." 그 불쌍한 여자는 진정한 위대함이 투명 망토를 입어 의심 받지 않고 사람들 사이를 오가는 것을 몰랐다. 만약 그 망토가 늘 숨어 있지 않고 여러 해 동안 다른 모든 사람에게 모습을 드러낸다면 위대함은 머지않아 아주 평범해질 것이다. 그렇다면 위대함의 장점은 무엇인가라는 질문을 받을 수도 있다. 그 답은 당신이 살아 있든 죽든 다른 사람들의 위대함을 더 잘 이해할 수 있고 이들 중에서 더 나은 사람을 고를 수 있으며 그 사람을 더 잘 즐기고 이해할 수 있다는 것이다. 또한 당신은 최고의 사람들에게 기쁨을 줄 수 있고 아직 태어나지 않은 사람들의 삶을 살 수 있을지도 모른다. 이것이 겸손으로 변장했을지라도 우리에게 포악하게 굴지 않아도 위대함은 충분하다.

나는 어느 일요일 그곳에 있었고 아이들이 안식일을 지키라고 엄하게 가르침 받는 것을 지켜보았다. 그들은 일요일에 가위로 종이를 잘라서도 그림물감을 썼어도 안 됐고 존 폰티펙스 삼촌네 사촌들은 이런 것을 할지도 모르니 그들은 이것이 더 힘들다고 생각했다. 사촌들은 일요일에 장난감 기차를 가지고 놀 수도 있지만, 일요일에는 기차만 가지고 놀겠다고 약속했지만 모든 것이 금지되었다. 그들이 일요일에 유일하게 할 수 있는 것은 저녁에 자신의 찬송가를 직접 고르는 것이었다. 저녁 무렵 그들은 응접실로 들어와서 찬송가를 낭송하는 대신 몇 곡을 내게 불러줘서 나는 그들이 꽤 잘 부르는 것을 들었다. 어니스트는 첫 번째 찬송가를 골랐는데 석양나무에 가는 사람들에 대해 곡이었다. 나는 식물학자가 아니어서 석양나무가 어떤 나무인지도 모르지만 그 가사는 '가자come, 가자, 가자, 석양나무에 가자. 하루가 지나가고 사라진다'로 시작한다. 곡조는 다소 예뻤으며 어니스트가 마음에 들어 했다. 그는 유난히 음악을 좋아했고 귀여운 어린아이의 목소리를 가졌다. 그러나 'c'나 'k'를 분명하게 발음하는 것이 매우 느렸고 'Come, come, come' 대신 'Tum, tum, tum'으로 불렀다.

"어니스트." 시어볼드는 불 앞에 놓인 안락의자에서 두 손을 포개고 앉아 "'Tum' 대신 다른 사람들처럼 'Come'이라고 하는 게 좋지 않겠니?'라고 말했다. "저는 'tum'이라고 했어요." 어니스트가 말했고 이는 'come'을 뜻하는 거였다. 시어볼드는 일요일 저녁에 늘 기분이 좋지 않았다. 이웃들처럼 하루가 지루하거나 피곤하거나 원인이 무엇이든 성직자들은 일요일 저녁에 좀처럼 최선을 다하지 않는다. 나는 그날 저녁 이미 집주인이 짜증나 있다는 징조를 보았고 어니스트가 "저는 'tum'이라고 했어요"라고 말하는 것을 듣고 약간 긴장했다.

시어볼드는 자신이 반박당하고 있음을 알았다. 그는 안락의자에서 일어나 피아노 쪽으로 갔다. "아니, 어니스트, 안 그랬어. 너는 'come'이 아니고 'tum'이라고 했어. 자, 날 따라해 봐"라고 그가 말했다. "Tum." 어니스트가 바로 말했다. "나아졌나요?" 그 애는 맞았다고 생각하는 게 틀림없었지만 그렇지 않았다. "어니스트, 너는 지금 노력을 안 하고 있구나. 해야 할 일을 안 하고 있어. 이제는 'come'이라고 말하는 걸 배울 때도 됐잖아. 조이는 'come'이라고 할 수 있어, 그렇지 조이?" "네, 할 수 있어요." 조이가 답했고 'come'과 비슷하게 발음을 했다. "저 부분, 어니스트, 들리니? 전혀 어렵지 않아. 자, 시간을 갖고 생각하고 나를 따라서 'come'이라고 해 봐."

그 아이는 몇 초 동안 조용했다가 다시 'tum'이라고 했다. 나는 웃었지만 시어볼드는 바로 나를 뒤돌아보며 "웃지 마, 오버튼. 그럼 애가 큰일이 아니라고 생각할 거야. 이건 중요한 문제야"라고 말했다. 그리고 어니스트에게 돌아서서 말했다. "자, 어니스트, 한 번 더 기회를 줄게. 네가 'come'이라고 하지 않으면 버릇없는 거라고 생각할 거다."

그는 매우 화가 난 듯 보였고 영문도 모르고 혼이 나는 강아지 얼굴에 드리워지는 것과 같은 그늘이 어니스트의 얼굴에 드리워졌다. 그는 다가올 일에 대해 잘 알았고 겁을 먹었으며 물론 다시 한 번 'tum'이라고 말했다. "그래, 어니스트." 그의 아버지가 화가 나서 그의 어깨를 잡으며 말했다. "나는 너를 구하기 위해 최선을 다했지만 네가 그렇게 하겠다면, 그래야지." 그리고 그는 이미 울고 있는 가엾은 아이를 방 밖으로 끌고 나갔다. 몇 분 뒤 응접실과 식당을 구분하는 복도와 식당 건너편에서 비명 소리가 들렸고 불쌍한 어니스트가 매를 맞고 있다는 것을 알았다.

응접실로 돌아온 시어볼드가 말했다. "그 애는 침실로 보냈어요, 크리스티나. 기도하게 하인들을 불러요." 시어볼드는 빨개진 손으로 종을 울렸다.

23장

하인 윌리엄이 와서 하녀들을 위해 의자를 준비했고 그들은 곧 줄 지어 들어왔다. 처음에는 크리스티나의 개인 하녀, 다음에는 요리사, 다음에는 가정부, 그리고 다음에는 윌리엄, 그리고 다음에는 마부였 다. 시어볼드가 성경에서 한 장을 읽는 동안 나는 그들 반대편에 앉아 서 얼굴을 바라보았다. 그들은 좋은 사람들이었지만 내가 사람 얼굴 에서 한 번도 본 적 없는 확연한 공허감이 보였다. 시어볼드는 자신이 정한 순서에 따라 구약성서의 몇 구절을 읽는 것부터 시작했다. 이때 는 민수기 15장을 읽었다. 그때 내가 봤던 것이 특별한 의미는 없었지 만 전체적으로 흐르는 기분이 나에게는 시어볼드의 기분과 비슷했고 그가 어떻게 생각하고 행동하는지 그 구절을 듣고 나서 이해할 수 있 었다. 그 구절은 다음과 같다.

본토인이든지 타국인이든지 고의로 무엇을 범하면 누구나 여호 와를 비방하는 자니 그의 백성 중에서 끊어질 것이라. 그런 사람 은 여호와의 말씀을 멸시하고 그의 명령을 파괴하였은즉 그의 죄악이 자기에게로 돌아가서 온전히 끊어지리라. 이스라엘 자손 이 광야에 거류할 때에 안식일에 어떤 사람이 나무하는 것을 발 견한지라. 그 나무하는 자를 발견한 자들이 그를 모세와 아론과 온 회중 앞으로 끌어왔으나 어떻게 처치하는지 지시하심을 받지 못한 고로 가두었더니 여호와께서 모세에게 이르시되 그 사람을 반드시 죽일지니 온 회중이 진영 밖에서 돌로 그를 칠지니라. 온 회중이 곧 그를 진영 밖으로 끌어내고 돌로 그를 쳐 죽여서 여호와께서 모세에게 명령하신 대로 하니라. 여호와께서 모세에게 말씀하여 이르시되 이스라엘 자손에게 명령하여 대대로 그들의 옷단 귀에 술을 만들고 청색 끈을 그 귀의 술에 더하라. 이 술은 너희가 보고 여호와의 모든 계명을 기억하여 준행하고 너희를 방종하게 하는 자신의 마음과 눈의 욕심을 따라 음행하지 않게 하기 위함이라. 그리하여 너희가 내 모든 계명을 기억하고 행하면 너희의 하나님 앞에 거룩하리라. 나는 여호와 너희 하나님이라 나는 너희의 하나님이 되려고 너희를 애굽 땅에서 인도해 내었느니라 나는 여호와 너희의 하나님이니라. - 민수기, 15장 30~41절

시어볼드가 위 구절을 읽는 동안 나는 생각이 산만해져서 오후에 봤던 작은 일을 회상했다. 몇 년 전, 벌떼가 슬레이트 아래 주택 지붕에 집을 지었고 응접실 창문이 열려 있는 여름 동안 이 벌들이 많이 드나들도록 번식한 적이 있었다. 응접실 벽지는 붉은 장미와 흰 장미 무늬로 가득했는데 여러 마리 벌들이 진짜 꽃인 줄 알고 여러 번 날아와 먹으려는 것을 봤다. 한 송이를 먹어봤다가 다음 송이에 시도했고 그 다음 천장과 가장 가까운 꽃송이에 도달할 때까지 그들은 한 송이씩 오르내리다가 소파 뒤에 멈췄다. 그들은 다시 천장까지 한 송이씩 올라갔고 내가 그것을 보는 것이 지겨워질 때까지 계속되었다. 가족 기도가 밤과 아침, 매주, 매달, 해마다 반복되는 것을 생각할 때 나는 수많은 관련 의견들이 있지 않을까 생각하지도 않고 어떻게 벌들이 꽃송이 따라 벽을 타고 오르내리는지 생각했고 여전히 그 생각은 형

편없이 부족할 것이고 영원할 것이다.

시어볼드가 성경 구절을 다 읽었을 때 우리는 모두 무릎을 꿇었고 카를로 돌치와 사소페라토의 작품은 우리가 의자에 얼굴을 묻어서 드러난 등을 내려다보고 있었다. 그다음 나는 다시 벌들을 떠올렸고 결국 기도를 주의 깊게 듣는 것은 드물며 시어볼드의 경우도 어쨌든 마찬가지라고 생각했다. 왜냐하면 만일 내 기도를 들어주는 가능성이 조금이라도 있다고 생각했다면 그가 어니스트를 대할 때 머지않아 누군가 그를 보살펴달라고 기도했어야 했다. 그 후 나는 사람이 허비하는 시간들을 계산하고 하루에 10분이 주어진다면 얼마나 많은 일을 할 수 있는지에 대해 생각했다. 이것과 가족 기도 시간 동안 참아야 하는 시간과 관련해 내가 어떤 부적절한 제의를 할 수 있을지도 생각했는데 그때 시어볼드가 '우리 주 예수 그리스도의 은총'을 말하고 얼마 뒤 기도가 끝났으며 하인들은 들어왔던 순서대로 다시 나갔다. 그들이 응접실을 나서자마자 내가 목격했던 일에 대해 조금 부끄러웠던 크리스티나는 경솔하게 응접실로 돌아와 그 일로 그녀의 마음이 아팠고 시어볼드의 마음은 더 아프지만 "어쩔 수 없었어요"라고 말하면서 그것을 정당화하기 시작했다. 나는 이것을 최대한 냉정하게 받아들였고 남은 저녁 시간 내내 침묵으로 내가 못마땅해 한다는 모습을 보여줬다.

다음날 런던으로 돌아가기 전, 나는 새 달걀을 가져가고 싶다고 했고 시어볼드는 계란을 주기 위해 나를 목사 관저 가까이에 살고 있는 일꾼의 집으로 데려갔다. 어니스트도 웬일로 함께 갔다. 암탉들이 낳기 시작했지만 어쨌든 달걀은 부족해서 소작인의 아내는 7, 8개밖에 못 찾았다고 했다. 우리는 내가 안전하게 시내로 들고 갈 수 있도록 종이에 따로 포장하기 시작했다. 이 일은 오두막집 앞마당에서 했고 우리가 한창 포장하는 중에 어니스트의 나이와 비슷한 소작인의 아들이 종이로 싼 달걀 중 하나를 밟아 깨뜨렸다. 그의 어머니가 말했다. "이제 됐어, 잭. 네가 한 것을 봐, 좋은 달걀 하나를 깨서 1페니를 날려버렸네, 저기, 엠마." 그녀는 딸을 불러서 "애를 데려가, 착하기도 하지"라고 덧붙였다.

"아버지." 우리가 그 집을 떠난 후 어니스트가 말했다. "왜 히튼 아줌마는 잭이 달걀을 밟았을 때 안 때렸어요?" 나는 어니스트의 말을 듣고서 시어볼드를 바라보며 짓궂게 웃었다. 시어볼드의 얼굴이 붉어졌다. 그는 재빨리 말했다. "이제 우리가 없으니 그의 어머니가 그 애를 때릴 거다." 나는 그렇지 않을 것이라 했지만 결국 더 말하지는 않았다. 그러나 시어볼드는 그 일을 잊지 않았고 나의 배터스비 방문 횟수는 줄어들었다.

우리가 집으로 돌아왔을 때 우체부가 수년 동안 자리를 맡았던 인근 지역 성직자들 한 명이 사망해 공석이 된 지역 주임 사제에 시어볼드를 임명한다는 편지를 들고 왔다. 주교는 시어볼드에게 아주 훈훈하게 편지를 썼는데 가장 근면하고 헌신적인 교구 성직자들 한 명으로 그를 소중히 여긴다고 했다. 크리스티나는 당연히 기뻐했고 그의 훌륭함이 더 널리 알려지면 시어볼드를 위해 준비된 훨씬 더 높은 존엄성의 일부일 뿐이라고 나를 이해시켜줬다. 그때 나는 내 대자의 삶과 나의 삶이 얼마나 밀접하게 엮이게 될지 예측하지 못했다. 그랬다면 틀림없이 다른 눈으로 그를 바라봤어야 했고 그 당시 내가 전혀 신경 쓰지 않던 것에 대해 많은 것을 주목했어야 했다. 그런 만큼 나는 그에게서 벗어날 수 있어 기뻤다. 아무것도 해줄 수 없었거나 할 수 없다는 말을 해서 너무나 고통스러워하는 모습을 보는 것이 내게는 고통스러웠다. 사람은 기능한 한 자신의 길을 가야 할 뿐만이 아니라 어쨌든 수월하게 지금까지 자기 뜻대로 되어가고 있는 것들과 어울려야 한다. 짧게 예외적인 상황이 아니라면 그는 심지어 발육 부진이나 굶어서도 안 됐고 과식하거나 충분히 먹지 못했거나 병에 걸린 고기를 먹어서도 안 된다. 또한 그는 잘 자라지 않은 채소들을 만지지 말아야 한다. 이 모든 것이 한 사람에게 통한다. 어떤 사람이 어떤 식으로든 그와 연락하고 관계를 맺게 되면 그것으로 그는 더 좋아지거나 혹은 더 나빠질 것이고 그가 더 좋은 것과 만나면 더 오래 행복하게 살 가능성이 더 커진다. 모든 것은 약간 엇갈려야 한다. 그렇지 않으면 사는 것을 멈출 것이다. 하지만 예를 들어 지오반니 벨리니의 성인들과 같이 거룩한 존재들은 좋은 것 외에는 아무것도 어울리지 않았다.

24장

앞장에서 설명한 폭풍은 수년 동안 매일 발생한 폭풍의 일부였다. 하늘이 아무리 맑아도 여기저기 항상 구름이 끼기 쉬웠고 어느새 아이들에게 천둥과 번개가 쳤다. 최근에 내 소설을 위해 그에게 어릴 적 이야기를 해달라고 부탁했을 때 어니스트가 말했다. "그러고 나서 우리는 바볼드 부인의 찬가를 배웠어요. 사자에 대한 건데 시작은 이랬어요. '자, 내가 너에게 강한 것을 알려줄게. 사자는 힘이 세다. 그가 은신처에서 일어나면, 갈기를 흔들면, 포효하는 소리가 들리면 들판의 소떼들은 달아나고 광야의 짐승들이 몸을 숨긴다. 그는 매우 끔찍하기 때문이다.' 제가 조금 더 나이가 들었을 때 조이와 샬롯에게 내 아버지에 대해 이렇게 말하곤 했는데 그들은 항상 설교하려고 했고 제가 무례하다고 했어요. 성직자의 가정이 대체로 불행한 큰 한 가지 이유는, 성직자가 집에 너무 많거나 집에 가까이 있기 때문이에요. 의사는 절반의 시간 동안 환자들을 방문해요. 변호사와 상인은 사무실이 집에서 멀어요. 그러나 성직자는 명시된 시간에 몇 시간 동안 함께 집을 비울 수 있는 공식적인 근무 장소가 없어요. 우리가 좋아했던 날은 아버지가 하루 동안 길든햄으로 일 보러 가셨을 때였어요. 우리는 몇 마일 떨어진 곳에 있었고 아버지가 해야 할 일들이 쌓여서 하루는 걸렸어요. 아버지가 돌아서자마자 공기가 가벼워졌어요. 아버지는 현관문을 다시 열고 들어와서 건들지도 말고, 맛보지도 말고, 만지지도 말라며 다시 한 번 규칙을 알려줬어요. 최악은 조이와 샬롯을 절대 믿을 수 없다는 거였어요. 제게 작은 도움이 될 때도 있고, 큰 도움이 되면서도 그들의 양심에 걸려서 아버지와 어머니에게 말했어요. 그들은 토끼처럼 일정한 지점까지 달리는 것을 좋아했지만 사실 사냥개나 다름없었죠."

그는 말을 이었다. "그 가족은 법칙의 생존이 보다 논리적으로 구체화된 군체 동물 같았어요. 군체 동물은 크게 발달할 수 없는 생명체예요. 저는 자연이 군체 동물에게 했던 일을 가족들과 함께하는 것이고 더 낮고 덜 진화적인 종족에 국한할 거예요. 물론 자연 자체는 가족 체계가 갖는 내재적인 사랑이 없어요. 생명의 형태를 조사하면 터무니없이 작은 생명체를 발견할 수 있어요. 물고기들은 그걸 모르고 아주 잘 지내요. 인간보다 훨씬 더 많은 개미와 벌들은 당연히 그들의 아비를 찔러 죽이고 그들이 보살펴야 하는 새끼들의 10분의 9는 끔찍하게 죽어요. 그러나 우리는 어디에서 더 보편적으로 존경받는 공동체를 찾을 수 있을까요? 뻐꾸기를 다시 봐요. 우리가 더 좋아하는 새가 있을까요?" 나는 그 애가 추억담에서 다른 길로 빠지기에 되돌리려고 했지만 소용이 없었다.

"참 어리석어요"라고 그는 말했다. "사람은 그것이 즐겁지 않거나 떠올리고 싶지 않은 한 1주일 훨씬 전에 일어났던 일을 기억해요. 현명한 사람들은 평생 동안 자신의 상당한 부분을 사라지게 해요. 다섯 살과 서른 살의 남자는 피의 왕자로 태어나지 않은 것을 후회하는 것보다 더 행복한 어린 시절을 보낸 것을 후회해서는 안 돼요. 그는 어린 시절에 더 운이 좋았다면 더 행복할 수도 있지만 아마 운이 좋았다면 오래 전에 그를 죽게 할 수도 있는 다른 일이 일어났을 수도 있어요. 만약 제가 다시 태어나야 한다면 배터스비에서 전생과 같은 아버지와 어머니 밑에서 태어났을 것이고 저에게 일어났던 어떤 일도 바꾸지 않을 거예요."

내가 그의 어린 시절을 기억할 수 있는 가장 재미있는 사건은 그가 일곱 살쯤 되었을 때 나에게 적법한 아이를 가질 수 있을 것이라고 말했던 순간이다. 내가 그에게 이런 생각을 하게 된 이유를 물었고 아버지와 어머니께서 항상 그에게 결혼하기 전까지 아무도 아이를 갖지 못한다고 말했으며 그가 이 말을 믿었기에 어른이 될 때까지 아이가 생긴다는 생각을 전혀 하지 않았다고 했다. 그런데 얼마 안 돼서 마컴 부인의 영국 역사서를 읽을 때 '에드워드 3세의 넷째 아들이자 헨리 4세의 아버지인 존 오브 곤트에게 사생아가 몇몇 있었다'라는 문구를 보고 자신의 가정교사에게 사생아가 뭐냐고 물었다. "오, 얘야." 그녀가 말했다. "사생아는 결혼하기 전에 가진 아이를 의미한단다." 이 말에 존 오브 곤트가 결혼하기 전에 아이를 가졌다는 것을 논리적으로 이해한 듯 보였다. 만약 어니스트 폰티펙스도 아이를 가지려 하고 그가 그 상황에서 무엇을 하는 것이 좋은지 내가 말해준다면 그는 나에게 고마워할 것이다.

나는 그 애가 이걸 안지 얼마나 됐는지 물었다. 그는 약 2주라고 말했는데 그 아이가 언제 올지 모르기 때문에 아이를 어디서 찾아야 할지 몰랐다. "있잖아요. 아기는 갑자기 와요. 어느 날 저녁에 잠이 들었는데 다음날 아침 아기가 있어요. 우리가 조심하지 않으면 추워서 죽을 수도 있어요. 아들이었으면 좋겠어요"라고 그가 말했다. "이거 선생님한테 물어봤어?" "네, 하지만 선생님은 답 안 해줬어요. 그런 일은 오랫동안 일어나지 않을 거라 하시면서 그런 일이 없길 바란대요." "이 모든 일에 어떤 실수도 하지 않은 거 확신해?" "그럼요, 왜냐하면 번 부인이 며칠 전에 저를 찾아왔거든요. 그리고 엄마가 저랑 적당한 거리를 두고 말했어요. '번 부인, 그는 폰티펙스 씨의 아이인가요, 아니면 제 아이인가요?' 물론 만약 아빠가 직접 아이를 갖지 않았다면 엄마는 이렇게 말할 수 없었을 거예요. 저는 그 신사분에게 남자아이들과 여자아이들이 모두 있다고 생각했지만 이럴 리는 없었어요. 그렇지 않았다면 엄마가 번 부인에게 추측하라고 하지 않았을 거예요. 하지만 번 부인은 '아, 물론 그는 폰티펙스의 아이죠'라고 말했고 나는 그녀가 '물론'이라고 말하는 것이 무슨 뜻인지 정말 몰랐어요. 남편한테는 모든 아들이 있고 아내에게는 모든 딸이 있다고 생각하는 것이 맞는 거 같아요. 아저씨가 전부 다 설명해줬으면 좋겠어요."

내가 할 수 있는 일은 거의 없어서 나는 최선을 다해 그를 안심시킨 후 대화 주제를 바꿨다.

25장

딸이 태어나고 3~4년 후, 크리스티나는 아이를 한 명 더 낳았다. 그녀는 결혼한 이후 한 번도 건강한 적이 없었고 이번 출산으로 버티지 못할 거 같은 예감이 들었다. 따라서 그녀는 어니스트가 16살이 되면 읽을 수 있도록 편지를 썼다. 그 편지는 어머니가 사망하고 몇 년 후 그에게 전달됐다. 왜냐하면 지금은 크리스티나가 아니고 아기가 죽었기 때문이다. 그 편지는 그녀가 여러 번 정성스럽게 정리했던 서류들 사이에서 발견됐는데 이미 봉인은 뜯어져 있었다. 크리스티나가 편지를 읽었고 그때 일을 떠올리게 하는 것을 없애기에는 너무나 훌륭했던 것이 아닐까 생각한다. 편지는 다음과 같다.

배터스비, 1941년 3월 15일

나의 사랑하는 두 아들에게, 너희가 이 편지를 받았을 때 어린 시절에 떠나버린 엄마를 떠올릴 수 있을까? 너희가 거의 잊어버렸을까봐 두렵구나. 어니스트, 너는 그때 5살이었으니까 가장 잘 기억할 수 있을 거야. 엄마가 너에게 여러 번 가르쳐줬던 기도, 찬송가, 합주, 덧셈, 너에게 들려줬던 이야기, 우리의 행복한 일요일 저녁은 네 마음속에서 완전히 사라지지 않을 것이고 겨우 4살이었지만 조이는 아마 이런 것들을 떠올릴 수 있을 거야.

사랑하는 아들들아. 너희를 매우 소중하게 사랑했던 엄마를 위해서 그리고 영원한 너희들의 행복을 위해서라도 기억하려고 애쓰며 가끔 엄마가 너희들에게 항상 말하는 마지막 말을 다시 읽어봐. 너희 모두를 떠날 생각을 하니 두 가지가 너무 마음에 걸린단다. 하나는 너희 아버지의 슬픔(사랑하는 당신, 잠시 나를 그리워하다가 곧 잊게 될 거예요), 다른 하나는 너희들의 영원한 행복이란다. 나는 그 슬픔이 얼마나 길고 깊을지 알기에 너희들이 아버지의 유일한 위로가 되도록 잘 보살펴주길 바란다. 아버지가 그동안 어떻게 너희에게 삶을 헌신하고 너희를 가르치고 옳고 선한 모든 일로 인도하기 위해 노력했는지 알 거야(그럴 거라고 나는 확신한다). 그리고 너희는 꼭 아버지의 위안이 돼야 해. 아버지에게 순종하고, 다정하고, 배려하며, 올바르게 생활하면서도 평소에는 금욕하고 부지런해야 한다. 아버지에게 감사 드려야 할 사람들이 지은 죄와 어리석은 짓에 얼굴을 붉히거나 슬퍼하지 말고 그분의 행복을 살피는 것이 첫 번째야. 너희 둘은 아버지의 명성에 먹칠해서는 안 되고 너희의 가치를 보여주는 아버지와 할아버지의 성을 가지고 있음을 잊지 말기 바란다. 너희들의 존경과 번영은 대부분 너희 자신에게 달려 있지만 이 세상의 존경과 번영을 훨씬 뛰어넘어 아무것도 아닌 것에 비하면 영원한 행복은 너희에게 달려 있어. 스스로의 의무를 잘 알겠지만 너희를 괴롭히는 덫과 유혹이 있으며 어른이 되어가면서 이것을 더 강하게 느낄 거야. 하나님의 도우심과 그분의 말씀과 겸손한 마음으로 모든 일에도 불구하고 견디겠지만, 첫 번째를 진심 어리게 구하지 않고 두 번째에 전념하지 않는다면 너희 자신을 신뢰하는 법을 배우거나 주변에 너무 많은 조언과 본보기에 쓰러지게 될 거야. 오, '사람은 다 거짓되되 오직 하나님은 참

되시다 할지어다.' 예수님은 너희들이 주님과 마몬을 섬길 수 없다고 할 거야. 그분은 해협이 영원한 생명을 이끄는 문이라고 말씀하시지. 그것을 넓히려는 사람들이 많아. 그들은 너희에게 이러이러한 방종은 용서할 수 있는 죄일 뿐이며 이런 세속적인 순응은 용서될 수 있고 심지어 필요하다고 말할 거야. 하지만 그럴 수가 없어. 아주 많은 곳에서 그분은 너희에게 말씀하신다. 성경책을 보고 그 충고가 사실인지 찾아라. '두 사이에서 머뭇머뭇하려느냐 여호와가 만일 하나님이면 그를 쫓아라.' 오직 강인하고 용감해라. 그분은 결코 너희를 떠나시지 않을 것이며 너희를 버리시지도 않을 것이다. 성경에는 부자를 위한 법, 가난한 사람을 위한 법, 교육을 받은 사람을 위한 법, 무지한 사람을 위한 법이 없다는 것을 기억해. 모두에게 필요한 것은 오직 한 가지뿐이야. 모든 사람은 자신이 아니라 하나님과 주변 사람들을 위해 살아야 한다. 모든 사람은 먼저 하나님 나라와 그의 고결함을 추구해야 해. 스스로를 부정하고, 순수하고, 순결하고, 가장 넓은 의미에서 자선을 베풀어야 해. 뒤에 남아 있는 것들은 모두 잊어버리고 하나님의 높은 소명을 받들기 위해 목표를 향해 앞으로 나아가야 해.

그리고 이제 두 가지를 덧붙여 말할게. 평생 서로에게 솔직하고 형제끼리 사랑하고 서로를 격려하고 힘이 되고 충고를 해주고 가까이 있어주고 마지막까지 변치 않고 충실한 친구처럼 지내라. 아, 그리고 너의 여동생을 잘 보살펴야 한다. 엄마나 자매들이 없으니 그 애는 오빠들의 사랑과 친절과 신뢰감이 두 배로 필요할 거야. 그 애가 오빠들을 따르고 사랑하고 너희들을 행복하게 해줄 것이라고 확신한단다. 그 애를 실망시키지 말고 만약 아버지도 돌아가시고 결혼을 하지 않았다면 보호자들이 두 배로 더 필요할 거다. 너희들에게 특별히 그 애를 부탁한다. 아! 내 사랑하는 세 아이들아, 서로서로에게 너의 아버지와 하나님에도 충실해라. 그 분은 너희를 인도하고 축복하여 주시고 더 좋고 행복한 세상에서 나와 내 가족들이 다시 만날 수 있도록 하실 거야.

　　　　　　　　　　- 네가 사랑하는 엄마, 크리스티나 폰티펙스

　내가 알아본 바로는, 대부분의 어머니들이 출산 직전 이런 편지를 쓰며 그 중에 절반은 크리스티나처럼 나중에 그 편지들을 보관한다고 한다.

26장

앞서 본 편지에서 크리스티나가 아들들의 일시적인 행복보다 영원한 행복에 대해 얼마나 걱정했는지 보여준다. 누군가는 그녀가 이 정도면 충분히 종교적으로 방종했다고 생각하겠지만 아직 그녀에게는 할 것이 가득했다. 내게는 이 세상에서 행복한 사람들이 그렇지 않은 사람들보다 더 훌륭하고 더 사랑스러운 사람들이며 따라서 부활과 심판의 날 같은 경우에 그들은 가장 천당에 갈 만한 존재로 여겨질 것이다. 어쩌면 이것에 대한 희미한 무의식적인 인식 때문에 크리스티나가 시어볼드의 지상의 행복을 그토록 갈망했던 것일까. 아니면 그의 영원한 행복은 당연한 것이며 지상의 행복을 확실히 하기 위해서일까? 아버지가 아들을 '순종하고, 다정하고, 배려하며, 올바르게 생활하면서도 평소에는 금욕하고 부지런해야 한다'고 생각하는 것은 부모에게 가장 편한 선행들이다. 그는 감사를 드려야 할 사람들이 지은 죄와 어리석은 짓에 얼굴을 붉히지 않아도 되고 그의 행복을 먼저 찾으면 된다. 이 얼마나 모성의 배려 같은가? 대부분의 배려는 후손들이 허황된 것이든 현실적이든 많은 어려움이 있을 수 있는 바람과 감정을 갖지 않도록 하는 것이다. 이것이 모든 해악의 근본적인 바탕이다. 하지만 이 마지막 제안이 받아들여지든 아니든 어쨌든 우리는 크리스티나가 부모에 대한 아이들의 의무에 대해 충분히 예리하게 이해하고 있었다는 것을 알 수 있고 그녀는 그들이 잘 이행하기에는 그

과제가 너무 어려워서 어니스트와 조이가 잘 억누를지 확신이 없는 것 같았다. 그들을 바라보는 그녀의 시선 중 일부가 불신이었던 것은 확실하다. 하지만 시어볼드에 대해서는 한 점의 의심도 없었다. 시어 볼드는 자식들에게 인생을 헌신해야 한다고 말했으며 이것이 얼마나 진부한지는 말할 필요도 없다.

이제 겨우 다섯 살이 된 아이가 기도문과 찬송과 덧셈을 배우고 행복한 일요일 저녁과 같은 분위기에서 교육을 받았지만 매일 반복되는 구타가 있었음에도 어머니는 침묵해야만 했다. 비록 그녀가 의심할 여지없이 그를 매우 사랑하고 가끔 동화도 들려주지만 그런 분위기에서 훈육 받은 소년이 건강하고 활발하게 자라날 수 있을까? 여러분의 눈에는 앞서 말한 편지의 그늘 밑으로 드리워지는 하나님의 노여움이 보이지 않는가?

나는 가끔 로마 가톨릭 교회가 성직자들의 결혼을 허용치 않는 것에 대해 생각했었다. 잉글랜드에서 성직자의 아들들이 종종 불만족스러워하는 것은 흔히 볼 수 있다. 그 이유는 아주 단순하지만 자주 잊어버리니까 여기서 그에 대해 이야기하겠다. 성직자는 주중에는 용서받을 수 있는 일을 해서는 안 된다. 그는 다른 사람들보다 더 엄격한 삶을 영위하는 이 일로 보수를 받는다. 그것이 존재의 이유다. 만약 교구민들이 그가 이런 일을 한다고 생각한다면 거룩한 삶에 대한 그들 자신의 공헌으로 그를 인정할 것이다. 그래서 성직자는 종종 대리인으로 불리는데 그의 책임이 된 사람들의 선함을 대변하기 때문이다. 그러나 그의 집은 다른 잉글랜드 남성과 마찬가지로 그만의 성이다. 그리고 다른 사람들과 마찬가지로 사람들 앞에서 느끼는 부자연스러운 긴장감이 더 이상 필요 없을 때는 피곤해진다. 그의 자녀들은 그의 손이 닿을 수 있는 가장 무방비한 것이고 10명 중 9명은 그들에게 화풀이를 한다. 또 성직자는 얼굴에 표정을 드러내서도 안 된다. 한쪽을 지지하는 것이 그의 직업이다. 그러므로 그가 다른 쪽을 편견 없이 바라보는 것은 불가능하다. 우리는 집과 급여를 제공받는 부목사 자리의 모든 성직자들이 배심원을 설득해 죄수를 무죄로 만들려는 변호사처럼 돈을 받는 대변자라는 사실을 잊고 있다. 판사가 사건을 다룰 때 판단은 유보하고 상대 변호사의 변론을 충분히 숙고하는 것처럼 우리는 그의 말을 들어야 한다. 우리가 이 사실을 알고서 상대방이 자신의 의견을 타당하게 주장하는 방식으로 진술하지 못한다면 우리는 의견을 정했다고 주장할 권리가 조금도 없다. 불행한 것은 법에 따라 한쪽 편의 말만 들을 수 있다는 것이다.

시어볼드와 크리스티나도 예외는 아니었다. 그들이 배터스비에 왔을 때 그들은 지위에 따른 의무를 다하고 하나님의 영광과 명예에 헌신하려는 바람을 가지고 있었다. 그러나 단 하나의 생각이라도 바꿀 이유를 찾지 않고 300년을 살아온 교회의 눈으로 하나님의 영광과 명예를 보는 것이 시어볼드의 의무였다. 나는 그가 어떤 한 문제에 대한 교회의 지혜에 의심을 품어본 적이 있었는지 확신하지 못한다. 그는 혹시 있을 수 있는 나쁜 일을 알아차리는 데 매우 예민했다. 크리스티나도 그랬고 그들 중 한 명이 자신에게서 부족한 믿음의 첫 번째 희미한 증후를 감지했다면 어니스트의 고집이 징후보다 더 위압적으로 싹을 틔웠을 것이고 나는 상상이 더 잘된다. 하지만 그는 스스로를 돌아보고 극히 진실한 사람으로 여겼을 것이고 사실 어쩌면 그랬다. 실제로 그는 가난한 사람들이 존경할 만하고 부유한 사람들이 존경하게 하는 모든 선행의 구현으로 여겨졌다. 시간이 흐르면서 그들 부부는 감사에 대한 깊은 명분이 없으면 아무도 그들의 지붕 밑에서 살 수 없다는 무의식에도 설득 당했다. 그들의 자녀들, 하인들, 교구민들은 그들의 사람들이라는 사실 때문에 운이 좋았음이 틀림없다. 이곳이나 사후 세계에서 행복으로 가는 길은 없었지만 그들이 스스로 여행했던 길, 모든 주제에 대해 그렇게 생각하지 않는 착한 사람 그리고 그 만족을 원하는 합리적인 사람은 시어볼드와 크리스티나 그들에게 불편했을 것이다. 이래서 그들의 아이들이 창백하고 작고 연약한 것이다. 그들은 향수병을 겪고 있었다. 더불어 잘못된 것들로 가득해서 굶주리고 있었다. 자연이 그들을 몹시 벌했지만 시어볼드와 크리스티나를 벌하지는 않았다. 왜 그래야 하나? 그들은 굶주린 삶을 영위하지 않았다. 이 세상에는 죄인과 죄를 지은 자, 두 가지 부류가 있다. 사람이 어느 한쪽에 속해야 한다면 그는 두 번째 부류에 속하는 것이 낫다.

27장

내 영웅의 어린 시절에 대해 더 이상 자세하게 이야기하지 않겠다. 그는 충분히 고생했고 12살 때 라틴어와 그리스 문법책 전체를 암기했다. 그는 베르길리우스Vergilius, 호라티우스Horatius, 리비우스Livy의 작품 대부분을 읽었고 나는 그리스 희곡이 얼마나 많은지도 모른다. 그는 산수에 능통했고 유클리드Euclid의 첫 네 권을 너무나 잘 알고 프랑스어도 제법 알았다. 이제 학교에 다닐 나이가 됐는데 그는 러프버러의 유명한 스키너 박사의 학교에 다니기로 했다. 시어볼드는 케임브리지에서 스키너 박사를 조금 알았다. 박사는 어린 시절부터 그가 맡았던 모든 위치에서 빛이 났다. 아주 천재였던 것이다. 그리고 모두가 알았다. 정말로 그가 천재라는 단어를 있는 그대로 쓸 수 있는 몇 안 되는 사람들 중 한 명이라고 말했다. 그는 1학년 때 대학 장학금을 몇 번이나 받았던가? 시니어 랭글러Senior Wrangler, 케임브리지 대학 수학 졸업 시험 1등와 총리 훈장 외에도 몇 가지를 더 받았던가? 뿐만 아니라 그는 매우 훌륭한 연설가였다. 유니언 토론 클럽에서 경쟁자가 없었고 물론 회장이 되었다. 수많은 천재들의 약점이었던 인성도 도저히 나무랄 것이 없었다. 그러나 무엇보다도 그의 많은 훌륭한 자질들 중에서 그리고 아마 천재성보다 더 두드러진 것은 전기 작가들이 '단순하고 아이 같은 진지한 성격'이라 부르는 것이었는데 이것은 그가 사소한 일도 장엄하게 이야기한다는 것이다. 그가 정치에서는 자유당 편

이었다는 것은 말할 필요가 거의 없다.

그의 외모는 특별히 매력적이지 않았다. 중간 정도의 키에, 포동포동했고 숱이 많고 돌출된 눈썹 밑에서 빛나는 한 쌍의 강렬한 회색 눈을 가져서 근처에 오는 모든 사람을 압도했다. 그러나 약점을 찾을 수 있다. 젊을 때는 빨간 머리였지만 학위를 받은 후에는 뇌염을 앓아서 머리를 밀어야 했다. 훗날 원래 머리카락보다 훨씬 더 붉은색의 가발을 썼다. 그는 가발을 버린 적이 없었는데 해마다 조금씩 더 붉은 색을 띠었다. 마흔이 됐을 때 가발에는 붉은 색이 남아 있지 않고 갈색이 됐다.

스키너 박사가 25살이 되기도 전이었을 때 러프버러 중등학교의 교장 자리는 공석이었고 그가 자연스럽게 임명되었다. 그는 선택이 옳았다는 것을 결과로 보여줬다. 스키너 박사의 제자들은 어느 대학에 가든지 두각을 드러냈다. 그는 자신을 본보기로 따르도록 그들에게 강한 영향을 미쳤고 사후 세계에서 지워지지 않는 인상을 남겼다. 러프버러 사람이 어떤 사람이든 간에 그는 모든 사람이 그를 경건하고 성실한 기독교인이자 정치 성향은 급진파가 아닌 자유당인 것을 분명히 느끼게 만들었다. 물론 일부 남학생들은 스키너 박사 본성의 아름다움과 고상함을 알아보지 못했다. 아, 이런 남학생들은 모든 학교에 있을 것이다. 스키너 박사는 그들에게 매우 엄격했다. 그가 엄격히 하면 남학생들도 그에게 반항했고 함께 있는 동안 그들은 서로 맞섰다. 그들은 그를 싫어했을 뿐만 아니라 그가 더 특별히 부각시키는 모든 것을 미워했고 평생 동안 그를 상기시키는 모든 것을 싫어했다. 그러나 그런 남학생들은 소수였고 그곳의 정신은 확실히 스키너 박사를 지지하자는 것이었다. 나는 한때 이 위대한 사람과 체스를 하는 영광을 누렸다. 크리스마스 연휴 기간이었고 일 때문에 알레시아 폰 티펙스(당시 그곳에서 살고 있던)를 만나기 위해 며칠간 러프버러에 갔었다. 그가 나를 주목한 것은 매우 자비로운 일이었다. 만약 내가 문학의 등불이라면 그것은 가장 가벼운 종류의 빛이기 때문이었다.

일하는 중간 중간 나는 많은 글을 썼지만 작품들은 대부분 연극 무대를 위한 것이었는데 주로 익살극 극단을 위한 것이었다. 말장난과 재미난 노래들로 가득한 작품을 많이 썼고 어느 정도 성공을 거뒀지만 나의 최고의 작품은 종교 개혁 시대의 영국사를 다룬 것으로 토머스 크랜머(종교 개혁 지도자), 토머스 모어 경, 헨리 8세, 아라곤의 캐서린 그리고 토머스 크롬웰을 소개하는 과정에서 춤추게 했다. 또한 크리스마스 무언극을 위해 《천로역정》을 각색하고 미스터 그레이트하트Mr.Greatheart, 아폴리온, 크리스티아나, 머시와 호프펄을 주인공으로 하는, 베니티 페어의 중요한 장면을 제작했다. 오케스트라는 헨델의 가장 잘 알려진 작품에서 따온 것을 연주했지만 시간이 많이 바뀌었고 전체적으로 헨델이 남긴 것과 똑같지는 않았다. 미스터 그레이트하트는 매우 뚱뚱했고 빨간 코를 가지고 있었다. 그는 넉넉한 조끼를 입고 앞쪽 중앙에 커다란 프릴이 달린 셔츠를 입었다. 호프펄은 아주 장난꾸러기였다. 그는 그 시대의 젊은 멋쟁이 옷을 입었고 계속해서 꺼지는 시가를 입에 물고 있었다. 크리스티아나는 옷을 별로 많이 입지 않았다. 실제로 무대감독이 원래 그녀에게 제안했던 드레스는 체임벌린 경이 부적절하다고 했지만 사실은 그렇지 않았다. 이러한 모든 비행이 마음속에 떠올랐기 때문에 아테네의 역사가이자 데모스테네스의 편집자인 러프버러의 위대한 스키너와 체스(내가 싫어하는 것)를 하면서 죄책감을 느끼는 것은 당연했다. 게다가 스키너 박사는 사람들을 한 번에 편안하게 해줄 수 있다고 자부하는 사람들 중 한 명이었고 나는 저녁 내내 의자 끝에 앉아 있었다. 하지만 항상 교사에게 아주 쉽게 압도당했다.

게임은 길어졌고 저녁 식사 시간인 아홉 시 반이 됐을 때 우리에게는 각자 말 몇 개가 남아 있었다. "저녁으로 뭘 드시겠어요, 스키너 박사?" 스키너 부인이 낭랑한 목소리로 말했다. 그는 한동안 아무 대답도 하지 않았지만 마침내 거의 초인적인 엄숙한 어조로 "아무 거나요" 그리고 "뭐든 아무 거나요"라고 말했다. 그러나 나는 그 어느 때보다 승리에 가까워졌다는 느낌이 들었다. 스키너 박사 얼굴에 나타난 표정처럼 방이 어두워지는 것 같았다. 표정이 짙어지고 방이 더욱 더 어두워졌다. "잠시만." 한참 있다가 그가 말을 덧붙였고 나는 여기서 어쨌든 순식간에 참을 수 없는 긴장감의 끝이라고 느꼈다. "잠시만. 찬물 한 잔이랑 작은 빵과 버터 한 조각을 먹을게요." 그가 버터라는 단어를 말했을 때 그의 목소리는 거의 들리지 않는 속삭임이 되었다. 그문장이 마무리되었을 때 안도의 한숨이 나왔고 이제 우주는 안전했다. 엄숙한 침묵이 10분간 흐른 후 게임은 끝났다. 박사는 힘차게 자리에서 일어나 저녁 식탁에 앉았다. "스키너 부인." 그가 의기양양하게 외쳤다. "감자로 둘러싼 이상하게 생긴 그게 뭐죠?" "굴이에요, 스키너 박사님." "나한테 좀 주고 오버튼 씨에게도 좀 줘요." 그리고 그가 좋은 굴 한 접시, 잘게 다진 구운 소고기를 올린 가리비 껍질, 사과 타르트, 빵과 치즈를 먹을 때까지 식사는 계속됐다. 이것이 바로 작은 빵과 버터 한 조각이었다. 이제 식사 보를 치우고 티스푼이 들어 있는 텀블러, 레몬 한두 개, 끓는 물을 담은 주전자를 테이블 위에 놓았다. 그리고 나서 그 위인은 긴장이 풀렸다. 그의 얼굴은 빛났다. "이제 뭘 마실까요?" 그는 설득력 있게 외쳤다. "브랜디와 물? 아니지, 진과 물을 마셔요. 진이 더 건강에 좋아요." 그런데 진은 얼얼하고 독하기도 했다.

누가 그를 의아하게 여기거나 불쌍하게 여길 수 있겠는가? 그는 러프버러 학교 교장이 아닌가? 언제 누구에게 돈을 빚졌는가? 누구의 소를 가져갔고 누구의 당나귀를 가져갔고 누구를 속였는가? 그의 인성에 대해 어떤 소문이 도는가? 만약 그가 부자가 되었다면 그것은 가장 명예로운 일, 즉 그의 문학적 업적으로 이룬 것이다. 위대한 학문적 업적 외에도《성 유다의 서한과 성격에 대한 명상록》으로 그는 가장 인기 있는 영국 신학자 중 한 명으로 자리 잡았다. 그 책은 너무 철저해서 그것을 구입한 사람은 그 주제에 대해 다시 묵상할 필요가 없었다. 실제로 그것과 관련된 모든 사람이 지쳤다. 그는 이 작품만으로 5,000파운드를 벌었고 죽기 전까지 5,000파운드를 더 벌었을 것이다. 이 모든 것을 이뤄내고도 빵과 버터 한 조각만을 원했던 한 남자는 거창하게 발표할 수 있었다. 또한 그가 '더 깊고 더 숨겨진 의미'라고 부르던 것을 찾지 않고 그의 말을 받아들여서는 안 된다. 그의 가벼운 말이라도 이것을 찾는 사람들에게는 보상이 있을 것이다. 그들은 스키너가 말하는 '빵과 버터'가 굴 요리와 사과 타르트를 뜻하고 물은 사실 '진 핫gin hot'이라는 것을 알게 될 것이다.

28장

어니스트는 스키너 박사의 성격과 러프버러 학교에서 어린 남학생들이 당해야 했던 선배들의 괴롭힘에 대한 끔찍한 이야기를 들었다. 그는 이제 견딜 수 있는 만큼 많은 것을 얻었고 어떤 종류이든 부담이 늘어나면 반드시 그도 힘들어져야 한다는 것을 알았다. 집을 떠날 때는 울지 않았지만 러프버러 근처에 도착한다는 말을 듣고 울었던 것 같다. 아버지와 어머니는 집에서 자신들의 마차를 타고 그와 함께 있었다. 러프버러에는 아직 철도가 없었고 배터스비에서 겨우 40마일 정도 떨어져 있었기 때문에 이 방법이 가장 쉬웠다. 그가 우는 것을 보자 어머니는 으쓱해하며 그를 어루만졌다. 그가 그렇게 행복한 집을 떠나는 것이 매우 슬프고 그에게 매우 잘해주겠지만 결코 그의 사랑하는 아버지와 그녀만큼 좋은 사람이 될 수 없을 것이라 생각한다는 것을 안다고 말했다. 만약 그가 알았다면 그녀가 그보다 훨씬 더 동정 받을 자격이 있었다. 이별은 그보다 그녀에게 더 고통스러울 수 있기 때문이다. 그리고 어니스트는 집을 떠나 슬퍼서 눈물이 난다는 말을 모두 믿었고 눈물의 진짜 이유를 알려고 하지 않았다. 그들이 러프버러에 가까워지자 그는 마음을 가다듬었고 스키너 박사의 집에 도착했을 때 꽤 차분해졌다. 그들은 도착하자마자 박사 부부와 오찬을 했고 스키너 부인은 크리스티나를 침실로 데리고 가서 그녀의 사랑하는 아들이 잘 곳을 보여줬다. 크리스티나는 스키너 부인에게 너무 몰두해서 다른 것에는 많은 관심을 기울이지 않았다. 스키너 부인도 크리스티나를 꽤 자세히 살펴봤다. 크리스티나는 새로운 지인과 함께 있으면 매혹되기 일쑤였다. 반면 스키너 부인은 눈앞에 있는 사람에게서 고칠 점을 찾으려고 무던히 애썼다. 그러나 그녀는 늘 웃고 다정했고 크리스티나는 다른 어머니들이 받지 못한 것처럼 특히 그녀가 더 많이 받았던 찬사를 자비롭게 받아들였다. 그 사이에 시어볼드와 어니스트는 스키너 박사와 함께 서재에 있었는데 그곳은 새로 온 남학생들은 시험을 치고 재학생들은 꾸지람을 듣거나 체벌을 받기 위한 방이었다. 만약 그 방의 벽들이 말을 할 수 있다면 상당한 실수와 변덕스러운 잔인함의 증인이 되지 않겠는가!

다른 모든 집들처럼 스키너 박사의 집도 독특한 냄새를 풍겼다. 이곳은 러시아 가죽 냄새가 주로 났고 약국 냄새도 조금 났다. 이 냄새는 방 한쪽 구석에 있는 작은 실험실에서 나온 것인데 '탄산염', '차아황산염', '인산염', '친화성'과 같은 단어들이 자연스럽게 오가는 곳으로, 스키너 박사가 심오한 화학 지식을 가지고 있다는 것을 가장 회의적으로 받아들이는 사람들에게도 납득시키기에 충분했다. 박사는 화학뿐 아니라 다른 많은 분야에도 손을 댔다. 그는 자잘한 지식들을 많이 알았고 그 지식들은 위험했다. 알레시아 폰티펙스가 한 번은 나에게 재미난 이야기를 한 적이 있었는데 스키너 박사는 그녀에게 워털루 전투 후 추방된 부르봉 왕자들의 귀환을 상기시켰는데 그게 유일한 정확한 대화였다. 그들은 아무것도 배우지 않았고 아무것도 잊어버리지 않았지만 스키너 박사는 모든 것을 배우고 모든 것을 잊어버렸기 때문이다. 그리고 이것으로 스키너 박사에 대한 그녀가 했던 또다른 짓궂은 말이 생각난다. 어느 날 그녀는 그가 독사의 무해함과 비둘기의 지혜를 가졌다고 내게 말했다. 스키너 박사의 서재로 돌아가서 벽난로 위 선반에는 피커스길이 그린 스키너 박사의 반신 초상화가 있었는데 그는 박사를 가장 먼저 알아보고 키워냈다. 서재에는 다른 그림이 없었지만 식당에는 훌륭한 소장품들이 있었는데 그동안 박사가 평소 소박한 취향으로 함께 모아두었던 것이다. 그는 주로 말년에 소장품을 모았고 얼마 지나지 않아 작품들이 크리스티 경매에 나왔을 때 솔로몬 하트, 오닐, 찰스 랜지어 그리고 내가 지금 기억할 수 있는 것보다 더 많은 최근 학술위원들의 작품들로 이루어졌다고 밝혀졌다. 아카데미 전시회에서 주목을 받았던 많은 작품들이 한 자리에 전시되었고 궁극적인 운명으로 호기심이 상당한 누군가가 있었다. 결정된 가격은 집행인들에게 실망스럽지만 이런 것들은 정말 기회의 문제이다. 유명한 주간지에 한 부도덕한 작가가 그 수집품을 적어 놓았다. 게다가 스키너 박사 이전에는 한두 번 대규모 판매가 있었기 때문에 마지막에 상당한 혼란에 빠졌고 최근에 책정된 높은 가격에 대한 반발이 일어났다.

서재 테이블에는 깊은 곳까지 책들로 가득했다. 모든 종류의 원고가 남학생들의 연습 문제 및 시험지와 섞여 어지럽게 널려 있었다. 그 방은 학습 분위기와 멀고 깔끔하지 못해 우중충했다. 그곳으로 들어가던 시어볼드와 어니스트는 터키 카펫에 난 구멍에 걸려 비틀거렸고 카펫을 청소한 지 얼마나 오래되었는지를 확인했다. 이것은 스키너 부인의 잘못이 아니라 박사 때문인데 서류가 한 번 흐트러지면 죽음이라고 생각했기 때문이다. 창가 근처에는 멧비둘기 한 쌍이 사는 녹색 새장이 있었고 구슬프게 울어서 그곳의 우울함을 더했다. 벽은 바닥에서 천장까지 책장으로 가득했으며 모든 선반마다 책이 두 줄씩 채워져 있었다. 가장 눈에 잘 띄는 선반 위 책들 중 두드러진 것은 《스키너의 작품》이라는 제목의 화려하게 제본된 책들이었다.

남학생들은 슬프게도 서둘러 결론을 내리는 경향이 있고 어니스트는 스키너 박사가 이 끔찍한 서재에 있는 모든 책들을 알고 있고 만약 그가 조금이라도 잘하려면 그것들을 배워야 한다고 생각했다. 그는 벽 쪽에 있는 의자에 앉으라는 말을 듣고 그렇게 했고 박사는 그날의 주제에 대해 시어볼드와 이야기를 나눴다. 당시 격렬했던 햄프턴 논쟁Hampden Controversy에 대해 이야기했고 교황존신죄에 대해 학구적인 담론을 펼쳤으며 시칠리아에서 막 발발한 혁명에 대해 이야기했다. 그는 교황이 이를 진압하기 위해 외국 군대가 그의 영토를 통과하는 것을 허락하지 않았다는 사실에 기뻐했다. 박사는 시칠리아 혁명 문제에 대한 교황의 행동에서 자연스럽게 성하Holiness가 도입된 개혁안 이야기로 이어갔지만 말장난도 좋아했다.

그리고 나서 이러한 개혁들에 대해 이야기했다. 그 개혁은 기독교 역사에 새로운 시대를 열었고 영국과 로마 가톨릭 교회의 화해로 이어질 수 있을 정도로 중대하고 지대한 영향을 미치는 결과를 가져올 것이다. 스키너 박사는 최근 이 주제에 대한 소책자를 출판했는데 대단한 학식을 보여줬고 어느 정도라도 화해의 희망을 약속하지 않은 로마 가톨릭 교회를 공격했다. 특히 로마 가톨릭 예배당 밖에서 본 A.M.D.G.라는 글자를 근거로 공격을 시작했는데 이것은 물론 'Ad Mariam Dei Genetricem'일반적으로 'Ad Majorem Dei Gloriam(하느님의 더 큰 영광을 위하여, For the Greater Glory of God)'이나 이 소설에서는 'Ad Mariam Dei Genetricem'로 표현한_ 옮긴이 주를 의미했다. 더 맹목적으로 숭배하는 것이 있을 수 있을까?

그런데 박사가 'Ad Mariam Dei Genetricem'라고 하는 것이 완벽한 조화라고 했을 때 말하자면 A.M.D.G.를 바탕으로 구성되어 하는데 이는 틀린 라틴어였고 그는 실제로 'Ave Maria Dei Genetrix'라고 글자들을 맞췄다. 박사가 라틴어를 잘하는 것은 당연하고 나는 조금 알고 있었던 라틴어를 잊어버려서 찾아보지는 않겠지만 박사가 'Ad Mariam Dei Genetricem'로 말했다고 생각한다. 그리고 만약 그렇다면 'Ad Mariam Dei Genetricem'도 어쨌든 교회의 목적에 있어 훌륭한 라틴어라 확신한다. 현지 사제의 대답은 아직 없었고 스키너 박사는 의기양양했지만 그 정답을 알게 되고 A.M.D.G.가 'Ad Majorem Dei Gloriam'만큼 위험한 것을 의미한다고 진지하게 말한다면 이런 속임수는 어떤 똑똑한 영국인에게는 통하지 않을 것이다. 그의 적수에게 활동 분야를 넘겨줘야 했기 때문에 박사가 공격용으로 이런 특정한 주장을 선택하는 것은 여전히 유감스럽다.

박사는 시어볼드에게 그의 소책자에 대해 모두 말하고 있었다. 나는 이 신사가 어니스트보다 훨씬 더 편했는지는 의심스럽다. 그는 지루해 했다. 왜냐하면 말하기는 부끄러웠지만 속으로는 자유주의를 싫어했고 오히려 휘그당 편이었다. 그는 로마 교회와 화해하기를 원하지 않았다. 모든 로마 가톨릭 신자들이 개신교 신자가 되도록 하고 싶었고 그들이 왜 그렇게 하지 않는지 이해할 수 없었다. 그러나 박사는 정말 자유주의적인 정신으로 말했고 그가 한두 마디 끼어들려고 할 때 너무 재빨리 입을 다물게 해서 시어볼드는 모든 것을 그 사람 방식대로 하도록 내버려두어야 했다. 이것은 그에게 익숙지 않았던 것이었다. 그는 견딜 수 있는 것보다 훨씬 강렬하지만 이루 말할 수 없는 지루함에 어니스트가 우는 모습을 보고는 주의를 돌리게 되었을 때 어떻게 그것을 끝낼지 궁금해 하고 있었다. 그는 분명 매우 긴장된 상태였고 아침의 흥분으로 매우 속상해 하고 있었기에 이때 크리스티나와 함께 온 스키너 부인은 오후에는 제이 부인과 함께 지내고 다음 날 아침 그의 학생들에게 소개하자고 제안했다. 그의 아버지와 어머니는 이제 그에게 애정 어린 작별을 고했고 소년은 제이 부인에게 넘겨졌다.

교장선생님, 여러분 중 누구라도 이 책을 읽는다면 아버지에게 이끌려 어떤 특별히 소심하고 형편없는 부랑아가 당신의 서재에 왔을 때 당신은 그를 당연히 경멸적인 태도로 대하고 그 후에 몇 년간 그가 삶에 대한 부담을 느끼도록 할 것을 명심해야 한다. 당신의 미래 연대기 작가가 바로 이와 같은 소년으로 가장해서 나타난다는 것도 명심해야 한다. '아마 내가 조심하지 않는다면 언젠가 내가 어떤 인간이었는지 세상에 말해줄 사람'이라고 말하지 않을 거면 당신의 서재 벽 의자 끝에 앉아 있는 가련하고 무거운 눈을 가진 소년을 절대 보지 마라. 만약 두세 명의 교장이라도 이 교훈을 배우고 그것을 기억한다면 앞에 쓴 장들이 헛되이 쓰인 것은 아닐 것이다.

29장

그의 아버지와 어머니가 떠나자마자 어니스트는 제이 부인이 그에게 준 책 위에 잠이 들었고 해가 질 때까지 깨지 않았다. 그 후 1월 말, 불 앞 의자에 앉아서 웅얼거리기 시작했다. 그는 허약하고, 나약하고, 마음이 불안하고, 자기 앞에 닥친 수많은 고난에서 벗어나는 방법을 보지 못했다. 아마 그는 혼잣말처럼 죽을지도 모른다고 말했을지 모르지만 이것은 고민의 끝이 아닌 새로운 문제의 시작임을 보여준다. 기껏해야 폰티펙스 할아버지와 앨러비 할머니에게 갈 수 있을 것이다. 그래도 아버지와 어머니보다는 조금 더 편하게 지낼 수 있을 것이다. 그들은 확실히 그렇게 좋지 않았고 더 세속적이었다. 게다가 그들은 어른이었다. 특히 폰티펙스 할아버지는 그가 아는 한 매우 어른스러웠으며 이유는 알지 못했지만 그가 생각할 수 있는 한 친절했던 한두 명의 하인을 제외하고는 어떤 어른도 사랑하지 못하게 하는 뭔가가 늘 있었다. 또한 그가 죽어서 천국에 간다 해도 어딘가에서 교육을 마쳐야 한다고 생각했다. 그 사이 그의 아버지와 어머니는 마차 구석에 자리 잡고 진흙탕 길을 달리고 있었으며 각자는 일어나거나 일어나지 않을 많은 일에 대해 생각하고 있었다. 내가 마지막으로 마차에 조용히 함께 앉아 있는 것처럼 독자에게 보여준 이후로 시대가 바뀌었지만 상호 관계를 제외하고는 거의 변하지 않았다. 어렸을 때 나는 우리가 일곱 살 때처럼 70살에 그렇게 큰 죄인이 되지 않도록 준비하지 않고 어린 시절부터 노년기까지 일주일에 두 번 총고해를 하도록 요구하는 기도서가 잘못되었다고 생각했다. 적어도 일주일에 한 번은 식탁보와 같은 빨래를 한다 하더라도 나는 우리가 덜 비비고 덜 문지르는 것을 원하는 날이 와야 한다고 생각하곤 했다. 훗날 교회가 나보다 확률 추정을 더 잘한다는 것을 알게 되었다.

두 사람은 서로에게 한마디도 하지 않고 희미해지는 빛과 벌거벗은 나무, 여기저기 있는 갈색 들판, 길가에 우중충한 오두막, 마차 창문에 빠르게 내리는 비를 보았다. 대부분의 사람들이 집에서 편안하게 지내고 싶어 할 오후였는데 시어볼드는 집 난롯가에 도착하기 전 몇 마일을 가야 하는지 생각하느라 약간 퉁명스러웠다. 그러나 할 것이 없어서 두 사람은 조용히 앉아 길가의 물체들이 그들 옆으로 휙 지나가는 것을 지켜보았고 빛은 점점 더 희미해지고 있었다. 그들은 서로 말하지 않았지만 자유롭게 대화할 수 있는 사람이 각자 가까이에 있었다. 시어볼드는 혼잣말을 했다. "그 애가 노력해야지. 그렇지 않으면 스키너가 그렇게 만들 거야. 나는 스키너가 마음에 안 들어. 그를 좋아한 적도 없어. 하지만 분명히 천재인데다 옥스퍼드와 케임브리지에서 그렇게 성공한 학생들은 아무도 나오지 않았고 그건 최고의 시험이야. 나는 아들이 잘 시작할 수 있게 충분히 내 몫을 했어. 스키너는 그 애가 기초가 잘 되어 있고 매우 앞서 있다고 말했어. 그는 지금 그런 점을 생각해서 아무것도 하지 않을 거야. 천성이 게으르니까. 그 애는 나를 좋아하지 않아, 그렇다고 확신해. 내가 그 애에게 했던 온갖 수고를 감수해야 하는데 배은망덕하고 이기적이야. 아들이 자기 아버지를 좋아하지 않는 것은 이상한 일이야. 그 애가 나를 좋아했다면 나는 그 애를 좋아해야 하지만 나를 싫어하는 아들을 확실히 좋아할 수는 없어. 그 애는 내가 가까이 오는 것을 볼 때마다 움츠렸어. 할 수만 있다면 나와 같은 방에 5분도 머물지 않을 거야. 그 애는 기만해. 만약 기만하지 않았다면 자신을 그렇게 숨기고 싶지 않았겠지. 그것은 나쁜 징조이고 그가 사치스럽게 자랄까봐 두려워. 분명 사치스럽게 클 것이라고 확신해. 이 사실을 몰랐더라면 용돈을 더 줬을까, 용돈을 준 것이 무슨 소용이 있겠어? 그건 전부 바로 없어졌어. 만약 용돈으로 무언가를 사지 않는다면 그 애는 마음에 드는 첫 번째 어린 소년이나 소녀에게 줬을 거야. 자기가 쓰는 돈이 내 돈이라는 것을 잊고 있어. 그렇게 바로 낭비하지 말고 쓰는 법을 알라고 돈을 주는 건데. 그 애가 음악을 좋아하지 않았으면 좋겠어. 그건 라틴어와 그리스어 공부에 방해가 돼. 할 수 있는 한 막을 거야. 요전 날 아이가 리비우스 작품을 말할 때 한니발로 잘못 생각하고 헨델 이름을 무심코 내뱉었지. 아이 엄마가 '메시아'의 절반을 외우고 있다고 말했거든. 그 나이 또래 소년이 '메시아'에 대해 왜 알아야 해? 내가 어렸을 때 그만큼 위험한 성향을 반이라도 보였다면 아버지는 나한테 청과물 가게 일을 시켰을 거야. 분명해….”

그러더니 그의 생각은 이집트와 열 번째 재앙으로 바뀌었다. 그는 작은 이집트인들이 어니스트와 같았더라면 역병은 전화위복과 같았을 것이라고 생각했다. 이스라엘 자손이 지금 영국에 온다면 그는 그들이 돌아가지 않게 무슨 수라도 썼을 것이다. 시어볼드 아내의 생각 흐름은 달랐다. “론스포드 경의 손자 이름이 피긴스라니 안 됐어. 하지만 혈통은 남자 혈통만큼이나 여자 혈통에도 흐르니까. 만약 사실이라면 더욱 더 그래. 피긴스 씨가 누구였는지 궁금해. 스키너 부인은 그가 죽었다고 했는데 그 사람에 대해서 전부 알아봐야겠어. 만약 어린 피긴스가 어니스트를 휴일에 집에 초대한다면 기쁠 거야. 론스포드 경을 직접 만나거나. 어쨌든 론스포드 경의 다른 후손들을 만날지 모르잖아?” 그러는 동안 그 소년은 여전히 제이 부인의 벽난로 앞에 침울하게 앉아 있었다. 그리고는 혼잣말을 하고 있었다. “아버지와 어머니는 그 누구보다 훌륭하고 영리하지만 나는, 아! 결코 훌륭하거나 영리할 수 없을 거야."

폰티펙스 부인은 계속 생각했다. "어린 피긴스가 먼저 우리 집을 방문하는 것이 좋겠어. 그러면 멋질 거야. 시어볼드는 아이들을 좋아하지 않으니까 맘에 안 들어 하겠지. 피긴스가 방문하거나 머문다면 좋으니까 어떻게 할지 알아봐야겠네. 어니스트는 피긴스와 함께 머물면서 미래의 론스포드 경을 만나고 어니스트 나이를 생각하면 그와 어니스트가 최고의 친구가 되고 배터스비에 초대한다면 그는 샬롯과 사랑에 빠질 거야. 우리가 어니스트를 스키너 박사에 보낸 건 정말 현명했다고 생각해. 스키너 박사의 경건함은 천재성 못지않아. 누구나 한눈에 이런 점들을 알 수 있고 그에 대해 나 못지않게 강렬하게 느꼈을 거야. 내 생각에 그 사람은 시어볼드와 나를 보고 큰 충격을 받은 거 같아. 사실 시어볼드의 지적 능력은 누구에게나 깊은 인상을 줄 것이고 나는 내 장점을 보여줬지. 내가 그에게 미소를 지으며 아들이 내 집에 있는 것처럼 보살핌을 받을 수 있다는 확신을 가지고 그의 손에 맡겼다고 말했을 때 그가 매우 기뻐했을 것이라고 확신해. 아들을 데려온 많은 어머니들이 그에게 그렇게 좋은 인상을 주거나 내가 했던 것처럼 그에게 좋은 말을 할 수 있다고 생각해서는 안 돼. 내가 그렇게 보이고 싶을 때 내 미소는 달콤해. 내가 그렇게 예쁘지는 않았지만 항상 매력적이라고 그랬어. 스키너 박사는 매우 잘생긴 남자야. 스키너 부인도 전반적으로 너무 훌륭해. 시어볼드는 그가 잘생기지 않았다고 했지만 남자들은 보는 눈이 없고 그 사람 얼굴은 매우 쾌활하고 밝아. 보닛이 나한테 잘 어울렸어. 집에 도착하자마자 챔버스에게 내 파란색과 노란색 메리노를 나듬으로 해야지…."

지금껏 내내 위에서 보여준 편지는 크리스티나의 작은 일본식 보관함에 있었고 여러 번 읽고 다시 읽고 나서야 괜찮다고 생각했으며 만약 진실이 알려지면 첫 번째 경우와 같은 날짜가 적혀 있지만 두 번 이상 다시 쓴 것은 말할 것도 없고 크리스티나가 작은 농담을 충분히 좋아하긴 했지만 이것도 마찬가지였다. 어니스트는 여전히 제이 부인의 방에서 혼잣말을 했다. "어른들은 그들이 신사 숙녀였을 때 결코 무례한 적이 없었겠지. 일부 어른들이 세속적이라는 말을 들었고 이는 당연히 틀렸지만 여전히 이것은 무례한 것과는 전혀 다른 건데 그들을 처벌하거나 꾸짖지는 않았어. 아버지와 어머니는 세상 물정에 밝지도 않았어. 그들은 종종 그들이 유달리 비세속적이라고 설명했어. 그들이 어렸을 때부터 무례한 짓을 한 적이 없고 심지어 어린 시절에도 거의 잘못이 없다는 것을 잘 알고 있어. 아! 그 자신과는 얼마나 다른지! 그분들을 사랑하는 법을 배워야 할까? 어떻게 하면 그들만큼 훌륭하고 현명해질 수 있을까? 아! 절대. 그렇게 못 될 거야. 자신들과 그에 대한 선함에도 불구하고 그는 부모님을 사랑하지 않았어. 아버지를 미워했고 어머니를 좋아하지 않았어. 그리고 그를 위해 한 모든 일에도 못 됐고 은혜를 모르는 소년만이 이런 짓을 할 거야. 게다가 일요일을 좋아하지 않았어. 그는 정말 어떤 것도 좋아하지 않고 그의 취향은 별로라서 부끄러웠어. 사람들이 때때로 욕을 좀 해도 자기한테만 하는 것이 아니면 그들을 좋아했지. 교리 문답과 성경 읽기에는 관심이 없었어. 그는 평생 설교를 들은 적이 없었지. 브라이튼에서 아이들을 위한 아름다운 설교를 하는 본 씨의 말을 듣게 되었을 때도, 모든 것이 끝나서 기뻤을 뿐이었고 오르간과 찬송가와 성가를 부르는 자원 봉사자가 아니었다면 교회를 견디지 못했을 거야. 교리 문답은 끔찍했어. 그는 주 하나님과 하늘에 계시는 아버지에게 바라는 것이 무엇인지 이해할 수 없었고 성체라는 단어에 대해서는 하나도 감을 잡지 못했어. 이웃에 대한 의무는 또 다른 고민거리였어. 그는 모든 사람에게 의무를 다하는 것처럼 보였고 사방에서 그를 기다리고 있었지만 아무도 그에게 의무를 다하지 않았어. 그리고 끔찍하고 신비로운 단어 '일'이 있는데 그게 다 무슨 뜻이지? '일'이 뭐지? 그의 어머니는 아버지가 수완이 좋다고 종종 말했지만 그는 절대 그렇지 못할 거야. 사람들이 계속해서 스스로 생계를 꾸려나가야 한다고 말해서 절망적이고 매우 끔찍했어. 당연히 그래야지, 하지만 어떻게? 그가 얼마나 멍청하고, 게으르고, 무지하고, 방종하고, 육체적으로 작고 연약한지를 생각하면? 어른들은 하인을 제외하고는 모두 영리했고 심지어 하인들조차도 그보다 영리했어. 왜, 왜, 왜, 왜, 사람들은 어른으로서 세상에 태어나지 못했을까? 그리고 그는 카자비앙카를 생각했고 얼마 전 아버지한테 그 시에 대해 검사를 받았어. '그는 언제 유일하게 자리를 비웠니? 그는 누구를 불렀니? 그가 대답을 받았어? 왜? 그는 그의 아버지를 몇 번이나 방문했니? 그에게 무슨 일이 있었던 걸까? 그곳에서 죽은 가장 고귀한 생명은 무엇이었니? 그렇게 생각해? 왜 그렇게 생각해?' 그리고 나머지 모든 것도. 물론 그는 카자비앙카의 목숨이 그곳에서 죽은 가장 고귀한 목숨이라고 생각했어. 거기에 대해서는 이견이 있을 수 없어. 그 시의 교훈은 젊은 사람들이 그들의 아버지와 어머니에게 행하는 순종에서 자신의 판단대로 하기에 너무 이르다는 것으로 결코 그의 머리에 떠오르지 않았어. 오, 안 돼! 그의 마음속에는 그가 결코 카자비앙카처럼 돼서는 안 되고 카자비앙카가 그를 알 수 있었다면 그를 너무 경멸해서 말을 걸지 않았을 것이다. 그 배에는 계산할 만한 사람이 아무도 없었어. 얼마나 폭파되었는지는 중요하지 않았어. 헤만스 부인은 그들을 모두 알고 있었고 그들은 매우 무관심한 사람들이었어. 게다가 카자비앙카는 너무 잘생겼고 좋은 집안 출신이었지."

그래서 그의 작은 마음이 더 이상 생각을 따라갈 수 없을 때까지 계속 헤매다가 다시 잠에 빠졌다.

30장

다음날 아침 시어볼드와 크리스티나는 여정을 다녀와서 조금 피곤해하며 일어났지만 양심이 허하는 모든 행복 중 최고의 행복을 느꼈다. 그가 잘하지 못하고 모두가 바라는 대로 성공하지 못한다면 그건 아이들의 잘못이다. 부모들이 무엇을 더 할 수 있을까? '아무것도'라는 대답이 시어볼드와 크리스티나처럼 독자의 입에서 쉽게 나올 것이다. 며칠 후 부모는 아들로부터 다음과 같은 편지를 받고 기뻐했다.

사랑하는 어머니, 저는 아주 잘 지냅니다. 스키너 박사님은 라틴어로 넓은 들판에서 자유롭게 돌아다니는 말에 대해 쓰도록 했는데 아버지와 했던 것처럼 저는 방법을 알았고 꽤 괜찮았어요. 그리고 그는 저를 템플러 씨의 네 번째 반에 배정했어요. 저는 예전보다 훨씬 더 어려운 새 라틴어 문법을 시작했어요. 어머니는 제가 공부를 하길 바란다는 거 알고 있고 아주 열심히 할 거예요. 조지와 샬롯 그리고 아버지에게 최고의 사랑을 전하며….
　　　　　－ 여전히 당신의 사랑하는 아들, 어니스트 올림

이보다 더 좋거나 더 적절할 수 없다. 그는 정말로 새 출발을 하고 싶어 하는 것 같았다. 남학생들이 모두 돌아왔고 시험도 끝났고 한 학기 동안의 일과가 시작되었다. 어니스트는 쫓겨나거나 괴롭힘을 당하는 것에 대한 두려움이 과장되었다는 것을 알았다. 아무도 그에게 끔찍한 짓을 하지 않았다. 상급생을 위해 일정한 시간 동안 심부름을 했고 축구공에 기름을 바르는 등 소소한 일을 해야 했지만 괴롭힘에 대한 학교의 처리 방식은 훌륭했다. 그럼에도 불구하고 행복과는 거리가 멀었다. 스키너 박사는 그의 아버지와 너무 비슷했다. 사실 어니스트는 아직 그와 함께 많이 있지는 않았지만 항상 그곳에 있기는 했다. 그가 어떤 순간에 모습을 드러내는지, 언제 나타날지 알 수 없었고 나타날 때마다 뭔가에 대해 호통을 쳤다. 그는 마치 옥스퍼드 주교의 일요일 이야기에 나오는 사자 같았다. 항상 덤불 뒤에서 달려 나와 방심하고 있는 누군가를 집어삼키려고 했다. 그는 어니스트의 발음 문제를 지적하며 소리를 지르곤 했다. "나는 살면서 절대 모음 장단 발음을 틀린 적이 없어." 그가 다른 사람들처럼 젊었을 때 모음 장단이 틀렸다면 분명히 그는 훨씬 더 좋은 사람이었을 것이다. 어니스트는 스키너 박사의 반 학생들이 어떻게 계속 살아가는지 상상할 수 없었다. 그러나 그들은 그렇게 했고 심지어 잘했으며, 이상하게 보이겠지만 그를 우상시하거나 사후에 그렇게 하겠다고 했다. 어니스트에게 그것은 베수비오 산 분화구에 사는 것 같았다.

이미 말했듯이 그는 템플러 씨의 반이었는데 무뚝뚝했지만 그렇게 나쁜 사람도 아니어서 몰래 숙제를 베끼기도 쉬웠다. 어니스트는 템플러 씨가 학교에 다닐 때 틀림없이 베꼈다고 생각했고 그가 젊은 시절을 잊었듯이 자신도 나이가 들면서 어린 시절을 잊어버렸는지를 자문했다. 템플러 씨가 어떻게 그렇게 눈치 채지 못하는지 궁금해 하기도 했다. 그는 그 어떤 것도 결코 잊을 수 없다고 생각했다. 그리고 가끔씩 매우 두려운 제이 부인이 있었다. 학기가 시작되고 며칠 후, 복도에서 약간 이상한 소음이 들렸고 그녀는 이마 위로 안경을 올리고 모자 끈을 날리며 달려들었는데 어니스트가 영웅으로 생각하는

'전교에서 가장 날뛰고 제멋대로이고 방탕하고 장난치고 으르렁거리는' 소년을 불렀다. 그녀는 어니스트가 좋아하는 말을 하곤 했다. 만약 박사가 저녁을 먹으러 나갔는데 기도가 없으면 "젊은 신사 여러분, 오늘 저녁에 기도는 없어요"라고 말했다. 그리고 전반적으로, 그녀는 친절했다.

대부분의 남학생들은 소음과 실제 위험의 차이를 알지만 다른 사람들에게 장난으로 보이지 않는다면 위협하기에는 너무 이상하기 때문에 수컷 칠면조와 수컷 거위를 확실히 떼어놓기 훨씬 전에 그만둔다. 어니스트는 후자의 한 부류였고 러프버러의 분위기가 너무 거세서 할 수 있을 때마다 시야에서 멀어지고 관심에서 멀어질 수 있어서 기뻤다. 그는 대부분의 남학생들보다 훨씬 늦은 나이까지 키가 크지 않고 체력도 키우지 못해 여전히 허약했기 때문에 교실과 복도의 소란도 싫어했다. 이것은 아마도 그의 아버지가 어린 시절에 그를 책과 가까이 하도록 했기 때문이겠지만 일부분은 드물게 장수했던 폰티펙스 가문의 어른스러움과 유전의 영향도 있었을 것이라 생각한다. 열세 살이나 열네 살 때 그는 또래의 남학생들의 손목만한 두께의 팔뚝을 가진 뼈다귀에 불과했다. 작은 가슴은 새가슴이었다. 힘도 체력도 없어 보였고 가볍든 진지하든 체육 시합에서 그보다 작은 남학생 한테도 언제나 졌고 어릴 적부터 타고난 소심함이 점점 더해져 늘 겁에 질린 것 같았다. 그는 자기 의지와는 상관없이 하게 된 축구 연습 경기에서 열 번 넘게 숨이 멈추고 정강이를 걷어차인 후, 축구에서 더 이상 재미를 못 느꼈고 어린 애들 편은 조금도 거들떠보지 않고 어느 정도 연장자들과 문제를 일으키게 하는 그 고귀한 경기를 피했다.

그는 축구만큼 크리켓도 잘 못하고 불편해했으며 모든 노력에도 공이나 스톤을 던질 수 없었다. 곧 모두에게 그는 어린 바보에 응석받이고 괴롭힘은 당하지 않지만 아직 높게 평가받지 못한다는 것이 명백해졌다. 그러나 아주 인기가 없었던 것은 아니었다. 꽤 솔직하고, 앙심을 품고 있지 않고, 쉽게 기뻐하며, 적은 돈으로도 완벽하게 자유롭고, 학교 공부를 경기보다 더 좋아했고, 일반적으로 과도한 선보다 온건한 악에 호의적이었기 때문이다.

이러한 자질들은 학우들 사이에서 매우 낮은 평판을 받는 것을 막아줄 것이다. 그러나 어니스트는 자신이 생각했던 것보다 더 뒤쳐졌다고 생각했고 다른 사람이 그를 겁쟁이로 생각하는 것처럼 자기 자신을 미워하고 경멸했다. 자신처럼 생각하는 소년들을 좋아하지도 않았다. 그의 영웅들은 힘이 세고 활기찼으며 그에게 관심이 없을수록 더 그들을 흠모했다. 이 모든 것이 그를 매우 불행하게 만들었는데 왜냐하면 그가 적응하지 못한 경기를 하지 못하게 만드는 본능이 그를 경기 속에 몰아넣었던 이성보다 더 타당하다는 생각을 절대 하지 못했기 때문이다. 그럼에도 불구하고 자신의 이성보다는 대부분 본능을 따랐다. '지혜를 안다고 해서 정말 지혜로울까!'

  선생님들과 함께 어니스트는 머지않아 인기가 없어졌다. 하지만 그는 지금까지 알고 있던 것보다 더 많은 자유를 누렸다. 시어볼드의 매서운 손과 감시하는 눈은 더 이상 그가 가는 길과 침대에 없었고 모든 태도를 감시하지 않았다. 베르길리우스의 시를 옮겨 적을 때 처벌은 아버지의 야만적인 구타와 매우 달랐다. 사실 베끼는 것은 종종 수업보다 덜 귀찮았다. 라틴어와 그리스어는 안식을 가져다줄 그의 본능에 마지막까지 호감을 받지 못했다. 그럼에도 불구하고 그들은 더 합리적인 시간 내에 그렇게 할 수 있는 어떤 희망을 버리지 않았다. 이러한 소멸된 언어 자체에 내재된 죽음은 응용에 대한 충실한 보상 체계에 의해 인위적으로 대응된 적이 없었다. 응용 부족에 대한 벌은 어느 정도 있었지만 그가 잘하도록 유혹하기 위한 고리를 미끼로 삼는 좋고 편안한 뇌물은 없었다.

  사실 이것저것 배우면서 더 즐거운 것은 어니스트가 전혀 관심을 갖지 않는 것으로 늘 여겨졌다. 우리는 즐거운 일에는 전혀 관여하지 않았고 어쨌든 아주 작은 일이었지만 어니스트는 그렇지 않았다. 우리는 쾌락이 아니라 의무 때문에 이 세상에 놓였고 쾌락은 본질에 다소 죄악스러운 무언가를 품고 있었다. 만약 우리가 좋아하는 것을 하고 있다면, 우리 혹은 어니스트는 사과하고 바로 다른 것을 하라고 하지 않는다면, 그가 매우 자비로운 대우를 받고 있다 생각해야 한다.

그러나 그가 좋아하지 않는 것과 그것은 달랐다. 그가 어떤 것을 싫어할수록 그것이 옳다는 추측은 더 커진다. 그는 자신이 타락했다 생각한다고 내게 여러 번 말했다. 그에게 권위를 행사할 수 있는 사람들로부터 무슨 말을 듣든 무심하게 받아들일 준비가 되었던 적은 결코 없었다. 적어도 그는 자신이 그렇다고 생각했다. 아직까지도 자기 안에 있는 다른 어니스트에 대해 아무것도 알지 못했으며 그가 의식하고 있는 어니스트보다 훨씬 더 강하고 더 현실적이었다. 멍청한 어니스트는 너무 성급하게 그리고 말처럼 반드시 논쟁의 여지가 있는 것으로 이해될 수 있는 불분명한 감정으로 설득했지만 실제로는 다음과 같이 주장했다.

'성장이란 일반적으로 쉽고 분명한 항해가 아니다. 그것은 어려운 일이고 성장 중인 소년이 이해할 수 있는 것보다 더 어렵다. 그것은 주의를 요하며 당신은 신체적인 성장과 가르침에 충분히 집중할 만큼 강하지 않다. 게다가 라틴어와 그리스어는 대단한 협잡이다. 사람들이 그것들을 더 알면 알수록 그것들은 내체로 더 이상해진다. 당신이 좋아하는 착한 사람들은 전혀 알지 못하거나 그들이 배운 것을 가능한 한 빨리 잊어버린다. 사람들은 더 이상 고전을 읽도록 강요받지 않은 후 결코 고전을 읽지 않았다. 그러므로 그것들은 허튼 소리이고 그들 각자의 시대와 나라에서 아주 훌륭하지만 이곳에서는 어울리지 않는다. 당신이 그것을 몰라서 오랫동안 불편함을 느낄 때까지 아무것도 배우지 마라. 당신이 이런저런 지식에 대한 기회가 있거나 곧 생길 것이라고 예상하면 더 빨리 배울수록 더 좋겠지만 그때까지는 뼈와 근육을 키우는 데 시간을 보내라. 이런 것들이 라틴어와 그리스어보다 당신에게 훨씬 더 유용할 것이고 지금 하지 않으면 그것들을 키우지 못할 수도 있는 반면 라틴어와 그리스어는 사람들이 원하면 언제든지 습득할 수 있다. 당신들은 하나님께 선택 받은 자들이 굉장히

광범위한 부분에서 의식이 깨어 있지 않으면 거짓말로 사방에 둘러싸여 있음을 안다. 당신이 의식하는 자아, 당신이 판단하고 반영하는 자아는 이러한 거짓말을 믿고 그것을 따라 행동하도록 할 것이다. 비록 앞으로 1년 동안 당신의 말이 분명해지겠지만 그것이 당신의 행동을 형성하도록 허락하지 않을 것이다. 당신을 때리는 당신 아버지는 여기에 없다. 이것은 당신의 생활환경 변화이며 변화된 행동에 따라야 한다. 나와 너의 참된 모습을 따르면 일이 잘 풀릴 것이다. 그러나 너의 아버지라 불리는 겉으로 드러나 보이는 그 늙은 껍데기만을 들으면 나는 하나님을 미워한 사람으로 사 대까지 너를 조각조각 낼 것이다. 나, 어니스트는 너를 만든 하나님이다.'

만약 그가 충고를 들을 수 있었다면 어니스트는 얼마나 충격을 받았을까? 배터스비에서는 얼마나 경악했을까? 그러나 문제는 여기서 끝나지 않았는데 이 같은 악한 내적 자아는 그에게 용돈에 대하여 나쁜 충고를 주었고 시어볼드가 그랬던 것보다 그의 친구들 선택과 전체적으로 어니스트는 그 충고에 더 주의를 기울이고 순종적이었기 때문이다. 그 결과 그는 별로 공부하지 않았고 정신은 더 느리게 성장했으며 몸은 이전보다 더 빨리 자랐다. 그리고 머지않아 내적 자아가 그가 싸울 힘이 미치지 않는 장애물을 만나는 쪽으로 재촉했을 때 비록 격렬하게 죄책감이 있었지만 그는 어떤 상황에서는 허용되지 않는 가장 가까운 길을 택했다.

어니스트는 당시 러프버러에서 공부하면서 차분하고 품행이 좋았던 젊은이들이 좋아하는 친구는 아니었을지도 모른다. 바람직하지 못한 몇몇 남학생들은 공공장소에 가서 그들이 낼 수 있는 돈보다 더 많은 맥주를 마시곤 했다. 어니스트의 내적 자아는 그에게 그런 젊은 무리들과 어울리지 말라고 했지만 그는 어린 나이에 그렇게 했고 종종 몸이 튼튼한 남학생에게는 아무런 영향도 주지 않았을 맥주의 양에도 몸이 아팠다. 어니스트의 내적 자아는 이쯤에서 개입해 그에게 별로 재미없다고 말했을 것이다. 왜냐하면 그는 굳어지기 전에 그 습관을 버리고 결코 다시 술을 마시지 않았기 때문이다. 그러나 13살에서 14살 사이에 다른 것을 접했고 지금까지도 의식적인 자아는 담배를 적게 피울수록 더 좋다고 계속해서 말하고 있다.

그래서 그 문제들은 내 영웅이 거의 14살이 될 때까지 계속되었다. 만약 그때까지 그가 실제로 불량배가 아니었다면 그는 평판이 나쁜 사람들과 평판이 좋은 사람들 사이에 논쟁의 여지가 있는 부류에 속했을 테고 아마도 비열한 악에 관한 것을 제외하면 후자에 더 기울어졌을 것이며 상당히 하고 싶은 대로 했다. 나는 어니스트가 말한 것과 내 기억에 시어볼드가 불평을 늘어놓으며 보여준 그의 학교 수업료 고지서에서 어느 정도 이 일들을 알았다. 러프버러에는 월별 장학금이라 불리는 제도가 있었다. 어니스트의 나이 대 남학생이 받을 수 있는 최대 금액은 4실링 6펜스였다. 몇몇 소년들은 4실링을 받았고 몇몇은 6펜스 이하를 받았지만 어니스트는 거의 18펜스를 넘지 못했다. 그의 평균은 약 1실링 9펜스가 될 것인데 그를 진짜 나쁜 남학생들 사이에서 순서를 매기기에는 너무 많았지만 좋은 남학생들 사이에 두기에는 너무 적었다.

32장

내 영웅의 운명에 얼마나 큰 영향을 미쳤는지 생각해 봤을 때 지금까지 별로 거론하지 않았던 알레시아 폰티펙스 양의 이야기로 돌아가야 한다. 서른두 살쯤 되던 해 아버지가 돌아가시고 그녀는 거의 연민이 없었던 자매들과 헤어지고 런던으로 올라왔다. 이후 남은 인생을 최대한 행복하게 지내겠다고 결심했고 여성들 혹은 사실 남자들이 생각하는 것보다 일을 시작할 가장 최선의 방법에 대해 명확한 생각이 있다고 말했다. 내가 말했듯이 그녀의 재산은 어머니가 결혼 지참금으로 가져온 5,000파운드와 아버지가 남긴 1만5,000파운드로 그녀가 완전히 관리하고 있었다. 가장 안전한 유가증권 투자를 통해 1년에 약 900파운드를 벌었으므로 수입 걱정은 전혀 하지 않았다. 그녀는 부자가 되고 싶었기에 연간 약 500파운드의 비용을 포함하는 지출 계획을 세웠고 나머지는 저축하기로 결심했다. "이렇게 하면 수입 안에서 편안하게 살 수 있어요"라며 마음 편히 웃기도 했다. 이 계획에 따라 그녀는 아래층이 사무실이며 가구가 구비되지 않은 고워 가의 아파트를 얻었다. 존 폰티펙스는 그녀에게 집을 주려고 했지만 알레시아는 자신의 일에 너무 신경 쓰지 말라 했다. 그녀는 결코 그를 좋아한 적이 없었고 그때부터 거의 멀어졌다.

사회에 아직 많이 진출하지 않았지만 문학, 예술, 과학계에서 입지를 굳힌 대부분의 남녀들과 친해졌으며 자신을 부각시키기 위한 어떤 시도도 하지 않았음에도 불구하고 그녀의 의견은 높이 평가받았다. 원한다면 글을 쓸 수도 있었지만 스스로 활동적인 역할을 하기보다 다른 사람들이 쓰는 것을 보고 그들을 격려하는 것을 더 즐겼다. 아마도 문학계 사람들은 그녀가 글을 쓰지 않았기 때문에 더 좋아했을 것이다. 그녀도 아주 잘 알고 있듯이 나는 항상 그녀에게 헌신적이었지만 그녀는 결혼에 대해 언제나 부정적인 입장을 견지했다. 종교에 있어 그녀는 자유사상에 가까웠고 그 문제에 좀처럼 관심을 기울이지 않았다. 교회에 다녔지만 종교나 무종교를 떠들어대는 사람을 똑같이 싫어했다. 예전에 그녀가 고인이 된 유명한 철학자에게 종교에 대한 공격은 그만하고 소설이나 쓰라고 말한 기억이 난다. 철학자는 이 상황을 별로 좋아하지 않았고 사람들에게 믿는 척하는 어리석음을 보여주는 것이 중요함을 상세히 적었다. 그때 그녀는 미소를 지으며 점잖게 말했다. "그들이 모세와 예언자들이 아니었나요? 그들에게 들려주세요." 그녀는 종종 혼자서 나쁜 말을 조용히 했고 기도서에 적힌 메모에 나의 관심을 돌리게 했는데 그 기도서는 두 제자와 함께 엠마우스에 걸어간 것과 그리스도가 그들에게 '예언자들이 말한 모든 것을 믿는 바보와 마음이 둔한 사람'에 대해 어떻게 말했는지 설명하고 있었는데 '모든 것'이 대문자로 작게 적혀 있었다.

비록 오빠 존과 사이가 좋지 않았지만 그녀는 다른 가족과는 가까이 지냈고 2년에 한 번씩 며칠 동안 배터스비를 방문했다. 알레시아는 항상 시어볼드를 좋아하고 가능한 한 그와 힘을 뭉치려 노력했지만 소용없었다. 나는 그녀가 오빠와 관계를 유지하는 가장 큰 이유가 오빠의 아이들이 착하면 아이들을 살피고 그들에게 사기를 북돋울 수 있기 때문이라고 생각한다. 옛날에 그녀가 배터스비로 내려갔을 때 아이들은 매 맞지 않았고 수업 내용도 딱히 어렵지 않았다. 그녀는 그들이 공부를 너무 많이 하고 행복하지 않다는 것을 쉽게 알 수 있었지만 살고 있는 영역이 어디까지 미치는지 짐작할 수 없었다. 무엇보다 실제로 이 상황에 개입할 수 없다는 것을 알았고 현명하게도 너무 많은 질문을 하지는 않았다. 그녀의 차례가 만약 온다면 더 이상 아이들이 부모와 같은 지붕 아래 살고 있지 않을 때일 것이다. 그녀는 조이나 샬롯에는 별 관심이 없고 어니스트의 성품과 능력을 알아보기 위해 그를 많이 보기로 결심했다.

그는 러프버러에서 1년 반을 지냈고 거의 14살이 되어서 성격이 형성되기 시작했다. 그녀는 얼마 동안 그를 보지 못했지만 혹시라도 만날 수 있다면 다른 때보다 더 잘할 수 있을 것이라 생각했다. 그래서 시어볼드에게 적당한 구실을 대며 러프버러로 내려가기로 했고 조카를 몇 시간 동안 돌보면서 천천히 살펴보기로 했다. 이에 따라 1849년 8월 어니스트가 4번째 학기를 시작했을 때 알레시아는 어니스트와 스완 호텔에서 저녁을 먹을 수 있도록 휴가를 낸 후 마차를 타고 스키너 박사 집으로 갔다. 그녀는 어니스트에게 편지를 써서 그녀가 갈 것이라 일러뒀고 그는 당연히 기다리고 있었다. 그녀를 너무 오랫동안 보지 못해서 처음에는 다소 수줍어했지만 그녀의 온화함에 곧 편안함을 느꼈다. 그의 외모는 그녀가 기대했던 것보다 덜 매력적이었지만 그녀는 곧 그를 따뜻하게 맞아줄 정도로 젊은 사람에 대한 편애가 지나치게 컸다. 학교에서 벗어나자 케이크 가게에 가서 그가 좋아하는 것을 사주었다. 그리고 어니스트는 그녀가 매우 상냥하고 착한 앨러비 이모들과도 비교됨을 느꼈다. 앨러비 이모들은 매우 가난했다. 그들의 6펜스는 알레시아에게는 5실링과 같았다. 만약 그녀가 마음만 먹는다면 가난한 여성들의 지출보다 수입이 두 배가 되는 사람들을 상대로 어떤 기회가 있었을까? 소년은 관심을 받자 말을 많이 했다. 알레시아는 가장 중요한 것에 대해 이야기하도록 격려했다. 그는 항상 자신에게 친절한 사람을 믿을 준비가 되어 있었다. 이

점에서 그가 상당히 조심하게 되는 데 오랜 세월이 걸렸다. 그는 고모를 아버지, 어머니 및 다른 사람들과 따로 분리해서 생각했을 것이다. 물론 자신의 행동이 얼마나 큰 문제인지 거의 알지 못했다. 만약 그가 알았다면 아마 역할을 덜 성공적으로 수행했을 것이다.

알레시아는 그의 아버지와 어머니가 허락했던 것보다 집과 학교 생활에 대해 더 자세히 이야기하도록 했지만 그는 자신이 흥분하고 있다는 사실조차 전혀 알지 못했다. 그녀는 행복한 일요일 저녁 그리고 그와 조이와 샬롯이 어떻게 싸우는지에 대해 그에게서 모든 이야기를 들었지만 아무 편도 들지 않고 모든 것을 당연한 것처럼 대했다. 저녁 식사로 몸이 따뜻해지고 셰리주 두 잔으로 취기가 조금 돌았을 때 알레시아에게 스키너 박사의 몇몇 태도에 대해 이야기하면서 그를 '샘'으로 친근하게 불렀다. "샘은 끔찍하고 늙은 협잡꾼이에요"라고 그가 말했다. 박사는 그의 스승이고 그가 이렇게 허풍을 떠는 것은 셰리주 때문이었지만 곧 가라앉았다. 알레시아는 미소를 지으며 "그렇게 말하면 안 되지, 그렇지?"라고 말했다. 어니스트는 "그러면 안 되죠"라고 말하고는 참았다. 곧 그는 옳다고 생각하는 여러 가지 견해들은 것을 아는 체하며 이야기했다. 고모는 당연히 그를 관대하게 판단했다. 그녀는 아는 체하는 것이 어디에서 왔는지 잘 알고 있었고 그의 혀가 충분히 풀어져 있었기 때문에 더 이상 셰리주를 주지 않았다.

저녁 식사 후 그는 고모의 신임을 얻었다. 그리고 그녀는 그가 자신과 마찬가지로 음악을 열정적으로 좋아한다는 것을 알았다. 그는 또래 남학생이 거의 모르는 위대한 거장들의 작품을 많이 알았고 그녀 앞에서 흥얼거리거나 휘파람으로 연주했다. 러프버러에서는 음악을 권장하지 않았기 때문에 이것은 순전히 본능임에 분명했다. 그처럼 음악을 좋아하는 남학생은 학교에 없었다. 그는 평일 오후 가끔 연습했던 성 미카엘 교회의 오르간 연주자한테 자신이 알고 있는 지식을 배웠다고 했다. 어니스트는 교회 밖을 지날 때 오르간이 울리는 소리를 들었고 오르간이 있는 위층으로 몰래 들어갔다. 시간이 지남에 따라 오르간 연주자는 친숙한 방문객에 익숙해졌고 둘은 친구가 되었다.

알레시아는 이 소년에게 정성을 들일 가치가 있다고 마음먹었다. '이 애는 음악에 열정을 갖고 있고 스키너 박사를 싫어해. 꽤 괜찮은 시작이야'라고 생각했다. 밤에 금화 1파운드를 용돈으로 주고 그를 떠나보냈을 때 마치 그녀가 가지고 있는 돈의 값어치보다 훨씬 더 많은 것을 가졌다고 느꼈다.

33장

알레시아는 조카에게 어떻게 최선을 다할 수 있는지에 대해 생각하며 시내로 돌아갔다. 그녀는 실제적인 도움이 되려면 전적으로 헌신해야 한다고 생각했다. 사실 런던에서 사는 것을 포기하고 계속해서 그를 볼 수 있는 러프버러에 살아야 한다. 하지만 쉬운 일이 아니었다. 그녀는 지난 12년 동안 런던에서 살았는데 자연히 러프버러와 같은 작은 시골 마을의 전망을 싫어했다. 그에게 유리한 유언장을 만들고 바로 죽지 않는 한 다른 사람을 위해 많은 것을 할 수 있을까? 모든 사람이 자신의 일에만 신경 쓰고 각자의 행복을 돌보면 세상이 계속 잘 돌아가지 않을까? 그녀는 누군가에게 그녀의 돈을 남기고 싶어 했다. 단지 그들이 그녀가 결코 좋아한 적 없었던 형제자매의 아들딸이라는 이유로 거의 알지도 못하는 사람들에게 돈을 남기려고 하지는 않았다. 그녀는 돈의 힘과 가치를 잘 알고 있었는데 얼마나 많은 사람들이 매년 돈이 부족해서 고통 받고 죽는지도 알고 있었다. 유산 상속인들이 정직하고 사랑스럽고 다소 힘들다는 것을 인정하지 않는다면 그것을 남길 것 같지 않았다. 그녀는 그 돈을 현명하게 사용해 행복해질 것 같은 사람들이 가지기를 원했다. 만약 조카들 사이에서 그런 사람을 찾을 수 있다면 훨씬 좋을 것이다. 그녀가 그렇게 할 수 있는지 알기 위해서는 많은 노력을 기울여야 했다. 하지만 실패라면 혈연관계가 아닌 상속인을 찾아야 했다.

그녀가 나에게 여러 번 말했다. "물론 실수를 하겠죠. 나를 데려다 주는 신사적인 매너를 갖추고 잘생기고 옷을 잘 입는 놈을 고르겠죠. 아카데미에서 그림을 그리거나 〈타임스〉에 글을 쓰거나 내 숨이 멈추는 순간 무슨 일이라도 하겠죠." 그러나 아직까지 그녀는 유언장을 작성하지 않았고 이것이 그녀를 괴롭히는 몇 안 되는 일 중 하나였다. 내가 말리지 않았더라면 그녀는 내게 대부분의 돈을 남겼을 것이다. 아버지는 나에게 풍족하게 남겨주셨고 내 생활 방식은 항상 단순해서 나는 돈 걱정을 전혀 알지 못했다. 게다가 나쁜 소문이 돌아서는 안 된다고 특히 걱정했다. 그래서 나에게 돈을 남긴다는 것을 알게 된다면 우리의 유대관계를 약화시킬 가능성이 크다는 것을 잘 알고 있었다. 내가 상속인이 안 될 거라는 것을 잘 알고 있는 한, 그녀가 누구를 상속인으로 삼아야 하는지에 대해 말하는 것을 신경 쓰지 않았다.

어니스트는 그녀가 자신의 편이 되도록 납득시킬 만큼 충분히 노력했으며 여러 날이 지난 후 그녀는 정말로 그렇게 하기로 했다. 그녀는 러프버러에 집을 사서 2년간 살기로 했다. 그러나 나의 반대로 고워 가의 집은 계속 유지하고 매달 한 번씩 일주일간 시내에 있는 것으로 타협했다. 그녀는 휴일 대부분을 보내기 위해 당연히 러프버러를 떠날 것이다. 2년 후, 그 일이 대성공을 거두지 않으면 끝내기로 했다. 어쨌든 그때까지 소년이 어떤 인물인지를 판단할 것이고 상황에 따라 행동할 것이다. 그녀가 표면적으로 내세운 구실은 그녀의 주치의가 오랜 런던 생활로 시골에서 1~2년은 지내야 하며 신선한 공기와 철도 건설로 런던과의 접근 용이성 때문에 러프버러를 추천했다는 것이었다. 그녀는 형제자매들이 투덜거리지 않게 하려고 조바심을 냈고 소년의 마음속에 어떠한 헛된 희망도 일으키지 않으려고 애썼다.

모든 것을 어떻게 할지 결정한 후 시어볼드에게 편지를 써서 다가

오는 성 미카엘 축일 동안 러프버러에 집을 얻을 것이며 아무렇지 않게 그곳 명소들 중 한 곳이 조카가 다니는 학교라 말하면서 지금까지 만나왔던 것보다 더 많이 만나기를 바란다고 언급했다. 시어볼드와 크리스티나는 알레시아가 런던을 얼마나 사랑하는지 알고 있었고 그녀가 러프버러에서 살고 싶어 하는 것을 매우 이상하다 생각했지만 어니스트를 후계자로 만들 것이라는 생각은커녕 오로지 조카의 일로 그곳에 간다는 것은 의심하지 않았다. 그들이 이것을 짐작했다면 너무 질투해서 다른 곳에서 살라고 요구했을 것이다. 그러나 알레시아는 시어볼드보다 두세 살 어렸다. 쉰 살이 되려면 아직 몇 년 남았지만 여든다섯 살이나 아흔 살까지 살 수 있을지도 모른다. 그녀의 돈은 수고를 많이 들일 가치가 없었고 오빠와 새 언니는 그들이 살아 있는 동안 그녀에게 무슨 일이 생기면 당연히 그 돈이 그들에게 온다고 가정하고 마음속에서 그것을 무시했다.

알레시아가 어니스트를 많이 볼 것이라는 예상은 심각한 문제였다. 크리스티나는 실제로 종종 그랬던 것처럼 멀리서 나쁜 일의 낌새를 챘다. 알레시아는 세속적인, 말하자면 시어볼드의 누이로서 세속적인 존재였다. 시어볼드에게 보낸 편지에서 그녀는 그와 크리스티나가 아들의 행복에 대해 얼마나 걱정하는지 알고 있다고 했다. 알레시아는 이것으로 충분히 멋지다고 생각했지만 크리스티나는 더 괜찮고 강한 것을 원했다. "우리가 아이를 얼마나 생각하는지 어떻게 알 수 있어요?" 시어볼드가 여동생의 편지를 보여주자 그녀는 소리쳤다. "있잖아요, 여보. 알레시아에게 자식이 있다면 이런 것들을 더 잘 이해할 거예요." 그녀는 이모와 조카 사이에서 어떤 동맹이 생겨나는 것에 편치 않았고 그녀나 시어볼드도 어니스트가 어떤 동맹도 맺지 않기를 바랐다. 조이와 샬롯이 그에게 좋은 협력자로 충분했다. 그러나 만약 알레시아가 러프버러에 가서 살기로 선택했다면 그들은 그녀를 막을 수 없었고 그것을 최대한 이용해야 했다.

　몇 주 후 알레시아는 러프버러에 가서 살기로 결정했다. 그녀에게 아주 잘 어울리는 들판과 멋진 작은 정원이 있는 집을 찾았다. 그녀는 스스로에게 '적어도 신선한 계란과 꽃이 생기겠네'라고 말했다. 소를 기르는 것도 생각했지만 그렇게 하지 않기로 결정했다. 그녀는 고워가의 건물에서 아무것도 가져오지 않았으며 가구를 새로 들여놓았고 성 미카엘 축일쯤(그녀가 집을 얻었을 당시 그 집은 거의 비어 있었다) 그녀는 편안히 자리를 잡고 쉬기 시작했다.

　알레시아가 첫 번째로 한 일들 중 하나는 가장 똑똑하고 신사적인 10여 명의 남학생들에게 함께 아침을 먹자고 부탁한 것이었다. 교회에서 그녀는 상급반 학생들의 얼굴을 볼 수 있었고 곧 그들 중 누구와 관계를 쌓으면 좋을지 결정했다. 그녀는 교회에서 남학생들 반대편에 앉아 모든 여성의 규율로 쓰고 있던 베일을 통해 예리한 눈으로 그들을 바라보고 스키너 박사보다 그녀가 꼼꼼히 살펴본 수많은 남학생들에 대해 옳은 결론을 내렸다. 한 남학생이 장갑을 끼는 것을 보고 그녀는 사랑에 빠졌다.

　내가 말했듯이 그녀는 어니스트를 통해 이 학생들 중 몇 명을 데려와서 잘 먹였다. 남학생이라면 착하고 여전히 멋진 숙녀분이 주는 것을 잘 먹을 수밖에 없었다. 이 점에서 그들은 착한 개들과 매우 비슷하다. 뼈다귀를 던져주면 바로 당신을 좋아할 것이다. 알레시아는 자신에 대한 그들의 충성을 얻을 수 있고 그들이 조카를 지지하도록 모든 기교를 이용했다. 축구 클럽이 자금난에 빠졌다는 것을 알았고 바로 금화 1파운드를 주었다. 학생들은 그녀에게 맞설 기회가 없었고 그녀는 꿩을 잡듯이 쉽게 그들을 차례로 넘어뜨렸다. 그녀는 손해 볼 것이 없었다. 왜냐하면 나에게 편지를 썼듯이 그들 중 여섯 명에게 완전히 마음을 빼앗겼기 때문이다. 그녀는 '그들이 얼마나 더 멋진지 그리고 그들을 가르친다고 자처한 사람들보다 훨씬 더 많이 알고 있어요!'라고 했다. 나는 그들을 인도할 생생한 기억을 가지고 있기 때문에 진정으로 늙고 경험이 풍부한 사람이 젊고 공정하다는 말이 최근까지도 이어졌다고 생각한다. '젊음의 매력은 나이에 비해 유리하며 어떤 이유에서 망치거나 잘못 사용되면 그 매력은 깨진다. 우리가 늙어가고 있다고 말할 때 우리는 오히려 새롭거나 젊어지고 있고 경험 부족으로 고통 받고 있다고 말해야 한다. 한 번도 해본 적이 없는 일을 하려고 애쓰며 점점 더 나빠지고 마침내 죽음이라는 무기력한 상태에 빠지게 된다'고 했다.

알레시아는 위의 구절이 쓰이기 아주 오래 전에 사망했지만 거의 같은 결론에 도달했다. 그래서 그녀가 먼저 남학생들을 자기편으로 만들었다. 스키너 박사는 다루기 훨씬 더 쉬웠다. 물론 그와 스키너 부인은 폰티펙스 양이 정착하자마자 그녀를 찾았다. 그녀는 그의 첫 방문 때 박사의 시 한 부를 받기로 약속했다(스키너 박사는 우리 시대에 가장 손쉽고 우아한 비주류 시인 중 한 명이라는 명판이 있었다). 다른 교사들과 교사들의 아내도 잊지 않았다. 알레시아는 실제로 그녀가 가는 곳마다 했던 것처럼 기분을 맞춰주기 위해 전력을 다했다.

34장

폰티펙스 양은 곧 어니스트가 경기를 좋아하지 않는 것을 알게 됐지만 어니스트가 경기를 좋아하게 될 거라는 기대를 하기 힘들다는 것도 알았다. 그는 체격은 완벽했지만 이상하게도 체력이 부족했다. 나중에 체력이 상당해졌지만 다른 남학생들보다 훨씬 더 늦었다. 그는 학교에서가 아니라 개인적으로 팔과 가슴을 키울 수 있는 무엇인가를 하고 싶었다. 즐거움도 더하면서 이 바람을 충족시키는 것이 그녀의 첫 번째 걱정거리였다. 조정이 좋을 거라 생각했지만 아쉽게도 러프버러에는 강이 없었다. 무엇이 되었든 다른 남학생들이 크리켓이나 축구를 좋아하는 만큼 그도 좋아해야 하고 원래부터 하고 싶었던 것이라는 생각이 들어야 한다. 할 일을 찾는 것은 그리 쉬운 일이 아니었지만 얼마 지나지 않아 음악에 대한 그의 사랑을 이용해 자신의 편으로 끌어들일 수 있다는 생각이 들었고 어느 날 그가 그녀 집에서 휴일 반나절을 보낼 때 그가 연주할 수 있게 오르간을 샀으면 좋겠냐고 물었다. 당연히 소년은 좋다고 답했다. 그녀는 할아버지가 만든 오르간에 대해 말했다. 한 번도 그걸 만들 수 있다는 생각을 한 적은 없지만 고모의 말로 미루어 보아 불가능한 일은 아니었기에 그는 목관 파이프를 만들기 위해 톱질과 대패질이 배우고 싶어졌다. 폰티펙스 양은 그가 목공일을 배운다는 생각이 마음에 들었다.

나에게 이 문제에 대해 쓰면서 '직업은 돈뿐만 아니라 연관성과 관심사를 가진 사람들에게 매우 좋지만 그렇지 않으면 무용지물이에요. 당신과 나는 얼마나 많은 사람들이 재능이 있고, 부지런하고, 감각이 탁월하고, 솔직하고, 성공을 얻을 수 있는 모든 자질을 가지고 있는지 그리고 해마다 아직 일어나지 않는 일에 대한 희망을 버리지 않고 기다리는 사람들이 얼마나 많은지 몰라요. 흥미를 가지고 태어났거나 그것을 얻기 위해 합치지 않는 한 어떻게 올 수 있을까요? 어니스트의 아버지와 어머니는 관심이 없고 만약 있다고 해도 그것을 활용하지 않을 거예요. 나는 그들이 그를 성직자로 만들거나 그렇게 하려고 노력할 것이라 생각해요. 그는 할아버지가 남겨준 돈으로 살 수 있기 때문에 그게 최고일 수도 있지만 때가 되면 그 소년이 그것을 어떻게 생각할지 모르고 어쩌면 많은 젊은이들이 그러듯이 미국의 오지에 가겠다고 고집할 수도 있다는 것을 알고 있어요'라고 적었다. 그러나 어쨌든 그는 오르간을 만들고 싶어 하고 이건 그에게 해가 되지 않으니까 더 빨리 시작할수록 좋았다.

알레시아는 오빠와 세 언니에게 이 계획을 말하면 마침내 문제를 덜어낼 수 있을 거라 생각했다. '스키너 박사가 러프버러 교과 과정에 오르간 제작을 넣으려는 저의 도전을 매우 정중하게 받아들일 것이라고는 생각하지 않아요. 하지만 어니스트가 직접 만든 오르간을 가지고 싶기 때문에 그에게 할 수 있는 일을 찾아볼 거예요. 그 애가 오르간을 갖게 되자마자 내 집에서 원하는 만큼 연주할 수 있고 그에게 영구적으로 빌려줄 거예요. 하지만 지금은 내가 그 오르간을 샀으니까 내 거예요'라고 썼다. 이것은 시어볼드와 크리스티나가 그 문제에 관여하지 말아야 한다는 것을 분명히 하기 위해 넣었다. 만약 알레시이가 앨러비 이모들만큼 가난했다면 독자들은 어니스트의 아버지와 어머니가 이 제안에 대해 뭐라고 했을지 추측 가능할 것이다. 하지만 만약 그녀가 그들처럼 가난했다면 그녀는 결코 성공하지 못했을 것이다. 그들은 어니스트가 점점 고모의 환심을 사는 것이 마음에 들지 않았지만 그래도 그렇게 하는 것이 그녀가 존 폰티펙스 부부에게 다시 가는 것보다 더 나을 수도 있었다. 시어볼드가 주저한 유일한 이유는 아들에게 음악을 하도록 부추겨서 나중에 질 낮은 사람들과 어울릴지도 모른다는 것이다. 음악은 그가 싫어하는 것이었다. 그는 어니스트가 지금까지 불량배들과 어울리려 하고 자신의 결백을 망칠 수 있는 사람들과 친해졌을 지도 모른다고 유감스럽게 생각했었다. 크리스티나는 몸서리쳤지만 양심의 가책을 충분히 느꼈음에도 불구하고(사람들이 '생각하기' 시작하면 항상 그들이 더 세상 물정에 밝다고 생각할 것이다) 알레시아의 제안에 반대하면 아들의 앞길을 바르게 하기보다 잘못될 수 있다고 생각했기 때문에 동의는 했지만 탐탁치는 않았다.

시간이 지난 후 크리스티나는 그 생각에 익숙해졌고 특유의 열정으로 곰곰이 생각했다. 만약 폰티펙스 양에게 철도 주식이 있다면 그녀는 며칠 동안 배터스비 시장에서 가격이 올라갔다고 말할 수 있을 것이다. 오랫동안 경기가 좋지 않았지만 정말로 한동안 상승 움직임이 있었다. 크리스티나는 오르간 자체에 정신이 팔려 있었다. 그녀가 직접 손으로 만든 것 같았다. 그녀는 스미스 신부(오르간 제작자)로 착각한 유명한 케임브리지의 월미즐리(오르간 연주자 겸 작곡가)에 대해 이미 들었다. 틀림없이 그 오르간은 그것이 필요한 배터스비 교회로 올 것이다. 왜냐하면 알레시아가 오르간을 갖고 싶어 한다는 것은 말도 안 되는 소리고 어니스트는 오랫동안 자신의 집을 갖지 못할 것이며 목사관저에는 둘 자리가 없기 때문이다. 배터스비 교회가 딱 적당한 장소였다. 물론 그들은 성대한 식을 열 것이고 주교가 올 것이며 어린 피긴스가 그들을 방문할지도 모른다. 그녀는 어니스트에게 어린 피긴스가 러프버러를 이미 떠났는지 물어봐야 한다. 그는 심지어 할아버지 론스포드 경도 참석하도록 설득할 수 있을 것이다. 런던 포드 경과 주교 그리고 다른 모든 사람들이 그녀를 칭찬할 것이고 웨슬리 박사나 월미즐리 박사(어느 쪽이든 상관없다)가 그녀에게 "이렇게 놀라운 악기를 연주한 적은 없어요"라고 말할 것이다. 그러고 나서 그녀는 그에게 가장 다정한 미소를 짓고 그가 그녀에게 입에 발린 말을 할까봐 두려웠다고 말하고 그는 훌륭한 남자들에게는(그때 훌륭한 남성은 어니스트다) 훌륭한 어머니가 있다는 등등 기분 좋은 말로 응대할 것이다. 스스로 칭찬하는 것의 장점은 그것을 아주 다정하고 올바른 것에 대해서 한다는 것이다.

시어볼드는 어니스트에게 이 일에 대한 고모의 의도에 대해 짧고 간결하게 썼다. '무슨 일이 생길지 내 생각은 말하지 않을 거야. 이건 전적으로 너의 노력에 달렸어. 너는 특별한 장점을 가지고 있고 친절한 고모는 너와 친해지고 싶어 하지만 만약 겨우 오르간으로 실망하지 않는다는 것을 보여주지 않는다면 너는 네가 받았던 것보다 더 안정되고 한결같은 사람이라는 것을 더 입증해야 해. 두 가지만 말하겠다. 첫째, 새로운 일로 라틴어와 그리스어를 소홀히 하지 마라(어니스트는 '그것들은 나하고 맞지도 않고 맞은 적도 없어'라고 생각했다). 둘째, 만약 휴일 동안 오르간을 만든다면 여기 집에서는 접착제나 대팻밥 냄새는 나지 않도록 해라.' 어니스트는 아직 너무 어려서 얼마나 불쾌한 편지를 받고 있는지 몰랐다. 그는 그 안에 들어 있는 빈정거림이 지극히 옳다고 믿었다. 또한 자신의 인내심이 매우 부족하다는 것을 알았다. 아버지의 편지로 자신의 하찮음에 더 우울했지만 오르간에 대한 생각에 그는 위안을 얻었고 어쨌든 그건 싫증내지 않고 꾸준히 할 수 있는 것이라 확신했다.

크리스마스 연휴가 끝나기 전에 오르간으로 시작하지 않고 그때까지 어니스트는 도구 사용법을 알기 위해 간단한 목공일을 하는 것으로 결정했다. 폰티펙스 양은 자신의 사유지에 있는 별채에 목수 공간을 만들었고 러프버러에서 가장 존경받는 목수와 의논해서 아랫사람들 중 한 명이 일주일에 두 번 와서 두세 시간 동안 어니스트를 가르쳐주기로 했다. 그 후 그녀는 이것저것 소박한 작품들이 필요해서 그 아이에게 의뢰했고 그에게 후하게 지불해 도구와 재료를 살 수 있게 했다. 그녀는 그에게 조언을 한다거나 그의 노력에 모든 것이 달렸다는 소리를 절대 않지 않았고 자주 키스를 해줬을 뿐이며 작업장에 와서 어떻게 되어 가는지 관심 있는 척하다가 이윽고 정말로 관심을 갖게 되었다.

어떤 소년이 지원을 받는다면 어떤 일이든 좋아하지 않겠는가? 소년들은 무언가를 만드는 것을 좋아한다. 톱질, 대패, 망치질은 몸을 움직이면서도 너무 과격하지 않고 동시에 그를 즐겁게 하는 것으로 정확히 고모가 찾으려 했던 것이었다. 어니스트의 창백한 얼굴은 그의 작품으로 상기되고 눈은 기쁨으로 빛났을 때 그는 불과 몇 달 전에 고모가 손잡았던 그 소년과는 전혀 다른 소년으로 보였다. 내적 자아는 라틴어와 그리스어를 할 때 그랬던 것처럼 결코 그에게 협잡꾼이라 하지 않았다. 의자와 서랍을 만드는 것으로 살 만한 가치가 있었고 크리스마스 이후에는 그의 마음에서 거의 사라진 오르간이 어렴풋이 떠올랐다.

고모는 그가 친구들을 초대하도록 허락했고 그녀가 가장 호감 있는 사람들이라고 말해준 친구들을 데려오도록 했다. 잔소리 없이 그의 외모도 말쑥하게 꾸며주었다. 정말로 그녀는 주어진 짧은 시간 동안 놀라운 일을 해냈다. 그는 꽤 행복해지기 전에 많은 폭풍을 겪었다. 그러나 현재로선 지극히 행복했고 고모는 그의 행복과 그에게서 본 발전, 그가 그녀에게 맘껏 보이는 애정에 기뻐하고 고마워했다. 그녀는 그의 많은 결점과 거의 믿기지 않는 어리석음에도 불구하고 날마다 그를 좋아하게 되었다. 아마도 바로 이런 이유 때문에 그가 그녀를 얼마나 필요로 하는지 그녀가 알게 된 것이다. 어찌 되었건 무슨 일이 있어도 그녀는 부모를 대신해 그를 조카가 아닌 아들로 삼겠다는 결심을 굳혔다. 하지만 아직 그녀는 유언장을 작성하지 않았다.

35장

이듬해 새 학기 초반에는 모든 것이 순조로웠다. 폰티펙스 양은 휴일 대부분을 런던에서 보냈고 나도 스완 호텔에서 머물며 러프버러에서 며칠을 지내면서 그녀를 만났다. 내 대자에 대한 소식은 모두 들었지만 내가 말했던 것보다 관심이 덜했다. 나는 그 당시 다른 어떤 것보다 연극 무대에 더 많은 관심을 가졌고 어니스트는 고모의 관심을 너무 많이 빼앗고 그녀가 런던에서 오랫동안 떨어지게 하는 골칫거리로 생각했다. 오르간 제작은 시작됐고 학기 시작 후 첫 두 달 동안 상당한 진전을 보였다. 어니스트는 전보다 더 행복했고 위로 올라가기 위해 애쓰고 있었다. 최고의 남학생들은 그의 고모에게 더 마음을 쓰고 그를 나쁜 일에 끌어들였던 사람들과 덜 어울렸다. 그러나 폰티펙스 양이 그랬던 것처럼 그녀는 소년이 배터스비에서 겪었던 것과 같은 환경의 영향을 단번에 없앨 수는 없었다. 그가 아버지를 많이 두려워하고 미워한 만큼 (지금도 얼마나 미워했는지 모르지만) 아버지에게 많은 것이 붙잡혔다. 만약 시어볼드가 더 친절했다면 어니스트는 그를 전적으로 본받았을 것이고 틀림없이 꼼꼼한 애가 되었을 것이다. 다행히 그의 기질은 어머니에게서 물려받았는데 그의 어머니는 겁먹지 않았을 때와 남편의 기분에 거슬리는 것이 없을 때는 상냥하고 선량한 여자였다. 누군가를 그렇게 나쁘게 말하는 것이 아니었다면 나는 그녀가 괜찮다는 의미였다고 말해야 한다.

어니스트는 또한 허황된 꿈꾸는 것을 좋아하는 어머니 기질도 물려받았는데 그래서 나는 그것을 그녀의 허영심이라 불러야 한다고 생각한다. 그는 과시하는 것을 매우 좋아했고 만약 그가 관심을 끌 수만 있다면 그것을 누가 했는지, 무엇을 위한 것인지 거의 신경 쓰지 않았다. 그는 어른들에게 들은 말이 무엇이든 옳다고 생각되는 말은 앵무새처럼 따라하고 마치 자신의 것인 양 시도 때도 없이 떠들어댔다. 폰스펙스 양은 이것이 보통 위인들조차도 자라날 때 시작한 일반적인 방법이라는 것을 알 만큼 나이가 있고 지혜로웠기 때문에 그가 따라하는 것에 놀라기보다 그의 감수성과 재생력에 더 만족했다. 그녀는 그가 다른 누구보다도 그녀에게 많이 애착을 가지고 있고 신뢰하고 있다는 것을 알았다. 또한 그의 자만심이 그다지 깊지 않으며 자기비하가 극단적이라는 것도 알았다. 그를 향해 유쾌하게 미소 짓는 사람이나 그에게 매우 불친절한 사람들에 대한 충동성과 낙천적인 신뢰는 다른 어떤 특징보다 그녀를 더 불안하게 만들었다. 그가 적당한 시기에 친구와 적을 구별하는 법을 배우기 전에 여러 번 자신을 과소평가하는 것을 분명히 보았다. 그녀가 곧 어떤 행동을 취하게 된 것은 바로 이런 점을 인식했기 때문이다.

그녀의 건강은 대체로 좋았고 평생 심각한 병을 앓은 적이 없었다. 그러나 1850년 부활절 직후 어느 날 아침, 그녀는 심하게 몸이 안 좋아서 잠에서 깼다. 얼마 동안 동네에서 열병에 대한 이야기가 있었지만 그 당시에는 감염 확산에 대비하는 예방 조치가 지금처럼 잘 알려지지도 않았고 어느 누구도 하지 않았다. 하루나 이틀 만에 폰티펙스 양은 장티푸스에 걸렸고 위중하다는 것이 확인됐다. 이 일로 그녀는 시내에 전령을 보냈고 변호사와 나 없이는 돌아오지 밀라고 했다. 우리는 호출 받은 그 날 오후에 도착했고 그녀는 아직 섬망 상태는 아니었다. 정말이지, 그녀가 우리를 쾌활하게 맞이한 것을 보면 위중하다고 생각하기 어려웠다. 내가 예상했던 대로 그녀는 조카에 대한 바람을 바로 이야기했고 그에 대한 주요 불안 요인이라고 이미 언급했던 내용을 반복했다. 그러고 나서 우리의 오래되고 가까운 친밀감, 그녀에게 갑작스럽게 닥친 위험과 그것을 피하지 못하는 그녀의 무기력으로 그녀가 만약 죽는다면 무례하고 심기를 거스른 신뢰가 될 수 있는 것을 잘 알고 있다고 말한 것을 들어달라고 간청했다.

그녀는 자신의 재산을 표면적으로는 내게 남긴다 했지만 실제로는 조카에게 남기고 싶어 했다. 그래서 나는 그가 스물여덟 살이 될 때까지 신탁에 돈을 맡겨두고 변호사와 나를 제외한 다른 누구도 그 돈에 대해 알아서는 안 된다고 생각했다. 그녀는 다른 유산으로 5,000파운드와 1만5,000파운드를 어니스트에게 남길 것이고 스물여덟 살이 되면 이는 약 3만 파운드로 늘어날 것이다. "지금 돈이 있는 곳에 회사채를 매각하고 미들랜드 오디너리에 넣어요"라고 그녀가 말했다. "그의 할아버지가 남긴 돈은 마음대로 쓰게 하세요. 나는 예언가는 아니지만 그 애가 이웃 사람들처럼 그 돈을 아는 데에 오랜 세월이 걸릴 거라는 거 알아요. 그는 아버지와 어머니로부터 도움을 받지 못할 거예요. 그 사람들은 내가 그에게 돈을 바로 남겨준다면 그의 행운을 결코 용서하지 않을 거예요. 내가 틀릴 수도 있지만 그 애는 나에게서 받은 것을 어떻게 지킬지 알기 전에 가진 것의 큰 부분이나 전부를 틀림없이 잃을 거예요"라고 했다. 그가 스물여덟 살이 되기 전에 파산했다고 가정하면 그 돈은 전적으로 내 것이었지만 그녀는 때가 되면 내가 어니스트에게 넘겨줄 것이라 믿는다고 말했다. 그녀는 말을 이었다. "내가 잘못한 게 있다면 가장 최악은 그 애가 스물세 살이 되었을 때 더 적은 금액을 받는 대신 스물여덟 살에 더 큰 금액을 받게 된다는 거예요. 나는 그 애를 더 일찍 믿지 않았으니까요. 그리고 그 애가 그것에 대해 아무것도 알지 못하더라도 금액이 부족해서 불행하지는 않을 거예요."

그녀는 소년의 재산을 책임져야 하는 수고에 대한 보답과 아직 어린 그를 내가 이따금 보살필 것이라는 유언자의 희망의 표시로 내게 2,000파운드를 받으라고 간청했다. 나머지 3,000파운드는 친구들과 하인들에게 유산과 연금으로 지불하기로 했다. 그녀의 변호사와 나, 두 명 모두가 이런 유산 정리의 비정상적이고 위험한 성격에 대해 항의했지만 허사였다. 우리는 그녀에게 현명한 사람들은 형평법 법원보다 인간의 본성에 대해 더 낙관적으로 생각하지 않을 것이라고 말했다. 사실 다른 사람들이 할 수 있는 모든 말을 했다. 그녀는 모든 것을 인정했지만 남은 시간이 짧고 너무나도 뻔하게 돈을 조카에게 남기지 않을 것이라고 재촉했다. "특이하고 어리석은 유언장이죠." 그녀가 말했다. "하지만 그는 유별나고 바보 같은 아이예요." 그리고 그녀는 농담을 하며 꽤 즐겁게 웃었다. 다른 모든 가족들과 마찬가지로 그녀는 마음만 먹으면 매우 완고했다. 그래서 그 일은 그녀가 원하는 대로 되었다.

나 혹은 어니스트 사망 시에 대한 어떤 대비 조항은 없었다. 폰티펙스 양은 우리가 둘 다 죽지 않을 것이라는 것을 생각했고 세부 사항을 정하기에는 너무 아팠다. 게다가 그녀는 자신의 유언장에 서명하는 즉시 그렇게 이행되길 간절히 바랐기 때문에 우리에게 말한 대로 하는 것 외에는 사실상 대안이 없었다. 만약 그녀가 회복된다면 우리는 상황을 조금 더 만족스러운 상태로 바꿀 수 있을 것이고 더 이상의 논의는 분명히 그녀의 회복할 시기를 방해할 것이다. 그때는 단지 이 유언장의 일례이거나 전혀 유언장이 아닌 것처럼 보였다. 유언장 서명 후, 나는 폰티펙스 양이 5,000파운드를 제외하고 모두를 어니스트 몫으로 신탁에 맡기되 그가 스물여덟 살이 되기 전에는 유산을 받을 수 없고 직접적 또는 간접적으로 유언장에 대해 몰라야 하며 만약 그

전에 그가 파산한다면 그 돈은 전적으로 내 소유가 된다는 편지의 사본을 만들었다. 폰티펙스 양은 각 편지의 아랫부분에 '상기 내용을 유언장 작성 시 확인했습니다'라고 쓰고 서명했다. 변호사와 서기가 증인이 됐다. 내가 한 부를 직접 보관하고 다른 한 부는 폰티펙스 양의 변호사에게 건넸다.

이 모든 일이 끝나자 그녀는 마음이 편해졌다. 그녀는 주로 조카에 대해 이야기했다. "그가 불안해서 계속 물건을 들어 올려 또 던진다면 야단치지 마세요"라고 그녀가 말했다. "그렇지 않으면 그는 어떻게 자신의 장점이나 약점을 알아낼 수 있겠어요?" 그녀는 작게 짓궂은 웃음을 지으며 말했다. "남자의 일은 아내와는 달리 미리 막을 틈도 없이 좋든 싫은 한꺼번에 모두를 받아들여야 하는 거잖아요. 그 애는 여기 저기 다니고 가장 습관적으로 하는 것을 찾게 해서 진정한 취향을 배우고 이것을 계속하도록 하게 하세요. 그러나 어니스트는 40살이나 45살 정도 돼야 자리를 잡을 거예요. 그때 그가 내가 바라는 소년이라면 이전의 모든 그리스도교를 믿지 않는 행동이 영원히 함께 할 거예요." 그녀가 말을 이었다. "무엇보다도 일생에 한두 번을 제외하고는 온전한 힘을 발휘하도록 두지 마세요. 전체적으로 보면 아주 쉽게 오지 않는 한, 잘되거나 할 만한 가치가 있는 일은 없어요. 시어볼드와 크리스티나는 그를 반신반의하며 일곱 가지 대죄를 말하라고 할 거예요." 여기서 그녀는 다시 예전 모습으로 달콤하게 웃었다. "내 생각에 그가 팬케이크를 좋아한다면 아마도 참회의 화요일에 먹으면 좋을 것 같지만 이것으로 충분해요." 이것이 그녀가 마지막에 일관되게 한 말이었다. 그 후로 그녀는 계속해서 악화되었고 죽을 때까지 섬망에서 벗어나지 못했다. 2주일도 채 지나지 않아 그녀를 알고 사랑하는 사람들은 말로 다할 수 없는 슬픔을 느꼈다.

36장

폰티펙스 양의 형제자매들에게 편지를 썼고 하나같이 모두 러프버러에 서둘러왔다. 그들이 도착하기 전에 가엾은 여인은 이미 정신이 혼미해 있었고 그녀의 안식을 위해서라도 그녀가 의식을 회복하지 못했다는 것에 나는 조금 기뻤다. 이 사람들을 평생 알았는데 누구인지 서로를 알 수 없지만 어린 시절 함께 놀았던 사람들이기 때문이다. 그녀 아버지의 사망으로 그녀가 자유로운 몸이 되었을 때까지 그들 모두가 그녀에게(아마도 시어볼드가 가장 적겠지만) 얼마나 짐이었는지 알고 있었고 그들은 러프버러에 번갈아 오면서 여동생이 자신들을 볼 수 있을 만큼 의식을 충분히 회복했는지 물어보는 것이 불쾌했다. 내가 그녀의 병환 소식을 알리고 러프버러에 남아 있었기에 나에 대한 의심과 반항과 호기심이 뒤섞인 분위기에 화가 났다. 시어볼드를 제외하고 그들은 자기들이 알고 싶었던 어떤 것을 내가 알고 있으며 나를 통해 알게 된다는 것을 믿지 않았다면 나를 완전히 무시했을 것이다. 왜냐하면 내가 그들 여동생의 유언장을 만드는 것에 어떤 식으로든 관여한 건 분명했기 때문이다. 그들 중 누구도 유언장의 표면적인 성격이 어떤지 의심하지 않았지만 폰티펙스 양이 공익적 사용에 돈을 남겼을까봐 걱정했다고 생각한다. 존은 매우 단조롭게 내게 말했다. 그는 여동생이 곤경에 처한 극작가들을 구제하기 위해 대학 설립을 위한 돈을 남기고자 했다는 말을 들은 것이 생각났다고 했다. 이에 대해 나는 아무런 답을 하지 않았고 그의 의구심은 틀림없이 깊어졌을 것이다.

마지막이 다가왔을 때 나는 폰티펙스 양의 변호사에게 그녀가 형제자매들에게 얼마나 돈을 남겼는지 말해달라고 편지를 썼다. 그들은 이상하게 격분하지 않았으며 장례식에 참석하지도 않았다. 또한 나에게 별 관심도 주지 않고서 각자 집으로 돌아갔다. 이것은 아마도 그들이 나에게 할 수 있었던 가장 친절한 일이었을 것이다. 그들의 행동에 너무 화가 났지만 기쁜 마음으로 알레시아의 유언장을 받아들였다. 그러나 이것으로 나는 가장 피하고 싶었던 사람들 중 한 명의 위치에 서게 되고 매우 막중한 책임을 떠맡게 되는 그 유언장을 절실히 생각해야 했다. 여전히 나는 벗어나는 것이 불가능했고 흘러가는 대로 내버려둘 수밖에 없었다. 폰티펙스 양은 페일햄에 묻히고 싶다는 바람을 밝혔고 며칠 후 나는 시신을 그곳으로 옮겼다. 6년 전 아버지가 돌아가신 후 페일햄에 가본 적이 없다. 종종 그곳에 가고 싶었고 누나가 두세 번 가봤지만 그렇게 하는 것이 왠지 망설여졌다. 오랜 세월 동안 내 집이었던 집이 낯선 사람들의 손에 있는 것을 견딜 수 없었다. 장난꾸러기 소년 이외에는 내가 한 번도 끌어당기지 못했던 종이 예식에 맞춰 울린다. 어린 시절에 수많은 꽃다발을 모았고 성년이 되고 난 후에 몇 년 동안 내 것처럼 생각했던 정원은 나와 상관이 없다고 느껴졌다. 눈에 익은 모든 특징들이 남아 있고 익숙함에도 불구하고 너무 낯선 집들이 보인다. 만약 충분한 이유가 있었다면 나는 당연한 일로 받아들이고 현실보다 기대했던 것이 훨씬 더 나쁘다고 생각했겠지만 내가 페일햄에 가야 할 특별한 이유가 없었기 때문에 지금까지 가지 않았다. 하지만 지금은 꼭 가야 했고 어린 시절의 죽었던 소꿉친구와 함께 그곳에 도착했던 때만큼 우울하지는 않았다.

마을은 내가 생각했던 것보다 더 많이 변했다. 철도가 생겼고 노란색 벽돌로 새로 지은 기차역이 폰티펙스 부부의 오두막집 터에 생겼다. 목수의 가게만이 그대로 있었다. 아는 얼굴들도 많이 봤지만 불과 6년 동안 그들은 놀랄 만큼 나이가 든 것 같았다. 아주 많이 늙은 사람들 중 일부는 죽었고 그들 자리를 대신한 노인들은 더 나이가 들었다. 나는 7년 만에 잠에서 깬 동화 속의 바뀐 아이처럼 느껴졌다. 특별한 이유는 모르겠지만 모두들 나를 반가워하는 듯 보였고 폰티펙스 노부부를 기억하는 모든 사람들은 그들에 대해 따뜻한 말을 했으며 그들 가까이에 묻히고 싶어 하는 손녀의 바람에 기뻐했다. 교회 마당에 들어서서 짙은 구름 낀 저녁의 황혼 속에 알레시아 자리로 고른 폰티펙스 부인의 무덤 옆 가까운 자리에 서서 나는 앞으로 그 자리에 누워 있을 그녀와 나도 모르는 시간과 장소에서 언젠가 분명히 다른 장소에 누워 있어야 하는 내가 바로 이곳에서 어린 연인처럼 함께 뛰어다녔다는 것을 여러 번 생각했다. 다음날 아침 그녀의 무덤에 가서 마침 그녀의 할머니와 할아버지의 무덤에 있는 것처럼 그녀를 기억하는 묘비를 세웠다. 출생과 사망 날짜와 장소를 새겼고 그녀를 알고 사랑했던 사람이 세운 것이라는 것 외에는 아무것도 덧붙이지 않았다. 그녀가 음악을 얼마나 좋아했는지를 알고 있었기 때문에 나는 그녀의 성격에 어울리는 음악을 찾을 수 있다면 악보 몇 마디를 새기고 싶었지만 그녀가 묘비에다 특이한 것을 하는 걸 얼마나 싫어했는지 알았기 때문에 하지는 않았다.

그러나 내가 이 결정을 내리기 전에 어니스트가 가장 최선의 방법을 도와줄 수 있을 거라 생각하고 그 주제에 대해 편지를 썼다. 그리고 다음과 같은 답장을 받았다.

대부님에게

제가 생각할 수 있는 가장 좋은 부분을 알려드려요. 헨델의 대푸가 6번의 마지막 부분이에요. 여자보다는 남자에게, 특히 여러 일에 대해 매우 후회하는 노인에게는 더 잘 어울리지만 더 좋은 생각이 떠오르지 않네요. 알레시아 고모에게 어울리지 않는다고 생각하시면 저에게 쓰도록 아껴두겠습니다.

　　　　　- 당신의 사랑하는 대자, 어니스트 폰티펙스 올림

　이 아이가 2펜스짜리 사탕을 2펜스로는 살 수 있지만 2펜스 반으로는 살 수 없다던 그 꼬마가 맞을까? 세상에나, 어떻게 이런 아기들과 젖먹이들이 우리를 무시하는지 확실하게 생각하게 됐다. 15살짜리가 자신의 비문으로 고른 것이 '여러 일에 대해 매우 후회'와 중압감을 느끼는 남성을 위한 것이라니 레오나르도 다빈치였다면 그랬을 수 있을 거 같았다. 그 후 나는 그 소년을 자만심에 찬 어린 건방진 자식으로 생각했지만 물론 어니스트 또래의 다른 아이들도 대부분 그랬다.

37장

시어볼드와 크리스티나는 처음에 폰티펙스 양이 어니스트의 손을 잡았을 때 너무 기뻐하지 않았다면 두 사람 관계가 너무 일찍 끊어졌을 때 훨씬 덜 기뻐했을 것이다. 그들은 누이의 말을 듣고 어니스트를 후계자로 만들 것이라 확신했다. 나는 그녀가 그들에게 이런 일에 대한 암시를 별로 주지 않았다고 생각한다. 시어볼드는 사실 어니스트가 곧 받게 될 편지에서 그녀가 그렇게 했다는 것을 알렸지만 만약 시어볼드가 무례하게 받아들였다면 공기처럼 가벼운 하찮은 것들이 그의 상상 속에서 가장 편리한 어떤 형태로든 떠올랐을 것이다. 나는 알레시아가 죽을 때가 됐다는 것을 알기 전에 그들이 그녀의 돈으로 뭘 할지 정했다고 생각하지 않는다. 그리고 내가 이미 말했듯이 만약 그들에게 유산에 대한 종신 소유권이 없고 어니스트가 상속자가 될 것이라고 생각했다면 그들은 고모와 조카 사이의 친밀한 사이를 방해하는 장애물들을 바로 치워버렸을 것이다. 하지만 그들도 어니스트도 아무것도 받지 못했기 때문에 그들 스스로 생각하기에 너무 자랑스러웠을 그 아들을 대신해서 억울함을 드러냈다. 사실 이런 상황에 실망하는 그들이 유일하게 상냥해 보였다.

크리스티나는 유언장은 단순히 사기일 뿐이며 그녀와 시어볼드가 제대로 나선다면 뒤엎을 수 있다고 확신했다. 시어볼드가 재판정이 아니고 그가 모든 문제를 설명할 수 있는 변호사 사무실에서 대법관에게 문제를 제기해야 한다고 했다. 아마 그녀가 직접 간다면 더욱 좋을 것이다. 시어볼드는 내게 숨겨진 유산이 있을 거라고 생각하는 거 같았지만 크리스티나에게 아무 말도 하지 않았다. 아버지에게 받았던 것보다 더 많이 알레시아에게 자신의 마음을 전할 수 없었기 때문에 그는 화가 났고 억울했다. '이런 상처를 주고 나서 다친 사람을 마주하는 것을 회피하는 것은 정말 비열한 짓이야. 어쨌든 그들과 내가 천국에서 만날 수 있기를 바라'라고 그는 속으로 외쳤다. 그러나 확신이 없었다. 사람들이 이렇게 잘못을 저지르면 그들이 천국에 갈 거라 거의 생각하기 힘들고 그가 그들을 다른 곳에서 만난다는 생각은 해본 적도 없었기 때문이다. 하지만 최근에 그렇게 화가 나고 반대에 익숙하지 않은 사람은 누군가에게 복수할 수 있을 것이고 시어볼드는 오래 전에 실력을 키운 오르간 연주로 가장 덜 위험하고 가장 만족스럽게 분노를 터트렸다. 짐작하건대 이 오르간은 어니스트와 다름 없었다. 그래서 어니스트를 직접 만나지 않고 편지로 그의 감정을 풀었다.

그는 다음과 같이 썼다. '네 고모 알레시아가 너의 어머니와 나에게 너를 상속인으로 만들고 있다는 바람을 이해시켰다는 것을 알아야 한다. 물론 네가 고모에게 신뢰를 주는 행동을 했을 때 말이다. 그러나 사실 그녀는 너에게 아무것도 남기지 않았고 모든 재산은 너의 대부, 오버튼 씨에게 돌아갔다. 그녀가 더 오래 살았다면 네 어머니와 나는 네가 그녀에게 좋은 평판을 얻기를 바라겠지만 지금 이것을 생각하기에는 너무 늦었어. 목공일과 오르간 제작은 바로 중단해라. 나는 그 계획을 애당초 믿지 않았고 원래 가지고 있던 생각을 바꿀 이유가 없구나. 그것은 완성되지 못할 것이고 몇 년 뒤에 네가 후회할 거라고 장담한다. 앞으로의 일에 대해 몇 마디만 더 하겠다. 알다시피 너에게는 할아버지 유언으로 받은 작은 유산이 있다. 이 유산은 경솔하게 진행됐고 전적으로 변호사 측의 오해 때문이라고 생각한다. 그 유산은 아마도 네 어머니와 내가 사망한 후에야 집행되도록 할 생각이었을 거다. 그럼에도 불구하고 유언장에 적혀 있듯이 네가 21살까지 살면 이제 너의 것이 될 거다. 그러나 여기에서 공제를 많이 해야한다. 유산 상속세가 있을 것이고 출생부터 성인이 될 때까지 너의 교육비와 양육비를 공제할 자격이 있는지 모르겠다. 만약 네가 올바르게 산다면 나는 이 권리를 최대한 주장하지 않겠지만 상당한 액수는 확실히 공제되어야 한다. 따라서 기껏해야 1,000파운드나 2,000파운드가 네 몫이 될 거야. 하지만 가장 정확한 계산은 때가 되면 너에게 알려주겠다. 엄중하게 경고하마. 어쨌든 내가 죽을 때까지 네가 기대할 수 있는 것은 이것뿐이고(어니스트도 그 돈이 시어볼드에게서 나온 것이 아니라는 것을 안다) 알다시피 아직 몇 년이나 남았다. 큰돈은 아니지만 꾸준히 열심히 목표를 이뤄서 보충한다면 충분할 거다.' 나는 정말 더 이상 이 감정의 토로를 옮길 수 없다. 그것은 모두의 의지를 흔드는 옛날 수법이었고 지금처럼 계속된다면 그는 아마도 중등학교나 대학교를 나온 후에 신발이나 양말 없이 구걸하며 거리를 돌아다녀야 할 것이다. 시어볼드와 크리스티나는 이 세상에 너무 과분했다. 이 편지를 쓴 후, 시어볼드는 상당히 기분이 좋았고 톰슨 부인에게 평상시보다 훨씬 더 많은 수프와 포도주를 보냈다.

어니스트는 아버지의 편지에 매우 분노했다. 그가 진정으로 사랑했던 단 한 사람인 고모마저도 결국 그에게 등을 돌리고 그를 형편없게 봤다고 생각했다. 이건 가장 잔인한 상처였다. 갑작스럽게 병에 걸린 폰티펙스 양은 그의 행복만을 생각하다가 그의 아버지의 빈정거림을 쓸모없게 만드는 그를 위한 작은 선물에 대한 언급을 빠트렸다. 그리고 그녀의 병은 전염성이 있어서 증상이 나타난 후 그를 보지 못했다. 나 자신도 시어볼드의 편지를 몰랐고 내 대자의 상태가 어떨지 충분히 생각하지 못했다. 몇 년이 지나서야 어니스트가 학교에서 사용했던 낡은 가방 주머니에서 시어볼드의 편지를 발견했고 이 책에서 언급한 다른 오래된 편지와 학교 서류들도 있었다. 그는 그것을 가지고 있다는 것을 잊어버리고 있었지만 아버지에게 반항하기 시작했고 그것이 옳다고 생각하게 된 첫 번째 계기로 기억한다고 내게 말했다. 가장 심각한 것은 그의 할아버지가 남긴 유산을 포기하는 것이 그의 의무가 될까봐 두려워했다는 것이다. 실수로 생긴 것이라면 어떻게 지킬 수 있을까?

남은 학기 동안 어니스트는 무기력했고 불행했다. 그는 몇몇 학교 친구들을 매우 좋아했지만 자신보다 뛰어나다고 생각하는 친구들을 두려워했다. 자신보다 훨씬 아래에 있는 사람들을 제외한 모든 사람들을 그의 윗사람으로 이상화하는 경향마저 있었다. 자신을 너무 싸구려로 여겼고 그토록 원했던 체력과 활력이 없었으며 수업을 게을리 했다는 것을 알았기 때문에 좋은 이름에 걸맞은 어떤 것도 없다고 생각했다. 그는 본래 형편없는 사람이었고 눈물로도 회개할 곳이 없는 사람들 중 한 명이었다. 그래서 소년 같은 방식으로 우상화한 사람들 시야에서 벗어나 움츠러들었고 한순간도 자신이 다른 부류의 사람들만큼 능력이 있다고 생각하지 않았다. 그리고 그와 적어도 비슷하다고 생각되는 불량한 부류들과 더 많이 어울렸다. 한 학기가 끝나기 전에 고모가 러프버러에 머무는 동안 생활했던 집에서 떨어져 있었고 실의에 빠졌던 모습은 시간이 지나며 달라졌지만 어머니에 필적하는 자만심이 다시 나타났다. 어느 날 복도에서 빠져나가기 전에 마주친 스키너 박사가 말했다. "폰티펙스 군, 자네는 절대 웃지 않는군. 늘 그렇게 심각한가." 박사는 불쾌하게 할 생각은 없었지만 소년은 얼굴을 붉히면서 도망쳤다.

그를 유일하게 행복하게 했던 곳은 친구인 오르간 연주자가 연습

하고 있는 오래된 성 미카엘 교회였다. 이 무렵 위대한 헨델의 오라토리오가 보급판으로 나오기 시작했고 어니스트는 출판되자마자 그것을 모두 샀다. 가끔 중고상에 교과서를 팔아서 그 돈으로 메시아나 멘델스존의 엘리야 또는 하이든의 천지창조를 하나둘 샀다. 그저 아버지와 어머니를 속이는 것이었고 어니스트는 불량해졌지만(또는 그가 그렇게 생각했고) 음악을 너무 하고 싶어 했다. 때때로 오르간 연주자는 열쇠를 어니스트에게 맡기고 집에 갔으며 어니스트는 혼자 오르간 연주를 하고 점호 전에 오르간과 교회 문을 잠그고 돌아갔다. 그는 가끔 교회 주위를 돌아다니면서 귀와 눈을 함께 매료시키는 기념물과 오래된 스테인드글라스 창문을 바라보곤 했다. 한 번은 새 유리창을 설치하는 목사를 보게 됐는데 이는 목사가 독일에서 사온 알브레히트 뒤러 작품이었다. 그는 어니스트에게 말을 걸었고 그가 음악을 좋아한다는 사실을 알게 되자 늙고 떨리는 목소리로(그는 80세가 넘었다) 말했다. 그 말에 어니스트의 가슴이 뛰었다. 체스터에 있는 학교를 다니는 학생이었을 때 버니 박사는 헨델이 익스체인지 커피하우스에서 담배 파이프를 피우는 것을 봤을지도 모르고 헨델을 직접 보지 못했다면 적어도 그를 본 사람을 본 적이 있는 사람 앞에 그가 지금 서 있기 때문이다.

이런 것은 그의 사막에 오아시스였다. 그는 자기도 모르는 사이에 학년이 올라갔지만 점점 교사들 눈 밖에 나고 마음을 짓누르는 비밀을 가진다는 것이 무엇인지 모르는 학생들의 이해를 얻지 못했다. 이런 점에 어니스트는 매우 예민해졌다. 그는 자기를 좋아하는 남학생들은 별로 신경 쓰지 않았고 되도록 그와 떨어져 있는 남학생들을 우상화했다.

고모가 죽은 후 학기가 끝나고 잘 풀리지 않던 일들이 마침내 위기에 이르렀는데 어니스트는 여행 가방에 서류를 넣고 돌아갔다. 시어볼드는 그 서류가 수치스럽고 터무니없다고 비난했다. 그것은 수업료 고지서였다. 이 서류는 꼼꼼하게 작성되었고 상당한 추궁을 받았기 때문에 어니스트는 늘 이 서류 때문에 불안했다. 때때로 가방이나 사전과 같이 필요한 물품에 대해 써넣었지만 내가 말했듯이 그는 용돈으로 쓰거나 악보나 담배를 사려고 팔았다. 어니스트가 생각하듯이 이 사기는 때때로 발각될 위험에 처했고 추궁이 무사히 끝나면 마음에 상당한 짐이 되었다. 시어볼드는 추가된 것들에 대해 큰 난리를 쳤지만 마지못해 넘어갔다. 하지만 고지서에 포함된 성적과 평가는 또 다른 문제였다. 거기에 적힌 내용은 다음과 같았다.

1851년 여름 학기 5학년 상위반 어니스트 폰티펙스 수행 및 진행 보고서

고전학: 게으르고 무기력하고 진전 없음/ 수학: 매우 훌륭/ 숙소 생활: 보통/ 총평가: 만족스럽지 않음. 시간 엄수 하지 않고 의무에 무관심

월별 장학금: 1실링, 6페니, 6페니, 0페니, 6페니, 총 2실링 6페니
월별 상점: 2, 0, 1, 1, 0, 총 4점
월별 벌점: 26, 20, 25, 30, 25, 총 126점
추가 벌점: 9, 6, 10, 12, 11, 총 48점

그의 용돈을 장학금에 따라 정할 것을 권고합니다.

- 교장 S. 스키너

38장

목사 관저 하인들 중에는 엘렌이라는 이름의 아주 예쁜 소녀가 있었다. 그녀는 데본셔에서 왔는데 그녀가 어렸을 때 익사한 어부의 딸이었다. 그녀의 어머니는 남편이 살았던 마을에 작은 가게를 열어서 겨우 생계를 꾸려나갔다. 엘렌은 처음 일을 시작했던 14살까지 어머니와 함께 있었다. 4년 후, 그녀는 18살이 되었지만 20살이 넘은 것처럼 잘 성장했고 당시 가정부가 필요했던 크리스티나가 그녀를 적극 추천 받아서 현재 약 12개월 동안 배터스비에 있었다.

앞서 말했듯이 소녀는 매우 예뻤다. 건강하고 성격도 너무 좋았으며 그녀를 본 거의 모든 사람들이 그녀에게 사로잡혔다. 그녀의 얼굴은 티 없이 깨끗했고 그녀의 눈은 회색에 아름답기까지 했다. 그녀가 데본셔에서 왔다는 것을 들었을 때 나는 그녀에게 먼 이집트 혈통이 흐르고 있다고 상상했다. 어디서 나온 이야기인지 모르지만 로마인들이 영국을 정복하기 훨씬 전에 이집트인이 데본셔와 콘월에 정착했다는 소리를 들었기 때문이다. 그녀의 머리는 짙은 갈색이었고 체구는 중간 정도의 키에 완벽했지만 체력은 조금 떨어졌다. 그녀는 어떻게 하면 일주일이나 하루 더 오랫동안 결혼하지 않고 지낼 수 있을지 궁금해 하는 그런 여자들 중 하나였다.

그녀의 얼굴은(사실 얼굴은 때때로 거짓말을 하지만) 그녀의 성향을 잘 보여줬다. 그녀는 천성적으로 착했고 그 집의 모든 사람들은 그녀를 좋아했다. 크리스티나는 그녀를 가장 따뜻하게 대했고 일주일에 두 번 식당으로 데려와 팔레스타인의 지리와 소아시아에서 성 요한이 다녔던 여러 여정 경로를 설명해주면서 그녀의 견진성사(어떤일 때문에 받지 못했다)를 준비했다. 트레드웰 주교가 실제로 배터스비에 내려와 견진성사를 했을 때(크리스티나의 바람으로 그는 배터스비에서 잠을 잤고 그녀는 그를 위해 성대한 저녁 파티를 열었으며그를 '성하'라고 여러 번 불렀다) 그는 엘렌의 예쁜 얼굴과 겸손한 몸가짐에 매우 놀랐고 크리스티나에게 그녀에 대해 물었다. 엘렌이 자신의 하인 중 한 명이라고 대답했을 때 주교는 그렇게 예쁜 소녀가 아주 특별히 좋은 환경에 있는 것에 상당히 기뻐하는 듯했다(크리스티나가 그렇게 생각했거나 그렇게 생각하기로 했다).

어니스트는 휴일 동안 일찍 일어나 아침 식사 전에 아버지와 어머니를 방해하지 않고 어쩌면 그들에게 방해받기 전에 피아노를 치곤했다. 엘렌은 그가 연주하는 동안 보통 응접실 바닥을 쓸고 먼지를털었으며 대부분의 사람들과 친해지고 싶은 그는 곧 그녀를 매우 좋아하게 되었다. 그는 여성의 매력에 대해 잘 알지 못한다. 사실 앨러비 이모, 알레시아 고모, 어머니, 여동생 샬롯 그리고 제이 부인 외에는 여자들과 있어본 적이 거의 없었다. 때때로 그는 스키너 양 앞에서모자를 벗어야 했고 그렇게 하면서 땅 속으로 가라앉아야 할 것 같은느낌을 받았다. 그러나 그의 수줍음은 엘렌과 함께 사라졌고 두 사람은 곧 친구가 되었다. 어쩌면 어니스트가 오랫동안 함께 집에 있지 않아서 다행일지도 모르지만 여전히 그의 애정은 매우 플라토닉적이었다. 그는 순수했을 뿐 아니라 개탄스럽게도(내가 죄책감이 들지도 모른다) 순진했다. 엘렌은 그를 꾸짖지 않고 항상 미소로 대했다. 게다가 그의 연주를 듣는 것을 좋아했고 그래서 그는 더 열정적으로 연주했다. 어니스트에게 아침에 피아노를 칠 수 있다는 것은 분명히 좋은 점이었다. 학교를 다닐 때는 악보를 파는 퍼솔 씨의 가게에서 몰래 칠 때를 제외하고 피아노를 칠 수 없었기 때문이다.

이번 여름에 돌아왔을 때 그는 가장 좋아하는 사람의 얼굴이 창백하고 아픈 것을 보고 놀랐다. 그녀에게서 활기는 없어졌고 뺨의 생기는 사라졌으며 곧 병에 걸릴 거 같았다. 그녀는 어머니의 건강이 나빠져 슬프고 오래 살지 못할까봐 두렵다고 했다. 물론 크리스티나는 그 변화를 알아차렸다. "아주 생기 넘치고 건강해 보이는 여자들이 먼저 쓰러진다고 종종 말했죠. 그녀에게 감홍과 제임스의 가루약을 여러 번 줬어요. 그녀가 좋아하지는 않았지만 다음에 마틴 박사님이 오시면 진찰 받게 해야겠어요"라고 말했다. "좋은 생각이요, 여보"라고 시어볼드가 말했고 다음에 마틴 박사가 엘렌을 보러 왔다. 박사는 시어볼드와 같은 지붕 아래 사는 하인과 관련된 질병을 떠올릴 수 있었다면 아마 크리스티나도 분명히 알았을 것이라고 생각했다. 결혼 생활의 순결함은 어떤 나쁜 짓의 흔적도 없이 지켜져야 했다.

3~4개월 후 엘렌이 엄마가 된다는 사실을 알았을 때 크리스티나의 타고난 선함으로 가능한 관대하게 그 일을 해결하도록 했을 것이고 시어볼드는 일부이기는 하지만 그렇게 큰 죄를 용인하는 것으로 보여야 했다. 그녀는 엘렌에게 급료를 지불하고 순결함이 특히 중요시되는 집에서 내보내야 한다는 결론에 도달했다. 단 일주일이라도 계속 존재할 수 있는 끔찍한 타락을 생각하면 그녀는 주저할 수 없었다. 그리고 무서운 생각이 떠올랐다. 엘렌의 죄를 함께한 사람은 누구인가? 혹시 친아들, 사랑하는 어니스트였을까? 어니스트는 지금 다 큰 남자가 되어가고 있었다. 그녀는 그도 멋진 외모의 젊은 여성에 매력을 느끼는 남자애들이랑 다를 비가 없다고 확신했기 때문에 젊은 여성이 그에게 환상을 품은 것을 용서할 수 있었다. 그가 무죄인 한 그녀는 개의치 않았지만 오, 만약 그가 유죄라면! 그녀는 차마 그런 생

각을 견딜 수 없었지만 그런 문제를 회피하는 것은 비겁할 뿐이었다. 그녀의 소망은 주님에게 있었고 그녀는 주님이 내리시는 어떠한 고통도 기꺼이 견디고 최선을 다할 준비가 되어 있었다. 남자애든 여자애든 어쨌든 아이가 생긴 것은 틀림없었다. 남자애라면 시어볼드를 닮고 여자애라면 그녀를 닮을 것도 분명했다. 신체든 정신이든 닮은 것은 보통 한 세대를 건너뛴다. 부모의 죄의식이 무고한 후손들의 부끄러움과 함께해서는 안 된다. 아, 안 돼, 이런 아이가 그러면… 그녀는 곧 몽상에 빠졌다.

시어볼드는 캔터베리 대주교 서임식이 있었던 교구에서 돌아와서 아이에 대한 충격적인 소식을 들었다. 크리스티나는 어니스트에 대해 아무 말도 하지 않았고 그 비난이 다른 사람들에게 쏟아졌을 때 화가 상당히 나 있었다고 생각했다. 그러나 그녀는 쉽게 위로를 받았고 두 가지 생각에 빠졌다. 첫째, 그녀의 아들은 순수하다는 것과 둘째, 종교적 신념에 얽매이지 않더라도 그가 그렇게 하지 않았을 것이라는 것을 꽤 확신했다. 물론 그들은 그럴 것이라고 예측했을 뿐이다.

시어볼드는 엘렌에게 급료를 주고 짐을 싸는 데 시간을 허비해서는 안 된다는 데 동의했다. 마틴 박사가 집을 방문한 지 두 시간도 채안 돼서 엘렌은 얼굴을 가린 채 마부 존 옆에 앉아 있었고 마차를 타고 역으로 가는 동안 몹시 울었다.

39장

　어니스트는 아침 내내 외출했지만 엘렌의 짐을 마차에 싣고 있을 때 마침 집 뒤에 작은 숲에서 목사 관저 마당으로 들어섰다. 그는 마차에 타고 있는 사람이 엘렌이라고 생각했지만 손수건으로 얼굴을 가리고 있어서 누군지 정확히 알아보지 못했고 그럴 일은 없다고 생각했다. 그는 주방 뒤 창가 쪽으로 갔고 그곳에서 요리사가 저녁 식사를 위해 감자 껍질을 벗기며 몹시 울고 있는 것을 봤다. 그는 요리사를 좋아했기 때문에 마음이 아팠고 무슨 일이 있었는지, 마차를 타고 떠난 사람은 누구이고 그 이유가 무엇인지를 전부 알고 싶었다. 요리사는 엘렌이라고 말했지만 도대체 무슨 일로 떠났는지는 모른다고 했다. 그러나 어니스트가 말 그대로 받아들이고 더 이상 질문을 하지 않자 그녀는 비밀을 꼭 지키라고 다짐 받은 후 그에게 모든 것을 말해 줬다.

　어니스트는 사실을 파악할 때까지 몇 분 정도 걸렸지만 사실을 알고 난 후 부엌 뒤쪽 창가 근처 펌프에 기대어서 요리사와 함께 눈물을 흘렸다. 그의 피가 끓기 시작했다. 그는 결국 아버지와 어머니가 실제보다 더한 일을 할 수 있었다는 것을 몰랐다. 그들은 아마도 서두르지 않고 이 문제를 좀 더 조용히 해결하려 했을지도 모르지만 쉽지 않았을 것이고 또한 매우 물리적으로 문제를 해결했을 것이다. 소녀가 어떤 일을 저지르면 아무리 젊고 예쁜 소녀라 할지라도 어떤 유혹에 굴복했든 간에 억울하게도 그녀는 위험에 처하게 된다. 이것이 세상의 방식이고 아직까지 그것에 대한 구원은 없었다.

어니스트가 가장 좋아하는 엘렌은 수중에 3파운드만 갖고 어디로 가야 하는지 무엇을 해야 하는지도 모른 채 쫓겨났으며 목을 매거나 물에 빠져 죽을 것이라고 말했다고 한다. 소년은 그녀가 그렇게 할 것이라고 은연중에 생각했다. 그가 가지고 있는 돈을 계산해보니 2실링 3펜스였다. 1실링에 팔 수 있는 칼이 있고 알레시아 고모가 죽기 직전 그에게 준 은시계가 있었다. 마차가 떠난 지 15분 정도 되었고 거리는 조금 있었지만 지름길로 가서 최선을 다한다면 따라 잡을 수 있을 것이다. 그는 바로 출발했고 목사 관저 방목장을 지나 언덕 꼭대기에서 지나가는 마차가 아주 작게 보였고 그보다 1마일 반 정도 앞서 있었다.

러프버러에서 가장 인기 있는 놀이 중 하나는 '사냥개 놀이'였다. 다른 곳에서는 '토끼몰이 놀이'로 더 알려져 있는데 이 경우 토끼는 여우라 불리는 두 명의 소년이 맡았고 소년들은 경기에 매우 까다롭게 정확한 이름을 붙여 나는 함부로 토끼몰이 놀이라 말할 수 없었다. 그래서 그냥 사냥개 놀이라 불렀다. 어니스트의 근력 부족이 여기서는 그에게 불리하지 않았다. 나이가 많지도 않고 키가 크지는 않았지만 아직 더 건장한 소년들과의 싸움은 없었다. 인내심만 가지고도 누구 못지않게 훌륭했다. 그래서 목공일을 그만뒀을 때 그는 자연히 사냥개 놀이를 가장 좋아하게 됐다. 그의 폐는 발달했고 6~7마일을 달리는 것에 매우 익숙했기 때문에 지름길을 통해 마차를 따라잡거나 최악의 경우 기차가 출발하기 전 엘렌을 따라잡을 수 있을 것이다. 그래서 그는 첫 번째 숨을 내쉬고 두 번째 숨을 들이쉴 때까지 계속 달렸고 더 쉽게 숨을 쉴 수 있었다. 만약 존이 우연히 고개를 돌려 그가 뛰어가는 것을 보고 1/4마일 떨어진 마차를 향해 멈추라고 신호를 보내지 않았다면 마차를 잡지 못했을 것이다. 그는 이제 집에서 5마일 정도 떨어져 있었고 거의 다 따라잡았다. 열심히 달린 덕분에 얼굴은 먼지투성이에 홍조를 띠었고 그가 엘렌에게 손목시계와 칼 그리고 푼돈을 건넬 때 짧은 바지와 외투 소매 때문에 모습이 초라해 보였다. 그가 그녀에게 간청했던 한 가지는 그녀가 하겠다고 한 끔찍한 일들을 하지 말라는 것이었다. 다른 이유가 없다면 그를 위해서였다.

엘렌은 처음에는 아무것도 받지 않으려 했지만 북쪽에서 온 마부가 어니스트의 편을 들었다. "받아요, 아가씨." 그가 상냥하게 말했다. "받을 수 있을 때 받아요. 어니스트 도련님이 아가씨를 쫓아서 여기 왔잖아요. 당신을 생각해서 주는 거 받아줘요." 엘렌은 시키는 대로 했고 두 사람은 많은 눈물을 흘리며 헤어졌다. 소녀는 그를 절대 잊지 않을 것이며 나중에 꼭 다시 만나서 보답하겠다는 마지막 말을 남겼다.

어니스트는 길가의 들판으로 가서 풀밭에 몸을 내던지고 울타리 그늘 아래서 마차가 정거장에서 돌아오는 길을 지나 그를 태울 때까지 기다렸다. 그는 몹시 지쳤기 때문이다. 어느 정도 힘을 차리고 나서 그는 이미 생각하고 있었던 것들이 더욱 강하게 떠올랐고 한 가지 혹은 여러 가지를 망쳤다는 것을 알았다. 첫째, 저녁 식사에 늦었고 이것은 시어볼드가 자비를 베풀지 않는 일 중 하나였다. 또한 그는 자신이 어디에 있었는지 말해야 했고 진실을 말하지 않으면 발각될 것이다. 이것뿐만 아니라 사랑하는 고모가 준 아름다운 시계를 더 이상 가지고 있지 않다는 것과 그것으로 무엇을 했는지 아니면 그것을 어떻게 잃어버렸는지에 대해 밝혀질 것이다. 여러분은 그가 무엇을 해야 했는지 매우 잘 알 것이다. 그는 곧장 집으로 가야 하고 만약 물어본다면 이렇게 말해야 한다. '제가 매우 좋아하는 우리의 가정부 엘렌을 붙잡기 위해 마차를 뒤쫓아 갔어요. 저는 그녀에게 시계, 칼 그리고 용돈을 모두 줬어요. 그래서 이제 용돈이 전혀 없고 아마도 평소보다 더 빨리 아버지께 달라고 할 거예요. 그리고 새 시계와 칼을 사주셔야 해요.' 하지만 그런 말을 할 경우 일어날 경악스러운 일을 상상해보라! 분노한 시어볼드의 눈초리와 번쩍이는 눈을 상상해보라! '이 줏대 없는 놈아, 방탕한 짓으로 집안 망신시킨 사람에게 가혹하게 했다고 알려서 너의 부모를 욕되게 하려는 거야?'라고 그는 외칠 것이다.

아니면 자기 마음대로 하라는 냉소적인 비난을 받을지도 모른다. '어니스트, 그래 좋다. 나는 아무 말도 하지 않을 것이다. 너는 네 마음대로 할 수 있어. 아직 21살이 안 됐지만 네 마음대로 해. 불쌍한 고모가 너한테 아무 의심 없이 줬던 시계를 너는 처음으로 만난 부도덕한 사람에게 내던져버렸어. 고모가 왜 너한테 돈을 남기지 않았는지 이제 알 거 같구나. 그리고 어쨌든 너의 대부도 네 돈이었다면 네가 사람들에게 아끼지 않고 주는 만큼이나 가지고 있을 거다.' 그의 어머니는 울음을 터뜨리며 아직 시간이 있을 때 회개하고 시어볼드에게 무릎을 꿇고 세상에서 가장 친절하고 다정한 아버지에 대한 변함없는 사랑을 확신시켜서 안식을 구하라고 간청할 것이다. 어니스트는 풀밭에 누워 해가 질 때까지 사실대로 말하는 것이 틀렸다는 생각이 들 때까지 계속 반문했다. 진실은 의로울 수 있지만 현실적으로 집안 문제에서는 아니었다.

거짓말하기로 마음을 굳혔다면 무슨 거짓말을 해야 할까? 강도를 당했다고 할까? 그는 상상력이 풍부하지 않아서 이런 이야기를 못한다는 것을 알았다. 본능적으로 그에게 가장 훌륭한 거짓말쟁이는 적은 거짓말로 오래 속이는 것으로, 즉 거짓말을 할 때 쓸데없는 거짓말을 하지 않는 것이다. 가장 간단하게는 그가 시계를 잃어버렸고 그것을 찾고 있었기 때문에 저녁 식사에 늦었다고 말하는 것이다. 그는 오랫동안 산책을 했는데 진짜로 들판을 가로지르는 길로 다녔고 날씨가 매우 더워서 외투와 조끼를 벗어 팔에 걸치고 있었는데 시계와 돈과 칼이 떨어진 것이다. 거의 집에 도착했을 때 잃어버린 것을 알았고 가능한 빨리 되돌아가서 왔던 길을 따라 찾아다녔으며 마침내 찾는 것을 포기했을 때 역에서 돌아오는 마차를 보고 그것을 타고 집에 온 것이다.

이것으로 모든 것을 둘러댈 수 있다. 그의 얼굴은 아직도 열심히 뛰었다는 것을 보여준다. 이제 남은 문제는 엘렌이 떠난 지 몇 시간 전에 하인들을 제외하고 그가 목사 관저에 있는 걸 본 사람이 있었냐는 것인데 다행히도 이건 문제가 안 됐다. 요리사와 몇 분 동안 이야기한 거 외에 그는 밖에 계속 있었다. 아버지는 교구 밖에 있었고 어머니는 확실히 그를 보지 못했으며 형제와 누이도 가정교사와 함께 나가 있었다. 그는 요리사와 다른 하인들을 믿을 수 있었고 마부도 그렇다. 그래서 전체적으로 어니스트와 마부 둘 다, 그가 꾸민 이야기의 요건을 맞출 수 있다고 생각했다.

　어니스트가 집에 돌아와 뒷문으로 몰래 들어갔을 때 그가 돌아왔는지 물어보는 화난 아버지의 목소리가 들렸다. 그는 신중하게 용기를 내어 끔찍한 일을 겪고 방금 들어온 것처럼 나타났다. 곧이어 조금씩 이야기를 했고 비록 시어볼드가 그의 '어이없는 어리석음과 부주의'에 다소 격분했지만 기대했던 것보다 더 잘해냈다. 시어볼드와 크리스티나는 처음에는 저녁 식사에 빠진 것을 엘렌의 해고와 관련 있을 것이라 생각했지만 시어볼드가 말한 대로 어니스트가 아침 내내 집에 없어서 무슨 일이 일어났는지 전혀 알 수 없었다는 것을 알게 되자 그의 성격에 오점을 남기지 않고 이 일에 대해 용서를 받았다. 아마도 시어볼드는 기분이 좋았던 것 같았다. 그는 그날 아침 신문에서 그의 주가가 오르고 있다는 것을 보았을 것이다. 이것 외에도 20가지의 다른 일이 있었을지 모르지만 어니스트가 예상했던 것만큼 그는 꾸짖지 않았고 아들이 지쳤고 시계를 잃어버려서 많이 슬퍼하는 모습을 봤다. 시어볼드는 사실 저녁 식사 후에 포도주 한 잔을 마셨는데 이상하게도 목이 잠기지 않았고 평상시보다 더 즐거웠다.

　그날 밤 기도할 때 어니스트는 거짓말이 들통 나지 않고 엘렌이 잘 되길 바라는 문구를 더 넣었지만 마음이 편치 않았다. 양심의 가책은 그의 이야기에서 쉽게 간파할 수 있는 약점으로 여러 번 지적되었다. 그 후 며칠 동안 그는 아버지가 부르는 목소리가 들릴 때마다 떨렸다.

이미 너무 많이 불안했기 때문에 겨우 버틸 수 있었고 쾌활해 보이려는 노력에도 불구하고 어머니조차 무언가 그의 마음을 붙잡고 있다는 것을 알 수 있었다. 그리고 결국 아들이 엘렌 문제에 있어서 떳떳하지 않을 수도 있다는 생각이 다시 들었고 진실에 한층 더 가까워질 수 있어서 흥미로웠다.

"이리 와봐, 얼굴이 창백하고 눈이 게슴츠레하네." 하루는 그녀가 아주 상냥하게 말했다. "내 옆에 앉아서 함께 조용히 비밀 이야기를 해볼래?" 소년은 기계적으로 소파로 갔다. 어머니는 그와 비밀 이야기를 하고 싶을 때마다 항상 소파를 선택했다. 모든 어머니들이 그랬다. 소파는 어머니들에게 아버지들의 식당과 같은 곳이었다. 현재 상황에서 소파는 특히 전략적인 목적을 위해 적당했고 높은 등받이, 매트리스, 베개 받침, 쿠션이 있는 낡은 소파였다. 일단 소파의 깊은 구석에 앉으면 치과 의사 의자 같았고 다시 빠져나오기가 그렇게 쉽지만은 않았다. 여기서 그녀는 그를 끌어당기거나 우는 것이 더 낫다고 생각하면 소파 쿠션에 머리를 파묻고 슬픔의 고통에 몸을 내맡겼고 이러면 좀처럼 실패하지 않았다. 평소에 앉는 벽난로 오른쪽 안락의자에서는 그녀의 묘책이 쉽게 먹히지 않았고 아들은 어머니의 말투에서 소파에서 이야기할 것임을 알고 있었기에 그녀가 소파에 앉기 전에 그가 어린 양처럼 자기 자리에 앉았다.

"사랑하는 아들." 그의 손을 잡으면서 어머니는 이야기를 시작했다. "네가 사랑하는 아빠나 나를 무서워하지 않을 거라고 약속하자. 내 아들, 네가 나를 사랑하는 만큼 그러겠다고 해." 그녀는 계속해서 그에게 키스하고 그의 머리를 쓰다듬었다. 그러나 다른 손으로는 여전히 그의 손을 잡고 있었다. 그녀는 그를 꽉 붙잡고서 그가 떠나지 못하게 했다. 아이는 고개를 숙이고 그러겠다고 했다. 그밖에 뭘 할 수 있을까? "어니스트, 아빠와 나만큼 너를 사랑하는 사람이 없다는 걸 너도 알잖니. 너의 관심사를 주의 깊게 살피거나 너의 작은 기쁨과 어려움에 우리만큼 신경 쓰는 사람은 아무도 없단다. 하지만 사랑하는 내 아들, 가끔 네가 우리를 완전히 사랑하고 신뢰하지 않는 거 같아서 슬퍼. 알다시피 우리의 의무만큼이나 너의 도덕성과 숭고함이 커가는 것을 지켜보는 것도 우리의 기쁨이야. 하지만 아! 너는 우리에게 도덕성과 숭고함을 보여주지 않아. 때때로 우리는 너의 도덕성과 숭고함에 대해 의심하게 돼. 네가 말하기 전에 무심코 내뱉는 것을 빼고 우리는 너의 내면에 대해서 아무것도 몰라."

소년은 이 말에 움찔했다. 온몸이 화끈거리고 불편해졌다. 그는 자신이 얼마나 조심해야 하는지 잘 알았고 할 수 있는 일을 했지만 가끔씩 소홀해져서 방심했다. 어머니는 그가 움찔하는 것을 보았고 그가 빠진 곤경을 즐겼다. 그를 소파에 앉히고 손을 잡았을 때 그녀 마음대로 할 수 있음을 알았다. 그녀는 말을 이어갔다. "네가 하늘에 계신 아버지 곁에서 가장 사랑스러운 친구가 되는 것처럼 숨김없이 모든 것을 말할 수 있을 만큼 네가 아버지를 스스럼없이 사랑하지 않는다고 생각하고 있어. 우리가 알듯이 완벽한 사랑은 두려움을 떨쳐내어 주지. 아버지는 너를 완벽하게 사랑하지만 너는 그 보답으로 그를 완벽하게 사랑하지 않는 거 같다고 생각하고 계셔. 만약 네가 아버지를 두려워한다면 그건 그가 마땅히 받아야 할 만큼 네가 그를 사랑하지 않기 때문이고 네가 아버지에게 보여주는 것보다 더 깊고 더 자발적인 연민을 너에게서 얻었다고 생각하는 것이 가끔씩 아버지의 마음을 아프게 한다는 것을 알아. 오, 어니스트, 배은망덕한 행동으로 그렇게 선량하고 고귀한 사람을 슬프게 하지 말자."

어니스트는 어머니가 이런 식으로 이야기하는 것을 도저히 견딜 수 없었다. 그는 여전히 그녀가 자신을 사랑하고 그녀를 좋아하고 서로 어느 정도 친구라고 믿었기 때문이다. 하지만 그의 어머니는 인내심의 한계에 다다르기 시작했다. 그녀는 이미 수없이 믿음을 이용한 사기를 쳤다. 계속 그를 구슬려서 필요한 바를 알아냈고 그 후 시어볼드에게 모든 것을 말해서 그를 끔찍한 곤경에 빠뜨렸다. 어니스트는 이런 일에 대해 여러 번 항의했고 신뢰감이 얼마나 처참하게 무너졌는지 말했지만 크리스티나는 변하지 않았다. 보통 그녀는 양심상 침묵해서는 안 됐고 이에 반발하는 간청도 없었다. 왜냐하면 우리는 모두 양심에 따라야 하기 때문이다. 어니스트는 양심에 관한 찬송가를 외우곤 했다. 그것은 당신이 목소리에 주의를 기울이지 않는다면 곧 말을 멈추게 하는 효과가 있었다. 어니스트는 러프버러에 있는 친구 중 한 명에게 말했다. "엄마의 양심은 말을 멈추지 않고, 항상 지껄여."

한 소년이 어머니의 양심에 대해 이렇게 무례하게 말한다면 사실상 둘 사이는 끝난 것이다. 어니스트는 순전히 습관의 힘, 그리고 소파와 연관된 생각을 떠올리면서 여전히 그녀의 품에 몸을 던져야겠지만 그렇게 되지 않았다. 연관되는 생각들이 다시 떠올랐고 너무 많이 묵살된 자백의 뼈들이 어머니의 옷자락에 하얗게 드리워졌다. 그래서 자칫 그가 어머니를 더욱 믿도록 만든다. 그는 당황해 보였지만 자신의 생각을 털어놓지 않았다. 어머니가 말을 이었다. "그렇구나, 아들. 내가 착각했고 너의 마음에 걸리는 것이 아무것도 없거나 나에게 속내를 털어놓지 않는구나. 그러나 어니스트, 적어도 이것만은 이야기해줘. 네가 후회하거나 슬퍼하는 것이 그 비참한 소녀 엘렌과 상관없니?" 그는 낙담했다. "난 이제 죽었다"라고 혼잣말을 했다. 그는 어머니가 무엇을 노리고 있는지 전혀 모르지 않았고 시계를 의심한다고 생각했지만 흔들리지 않았다.

나는 그가 이웃들보다 훨씬 더 겁쟁이라 생각하지 않는다. 단지 그는 분별 있는 사람들이 비겁하거나 푸대접을 받는다고 생각할 때 겁쟁이라는 것을 알지 못했을 뿐이다. 만약 진실이 밝혀진다면 용감한 성 미카엘조차도 용과의 유명한 전투를 피하려고 열심히 노력했다는 것을 알게 될 것이라 생각한다. 그는 용의 온갖 나쁜 짓을 못 본 체하고 그가 지키기로 약속한 남자와 여자와 아이들이 먹는 것을 보고도 못 본 체했다. 자신을 원망하지 않고 열두 번이나 공개적으로 모욕을 당했다. 그리고 천사조차도 결투할 날과 시간을 정할 때까지 너무 미적거리고 미루는 그를 더 이상 참을 수 없었다. 실제 전투는 앨러비 이모가 결국 젊은 남자를 큰딸과 결혼시켰던 것과 같은 영웅담이었다. 오랜 시간이 흐른 후 용은 죽은 채 누워 있었고 자신은 살았지만 크게 다치지는 않았다.

"무슨 말씀인지 모르겠네요, 어머니"라고 어니스트는 초초해 하면서 다소 성급하게 말했다. 그의 어머니는 태도를 의심받는 것에 대한 분노로 이해했고 오히려 스스로 겁을 먹고 말꼬리를 돌렸다. 그녀가 말했다. "아! 너의 말투로 보아하니 결백하구나! 오! 오! 하늘에 계신 아버지께 어떻게 감사를 드려야 할지! 주님이 사랑하는 아들을 위하여 너를 항상 순수하게 지켜주시길, 내 사랑. 네 아버지가(여기서 그녀는 허둥지둥하며 그를 살피는 듯한 눈빛을 보냈다) 내게 왔을 때 그는 마치 티끌 하나 없는 천사처럼 순수했다. 그리스도의 피와 축복으로 죄를 씻겨 내리는 성스러운 물줄기를 절대 잊으면 안 돼."

하지만 어니스트는 엄마의 품에서 벗어나 도망치면서 그녀의 말을 훨씬 더 짧게 끊어냈다. 그가 부엌 근처에 가까이 갔을 때 아버지가 어머니를 부르는 소리를 들었고 다시 죄책감이 일어났다. "아버지가 이제 전부 알았어"라고 울부짖었다. "그리고 엄마에게 말하겠지. 이번에 나는 끝장이야." 그러나 아무 일이 없었다. 아버지는 술병 선반 열쇠만 찾을 뿐이었다. 그런 다음 어니스트는 목사 관저 방목장 뒤의 작은 숲으로 가서 담배 파이프를 피우면서 자신을 달랬다. 여름 햇살이 비추는 이 숲속에서 소년이 책 한 권과 담배 파이프로 걱정을 잊고 숨을 돌리지 않았다면 인생은 버틸 수 없었을 것이다.

물론 어니스트는 잃어버린 물건을 찾아야 했고 그에 대한 보상금도 걸었지만 그건 종달새 둥지를 찾으려고 몇 번이나 길을 헤매는 것과 같았고 배터스비에서 시계와 지갑을 찾는 것은 건초 더미에서 바늘을 찾는 것과 같았다. 게다가 어떤 떠돌이나 동네에 많이 있는 까치가 들고 갔을지도 모른다. 그래서 일주일이나 열흘 후 찾는 것을 그만뒀고 그는 다른 시계, 다른 칼, 그리고 적은 용돈을 가져야 한다는 불편한 사실에 마주해야 했다. 하지만 어니스트가 시계의 절반 값을 내야 하는 것은 맞았다. 이것이 그에게 편했다. 왜냐하면 그것은 2년 이상 혹은 3년에 걸쳐 반년마다 용돈에서 차감됐기 때문이다. 아버지와 어머니를 위해서뿐만 아니라 어니스트 자신을 위해 시계는 가능한 저렴하면 좋기 때문에 중고 시계를 사기로 했다. 어니스트에게는 아무 말 없이 사서 휴일이 끝나기 직전 깜짝 선물로 그의 접시에 놓아둘 것이다. 시어볼드는 며칠 안에 시내에 나가 충분히 잘 맞는 중고 시계를 찾을 수 있을 것이다. 머지않아 시어볼드는 시계 구매와 더불어 해야 할 일들의 목록을 챙겨서 떠났다.

내가 말했듯이 시어볼드가 하루 종일 집을 비울 때는 언제나 행복이 가득했다. 소년은 마치 하나님이 기도를 들어주신 것처럼 마음이 편안해지기 시작했다. 그날은 이상할 정도로 평온했지만 아, 시작과 끝은 달랐다. 시어볼드가 돌아왔을 때 어니스트는 그의 얼굴만 보고 허리케인이 다가오고 있지는 알 수 있었다. 크리스티나는 무언가 매우 잘못되었다는 것을 알았고 시어볼드가 심각한 금전적 손실에 대해 들었을까봐 두려웠다. 하지만 그는 바로 털어놓지 않고 종을 울려서 하인에게 말했다. "내가 식당에서 이야기하고 싶다고 어니스트 도련님에게 전해."

41장

어니스트가 식당에 도착하기 훨씬 전 그의 병든 영혼은 죄가 들켰다고 말했다. 만약 그의 목적이 명예롭다면 어떤 가장이 가족을 식당으로 부르겠는가? 그가 그곳에 도착했을 때 아버지는 갑자기 교구 일 때문에 몇 분 동안 불려가서 방이 비어 있었고 치과 대기실로 안내 받은 후 사람들이 느낄 것 같은 긴장감에 휩싸였다. 그는 집에서 식당이 제일 싫었다. 아버지와 함께 라틴어와 그리스어 수업을 받아야 했던 곳이었다. 가구를 닦을 때 사용하는 광택제나 니스 냄새가 났고 나 또는 어니스트는 심장이 망가지지 않고서는 이런 니스 냄새가 나는 곳으로 들어갈 수 없다.

벽난로 위 선반에는 조지 폰티펙스 씨가 이탈리아에서 가져온 몇 안 되는 원본 작품들 중 하나가 걸려 있었다. 화가 살바토르 로사의 작품으로 아주 저렴하게 구입한 것이었다. 엘리야와 엘리사가 (어느 쪽이든) 사막의 까마귀에 먹히는 내용이었다. 오른쪽 위에는 부리와 발톱에 빵과 고기를 물고 있는 까마귀들이 있었고 왼쪽 아래에는 그들을 향해 길게 고개를 들고 있는 의문스러운 예언자가 있었다. 어니스트가 아주 어렸을 때는 까마귀들이 옮기는 음식이 예언자에게 진짜로 닿지 못하는 것이 계속해서 안쓰러웠다. 그는 화가의 예술적 한계를 이해하지 못했고 고기와 예언자가 직접 닿기를 원했다. 어느 날 방에 있던 발판 사다리를 이용해 그는 그림 쪽으로 올라가 빵과 버터 조각으로 까마귀에서 엘리샤의 입까지 선을 번질번질하게 그렸는데 그런 후 그는 한결 더 마음이 편안해졌다.

어니스트가 어린 시절을 떠올리고 있을 때 아버지 손이 문에 닿는 소리가 들렸고 곧 시어볼드가 들어왔다. "아, 어니스트." 그가 퉁명스러우면서 다소 쾌활하게 말했다. "설명해줬으면 하는 작은 문제가 있는데 아주 잘할 수 있을 거 같구나." 쿵쿵, 쿵쿵, 쿵쿵, 어니스트의 가슴이 뛰었다. 그러나 아버지의 태도가 평소보다 훨씬 더 상냥했기에 잘못된 경고일 뿐이라고 생각하기 시작했다. "네가 학교로 돌아가기 전에 너의 어머니와 나는 다시 시계를 맞춰주고 싶었다." '아, 그거구나'라고 어니스트는 속으로 안도했다. "난 오늘 네가 학교에 다니는 동안 다용도로 쓸 수 있는 중고 시계를 찾으러 다녔다." 시어볼드는 시계가 시간을 지키는 것 외에 여섯 개의 목적이 있는 것처럼 말했다.

어니스트가 흔한 감사의 표현을 하려는데 시어볼드가 "내 말에 끼어들지 마"라고 말을 이었을 때 어니스트의 가슴은 다시 쿵쾅거렸다. "내 말에 끼어들지 마, 어니스트. 내 말 이직 다 안 끝났어." 이니스트는 바로 입을 다물었다. "중고 시계를 사려고 여러 가게를 들렀지만 마음에 드는 모양과 가격을 전혀 찾지 못했어. 점원이 최근 매입했다는 것을 보여줄 때까지는 말이다. 그리고 나는 단번에 그 시계가 고모 알레시아가 너에게 준 거라는 걸 알아봤다. 설사 내가 그걸 못 알아봤더라도 아마 그랬을지도 모르지만 'E.P, A.P의 선물'이라는 문구가 안에 새겨져 있었기에 직접 손으로 확인해봐야 했지. 이 시계가 주머니에서 떨어졌다고 말했던 바로 그 시계였단 걸 더 이상 말할 필요는 없겠지."

이때까지 시어볼드의 태도는 아주 침착했고 말은 천천히 내뱉었지만 "혹은 네 어머니와 내가 믿지 못하기에는 너무나 진짜 같았던 황당무계한 이야기거나"라는 말을 덧붙이면서 그는 갑자기 말이 빨라지면서 가면을 벗어던졌다. 어니스트는 이 마지막에서 아픈 곳을 제대로 찔렀다고 느꼈다. 덜 불안해 할 때 그는 아버지와 어머니가 그를 기꺼이 믿으려고 하는 것이 '풋내기' 같다고 생각했지만 그들이 쉽게 믿는 것은 늘 정직하다는 증거라는 것을 부인할 수 없었다. 일반적인 정의에 따라 그렇게 진실한 두 사람이 자신과 같이 거짓말을 하는 아들을 갖는 것이 매우 끔찍한 일이라는 것을 인정해야 한다. "네 엄마와 내 아들이 거짓말을 못한다고 믿었기에 나는 바로 어떤 떠돌이가 시계를 주워서 처분하려 한다고 생각했지." 내가 생각하기에 이 부분은 정확하지 않았다. 시어볼드의 첫 번째 가정은 시계를 팔려고 하는 사람이 어니스트였고 너그러운 마음에서 떠돌이라는 생각이 순간적으로 떠올랐다. "그 불쌍한 엘렌이 시계를 팔려고 가져왔다는 걸 알았을 때 내가 얼마나 놀랐는지 상상이 되겠지." 여기서 어니스트의 심장은 약간 굳어졌고 무방비 상태가 될 것임을 본능적으로 느꼈다. 그의 아버지는 이것을 재빨리 알아차리고 말을 계속 이었다.

"이 집에서 쫓겨난 사람이고 너의 귀를 더럽히지 않도록 더 자세히는 이야기하지 않을 거다. 내 머리에 떠오르기 시작한 끔찍한 생각은 제쳐두고 그녀가 해고될 때까지 이 집을 떠나는 사이에 그녀의 다른 죄에 도둑질까지 더해서 너의 침실에서 시계를 훔쳤다고 추측했지. 심지어 그 여자가 떠난 후 네가 시계를 잃어버렸고 누가 그것을 가져갔는지 의심이 들면서 그것을 되찾기 위해 마차를 뒤쫓아 달려갔을 거라는 생각도 했지. 하지만 가게 주인에게 내 의심을 말하니 그는 그것을 맡긴 사람이 그건 주인 아들의 물건이고 처분할 수 있는 완벽한 권리를 가진 사람이 그녀에게 줬다고 매우 엄숙하게 말했다는 것을 나에게 장담했어. 게다가 그는 자기에게 시계를 팔려고 내놓은 상황이 수상쩍다고 생각해서 그가 시계를 사겠다고 승낙하기 전에 그 여자가 어떻게 시계를 팔게 되었는지에 대한 모든 이야기를 들려줘야 한다고 고집을 부렸다고 하더라. 처음에는 여자들이 늘 그렇듯 그녀가 변명을 하려고 했지만 만약 그녀가 모든 사실을 말하지 않는다면 바로 체포될 것이라고 협박하자 그녀는 네가 얼굴이 빨갛게 될 때까지 마차를 뒤쫓아 달려온 것과 그녀에게 용돈, 칼과 시계를 모두 주겠다고 고집을 부렸다고 말했다. 그녀는 내가 즉시 해고할 마부 존이 그 모든 일의 목격자라고 덧붙였고. 자, 어니스트, 이 끔찍한 이야기가 사실인지 아닌지 말해주면 좋겠구나."

어니스트는 아버지에게 왜 자기만한 몸집을 가진 남자를 때리지 않았는지 물어보거나 그가 쓰러졌을 때 발로 차이는 것에 대한 반발로 그가 이야기하는 중간에 저지해야겠다는 생각이 전혀 떠오르지 않았다. 창의력을 발휘하기에 소년은 너무나 충격을 받았고 온몸이 떨렸다. 그는 자신도 모르게 말을 더듬거리며 그 이야기가 사실이라고 말할 수밖에 없었다.

시어볼드가 말했다. "그럼 이제, 어니스트, 종을 울릴 이유가 충분하구나." 종소리가 울리고 시어볼드는 존에게 오라고 했고 존이 왔을 때 시어볼드는 그에게 지불해야 할 급료를 계산하고 바로 집을 떠나라고 했다. 존의 태도는 조용하고 공손했다. 시어볼드가 왜 자신을 해고하는지 알 수 있을 만큼 충분히 암시해줬기 때문에 해고를 당연히 받아들였지만 어니스트가 창백하고 두려워하며 식당 벽 쪽 의자에 앉아 있는 것을 보았을 때 갑작스럽게 생각이 나서 북부 사투리 억양으로 말했다.

"저기, 주인님. 무슨 일인지 짐작이 가네요. 떠나기 전에 잠깐 얘기 좀 하고 싶습니다." 시어볼드가 말했다. "어니스트, 방에서 나가거라." "아뇨, 어니스트 도련님, 안 그러셔도 돼요." 존이 문에 몸을 기댄 채 말했다. 그가 말을 이었다. "자, 주인님께서는 저에 대해 마음대로 하셔도 좋습니다. 저는 당신에게 좋은 하인이었고 당신이 제게 나쁜 주인이라고 말하려는 것은 아니지만 당신이 여기 어니스트 도련님을 힘들게 해서 마을에서 무슨 소리가 들리면 내가 돌아와 당신의 뼈를 다 부러뜨릴 것입니다. 그러니 그만하세요!"

마치 그는 당장이라도 뼈를 부러뜨릴 것처럼 가쁘게 숨을 쉬었다. 시어볼드의 얼굴은 잿빛으로 변했다. 그가 나중에 설명했지만 들켜서 화가 난 악당들의 말뿐인 협박이 아니라 하인들 중 한 명에게 받은 아주 형편없는 무례함 때문에 변했다. "자네는 유감스러운 일이 일어나기 전까지는 아주 훌륭한 하인이었다는 거 인정해. 자네가 원한다면 증명서를 만들어줄 수 있어, 더 할 말 있나?" "아뇨, 더 이상은 없습니다." 존이 무뚝뚝하게 말했다. "하지만 제가 말한 것은 다 진심이고 반드시 지킵니다. 사람이든 아니든." "아, 자네의 평판은 걱정할 필요 없어." 시어볼드가 친절하게 말했다. "그리고 시간이 늦었으니 내일 아침에야 집을 떠날 수 있겠군." 이 말에 존은 아무런 대답 없이 자리를 떠서 짐을 꾸렸고 바로 집을 나섰다.

크리스티나는 무슨 일이 있었는지 들었을 때 시어볼드가 아들의 비행 때문에 자신의 하인에게 그런 무례함을 당했다는 것 외에는 모든 것을 용납할 수 있다고 했다. 시어볼드는 이 세상에서 가장 용감한 사람이었고 무례하게 그를 내쫓을 수 있었지만 얼마나 위엄 있고 고귀하게 대응했던지! 그녀는 존의 위협을 듣고 거의 숨 쉴 수 없는 것 같은 상상을 했다. 어니스트에 대해서는 이미 마음속에 스쳐간 의혹들이 더욱 깊어졌지만 그 문제는 그대로 두는 것이 더 낫다고 생각했다. 현재 그녀의 입장은 매우 강경하다. 어니스트는 공식적으로 순결한 것이 확실하지만 동시에 너무 감수성이 예민해서 그녀는 그에 관한 두 가지 모순된 인상을 하나의 생각으로 녹여 그를 요셉(지조가 굳은 남자)이자 돈 후안(호색한)으로 여길 수 있었다. 이것은 그녀가 줄곧 원했던 것이었지만 그런 아들을 얻음으로써 그녀의 허영심은 충족됐고 아들 자신은 보잘 것 없었다.

존이 간섭하지 않았더라면 어니스트는 고통과 지독한 가난, 그리고 감금 생활로 그의 죄를 속죄해야 했을 것이다. 그 소년은 이런 벌을 받고 그 거래로 양심에 가해진 쓸모없는 회환의 괴로움을 겪으면서 자기 자신을 되돌아보려고 했다. 하지만 시어볼드가 휴일 업무에 더 시달리고 부모님이 계속적으로 냉담한 것을 제외하면 표면적으로 그에게는 아무런 벌도 내려지지 않았다. 하지만 어니스트는 이때가 자신이 부모 모두를 진심으로 싫어하고 있다는 것을 알기 시작한 시기라고 나에게 말했다. 그건 그가 이제 성인이 되어간다는 것을 알기 시작했다는 것을 의미한다고 나는 생각한다.

42장

그가 학교로 돌아가기 약 일주일 전, 아버지는 다시 그를 식당으로 불렀고 그에게 시계를 되찾아주겠지만 자신이 지불한 돈만큼 2년 반 동안 용돈에서 차감할 것이라고 했다. 왜냐하면 어니스트가 엘렌에게 시계를 준 것은 확실하고 시계 주인에 대해 다투기보다는 몇 실링의 돈을 지불하는 것이 더 낫기 때문이다. 따라서 그는 이번 학기에 용돈으로 단 5실링만 받고 러프버러로 돌아가야 한다. 용돈이 더 필요하면 장학금을 더 받는 편이 나았다. 어니스트는 돈에 그렇게 신경 쓰지 않았다. 그는 스스로에게 '이제 15주 동안 쓸 1파운드 금화가 생겼으니 매주 정확히 1실링 4펜스를 쓸 수 있어'라고 하지 않았고 매주 정확히 1실링 4펜스를 지출하지도 않았다. 학교에 돌아온 지 며칠도 안 되어 다른 남학생들과 거의 비슷하게 돈을 다 써버렸다. 더 이상 돈이 없어 그는 약간의 빚을 졌고 빚을 갚을 방법이 보이면 사치하지 않고 지냈다. 돈이 생기는 대로 바로 빚을 갚았고 돈이 남으면 그걸 썼다. 만약 돈이 없다면(거의 그런 적은 없었다) 다시 초조해지기 시작할 것이다.

그의 재정 상태는 항상 학교로 돌아갈 때 1파운드가 있다는 가정을 바탕으로 하고 있고 그는 약 15실링 정도 빚을 지고 있었다. 갑작스런 빚 15실링으로 내 영웅의 재정 계획은 처참해졌다. 시어볼드는 얼굴에 자신의 감정을 아주 분명하게 드러냈고 진실을 바로 알아내기로 했다. 불쌍한 어니스트가 게으름, 거짓, 그리고 있을 수 있는(불가능한 것은 아니기에) 부도덕의 악에 빛을 더했다는 슬픈 사실이 드러나는 데 오래 걸리지 않았다. 그는 어떻게 빛을 지게 되었는가? 다른 남학생들도 그런가? 어니스트는 마지못해 그들도 그렇다고 인정했다.

그렇다면 어느 가게에 빛을 졌나? 어니스트는 모른다고 했다! "오, 어니스트, 어니스트," 방에 있던 그의 어머니가 외쳤다. "이 세상에서 가장 다정한 아버지의 관용을 그렇게 빨리 다시 이용하지 말거라. 네가 한 번 더 상처를 주기 전에 치유할 시간을 줘야지." 이 모든 것은 괜찮지만 어니스트는 무엇을 해야 할까? 그가 가게 주인들이 일부 학생들과 외상 거래했다는 것을 인정함으로써 어떻게 그들을 곤경에 빠지게 할 수 있겠는가? 아침 식사로 핫롤과 버터, 달걀과 토스트를 팔았던 착한 크로스 부인이 있었는데 브레드 소스와 으깬 감자를 곁들인 닭 4분의 1을 6펜스에 팔았다. 만약 그녀가 6펜스 은화에서 1파딩(옛 페니의 1/4, 영국 옛 화폐)을 만들었다면 그만큼 했기 때문이다. 사냥개 놀이가 끝난 후 남학생들이 가게로 몰려갔을 때 그녀는 하녀들에게 "자, 이제, 이제 얘들아, 환호 좀 해줘"라고 말하는 걸 어니스트는 몇 번이나 듣지 않았나. 모든 남학생들은 그녀를 좋아했고 어니스트는 그녀에 대해 이야기해야 하나? 끔찍했다.

"저기, 어니스트." 그의 아버지가 무섭게 노려보면서 말했다. "이 모든 허튼소리는 못 들어주겠구나. 아들이 아버지를 받들어야 하는 것처럼 네가 나를 완전히 신뢰하고 이 문제를 성직자로서 그리고 세상 물정을 잘 아는 사람으로서 처리할 수 있게 나를 믿거나 내가 이 모든 이야기를 스키너 박사에게 할 거라는 거 분명히 알고 있어. 박사님이 나보다 훨씬 더 엄격한 조치를 취할 것이라고 생각한다." "오, 어니스트, 어니스트." 크리스티나가 흐느꼈다. "얼른 현명하게 생각하고 이미 너에게 알고 있으면서 어떻게 참는지를 보여준 사람들을 믿어." 진정한 로맨스의 영웅은 잠시도 망설이지 말았어야 했다. 어떤 것도 그를 속이거나 겁먹게 해서 학교 이야기를 꺼내게 해서는 안 됐다. 어니스트는 그의 이상형인 남학생들을 생각했다. 그들 입에서 정보가 나오기 전에 그들의 혀가 잘려질 수 있다는 것을 잘 알고 있었다. 그러나 어니스트는 이상적인 소년이 아니었고 주변 환경에 충분히 강하지도 않았다. 나는 어떤 소년이 그에게 가해진 도덕적 압박을 얼마나 견딜 수 있을지 의심스럽다. 어쨌든 그는 그렇게 할 수 없었고 조금 더 몸부림 친 후 적에게 소극적인 먹이가 되었다. 아버지와 어머니가 자주 쓰던 신뢰감을 이용한 속임수를 쓰지 않았다는 생각으로 자신을 위로했다. 그리고 아버지가 스키너 박사의 조사를 고집하는 것보다 아버지에게 말하는 것이 아마도 더 나을 것이다. 아버지의 양심은 꽤 떠들어댔지만 어머니의 양심만큼은 아니었다. 그 작은 바보는 그가 크리스티나를 속였던 것처럼 아버지를 배신할 기회가 많이 없다는 것을 잊고 있었다.

그리고 모든 것이 밝혀졌다. 그는 크로스 부인, 존스 부인, 그리고 스완&보틀 선술집에 빚을 졌고 다른 곳에 1실링이나 6펜스나 2펜스 정도 진 것은 말할 필요도 없었다. 그럼에도 불구하고 시어볼드와 크리스티나는 만족하지 않고 오히려 더 많이 알고 싶어졌다. 모든 것을 알아내는 것이 그들의 의무라는 건 확실했다. 비록 그들이 현재 알고 있는 것보다 더 많은 것을 알지 못한 채 그들이 사랑하는 사람을 이 죄악의 온상에서 구할 수 있을지라도 아직 가능하다면 구해야 할 아이들의 다른 아빠와 엄마들이 있지 않은가? 그럼 어떤 남학생들이 어니스트처럼 이 여자들에게 돈을 빚졌는가?

여기서 다시 약간의 저항이 있었지만 바로 압박이 가해졌고 이미 사기가 꺾인 어니스트는 다시 힘에 굴복했다. 자신이 알고 있거나 알고 있다고 생각하는 것을 거의 말했다. 그는 조사를 받고 다시 조사 받고 반대 심문을 받고 침실로 갔다가 또다시 반대 심문을 받았다. 존슨 부인의 부엌에서 담배 핀 것이 전부 밝혀졌다. 어떤 남학생이 담배를 폈는지 안 폈는지, 어떤 남학생이 빚을 졌는지, 그리고 대략 얼마나 많은 돈을 빚졌는지, 어떤 남학생이 욕을 하고 비속어를 썼는지에 대해 조사했다. 시어볼드는 단호하게 어니스트가 거리낌 없이 비밀을 털어놔야 한다고 했고 그래서 스키너 박사의 한 학기 고지서에 나와 있는 학생 명단을 가지고 나와서 어니스트가 알고 있는 만큼 폰티펙스 부부에 의해 차례대로 남학생들 각각의 가장 비밀스러운 내용이 밝혀졌다. 그런데도 시어볼드는 일요일이 되기 전 종교 재판의 무서움에 대해 평소보다 더 강하게 설교했다. 아무리 타락한 모습이 드러나도 두 사람은 그들이 아직 닿지 못한 더 연약한 주제들을 접할 때까지 결코 움츠러들지 않고 캐묻고 또 캐물었다. 여기에서 어니스트의 무의식적인 자아에게 문제가 생겼고 의식적인 자아가 감당할 수 없는 것에 저항해 의자에서 넘어져 기절했다.

의사 마틴이 왔고 소년이 매우 아프다고 했고 휴식이 절대적으로 필요하고 신경적으로 흥분해서는 안 된다고 처방했다. 그래서 불안한 부모들은 어쩔 수 없이 이미 알아낸 것에 만족해야 했고 겁을 먹고 남은 휴일 동안 조용히 지냈다. 그들은 게으르지 않았지만 사탄은 나태한 사람들만큼 부지런한 사람들에게 많은 해를 끼칠 수 있기 때문에 바로 시어볼드와 크리스티나가 있는 배터스비 방향으로 작은 일거리를 보냈다. 어니스트가 러프버러에 3년간 있었으니 떠나는 것은 안 된다고 그들은 생각했다. 그가 다닐 다른 학교를 찾고 러프버러를 떠난 이유를 설명하는 것은 어려울 것이다. 게다가 스키너 박사와 시어볼드는 오랜 친구였고 그의 기분을 상하게 하는 것은 불편할 것이다. 이런 이유들로 소년을 전학시키지는 않는 것이 타당했다. 그렇다면 스키너 박사에게 학교의 상태를 은밀하게 경고하고 어니스트에게 들은 내용에 설명을 달아서 학생 명단을 그에게 제공하는 것이 적절할 것이며 각 남학생의 이름에 덧붙여야 할 것이다. 각 칸마다 한 개의 X 표시는 가끔 죄를 저지르는 것이고 두 개는 자주, 세 개는 상습적인 비행을 나타냈다. 물론 어니스트에게 공평하게 하려면 스키너 박사는 말을 꺼내기 전에 비밀을 지킬 의무가 있었지만 어니스트는 그렇게 보호받았다면 정확한 사실을 제공할 수 없었을 것이다.

43장

시어볼드는 이 문제를 매우 중요시했기 때문에 학기가 시작하기 전 러프버러로 특별 여행을 떠났다. 그는 행선지를 말하지 않았지만 어니스트는 그가 어디로 갔는지 짐작했다. 지금까지도 그는 이 위기에서 보인 자신의 행동이 그의 인생에서 가장 심하게 의무 불이행했던 일 중 하나였다고 생각했고 부끄럽고 수치스러웠다. 그는 집에서 도망쳤어야 했다고 말한다. 하지만 그랬다면 무슨 소용이 있었을까? 이틀 전이 아니라 이틀 후에 다시 잡혀서 조사를 받았을 것이다. 겨우 15살이 된 소년은 신체적으로 다 자란 남자로서 대처할 수 있는 것 이상으로 항상 그를 억압해온 아버지와 어머니의 도덕적 압력에 저항할 수 없었다. 사실 그는 항복하기보다 자살했을지도 모르지만 이것은 너무 병적으로 용감해서 오히려 비겁함에 가까웠다.

학생들 재소집으로 뭔가가 잘못되었다는 것이 분명해졌다. 스키너 박사는 소년들을 불러 모았고 가게들이 선을 넘었다면서 당당하게 크로스 부인과 존슨 부인 가게 출입을 금지했다. 스완&보틀이 있는 거리도 금지됐다. 그런 이유로 음주와 흡연의 악행은 당연히 지적받았고 기도 전에 스키너 박사는 나쁜 언어를 사용하는 가증스러운 죄에 대해 몇 마디 인상적인 말을 했다. 어니스트의 감정이 상상된다.

다음 날 매일 받을 처벌이 발표되고 기분이 상할 틈도 없이 어니스트 폰티펙스는 학교가 태도 불량자에게 가하는 모든 벌을 받는다고 했다. 그는 학기 내내 문제아 명단에 오르고 방과 후 벌을 받았으며 활동 구역도 제한됐다. 그리고 하급생들 점호에 참석해야 했다. 사실 상 그는 처벌이 너무 심해서 교문 밖으로 나가는 것이 거의 불가능했다. 학기 첫 날부터 크리스마스 연휴까지 이어지는 이 사상 초유의 처벌 목록은 어떤 특정한 범죄와도 관련이 없다. 따라서 남학생들은 크로스 부인과 존스 부인의 가게들 출입 금지에 어니스트가 관련 있다는 것을 쉽게 알아챘다.

크로스 부인에 대한 분노는 참으로 컸다. 그 부인은 스키너 박사가 재킷을 막 입기 시작했을 때의 작은 소년이었을 때 돈을 늦게 내면 소시지와 으깬 감자를 많이 먹게 했다. 어떻게 해야 할지 남학생 대표들이 모여서 비밀회의를 했지만 어니스트가 방문을 조심스럽게 두드려서 자신이 할 수 있는 한 사실을 설명함으로써 문제에 맞섰다. 학생 명단과 각 학생의 품성에 대해 말한 것을 빼고 모든 것을 솔직하게 털어놓았다. 이 오명은 그가 감당할 수 있는 것보다 훨씬 컸고 그는 자신의 입장을 고수했다. 다행히도 아직 학생 명단 문제에 대해 지나친 원칙주의자인 스키너 박사에게는 이렇게 하는 것이 안전했다. 그가 자기 학생들의 성격을 잘 모른다는 말을 듣고 분개했는지 아니면 학교에 대한 스캔들이 일어날까 봐 두려웠는지 모르겠지만 시어볼드가 그에게 그 목록을 건네주었을 때 스키너 박사는 보통 때와 달리 그의 말을 짧게 끊어냈고 시어볼드 눈앞에서 분노를 드러냈다.

어니스트는 예상보다 쉽게 남학생 대표들과 헤어졌다. 그 범죄 행위는 극악무도한 일이지만 부득이한 상황에서 저질러졌음이 인정되었다. 범인이 모든 것을 자백하는 솔직함, 분명하고 진정한 뉘우침, 그리고 스키너 박사의 그에 대한 분노는 그가 지은 죄 이상으로 벌을 받은 것처럼 유리한 반응을 불러 일으켰다. 한 학기가 지났을 때 그의 정신은 서서히 되살아났고 자기 모멸감이 일어났을 때 그는 홈 잡을 데 없다고 생각했던 아버지와 어머니조차도 더 나을 것이 없다는 것을 알게 됨으로써 어느 정도 위안이 되었다. 11월 5일경 러프버러에서 멀지 않은 어떤 공원에서 누군가를 상징하는 모형을 태우는 학교 풍습이 있었는데 바로 불꽃놀이와 가이 포크스Guy Fawkes, 1605년 영국 화약음모사건 모의자 축제를 합친 것이었다. 올해 폰티펙스의 아버지가 희생자가 되어야 한다는 결정이 이루어졌고 어니스트는 그가 해야 할 일에 대해 충분히 생각했지만 아버지에게 어떤 해가 되지 않는 행위를 꺼려할 이유는 없었다.

마침 주교가 11월 5일 학교에서 견진성사를 했다. 스키너 박사는 이 날로 정한 것을 그다지 좋아하지 않았지만 주교는 일정이 많았기 때문에 당시 상황에 따라 어쩔 수 없이 정할 수밖에 없었다. 어니스트는 견진성사 받는 사람들 중 한 명이었고 그 의식의 엄숙한 중요성에 깊은 감명을 받았다. 그가 예배당에서 무릎을 꿇었을 때, 몸집이 큰 늙은 주교가 자신을 내려다보고 있다는 것을 느꼈을 때 그는 거의 숨을 쉴 수가 없었고 환영이 그의 앞에서 멈춰서 그의 머리 위에 손을 얹었을 때 그는 놀라서 어쩔 줄 몰랐다. 그는 자신이 인생의 큰 전환점 중 하나에 도달했다 느꼈고 미래의 어니스트는 과거의 어니스트를 아주 희미하게만 닮을 것이라 생각했다.

낮 12시쯤 이런 일이 일어났지만 한 시가 되자 견진성사의 효과가 없어져 모닥불과 함께 한 해의 즐거움을 포기해야 할 이유를 찾지 못했다. 그래서 그는 다른 사람들과 함께 갔고 그림이 실제로 만들어지고 불에 태우려고 할 때까지는 매우 용감했다. 그 다음에 약간 겁이 났다. 그것은 종이, 옥양목, 짚으로 만들어진 형편없는 것이었지만 그들은 그것을 시어볼드 폰티펙스 목사라 이름 지었고 그것이 모닥불 쪽으로 옮겨지는 것을 보면서 공포감을 느꼈다.

어니스트가 아버지께 편지를 써서 그가 받았던 전례 없는 처우에 대해 이야기했던 거 같다. 그는 심지어 시어볼드가 그를 보호하기 위해 개입해야 한다고 조심스럽게 말했고 그 이야기가 어떻게 된 것인지 상기시켰지만 시어볼드는 지금 당장 스키너 박사에게 질렸다. 학교 명단을 태운 것은 그에게 러프버러의 내부 일에 두 번 다시 간섭하지 말라는 뜻이었다. 그래서 여러 가지 이유로 바람직하지 않지만 어니스트가 러프버러를 완전히 떠나거나, 또는 그의 학생들에게 가장 최선이라 생각되는 처분에 대해 교장의 재량을 신뢰해야 한다고 답했다. 어니스트는 더 이상 말하지 않았다. 여전히 강압으로 자백한 것이 너무 불명예스러워서 스스로 약속한 사면을 강요할 수 없다고 생각했다.

러프버러에서 주목할 일이 목격된 것은 남학생들 사이에서 오랫동안 불려온 '마더 크로스 놀이' 때였다. 어떤 조건 하에 남학생 대표들이 하급생을 위해 심부름하는 것이었다. 남학생 대표들은 제한 없이 그들이 원할 때마다 크로스 부인 가게로 갈 수 있었다. 따라서 그들은 그들 사이에서 중재자였고 아침 8시 45분과 9시 사이, 그리고 오후 5시 45분과 오후 6시 사이, 아무리 저학년이라도 남학생들은 크로스 부인이나 존스 부인 가게에서 무엇이든 가져올 수 있었다. 그러나 어느 정도 남학생들은 대담해졌고 공개적으로 가게 출입 허용이 되지 않았지만 암묵적으로는 허용됐다.

44장

내 영웅의 학창 시절에 대해 독자 여러분에게 보다 자세히 말해주지 않을 것이다. 그는 자신도 모르게 박사의 반으로 올라갔고 지난 2년 동안 중상위권으로 올라간 적은 없었지만 반장들 중 한 명이었다. 거의 공부를 하지 않았고 더 정확히 말하면 박사가 방치하듯 그를 포기했다. 왜냐하면 그는 구문 해석을 거의 시키지 않았고 그가 좋아하는 만큼 과제를 내주지 않았기 때문이다. 그의 암묵적이고 무의식적인 고집은 몇 번의 대담한 공격보다 더 많은 영향을 끼쳤다. 더 존경받는 부류의 하위권보다(상급생이든 하급생이든) 평판이 덜한 부류의 상위권에 속했다. 그는 학교생활 내내 스키너 박사로부터 어떤 과제이든 칭찬받은 적이 단 한 번뿐이었고 여태껏 보아온 신중한 인정의 가장 좋은 예로 소중히 여겼다. 그는 '성 베르나르 수도사들의 개들'에 대한 시를 써야 했고 과제를 돌려받았을 때 박사가 쓴 것을 발견했다. '이 시에서, 여전히 매우 나쁘지만 약간의 개선이 보인다고 생각한다.' 어니스트는 과제가 평소보다 훨씬 더 좋았다면 운이 좋았다고 말한다. 왜냐하면 항상 개, 특히 세인트버나드를 좋아한다고 확신했고 그에 대해 쓰는 것은 너무 즐거웠기 때문이었다.

하지만 며칠 진 그는 진심으로 웃으며 나에게 말했다. "돌이켜보면 과제 때마다 받아봤으면 좋았을 것 같은 최고 점수를 받은 적이 한 번도 없었던 내 자신을 더 존경해요. 스키너 박사가 나에게 어떠한 도덕적 영향도 미치지 않아서 좋아요. 제가 학교에서 게으르게 보낸 것이 기쁘고 아버지가 어렸을 때 겨우 아이였던 저를 혹사시킨 것도 기뻐요. 그렇지 않았다면 사기를 당했을 수도 있었을 것이고 제 이웃처럼 세인트버나드 수도사들의 개들에 대한 알카이오스 형식의 시를 잘 썼을지도 몰라요. 하지만 내가 기억하는 한 소년이 있는데 라틴어로 된 쓴 시를 썼지만 그는 자신의 즐거움을 위해 다음처럼 썼어요.

세인트버나드 수도사의 개들은
눈 밖으로 어린 아이들을 데리러 간다.
그리고 그들의 목 주위에는 작은 실패와
함께 묶인 코디얼 진cordial gin이 있다.

그렇게 써보고 싶어서 노력해봤지만 안 되더라고요. 마지막 줄이 마음에 들지 않아서 고치려 했지만 그러지 못했어요."

나는 어니스트의 태도에서 어린 시절 교사들에게 받았던 아픔의 흔적을 볼 수 있다고 생각했고 그는 이런 취지의 말을 했다. "오, 아니에요. 성 안토니우스가 수백 년 후 우연히 악마들 중 몇몇을 만났을 때 그를 유혹한 악마들에게 느꼈던 것만큼은 아니었어요. 물론 그는 그들이 악마라는 것을 알고 있었지만 그것으로 충분했어요. 악마는 분명히 있어요. 성 안토니우스는 아마도 대부분의 다른 악마들보다 이 악마들을 더 좋아했을 것이고 오랜 친분을 이유로 그들에게 예의에 맞게 관용을 베풀었어요. 게다가, 아저씨도 알듯이." 그가 덧붙였다. "성 안토니우스는 악마들이 그를 유혹한 만큼 악마들을 유혹했어요. 그의 거룩함이 특이한 것은 그들이 견딜 수 있는 것보다 더 큰 유혹이었기 때문이죠. 엄밀히 말하면 악마들이 성 안토니우스의 유혹에 넘어갔고 성 안토니우스는 넘어가지 않았기 때문에 더욱 가엾은 것은 악마들이에요. 저는 유쾌하지 못하고 이해할 수 없는 아이였다고 생각해요. 그리고 만약 스키너 박사를 만난다면 악수를 하거나 선뜻 친절을 베푸는 사람은 아무도 없을 거예요."

집에서 일은 훨씬 더 잘 풀렸다. 엘렌과 마더 크로스 놀이는 지평선 아래로 서서히 사라졌고 그가 반장이 됐기 때문에 심지어 집에서도 조금 더 평온한 시간을 보냈다. 그럼에도 불구하고 그가 오가는 것을 지켜보는 감시의 눈길과 보호의 손길은 여전히 했다. 그 소년은 언제나 쾌활하고 만족스러운 동시에 종종 불안하고 멍한 표정을 지었는데 그것은 내면의 끊임없는 충돌을 보여주는 것일까? 당연히 시어볼드는 이러한 표정을 보고 읽을 줄 알았지만 불편한 일에 대해서는 모른 체하는 것도 그의 직업이었다. 만약 성직자가 이것을 할 수 없다면 어떤 성직자도 한 달도 그의 직책을 유지할 수 없었다. 게다가 그는 여러 해 동안 해서는 안 되는 말을 하고 해야 할 말은 하지 않았는데 그가 보지 않겠다고 하면 어떤 것도 거의 보지 않았다. 바라는 것은 그리 많지 않았다. 대자연이 만들지 않은 비밀 만들지 않기, 양심을 합리적으로 통제하기, 어니스트를 덜 압박하고 질문은 적게 하기, 여러 메뉴를 먹을 수 있게 원하는 대로 그에게 용돈 주기….

내가 방금 쓴 글을 읽어주자 어니스트가 웃었다. "사실 그렇지도 않아요. 전부 아버지가 할 의무이긴 하지만 가장 나쁜 건 비밀을 만드는 거예요. 만약 사람들이 감히 서로 거리낌 없이 말한다면 100년 후 세상에는 슬픔이 훨씬 적을 거예요." 러프버러 이야기로 다시 돌아가자. 그가 학교를 떠나던 날, 악수를 하려고 도서관에 갔을 때 그는 떠나게 돼서 확실히 기쁘기는 했지만 그를 마음 고생시킨 박사에게 어떤 특별한 원한도 없다는 것을 알고 놀랐다. 사실 전체적으로 봐서 다른 사람들보다 더 심각하게 잘 못하는 것도 아니었다. 스키너 박사는 그를 상냥하게 맞아주었고 심지어 단조로운 인사를 끝내고 유쾌하게 떠들어댔다. 젊은이들은 거의 언제나 달래기 쉬운데 어니스트는 또다른 면담으로 오래된 모든 원한이 없어질 뿐만 아니라 그를 박사의 추종자들과 지지자들의 반열에 올라갈 것이라고 느꼈다. 그들 중에서 아주 유명한 남학생들이 많이 발굴된 것은 당연했다.

작별 인사를 하기 직전 박사는 사실 6년 전에는 너무 끔찍해 보였던 책꽂이에서 한 권을 꺼내서 자신의 이름을 적은 후 그에게 주었다. 그 책은 독일인 쇼만이 라틴어로 쓴 책으로 그렇게 가볍고 재미있지는 않지만 어니스트는 지금이 아테네의 헌법과 투표 방식을 이해할 수 있는 좋은 기회라고 느꼈다. 이미 그것들에 대해 여러 번 배웠지만 배운 대로 빨리 잊어버렸다. 그러나 이제 박사가 이 책을 그에게 주었으므로 그는 그 주제를 완전히 익힐 것이다. 정말 이상했다! 그는 이런 내용들을 몹시 기억하고 싶었다. 물론 그러고 싶었다는 것을 알았지만 결코 기억할 수 없었다. 자신도 모르게 그 일들을 곧 마음속에 떠올렸지만 그는 상당히 무서운 기억을 가지고 있었다. 반면에 만약 누군가가 그에게 음악을 들려주고 그것이 어디에서 유래되었는지 말해준다면 그는 결코 잊지 않았다. 기억하려고 노력하지 않아도, 의식적으로 기억하려고 하지 않는데도 말이다. 시간이 별로 없었던 그는 성 미카엘 교회의 열쇠를 들고 이제는 상당히 잘 연주할 수 있는 오르간에 작별 인사를 하러 갔다. 한동안 깊은 생각에 빠져 통로를 오르락내리락 하다가 오르간에 앉아 자리를 잡은 뒤 '그들은 강물 마시는 것을 싫어했다They loathed to drink of the river'를 여섯 번 정도 반복해서 연주했더니 차분해지고 행복한 기분이 들었다. 그 후 그토록 좋아하던 악기를 뿌리치고 나와서는 서둘러 역으로 갔다.

기차가 떠날 때 그는 높은 경사면 위에서 고모가 지냈던 작은 집을 내려다보았다. 그에게 친절을 베풀고 싶다는 소원 때문에 돌아가셨다고 할 수 있는 곳이었다. 유명한 내닫이창 두 개가 있었고 창밖 잔디밭을 가로질러 작업장으로 달려갔다. 그는 자신감을 갖도록 해준 이 친절한 여인에게 그다지 감사를 표하지 않은 자신을 책망했다. 하지만 그녀에 대한 기억을 너무나 사랑했기에 그녀가 죽고 난 후 그가 받았던 상처를 그녀가 몰라서 다행이라고 느꼈다. 아마 그녀는 그들을 용서하지 않았을 것이다. 그리고 그것은 얼마나 끔찍했을까! 그는 스스로에게 물었다. 언제, 어디서 모든 것이 끝날까? 과거처럼 앞으로 늘 잘못하고 수치심과 슬픔을 느끼고 아버지의 감시의 눈길과 보호의 손길이 감당할 수 있는 것보다 더 큰 짐이 될 것인가, 아니면 그도 언젠가 꽤 잘 지내고 행복하다고 느끼게 될까?

태양 쪽으로 회색빛 안개가 드리워져 그의 눈은 그 빛을 견딜 수 있었고 위와 같은 생각을 하면서 어니스트는 그가 알고 사랑하는 사람의 얼굴처럼 태양 한가운데를 바라봤다. 그의 얼굴은 오랜 과업이 끝났다고 느끼는 피곤한 사람의 그것이었다. 그러나 몇 초 뒤 그의 불행 중 더 유머러스한 면이 나타났고 대부분의 사람들과 비교해 진짜로 겪은 모든 일들이 얼마나 하찮고 어려움이 작았는지 생각하면서 그는 반은 원망하며 반은 즐겁게 웃었다. 여전히 태양의 눈을 바라보며 꿈결같이 웃던 그는 자신이 어떻게 아버지 모형을 불태우는 데 도움을 줬는지 생각했고 그 모습이 점점 즐거워지면서 마침내 웃음을 터뜨렸다. 지금 이 순간 태양이 구름의 장막에서 벗어났고 그는 눈부신 햇살 때문에 육지로 돌아왔다. 비로소 맞은편에 앉은 머리가 크고 진회색 머리를 한 노신사가 자신을 주의 깊게 지켜보고 있다는 것을 알게 됐다. "우리 젊은 친구." 그는 상냥하게 말했다. "열차에 있을 때는 태양 아래서 사람들과 대화해서는 안 된다네." 노신사는 다른 말은 하지 않고 〈타임스〉를 펴서 읽기 시작했다. 어니스트의 얼굴은 붉어졌다. 두 사람은 기차에 타고 있는 나머지 시간 동안 말을 하지 않았지만 이따금씩 서로 눈을 마주쳤기에 서로의 얼굴이 상대방의 기억에 남았다.

45장

어떤 사람들은 그들의 학창 시절이 인생에서 가장 행복했다고 말한다. 맞을지도 모르지만 나는 항상 이 말을 하는 사람들에게 의구심이 든다. 지금이 행복한지 불행한지 알기 어렵고 인생의 다른 시간들의 상대적인 행복이나 불행을 비교하기는 여전히 더 어렵기 때문이다. 최대한 말할 수 있는 것은 비참하다는 것을 명확히 인식하지 못하는 한 우리는 꽤 행복하다는 것이다. 어느 날 어니스트와 이런 이야기를 나누던 중 그는 지금이 너무 행복해서 이보다 더 행복한 적이 없었고 의식적으로 그리고 지속적으로 행복했던 곳은 케임브리지가 처음이라고 했다. 어떤 소년이 앞으로 몇 년 동안 자신만의 성이 될 방에 있다는 것을 처음으로 알게 되는 기쁨의 황홀함을 어떻게 느끼지 못할 수 있을까? 그는 부모님이 들어오면 그들에게 방을 넘겨주어야 하기 때문에 안락하게 자리 잡자마자 가장 편안한 장소에서 어쩔 수 없이 나오는 일은 없을 것이다. 여기에서 가장 안락한 의자는 그를 위한 것이었고 그와 방을 같이 쓰거나 흡연을 포함해 그가 좋아하는 일을 방해할 사람도 없었다. 앞뒤 사방이 막힌 방이어도 낙원인데 옥스퍼드와 케임브리지의 상당수 방 창가처럼 조용한 풀밭이나 정원이 보이면 얼마나 더 낙원이겠는가.

시어볼드는 어니스트가 입학한 에마뉘엘 칼리지의 현직 강사의 오랜 친구이자 가정교사로 그에게서 방 선택에 대한 특정 선호도에 대해 알 수 있었다. 그래서 어니스트의 방은 펠로우 정원과 풀밭을 내다볼 수 있는 아주 좋은 곳이었다. 시어볼드는 케임브리지까지 그와 동행했고 그러는 동안 이래저래 최선을 다했다. 그는 짧은 여행을 좋아했고 심지어 그조차도 대학교에 다니는 장성한 아들이 있는 것을 자랑스러워했다. 이 찬란한 광채의 반사된 빛들 중 일부는 어니스트 그 자신에게 떨어졌다. 시어볼드는 아들이 학교를 졸업한 지금 새로운 삶을 찾기 바란다고 했고(그가 잘 쓰는 표현 중 하나였다) 그로서는 과거를 잊을 준비가 되었다고(잘 쓰는 표현 중 또 다른 하나였다) 했다. 아직 명부에 이름이 올라가지 않았던 어니스트는 시어볼드의 오랜 친구의 초청으로 아버지와 함께 다른 대학의 펠로우 식탁에서 저녁을 먹을 수 있다. 그곳에서 그는 새로운 이곳 생활의 여러 가지 좋은 점을 알게 되었고 밥을 먹으면서 이제 정말로 자유로운 교육을 받고 있다는 것을 느꼈다. 마침내 그가 새 방에서 잠을 자야 하는 에마뉴엘로 갈 때가 되었을 때 아버지는 그를 정문까지 배웅해주고 그가 대학에 안전하게 들어가는 것을 보았다. 몇 분 후 그는 열쇠를 들고 방에 혼자 있었다.

이때부터 그는 아주 행복했던 많은 날들을 기록했다. 하지만 조용하고 착실한 학부생의 생활은 내 글보다 훨씬 더 좋은 다수의 소설에서 그려졌기에 나는 그것들을 설명할 필요가 없다. 어니스트의 학우들 중 일부는 자신과 같은 시기에 케임브리지에 왔고 그는 대학 생활 내내 우호적인 관계를 유지했다. 다른 학우들은 그보다 겨우 1, 2년 선배들뿐이었다. 그들은 그를 찾았고 그는 대학 생활에서 충분히 호의적인 인상을 줬다. 얼굴에 나타나는 정직한 성품, 유머에 대한 애정, 안달하기보다 쉽게 누그러지는 성격 등이 어색함과 부족한 재치를 만회했다. 그는 곧 인기 있는 학생이 되었고 비록 대표가 될 능력도 없고 되고 싶지도 않지만 대표들과 가깝게 지냈다. 물론 그도 그때

야망이 있었다. 위대함 혹은 어떤 종류의 우월함도 그와는 너무 멀고 이해할 수 없었기에 자신과 그것을 연결하려는 생각은 결코 한 적이 없었다. 만약 그가 마음이 맞지 않는 모든 사람들의 주목을 피할 수 있다면 충분히 승리했다고 생각했다. 그는 아버지와 어머니를 조용히 시킬 정도로만 받고 좋은 학점을 받는 것은 신경 쓰지 않았다. 그는 펠로우십을 얻을 수 있으리라고는 꿈에도 생각하지 않았다. 만약 그랬다면 케임브리지를 매우 좋아하게 되었기 때문에 펠로우십을 따지 못하고 떠나야 한다면 견딜 수 없었기에 열심히 노력했을 것이다. 현재의 행복이 계속되는 계절의 짧음이 그를 유일하게 괴롭히는 것이었다.

머리를 비우기 위해 그는 독서를 꽤 했다. 그것을 좋아했기 때문이 아니라 그렇게 해야 한다는 말을 들었기 때문이다. 그리고 어떤 일이든 잘하는 젊은이들처럼 타고난 본능은 권위가 있는 사람들이 시키는 대로 했다. 배터스비에서 목적은(스키너 박사가 어니스트는 펠로우십을 결코 받을 수 없다고 했기 때문에) 그가 성직자 예비 학교에서 개인 교사직이나 선생님을 할 수 있는 충분히 좋은 학점을 받는 것이었다. 그가 21살이 되자 수중에 돈이 들어왔고 할 수 있는 최선의 일은 이제 나이가 든 교구 목사에게 헌납하면서 그가 사망할 때까지 개인 교사나 선생님으로 사는 것이었다. 물론 할아버지가 물려주신 돈이 늘어나 잘 살 수 있었다. 시어볼드는 아들의 교육비를 진짜로 차감을 할 뜻이 없었기 때문에 그 돈은 지금까지 약 5,000파운드로 늘어났다. 그는 아들이 최대한 노력하도록 자극하기 위해 말로만 차감한다 했고 그를 굶주림에서 벗어날 수 있게 하는 유일한 기회라 생각했거나 순전히 괴롭히고 싶어서 한 말일 수도 있었다.

어니스트가 1년에 600파운드 또는 700파운드를 받는 성직 생활을 할 때 교구민들이 그렇게 많지 않았다. 제자들을 두거나 학교를 운영

하는 데 수입을 보탰고 서른에 결혼할지도 모른다고 했다. 시어볼드가 훨씬 더 합리적인 계획을 세우는 것은 쉽지 않았다. 그는 사업상의 연줄이 없었기 때문에 어니스트를 사업에 끌어들일 수 없었고 사업의 의미를 알지 못했다. 또한 변호사에 관심이 없었다. 의학은 애정 어린 부모들이 아들들을 대신해 꺼리는 시련과 유혹에 학생들이 빠지게 하는 직업이었다. 사제 서품은 시어볼드가 알고 이해하는 길이었고 실제로 무엇이든 알고 있는 유일한 길이었다. 그래서 자연스럽게 어니스트를 위해 그 길을 선택했다.

열심히 책을 읽고 좋은 학점을 받아야 하는 것은 당연한 것이었기 때문에 그는 꾸준히 공부했고 대단하지는 않지만 신입생 때 대학 장학금을 받았다. 시어볼드는 어니스트에게 충분한 용돈을 주고 있다고 생각했고 젊은이들이 돈을 마음대로 쓰는 것이 얼마나 위험한지 알고 있었기 때문에 그가 장학금 전액을 가져갔다는 것은 말할 필요가 없다. 나는 자기 아버지가 자신에게 그런 비슷한 행동을 취할 때 어떻게 생각했는지 기억해내려고 하지 않았다고 생각한다. 이 점에서 어니스트의 처지는 규모가 더 크다는 점을 제외하면 중등학교에서 그랬던 것과 거의 같았다. 수업비와 식사비는 제공 받았다. 아버지는 그에게 포도주를 보냈다. 이것 외에 그는 1년에 50파운드씩 받으며 옷과 모든 비용을 감당해야 했다. 어니스트가 다녔던 시기에 에마뉴엘 칼리지에서 이 정도는 보통이었고 이것보다 훨씬 적은 돈을 받는 사람들도 많았다. 어니스트는 중등학교에서 하던 대로 했다. 그는 돈을 받자마다 다 써버렸다. 그 후 약간의 빚을 지게 되었고 다음 학기 때까지 힘들게 지내다가 빚을 갚자마자 방금 청산한 금액과 비슷한 새로운 빚을 졌다. 그가 5,000파운드를 들고 아버지로부터 독립했을 때 15파운드 또는 20파운드는 허락 받지 않았던 비용 충당에 쓰였다. 그는 보트 클럽에 가입하고 꾸준히 참석했다. 여전히 담배를 폈지만 보트에서 저녁 식사를 할 때를 제외하고는 결코 그가 좋아하는 와인이나 맥주를 많이 마시지 않았고 그 후로 숙취에 좋지 않다는 것을 알아서 곧 자제하는 방법을 배웠다. 그는 어쩔 수 없이 예배당에 자주 다녔다. 그의 지도교사가 그렇게 해야 한다고 했기 때문에 1년에 두세 번 성체를 받았다. 사실 그는 술을 마시지 않고 깨끗하게 살기로 했다. 그때 매우 뉘우치고 다시 죄를 짓지 않고 꽤 오랫동안 조용히 살았다. 여러 해 동안 무분별하게 살고 난 후 그는 늘 이렇게 지냈다.

케임브리지 생활이 끝날 때까지 그는 자신이 무언가를 할 수 있는 능력이 있다는 것을 알지 못했지만 다른 사람들은 그가 능력이 충분하다는 것을 알기 시작했고 때때로 그에게 그렇게 말했다. 그는 그 말을 믿지 않았다. 사실 그들이 자신을 영리하다고 생각하는 것을 잘 알고 있었지만 그들에게 인정받아서 기뻤고 여전히 그렇게 하려고 노력했다. 그러므로 그는 계절별로 어울리고 적용할 수 있는 변말cant을 잘 찾아냈고 만약 그의 상상에 더 가까운 것이 떠오르자마자 다른 변말을 버릴 준비가 안 됐다면 약간은 나쁜 짓을 했을지도 모른다. 친구들은 그가 일어날 때 한 마리의 도요새처럼 날아갔고 안정된 직선 비행을 하기 전에 여러 방향으로 여러 번 돌진했지만 일단 비행을 하면 그것을 유지했다고 말했다.

46장

그가 3학년이었을 때 케임브리지에서 잡지가 창간되었는데 기고문은 오로지 학부생들에게서만 받았다. 어니스트는 그리스 연극에 관한 에세이를 보냈다. 내용은 다음과 같다.

나는 그리스 연극의 흥망성쇠를 내 마음대로 요약하려 하지 않고 세 명의 그리스 비극작가, 즉 아이스킬로스Aeschylus, 소포클레스Sophocles, 에우리피데스Euripides가 누리는 명성이 영원할지, 아니면 그들이 언젠가 과대평가됐다고 할지 살펴보는 것에 국한하겠다. 왜 나는 호메로스Homer, 투키디데스Thucydides, 헤로도토스Herodotus, 데모스테네스Demosthenes, 아리스토파네스Aristophanes, 테오크리토스Theocritus, 루크레티우스Lucretius의 일부 작품, 호타리우스Horace의 풍자와 서한, 고대 작가들은 말할 필요도 없이 이들 작품에 대해서는 쉽게 감탄을 하면서 대부분의 사람들이 감탄하는 아이스킬로스, 소포클레스, 에우리피데스 작품에서는 동시에 그렇지 못한지 스스로에게 물었다. 첫째, 작가들에 대한 생각이 나와 같지 않더라도 여전히 그들의 감정을 이해할 수 있고 그들의 생각을 알려고 하는 데 관심이 있는 한 그런 사람들의 영향을 받고 있다. 둘째, 나는 공감을 못해서 누군가가 어떻게 그들에게 관심을 가질 수 있는지 이해할 수 없다. 그들의 최고 작품들은 나에게 따분하고 젠체하고 거짓된 것으로, 만약 그들이 지금 등단한다면 죽거나 비평가들에게 혹독하게 시달릴 것이라고 생각한다. 이 문제에 대해 내가 잘못한 것인지 아니면 비극 그 자체 때문인지 알고 싶다.

아테네 사람들이 이 시인들을 진정으로 좋아했을까, 그리고 그들에게 쏟아진 박수갈채는 어디까지나 인기나 가식 때문이었을까? 사실 교회에 다니는 아테네 사람들 사이에서 정통 비극 작가들에 대한 찬양이 어디까지 이루어졌을까? 이것은 현재 2000년 이상 대부분 사람들의 의견을 생각할 때 모험적인 질문이며 만약 평판이 높은 사람이 나에게 그것을 제안하지 않았다면, 그리고 아리스토파네스 같은 비극 작가들이 오랫동안 인정받았다면 나는 그것에 대해 물어보지 말아야 했다. 아리스토파네스는 작품수와 권위와 시대의 무게감으로 고대 작가들만큼 높은 문학의 정점에 올라가려고 했지만 호메로스를 제외하면 그는 유리피데스와 소포클레스를 대단히 미워한다는 것을 비밀로 하지 않았고 아이스킬로스만을 격찬해서 나머지 두 사람을 크게 벌하지 않고도 비방했을 것이라고 강하게 의심된다.

결국 아이스킬로스와 계승자들 사이에서 전자를 매우 좋게 만들고 후자를 매우 나쁘게 만드는 그런 차이가 없다. 그리고 아리스토파네스가 에우리피데스의 입을 통해 전한 아이스킬로스에 대한 글은 숭배자가 썼다고 하기에는 너무나 잘 썼다. 에우리피데스는 아이스킬로스를 젠체하고 허풍 떠나는 의미로 '뻥쟁이'라고 비난하는 반면, 아이스킬로스는 에우리피데스를 '소문을 몰고 다니는 자, 거지같은 사람, 누더기'라고 쏘아붙이는 것을 보면 아이스킬로스보다 자신이 사는 그 시대 삶에 더 진실했다고 추론할 수 있다. 그러나 동시대의 삶을 충실하게 표현하는 것은 문학이든 회화이든 모든 가상의 작품에서 가장 영원한 관심사이고 아이스킬로스는 겨우 7편, 소포클레스도 그렇고, 에우리피데스도 19편 작품이 우리에게 전해지는 것은 이상

한 것이 아니다.

그러나 이것은 여담이다. 우리 앞에 놓인 문제는 아리스토파네스가 아이스킬로스를 정말로 좋아했는지 아니면 그렇게 하는 척만 했냐는 것이다. 비극작가들 사이에서 아이스킬로스, 소포클레스와 에우리피데스가 가장 선두에 있다는 주장은 오늘날 이탈리아인들 사이에서 단테, 페트라르카, 타소와 아리오스토가 위대한 이탈리아 시인이라는 것처럼 논쟁의 여지가 없다는 것을 기억해야 한다. 만약 우리가 재치 있고 상냥한 작가를 상상할 수 있다면 우리는 피렌체에서 내가 지명한 모든 시인들에게 그도 지루함을 느낀다고 말할 것이다. 그가 예외 없이 그들을 싫어한다는 사실을 인정하지 않을 것이라고 믿는다. 그는 자신이 더 멀리 떨어져 있기 때문에 더 쉽게 이상화할 수 있는 단테에게 어떤 것을 볼 수 있다고 생각하는 것을 더 좋아했다. 비극 작가들에 대한 존경과 같은 참작이 없다면 아리스토파네스가 그들을 공격하는 것은 영국인이 엘리자베스 시대의 극작가를 별로 생각하지 않는다고 말하는 것만큼 위험하다. 하지만 그 사람이 셰익스피어를 제외하고 어느 엘리자베스 시대 극작가를 좋아할까?

나는 전체적으로 아리스토파네스가 비극 작가들을 좋아하지 않았다고 결론 내렸다. 그러나 이 열정적이고 재치 있고 솔직한 작가가 문학적 가치를 잘 가려냈고 어쨌든 10명 중 9명은 비극 작품에 내포된 아름다움을 볼 수 있었다는 사실을 누구도 부정하지 않을 것이다. 더욱이 그는 비극 작가들이 자신들의 작품을 평가할 것이라고 기대하는 관점을 철저히 이해할 수 있는 이점이 있었고 그의 결론은 무엇이었는가? 간단히 말하자면 그들은 사기꾼이나 그것과 비슷한 존재였다는 것 외에는 별 다른 것이 없었다. 나로서는 진심으로 그 의견에 동의한다. 나는 다윗의 시편 일부를 제외하고는 그들의 명성에 걸맞는 글을 거의 모른다고 기꺼이 말할 수 있다. 누이들이 그것들을 읽는 것을 특별히 신경 써야 하는지 모르지만 나 스스로 그것들을 절대 읽지 않도록 주의할 것이다.

시편들에 대한 이 마지막 부분은 끔찍했고 그 부분을 내야 하는지 여부로 편집자와 크게 싸웠다. 어니스트 자신도 그 부분에 놀랐지만 시편이 매우 형편없다는 말을 누군가에게 들었고 그가 이 말을 들은 후 시편들을 조금 더 자세히 들여다보니 그 주제에 대해 두 가지 의견이 거의 없다는 것을 알았다. 그래서 그는 그 부분을 찾아서 시편들이 아마 다윗이 전혀 쓰지 않았을 것이라고 결론지으며 다시 썼지만 실수로 들어가 버린 것이다. 시편에 관한 구절 때문인지 그 에세이는 상당한 반향을 일으켰고 전반적으로 호평을 받았다. 어니스트의 친구들은 분에 넘치는 칭찬을 했고 그는 매우 자랑스러웠지만 배터스비에는 그것을 보여줄 엄두가 안 났다. 그 또한 자신이 이제 한계에 달했다는 것을 알고 있었다. 이것이 그의 한 가지 생각이었고(나는 그가 많은 사람들의 관심을 얻었다고 확신한다) 이제 그는 쓸 것이 더 이상 없었다. 이전보다 훨씬 더 커 보이는 명성과 결코 그것을 유지할 수 없다는 자각에 시달리고 있는 자신을 발견했다. 며칠이 지나기도 전에 그는 그 불운한 에세이가 성가시다 느꼈고 의기양양해지지 않으려고 온갖 미친 시도를 급히 다 해봤지만 상상되는 바와 같이 이러한 시도는 실패했다.

그는 기다리고 듣고 관찰하면 언젠가 또 다른 종류의 생각이 떠오를 것이라는 것을 이해하지 못했으며 이 생각이 발전함에 따라 더 많은 생각이 떠오를 것이라는 것도 이해하지 못했다. 그는 생각을 얻는 가장 최악의 방법이 그것들을 명시적으로 뒤쫓는 것임을 아직 알지 못했다. 생각을 얻는 방법은 자신이 좋아하는 것을 공부하고 공부나 휴식 중에 항상 양복 조끼 주머니에 넣고 다니는 작은 공책에 마음에 스치는 것을 적어두는 것이다. 어니스트는 이제야 이 모든 것을 알게 됐지만 알아내는 데 오랜 시간이 걸렸다. 이것은 학교와 대학에서 가르치는 것이 아니기 때문이다. 또한 그는 생각을 하는 살아 있는 생명체들 못지않게 생각들이 자신과 별로 다르지 않은 부모에 의해 생겨난다는 것을 알지 못했는데 그들을 낳은 부모와의 본성이 조금 다를 뿐이다. 인생은 푸가와 같다. 모든 것은 그 주제에서 벗어나야 하고 새로운 것은 없어야 한다. 또한 그는 한 생각이 어디에서 끝나고 또 다른 생각이 시작되는지 말하는 것이 얼마나 어렵고 삶이 어디서 시작되거나 끝나는지 행동이나 사실이 무엇이든지 간에 무한의 군중에도 불구하고 통합하고 통합에도 불구하고 무한히 많은 사람들이 있다고 말하는 것의 어려움을 알지 못했다. 그는 생각이 다른 사람의 생각이나 관찰 과정에서 부모 없이 저절로 생겨서 영리한 사람들의 머릿속으로 들어온다고 생각했다. 아직 그는 천재성을 믿었고 그가 생각하기에 좋고 열광적인 것이라면 자신에게 아무것도 없다는 것을 잘 알고 있었다.

얼마 전 그는 성년이 되었고 시어볼드는 아들의 돈을 넘겨주었는데 그 돈은 지금 5,000파운드에 달한다. 그것은 센트 당 5파운드를 받도록 투자되었고 따라서 그에게 1년에 250파운드의 수입이 생겼다. 그러나 그는 나중에 오랫동안 자신이 아버지한테서 독립했다는 사실을 알지 못했다. 시어볼드도 그를 대하는 태도가 바뀌지 않았다. 아버지와 아들 두 사람 모두에게 깃든 습관과 유대가 너무 강해서 한 사람은 자신이 명령할 수 있는 좋은 권리가 있고 다른 사람은 그 어느 때보다 반박할 권리가 거의 없다고 생각했다. 케임브리지에서의 마지막 해 동안 그는 아버지의 바람을 맹목적으로 따르면서 무리하게 공부했는데 아버지가 우등 졸업 학위를 받으라고 강조한 것 외에는 보통 학위 이상을 받아야 할 이유가 없었다. 그는 실제로 너무 아파서 학위를 받을 수 있을까 불안했다. 하지만 그럭저럭 해냈고 명단이 발표됐을 때 자신이나 다른 사람이 예상했던 것보다 높은 순위에 올라서 처음에는 우등 졸업 시험의 제2, 3급 합격자들 중 3위나 4위가 됐고 몇 주 후 고전학 우등 졸업 시험의 두 번째에 들어갔다. 집으로 돌아갔을 때 시어볼드는 그와 함께 모든 시험을 검토했고 그가 제출한 답을 가능한 거의 재현하도록 했다. 그는 별로 쾌감을 느끼지 못했고 너무 틀에 박혀 집에서 마치 아직 학위를 따지 않은 것처럼 하루에 몇 시간씩 고전과 수학을 계속 공부하면서 시간을 보냈다.

47장

어니스트는 1858년 5월 사제서품에 필요한 책을 읽는다는 핑계로 케임브리지로 돌아갔다. 현재 그는 사제서품을 앞두고 있으며 그의 바람보다 훨씬 더 얼마 남지 않았다. 이때까지 비록 신앙심이 깊지는 않았지만 그는 기독교에 대해 들었던 것의 진실에 대해 의심해본 적이 없었다. 구약과 신약에 기록된 기적을 행한 역사적 인물에 대해 의심하거나 의혹을 제기하는 어떤 것도 읽어본 적이 없었다. 1858년은 영국 교회의 평화가 특별히 깨지지 않았던 기간의 마지막 해였다는 것을 기억해야 한다. 《천지창조의 흔적》이 출판됐던 1844년부터 몇 년 동안 폭풍의 시작을 알리는 《에세이와 리뷰》가 출판됐던 1859년 사이에는 영국에서 교회 내 심각한 소동을 일으키는 책이 단 한 권도 출판되지 않았다. 아마도 버클의 《문명화의 역사》와 밀의 《자유론》이 가장 놀라웠을지도 모르지만 두 권 모두 독자층을 이루지 못했고 어니스트와 그의 친구들은 그 책들이 존재한다는 것도 몰랐다. 복음주의 운동은 내가 곧 되살펴볼 것을 제외하고 거의 진부한 이야기가 되었다. 트랙트 운동(옥스퍼드 운동의 초기 단계)은 10일간 놀랍게 한 후 가라앉았다. 효과는 있었지만 시끄럽지는 않았다. 가톨릭의 공격적인 소동은 두려움의 대상이 아니었다. 의식주의는 여전히 지방 시민들에게 알려지지 않았고 고햄과 햄프던의 논란은 몇 년 후 사라졌다. 반대 의견은 확산되지 않았다. 크림전쟁은 세포이 항쟁과 프랑스-오스트리아 전쟁 다음으로 마음을 사로잡는 주제 중 하나였다. 이러한 위대한 사건들은 사람들의 마음을 사변적인 주제에서 바꾸어놓았고 시시한 관심이라도 불러일으킬 수 있는 믿음에 대한 적수가 없었다. 19세기 초 이후 아마도 평범한 관찰자는 내가 쓰고 있는 것보다 다가오는 소동의 징후를 감지할 수 없었을 것이다.

겉으로만 평온했다는 것은 말할 필요도 없을 것이다. 대학생들보다 더 많은 것을 아는 나이 든 사람들은 이미 독일을 강타한 회의주의의 물결이 우리 해안을 향해 치닫고 있다는 것을 알았을 것이고 실제로 도달하기까지 오래 걸리지 않을 것임도 알았을 것이다. 어니스트는 신학적 논란에 거의 주의를 기울이지 않는 사람들조차도 관심을 가지게 했던 3편의 작품이 연이어 나오기 전에 막 사제 서품을 받았다. 이는 《에세이와 리뷰》, 찰스 다윈의 《종의 기원》, 그리고 콜렌소 주교의 《모세 5경에 대한 비판》을 말한다. 그런데 이것은 여담으로 어니스트가 케임브리지에 있을 때 다시 말해 시므온의 이름과 관련되었던 세대보다 더 많은 복음주의 자각의 흔적에서 어떤 삶을 살았던 영적 활동의 한 단계에 대해 되돌아봐야 한다. 아직도 많은 시므온 사람들이 있었고 어니스트의 시기에는 간단히 '심즈'라고 짧게 불렀다. 모든 대학에는 그들 일부가 있었지만 그들의 본부는 카이우스에 있었고 그들은 당시 고위 지도교사였던 클레이튼 씨와 세인트존슨 칼리지의 장학생들을 매료시켰다.

조금 전에 언급한 칼리지의 예배당 뒤편에는 학위 취득을 위해 장학 제도에 의존하는 가난한 학부생들만 들어가는 우중충하고 금방 쓰러진 거 같은 방들의 미궁이 있었다. 많은 사람들은 세인트존슨 칼리지조차도 장학생들이 주로 살았던 미로의 존재와 위치를 잘 몰랐다. 어니스트가 있었던 시기 좋은 기숙사에 사는 일부 사람들은 그곳으로 가는 구불구불한 길을 지나가지 못했다. 미궁에는 청년부터 만년에 접어든 백발노인에 이르기까지 모든 연령대의 사람들이 살고 있었다. 그들은 홀이나 예배당이나 강의실 외에는 거의 볼 수 없었고 식사, 기도, 공부 태도가 모두 똑같이 무례하다고 여겨졌다. 크리켓을 하거나 보트를 타지 않았기 때문에 그들이 어디에서 왔는지, 어디로 갔는지, 무엇을 했는지 아무도 알지 못했다. 그들은 우울하고 초라했고 외모만큼이나 옷이나 예의도 좋지 않았다.

어니스트와 친구들은 적은 돈으로 지내는 자신들이 대단하다고 생각했지만 미궁에 사는 많은 사람들은 지출의 절반을 풍요의 척도로 여겼을 것이고 그래서 틀림없이 어니스트가 집에서 겪었던 폭정은 세인트존스 칼리지 장학생들이 흔히 겪어야 했던 것에 비하여 작은 것이었다. 몇몇은 첫 시험 후 자신이 대학의 장식품이 될 것이라는 것을 바로 알았다. 그들은 귀중한 장학금을 받아 어느 정도 편안하게 지낼 것이고 더 좋은 사회적 위치에 있는 더 학구적인 사람들과 함께할 것이다. 그러나 그들조차도 거의 예외 없이 대학교에 들어올 때 무례함을 떨쳐버리는 데 오랜 시간이 걸렸고 그들이 교수나 지도교사가 되기 전까지는 출신을 쉽게 인정받지 못했다. 나는 이 사람들 중 일부가 정계나 과학 분야에서 높은 지위를 차지하는 것을 봤지만 여전히 미궁과 세인트존슨 장학생의 모습이 남아 있었다.

그 당시 볼품없는 이목구비, 걸음걸이, 태도, 단정치 못하고 허름한 옷차림으로 쉽게 묘사됐던 그 가난한 펠로우들은 어니스트와 친구들과는 사고방식과 태도가 달라 다른 부류를 형성했고 그들 사이에서 시므오니즘이 주로 성행했다. 그들 대부분은 교회로 갈 운명이었고 시므온주의자들은 사역에 대한 큰 부름을 받았으며 필요한 신학 수업을 받기하기 위해 몇 년 동안 자신을 바칠 준비를 했다. 그들 대부분에게 성직자가 된다는 사실은 현재 벽에 가로막혀 지나갈 수 없는 사회적 위치에 오르는 출발점이 될 것이다. 따라서 사제 서품은 야망을 펼치는 것으로 그들 생각의 중심점이었지만 어니스트에게는 언젠가 해야 하는 일로 죽음에 대해서는 아직 자신을 괴롭힐 필요가 없기를 바랐다. 더 완벽하게 준비하기 위해서 그들은 서로의 방에서 모여 차를 마시고 기도를 하고 영적 수련을 했다. 몇몇 유명한 교사들의 지도 속에 그들은 주일 학교에서 가르칠 것이고 계절에 관계없이 그들의 말을 듣도록 설득할 수 있는 모든 사람들에게 바로 영적인 가르침을 줄 것이다. 그러나 그들이 심으려고 했던 씨앗은 보다 부유한 학부생들의 토양에 맞지 않았다. 만약 그들이 세속적이라고 생각하는 사람과 우연히 마주친다면 과장된 그들의 담론과 함께 작은 신앙심은 그들이 대상으로 삼은 사람들의 마음속에 혐오감만을 불러일으켰다. 가장들이 잠든 사이에 그들이 밤마다 편지함에 소책자들을 넣어두면 그 책자들은 불에 타거나 더 심하게 망가졌다. 그들은 또한 예나 지금이나 그리스도의 참된 추종자들이었다고 자랑스럽게 생각하는 것에 대해 비웃음을 받았다. 그들은 기도회에서 종종 성 요한의 구절을 언급했는데 그의 고린도 교회 개종자들이 대부분 교육을 잘 받지 못했고 지식인이 아니었다는 것이었다. 그들은 이러한 점에서 그들도 자랑스러워할 것이 전혀 없다는 것에 대해 자부심을 가졌고 성 요한처럼 육신으로는 영광을 누리지 못했다는 사실에 기뻐했다.

어니스트에게는 세인트존스에 다니는 친구 몇 명이 있었는데 시므온주의자들의 이야기를 듣고 그들을 보기 위해 왔으며 언급됐던 그들이 뜰을 지나가는 것을 봤다. 그는 그들에게 혐오감을 느꼈다. 그들을 싫어했으며 차마 그냥 내버려둘 수 없었다. 한 번은 그가 그들이 밤에 보낸 소책자 중 하나를 패러디하고 각 대표 시므온주의자들의 자리에 사본을 두기까지 했다. 그가 선택한 주제는 '개인 청결'이었다. 그는 청결함이 경건함 다음이라고 했다. 그래서 어느 편을 들지 알고 싶었고 시므온주의자들에게 욕조를 더 자유롭게 사용하라고 권하는 것으로 결론을 내렸다. 나는 이 문제에 대한 내 영웅의 익살스러움을 칭찬할 수 없다. 그의 글이 훌륭하지는 않았지만 사실대로 말하면 이때 그는 사울과 같았고 그는 무신론을 갈망해서가 아니라 아버지 마을의 농부들처럼 기독교를 가볍게 보지는 않았지만 심각하게 받아들이는 것도 아니었기 때문에 하나님의 선택을 받을 사람들을 괴롭히는 것을 재미있어 했다. 어니스트 친구들은 그가 시므온주의자들을 싫어하는 것을 그를 괴롭혔던 성직자인 아버지 때문이라 생각했다.

48장

한 번은 그가 학위를 받고 집에 있을 때 어머니와 성직자가 되는 것에 대해 짧은 대화를 나눈 적이 있었다. 게다가 아버지마저 부추겼다. 하지만 그는 그 문제를 회피했다. 이번에는 소파가 아닌 정원에서 한 바퀴 돌 때였고 최고의 기회였다. "있잖아, 우리 아가"라고 그녀는 말했다. "아빠는(그녀는 어니스트와 이야기할 때 시어볼드를 항상 '아빠'라고 불렀다) 네가 성직자 자리에 대한 어려움을 완전히 깨닫지 못한 채 무작정 교회에 들어가서는 안 된다며 걱정하고 있어. 그래서 그 모든 어려움을 생각했고 대담하게 마주했을 때 얼마나 작은 문제였는지 보여줬지만 네가 돌이킬 수 없는 맹세를 하기 전에 가능한 열심히 그리고 완전하게 생각하길 바라서. 그래야 네가 들어서게 될 길에 대해 결코 후회하지 않을 거니까." 어려움이 있다는 말을 들은 것은 이번이 처음이었고 그는 당연히 그것의 본질에 대해 애매하게 물어보지 않았다. 크리스티나는 답했다. "얘야, 본질이나 교육에 대한 질문은 내가 답해줄 수 없구나. 그 문제를 해결하지 못하면서 네 마음을 어지럽혔어. 오, 세상에! 그런 질문들은 여자들이 아니고 남자들에게 맞다고 생각했는데 아빠는 내가 너에게 그 문제에 대해 이야기하기를 원했어. 그래서 앞으로 실수가 없도록 하기 위해서 내 말은 끝났어. 그러니 이제 너도 다 알 거야."

이 문제에 대한 대화는 여기서 끝났고 어니스트는 그가 모든 것을 알고 있다고 생각했다. 어머니는 그가 실제로 알고 있지 않았다면 그에게 모든 것을 다 안다고 말하지 않았을 것이다. 뭐, 크게 와 닿지는 않았다. 좀 어려울 것이라고 생각했지만 어쨌든 훌륭한 학자이자 지성인인 아버지는 아마도 그 문제에 있어 옳을 것이고 그는 더 이상 걱정할 필요가 없었다. 그 대화에 큰 감명을 받지 못했기 때문에 얼마 후 떠올려보니 교묘하게 속았다는 것을 알게 됐다. 그러나 시어볼드와 크리스티나는 모든 성직자들이 인정하는 어려움에 대해 아들이 알게 됐다는 것으로 그들의 의무를 다했다며 만족했다. 이것으로 충분했다. 그들은 아주 정직하게 말했지만 그가 심각하게 생각하지 않았기 때문에 기뻐해야 할 일이었다. 그렇게 오랫동안 '진실 되고 성실해지게' 해 달라고 기도한 것이 헛되지 않았던 것이다.

어니스트가 성직자가 되는 데 걸림돌이 될 수 있는 모든 어려움을 해결한 후 크리스티나는 이야기를 이어갔다. "그리고 이제, 너에게 말하고 싶은 또 다른 문제가 있어. 네 여동생 샬롯에 관한 거야. 그 애가 얼마나 영리한지, 너와 조이에게 얼마나 사랑스럽고 친절했는지, 앞으로도 그럴 것이라는 거 너도 알 거야. 어니스트, 배터스비에서 내가 찾는 것보다 더 괜찮은 남편감을 찾을 수 있을 것 같고 네가 그 애한테 더 도움이 될 거라고 가끔 생각했어." 어니스트는 이 말을 자주 들어서 짜증이 나기 시작했지만 아무 말도 하지 않았다. "너도 알다시피 오빠가 여동생을 위해 많은 일을 할 수 있어. 사실 엄마로서 할 수 있는 건 거의 없어. 엄마가 젊은이를 찾을 처지가 안 돼. 오빠가 지내는 곳에서 동생에게 알맞은 사람을 찾을 수 있겠지? 내가 할 수 있는 일은 네가 초대할 친구들에게 가능한 배터스비를 매력적으로 보이게 하는 거야." 그녀가 고개를 살짝 들며 덧붙였다. "그리고 그걸로 충분할 거야."

어니스트는 이미 여러 번 몇몇 친구들에게 물어봤다고 말했다. "그래, 하지만 샬롯이 좋아할 만한 그런 젊은이가 아니었어. 사실 네가 그런 사람들과 친해서 나는 조금 실망이야." 그는 다시 움찔했다. "네가 러프버러에 있을 때 피긴스 군을 데려온 적이 없어. 이제는 피긴스 군 같은 남학생에게 부탁해서 만나러 오라고 해야 한다고 생각해." 피긴스 일은 이미 오래 전이었다. 어니스트는 그를 거의 몰랐고 어니스트보다 세 살 많은 피긴스는 오래 전에 졸업했다. 게다가 그는 좋은 남학생이 아니었고 여러 면에서 어니스트에게 불쾌감을 줬다. 어머니가 말을 이었다. "지금은 토넬리 군이 있지. 네가 케임브리지에서 함께 조정을 하는 토넬리 군에 대해 말하는 걸 들었어. 토넬리 군과 친해져서 초청했으면 좋겠어. 이름으로 봐서 귀족인 거 같고 장남이라는 말을 들은 것 같아."

어니스트는 토넬리라는 이름에 얼굴이 붉어졌다. 친구들과 관련하여 실제로 일어난 일은 간단히 말해서 이렇다. 그의 어머니는 남학생들 이름, 특히 아들과 친한 남학생들의 이름을 알고 싶어 했다. 그녀는 들으면 들을수록 더 알고 싶었다. 만족할 줄 몰랐다. 마치 풀밭에서 흰할미새에게 먹이를 받아먹는 배고픈 뻐꾸기 새끼 같아서 어니스트가 가져오는 것은 모두 삼키면서 여전히 배고파했다. 그리고 조이가 아둔하거나 철통같기 때문에 항상 조이보다 어니스트에게 매달렸는데 어쨌든 그녀는 둘 중 어니스트를 훨씬 더 잘 흔들 수 있었다.

가끔 실제 살아 있는 소년이 그녀에게 던져졌고 붙잡혀서 배터스비로 데려가거나 그녀가 러프버러에 올 때 만나자고 부탁받았다. 그녀는 그 남학생이 있을 때는 기분 좋게 있다가 어니스트와 있을 때는 바로 분위기를 바꿨다. 그녀가 불평을 늘어놓으면 늘 이렇게 끝났다. 이후 그는 다른 누군가를 데려와야 했다. 어니스트와 친했거나 친해질수록 그는 점점 쓸모없다고 평가를 받았고 결국에는 그가 좋아하는 친구라도 특별한 친구가 아니라 말하게 됐고 실제로 왜 그가 친구에게 부탁해야 하는지도 몰랐다. 하지만 그는 카립디스(여자 바다 괴물)를 피하려다가 스킬라(머리가 여섯, 발이 열두 개인 여자 괴물)와 맞닥뜨렸다는 것을 알게 됐다. 비록 그 남학생이 괜찮다고 평가받아도 그를 더 높이 평가하지 않은 것은 어니스트였기 때문이다. 그녀는 한 번 이름을 알면 절대 잊지 않았다. 지금은 어니스트와 싸웠거나 잠시 알고 지냈던 옛 친구 몇몇의 이름을 언급하면서 "그리고 누구누구는 어떠니?"라고 물었다. 어니스트는 앞으로 친구 이야기는 절대 하지 않겠다고 스스로에게 다짐했지만 몇 시간 후면 잊어버리고 언제나처럼 떠들었다. 그때 어머니는 헛간 부엉이가 쥐를 덮치는 것처럼 말을 물고 늘어졌다.

그리고 시어볼드가 있었다. 만약 남학생이나 칼리지 친구가 배터스비에 초대되면 시어볼드는 처음에는 기분 좋게 행동했다. 그가 좋아라하면 이런 일은 충분히 잘할 수 있었고 외부 세계도 대체적으로 좋아했다. 그의 성직자 이웃들, 그리고 실제로 이웃들은 그를 매년 더 존경했고 어니스트가 아무리 적은 것이라도 불만을 드러내려 하면 그의 경솔함을 후회하도록 이유를 충분히 알려줬다. 시어볼드의 마음은 이런 식으로 작용했다. "이제, 어니스트가 이 남학생에게 내가 얼마나 무뚝뚝한 사람인지 말해줬다는 것을 알고 전혀 무뚝뚝하지 않고 즐겁고 쾌활하고 평범한 아저씨라는 것을 보여줄 것인데 사실 이건 모두 어니스트 잘못이야." 그래서 처음에는 그 남학생에게 아주 잘 대해줬고 어니스트에게 맞서서 그의 편이 되어주었다. 물론 어니스트가 그 남학생을 배터스비로 초대했다면 아주 잘 대해주는 시어볼드에게 만족했겠지만 동시에 친구 중 한 명이 적의 진영으로 넘어가는 것을 보는 것이 고통스러웠기에 정신적인 응원도 매우 필요했다.

시어볼드는 대개 방문이 끝나기 전 약간 인내심이 바닥나려고 하지만 방문객은 처음에 느꼈던 인상을 기억하고 돌아간다. 이후 어니스트와는 어느 남학생에 대해서도 이야기 나누지 않았다. 그 일은 크리스티나가 했다. 크리스티나가 조용하고 끈질기게 고집했기 때문에 시어볼드는 그들을 오게 했다. 그들이 왔을 때 그는 예의 바르게 행동했지만 마음에 들지는 않았다. 반면에 크리스티나는 매우 좋아했다. 만약 돈이 많이 들지 않았다면 배터스비에 지내면서 반은 러프버러에 반은 케임브리지에 왔었을 것이다. 그 여자는 그들이 오는 것을 좋아하여 새로운 친분을 쌓고 그들을 꼼꼼하게 살피고 충분히 알자마자 어니스트에게 말하는 것을 좋아했다. 그 중 최악은 그녀가 옳다는 것을 너무 자주 드러내는 것이었다. 소년들과 젊은이들의 애정은 맹렬하지만 결코 지속되는지 않는다. 나이가 들어서야 어떤 친구를 정말로 원하는지 알게 된다. 그들의 초기 에세이를 보면 젊은이들은 성격을 판단하는 법만 배운다. 어니스트도 예외는 아니었다. 그는 어머니가 자신보다 성격을 더 잘 판단한다고 생각하기 시작했다. 하지만 어니스트가 진짜 어린 백조를 데려왔다면 그녀는 지금까지 본 것 중에서 가장 못생기고 최악의 거위라 말했을 것이라고 확신할 수 있다.

처음에 그는 친구들이 샬롯을 보고 싶어 할 것이라 생각했다. 샬롯과 그들은 아마도 서로를 좋아할지도 모른다고 생각했다. 그러면 정말 좋지 않을까? 그러나 그는 주선 자리에 고의적인 방해가 있다는 것을 알지 못했다. 하지만 이제 모든 것이 의미하는 바를 깨달았기 때문에 어떤 친구도 배터스비에 데려오고 싶지 않았다. 진짜 속내는 '제발 내 여동생과 결혼해줘'인데 친구에게 오라고 하는 것은 정직하지 못한 것 같았다. 사기를 쳐서 돈을 벌려는 것과 같았다. 만약 그가 샬롯을 좋아했다면 그것은 또 다른 문제였을지도 모르지만 솔직히 샬롯을 지인들 전체에서 가장 무례한 젊은 여성들 중 한 명이라고 생각했다.

그녀는 매우 영리해야만 했다. 모든 젊은 숙녀들은 매우 예쁘거나 영리하거나 상냥했다. 그들은 어느 범주에 들어갈 것인가에 대한 선택을 할 수 있지만 반드시 세 가지 중 하나를 선택해야만 한다. 샬롯은 예쁘거나 상냥하지 않아서 절망적이었다. 그래서 유일한 대안으로 영리해졌다. 어니스트는 그녀가 연주도, 노래도, 그리기도 못했기 때문에 재능을 보이는 분야가 무엇인지 전혀 몰랐다. 하지만 어니스트를 속여 감언이설로 구슬리려고 한 친구들 중 샬롯의 위풍당당함에 감동 받은 사람은 한 명도 없었고 크리스티나는 빠르고 완전하게 그들을 차례대로 쳐내고 새로운 사람을 원했다. 그리고 이제는 토넬리를 원했다. 어니스트는 이것을 알고 피하려 했다. 왜냐하면 그가 바란다고 해서 토넬리에게 부탁하는 것이 얼마나 불가능한지를 알았기 때문이다. 토넬리는 케임브리지에서 최고 특권층에 속했고 아마도 전체 학부생들 중에서 가장 인기 있는 남자였을 것이다. 그는 키가 크고 매우 잘생겼다. 어니스트가 본 적이 있거나 볼 수 있는 사람들 중 그는 가장 잘생긴 남자 같았는데 왜냐하면 더 활기차고 상냥한 얼굴을 상상하는 것은 불가능했기 때문이다. 그는 크리켓과 조정을 잘했고, 매우 착했으며, 특히 자만심이 없었고, 재치 있지는 않았지만 분별력이 있었다. 마지막으로 그의 아버지와 어머니는 그가 겨우 두 살이었을 때 배가 뒤집혀 익사했고 그는 외동아들이자 영국 남부에서 가장 많은 재산의 유일한 상속자였다. 가끔씩 누군가는 엄청난 행운을 타고 난다. 토넬리는 그녀가 상상했던 사람들 중 한 명이었다.

어니스트는 대학교의 모든 사람들이(물론 교수들을 제외하고) 그를 보듯이 봐왔다. 왜냐하면 그는 매우 유명했고 감수성이 예민했기에 어니스트는 대부분의 사람들보다 토넬리를 더 좋아했지만 동시에 그를 알아야겠다는 생각은 전혀 들지 않았다. 기회가 있으면 그를 보는 것을 좋아했고 그렇게 한 자신이 매우 부끄러워했지만 그게 전부였다. 그러나 작년 우연한 일로 토넬리를 제외하고 그가 조정 경기의 키잡이가 되었다. 다른 세 명은 평범한 사람들이었지만 노를 꽤 잘 저었고 팀원은 꽤 괜찮았다. 어니스트는 겁이 났다. 그러나 두 사람이 만났을 때 겉보기와 달리 그에게 우월감 같은 것은 전혀 없었고 마주친 사람들을 편안하게 하는 것도 주목할 만했다. 그가 토넬리와 다른 사람들 사이에서 발견한 유일한 차이점은 친해지기 훨씬 쉽다는 것이었다.

조정 대회가 끝나면서 두 사람의 연결고리는 끝이 났지만 그때부터 토넬리는 어니스트를 마주칠 때마다 고개를 끄덕이거나 가벼운 말 몇 마디를 했다. 나쁜 순간에 그는 배터스비에서 토넬리의 이름을 언급했고 결과는 어떻게 되었는가? 이제 어머니는 그에게 토넬리에게 말해서 배터스비로 와서 샬롯과 결혼하기를 부탁하라고 애원하고 있었다. 만약 토넬리가 샬롯과 결혼할 가능성이 있다고 생각했다면 그에게 무릎을 꿇고 그녀가 얼마나 혐오스러운 여성인지 말했을 것이고 아직 시간이 있을 때 그를 살려달라고 애원했을 것이다. 하지만 어니스트는 크리스티나만큼 오랫동안 '진실 되고 성실한' 사람이 되기를 기도하지 않았다. 자신의 감정과 생각을 최대한 감추려고 노력했고 불안감 때문이 아니라 기분 전환으로 사제서품을 받는데 있어 성직자로서 겪는 어려움에 대한 대화로 다시 돌아갔다. 하지만 어머니는 그녀가 모든 것을 해결했다고 생각했고 그는 더 이상 그녀에게서 벗어날 수 없었다. 그 후 곧 탈출할 방법을 찾았고 주저하지 않았다.

49장

1858년 5월 그가 케임브리지로 돌아오자 교회에 뜻이 있는 어니스트와 몇몇 다른 친구들은 이제 자신들의 위치를 좀 더 진지하게 생각해야 한다는 결론에 도달했다. 그래서 지금보다 더 정기적으로 예배당에 참석했고 신약성경을 연구하는 다소 비밀스런 성격의 저녁 모임을 가졌다. 그들은 그리스 신약에 관한 딘 알포드의 지도에 따랐고 '어려움'이 무엇을 뜻하는지 더 잘 이해했지만 그는 독일 신학자들이 얼마나 피상적이고 무기력한 결론들에 도달했는지를 느꼈지만 독일어 지식이 없었기 때문에 그 외에는 알지 못했다. 그와 함께 이러한 활동에 참여했던 몇몇 친구들은 세인트존스 칼리지에 다녔고 모임은 종종 그곳에서 열렸다. 이런 비밀스러운 모임의 소식이 어떻게 시므온주의들에게 알려졌는지 모르지만 설교가 많이 회자되는 유명한 런던 복음 전도사인 기디언 호크 목사가 세인트존스에 다니는 젊은 친구 배드콕을 방문할 예정이고 5월 어느 날 저녁 배드콕의 방에서 그의 말을 듣고 싶어 하는 사람들에게 기꺼이 몇 마디 할 것이라는 소식이 담긴 회보를 청년들이 받기 전까지 그들은 몇 주 동안 모임을 계속하지 못했는데 어떤 식으로든 소식은 전해졌을 것이다.

배드콕은 시므온주의자들 중 가장 악명 높은 사람 중 한 명이었다. 못생기고, 더럽고, 옷차림이 불량하고, 건방지고, 모든 면에서 불쾌했을 뿐만 아니라 걸을 때 기형적이고 뒤뚱뒤뚱해서 '여기 내 등이 있고 저기 내 등이 있어'라고 묘사할 수 있는 별명을 얻었는데 왜냐하면 그가 걸을 때마다 등 아랫부분이 마치 증6도 화음에서 두 극단의 음처럼 다른 방향으로 날아갈 듯이 도드라져 보였기 때문이다. 그는 지금이 적의 구역에서 전쟁을 일으킬 수 있는 기회라 생각하는 진취적인 녀석이었다. 어니스트와 친구들은 상의했다. 그들은 사회적 존엄성에 대해 그렇게 완고해서는 안 된다는 생각과 당시 사람들의 입에 많이 오르내렸던 설교자에 대해 좋은 사견을 갖고 싶은 열망에 초대를 받아들이기로 결정했다. 약속 시간이 됐을 때 그들은 혼란스럽고 자기비하를 하면서 그들이 헤아릴 수 없는 높이에서 내려다봤고 몇 주 전까지는 이야기를 주고받을 것이라고 생각지도 못했던 이 사람의 방으로 갔다.

호크 씨는 배드콕과는 매우 다르게 생긴 사람이었다. 그는 눈에 띄게 잘생기지 않았는데 오히려 입술이 얇아서 너무 단호하고 융통성이 없어 보였다. 용모는 레오나르도 다빈치와 비슷했다. 게다가 말쑥했고, 활력 있고, 혈색이 좋았다. 태도가 매우 정중했고 배드콕에게 많은 관심을 기울였는데 그를 아주 좋게 생각하는 것 같았다. 우리는 놀랐고 그들 속에 아직 살아 있는 인간의 원죄에 동의하기보다 그들이 보잘것없고 배드콕이 대단하다고 생각했다. 세인트존스와 다른 칼리지에서 유명한 '심스' 몇 명이 참석했지만 어니스트 일행보다 많지 않았다.

간단히 인사를 나눈 후 호크 씨는 테이블 한쪽 끝에 서서 "기도합시다"라고 말했는데 이로써 저녁 행사가 시작됐다. 어니스트 일행은 마음에 들지 않았지만 어쩔 수 없이 무릎을 꿇고 주기도문을 반복했고 몇 명은 호크 씨를 따라했다. 그 후 모든 사람들이 앉고 나서 호크 씨는 원고 없이 '사울아, 사울아, 네가 어찌하여 나를 박해하느냐?' 구절을 인용해 연설했다. 인상적인 태도 때문인지, 그의 능력에 대한 명성 때문인지, 아니면 어니스트 일행들이 생각하기에 그가 심스의 핍박자였다는 것을 알고 있었지만 본능적으로 '심스'가 그 자신보다 훨씬 더 초기 기독교인들과 닮았다고 느껴서인지 모르지만 어쨌든 익숙한 그 구절은 그들의 가슴에 와 닿았다. 호크 씨가 여기서 멈춰도 거의 충분히 할 말은 했다. 그는 자기를 바라보는 얼굴들을 보고 아마도 설교를 시작하기 전 끝내고 싶은 마음이 들었지만 마음을 가다듬고 다음과 같이 진행했다.

호크 씨가 말했다. "나의 젊은 친구들이여, 여기 계신 여러분 중에 개인적인 신의 존재를 의심하는 사람은 아무도 없다는 걸 확신합니다. 만약 있다면 내가 먼저 스스로 해결해야 하는 것은 당연히 그 분입니다. 여기 모인 모든 사람들이 우리가 보지 못해도 우리 사이에 계시며 우리의 가장 은밀한 생각을 주시하는 하나님의 존재를 받아들이고 있다고 내가 잘못 믿고 있다면 우리가 헤어지기 전에 의심을 품은 자에게 나와 상의할 것을 간청합니다. 그다음에 하나님께서 그를 이해하실 수 있는 한, 나에게 자신을 드러내시기를 자비롭게 기뻐하셨고 내가 그것을 의심한 다른 사람들의 마음에 평화를 가져다주셨다는 것을 그에게 알려줄 것입니다. 나는 또한 우리와 닮은 하나님께서 곧 인간을 불쌍히 여기시어 우리의 본성을 취하고 육신을 취하고 내려와 우리와 육체적으로 구별할 수 없는 사람의 모습으로 우리들 사이에 머물고 계신다는 것을 의심하는 사람이 아무도 없다고 생각합니다. 태양과 달과 별, 세상과 그곳의 모든 것을 만드신 그분은 경멸적인 삶을 영위하고 비열한 독창성이 만들어낸 가장 잔인하고 수치스러운 죽음을 맞이하겠다는 명백한 목적을 가지고 아들의 모습으로 하늘에서 내려오셨습니다. 시상에 있는 동안 그분은 많은 기적을 행하셨습니다. 장님을 눈 뜨게 하시고, 죽은 사람을 살리시고, 몇 개의 빵과 생선으로 수천 명을 먹이시고, 파도 위를 걷기도 하셨지만 약속된 시간이 끝나자 십자가에 못 박혀 돌아가셨고 몇 명의 충실한 친구들이 그분을 묻었습니다. 그러나 그분을 죽인 사람들은 방심하지 않고 무덤을 감시했습니다. 이 방에서 어느 누구도 앞서 말한 것에 대해 의심하지 않는다고 확신하지만 만약 의심하는 사람이 있다면 개인적으로 이야기를 나누자고 다시 한 번 간청할 것입니다. 나는 하나님의 축복으로 그의 의심을 멈추게 할 것입니다. 그러나 주님이 묻힌 다음 날 무덤은 여전히 적들이 감시하고 있었는데 반짝이는 옷을 입고 불같이 빛나는 얼굴을 한 천사가 하늘에서 내려오는 것이 보였습니다. 이 영광스러운 존재는 무덤에서 돌을 굴려내고 우리 주님은 스스로 나와 죽은 사람들 가운데서 살아나셨습니다. 나의 젊은 친구들이여, 이것은 고대 신들의 이야기처럼 공상적인 이야기가 아니고 당신과 제가 지금 여기에 함께 있다는 사실만큼 확실한 역사적인 일입니다. 모든 확신성의 범위에서 다른 것보다 더욱 더 단언된 사실이 있다면 그것은 예수 그리스도의 부활입니다. 또한 주님이 죽은 자 가운데서 부활한 지 몇 주 후 우리 주님은 구름으로 가려 사람들 시선에서 보이지 않을 때까지 천국으로 향하실 때 수많은 천사들 속에 올라가는 모습을 수백 명의 남녀들이 보았습니다. 이 이야기의 진실은 부정되었다고 말할 수 있지만 의문을 제기한 사람들은 어떻게 되었나요? 그들은 지금 어디에 있나요? 우리는 그들을 보거나 그들에 대해 들을 수 있나요? 지난 세기의 나태함 동안 그들이 만든 작은 땅을 지켰나요? 당신의 아버지, 어머니, 또는 그들을 통해 보지 못하는 친구가 있습니까? 이 위대한 대학에 이 사람들이 무슨 말을 했는지 살피지도 않고 나쁘다고 생각하는 교사나 전도사가 단 한 명이라도 있습니까? 당신은 그들 중 한 사람을 만나본 적이 있습니까? 아니면 그들에 관해 판단할 수 있는 능력 있는 사람들이 경의를 표하는 그들의 책을 찾아본 적이 있습니까? 그렇지 않다고 생각합니다. 또한 그들이 잠시 동안 나타났던 심연으로 다시 가라앉은 이유를 나만큼 당신도 잘 알고 있다고 생각합니다. 많은 나라에서 가장 능력 있고 판단력이 있는 사람들이 가장 신중하고 끈질기게 살펴본 결과 그들의 주장이 너무나 터무니없어서 스스로 포기했기 때문입니다. 그들은 도망쳤고, 당황하고, 평화를 비난하며, 다시는 어떤 문명국가에서도 앞에 나서지 않았습니다. 당신은 이런 것들을 알고 있습니다. 그럼 왜 나는 그들을 고집하는 걸까요? 사랑하는 나의 젊은 친구들이여, 당신의 의식은 이미 당신 각자에게 답해줬을 것입니다. 왜냐하면 여러분은 이런 일들이 실제로 일어났다는 것을 너무나 잘 알고 있지만 그것이 여러분의 의무임을 깨닫지 못했고 그들이 매우 중요하다는 것에 관심을 기울이지 않았다는 것도 알고 있기 때문입니다. 그리고 이제 더 나아가 보죠. 여러분 모두 언젠가 죽는다는 것을 알고 있고 죽지 않았다 해도 그것은 변함이 없습니다. 나팔소리가 울리고, 죽은 자들이 썩지 않은 몸으로 일어날 것이며, 이 죽은 몸이 죽지 않은 몸이 되었을 때 '죽음이 승리에 의해 삼켜지리라'라고 기록된 말씀이 이루어집니다. 언젠가 당신이 그리스도의 심판대에 서게 될 것이라고 믿습니까? 당신이 내뱉은 모든 헛된 말에 대해 설명해야 한다고 생각합니까? 당신은 인간의 뜻대로 사는 것이 아니라 당신을 사랑하여 하늘에서 내려와 당신을 위해 고통 받아 죽으시고 당신이 그분을 부르고 오늘도 그분의 관심을 갈망하지만 당신이 주의하지 않으면 언젠가 당신을 심판하고 늘 한결같고 함께 계시는 그리스도의 뜻에 따라 살고 있다고 생각합니까? 사랑하는 나의 젊은 친구들이여, 생명으로 인도하는 문은 좁고 길이 협착하며 찾는 사람이 적습니다. 그리스도를 위해 모든 것을 포기하지 않는 자는 아무것도 포기하지 않았습니다. 만일 당신이 이 세상의 우정에 살고 싶다면 주님이 여러분에게 포기하라고 말한 가장 아끼는 모든 것을 여러분이 포기할 준비가 되어 있지 않다면 저는 그리스도에 대한 생각을 신중하게 한쪽에 내려놓으라고 할 겁니다. 당신이 그럴 힘이 있는 이 세상의 우정을 지키는 한, 그에게 침을 뱉고, 그를 괴롭히고, 그를 새롭게 십자가에 못 박고, 여러분은 하고 싶을 것을 다 하십시오. 이 짧은 삶의 즐거움이 영원의 고통으로 갚을 가치가 없을지도 모르지만 그것이 지속되는 동안 무엇인가가 있습니다. 반면에 당신은 하나님의 우정에 선다면 그리스도는 헛되이 죽지 않은 사람들에게 속할 것입니다. 한마디로 당신의 영원한 안녕을 소중하게 여긴다면 그럼 이 세상의 우정을 포기하십시오. 당신은 신과 마몬 중에서 선택해야 합니다. 당신은 둘 다 섬길 수 없기 때문입니다. 쉽게 말해서 나는 이 문제들이 명백하다고 생각합니다. 하나님께서는 우리 이기심에 대한 깨우침을 받아들이신다는 것을 만물이 알려줬기 때문에 최근 몇몇 사람들이 주장하듯이 이것에는 낮은 것도 보잘것없는 것도 없습니다. 당신은 여기서 착각해서는 안 됩니다. 그것은 사실에 대한 단순한 질문입니다. 어떤 일이 일어났나요? 만약 일어났다면 한 가지 행동이나 다른 행동으로 당신이 당신 자신과 다른 사람들을 더 행복하게 만들 것이라고 생각하는 것이 타당합니까? 그럼 이제 이 질문에 대해 어떤 대답을 했는지 물어보겠습니다. 당신은 누구의 우정을 선택했습니까? 당신이 알고 있는 것을 알면서도 만약 여러분은 아직 여러분 안에 있는 방대한 지식에 따라 행동하기 시작하지 않았다면 자신의 집을 짓고 자신의 보물을 녹은 용암 분화구 가장자리에 놓는 사람은 당신과 비교했을 때 제정신이고 분별 있는 사람입니다. 나는 이 말을 당신을 겁먹게 하는 비유적 표현이나 근심거리가 아니라 내가 아닌 당신 스스로 더 이상 반박하지 않을 과장되지 않고 있는 그대로 할 것입니다."

그리고 이때까지 차분하게 이야기했던 호크 씨는 보다 온화한 태도로 바꿔서 말을 계속했다. "오! 나의 젊은 친구들이여, 오늘부터, 지금 이 시간부터, 이 순간부터 변하세요. 각오를 단단히 하세요. 잠시도 뒤를 돌아보지 말고 그를 찾는 모든 사람에게 나타날 그리스도의 품으로 날아가십시오. 그들의 평화에 속한 것을 알지 못하는 사람들을 기다리며 하나님의 무서운 분노에서 벗어나세요. 사람의 아들은 밤도둑처럼 오시고 오늘 그의 영혼이 그에게 원하는 것 외에 말할 수 있는 사람은 우리 중에 없습니다." 그는 거의 모든 청중들을, 특히 어니스트 일행들을 잠시 주시했다. "만일 지금 나에게 관심을 가지는 단 한 사람이라도 있다면 내가 주님의 부르심을 느낀 것이 헛된 일이 아니었음을 알 것이고 나에게 주의를 기울이는 선택된 사람이 있기 때문에 밤에 이곳으로 빨리 와서 말하는 음성을 들었습니다."

여기서 호크 씨는 다소 갑작스럽게 끝냈다. 그의 진지한 태도와 빼어난 얼굴, 그리고 훌륭한 전달력은 내가 독자에게 전달할 수 있는 실제 단어보다 더 큰 효과를 냈다. 힘은 그가 말한 사람보다 그 사람에게 더 많이 있었다. 그가 밤에 들었다고 하는 마지막 몇 마디의 신비한 말들에 대한 효과는 마법 같았다. 아주 깔보는 사람도 없었고 하나님을 대신해 선택된 사람으로 호크 씨를 케임브리지로 보냈다고 깊게 생각하는 사람도 없었다. 그렇지 않더라도 그들 각자는 처음으로 전능하신 분으로부터 직접적인 교감을 받은 사람이 지금 그 사람이라 느꼈고 그리하여 그들은 갑자기 신약성서의 기적들에 백 배 더 가까워졌다. 그들은 무서워하지 않고 놀랐다. 마치 암묵적인 동의로 모인 것처럼 호크 씨의 설교에 감사하고 배드콕과 다른 시므온주의자들에게 겸손한 태도로 잘 자라고 말하고 함께 방을 나갔다. 그들은 평생 들은 이야기밖에 듣지 못했다. 그럼 어떻게 그들은 그렇게 말문이 막혔을까? 이느 정도는 그들이 최근에 좀 더 진지하게 생각하기 시작했고 그래서 감명 받기 적당한 상태였고, 또 어느 정도는 설교한 방에서 각자 자신이 보다 직접적으로 교감을 받았으며, 또 부분적으로는 논리적으로 일관되고 과장이 없고 호크 씨가 말하는 신념의 분위기가 심오했기 때문일 것이다. 그의 소박함과 확실한 진지함은 자신의 특별한 사명을 언급하기 전에도 그들에게 깊은 인상을 주었지만 이것이 모든 것을 사로잡았고 그들은 깊은 생각에 잠겨 달빛이 비치는 정원과 회랑을 걸어가며 "하나님, 저인가요?"라는 말을 그들 각자 마음속에 담아뒀다.

나는 어니스트 일행이 떠난 후 시므온주의자들 사이에서 무슨 일이 일어났는지 모르지만 만약 그들이 저녁의 결과에 기뻐하지 않았다면 대단한 심각한 일일 것이다. 어니스트의 친구 중 한 명이 11대학교에 있었고 그는 실제로 배드콕의 방에 있었으며 다른 사람들처럼 온화한 말투로 잘 자라고 말하면서 슬그머니 나갔다. 이런 성공을 거둔 것은 결코 작은 일이 아니었다.

50장

어니스트는 이제 인생의 전환점이 왔다고 생각했다. 그는 그리스도를 위해 모든 것을, 심지어 담배까지도 포기할 것이다. 그래서 담배 파이프와 주머니를 함께 침대 밑에 있는 대형 여행 가방에 넣고 잠갔다. 눈에서 멀어지면 마음에서도 상당히 멀어질 것이다. 그것들을 소각시키지는 않았는데 담배를 피우고 싶은 사람이 들어올 수도 있고 자신의 자유를 제한하기는 했지만 흡연이 죄는 아니기 때문에 다른 사람을 괴롭혀야 할 이유가 없었기 때문이다. 아침 식사 후 그는 방을 나와 전날 밤 호크 씨의 설교를 들었던 사람들 중 한 명이었던 노슨이라는 사람을 방문했는데 그는 이제 겨우 4개월 앞으로 다가온 사계 재계주간에서 사제 서품을 받기 위해 공부하는 사람이었다. 이 사람은 늘 진지해서 어니스트의 취향과는 좀 멀었다. 그러나 시대는 변했고 항상 진지한 도슨은 현재 어니스트에게 적합한 상담자가 될 것이다. 그가 도슨의 방으로 가는 길에 세인트 존슨의 정원을 지나가고 있을 때 배드콕을 만났고 약간의 존경심을 가지고 그와 인사했다. 그가 다가오면서 가끔 배드콕의 얼굴을 비추는 황홀한 광채가 느껴졌고 어니스트가 더 많이 알았다면 로베스피에르(프랑스 혁명기 정치가)를 떠올렸을 것이다. 그때 그는 그것을 보고 부의식적으로 그 남자가 불안하고 제멋대로라는 것을 알았지만 아직 표현할 수 없었다. 배드콕을 싫어했지만 종교적 이익 때문에 그에게 예의 바르게 행동할 수밖에 없었다.

배드콕은 호크 씨 설교가 끝나자마자 마을로 돌아갔지만 돌아가기 전 특히 어니스트와 다른 두세 명이 누구인지를 물었다고 말했다. 나는 어니스트 친구들이 그 후 특히 그에 대한 문의가 있었다는 것을 이해하려 했을 것이라고 생각한다. 어머니의 아들답게 그의 허영심은 이 말에 기뻤다. 호크 씨가 전한 선택 받은 사람이 그일지도 모른다는 생각이 다시 떠올랐다. 여기에 배드콕의 태도에서도 더 말을 할 수 있다는 생각이 전해졌지만 침묵을 지켰다. 도슨의 방에 도착하자마자 그는 전날 저녁 설교에 넋을 잃은 친구들을 발견했다. 그 모습에 어니스트는 별로 기쁘지 않았다. 그는 어니스트가 정신을 차릴 줄 알았다고 했다. 확신은 했지만 그렇게 갑작스럽게 바뀔 줄 예상치 못했다. 어니스트는 더 이상 아니라고 했지만 가능한 빨리 사제 서품을 받고 부목사가 되는 것이 의무인 것은 분명했다. 그러면 케임브리지를 더 일찍 떠나야 해서 매우 슬플 지라도 말이다. 도슨은 이 결단에 박수를 보냈고 어니스트는 여전히 힘이 없는 형제였기 때문에 그의 믿음을 강해질 수 있도록 영적으로 끌어줘야 했다.

따라서 이 두 사람 사이에(실제로 두 사람은 서로 안 어울렸다) 공격과 방어가 오갔고 어니스트는 주교가 시험을 치를 책을 완전히 익히기 위해 공부하기 시작했다. 작은 교회 같은 무리를 이룰 때까지 다른 사람들이 점점 함께했고 호크 씨 설교 효과는 예상보다 며칠 만에 사라지지 않고 점점 더 두드러지게 되었으며 어니스트 친구들이 그를 재촉하기보다 그가 종교에 심취하려 했기 때문에 말려야만 할 것 같았다. 단 한 가지 문제라면 그가 공공연히 뒷걸음질을 쳤다는 것이다. 호크 씨의 설교 다음 날 하루 종일 그는 용감하게 그것들은 여행 가방에 넣었다. 그러나 모임이 끝나고 얼마 동안 담배를 피우지 않았기 때문에 별로 어렵지 않았다. 이 날 모임이 끝난 후 그는 예배 시간까지 담배를 피우지 않고 자신을 지키기 위해 예배당으로 갔다. 결국 돌아왔을 때 그 문제를 일반적인 관점에서 바라보기로 결심했다. 그는 건강에 해를 끼치지 않는 한 담배가 차나 커피와 같다는 것을 알았다. 성경 어디에서도 담배를 금하지는 않았지만 아직 찾지 못한 것일 수도 있고 아마도 이런 이유로 담배를 피했을 것이다. 우리는 성 바오로나 심지어 주님도 차를 마셨다고 생각할 수 있지만 그들이 담배나 파이프 담배를 피우는 것은 상상할 수 없다. 어니스트는 이것을 부인할 수 없었고 성 바오로가 담배의 존재를 알았다면 분명히 좋은 말로 담배를 비난했을 것이라고 인정했다. 그렇다면 성 바오로가 그것을 실제로 금지하지 않았다는 주장을 비열하게 이용하는 것은 아니었을까? 한편 하느님은 바오로가 흡연을 금지했을 것이라는 것을 알고 더 이상 살 수 없는 시기에 담배가 발견되도록 의도적으로 하셨을 가능성이 있었다. 이것은 바오로가 기독교를 위해 한 모든 일을 생각하면 다소 곤란했을지 모르지만 다른 방법으로 바오로에게 보상됐을 것이다.

이런 고찰로 어니스트는 담배를 피우는 것이 더 낫다고 확신했다. 그래서 여행 가방에서 몰래 파이프와 담배를 다시 꺼냈다. 여기에 그가 모든 일에서 심지어 선행도 적당해야 한다고 생각해서 그날 밤 담배를 아주 많이 피웠다. 하지만 도슨에게 담배를 끊었다고 자랑한 것은 유감스러운 일이었다. 다른 문제나 보다 수월한 문제에서 어니스트가 확고한 의지를 증명해 보일 때까지 담배 파이프들은 1~2주 동안 찬장에 보관하는 것이 좋을 것이다. 하지만 다시 조금씩 빼냈을 것이고 결국 그렇게 했다. 어니스트는 이제 집에 평소와는 다른 편지를 썼다. 편지는 대개 흔한 형태와 내용으로, 내가 이미 설명했듯이 만약 그가 정말로 흥미 있는 것에 대해 썼다면 그의 어머니는 항상 그것에 대해 더 많이 알고 싶어 했다. 새로운 대답은 히드라의 머리를 드러나게 해서 여섯 개 이상의 새로운 질문을 낳았지만 그가 다른 일을 했어야 했거나 바라는 대로 계속해서는 안 된다와 같은 결론으로 늘 끝났다. 그러나 이제 새로 출발했고 그의 아버지와 어머니가 수없이 찬성하고 관심을 가져서 마침내 전보다 더 교감할 수 있는 길에 들어섰다고 결론을 내렸다. 그는 충동적으로 편지에 마구 쏟아냈는데 나는 읽으면서 많이 재미있었지만 그것을 재현하기에는 너무 길었다. 한 구절은 다음과 같다. '저는 이제 그리스도께로 나아가고 있습니다. 제가 두려운 것은 대학 친구들이 더 많이 주님을 떠나가는 것입니다. 우리는 그들을 위하여 기도해야 합니다. 제가 그리스도 안에서 안식을 찾더라도 그들이 그리스도에 있는 안식을 찾을 수 있도록 말입니다.' 어니스트는 내가 가지고 있는 편지들에서 이 요약문을 읽어 내려가자 부끄러워서 두 손으로 얼굴을 가렸다. 그것은 어머니가 돌아가셨을 때 그녀가 소중히 보관했던 것을 아버지가 돌려준 것이었다.

"네가 원한다면 편집할까?"라고 나는 말했다. "당치 않아요. 만약 친구들이 제 어리석은 행동에 대한 기록을 더 많이 가지고 있다면 독자를 즐겁게 할 만한 내용들을 골라서 웃게 해주세요"라고 그가 답했다. 하지만 이런 편지가 배터스비에서 어떤 결과를 가져왔을지 상상해보라! 심지어 크리스티나도 아들이 그리스도 말씀의 힘을 발견한 것에 기뻐하는 것을 자중했는데 반면 시어볼드는 그의 기지에 겁이 났다. 아들이 어떤 의혹을 가지거나 어려움을 겪지 않고 큰 소란 없이 사제 서품을 받게 되는 것은 잘된 일이었지만 그는 아직 종교에 대한 어떤 성향도 보여주지 않았던 사람이 갑작스럽게 변한 것이 장난 같았다. 어디서 멈춰야 할지 모르는 사람들을 싫어했다. 어니스트는 항상 너무 기괴하고 이상했다. 그것이 특이하고 어리석은 일이라는 것 외에는 그가 다음에 무엇을 할 것인지 전혀 알지 못했다. 분명 사제 서품을 받고 성직자로 산다는 사실은 그를 안정시키는 데 큰 도움이 될 것이며 그가 결혼했다면 아내가 나머지 일을 돌봐야 한다. 이것이 그의 유일한 기회였고 시어볼드는 마음속으로 그의 현명함을 제대로 평가하는 것을 중요하게 생각하지 않았다.

어니스트가 6월에 배터스비에 내려왔을 때 예전보다 거리낌 없이 아버지와 대화를 나누려고 했다. 호크 씨의 설교에 의해 상기된 첫 번째 비행은 초전도주의적인 방향이었다. 1825년에서 1850년 사이 그의 성직 생활의 첫 해 동안 지역 성직자로서 정상적인 발전이었다. 그러나 현재 어니스트가 생각하는 세례에 의한 재생과 사제의 면제 교리를(사실 교만하게 그가 무슨 일로 그런 질문을 했을까?) 그는 거의 경멸했기 때문에 준비가 안 됐고 감리교파와 교회를 화해시키는 어떤 방법도 찾고 싶지 않았다. 시어볼드는 로마 가톨릭 교회를 싫어했지만 반대자들도 싫어했다. 왜냐하면 보통은 골칫거리인 사람들과 상대하기 힘들다고 생각하기 때문이다. 항상 동의하지 않는 사람들을 상대하기 힘들다는 것을 안다. 게다가 그들은 그가 아는 것만큼이나 안다고 주장했다. 그럼에도 불구하고 그가 혼자 내버려졌다면 그들 쪽으로 기울었을 것이다. 그러나 이웃 성직자들은 그를 홀로 두지 않았다. 그들 한 명 한 명씩 20년 전 시작된 옥스퍼드 운동의 직접적 또는 간접적 영향을 받았다. 그가 젊은 시절에 가톨릭교를 생각했을 정도로 많은 관행을 견딘 것은 놀라운 일이었다. 그러므로 그는 교회에서의 일들이 어떤 방향으로 흘러가고 있는지를 잘 알고 있었고 어니스트가 평소와 다른 길로 가고 있음을 알았다. 아들에게 바보라고 말할 기회를 받아들이지 않기에는 너무나 좋았고 시어볼드는 주저하지 않았다. 어니스트는 아버지와 어머니가 그가 평생 더 독실해지는 것을 바라지 않아서 짜증나고 놀랐다. 이제 그렇게 되었는데도 여전히 그들은 만족하지 못했다. 그는 선지자가 그의 나라에서 명예가 없는 것은 아니지만 최근에(혹은 오히려 최근까지) 잠언들을 뒤집어보는 나쁜 습관이 있었고 한 나라가 때때로 선지자에 대한 명예를 살리고 있다는 생각이 들었다. 그러고 나서 그는 웃었고 남은 하루 동안 호크 씨의 설교를 듣기 전에 느꼈던 것보다 더 기분이 좋았다.

1858년 여름 방학을 지내려고 케임브리지로 돌아갔는데 때마침 주교들이 주장하기 시작한 신학 시험을 쳐야 했다. 그는 책을 읽는 내내 자신이 시작한 일에 가장 필요한 지식을 기억하는 중이라고 생각했다. 사실 벼락치기를 하고 있었다. 머지않아 그는 멋지게 합격했고 1858년 가을 친구들 중 여섯 명과 함께 부제로 임명되었다. 당시 그는 겨우 23세였다.

51장

어니스트는 런던 중심부의 어느 지역 부목사로 임명되었다. 그는 런던에 대해 아는 것이 거의 없었지만 그의 본능이 그곳으로 끌어들였다. 사제 서품을 받은 다음 날 아침, 차분하게 자신의 임무를 시작했다. 처음 3일이 지나기도 전에 그는 케임브리지에서 4년 동안 알고 있던 행복의 빛이 사라졌음을 느꼈고 자신이 너무 급하게 서두른 발걸음을 되돌릴 수 없다는 것에 놀랐다. 기록하는 나로서 이 급격한 변화에 대한 가장 흔한 핑계는 그의 신앙심이 갑자기 깊어지고 케임브리지를 떠나면서 일어난 변화의 충격이 내 영웅에게 너무 버거웠다는 것이다. 또한 경험 부족으로 마음의 평정이 깨지면서 불안했던 것이다. 사람들은 그가 더 잘하기도 전에 해결해야 하는 나쁜 일을 많이 했고 한 사람의 궁극적인 선행이 오래 지속될수록 희망이 없어 보이는 시기를 잘 견뎌낼 수 있을 것이다. 우리는 모두 정신적으로 제멋대로였다. 내가 개인적으로 대자와 함께 찾으려는 결점은 그가 제멋대로였다는 것이 아니라 너무나 길들여지고 재미없다는 것이었다. 몇 달 전까지만 해도 상당히 괜찮았던 유머감각과 자신에 대한 생각은 망가진 반면 권위 있는 사람들의 말을 무조건 믿는 예전 버릇은 힘이 더욱 커져서 되돌아왔다. 특히 그의 예전 모습을 기억하고 있던 친구 몇몇은 놀라고 실망했다. 그에게 종교란 어중간한 조치나 타협과 양립할 수 없는 것처럼 보였다. 상황에 휩쓸려 사제 서품을 받았고 그들에게 미안했지만 반드시 그 일을 견뎌야 했다. 그러므로 그는 자신에게 기대하는 것이 무엇인지 알아내고 그에 따라 행동가기로 마음먹었다. 그의 교구 목사는 그다지 뚜렷한 견해가 없는 온건한 고교회파였는데 교구 목사와 부목사 사이의 관계가 고용인과 피고용인 관계처럼 단순히 업무상의 문제라는 것을 알게 된 지는 얼마 되지 않았다. 교회에는 두 명의 부목사가 있었는데 어니스트가 아래였다. 선임 부목사의 이름은 프라이어였고 어니스트처럼 진급한 지 얼마 되지 않았는데 의지할 곳 없던 어니스트는 그를 만나서 기뻤다.

프라이어는 28살이었다. 그는 이튼과 옥스퍼드에 있었다. 키가 컸고 대체로 미남으로 통했다. 어니스트가 런던에 온 지 서너 달이 지나서야 나는 우연히 그의 동료 부목사를 만났고 그가 내 대자에게 주는 영향을 살펴봐야 했다. 그는 복장에 흠잡을 데가 없었고 어니스트가 두려워하면서도 반할 수 있는 그런 유형의 남자였다. 옷 스타일은 매우 고교회파스러웠고 지인들은 고교회파 특권층에 속했지만 교구 목사 앞에서는 견해를 전면으로 드러내지 않았다. 프라이어는 설교단에서도 인기가 있었다. 또한 어니스트를 정중하게 대했는데 어니스트는 정중히 대하는 사람에게 바로 넘어갔다. 이윽고 그는 고교회파와 심지어 로마 가톨릭 교회 자체도 생각했던 것보다 자신들을 위해 더 많은 것을 말하고 있다는 것을 알게 됐다. 프라이어는 그를 몇몇 친구들에게 소개했다. 그들은 모두 젊은 성직자들이었는데 고교회파 최고위층이었고 어니스트는 그들이 자기들끼리 있을 때 얼마나 많이 닮았는지 알고 놀랐다. 이것은 그에게 충격이었다. 그는 또한 프라이어 친구들이 자신과 같은 불행한 곤경에 처해 있다는 것을 충분히 알게 됐다.

정말 개탄스러웠다. 어니스트가 아는 그것에서 벗어나기 위한 유일한 방법은 즉시 결혼해야 한다는 것이었다. 하지만 그는 결혼하느니 죽는 게 낫다는 생각이 들지 않도록 하는 어떤 여자도 몰랐다. 시어볼드와 크리스티나의 주요 목적 중 하나는 그가 여자를 멀리 하는 것이었고 지금까지 성공해서 그에게 여자들은 신비스럽고 이해하기 힘든 대상이었다. 남자가 여자를 사랑하거나 좋아하는 것은 당연하지만 그는 그러한 감정을 주장하는 사람들 상당수를 거짓말쟁이라고 여겼다. 그러나 이제 그의 말을 들어주는 첫 여자에게 가능한 빨리 청혼하는 것이 중요해졌다. 그는 프라이어에게 이 말을 꺼냈는데 그가 실제로 성직자의 금욕을 강하게 지지한다는 것을 알고 놀랐다.

52장

"저기, 폰티펙스." 어니스트가 그와 알게 된 지 몇 주 후 어느 날, 두 사람이 켄싱턴 가든에서 산책할 때 프라이어가 말했다. "있잖아, 폰티펙스. 가톨릭교회와 싸우는 것은 아주 좋은 일이지만, 가톨릭교회는 인간의 영혼에 대한 치료를 과학에 넘겼지만, 우리 교회는 많은 면에서 더 순수하지만 진단이나 병리학에 있어서는 체계적이지 않아. 당연히 정신 진단과 정신 병리학을 말하는 거야. 우리 교회는 어떤 안정된 체계 하에 치료법을 처방하지 않고 그 치료법이 실제로 이뤄지도록 보장할 규율도 없어. 시키는 대로 하지 않으면 우리는 환자들을 치료할 수 없어. 실제 상황에서도 마찬가지겠지. 왜냐하면 우리는 가톨릭 사제에 비해 영적으로 그냥 돌팔이 의사일 뿐만 아니라 어떤 점에서는 우리를 둘러싼 죄와 고통에 맞서 앞으로 나아갈 것이라고 바랄 수 없어."

어니스트는 어떤 점에서 그렇게 생각하는지 물었다. "넌 정말 무지하구나. 스스로 알아낼 수 있는 것보다 어떻게 더 잘 살아야 하는지를 보여줄 수 있는 영적 안내자가 아니라면 사제는 정말 아무것도 아니고 존재의 이유가 없다는 거야. 만약 의사가 사람의 육신을 치료하는 것처럼 사제가 사람들의 영혼을 치유하고 살피지 않는다면 그는 무엇일까? 고금의 역사에서 알 수 있듯이 물론 너도 나처럼 알고 있듯이 병원에서 숙련된 선생님 밑에서 제대로 훈련받지 않았다면 환자를 치료할 수 없는 것처럼 사제 도움 없이는 영혼도 숨겨진 아픔도 치유될 수 없어. 만약 이것이 아니라면 우리의 처방전과 지침서 중 절반은 무엇을 의미할까? 비슷한 경우를 겪지 않았는데 어떻게 모든 것이 합리적이라는 명목으로 정신 질환의 정확한 본질을 알아낼 수 있을까? 정확한 훈련 없이 어떻게 할 수 있을까? 현재 경험은 결코 체계적이고 조직화되지 않기 때문에 선조들의 체계적인 경험에 기대지 말고 우리 스스로 모든 실험을 시작해야 해. 그래서 처음에는 몇 가지 기본 원칙을 알면 구할 수 있는 많은 영혼을 망쳐야 해."

어니스트는 매우 감동 받았다. 프라이어는 말을 이었다. "인간이 스스로 치유하는 것에 대해 말하자면 영혼의 치유는 몸을 치료하거나 법률 사건을 처리하는 것에 지나지 않아. 마지막 두 경우에서 그들은 자신의 일에 관여하는 어리석음을 충분히 잘 알고 당연히 전문가에게 가. 확실히 사람의 영혼은 한 번에 치유하기 더 어렵고 복잡하고 동시에 사람의 신체나 재산보다 더 제대로 다루는 것이 중요해. 이런 정신 이상 행동으로 세상사를 위태롭게 할 생각이 없을 때 사람들이 영원한 안녕에 영향을 미치는 문제에 대해 비전문적인 조언에 의존하도록 장려하는 교회의 관행을 어떻게 생각할까?"

어니스트는 여기에서 약점을 찾을 수 없었다. 이런 생각들은 지금까지 막연히 그의 머릿속에 떠올랐지만 결코 그것을 이해하거나 제대로 살펴본 적은 없었다. 그는 또한 잘못된 비유와 은유 남용도 재빨리 알아내지 못했다. 사실 동료의 손바닥 안에 든 동료 부목사에 불과했다. 그가 이야기를 다시 시작했다. "그리고 이 모든 것이 무엇을 시사할까? 첫째, 고해성사의 의무는 불합리한 것에 대한 절규로 의대생이 해부에 대해 절규하는 것과 같아. 이 젊은이들은 우리가 생각조차 하기 싫은 일을 많이 보고 해야 하지만 준비가 안 됐으면 다른 직업을 선택해야 해. 그들은 심지어 시신에서 나온 독성 물질 때문에 목숨을 잃을 수도 있지만 그 위험을 견뎌야 해. 그러니까 사제가 되려면 모든 죄악의 혐오스러움에 익숙해져야 하고 그래야 모든 단계의 죄를 알아볼 수 있어. 우리 중 일부는 의심할 여지없이 그와 같은 연구를 할 때 정신적으로 죽어야 해. 어쩔 수 없어. 모든 과학에는 순교자가 있어야 하며 정신병리학을 연구하다가 쓰러진 사람들보다 더 많은 인간애를 누릴 자격이 있는 사람은 아무도 없어."

어니스트는 점점 더 흥미가 생겼지만 아무 말도 하지 않았다. 그는 다른 이야기를 이어갔다. "나는 이 순교를 나 자신을 위해 바라지 않아. 반대로 그것을 힘껏 피할 거야. 하지만 그의 영광을 증진시키기 위해 가장 계획적이라고 믿었던 것을 공부하는 동안 쓰러지는 것이 하나님의 뜻이라면 그럼 당신 뜻대로 하소서." 이것은 어니스트에게도 너무 과했다. 그는 미소를 지으며 말했다. "나는 한 아일랜드 여자가 자신이 술의 순교자라고 말하는 것을 들은 적이 있어요." "그 여자 말도 맞아." 프라이어가 화답했다. 따라서 그녀는 폭음의 무서운 결과에 대한 진정한 순교자 혹은 증인이었으며 그녀의 순교로 술을 마시려고 했던 많은 사람들을 구했다. 그녀는 어떤 자리를 차지하지 못한 것은 그 자리가 확고하다는 것을 증명하고 따라서 그 자리를 차지하려는 모든 시도를 포기하게 된 헛된 희망 중 하나였다. 이것은 실제로 그 자리를 차지했을 때와 마찬가지로 인간에게 큰 이득이었다. 그는 조금 서둘러 말을 덧붙였다. "게다가 악과 선의 미덕의 한계도 형편없이 불분명해. 세상이 가장 크게 비난하는 악의 절반에는 선의 씨앗이 들어 있으며 완전한 금욕보다는 적당히 사용해야 해."

어니스트는 소심하게 예를 들어달라고 부탁했다. 프라이어가 말했다. "아니, 아니, 예를 들진 않겠지만 모든 예를 아우르는 공식을 알려줄게. 어떠한 관행도 완전히 사악하지 않고 그것은 수세기 동안 근절시키기 위해 노력했지만 인류의 가장 아름답고, 가장 활기차고, 가장 교양 있는 인종들 사이에서 소멸되지 않았어. 그러한 노력에도 불구하고 범죄 행위가 가장 세련된 나라들 사이에서 여전히 계속된다면 그것은 인간 본성에 있는 어떤 불변의 진실이나 사실에 기초해야 하며 우리가 완전히 없앨 수 없는 어떤 보상적 이득을 취해야 해." 어니스트는 이어서 말했다. "하지만 이건 사실상 옳고 그름의 모든 구별을 없애고 어떤 도덕적 지침도 주지 않고 사람들을 내버려두는 것이 아닌가요?" 그의 대답은 이랬다. "사람들은 아니지. 그들은 항상 충분히 스스로를 인도할 수 없기 때문에 그들에게 인도자가 되는 것이 우리의 관심사가 돼야 해. 우리는 그들이 무엇을 해야 하는지 말해야 하고 이상적인 상태에서는 그들이 그것을 하도록 강요할 수 있어야 해. 아마도 우리가 교육을 잘 받으면 이상적인 상태가 될 거야. 정신병리학에 대한 깊은 지식만큼 앞서나가는 건 아무것도 없어. 이를 위해서는 세 가지가 필요해. 첫째, 성직자들을 위한 실험에서의 절대적 자유, 둘째, 평신도들의 생각과 행동, 어떤 생각과 행동이 어떤 정신 상태로 이어지는지에 대한 절대적 지식, 셋째, 우리들 사이에서 보다 작은 조직이야. 우리가 어떤 선을 행하려면 긴밀하게 통합된 조직이 돼야 하고 평신도와 뚜렷하게 구분되어야 해. 또한 아내와 아이들이 관련된 관계로부터 자유로워져야 해. 내가 '공개 결혼'이라고 이름 붙일 수 있는 생활을 하는 영국 성직자들을 보면서 느꼈던 두려움을 거의 표현할 수 없어. 그건 개탄스러워. 성직자는 비록 실제로는 아니더라도 이론상으로는 어떤 식으로든 절대 성욕이 없어야 해. 그리고 그것 역시 너무나 보편적으로 받아들여져서 누구도 감히 그것에 이의를 제기할 수 없지."

어니스트가 말했다. "그러나 성경은 이미 사람들에게 해야 하는 것과 해서는 안 되는 것을 알려줬고 우리가 여기에서 알 수 있는 것을 주장하고 나머지는 내버려두는 것만으로 충분하지 않나요?" 그는 이렇게 답했다. "성경으로 시작하면 불신의 길로 가는 세 부분에 있고 네가 어디에 있는지 알기 전에 다른 부분으로 갈 거야. 성경은 성직자들에게 그 가치가 없는 것이 아니라 평신도에게 너무 빨리 혹은 너무 완전하게 그들의 길에서 없앨 수 없는 장애물이야. 물론 내 말은 그들이 그것을 읽는다는 가정을 바탕으로 하는데 다행히도 그들은 거의 읽지 않아. 만약 사람들이 평범한 영국 국교회 남녀 신도들처럼 성경을 읽는다면 별 문제가 없어. 그러나 만약 주의를 기울여서 읽는다면 그들에게 치명적이야."

"무슨 말이에요?" 어니스트는 점점 놀라면서 적어도 확실한 생각을 가진 사람의 수중에 있다는 생각이 들었다. "자네는 성경을 읽어본 적이 없군. 더 신뢰할 수 없는 책은 종이에 쓰지 않아. 내 충고를 받아들여 나이가 더 들기 전에는 읽지 마. 그러면 별 탈 없을 거야." "하지만 당신은 그리스도께서 죽으시고 죽은 자들 가운데서 부활하신 것과 같은 것들을 말하는 성경을 분명히 믿나요? 확실히 이걸 믿어요?" 라고 어니스트가 말했고 프라이어가 그런 종류의 것을 전혀 믿지 않는다고 말하는 것을 들을 준비가 되어 있었다. "믿지 않아, 나도 알아." "하지만 성경의 증언이 실패하면 어떻게 해요?" "내가 아는 교회의 살아 있는 목소리는 결코 틀리지 않고 예수 그리스도 그 자신에 대해 알려줘."

53장

가톨릭 신자가 되기 전 먼저 감리교 신자가 되는 단계를 거치고 다음에 자유사상가가 되는 것은 인간이 단순 세포에서 무척추동물을 거쳐 온 것처럼 더 이상 의아해 할 필요가 없다. 하지만 어니스트는 이것을 안다고 기대할 수 없었다. 모든 변화는 충격이다. 모든 충격은 죽음과 같다. 우리가 죽음이라고 부르는 것은 과거와 현재가 서로 닮았다고 인지하는 힘을 파괴할 만큼 충분히 큰 충격일 뿐이다. 그것은 우리가 현재와 과거의 유사점보다 차이점들에 대해 더 생각해 보게 한다. 그래서 우리는 더 이상 적절한 의미에서 이 두 개의 전자를 두 번째의 연속이라 부를 수 없고 어떤 것으로 새롭게 불러야 하는지 생각하는 것은 어렵지 않다. 그러나 이것을 내버려두려면 정신병리학이 그 시대가 가장 원하는 것이라는 것은 분명했다. 어니스트는 자신이 스스로 알아냈고 평생 동안 이런 것을 잘 알았지만 사실 다른 것들은 알지 못했던 것 같다. 그는 마치 사도의 아버지처럼 자신의 견해를 설명하는 장문의 편지를 대학 친구들에게 썼다. 한 친구에게 쓴 편지는 이랬다. '예언자 스가랴에 대해 읽고 너의 솔직한 의견을 알려줘. 그는 미국인 허세가 가득 찬 불쌍한 사람이야. 그런 허튼 소리가 시가나 예언으로 극찬 받은 시대에 사는 것은 정말 역겨워.' 그가 이렇게 말하는 것은 프라이어 때문이었다. 나는 스가랴가 무슨 일을 했는지 모른다. 하지만 그가 매우 훌륭한 예언자였다고 생각한다. 어쩌면 프라이어는 교회와 비교하여 성경을 폄하할 사람으로 그를 선택했다.

친구 도슨에게 나중에 그는 이렇게 말했다. "프라이어와 나는 서로의 생각을 이야기하면서 산책을 계속하고 있어. 처음에 그 사람만 이야기했는데 이제 나도 뒤떨어지지 않는다고 생각해. 내가 그를 처음 알았을 때 그의 몇몇 강경했던 생각이 바뀌기 시작했다는 것을 보면 웃음이 나와. 그때는 그가 확실히 가톨릭교회 쪽이라고 생각했어. 하지만 지금은 너도 관심을 가질 만한 나의 의견을 상당히 받아들인 것 같아. 우리는 어떻게 든 교회에 새 생명을 불어넣어야 해. 게다가 로마 가톨릭이나 그리스도를 믿지 않는 것에 맞서지 않아. (나는 어니스트가 아직 이교도를 본 적이 없다고 생각하지 않지만 확실하다고 말할 수는 없다.) 그래서 나는 며칠 전 프라이어에게 제안을 했고 그는 내가 그것을 실행할 방법이 있다는 것을 알게 되자마자 그 제안에 열렬히 빠졌어. 그 제안은 20년 전 '젊은 잉글랜드 운동'과 비슷한 종교적 운동을 시작해야 하고 그 운동은 한편으로는 가톨릭교회를, 다른 한편으로는 회의론을 능가하는 것이 목적이야. 이러한 목적을 위해 현재는 죄의 본질과 치료를 조금 더 과학적인 기초를 바탕으로 하는 기관이나 대학을 바탕으로 하는 것이 제일 좋아. 우리는 프라이어의 말을 빌어서 정신병리학 대학에서(어니스트는 이때까지 자신이 더 이상 젊지 않다고 생각했던 것 같다) 의대생들이 환자들의 신체를 연구하듯이 젊은이들이 죄의 본성과 처우를 연구하면 좋겠어. 너도 아마 인정하겠지만 그런 대학은 한편으로는 로마 가톨릭 교회에, 또 다른 한편으로는 과학에 접근할 거야. 로마 가톨릭 교회는 사제직에 더 많은 권한을 줘서 더 큰 힘을 얻고 과학은 자유사상도 인정함으로써 정신 탐구에 있어 상당한 가치가 있어. 이 목적을 위해 프라이어와 나는 앞으로도 열과 성의를 다해 헌신하기로 결심했어. 만약 내가 대학을 설립한다면 프라이어가 잠시 동안 책임자가 되고 나는 자연스럽게 그의 밑에서 일하겠지. 프라이어가 이렇게 제안했어. 참 관대하지? 가장 큰 문제는 우리에게 돈이 충분치 않다는 거야. 사실 5,000파운드가 있어야 해. 하지만 우리는 적어도 1만 파운드는 있어야 시작할 수 있다고 프라이어가 그랬어. 돈이 부족하면 나는 대학에서 지내고 재단에서 월급을 받아 이런 식으로 내 돈을 투자하든, 성직자로 살든 이러나저러나 같아. 게다나 내가 바라는 것은 아주 적어. 나는 분명 절대 결혼하지 않을 거야. 어떤 성직자도 이런 생각을 해서는 안 돼. 그리고 미혼 남성은 아무것도 없이 살아갈 수 있어. 여전히 나는 내가 원하는 만큼 많은 돈을 벌지 못할 것 같고 프라이어는 현재 우리는 더 많은 돈을 벌 수 없기 때문에 현명한 투자로 돈을 벌어야 한다고 했어. 프라이어는 아주 적은 돈으로 꽤 많은 수입을 올리는 몇몇 사람들을 알고 있어. 사실 나는 주식거래소라고 불리는 곳에서 어떤 것을 산다는 것에 아무것도 몰라. 아직 그것에 대해 잘 모르지만 그는 곧 배워야 한다고 했어. 게다가 정말로 내가 이런 방향으로 재능을 보였고 적절한 후원을 받아 사업을 하는 사람이 돼야 한다고 생각한네. 물론 내가 아닌 다른 사람들이 이것을 결정해야 해. 하지만 사람은 마음만 먹으면 무엇이든 할 수 있고 내 자신을 위해 더 많은 돈을 갖는 것에 신경을 쓰면 안 되지만 장차 끔찍한 고문에서 영혼을 구함으로써 할 수 있는 선행에 대해서는 아주 신경이 쓰여. 있지, 그 일이 성공하고 그것을 방해하는 것이 무엇인지 정말로 알 수 없다면 그 중요성이나 궁극적으로 가정할 수 있는 부분을 과장하는 것은 거의 불가능해."

다시 나는 어니스트에게 이 편지를 인쇄하는 것을 꺼리느냐고 물었다. 그는 멈칫했지만 "아뇨, 아저씨 이야기에 도움이 된다면 신경 안 써요. 하지만 너무 길지 않아요?"라고 말했다. 나는 그 편지로 독자들에게 설명하는 데 걸리는 시간을 절반으로 줄이면서 독자들 스스로 상황이 어떻게 진행되고 있는지 직접 알 수 있다고 했다. "그럼 무슨 방법을 써서라도 잘 보관하세요." 나는 어니스트의 편지 서류철을 계속 넘겨보다가 다음과 같은 것을 발견했다. '지난 번 네 답장 고마워. 내가 하루 이틀 전에 〈타임스〉에 보낸 편지의 초고를 보낼게. 〈타임스〉는 그것을 싣지 않았지만 그것은 교구 시찰 질문에 대한 내 생각을 거의 완전히 구체화했고 프라이어는 그 편지가 괜찮다고 했어. 읽고 나서 잘 생각해보고 나한테 다시 보내줘. 그것이 바로 현재 나의 신념이라서 잃어버리면 안 돼. 나는 이 문제들에 대해 직접 만나서 논의하고 싶어. 또한 우리가 더 이상 의사소통을 할 수 없어서 상실감이 아주 크다는 것을 확실히 알 수 있어. 우리는 부자와 가난한 사람들처럼 그리고 꽤 자유롭게 소통해야 해. 만약 다시 소통할 수 있다면 우리를 둘러싼 죄와 불행 대부분을 막을 수 있을 거라 생각해.'

이 편지들은 어니스트가 사제서품을 받은 지 불과 몇 주 후에 쓴 거지만 조금 후에 그가 쓴 편지들은 다른 사람들에게는 아무것도 아니었다. 영국 국교회(그리고 이 세상을 통해)를 재건시키겠다는 일념으로 프라이어의 제안에 따라 그는 가난한 사람들에게 다가가 그들 속에서 살면서 그들의 습관과 생각에 익숙해지려고 노력했다. 어쨌든 그는 실제로 계획을 실행에 옮겼고 드루리레인 극장 근처 작은 거리에 있는 애쉬핏 플레이스라는 곳에서 하숙을 했다. 그곳의 여주인은 마부의 미망인이었다. 이 여주인은 1층 전체를 사용했다. 주방 앞쪽은 땜장이가, 주방 뒤쪽은 풀무질하는 사람이 지냈다. 어니스트는 2층 방 두 개를 썼는데 방 하나는 공간을 구분하기 위해 가구를 편리하게 배치했다. 위쪽 두 개 층은 네 개의 공간으로 나눠졌다. 홀트라는 이름의 재단사가 있었는데 술에 취하면 비명소리에 사람들이 다 깰 때까지 부인을 때리곤 했다. 그 위층에 또 다른 재단사가 부인과 함께 살았는데 자식은 없었다. 이 사람들은 웨슬리교파 신도였고 술은 마셨지만 시끄럽지는 않았다. 뒤쪽 두 개 방은 어니스트가 보기에는 꽤 친해 보이는 미혼 여성들이 살았는데 잘 차려입은 신사 같은 젊은 남자들이 어니스트 방을 지나가 계단을 오르내리면서 스노우 양이라고 불렀다. 어니스트는 그들이 지나간 후 그녀가 문을 쾅하고 닫는 소리를 들었다. 그는 그들 중 몇 명이 메이트랜드 양에게 갔다고 생각했다. 집주인인 쥬프 부인은 어니스트에게 이들은 스노우 양의 형제이자 사촌이며 가정교사 자리는 찾았지만 현재는 드루리레인 극장의 여배우로 일하고 있다고 했다. 어니스트는 맨 뒷방에 사는 메이트랜드 양도 일자리를 찾고 있는지 물었고 그녀는 여성용 모자를 만들고 있으며 약혼을 원한다고 들었다. 그는 쥬프 부인이 하는 말은 무엇이든 믿었다.

54장

어니스트의 이러한 행동에 친구들 의견은 다양했는데 일반적인 의견은 그가 가는 곳마다 분명히 특이한 일을 했기 때문에 폰티펙스답다는 거였지만 전반적으로 훌륭했다. 크리스티나는 이웃 성직자들이 실제보다 훨씬 더 자기 부정을 이상화한 행동을 한 아들에게 박수를 보낸다는 것을 알게 되면서 그들이 그녀에게 말을 할 때마다 감정을 억누를 수가 없었다. 그녀는 그가 그런 귀족적이지 않은 동네에 사는 것이 마음에 들지 않았다. 그러나 그가 한 일은 아마도 신문에 실릴 것이고 그러면 많은 사람들이 그를 주목하게 될 것이다. 게다가 그곳은 매우 저렴했다. 이 가난한 사람들 사이에서 그는 거의 아무것도 없이 살 수 있었고 수입의 상당 부분을 저축할 수 있을 것이다. 그런 곳에서는 유혹이 거의 없거나 전혀 없을 수도 있다. 싸구려에 대한 이 말다툼은 그녀가 아들의 낭비와 자만심이 마음에 안 들어 투덜거렸던 시어볼드와 가장 잘 싸운 것 중에 하나였다. 크리스티나가 그에게 저렴하다고 지적했을 때 그는 그 점에 무언가가 있다고 대답했다.

어니스트는 교회에 대해 공부한 이후 그에 대한 평판이 점점 좋아지는 것을 알고 나서 그리스도를 위해 모든 것을 포기할 준비가 되어 있는 몇 안 되는 사람들 중 하나라고 우쭐해졌다. 얼마 지나지 않아 그는 자신이 사명을 띤 앞길이 창창한 사람이라고 생각하기 시작했다. 그는 매우 가볍고 경솔하게 내린 의견을 중요하게 여겼고 내가 이미 보여준 것처럼 점점 더 이상한 생각으로 친구들을 귀찮게 했다. 나는 내 영웅의 경력에서 이 부분을 감추고 싶지만 그럼 이야기를 망치게 된다.

1859년 봄에 그가 쓴 편지를 찾았다. '나는 그 산물이 기독교인이 될 때까지, 즉 영국 교회 신도들의 산물이 가르침에 따르고 순응할 때까지 현세의 교회를 기독교인이라고 부를 수 없어요. 나는 대부분의 경우 영국 교회의 가르침에 진심으로 동의하지만 교회가 말과 다른 행동을 하기 때문에 파문이 될 때까지 즉, 완전히 파문될 때까지 교회를 기독교 기관이라 부를 수 없어. 우선 목사님부터 시작할 것이고 주교를 파문해서라도 그를 따라야 한다는 생각이 들면 이런 일에 주춤하지 말아야 해요. 지금 런던 교구 목사들은 상대할 가치가 없는 사람들이에요. 사실 내가 그들 중 한 명이지만 프라이어와 내가 일상적으로 인정되지 않는 방식으로 악을 공격하고 싶어 하거나 아무런 항의도 없는 어떤 것을 바로 잡아주고 싶은 기색을 보이는 순간 우리는 '나는 이 모든 소란으로 네가 뭘 말하는지 모르겠다. 성직자들 중 누구도 이런 것들을 보지 못해. 그리고 난 모든 것을 뒤죽박죽으로 만드는 첫 번째 사람이 되고 싶지 않아'라는 말을 듣게 되겠죠. 그리고 사람들은 그를 합리적인 사람이라고 해요. 우리는 우리가 원하는 것이 무엇인지 알고 있고 내가 이전에 도슨에게 썼듯이 그 경우의 요구 조건을 상당히 충족시킬 수 있는 계획을 가지고 있다고 생각해요. 그러나 우리는 돈이 더 필요했고 이 목적을 위한 나의 첫 번째 행동은 프라이어와 내가 바랐던 것처럼 그리 만족스럽지 않아요. 그러나 우리는 곧 수습할 것이라고 믿어요.'

어니스트가 런던에 왔을 때 그는 집집마다 방문하기를 원했지만 프라이어는 그에게 이상하게 고른 새 아파트에 정착부터 하라고 설득했다. 그가 지금 한 말은 사람들이 그리스도를 원한다면 그들은 조금이라도 수고를 들여서 그들의 바람을 증명해야 하고 그들에게 필요한 수고는 그들이 와서 어니스트를 찾아야 한다는 것이었다. 그는 그들 사이에서 가르칠 준비가 됐다. 사람들이 그에게 오지 않기로 했다면 그것은 그의 잘못이 아니다. 그는 다시 도슨에게 편지를 썼다. '여기서 나의 가장 큰 일은 관찰하는 거야. 매일 예배를 올리는 것 외에 내가 교구에서 하는 일은 많지 않아. 나는 성인과 남학생들 성경 수업을 담당하고 내가 어떻게 해서든 가르치려는 많은 젊은이들과 소년들을 맡고 있어. 그리고 주일 학교 어린이들이 있어. 일요일 저녁에 내 방에 모여 찬송가를 부르게 해. 나는 책을 많이 읽는데 주로 프라이어와 내게 가장 도움이 될 만한 책들을 주로 읽어. 예수회에 필적할 만한 것이 아무것도 없어. 프라이어는 빈틈없는 신사이며 존경할 만한 사업가야. 사실 위의 일들 못지않게 세상일들을 잘 알고 있어. 그는 엄청난 성공으로 우리의 위대한 계획의 실행을 무기한 지연시킬 수 있었던 다소 심각한 손실을 회복했어. 그와 나는 매일 새로운 원칙을 세워. 나는 위대한 일들이 내 앞에 있고 머지않아 많은 영향을 미칠 수 있다는 희망이 커. 나는 네 성공을 빌어. 대담하지만 논리적이고 사색적이지만 조심스럽게 대담하게 용기를 내지만 한편 적절하게 신중하기를….' 현재로서는 이 정도면 충분할 것 같다.

55장

나는 어니스트가 런던에 처음 왔을 때 당연히 그를 방문했지만 보지는 못했다. 그가 답례로 방문했을 때는 내가 없었고 그 후 그는 몇 주 동안 시내에 나가 있었고 새 집으로 옮기고 얼마 되지 않아서야 그를 실제로 볼 수 있었다. 나는 그를 만나는 것을 좋아했지만 똑같이 음악을 좋아한다는 유대감 외에는 그와 어떻게 지내야 할 지 거의 알지 못했다. 공평하게 말하자면 내가 그를 구슬릴 때까지 그는 나에게 그의 계획을 알려주지 않았다. "나는 교회를 자주 가는 사람이 아니에요"라는 어니스트의 집주인 쥬프 부인의 말에 다른 사람에 대해 물어보니 부인은 약 20년 전 아들 톰이 5살일 때 교회를 한 번 가본 적이 있었지만 그 전이나 후에는 전혀 간 적이 없었다는 것을 알게 됐다. 그녀는 자기 스스로 '부인'이라고 말하면서 결혼반지는 끼지 않았고 쥬프 씨는 '나의 남편'이 아닌 '나의 불쌍하고 사랑하는 아들의 아버지'라고 불렀다. 원래 이야기로 돌아와서 나는 어니스트가 사제서품을 받아서 화가 났다. 나와 내 친구들이 서품을 받는 것이 싫었고, 뒤로 호박씨를 까면서 좋아하는 척하는 것이 싫었고, 어제와 내일과 화요일은 알지만 일요일 그 자체뿐만 아니라 다른 요일도 몰랐고 발에 발톱이 있어서 새끼 고양이를 좋아하지 않았다는 그 소년을 나는 기억할 뿐이다.

나는 그를 보며 그의 고모 알레시아를 생각했고 그녀가 그에게 남겨준 돈이 얼마나 빨리 불어나고 있는지 생각했다. 그리고 이 모든 돈은 아마도 폰티펙스 양이 지지했을 최후의 방법으로 그것을 쓸 이 젊은이에게 갈 것이다. 나는 짜증이 났다. 그리고 속으로 생각했다. '그녀는 늘 엉망이 될 거라고 이야기했지만 이것만큼이나 엉망으로 망친 적은 없었어.' 그리고 나는 그의 고모가 살아 있었다면 아마 그가 이렇게 되지 않았을 것이라고 생각했다. 어니스트는 꽤 친절하게 나를 대했고 대화가 위험한 주제로 넘어갔다면 내 잘못이었다. 나는 그와의 오랜 친분을 바탕으로 조용한 방식으로 무례해도 된다고 생각하는 침략자였다. 그의 전제를 인정하고 그의 결론은 충분히 타당했다. 그는 이미 사제서품을 받았고 그가 성직자가 되기 전에 기회가 있으면 내가 분명히 이야기했던 것처럼 나는 그의 전제에 대해 논쟁할 수도 없었다. 그 결과 더 우스워지기 전에 서둘러 자리에서 떴다. 사실 나는 어니스트를 좋아했지만 그가 성직자가 돼서 화가 났고 많은 돈을 물려받기 때문에 역시나 화가 났다고 생각한다.

나는 가는 길에 쥬프 부인과 조금 이야기를 나눴다. 그녀와 나는 첫눈에 서로가 '매우 규칙적으로 교회에 다니는 사람'이 아님을 알아봤고 그녀의 입은 가벼워졌다. 그녀가 말했다. "어니스트는 분명 죽을 거예요. 그는 너무 좋은 사람인데다 한 달 전에 죽은 젊은 왓킨스처럼 슬퍼 보였고 가엾은 피부는 석고처럼 희죠. 적어도 그 사람들 말로 왓킨스는 자살했대요. 그들은 모티머에 그를 데려갔고 나는 로즈와 함께 싸구려 맥주를 사러 갈 때 그들을 만났고 그녀는 팔에 부목을 댔어요. 그녀는 동생에게 털실을 사러 가고 싶다고 말했지만 싸구려 맥주를 파는 노점 대신 모직을 사기 위해 피에리 가게에 가고 싶다고 했어요. 불쌍한 늙은 쥬프를 위해 그렇게 많은 일을 해줄 사람은 아무도 없어요. 그리고 그녀가 동성애자라고 말하는 것은 끔찍한 거짓말이에요. 내가 동성애자 여자를 좋아하는 건 아니지만요. 난 보통 여자들과 맥주 한잔하느니 차라리 동성애자 여자에게 반 크라운(당시 2.5 실링)을 주겠어요. 하지만 난 나쁜 여자들과 어울리고 싶지 않아요. 그래서 그들은 모티머에 그를 데려갔어요. 그들은 더 이상 그를 집에 보내려 하지 않았죠. 그리고 그는 알다시피 교묘하게 그 일을 해냈어요. 그의 아내는 시골에서 그녀의 어머니와 함께 살았고 그녀는 항상 나의 로즈에게 공손하게 말했어요. 불쌍해요. 나는 그의 영혼이 천국에 있기를 바라요. 저기 선생님, 폰티펙스 군의 얼굴이 젊은 왓킨스와 똑같다면 믿으시겠어요? 그는 때때로 그렇게 걱정스럽고 혼란스러워 보이지만 결코 같은 이유는 아니에요. 그는 아무것도 모르고 태어나지도 않은 아기보다 더 모르니까요. 이탈리아 거리의 악사와 함께 런던을 돌아다니고 있는 원숭이는 없지만 그 원숭이가 폰티펙스 군이 아는 것보다 더 많은 것을 알고 있어요. 그는 몰라요. 글쎄, 그러니까….”

이때 이웃에서 심부름 온 아이가 들어와서 그녀의 말을 방해했다. 그렇지 않았다면 어디서, 언제 그녀의 이야기를 끝내야 할지 몰랐을 것이다. 나는 도망칠 기회를 잡았지만 그녀에게 5실링을 주고 내 주소를 적어주기도 전에 그녀의 말에 약간 겁이 났다. 나는 그녀의 하숙인이 더 나빠진다고 생각되면 와서 알려달라고 말했다. 몇 주가 지나갔지만 그녀를 다시 볼 수 없었다. 나는 할 수 있을 만큼 했기 때문에 더 이상 할 수 있는 것이 없다고 생각했고 어니스트와 내가 서로가 지겨워졌다고 생각하도록 내버려뒀다. 그는 사제서품을 받은 지 이제 4개월이 조금 넘었지만 이 기간 동안 행복하거나 만족하지는 못했다. 평생 성직자의 집에서 살았고 아마도 성직자가 되는 것이 어떤 것인지 잘 알고 있다 생각했고 물론 잘 알고 있었다. 시골 성직자에 대해서는 말이다. 그러나 그는 도시 성직자가 할 수 있는 이상적인 일에 대해 생각하고 그것을 실현하기 위해 자신 없는 방법으로 노력했지만 항상 그에게서 벗어났다.

그는 가난한 사람들 사이에서 살았지만 그들을 알지 못했다. 그들이 그에게 올 것이라는 생각은 잘못된 생각임이 드러났다. 그는 사실 목사가 보살펴달라고 부탁한 애완동물 몇 마리를 살폈다. 어니스트의 한 집 건너 이웃에 노부부가 살았고 당시 체스터필드라는 이름의 배관공이 있었다. 눈이 멀고 아파서 누워 있는 침대 위에 있는 고버라는 이름의 노파가 있었는데 어니스트가 이야기할 때나 책을 읽어줄 때 이가 빠진 약한 턱을 웅얼거리기만 했다. 버드세이 렌츠에 살며 수종 마지막 단계를 앓고 누더기와 병을 파는 브룩스 씨와 다른 여섯 명 정도도 있었다. 그가 그들을 보러 갔을 때 모든 것이 어떻게 되었을까? 배관공은 우쭐해하고 싶었고 귀를 긁으면서 신사를 속여 시간을 낭비하는 것을 좋아했다. 가난한 노파인 고버 부인은 돈을 원했다. 그녀는 매우 착하고 온순했으며 어니스트가 앤 존스 부인의 유산으로 1실링을 그녀에게 줬을 때 그녀는 '작지만 시기적절한 것'이라 말했고 감사하다는 듯이 입을 웅얼거렸다. 어니스트는 가끔 그녀에게 적은 돈을 주기도 했지만 지금 말했듯이 그가 주기로 했던 돈의 절반도 주지 않았다.

그녀에게 가장 작은 도움으로 그는 다른 무엇을 할 수 있었을까? 사실 아무것도 없었고 가끔 고버 부인에게 반 크라운을 주는 것으로 세상이 재건되는 것은 아니었고 어니스트는 이 정도를 원했다. 세상은 모두 뒤죽박죽이고 그가 그것을 바로잡기 위해 태어났다고 저주를 받았다 느끼는 대신, 그는 자신이 그 일에 필요한 사람이라고 생각했고 일을 시작하기를 갈망했다. 다만 그는 어떻게 시작할지 정확히 몰랐다, 처음에는 체스터필드 씨와 고버 부인에게 큰 발전이 있을 거라고 약속하지 않았다. 그리고 불쌍한 브룩스 씨는 정말이지 매우 고통스러워했다. 그는 돈이 부족하지 않았다. 우리가 가끔 자고 싶지만 잘 수 없는 것처럼 그는 죽고 싶었지만 그럴 수 없었다. 그는 진지한 사람이었고 가장 은밀한 생각이 곧 들통날까봐 사람들이 두려워하는 것처럼 죽음은 그를 겁먹게 했다. 내가 어니스트에게 그의 아버지가 배터스비에서 톰슨 부인을 방문했던 방법에 대해 이야기해줬을 때 그는 얼굴이 붉어지며 "저도 브룩스 씨에게 똑같이 말했어요"라고 했다. 어니스트는 브룩스 씨를 위로하기는커녕 그의 방문으로 죽음을 점점 더 두렵게 만들었다고 느꼈다. 하지만 어떻게 도와줄 수 있을까?

몇 년 동안 부목사를 지낸 프라이어조차도 교구 밖에 있는 200명 이상의 사람들을 개인적으로 알지 못했고 그가 방문한 집은 극소수 였지만 프라이어는 집 방문 원칙에 대해 강한 거부감을 가지고 있었 다. 어떤 식으로든 큰 효과를 내려고 한다면 프라이어와 직접 소통하 러 오는 사람들을 그가 다가가는 사람들과 비교하면 새 발의 피다. 그 교구에는 1만5,000에서 2만 명 정도의 가난한 사람들이 있었는데 왜 그들 가운데서 극히 소수만이 예배에 참석했나? 몇몇은 다른 예배당 에 갔고 몇몇은 로마 가톨릭교도였다. 그러나 훨씬 너 많은 수가 종교 에 대해 적대적이지 않더라도, 실제로는 종교에 무관심했고 많은 사 람들이 무신론자였으며 그가 처음으로 들었던 톰 페인의 숭배자들이 었다. 하지만 그는 이런 사람들을 전혀 만나거나 대화하지 않았다. 그 가 정말로 그에게 기대할 수 있는 모든 것을 하고 있었을까? 그가 다 른 젊은 성직자들만큼 많은 일을 하고 있다고 말하는 것은 아주 좋았 다. 그것은 예수 그리스도가 받아들이실 것 같은 대답이 아니었다. 바 리새인들은 십중팔구 다른 바리새인들이 하는 것만큼 했을 것이다. 그가 해야 할 일은 큰 길과 작은 길로 들어가 사람들이 그곳으로 들어 오게 하는 것이었다. 그가 이렇게 하고 있었나? 아니면 그들이 어떤 식으로든 밖으로 나가라고 그에게 강요하지 않았는가? 그는 이윽고 예리하게 살피지 않는다면 사기꾼이 될 것 같은 불안한 느낌이 들기 시작했다.

사실 그가 정신병리학 대학에 기부하는 순간 모든 것이 바뀔 것이다. 그러나 '증권거래소라고 불리는 곳에서 사람들이 샀던 물건들'은 그다지 잘되지 않았다. 더 빨리 진행하기 위해서 몇 주 혹은 며칠 안에 가치가 훨씬 더 높아지고 엄청난 이윤을 남기고 팔 수 있다는 생각에 어니스트는 지불할 수 있는 것보다 더 많이 사기로 했다. 하지만 불행히도 더 높이 올라가기보다 어니스트가 산 직후 가치가 떨어졌고 완강하게 다시 일어나기를 거부했다. 그래서 몇 번의 처리 후 그는 겁을 먹었다. 어떤 신문에서 훨씬 더 낮아질 거라는 기사를 읽었기 때문이다. 그리고 프라이어의 충고와는 달리 그는 500파운드 정도의 손해를 보고 팔겠다고 고집했다. 다시 주식이 올랐는데 그는 거의 다 팔았고 그가 얼마나 어리석었는지, 그리고 프라이어가 얼마나 현명한지를 알았다. 프라이어의 조언을 따랐더라면 손실을 입지 않고 500파운드를 벌었을 것이다. 그는 살면서 배워야 한다고 스스로에게 말했다.

그 후 프라이어는 실수를 했다. 그들은 약간의 주식을 샀고 주가는 약 2주 동안 기분 좋게 올랐다. 정말로 행복한 시간이었다. 2주일이 끝날 무렵, 손실을 입었던 500파운드를 회복했고 덤으로 300 혹은 400파운드의 수익을 올렸다. 500파운드를 잃어버렸던 그 6주 동안 겪었던 극심한 불안은 이제 이자로 되갚아졌다. 어니스트는 팔아서 수익을 확보하고 싶었지만 프라이어는 그 말을 듣지 못했다. 주가는 훨씬 더 높이 올라갈 것이고 그는 어니스트에게 그가 말한 것이 타당하다는 것을 증명하는 어떤 신문 기사를 보여주었다. 그리고 주가는 아주 조금 올라갔고 그 후 하락에 하락을 거듭했으며 어니스트는 처음에 300 혹은 400파운드가 사라지는 것을 보았고 그 후 그가 회복했다고 생각했던 500파운드는 한 번마다 절반으로 떨어졌다. 결국 그는 200파운드를 더 잃었다. 그때 한 신문은 이 주식들이 영국에 도입된 것 중 가장 엄청난 쓰레기라고 말했고 어니스트는 더 이상 참을 수 없었다. 그래서 이번에도 프라이어의 조언을 무시하고 모두 팔았고 이후 주식이 오르자 마찬가지로 프라이어는 어니스트를 두 번째로 이겼다.

어니스트는 이런 변화에 익숙하지 않았고 그것 때문에 너무 불안해서 건강에도 영향을 미쳤다. 그래서 무슨 일이 일어나는지 모르는 것이 더 낫다고 정리했다. 프라이어는 자신보다 훨씬 더 뛰어난 사업가였고 모든 것을 살필 것이다. 이렇게 어니스트는 많은 문제를 덜었고 결국 투자 자체는 더 좋아졌다. 프라이어가 말했듯이 증권거래소에서 주식 거래를 성공하면 싶다면 마음이 약해져서는 안 되며 어니스트가 불안해하는 것을 보는 것이 프라이어 역시 불안했다고 했다. 돈은 점점 프라이어의 손에 흘러들어갔다. 프라이어는 부목사직과 아버지로부터 받는 적은 용돈밖에 없었다.

어니스트의 옛 친구 몇 명은 그가 무엇을 하고 있는지 편지에서 눈치 채고 그를 만류하려 최선을 다했지만 그는 마치 22살의 젊은 연인처럼 사랑에 빠져 있었다. 이 친구들이 못마땅해 하는 것을 알고 그는 그들로부터 떨어져 나갔고 그의 이기주의와 거창한 생각에 질린 그들은 그가 그렇게 하도록 내버려둔 것에 미안해하지 않았다. 물론 그는 자신의 추측에 대해 아무 말도 하지 않았다. 사실 그렇게 좋은 대의로 행해진 어떤 것이 투기라고 불릴 수 있다는 것을 거의 몰랐다. 배터스비에서 아버지가 다음 발표를 잘 보라고 재촉하고 아버지 관심을 끄는 한두 가지 유망한 발표를 눈여겨볼 때도 아버지가 원하는 대로 곧 하겠다고 항상 약속했지만 반대와 변명을 늘어놓았다.

56장

이따금씩 교묘하고 정의하기 힘든 문제들이 그를 사로잡기 시작했다. 나는 아주 어린 망아지가 가장 역겨운 쓰레기를 먹으려고 하는데 그것이 좋은지 아닌지 결정하지 못하는 것을 본 적이 있었다. 분명히 알려주고 싶었다. 만약 새끼가 뭘 하는지 봤다면 어미가 바로 잡았을 것이다. 그리고 먹고 있는 것이 오물이라는 것을 듣는다면 망아지는 그것을 알아채고 다시는 듣고 싶지 않았을 것이다. 그러나 망아지는 외부의 도움 없이 스스로 문제를 해결할 수 없었고 자신이 먹으려고 하는 것이 좋은지 아닌지를 결정하지 못했다. 머지않아 그렇게 결정했을 거라고 생각하지만 시간과 노력을 낭비하는 것이고 어미가 한 번 보면 해결할 수 있었다. 맥아즙은 시간이 지나면 저절로 발효되지만 약간의 효모를 더하면 훨씬 더 빨리 발효되는 것과 같았다. 무엇이 우리에게 즐거움을 주는지 아는 문제에서 우리는 모두 맥아즙과 같으며 도움 없이는 천천히 그리고 힘들게만 발효될 수 있다.

이 시기 나의 불행한 영웅은 그 망아지와 매우 흡사했고 오히려 들판에 있는 어미와 다 큰 말들이 먹고 있는 것이 어디에서나 찾을 수 있는 가장 훌륭하고 영양가 있는 음식이라 알려줬다면 망아지가 느꼈을 감정을 많이 느꼈을 것이다. 그는 옳은 일을 하고 싶었고 사람들이 자신보다 더 잘 알고 있다고 생각했기 때문에 자신이 늘 가망 없고 잘못된 길에 들어섰다는 것을 인정하지 않으려고 했다. 그는 어디에

나 실수가 있다는 생각을 못했고 하물며 어디서 실수가 있었는지 알아내려 하지 않았다. 그럼에도 불구하고 매일매일 불만만 가득했고 그는 아니라고 했지만 매일 무르익어 폭발하고 불꽃이 그에게 떨어졌다. 그러나 한 가지가 전반적인 모호함에서 서서히 나타나기 시작했고 그는 본능적으로 그것을 잡으려고 했다. 즉 그가 극소수의 영혼을 구하고 있는 반면 자기 주위에서 매 시간마다 수많은 사람들이 호크 씨가 구했을 작은 활력을 잃고 있다는 사실이었다. 매일 그는 무엇을 하고 있었는가? 직업적인 태도를 내세워서 주식이 그가 원하는 대로 오르락내리락해서 세상을 재건할 수 있는 충분한 돈을 달라고 기도했다. 하지만 그 사이에 사람들은 죽어갔다. 그들이 정신병리학적 방법에 기대도록 하기 전에 얼마나 많은 영혼들이 끔찍한 고뇌를 생각하지 않고 끝없는 세월을 보낼 수 있겠는가? 반대자들이 때때로 링컨스 인 필드나 큰 길에서 하는 것처럼 왜 그는 서서 설교하지 않았을까? 그는 호크 씨가 했던 모든 말을 할 수 있었다. 호크 씨는 저교회파이기 때문에 현재 어니스트의 눈에는 매우 하찮은 존재였다. 하지만 우리는 어느 누구에게나 배울 수 있어야 하고 그가 일을 시작할 용기만 있다면 호크 씨가 그에게 영향을 미친 것처럼 그의 청중들에게도 영향을 미칠 수 있을 것이다. 그가 광장에서 설교하는 사람들이 때론 많은 청중들을 끌어 모으는 것을 봤다. 어쨌든 그는 그들보다 설교를 더 잘할 수 있었다.

어니스트는 프라이어에게 이 말을 꺼냈고 그는 생각할 가치도 없는 터무니없는 일로 취급했다. 더불어 어떤 것도 성직자의 존엄성을 낮추고 교회를 경멸하게 만들 수 없다고 말했다. 그의 태도는 퉁명스러웠고 무례하기까지 했다. 어니스트는 약간의 반대를 무릅썼다. 흔한 일이 아니라는 것을 그도 인정했지만 어쨌든 무언가를 해야 하고 빨리 해야 했다. 이것이 바로 웨슬리와 휘트필드가 수십만 명의 마음속에 종교 생활을 불타게 했던 위대한 운동을 시작한 방법이었다. 지금은 위엄을 내세울 때가 아니었다. 단지 웨슬리와 휘트필드가 교회가 하지 않을 일을 했기 때문에 사람들이 그들을 따랐고 교회는 그들을 잃었다.

프라이어는 어니스트를 매섭게 바라보다가 잠시 후 말했다. "널 어떻게 생각해야 할지 난 모르겠어, 폰티펙스. 너는 한 번은 아주 옳고 한 번은 아주 틀려. 나는 어떤 일이 해야 한다는 너의 의견에 진심으로 동의하지만 경험으로 미뤄봤을 때 광신과 반대만 낳을 뿐이야. 너는 이런 웨슬리교파 사람들을 인정하니? 교회에서 예배를 드려야 하는지 여부와 관계없이 교회에서 예배를 드리는 것이 중요하지 않다고 생각할 정도로 사제서품 서약을 너무 하찮게 생각하니? 만약 그렇다면 솔직히 말해서 너는 사제서품을 받아서는 안 됐어. 그렇지 않다면 젊은 부제의 첫 번째 의무 중 하나는 권위에 복종하는 것임을 기억해. 가톨릭교회도 영국 국교회도 아직 자신의 성직자들이 교회가 부족하지 않은 도시의 거리에서 설교하는 것을 허용하지 않아."

어니스트는 이 말에 설득되었고 프라이어는 그가 흔들리는 것을 보았다. 그는 보다 상냥하게 말을 이었다. "우리는 과도기에 살고 있고 종교개혁으로 많은 것을 얻었던 한 국가가 얼마나 많은 것을 잃었는지는 몰라. 너는 그리스도를 전혀 알지 못하는 이교도 나라에 있는 것처럼 거리에서 그 분을 팔아서는 안 돼. 여기 런던 사람들은 충분한 경고를 받았어. 그들이 다니는 모든 교회는 그들의 삶에 대한 항의이며 그들에게는 회개하라는 부르심이었어. 그들이 듣는 모든 교회 종소리는 그들에 대한 증인이며 일요일에 교회를 오가는 모든 사람들은 하나님의 경고의 목소리야. 만약 이런 수많은 영향력들이 그들에게 아무런 영향을 미치지 못한다면 그들이 너에게서 듣게 될 몇몇 순간적인 말들도 그들에게 영향을 주지 못할 거야. 네가 다이브라서 만약 죽은 자 가운데서 살아난다면 그들은 그의 말을 들을 수 있을 것이라고 생각해. 아마도 그럴 거야. 하지만 너는 죽은 사람들 가운데서 살아난 척할 수 없어."

마지막 몇 마디는 웃으면서 말했지만 그 속에는 어니스트를 움츠리게 하는 비웃음이 담겼다. 하지만 그는 꽤 기분이 가라앉았고 그래서 대화는 끝났다. 어니스트가 프라이어에게 의식적으로 불만을 품게 된 것은 처음이 아니었고 친구의 의견을 한쪽으로 치우쳐 보게 됐으며 솔직하게 말하지 않고 조용히 생각하고 프라이어에게는 말하지 않았다.

　그의 불만을 더 커지게 하는 또 다른 사건이 일어나기 전까지 그는 프라이어와 헤어지지 않았다. 내가 보여준 바와 같이 그는 알지도 못한 채 가장 기본적인 금속을 건네는 영적인 도둑이나 고안자와 한 패가 됐고 그는 너무 아이 같고 경험 미숙으로 세상 사람들, 학교들, 대학들의 후폭풍에 빠질 뿐이었다. 그가 쓰는 3페니짜리 동전들과 약간의 지출을 위해 아껴둔 것 사이에 빈곤한 사람들이 부자와 교육을 받은 사람들보다 더 훌륭하다는 말도 있었다. 어니스트는 늘 3등 칸을 타고 다녔다고 말했다. 저렴해서가 아니라 3등 칸에서 만났던 사람들이 훨씬 더 즐겁고 더 잘 행동했기 때문이다. 어니스트의 저녁 수업을 듣는 젊은이들의 경우, 그들은 평균적인 옥스퍼드와 케임브리지 학생들보다 대체로 더 똑똑하고 질서를 더 잘 지킨다고 했다. 프라이어가 이런 취지의 말을 하는 것을 들은 우리의 어리석고 어린 친구는 그가 말한 모든 것을 알아채고 자신의 방식대로 재현했다.

　그러나 이 무렵 어느 날 저녁 그는 자신의 집에서 멀지 않은 곳에 있는 작은 거리에 도착하는 사람을 보았고 이 세상 모든 사람 중에서 생기 가득하고 마음이 선하고 케임브리지에 있을 때보다 더 잘생겨 보이는 토넬리였다. 어니스트가 그를 매우 좋아했기 때문에 그는 그에게 말을 걸기를 주저했고 말을 걸지 않고 그를 지나치려 했지만 토넬리가 케임브리지의 옛 얼굴을 보고 기뻐하며 바로 그를 세웠다. 그는 잠깐 그런 동네에서 목격된 것에 혼란스러워 보였지만 어니스트는 알아차리지 못할 정도로 빨리 정신을 차렸고 그 후 옛 시절에 대한 친절한 몇 마디에 빠져들었다. 어니스트는 자신의 하얀 넥타이를 보고 토넬리의 눈이 흔들리는 것을 보았고 목사인 것을 다소 못마땅하게 생각하는 것처럼 느꼈다. 토넬리의 낯빛이 아주 희미하게 어두워졌다가 사라졌지만 어니스트는 그것을 느꼈다. 토넬리는 어니스트에게 그의 직업이 흥미를 끈다고 했고 여전히 혼란스럽고 수줍어하는 어니스트는 가난한 사람들이 매우 친절하다는 그의 하찮은 생각을 제대로 설명하지 못했다. 토넬리는 이것을 가치 있는 것으로 받아들였고 고개를 끄덕였다. 어니스트는 경솔하게 더 나아가서 "당신은 가난한 사람들을 매우 좋아하지 않나요?"라고 말했다. 토넬리는 재미난 표정을 지었다가 다시 온화한 표정을 지으며 차분하지만 천천히 그리고 단호하게 "아니, 아냐, 그렇지 않아"라고 말하면서 도망쳤다.

그 순간부터 어니스트와 함께 모든 것이 끝났다. 토넬리는 방금 어니스트가 한 하찮은 말에 불쾌하게 되돌려줬다. 그는 프라이어에게서 그것을 들었을 때는 몰랐지만 왜 곧바로 그것이 불쾌하다는 것을 알았을까? 물론 몇몇 가난한 사람들은 매우 친절했고 항상 그랬을 것이다. 하지만 마치 눈에서 콩깍지가 벗겨진 것처럼 그는 가난한 것에 대해 더 친절한 사람을 누구도 보지 못했다. 상류층과 하류층 사이에는 사실상 넘어설 수 없는 장벽 같은 격차가 있다는 것을 알았다. 그날 저녁 그는 많은 생각을 했다. 만약 토넬리가 옳다면 그와 프라이어는 분명히 잘못된 길로 가고 있음이 틀림없었다. 토넬리는 그와 논쟁하지 않았다. 그는 단 한마디만 했고 그 말은 가장 짧은 단어 중 하나였지만 어니스트는 흔들렸다.

그는 이제 삶과 사물을 더 올바르게 바라볼 수 있다 생각했고 토넬리와 프라이어 중 누구를 따라야 할지 고민했다. 그의 마음은 조금도 망설이지 않고 대답했다. 토넬리 같은 사람들의 얼굴은 숨김없고 친절했다. 그들은 걱정 없는 것처럼 보였고 자기와 관계된 모든 사람과 최대한 편안하게 지내려고 하는 것처럼 보였다. 프라이어와 친구들의 얼굴은 이렇지 않았다. 왜 그는 토넬리를 만나자마자 무언의 질책을 느꼈을까? 그는 기독교인이 아니었나? 그렇다. 그는 당연히 영국 국교회를 믿었다. 그렇다면 그와 토넬리가 공통으로 가지고 있는 믿음에 따라 행동하려고 하는 것이 어떻게 틀릴 수 있을까? 그는 조용하고 눈에 띄지 않게 자기 헌신적인 삶을 살려고 노력했지만 그가 아는 한, 토넬리는 그런 일을 하려고 하지 않았다. 그는 세상을 편안하게 살려고 했을 뿐이고 가능한 멋있게 보이려고 했을 뿐이다. 그는 멋졌고 어니스트는 자신과 프라이어 같은 사람들이 멋지지 않다는 것을 알았고 오래된 낙담이 그를 덮쳤다. 그때 더 심한 생각을 했다. 만일 그가 영적인 도둑들뿐만 아니라 물질적인 도둑들과 한패가 됐다면 어떻게 되었을까? 그는 자신의 돈이 어떻게 돌아가는지 거의 알지 못했다. 이제 모든 돈을 프라이어의 손에 맡겼고 프라이어는 그가 원할 때마다 쓸 수 있는 돈을 그에게 줬지만 투자 원금이 어떻게 되어 가는지에 대한 질문을 받으면 짜증을 냈다. 그것은 암묵적 합의의 일부였고 그가 맡아야 하며 어니스트는 이것을 고수하는 것이 좋겠다고 말했다. 그렇지 않으면 프라이어는 정신병리학 대학을 완전히 포기하게 될 것이다. 그래서 어니스트는 주눅이 들어 입을 닫거나 회유를 당했다. 어니스트는 더 많은 질문을 하면 마치 프라이어의 말을 의심하는 것처럼 보일 것이고 또한 그가 품위나 명예에서 벗어나기에는 너무 멀리 가버렸다고 생각했다. 하지만 이것이 불필요한 문제를 해결하려 한다고 생각했다. 프라이어는 약간 조급해했지만 신사이고 훌륭한 사업가였기에 돈은 언젠가 분명히 그에게 돌아올 것이다.

어니스트는 이 마지막 불안의 근원에 대해 스스로 위로했지만 자

신이 구원받으려면 선량한 사마리아인이 어딘가에서 서둘려야 한다
는 것을 느끼기 시작했다.

58장

다음날 그는 더 강해진 거 같았다. 전날 밤 악마의 목소리를 듣고 있었는데 더 이상 그런 생각에 넘어가지 않을 것이다. 그는 자신의 직업을 선택했고 그의 의무는 인내하는 것이었다. 만약 그가 불행하다면 아마도 그리스도를 위해 모든 것을 포기하지 않았기 때문일 것이다. 지금보다 더 할 수 있는 것이 없는지 살펴보자. 그러면 아마도 그가 가는 길에 빛이 비칠 것이다. 그가 가난한 사람들을 별로 좋아하지 않는다는 사실을 알게 된 것은 아주 좋았지만 거짓말도 그의 일 중 하나였기에 그는 참아야 했다. 토넬리 같은 사람들은 매우 친절하고 사려 깊었지만 설교하지 않을 때 그렇다는 것을 충분히 알고 있었다. 그는 가난한 사람들을 더 잘 구슬릴 수 있었고 프라이어가 내키는 대로 비웃도록 내버려뒀다. 만약 그들이 와서 스스로 예수 그리스도를 찾지 않는다면 그가 그들에게 더 다가가서 그리스도를 데려가는 노력을 하기로 했다. 그는 자신의 집에서 시작할 것이다. 그럼 누구에게 먼저 갈까? 분명 윗집에 사는 재단사부터 시작하면 좋을 것이다. 그는 전향이 필요할 뿐만 아니라 일단 전향하면 다시는 새벽 두 시에 아내를 구타하지 않을 것이고 그 결과 집안이 훨씬 평온해질 것이다. 그래서 그는 바로 위층으로 올라가서 이 남자와 조용히 이야기를 나눴다.

그렇게 하기 전에 그는 캠페인 같은 것을 세우는 것이 좋으리라 생각했다. 만약 홀트 씨가 적절한 부분에서 답할 만큼 충분히 친절하다면 아주 좋은 결과를 얻을 수 있는 몇몇 멋진 대화에 대해 생각했다. 하지만 그 남자는 아주 포악한 성격에 덩치가 컸고 어니스트는 자신을 혼란스럽게 할 수도 있는 예상치 못한 상황이 일어날 수 있다는 것을 인정해야 했다. 한 남자를 완성하는 데 아홉 명의 재단사가 필요하다고 하는데 어니스트는 홀트 씨를 만드는 데 적어도 아홉 명의 어니스트가 필요하다고 생각했다. 어니스트가 들어가자마자 재단사가 난폭해지고 욕을 하면 어떻게 해야 하나? 그가 뭘 할 수 있을까? 홀트 씨는 자신의 방에 있었고 방해받지 않을 권리가 있었다. 법적 권리는 있지만 그에게 도덕적 권리는 있었나? 어니스트는 그의 삶의 방식을 고려했을 때 아니라고 생각했다. 그러나 다른 쪽으로 생각해보자. 그 사람이 폭력적이면 그는 어떻게 해야 하는가? 바울은 에베소에서 야수들과 싸웠는데 그것들은 틀림없이 끔찍했겠지만 그렇게 거친 야수들은 아니었다. 토끼와 카나리아도 야수이다. 하지만 무시무시하든 야수가 아니든 바울은 부름을 받았기 때문에 그에게 맞설 기회가 없었다. 바울이 도망쳤어야 했던 게 아니라 야수들이 도망쳤기에 기적이었다. 그러나 이 모든 것이 그렇다고 하더라도 어니스트는 홀트 씨와 싸우면서 전향시킬 엄두가 안 난다고 생각했다. 홀트 부인이 '죽겠다'고 외치는 소리를 들었을 때 그는 침대 밑에서 몸을 움츠리고 천장에서 바닥으로 피가 떨어지는 소리를 들을 것으로 생각했다. 그는 모든 소리를 톡톡 떨어지는 것으로 상상했고 침대보에 한두 번 떨어진다고 생각했지만 불쌍한 홀트 부인을 구하기 위해 위층으로 올라간 적은 없었다. 다행히도 다음 날 아침, 부인은 평소와 같았다.

어니스트는 이웃과의 영적인 의사소통을 할 수 있는 방법에 대해 자포자기하고 있었는데 위층으로 올라가서 문을 아주 조심스럽게 두드리는 것부터 시작하는 것이 어쩌면 좋을 것 같다는 생각이 들었다. 그리고 나서 성령의 인도에 순응하고 성령의 이름으로 제시된 상황에 따라 행동하기로 했다. 이런 생각들로 무장한 채, 경쾌하게 계단을 올라갔고 노크하려 할 때 안에서 아내에게 마구 욕을 해대는 홀트 씨의 목소리를 들었다. 이 때문에 이것이 상서로운 순간인지 잠시 생각에 잠겼고 그렇게 잠시 주춤하던 중 누군가 계단에 있는 소리를 들은 홀트 씨는 문을 열고 머리를 내밀었다. 그가 어니스트를 보았을 때 공격적이지 않았지만 어니스트를 향한 것일 수도 있고 아니었을 수도 있지만 무례하게 굴었고 그 모습은 너무 추하게 보였다. 이 때문에 나의 영웅은 성령으로부터 즉각적이고 명백한 계시를 받아 마치 홀트 씨의 방에서 멈춰 설 생각이 없었던 것처럼 맨 위층에 있는 감리교 신자인 백스터 부부를 전향하는 것부터 시작하려고 위층으로 향했다. 이것이 그가 한 일이었다.

이 좋은 사람들은 두 팔 벌려 그를 맞이했고 이야기할 준비가 되어 있었다. 그는 그들을 감리교에서 영국 국교회로 전향하기 시작했는데 무엇으로부터 전향시킬지 알지 못해서 당황했다. 그는 감리교를 이름 빼고는 전혀 알지 못했다. 백스터 씨의 말에 따르면 웨슬리교파는 활발한 교회 규율 제도(실제로 훌륭하게 이뤄졌다)를 가지고 있었는데 존 웨슬리(영국의 종교개혁가)는 자신과 프라이어가 준비하고 있는 영적인 엔진을 예상하는 듯 보였고 그는 방을 나설 때 자신이 예상했던 것보다 더 많은 영적 타타르Tartar를 붙잡았다는 것을 알았다. 그는 프라이어에게 웨슬리교파의 규율 체계를 설명해야 한다. 이것은 매우 중요했다.

백스터 씨는 어니스트에게 홀트 씨에게 간섭하지 말라고 충고했고 어니스트는 그 충고에 매우 안도했다. 그 사람의 마음을 어루만질 기회가 생긴다면 그 기회를 잡을 것이다. 그는 계단에서 아이들의 머리를 쓰다듬어주고 할 수 있는 한 그들의 환심을 살 것이다. 아이들은 건장했고 어니스트는 그들도 두려워했다. 그들은 말을 잘했고 나이에 비해 많은 것을 알고 있었다. 어니스트는 맷돌을 목에 걸고 바다에 빠지는 것이 어린 홀트 중 하나를 불쾌하게 하는 것보다 낫다고 생각했다. 그러나 그는 그들을 화나게 하지 않으려고 노력했다. 아마 종종 1, 2페니로 그들을 매수할 수 있을 것이다. 왜냐하면 바울의 경고에도 불구하고 사시사철 순간적인 시도가 실패로 끝났기 때문에 이것이 그가 할 수 있는 최선이었다. 백스터 부인은 3층 홀트 씨 뒤쪽 옆집에 사는 에밀리 스노 양에 대해 아주 나쁘게 이야기했다. 그녀의 이야기는 집주인 쥬프 부인의 이야기와는 전혀 달랐다. 그녀는 틀림없이 어니스트나 다른 신사들의 목회 활동을 매우 기뻐할 것이다. 그러나 그녀는 가정교사가 아니었고 드루리레인 극단에서 발레를 췄다. 이 외에 그녀는 매우 나쁜 여성이었다. 그리고 만약 백스터 부인이 집주인일 경우, 단 한 시간도 그 집에 머물지 못하도록 했을 거지만 사실 그렇지 않았다. 백스터 부인의 옆방에 사는 메이틀랜드 양은 외양상 조용하고 존경받는 젊은 여성이었다. 부인은 그 구역에서 일어나는 일에 대해 전혀 몰랐지만 이 여성들이 모두 비슷하다는 것은 알았다.

어니스트는 백스터 부인의 이러한 비방에 별로 신경 쓰지 않았다. 쥬프 부인은 그가 잘 모르는 것을 많이 알았고 건방진 말을 하는 백스터 부인을 믿지 말라고 경고했다. 어니스트는 여성들이 항상 서로를 질투한다는 말을 들었고 확실히 이 젊은 여성들은 백스터 부인보다 더 매력적이었기 때문에 아마도 질투가 원인이었을 것이다. 만약 그들이 비방을 당한다면 그가 그들과 친분을 맺는 것에 반대는 없을 것이다. 그들이 비방을 당하지 않는다면 그들은 그의 목회가 더 필요했다. 그는 쥬프 부인에게 자신의 의도를 말했다. 처음에 부인은 그를 만류하려 했으나 그가 단호한 것을 보고 먼저 스노우 양을 만나야 한다고 제안하면서 그의 방문에 놀라지 않도록 하겠다고 했다. 그녀는 지금 집에 없었지만 다음 날 약속을 잡았다. 그동안 그는 부엌 앞쪽에 사는 땜장이 쇼 씨를 만나 보는 것이 좋을 것이다. 백스터 부인은 어니스트에게 쇼 씨가 잉글랜드 출신이며 공공연한 자유사상가라고 말했다. 그가 찾아가는 것을 좋아할 것이라고 말했지만 그를 전향시킬 가능성은 별로 없다고 생각했다.

59장

땜장이를 전향하러 부엌으로 내려가기 전에 어니스트는 서둘러 페일리의 증거 분석을 훑어보고는 와틀리 대주교의 〈역사적 의문〉을 한 부 챙겨서 호주머니에 넣었다. 그리고 어둡고 썩은 낡은 계단을 내려와 땜장이가 사는 곳의 문을 두드렸다. 쇼 씨는 매우 정중했다. 그는 지금 다소 바쁘다고 했다. 그러나 어니스트가 망치질 소리에 개의치 않는다면 대화를 하는 것이 기쁠 것이라고 했다. 이에 동의한 우리의 영웅은 곧 와틀리의 〈역사적 의문〉에 대해 이야기했는데 독자도 알겠지만 이 책은 나폴레옹 보나파르트 같은 사람은 한 번도 없었다는 것을 보여주는 척하며 기독교의 기적을 공격한 사람들의 주장을 풍자한 작품이었다.

쇼 씨는 〈역사적 의문〉을 잘 안다고 했다. "그럼 어떻게 생각하세요?" 그 팸플릿을 재치와 타당성의 걸작으로 생각하는 어니스트가 말했다. "그는 자신의 목적에 맞았다면 똑같이 무엇인가가 없었다는 것이 아니라 옹호하는 의견을 기꺼이 증명하고 싶어 하고 증명했을 것입니다." 어니스트는 매우 놀랐다. 케임브리지의 모든 영리한 사람들이 어떻게 그런 간단한 답을 하지 못했을까? 해답은 쉽다. 암탉이 물갈퀴를 발달시킨 적이 없는 것과 같은 이유로 그들은 발전하지 않았다. 즉 그들은 그렇게 하고 싶지 않았기 때문이다. 그러나 이 책은 진화론 시기 이전에 쓰였고 어니스트는 아직 그 기초가 되는 위대한 원리에 대해 아무것도 알지 못했다. 쇼 씨가 계속 말했다. "보다시피 이런 작가들은 모두 특정한 방식으로 글을 쓰면서 생계를 꾸려나가고 그런 식으로 글을 쓸수록 더 많은 것을 얻을 수 있죠. 판사가 자신의 결백을 진심으로 믿지 않는 사람을 변호함으로써 생활비를 버는 법정 변호사를 정직하지 않다고 말하는 것처럼 그들이 정직하지 않다고 말해서는 안 돼요. 하지만 사건에 대한 판단을 내리기 전 반대 측 변호사의 말을 들어야 하죠."

이것은 또 다른 패배였다. 어니스트는 자신이 할 수 있는 한 신중하게 이 문제들을 검토해 보겠다고 더듬거릴 뿐이었다. 쇼 씨가 계속 말했다. "옥스퍼드와 케임브리지에 다니는 사람들은 모든 것을 살펴볼 수 있다고 생각해요. 저는 낡은 주전자와 냄비 바닥만 살펴봤지만 당신이 몇 가지 질문에 대답해준다면 저보다 훨씬 더 많이 살펴봤는지를 말씀드리죠." 어니스트는 질문 받을 준비가 됐다고 말했다. 땜장이가 말했다. "그럼 요한복음에 나오는 예수 그리스도의 부활 이야기를 들려주세요." 아쉽게도 어니스트는 네 가지 일을 개탄스러운 방식으로 혼동했다. 심지어 천사가 내려와 돌을 굴려 그 위에 앉게 하기도 했다. 그는 처음에 부정확한 부분들을 말했을 때 혼란에 휩싸였고 그 후 신약성서 자체를 참조해서 그의 비판을 검증했다.

쇼 씨는 상냥하게 말했다. "자, 난 나이가 들었고 당신은 젊으니까 내가 충고 하나 해도 괜찮겠죠? 나는 당신이 마음에 듭니다. 왜냐하면 당신은 좋은 뜻으로 왔으니까요. 하지만 말을 꺼내는 방식이 너무 나쁘고 아직 많은 기회를 가져보지 못한 거 같네요. 당신은 내 질문도 모르고 좀 전에 나는 당신이 당신의 것도 너무 모른다는 것을 알았어요. 하지만 언젠가 토머스 칼라일 같은 사람이 될 거라고 생각해요. 이제 위층으로 올라가서 부활에 대한 내용을 헷갈리지 말고 정확하게 읽고 작가들 각자가 우리에게 말하는 것이 무엇인지 확실히 이해하세요. 만약 당신이 다시 한 번 나를 방문하고 싶다면 나는 기꺼이 당신을 만나겠소. 당신이 시작이 좋고 진지하다는 것을 알았으니까요. 그때까지 목사님, 좋은 아침이 되길 바랍니다."

어니스트는 창피해하면서 물러났다. 쇼 씨가 준 과제를 하는 데는 한 시간이면 충분했다. 그리고 그 한 시간이 끝나갈 무렵 토넬리한테 그 말을 들으면서도 귀에 여전히 들려오는 "아니, 아냐, 그렇지 않아" 가 성경 자체의 그 페이지에서 더 크게 울렸고 그 안에 기록된 모든 사건들 중 가장 중요한 사건들에 관해서 들려왔다. 첫날 어니스트가 되는 대로 하려던 방문과 원칙을 더 철저히 시행하려는 시도는 확실히 성과가 없었다. 하지만 프라이어에게 가서 얘기해야 한다. 그래서 점심을 먹고 프라이어의 숙소로 갔다. 그는 집에 없었고 최근 문을 연 대영박물관 독서실에 가서 읽은 적이 없는 《천지창조의 흔적》을 신청했고 나머지 오후 시간은 그 책을 읽으면서 보냈다.

어니스트는 쇼 씨와 대화하던 날 프라이어를 만나지 못했지만 다음 날 아침에 만났고 최근에는 그런 적이 거의 없었던 그의 기분이 좋아보였다. 사실 가끔 그는 정신병리학 대학과는 어울리지 않는 태도로 어니스트를 대했다. 마치 그를 자신의 사람으로 만들기 위해 완전한 도덕적 우위를 얻으려는 것처럼 보였다. 그는 자신이 도를 넘을 수 있다고 생각하지 않았고 실제로 나는 내 영웅의 어리석음과 미숙함을 돌이켜보면 프라이어가 내린 결론에 대해 변명할 것이 많다. 그러나 실제로는 그렇지 않았다. 프라이어에 대한 어니스트의 믿음은 너무 커서 한 번에 전부 흔들릴 수 없었지만 최근 들어 몇 번이나 약해져 있었다. 어니스트는 이런 점을 안 보려고 열심히 싸웠지만 두 명을 아는 제3자는 두 사람 간 관계가 언제가 끝날 것을 알았다. 어니스트는 도요새같이 날아야 할 때가 오면 재빨리 날았다. 그러나 아직 때가 오지 않았고 두 사람 사이의 친밀감은 어느 때보다 분명했다. 그들 사이에 악감정을 야기시키는 것은 진저리나는 돈 장사(어니스트는 그렇게 생각했다)뿐이었고 프라이어가 옳았다는 것은 의심의 여지가 없었지만 그는 너무 불안했다. 그러나 현재로서는 버텨야 했다.

이처럼 그는 쇼 씨와의 대화와《천지창조의 흔적》때문에 충격을 받았지만 여전히 그에게 닥치고 있는 변화를 깨닫지 못했다. 오래된 습관 때문에 그를 예전 방향으로 이끌었다. 그래서 프라이어를 찾았고 한 시간 이상 함께 보냈다. 그는 이웃 사람들을 방문했다는 것을 말하지 않았다. 프라이어에게 이것은 황소의 붉은 천과 같았을 것이다. 그는 늘 그렇듯 예정된 대학, 현대 사회의 특징이었던 정신적 문제에 대한 관심 부족과 다른 비슷한 문제들에 대해서만 이야기했다. 현재로선 프라이어가 정말로 옳은지 우려되고 아무것도 할 수 없다고 말하면서 끝냈다.

프라이어가 말했다. "고통과 벌로 강제할 수 있는 규율을 가질 때까지 평신도에게는 아무것도 없어. 때때로 짖는 것뿐만 아니라 물 수도 없는 양치기 개가 어떻게 양떼를 다룰 수 있겠어? 하지만 우리는 많은 것을 할 수 있어." 프라이어의 태도는 다른 생각을 하는 것처럼 대화 내내 이상했다. 그는 어니스트를 이상하게 쳐다봤다. 교회의 규율에 관한 대화였지만 왠지 사제가 아니고 평신도에게 적용하겠다고 거듭 강조한 후 이야기에서 벗어나려 했다. 한번은 정말로 프라이어가 화를 내며 소리쳤다. "아, 정신병리학 대학에나 신경 써." 그는 자신이 감히 건드리지 못한 주제에 접근하고 싶은 듯 대화 내내 가만있지 못했으며 선과 악의 한계에 대한 정의가 형편없이 부족한 것과 악행의 절반 이상은 금하기보다 규제해야 한다며 계속 지껄였다. 그는 이 소리를 3일에 한 번씩 했다. 프라이어는 전에도 종종 이런 적이 있었지만 어니스트에게 그 요점이 그렇게 가까이 와 닿았던 적은 없었다. 비록 그가 요점을 완전히 이해할 수 없었지만 말이다. 그의 불안은 어니스트에게 충분히 전해졌다. 어니스트가 프라이어를 본 것은 이번이 마지막이었기 때문에 우리는 결코 그 대화가 어떻게 끝났을지 알 수 없을 것이다. 아마도 프라이어는 그의 추측에 대한 나쁜 소식을 전하려 했을 것이다.

60장

어니스트는 이제 집에 가서 점심 때까지 쇼 씨가 말한 대로 부활에 대한 다양한 복음주의 기록에 대한 딘 앨포드 사제의 주석을 공부하면서 그것들이 모두 정확하다는 것이 아니라 정확한 것인지 아닌지를 알아내려고 전념했다. 그는 어떤 결과에 도달해야 할지 개의치 않았지만 어느 쪽이든 도달하겠다고 결심했다. 딘 앨포드 주석 공부를 다 끝냈을 때 이런 결과에 도달했다. 즉 아직 아무도 네 가지 이야기를 웬만큼 조합 시키는 데 성공하지 못했고 전임자들이 했던 것보다 더 잘할 가망이 없었던 주임 사제는 모든 이야기를 믿어야 한다고 권고했으며 어니스트는 그럴 준비가 안 됐다. 그는 점심을 먹고 산책을 하고 여섯 시 반에 저녁을 먹으러 돌아왔다. 쥬프 부인은 저녁으로 스테이크와 흑맥주를 가져다주면서 스노우 양이 한 시간쯤 후 그를 매우 만나고 싶어 한다고 말했다. 그는 당황했다. 당시 누군가를 개종시키기에 그의 마음이 너무 불안했기 때문이다. 아무 일도 없다는 듯 방문을 할 수밖에 없다는 생각이 들었다. 그가 집에 있다는 것이 알려졌기 때문에 가지 않으면 좋지 않게 보일 것이다. 그는 그리스도 부활의 증거와 같은 문제에 대한 의견을 바꾸는 데 너무 서두르지 말아야 한다. 게다가 오늘 이 주제에 대해 스노우 양과 군이 이야기할 필요가 없고 이야기할 다른 주제들도 있었다. 어떤 다른 주제인가? 어니스트는 심장이 격렬하게 뛰는 것을 느꼈고 스노우 양의 영혼이 아니라 다른 것을 생각하고 있다고 스스로에게 경고했다.

어떻게 해야 할까? 달아나자, 달아나자, 달아나자. 그것이 유일하게 안전했다. 그리스도께서는 도망가셨을까? 아마 스노우 양에게서 도망치지 않으셨을 것이다. 그분은 특히 창녀들과 평판이 좋지 않은 사람들과 어울렸기 때문에 확신했다. 지금은 그때처럼 의인이 아니라 죄인들이 회개하라고 외치는 것이 진정한 기독교인이 할 일이었다. 하숙집을 바꾸는 것은 그에게 불편할 것이고 쥬프 부인에게 스노우 양과 메이틀랜드 양을 집에서 내보내라고 부탁할 수도 없었다. 어떻게 거절해야 할까? 누가 그와 같은 집에서 살기에 충분하고 또 누가 충분하지 않은가? 게다가 이 불쌍한 소녀들은 어디로 가야 하나? 그녀들이 지낼 곳이 없을 때까지 그가 집집마다 다니며 그들을 몰아내야 하나? 그것은 터무니없다. 그의 의무는 분명했다. 바로 스노우 양을 만나러 가서 그녀가 현재 생활 방식을 바꾸도록 설득할 수 있는지 노력해야 한다. 만약 유혹이 너무 강해진다면 그는 달아날 것이다. 그래서 팔에는 성경책을 끼고 마음속에는 엄청난 열정을 안고 위층으로 올라갔다.

그는 깔끔하게 꾸며진 방에서 매우 예쁘게 보이는 스노우 양을 보았다. 내 생각에 그녀는 그날 아침 채색된 문구 한두 개를 사서 자기 집 벽난로 위에 붙여놨다고 생각한다. 어니스트는 그녀가 매우 마음에 들었고 기계적으로 성경책을 테이블 위에 놓았다. 막 소심하게 대화를 시작했고 마치 중력의 힘이 거의 없듯이 급히 계단을 올라온 한 남자가 "시간보다 내가 빨리 왔어"라고 말하며 방에 뛰어 들어왔다. 토넬리였다. 어니스트를 보자 그의 얼굴은 어두워졌다. "뭐야, 폰티펙스잖아. 깜짝이야." 나는 세 사람 사이에서 빠르게 오간 설명들을 말할 수 없다. 어니스트는 1분도 안 돼서 그 어느 때보다 더 얼굴을 붉히며 성경을 비롯한 모든 것을 챙겨서 슬그머니 도망쳤고 그와 토넬리를 비교하면서 깊은 굴욕감을 느꼈다. 자신의 방으로 가는 계단 밑에 다다르기 전 스노우 양의 방문을 통해 토넬리의 호탕한 웃음소리를 들었고 그가 태어났던 순간을 원망했다.

그 후 만약 스노우 양을 만날 수 없다면 적어도 메이틀랜드 양은 볼 수 있을 것이라는 생각이 들었다. 그는 지금 원하는 것이 무엇인지 충분히 잘 알고 있었고 성경은 그의 테이블 반대쪽에 밀어 넣었다. 그것이 바닥에 떨어졌고 구석으로 찼다. 그의 세례식에서 다정한 이모인 엘리자베스 앨러비가 준 성경책이었다. 사실 그는 메이틀랜드 양을 거의 알지 못했지만 어니스트 마음속의 어리석고 어린 바보들은 열심히 생각하지 않았다. 백스터 부인은 메이틀랜드 양과 스노우 양은 비슷한 사람들이라고 말했고 백스터 부인이 아마 늙은 거짓말쟁이인 쥬프 부인보다 더 잘 알았을 것이다. 셰익스피어가 말했다.

아, 기회여, 너의 죄는 크다.
반역자에게 반역을 하도록 부추긴 것도 너다.
늑대에게 새끼 양을 잡으라고 한 것도 너다.
누가 죄를 꾸몄든, 그때를 지시하는 것은 너다.
정의, 법, 이성을 멸시하게 만든 것도 너다.
아무도 모르게, 네 어두운 감옥 안에 있던 죄악이
방황하는 그의 영혼을 붙잡았다.

기회의 죄책감이 크다면 기회라고 믿어지는 것에 대한 죄책감이 얼마나 클까. 하지만 현실적으로는 기회가 전혀 없었다. 대부분의 용기가 신중함이라면 악의 대부분은 얼마나 더 신중하지 못한 것일까? 우리가 마지막으로 어니스트를 본 지 약 10분 후, 겁에 질렸고 곤욕스러워하고 얼굴이 상기됐고 떨고 있는 여성이 쥬프 부인의 집에서 불안해하면서 급히 나오는 모습이 목격되었고 또 10분 후, 경찰관 두 명이 쥬프 부인 집에서 나오는 모습이 목격됐다. 그 사이 어니스트는 절망감으로 가득한 채 걷기보다는 어기적거리고 있었다.

61장

프라이어는 어니스트에게 되는 대로 가정 방문을 하는 것에 대해 경고했다. 그는 쥬프 부인의 집 정문 밖으로 나가지 않았는데 결과는 어떻게 되었는가? 홀트 씨 때문에 그는 육체적인 두려움에 떨었다. 백스터 부부는 그를 거의 감리교 신자로 만들었다. 쇼 씨는 부활에 대한 그의 믿음을 약화시켰고 스노우 양의 매력은 그의 품성을 망쳤거나 우연이 아니었더라면 그렇게 했을 것이다. 메이틀랜드 양에 대해서는, 그녀의 것을 망치기 위해 최선을 다했고 그 결과 그에게 돌이킬 수 없는 일이 일어났다. 그에게 해를 끼치지 않은 유일한 하숙인은 그가 방문하지 않은 풀무 수선공이었다. 그보다 훨씬 더 많은 면에서 어리석은 다른 젊은 성직자들은 이런 곤경에 처하지 않았을 것이다. 그는 사제서품을 받은 날부터 나쁜 짓에 거의 도가 튼 것 같았다. 설교에서 큰 무례를 범했다. 어느 일요일 아침, 주교는 엘리야가 막대기 몇 개를 모으는 것을 봤을 때 사르밧의 과부가 만들려고 했던 작은 덩어리가 무엇인지에 대해 설교했다. 그는 씨앗이 든 과자임을 보여줬다. 설교는 정말 재미있었고 그는 여러 번 아래쪽에 있는 사람들 얼굴 위로 미소가 스쳐가는 것을 보았다. 하지만 주교는 매우 화가 났고 예배가 끝난 후 나의 영웅을 심하게 질책했다. 그가 할 수 있는 유일한 변명은 설교단에 설 때까지 이 특별한 주장을 생각하지 않고 있다가 그냥 그것에 끌렸다고 말하는 것뿐이었다.

또 한 번은 열매가 열리지 않는 무화과나무에 대해 설교하면서 우아한 꽃이 핀 것을 본 주인의 바람에 관해 이야기했고 가을에는 매우 아름다운 열매가 달릴 것이라고 했다. 다음날 그는 식물원에 다니는 신도의 편지를 받았는데 무화과는 먼저 열매를 맺고 열매 안에서 꽃을 피우기에 거의 그럴 수 없거나 평범한 사람들은 그 꽃을 거의 알아보지 못한다는 내용이었다. 하지만 이 일은 과학자나 영감을 받은 작가를 제외하고 누구에게나 일어날 수 있는 실수였다. 내가 그에게 해 줄 수 있는 유일한 변명은 그가 겨우 24살로 아주 어렸다는 것뿐으로 결국 그들이 생각하기에 그는 몸뿐만 아니라 마음도 더디게 자랐다. 게다가 그가 받은 교육은 그를 눈가리개로 가리는 것이 아니라 눈을 완전히 도려내려고 했다.

원래 이야기로 돌아와서 이후 메이틀랜드 양이 쥬프 부인의 집을 뛰쳐나왔을 때 어니스트가 체포되게 할 뜻은 전혀 없었다는 사실이 밝혀졌다. 그녀는 무서워서 도망가고 있었지만 처음으로 맞닥뜨린 사람은 우연히도 활동에 대한 명성을 얻기 원하는 진지한 성격의 경찰관이었다. 그는 그녀를 멈춰 세워서 질문했고 내 영웅을 체포하겠다고 고집한 사람은 메이틀랜드 양이 아니고 그였다. 경찰이 왔을 때 토넬리는 여전히 쥬프 부인의 집에 있었다. 그는 소란을 들었고 메이틀랜드 양이 집 밖으로 나가 있는 동안 어니스트의 방으로 내려갔으며 그 순간 도덕적인 벼랑의 기슭에 놀라서 쓰러졌다. 그는 한눈에 모든 일을 알았지만 미처 행동을 취하기도 전에 경찰이 들이닥쳐 행동을 취하는 것은 불가능해졌다. 그는 어니스트에게 런던에서 누가 친구냐고 물었다. 어니스트는 처음에는 말하고 싶지 않았지만 토넬리는 곧 그에게 경찰이 원하는 대로 해야 한다는 것을 이해시켜줬고 그가 지목한 몇 안 되는 사람들 중 나도 있었다. "그 사람 극작가 아냐?" 토넬리가 말했다. "희극을 쓰지?" 어니스트는 내가 비극을 써야 했다고 토넬리가 말하는 것 같았고 풍자극을 써서 걱정이라고 말하기까지 했다. 토넬리가 말했다. "오, 그럼 유명하겠다. 한 번 그분을 보러 가야겠네." 그러나 어니스트와 함께 남아서 즉결 심판소에 가기로 했다. 그는 쥬프 부인에게 나를 데려오라고 말했다. 여전히 밖은 춥지만 부인은 서둘러 나를 데리러 왔다. 그 가난하고 늙고 가련한 사람은 마차를 타고 싶었지만 그녀는 돈이 없었고 토넬리에게 돈을 좀 달라고 부탁하고 싶지 않았다. 나는 매우 심각한 일이 일어났다는 것을 알았지만 부인은 사실 내게 말한 그 비참한 일에 준비가 되어 있지 않았다. 부인에 대해 말하자면, 그녀는 그 이후 줄곧 심장이 밖으로 튀어나왔다가 다시 들어가고 있다고 했다.

나는 그녀와 함께 마차에 탔고 우리는 경찰서로 갔다. 그녀는 쉬지 않고 말했다. "그리고 이웃들이 나에 대해 잔인한 말을 한다면 그게 사실이라도 그 사람 때문은 아니라고 확실해요. 폰티펙스 씨는 내가 그의 누이인 것처럼 나를 조금도 신경 쓰지 않았어요. 등골이 오싹했죠. 그 후 나는 내 딸 로즈가 그와 더 잘 어울릴지도 모른다고 생각했죠. 그래서 나는 바쁜 척하면서 그 애에게 방 먼지를 털고 청소하게 하고 깨끗한 새 앞치마를 줬어요. 하지만 그는 나만큼이나 그 애에게 전혀 관심을 두지 않았고 그 애도 그에게서 칭찬을 받고 싶지 않았어요. 그 애는 단 1실링도 받지 않았지만 그는 전혀 모르는 거 같았어요. 나는 그 청년들이 뭐를 하는지 모르겠어요. 만약 여자들이 하나님 앞에 서서 바보 같은 그들 중 절반을 때려 그들이 들어선 길을 보여주기에 충분하지 않다면 호른을 불고 그 버러지 같은 인간이 나를 오늘 밤 데려갔으면 좋겠어요. 그리고 매우 정직한 소녀는 4페니 동전도 없이 매일 밤 집에 가야 하고 1주일에 방값으로 3에서 6펜스를 내는데 선반이나 찬장도 없고 창문 앞 벽도 없어요."

그녀는 말을 이었다. "폰티펙스 씨는 아니에요. 정말 안됐어요. 그는 마음이 착해요. 그는 결코 불친절하게 말하지 않아요. 그리고 그의 눈은 참 예뻐요. 하지만 로즈한테 이런 말을 하니까 나를 늙은 바보라고 불렀고 난 어안이 벙벙해질 수밖에 없었죠. 내가 참을 수 없는 건 프라이어, 바로 그 사람이에요. 그는 여자의 기분을 상하게 하는 것을 좋아하고 얼굴에 무엇이든지 집어던지는 것을 좋아해요. 그는 여자에게 소리치고 상처 주는 것을 좋아해요. (쥬프 부인은 '상처wound'를 '소리sound'에 운을 맞추듯이 발음했다.) 신사가 여자의 마음을 달래야 하지만 그는 여자 머리카락을 한 줌씩 쥐어뜯고 싶어 해요. 아, 그는 내 앞에서 내가 늙어간다고 했어요. 정말로 늙었다고 했어요! 올드켄트 가에 사는 데이비스 부인을 빼고 런던에서 내 나이를 아는 여자는 없어요. 다리 혈관이 튀어나온 거 빼고는 나는 전처럼 젊어요. 사실 늙기는 했죠! 오래된 바이올린에서 좋은 소리가 나는 경우가 많다니. 나는 그의 끔찍한 풍자가 싫어요."

　나는 그녀를 말리고 싶었지만 그렇게 할 수 없었다. 그녀는 내가 앞에서 말한 것보다 훨씬 더 말을 많이 했다. 기억이 안 나서 많이 빼먹었지만 인쇄가 정말 불가능했기 때문에 더 많이 뺐다. 경찰서에 도착했을 때 나는 이미 그곳에 있는 토넬리와 어니스트를 발견했다. 혐의는 폭행이었지만 심한 폭력으로 가중되지는 않았다. 하지만 그렇다고 해도 충분히 한심한 일이었고 우리 둘 다 경험이 부족한 어린 친구가 큰 대가를 치러야 한다고 생각했다. 그를 보석으로 석방하려 했지만 경감은 보석을 받아들이지 않았고 우리는 떠날 수밖에 없었다. 그 후 토넬리는 메이틀랜드 양을 찾아서 문제를 정리할 수 있는지 알아보기 위해 쥬프 부인의 집으로 돌아갔다. 그녀는 그곳에 없었지만 그는 캠버웰에 사는 그녀 아버지의 집까지 그녀를 찾아다녔다. 그 아버지는 화가 나서 토넬리의 어떠한 중재도 들으려 하지 않았다. 그는 교회 반대자였고 성직자에 대한 추문을 최대한 이용하려 했다. 토넬리는 별 소득 없이 돌아와야 했다.

다음 날 아침, 어떻게 빠졌는지는 상관없이 어니스트를 물에 빠진 사람으로 여기고 어떤 방법을 쓰든 그를 물 밖으로 꺼내고 싶어 했던 토넬리는 나를 찾았고 우리는 그날 가장 유명한 변호사에게 그 일을 맡겼다. 나는 토넬리가 아주 마음에 들었고 내가 다른 사람에게는 하지 않았던 것을 그에게 말해줬기 때문이라고 생각했다. 내 말은 어니스트가 몇 년 후면 고모의 돈을 받을 것이고 그래서 부자가 될 거라는 거였다. 토넬리는 이 말을 듣기 전에도 할 수 있는 모든 것을 하고 있었지만 내가 그에게 알려준 이야기에 어니스트를 자신과 같은 부류라고 더 생각하게 됐고 그래서 중재에 더 열심히 나섰다. 어니스트는 말로 표현할 수 없을 만큼 고마워했다. 그는 많은 순간을 떠올렸다고 했다. 각각의 순간은 인생에서 가장 행복한 순간일 수 있다. 하지만 오늘 밤은 그에게 너무나도 고통스러웠는데 토넬리가 친절하고 사려 깊어서 견딜 수 있었다고 덧붙였다.

제아무리 최선을 다해도 토넬리도 나도 그에게 정신적으로 응원하는 것 외에는 많은 도움을 줄 수 없었다. 우리 변호사는 이런 종류의 사건들에 대해 매우 엄중하다고 말했다. 그리고 그가 성직자라는 사실이 불리하게 작용할 것이라고 했다. "방면도 요청하지 말고 변론도 하지 마세요. 우리는 그가 예전에 좋은 사람이었다는 증인으로 폰티펙스 씨의 교구 목사와 신사 두 분을 부를 겁니다. 이걸로 충분할 거예요. 그런 다음 깊은 사과를 하고 치안 판사에게 재판을 받는 대신 사건을 즉결로 처리해 달라고 요구할 것입니다. 저를 믿으세요. 이렇게 하면 당신의 젊은 친구는 예상보다 더 빨리 나올 것입니다."

62장

이 조언은 분명 현명했다. 또한 어니스트의 시간을 아끼고 긴장감을 덜어주기 때문에 우리는 망설임 없이 받아들였다. 사건 심판은 오전 11시에 예정됐지만 우리는 어니스트가 최대한 신변을 정리할 시간을 주고 그가 복역하는 동안 내가 대리인이 되도록 변호사가 위임장을 처리할 수 있게 오후 세 시로 연기했다. 그 후 프라이어와 정신병리학 대학에 관한 모든 것이 밝혀졌다. 어니스트는 메이틀랜드 양에 관해 이야기할 때보다 이 문제에 대해 솔직하게 말하는 것을 더 어려워했지만 결론은 프라이어의 차용증서 총액에 대한 담보물도 없이 그가 가지고 있던 반 페니 동전 모두를 프라이어에게 줬다는 것이었다. 그러나 그는 여전히 프라이어가 매각할 시기를 알자마자 재산 대부분을 회복시킬 수 있다고 믿었다. 토넬리와 나는 생각이 달랐지만 우리의 생각을 말하지 않았다.

이렇게 낯설고 우울한 환경 속에서 오전 내내 기다리는 것은 따분했다. 나는 시편 작가가 어떻게 '주의 궁정에서의 하루가 다른 곳에서의 1,000일보다 낫다'라고 침착하게 비꼬며 외쳤는지를 생각했고 토넬리와 내가 배회할 수밖에 없었던 법원에 대해서 나도 매우 비슷한 감정을 느꼈다고 생각했다. 마침내 세 시에 재판이 시작됐고 우리는 방청석으로 갔으며 어니스트는 피고석으로 향했다. 그가 마음을 진정하자마자 치안판사가 자신이 학교를 떠나던 날 기차에서 마주친 노신사임을 알아봤고 그 사람 역시도 알아봤다고 생각하니 매우 큰 고통이었다. 이번 사건 담당 변호사인 오터리 씨는 자신이 제안한 대로 했다. 그는 교구 목사, 토넬리와 나를 제외하고 다른 증인들은 소환하지 않았고 치안판사의 자비로움에 기댔다. 그가 판결을 내렸고 치안판사는 다음과 같이 말했다. "어니스트 폰티펙스. 이 사건은 처리하는 데 가장 힘들었던 사건들 중 하나이다. 당신은 부모님과 교육에서 특별한 혜택을 받아왔다. 어린 시절부터 당신이 저지른 범죄의 심각함을 틀림없이 알려줬을 떳떳한 부모님이 계신다. 당신은 영국 최고 공립학교들 중 한 곳을 다녔다. 러프버러 같은 학교의 건전한 분위기에서 당신은 악영향을 받지 않았을 것이다. 당신은 아마도 학교에서 결혼할 때까지 가장 엄격한 순결에서 벗어나려는 것이 큰 죄라고 배웠을 것이다. 케임브리지에서 당신은 도덕적이고 방심하지 않는 관계자들이 만든 모든 장벽으로 부도덕한 일에서 보호를 받았고 그 장벽이 작더라도, 아마도 당신 부모님이 당신이 타락한 사람들에게 돈을 낭비하지 말라고 주의를 시켰을 것이다. 밤에 감독관들은 거리를 순찰하고 만약 당신이 악의 존재가 의심되는 어떤 곳에 들어가려 한다면 당신의 발걸음을 따라갔을 것이다. 지난 4~5개월 동안 당신은 성직자였고 만약 어떤 불순한 생각이 여전히 당신의 마음속에 남아 있었다면 사제서품으로 그것을 없앴을 것이다. 그런데도 당신의 마음은 내가 언급한 것들의 어떤 영향도 받지 않은 것처럼 불순해 보이며 당신은 존경받는 여성과 매춘부를 구별하지 못하는 상식조차도 없다는 결과만 낳았다. 내 의무에 따라 엄격히 하자면 당신을 재판에 회부해야 한다. 그러나 초범임을 고려해 관용을 베풀어 중노동형 6개월을 선고한다."

토넬리와 나, 둘 다 치안판사의 선고문에 약간의 아이러니가 있다고 생각했고 좀 더 가벼운 판결을 내릴 수 있었을 거라 믿었지만 그것은 중요하지 않았다. 우리는 어니스트가 수감 생활을 할 콜드배스 필즈로 옮겨지기 전 몇 분 동안 그를 볼 수 있었고 그는 즉결 심판을 받은 것에 매우 감사했다. 앞으로 6개월 동안 겪게 될 비참한 곤경에 대해 거의 신경 쓰지 않는 것 같았다. 그가 출소하면 남은 돈을 가지고 미국이나 호주로 가고 다시는 소식을 알리지 않을 것이라고 말했다. 우리는 그가 마음대로 생각하도록 내버려둔 채, 나는 시어볼드에게 편지를 썼고 내 변호사를 통해 프라이어한테서 어니스트의 돈을 가져오도록 했다. 토넬리는 기자들을 만나서 사건이 신문에 실리지 않도록 했다. 일류 신문사들은 모든 성공했다. 하지만 최하 부류에 속하는 일간 신문사 한 곳만은 돈으로 매수되지 않았다.

63장

시어볼드에게 편지를 쓰려고 했을 때 내가 내려가서 그를 만나는 것이 더 낫겠다고 생각했다. 그래서 그에게 역에서 만나자고 했고 그의 아들에 대한 나쁜 소식을 가져갈 거라고 암시했다. 나를 만나기 몇 시간 전 내 편지를 받을 것이고 그 짧은 시간의 긴장감이 내가 전해야 하는 말로 깨질 수 있다고 생각했다. 이런 안 좋은 일로 배터스비에 가는 것보다 두 가지 생각에서 망설여야 했다. 내가 몇 년 전 기억하고 있는 작고 창백한 얼굴을 한 그 사내아이를 떠올려보면 고의는 아니고 무지와 우둔함 때문이긴 하지만 어린 시절 그는 오랫동안 야만적인 잔인함을 견뎌야 했고 거짓말과 자화자찬의 분위기 속에서 자라났다. 자신을 좋아하는 무엇이든 기꺼이 사랑했고 내가 착각하는 게 아니라면 부모에 대한 애정은 피어오르려고 할 때마다 몇 번이고 식어버렸다. 내가 이 모든 것을 생각했을 때 그 문제가 나에게 달려 있다면 시어볼드와 크리스티나에게 훨씬 더 심한 정신적 고통을 안겨주었을 것이다. 하지만 한편으로 시어볼드의 어린 시절, 아버지였던 지독한 늙은이 조지 폰티펙스, 할아버지 존과 할머니, 그리고 두 누이, 결혼 전 크램스포드에서 살아야 했던 삶과 남편과 함께 배터스티비에서 살았던 주변 환경에 상심해 오랫동안 희망을 놓고 있던 크리스티나를 다시 생각해보니 그렇게 끈질긴 불행이 더 큰 응징으로 이어지지 않았음에 신기하다고 생각했다.

못난 인간들! 그들은 하늘의 뜻을 따르는 것이라면서 자기들에게 문제가 될 수 있는 일은 외면한 채 세상에 대해 계속 무지했다. 그들에게서 태어난 아들 또한 될 수 있는 한 외면했다. 누가 그들을 비난할 수 있을까? 그들은 했거나 하지 않은 모든 일에 성경 구절을 가져다 댔고 성직자와 성직자의 아내가 되는 것보다 더 좋은 것은 없었다. 그들은 어떤 점에서 이웃들과 달랐을까? 그들의 가정은 영국 전체에서 괜찮다는 성직자들의 가정과 어떻게 달랐을까? 시어볼드와 그의 아내가 세상과 그 안에 있는 것들을 더 많이 알았다면 누구에게도 해를 끼치지 않았을 것이다. 그들은 이기적이었지만 확실히 용서받아야 하는 그 이상은 아니었고 다른 사람들보다 더 이기적이지도 않았다. 사실 그 사건은 절망적이었다. 어머니의 자궁에 들어가 다시 태어나도 소용없을 것이다. 그들은 다시 태어나야 할 뿐만 아니라 새로운 아버지와 어머니, 그리고 여러 세대에 걸쳐 서로 다른 혈통에서 태어나야 그들의 마음이 새롭게 배울 만큼 나긋나긋해질 수 있다. 그들이 할 수 있는 유일한 일은 그들의 비위를 맞춰주고 죽을 때까지 최선을 다하는 것이었고 그렇게 했을 때 감사하는 것뿐이었다.

내가 생각했던 대로 시어볼드는 내 편지를 받았고 배터스비에서 가장 가까운 역에서 나를 만났다. 나는 그와 함께 그의 집으로 걸어가면서 가능한 조심스럽게 소식을 전했다. 모든 일이 하나의 큰 실수였고 어니스트는 당연히 버티려 했지만 메이틀랜드 양이 생각했던 것과는 다르게 할 뜻은 아니었던 것처럼 말했다. 그의 모습이 얼마나 불리한지 생각했고 비록 그것이 사실이라는 것은 의심의 여지가 없었지만 감히 치안판사 앞에 이 변론을 세울 수 없었다고 말했다. 시어볼드는 모든 것을 받아들인다는 듯이 행동했다. 그때 바로 소리쳤다. "나는 이제 더 이상 그 애와 상관없어. 다시는 그 애 얼굴을 보지 않을 거야. 그 애가 나한테나 어머니한테 편지 못 쓰게 해줘. 우리는 그런 사람 몰라. 날 만났다고 말은 전해줘. 오늘 이후로 마치 태어난 적이 없었던 것처럼 내 마음에서 그 애를 지울 거야. 나는 좋은 아버 지였고 어머니는 그를 떠받들었어. 우리가 그 애에게서 받은 유일한 보답은 이기심과 배은망덕뿐이었어. 앞으로 남은 자식들이 내 희망 이야."

나는 그에게 어니스트의 동료 부목사가 어떻게 돈을 가로챘는지 말했고 출소하면 무일푼이거나 거의 그럴 것 같다고 넌지시 알려줬 다. 시어볼드는 이 문제에 화난 거 같지 않았지만 곧이어 덧붙였다. "만약 이 일이 사실이라면 그 애가 언제 돈을 갚을지 자네를 통해 알 려준다면 100파운드를 주겠다고 전해줘. 하지만 나에게 편지와 감사 를 표하지 말라고 말하고 만약 그 애가 어머니나 나를 직접 만나서 이 야기하려고 한다면 그 돈 한 푼도 못 받을 것이라고 알려줘." 나는 어 니스트가 가족과 완전히 연을 끊어도 더 나빠지지 않을 것이라 생각 했고 시어볼드가 예상했던 것보다 더 쉽게 그의 뜻에 따랐다. 크리 스티나를 보지 않는 것이 더 낫다고 생각한 나는 배터스비 근처에서 시어볼드와 헤어지고 역으로 되돌아갔다. 돌아가는 길에 어니스트 의 아버지가 생각했던 것보다 바보는 아니었고 따라서 아들이 저지 른 실수는 타고난 불행이 아니라 태어난 이후의 불행으로 일어난 것 일지도 모른다는 희망이 더 생기면서 기뻤다. 사람이 태어나기 전, 조 상들에게 일어난 일들을 조금이라도 기억한다면 그에게 지울 수 없 는 인상으로 남을 것이다. 그들은 그의 성격에 강한 영향을 줘서 그는 자신의 뜻대로 할 것이고 그로 인한 결과에서 벗어날 수 없을 것이다. 어떤 사람이 천국에 들어가려면 어린 아이가 아닌 작은 배아로서 또 는 오히려 작은 정자로서 들어가야 한다. 이뿐만 아니라 여러 세대에 걸쳐 그보다 먼저 천국에 들어갈 것이다. 출산 직후 처음으로 일어난 사고들은 그 영향이 보통 그렇게 영구적이지 않지만 때때로 그렇게

될 수도 있다. 어쨌든 나는 어니스트의 아버지가 그 상황에 대해 보여
준 행동이 그다지 기분 나쁘지 않았다.

64장

선고를 받은 후 그는 복역 생활을 할 콜드배스 필즈로 데려다줄 차를 기다리기 위해 유치장으로 다시 끌려갔다. 지난 24시간 동안 갑작스럽게 일어난 사건들에 아직도 너무 놀라고 멍해 있었다. 그의 과거와 미래 사이에 커다란 틈이 생겼다. 그런데도 그는 숨을 쉬고, 맥박이 뛰고, 생각하고 말할 수 있었다. 자신에게 일어난 충격에 몸을 가누지 못할 것 같았지만 그러지 않았다. 그는 훨씬 더 작고 많은 의무 불이행으로 극심하게 고통스러워했다. 지금의 곤경에 빠지기보다 자신이 가진 모든 것을 얼마나 쉽게 포기했는지에 대해 생각하고 나서야 자신의 망신스러운 일로 아버지와 어머니에게 끼칠 고통을 생각했다. 어머니의 마음을 아프게 할 것이다. 그는 그럴 것을 알았다. 그리고 이 일을 저지른 사람은 바로 그였다. 오후 내내 머리가 아팠지만 아버지와 어머니를 생각하니 맥박이 빨라졌고 갑자기 머리의 통증은 극심해졌다. 그는 차까지 겨우 걸어갔고 차의 흔들림을 버틸 수가 없었다. 교도소에 도착하고 너무 아파서 도움 없이는 수감자들이 도착하자마자 모이는 복도나 통로로 걸어갈 수 없었다. 그가 성직자인 것을 단번에 알아본 교도관은 그가 늙은 죄수처럼 속임수를 쓰고 있다고는 생각하지 않았다. 그래서 의사를 불렀다. 의사가 도착했을 때 어니스트는 뇌염의 초기 증상을 앓고 있다고 진단받아 의무실로 옮겨졌다. 여기서 그는 생사를 오가며 두 달 동안 제정신을 차리지 못하고 종종 정신이 혼미해지기도 했지만 의사와 간호사 모두의 생각과는 달리 마침내 서서히 회복되기 시작했다.

익사할 뻔한 사람들은 의식을 잃은 것보다 의식을 되찾는 것이 훨씬 더 고통스러웠다고 한다. 나의 영웅도 마찬가지였다. 그가 무력하고 허약하게 누워 있었을 때 섬망 동안 한 번도 죽지 않은 것은 그에게 고상한 잔학 행위였다. 그는 자신이 여전히 수치심과 슬픔을 느낄 수 있을 만큼만 회복했어야 한다고 생각했다. 그런데도 하루하루 나아졌지만 너무 더디게 나아져서 거의 알지 못했다. 의식을 되찾은 지 약 3주 후 어느 오후, 그를 돌보고 그에게 매우 친절했던 간호사가 그를 즐겁게 했다. 그는 웃었고 그렇게 할 때 그녀는 손뼉을 치며 그가 다시 살 수 있을 거라고 말했다. 희망의 불꽃이 타올랐고 그는 다시 살고 싶어졌다. 거의 그 순간부터 과거의 무서움을 덜 생각하고 미래에 대한 최선의 방법을 더 생각하기 시작했다. 그의 가장 큰 고통은 아버지와 어머니 때문이었고 그래서 어떻게 다시 그들을 마주해야 하는가였다. 여전히 그와 그들 모두에게 가장 좋은 것은 그들과 완전히 인연을 끊고 프라이어로부터 되찾을 수 있는 모든 돈을 가지고 지구 끝에 있는 어떤 곳으로 가야 할 것 같았다. 그곳에서 학교나 대학에서 그를 알았던 사람들을 절대 만나지 않고 새롭게 출발할 것이다. 아니면 아주 멋진 곳이라는 얘기가 있었던 캘리포니아나 호주 금광 지역에 갈지도 모른다. 그곳에서 심지어 재산을 모을지도 모른다. 그리고 오랜 세월 후 노인으로 돌아오면 아무도 알아보지 못할 것이라고, 그러면 케임브리지에서 살 것이다. 그가 이런 상상들을 하고 있을 때 생명의 불씨는 불꽃이 되었고 그는 건강을 갈망했다. 그리고 그의 형기가 곧 끝나기에 자유는 결국 그리 멀지 않았다.

그 후 여러 가지가 더욱더 명확해졌다. 무슨 일이 있어도 그는 더 이상 성직자가 아니었다. 만약 그가 하고 싶다고 해도 다른 부목사 자리를 찾는 것은 사실상 힘들었기에 그러고 싶지 않았다. 사제서품을 위해 책을 읽기 시작한 이후 살아왔던 삶이 싫었다. 그는 그 일에 대해 언쟁을 벌일 수도 없었지만 그 일이 그냥 싫어졌고 더 이상 하고 싶지 않았다. 성직자 자리에서 물러나더라도 다시 평신도가 되리라는 생각을 하면서 그에게 닥친 일에 기뻐했고 처음에는 그렇게 말할 수 없는 불행처럼 보였던 바로 이 교도소에서 좋은 점을 찾았다. 어쩌면 주변 환경이 크게 변하면서 그의 생각도 빨리 변했다. 그러나 이로 인해 예수 그리스도의 죽음과 부활과 승천에 관한 이야기와 다른 모든 기독교의 기적들에 대한 그의 믿음은 영원히 사라졌다. 쇼 씨의 질책으로 그가 한 조사는 비록 급하게 하기는 했지만 그에게 깊은 인상을 남겼고 이제 그는 주요 연구 과제로 신약성경을 충분히 읽었는데 쇼 씨가 그에게 바라던 태도로 신약성경을 살펴봤다. 그것은 그가 믿거나 믿지 않기를 바라는 것이 아니고 믿어야 하는지 말아야 하는지에만 신경을 썼다. 그가 이런 태도로 읽으면 읽을수록 그 균형은 점점 불신앙 쪽으로 기울어졌고 마침내 더 이상의 의심은 불가능해졌다. 그가 그렇게 빨리 그것을 알아냈다는 것은 잘된 일이었다. 어떻게 해서든 그가 알게 되는 것은 확실했다. 만약 그를 속여서 돈을 받아낸 사람들에게 속지 않았다면 그는 아마도 몇 년 전에 알았을 것이다. 그는 자신이 성직자의 삶에 더 깊이 빠져들어서 몇 년이 지나도록 지금의 발견을 하지 못했다면 어떻게 했어야 할까? 그에게 맞설 용기가 있었어야 했을까? 아니면 그때까지 생각해 왔듯이 계속 생각하는 어떤 훌륭한 이유를 더 발달시켰을까? 현재의 부목사직에서 달아날 용기가 있었어야 했을까?

그는 그렇지 않다고 생각했고 자신의 잘못이 드러난 것을 더 고마워해야 할지, 아니면 그것을 발견한 바로 그 순간, 더 이상 실수하지 않도록 붙잡힌 것을 더 고마워해야 할지 몰랐다. 그가 이 혜택을 위해 치러야 했던 대가는 혜택 그 자체와 비교했을 때 가벼웠다. 매우 힘들게 말고 명확하고 쉽게 그 의무를 완수하는 데 치러야 하는 너무 무거운 대가는 무엇인가? 그는 아버지와 어머니에게 미안했고 메이틀랜드 양에게도 미안했지만 더 이상 자신에 대해서는 미안하지 않았다. 하지만 지금까지 성직자가 되는 것을 얼마나 싫어했는지 몰랐어야 했다는 생각으로 혼란스러웠다. 그는 자신이 성직자 자리를 특별히 좋아하지 않는다는 것을 알고 있었지만 만약 누군가 그가 실제로 그 자리를 싫어하냐고 물었다면 아니라고 대답했을 것이다. 나는 사람들이 거의 항상 표면적인 것을 통해 자신들의 호불호를 드러낸다고 생각한다. 가장 확실한 취향은 대부분 자기성찰이나 의식적인 추리가 아닌 다른 사람이 선포하는 복음을 받아들이려는 마음으로 드러난다. 우리는 이런저런 일에 대한 여러 소리를 듣는데 곧 그 존재를 알지 못하지만 우리 안에 있었던 열차를 갑자기 의식하고 자각한다.

겨우 1년 전 그는 호크 씨의 설교에 관심을 가졌다. 그 후 정신병리학 대학에 치중했다. 현재 그는 완전하고 단순한 이성론에 대해 열렬히 외치고 있다. 어떻게 지금의 심리 상태가 이전 상태보다 더 오래 지속될 것이라고 확신할 수 있을까? 어떻게 지금의 정신 상태 이전의 상태보다 더 오래 지속될 것이라고 확신할 수 있을까? 그는 확신할 수 없었지만 지금은 그 어느 때보다 확고하다 느꼈고 지금의 견해가 아무리 잠깐 동안 든 것이라도 바뀔 이유가 보이기 전까지는 그에 따라 행동할 수밖에 없었다. 그는 만약 그 주위에 여전히 아버지나 어머니, 프라이어, 프라이어의 친구, 그리고 교구 담당 목사와 같은 사람들이 있었다면 이렇게 하는 것이 얼마나 불가능했을까를 생각했다. 요즘 몇 달 동안 남학생이 신체적 성장보다 정신적 성장에 관한 관심으로 가지는 것처럼 관찰하고, 고찰하고, 이해했지만 만약 그를 환상 속에 홀로 내버려둔 사람들과 계속 긴밀한 관계를 유지했다면 자신의 성장을 스스로 받아들이고 그 성장에 따라 행동할 수 있었을까? 그에게 불리한 조합은 그가 도움 없이 뚫고 나가갈 수 있는 힘보다 컸고 그가 지금 겪고 있는 충격보다 훨씬 덜한 충격이 그를 자유롭게 해주기에 충분한지 의심스러웠다.

65장

침대에 누워 천천히 회복하고 있던 그는 대부분 사람들이 조만간 알게 될 사실을 깨닫고 잠에서 깨어났다. 처음에는 거짓을 믿는 것이 가장 편해보일지라도 진실에 대해 신경 쓰거나 사실이 아닌 것이 무엇인지보다 진실을 믿는 것이 더 옳다고 믿는 사람들은 거의 없다는 것을 뜻한다. 그러나 전부 믿는다고 말할 수 있는 사람은 소수뿐이다. 나머지는 그냥 믿는 척하는 사람들이다. 아마도, 결국 이 마지막이 맞을 것이다. 그들 편에는 집단과 번영이 있다. 그들에게는 합리주의자들이 옳고 그름에 대한 시험대로 호소하는 모든 것들이 있다. 그의 말에 따르면 옳다고 하는 것은 대다수의 분별력 있고 부유한 사람들에게 옳게 보이는 것이다. 우리는 이것보다 더 안전한 기준을 알지 못한다. 그러나 그 결정에는 무엇이 포함되는가? 간단히 말해서 객관적인 탐구자들이 곧 드러날 것 같은 진실에 대한 묵인하려는 음모를 용인할 뿐만 아니라 진실에 대한 한층 뛰어난 수호자들이자 진실에 대해 이야기하면서 돈을 버는 사람들에게도 당연한 것이었다.

어니스트는 이 결론에서 논리적으로 벗어날 수 없다고 생각했다. 그는 그리스도의 부활의 경이로운 본질에 대한 초기 기독교인들의 믿음이 기적의 추정 없이 설명 가능하다고 생각했다. 어느 정도 문제를 받아들이는 사람들에게 설명한다. 그 설명은 여러 번 세상에 했고 그것을 반박하려는 진지한 시도는 없었다. 예를 들어 어니스트에게는 그렇게 명확했던 것이 신약성경이 전문 분야였던 딘 앨포드는 어떻게 볼 수 없었는지 혹은 보지를 않았는가? 그가 그것을 보고 싶어 하지 않는 것 외에 다른 이유가 있을 수 있는가? 만약 그렇다면 그는 진실에 대한 배신자인가? 그렇다. 하지만 그는 존경할 만한 성공한 사람도 아니었고 주교들과 대주교들 대다수도 존경스럽고 성공한 사람들이 아니었다. 예를 들면 딘 앨포드가 했던 것처럼 모든 주교과 대주교도 그랬고 식인 풍습이나 유아 살해 혹은 습관적인 불성실한 정신에 대해 그들은 아무런 행동을 취하지 않았다.

말도 안 되고 끔찍한 거짓말이야! 어니스트의 약한 맥박은 빨라졌고 창백한 얼굴은 이 혐오스러운 삶의 관점이 그에게 모든 논리적 일관성을 보여줬기 때문에 상기되었다. 그를 놀라게 한 것은 대부분 사람들이 거짓말쟁이라는 사실이 아니었다. 그 정도면 충분했다. 그러나 심지어 거짓말쟁이가 아닌 소수의 사람들 역시 거짓말쟁이가 되어서는 안 되는지에 대한 순간적인 의심마저 들었다. 만일 그렇다면 희망은 남아 있지 않았다. 만일 그렇다면 그가 죽게 내버려둬라. 빠를수록 좋다. 그는 속으로 외쳤다. '주님, 저는 한마디도 믿지 않습니다. 당신을 드러내시어 나의 불신을 확인하소서.' 그는 앞으로 자신에게 말하지 않고는 주교가 봉헌식에 참석하는 것을 결코 볼 수 없는 것처럼 보였다. '신의 은총으로 어니스트 폰티펙스가 그곳에 갔습니다.' 그것은 그가 한 것이 아니었다. 그는 자랑할 수 없었다. 그가 그리스도 시대에 살았다면 초기 그리스도인이었을지도 모르고 심지어 사도를 알았을지도 모른다. 대체로 그는 감사해야 할 것이 많다고 느꼈다. 그러므로 진실이 아무리 명확한 논리에 도달하더라도 즉시 법정에서 명령을 내려야 하는 것보다 오류를 믿는 것이 더 낫다는 결론이다. 하지만 대안이 뭐였을까? 우리의 진실에 대한 기준은, 즉 진실이 대다수의 분별력 있고 부유한 사람들의 마음을 끈다는 것은 절대 확실하지 않다. 규칙은 견고하고 훨씬 더 많은 경우를 포괄하지만 예외는 있다.

그는 그것들이 무엇인지 자문했다. 아, 그것은 어려운 문제였다. 규칙들은 너무나 많았고 그들을 지배하는 규칙들은 때때로 너무 교묘했기에 실수는 항상 있었고 항상 일어날 것이다. 생명을 정밀과학으로 축소하는 것은 불가능하다는 것뿐이다. 대략적이고 주먹구구식으로 진실을 검증했고 별 어려움 없이 제어할 수 있는 많은 예외와 관련된 규칙들이 있지만 결정이 어려운 경우도 너무 많아서 어떤 추론 과정으로 그것들을 결정하기보다 본능을 따르는 것이 더 나았다. 본능은 최종 상고 법원이다. 본능이란 무엇인가? 그것은 실제로 보이지 않는 것의 증거에 대한 믿음의 형태이다. 그래서 내 영웅은 원래 시작했던 생각, 즉 정의로운 자는 믿음으로 살아간다는 생각으로 돌아왔다. 그리고 이것이 바로 합리적인 사람들을 가리키는 정당한 사람들이 가장 관심을 가지는 일상생활과 관련된 일을 하는 것이다. 그들은 스스로 심사숙고해서 보다 작은 일들을 해결한다. 더 중요한 것들, 예를 들어 자신의 몸과 사랑하는 사람들의 몸을 치료하고 자신의 돈을 투자하고 심각한 혼란에서 벗어나는 것 등 이런 일들을 보통 일반적인 이야기 빼고는 거의 모르는 능력자들에게 맡긴다. 그러므로 그들은 지식이 아니라 믿음의 힘으로 행동한다. 그래서 영국 국가는 해군 수비와 함대의 안녕을 해군 장관에게 맡기고 있는데 선원이 아니고서는 믿음에 따른 행동 외에 이 문제에 대해 아무것도 모른다. 믿음은 의심할 여지가 없고 이성은 최후의 수단이 될 수 없다.

지금까지 살았던 어느 작가 못지않게 맹신에 대한 비난에 거의 마음을 열지 않았던 유클리드조차 이를 벗어나지 못한다. 그에게는 입증할 수 있는 첫 번째 전제가 없다. 그는 입증을 초월하는 상정과 공리를 요구하고 그것 없이 아무것도 할 수 없다. 그의 상부 구조는 사실 입증이지만 근거는 믿음이다. 만약 그가 자신과 다른 것을 고집한다면 자신이 바보라고 말하는 것과 같다. 그는 '그건 말도 안 된다'고 말하고 더 이상 그 문제에 대해 논의하기를 거부한다. 그러므로 믿음과 권위는 다른 사람들과 마찬가지로 그에게 필요하다. 어니스트는 '그렇다면 정의로운 사람은 현재를 살기 위해 무엇을 노력해야 하나?'라고 자문했다. 그는 '어쨌든 기독교의 초자연적인 요소에 대한 믿음에 의해서가 아니다'라고 스스로 답했다. 그리고 이 초자연적 요소를 믿지 말라고 동료 성직자들을 어떻게 잘 설득해야 할까? 실용적인 관점에서 이 문제를 보면 그는 캔터베리 대주교가 그 상황에 가장 훌륭한 해답을 주고 있다고 생각했다. 그와 교황 사이에 그 답이 있다. 교황은 이론적으로는 최고였지만 실제로는 캔터베리 대주교가 충분히 잘할 것이다. 만약 그가 대주교의 꼬리에 약간의 소금을 뿌릴 수만 있다면 그는 기습적으로 영국 국교회 전체를 자유로운 사상으로 바꿀지도 모른다. 심지어 대주교도, 폭행죄로 투옥된 적이 없는 대주교조차도 버틸 수 없는 상당한 타당성이 있어야 한다. 사실들과 대면했을 때 어니스트는 그 사실들을 정리할 수 있었다. 하나님의 은혜도 그것들을 인정할 수밖에 없을 것이다. 명예로운 사람이 되어 그는 즉시 대주교에서 사임할 것이고 기독교는 몇 달 안에 영국에서 사라질 것이다. 어쨌든 상황이 어떻게 되어야 하는가에 대한 것이었다. 하지만 어니스트는 대주교가 자신을 괴롭히려 할 때 항상 도망가지 않을 자신이 없었고 이것은 너무 불공평해 보였기 때문에 피가 끓어올랐다. 만일 그렇다면 그는 새를 잡는 끈끈이나 올가미를 신중하게 이용하거나 기습적으로 소금을 그의 꼬리에 뿌려서 그를 고칠 수 없는지 시도해 봐야 한다.

공정하게 말해서 그가 크게 관심을 갖은 것은 그 자신이 아니었다. 그는 자신이 사기를 당했다는 것을 알았고 또한 그를 괴롭혔던 병 대부분이 간접적으로는 기독교의 가르침의 영향에서 비롯됐다는 것을 알았다. 그런데도 만약 그 나쁜 짓이 자신으로 끝났다면 그는 그것에 대해 거의 생각하지 말았어야 했다. 그러나 여동생과 동생 조이가 있었고 영국 전역에 수십만 명의 젊은이들이 그 문제를 더 잘 알고 난관에 부딪히기보다 회피하는 사람들이 하는 거짓말에 인생을 망치고 있었다. 이 점에서 그는 화를 낼만 하다 생각했고 자신이 겪어야 했던 세월의 낭비와 고통으로부터 다른 사람들을 구하기 위해 최소한 무언가를 할 수 없는지 생각했다. 그리스도의 죽음과 부활과 같은 경이로운 사건들에 진실이 없다면 그 사건들의 역사적 진실에 기초했던 종교 전체가 땅에 떨어지게 된다. 그는 젊음의 모든 오만함으로 외쳤다. '그들은 자신들이 초자연적인 힘을 가지고 있다고 생각하는 어리석은 사람들로부터 돈을 벌어들였다는 이유로 집시나 점술가를 감옥에 가두었다. 왜 그들은 죄를 용서할 줄 아는 척하며 성직자를 감옥에 가두지 않거나 빵과 포도주를 2000년 전에 죽은 사람의 살과 피로 바꾸지 않는가?라고 자문했다. "주교가 젊은이에게 손을 얹고 이 기적을 행할 수 있는 영적인 힘을 전달하는 척하는 것보다 더 완전한 '속임수'가 어디 있겠는가? 관용에 관한 이야기는 매우 좋았다. 다른 모든 것과 마찬가지로 관용은 한계가 있었다. 게다가 주교를 포함시키려면 점술가도 포함되도록 해야 한다." 그는 이 모든 것을 캔터베리 대주교에게 차근차근 설명하고 싶지만 지금은 그와 닿을 수 없기에 교도소 사제의 사악한 영혼에 유리하게 시험할 수 있다는 생각이 들었다. 결국 위대한 일을 하는 사람은 자신이 가지고 있는 능력에서 제일 먼저 첫 걸음을 내디딘 사람들뿐이었다. 그래서 어느 날 교도소 사제였던 휴즈 씨가 그와 이야기할 때 어니스트는 기독교 증거에 대한 문제를 알리고 그것들에 대해 논의하려 했다. 휴즈 씨는 그에게 매우 친절했지만 내 영웅보다 나이가 두 배 이상 많았고 어니스트가 그에게 내세우려고 했던 것과 반론의 척도를 오랫동안 취해 왔다. 그는 어니스트보다 그리스도의 부활과 승천에 관한 이야기의 객관적인 진실을 더 이상 믿지 않았을 것이다. 그러나 이것이 사소한 문제임을 알았고 진짜 문제는 이것보다 훨씬 더 심각하다는 것을 알았다.

휴즈 씨는 오랫동안 권위를 가진 사람이었고 어니스트가 한 마리 파리인 것처럼 무시해 버렸다. 그는 내 영웅이 다시는 덤비지 못할 정도로 무시했고 그가 출소 후 더 잘해야 하는 문제와 같이 앞날에 관해서만 이야기를 국한시켰다. 그리그 이 문제에 대해서 휴즈 씨는 동정심과 친절함으로 그의 말을 들을 준비가 되어 있었다.

66장

어니스트는 이제 하루의 대부분을 앉아 있을 정도로 회복되었다.
3개월 동안 교도소에 있었고 의무실을 떠날 만큼 튼튼하지는 않았지
만 재발 위험은 전혀 없었다. 그는 어느 날 휴즈 씨와 자신의 미래에
관한 이야기를 나누다가 프라이어로부터 되찾아야 하는 돈으로 호주
나 뉴질랜드로 이주하고 싶다고 다시 말했다. 이에 대해 말할 때마다
그는 휴즈 씨가 심각해 보였고 침묵하고 있다는 것을 알았다. 그는 아
마도 어니스트가 다른 일을 하는 것에 불안해 탐탁지 않게 여긴다고
생각했다. 그러나 이제는 이주하려는 그의 생각을 왜 못마땅해 하는
지 물어보았다. 휴즈 씨는 그를 피하려 노력했지만 어니스트는 물러
서지 않았다. 목사의 태도를 보면 그가 어니스트보다 더 많이 알고 있
지만 말하고 싶지 않은 뭔가가 있었다. 이것 때문에 계속 매달리게 하
지 말라고 그에게 간청했다. 약간의 망설임 끝에 휴즈 씨는 그가 이제
견딜 수 있을 만큼 강하다 생각하고 어니스트의 돈이 전부 사라졌다
는 소식을 조심스럽게 알렸다.

배터스비에서 돌아온 다음 날, 나는 내 변호사를 불렀고 프라이어
에게 차용증서에 적힌 금액을 상환하라고 요구하는 편지를 썼다고
들었다. 프라이어는 자신의 중개인에게 거래를 중단하라고 지시했는
데 불행히도 지금까지 큰 손실을 입었고 잔금은 1주일 정도 남은 다
음 증권 거래 청산일에 내 변호사에게 지급될 것이라고 답장을 보냈

다. 그날이 됐을 때 우리는 프라이어에게서 아무 소식도 듣지 못했고 그의 하숙집에 가보니 그는 우리에게서 소식을 들은 바로 그날 짐만 조금 챙겨서 떠났고 그 이후 아무도 보지 못했다는 것을 알게 됐다.

나는 어니스트에게 고용된 중개인의 이름을 듣고 바로 그를 만나러 갔다. 그는 프라이어가 어니스트가 선고를 받은 날 모든 계좌를 폐쇄하고 현금으로 2,315파운드를 받았으며 그 돈은 원금 5,000파운드 중 남은 돈 전부였다고 말했다. 이 돈을 들고 그는 서둘러 떠나고 우리는 그의 행방에 대한 단서가 충분치 않아서 돈을 되찾기 위한 어떤 조치도 취할 수 없었다. 사실 모두 잃어버린 것이었다. 나도, 어니스트도 프라이어에 대해 다시는 들어본 적이 없고 그가 어떻게 되었는지도 전혀 몰랐다. 이로 인해 나는 곤란한 입장에 처했다. 물론 어니스트가 몇 년 안에 잃어버린 돈보다 몇 배 더 많은 돈을 갖게 될 것이라는 것을 알고 있었다. 하지만 그가 이 사실을 몰랐다는 것도 알고 있었고 전 재산을 잃었다고 생각하고 이것이 다른 불행과 겹쳐질 때 견딜 수 없을까봐 두려웠다.

교도소 당국은 어니스트의 주머니에서 시어볼드의 주소를 찾아냈고 아들의 병에 대해 여러 번 연락을 주고받았지만 시어볼드는 나에게 편지를 쓰지 않았고 나는 대자가 건강하다고 생각했다. 그가 교도소에서 나왔을 때 그는 겨우 24살이었고 내가 그의 고모의 지시를 따른다면 그가 할 수 있는 한 운명과 4년을 더 싸워야 할 것이다. 내 앞에 놓인 문제는 그가 그렇게 많은 위험을 무릅쓰도록 내버려두는 것이 옳은지, 아니면 내가 어느 정도 지시를 어겨서 (폰티펙스 양이 원하는 거라고 내가 생각한다면 내 행동을 막을 수 있는 것은 아무것도 없었다.) 그리고 그가 프라이어로부터 받아야 했던 것과 같은 액수를 그에게 줘도 되는가였다. 만약 내 대자가 나이가 있고 확실한 기반이 있었다면 이것이 내가 해야 할 일이었지만 그는 아직 너무 어렸고 나이에 비해 미숙했다. 다시 말하지만 내가 그의 병을 알았다면 그가 이미 감당해 왔던 것보다 더 무거운 짐을 감히 그에게 지우지 말아야 했다. 그러나 그의 건강에 대해 걱정하지 않고 몇 년 동안 힘들게 살고 돈을 가지고 장난치면 안 된다는 중요성을 알게 되는 경험은 그에게 아무런 해를 끼치지 않을 거라고 생각했다. 그래서 그가 출소하자마자 그를 예의 주시하고 그가 수영을 할 수 있는지 아니면 가라앉으려고 하는지를 알기 전까지 그가 할 수 있는 한 깊은 물에서 첨벙거리게 내버려두기로 했다. 첫째, 그가 28살이 될 때까지 수영하도록 내버려두고 나는 그를 기다리는 행운을 준비시킬 것이다. 둘째, 나는 서둘러 구조할 것이다. 그래서 프라이어가 종적을 감췄고 출소할 때 그의 아버지로부터 100파운드를 받을 수 있다고 편지를 썼다. 그 후 나는 3개월 동안 답장을 받지 못한다는 것을 예상하고 이런 소식이 어떤 결과를 가져올지 기다렸다. 왜냐하면 수감자가 3개월이 되기 전까지 어떤 편지도 받을 수 없다고 안내소에서 들었기 때문이다. 나는 또한 시어볼드에게 편지를 써서 프라이어가 사라졌다고 말했다.

사실 내 편지가 도착했을 때 교도소장이 그것을 읽었고 그렇게 중요한 경우에는 어니스트의 상태가 허락됐다면 규정을 완화했을 것이다. 그가 아파서 그러지를 못했고 교도소장은 목사와 의사에게 그가 견딜 수 있을 만큼 강하다고 생각했을 때 그에게 그 소식을 전하도록 맡겼는데 이제 그런 경우가 되었다. 그 사이 나는 내 편지가 도착했고 곧 죄수에게 전달될 것이라는 공식적인 공문을 받았다. 단순히 서기의 실수로 어니스트의 병에 대해 알리지 않은 거라고 생각했지만 목사가 내 편지 내용을 그에게 전하고 며칠 후 그의 요청으로 그를 면회하기 전까지 아무 소리도 듣지 못했다. 어니스트는 돈을 잃었다는 소식을 듣고 몹시 충격 받았지만 세상에 대한 무지로 그는 그 나쁜 짓의 전체적인 규모를 보지 못했다. 그는 아직 돈이 몹시 궁한 적이 없었고 그것이 무엇을 의미하는지도 알지 못했다. 사실 금전적 손실은 그것을 이해할 수 있을 만큼 나이가 들어야 견디기 힘든 것이다.

사람은 심각한 외과수술을 받는다거나, 곧 죽을 어떤 병에 걸렸다거나 또는 평생 불구나 장님이 될 것이라는 말을 들으면 견딜 수 있다. 그런 소식들이 끔찍하기 때문에 우리는 그 소식들이 많은 사람을 불안하게 만든다고 생각하지 않는다. 사실 대부분 사람들은 교수형에 처해진다 해도 충분히 냉정하게 있을 수 있지만 재정적인 파산 앞에서는 아주 겁을 먹고 보통 재정적으로 더 좋았던 사람일수록 더 완전하게 몸을 가누지 못한다. 자살은 금전적 손실의 흔한 결과이다. 신체적 고통에서 벗어나기 위해서 자살을 시도하는 것은 드물다. 우리가 능력이 있어서 돈 걱정 없이 따뜻하고 조용히 침대에서 죽을 수 있다고 생각하면 우리는 아무리 고생해도 마지막까지 살았을 것이다. 욥은 돈을 전부 잃었다면 가족이 아니고 양떼와 가축들과 즐거운 시간을 보낼 수 있었기 때문에 (그렇게 길지 않았다) 그의 부인과 가족보다는 양떼와 가축들을 잃은 것에 더 큰 상실감을 느꼈다. 돈을 잃는다는 것 자체가 최악의 고통일 뿐만 아니라 다른 모든 것의 모체이기도 하다. 어떤 사람에게 적당한 능력을 갖도록 하고 특별한 능력은 갖지 않게 하자. 그리고 그가 갑자기 돈을 빼앗기게 돼라. 재정 손실과 더불어 작은 것까지 모두 바뀌면 그의 건강은 얼마나 버틸까? 친구들의 존경과 동정은 얼마나 더 오래 지속될까? 사람들은 우리를 매우 안쓰럽게 여길 수는 있지만 지금까지 우리를 대하는 그들의 태도는 돈 문제에 있어서 이러저러한 위치에 있었다는 가정을 바탕으로 한다. 이것이 무너질 때 우리가 관심을 가지는 사회적 문제에 대해 다시 말해야 한다. 우리는 거짓 존경을 받고 있다. 그렇다면 사람이 겪을 수 있는 가장 심각한 세 가지 손실은 돈, 건강, 명성에 영향을 미치는 것들이다. 금전적 손실이 가장 최악이고 다음으로 건강이 나빠지고 그

다음에는 평판이 떨어진다. 평판이 떨어지는 것이 세 번째로 나쁜데 만약 어떤 사람이 건강과 돈을 잘 유지한다면 벼락부자가 되었거나 당국이 반박할 여지없이 내세운 오랫동안 확립된 규범을 어길 때 일 어나는 것이기 때문이다. 이번 경우는 바닷가재가 새 집게발을 기르 는 것처럼 사람은 쉽게 새로운 평판을 얻을 수도 있고 건강과 돈이 있 다면 평판이 전혀 없어도 마음의 평화를 얻을 수 있다. 돈을 잃은 사 람에게 남은 유일한 기회는 더 이상 일시적인 분노에 흔들리지 않고 오래 살던 곳을 떠나 다른 곳으로 갈 수 있을 만큼 여전히 젊다는 것 이고 나의 대자도 그럴 거라고 생각한다.

교도소 규정에 따르면 복역 후 3개월이 지나서야 편지를 주고받을 수 있고 친구 한 명과 면회를 할 수 있다. 그가 내 편지를 받았을 때 그는 바로 면회를 요청했고 나는 당연히 그를 보러 갔다. 그는 매우 많이 변했고 여전히 너무 허약해 나를 본다는 동요가 너무 버거워 보 였다. 처음에 그는 너무 망가져 있었고 그의 상태에 너무 마음이 아파 서 나는 바로 내가 받은 지시사항을 어기려고 했다. 하지만 그가 출소 하자마자 내가 도와주겠다고 확신시켰고 그가 무엇을 할 것인지 결 심이 섰을 때 그의 아버지한테서 필요한 돈을 받을 수 없다면 나에게 오라고 했다. 그의 마음을 더 편하게 하려고 나는 그의 고모가 임종 때 이런 긴급한 일이 생기면 뭔가를 해주기를 원했다고 말했다. 그는 고모가 남긴 것만을 가져가게 될 것이다.

그가 말했다. "그러면 아버지에게서 100파운드도 안 받고 다시는 아버지나 어머니를 안 볼게요." 내가 말했다. "100파운드는 받아, 어 니스트. 그리고 네가 받을 수 있는 만큼 받아. 그리고 네가 원치 않는 다면 다시는 부모님을 안 봐도 돼." 지금의 어니스트는 그렇게 하지 않을 것이다. 만약 그가 그들에게서 돈을 받는다면 관계를 끊을 수 없 을 것이고 그는 그들과 관계를 끊고 싶어 했다. 아버지, 어머니와의 관계를 완전히 끊는 것에 있어 나는 대자가 말한 대로 단호하게 한다면 훨씬 더 잘 지낼 거라고 생각했고 그렇게 말했다. "그럼 넌 부모님 안 좋아해?" 그가 놀란 표정으로 말했다. "좋아해요!" 나는 말했다. "나는 그 사람들이 진저리난다." 그가 소리쳤다. "아, 아저씨가 제게 한 말 중에 가장 좋은 말이네요. 저는 부모님과 같은 중년층 사람들을 좋아하는 거라고 생각했어요." 그는 내가 늙었다고 말하려 했지만 나는 겨우 57살이었고 그가 주저할 때 얼굴을 찌푸렸고 중년이라고 말하게 몰아세웠다.

나는 말했다. "만약 네가 원한다면 나는 너와 고모 알레시아를 제외한 모든 가족이 끔찍하다고 할 거야. 가족 대부분은 늘 끔찍하거든. 만약 대가족에서 가족 한두 명이 괜찮다면 딱 예상할 수 있는 만큼이야." "감사해요." 그는 답했다. "이제 거의 무엇이든지 견딜 수 있을 것 같아요. 제가 교도소에서 나가는 대로 아저씨 보러 갈게요. 안녕히 가세요." 교도관이 면회 시간이 다 끝났다고 말했다.

67장

———

어니스트는 출소하면 돈이 없다는 것을 알게 되자마자 자신이 쟁기나 도끼를 들고 오랫동안 일하지 못할 걸 알기에 이민과 농사에 대한 꿈을 접었다. 그는 부모님과 바로 관계를 끊기로 결심했다. 혹시라도 외국에 나갔더라면 너무 멀리 떨어져 있어서 그들이 그를 방해할 수 없기 때문에 관계를 유지할 수 있었을 것이다. 그는 아버지와 어머니가 관계를 끊는 것을 반대할 거라 생각했다. 그들은 친절하고 관대하게 보이길 원하고 더 이상 그를 성가시게 할 수 없다는 것을 싫어할 것이다. 그렇지만 그들과 함께 있는 한, 이리저리 휩쓸려 다닐 거라는 것도 잘 알고 있었다. 그는 자리에서 내려와 아무도 그의 수치스러운 일을 모르고 그가 저지른 일을 신경 쓰지 않는 맨 아래 단계에서 시작하고 싶었다. 반면 그의 아버지와 어머니는 그가 승진할 가망도 없고 박봉에 시달리면서 고상함의 끝자락을 붙잡고 살기 원했다. 어니스트는 애쉬핏 플레이스 하숙집에서 술을 마시지 않고 사업을 하지 않으면 재단사가 서기나 부목사보다 돈을 더 많이 번다는 것을 충분히 봐왔다. 재단사는 더 자유롭고 도약할 기회도 더 많았다. 어니스트는 자신이 지금까지 추락한 만큼 고통스럽기만 했고 잘할 수도 없는 것에 대해 터무니없이 비싼 대가를 치러야 했던 존경심이라는 끝자락에 매달리기보다 지체 없이, 우아하게, 그리고 다시 일어나겠다는 생각을 갖고 더 낮아지기로 결심했다.

그가 단순히 아버지와 어머니를 싫어해서 관계를 끊고 싶은 게 아니었다. 만약 싫어만 했다면 참았을 것이다. 그러나 그들과 멀어진다면 그를 방해하여 결국 망칠 것이라고 마음속 경고의 목소리가 말했다. 완벽한 독립은 인생 그 자체에서 유일한 기회라고 그는 생각했다. 이것만으로 충분하지 않다면 어니스트는 대부분 젊은이처럼 운명을 믿었지만 누구에게도 자신을 드러내지 않았다. 옳든 그르든 간에 자신의 방식으로만 마음대로 쓸 수 있는 힘이 있다면 언젠가는 위대한 일을 할 것이라고 조용하게 믿었다. 그는 언제, 어디서, 어떻게 기회가 올지도 몰랐지만 그가 겪었던 모든 일에도 기회가 올 거라 믿었고 무엇보다 기회가 온다면 그것을 잡을 방법을 알 수 있을 것이라는 희망을 품었다. 그것이 무엇이든 간에 다른 누구도 그만큼 잘할 수 없기 때문이다.

그를 괴롭히고 기회가 나타나기도 전에 발목을 붙잡는 사람들에게서 벗어날 수 있는 기회가 이제 생겼다. 그는 수감 생활 중에 그 기회를 갖지 말아야 했었다. 하지만 습관과 일상의 힘은 그에게 너무 강했다. 그는 지금 돈을 잃은 것뿐만 아니라 교도소에 갇힌 것에 대해 기뻐했고 덕분에 가장 진실하고 가장 지속적인 관심을 추구하는 게 더 쉬워졌다. 그를 사랑했다고 생각하는 어머니가 얼마나 울고 그에 대한 생각으로 슬퍼하거나 어쩌면 그녀가 병에 걸려 죽을지도 모른다는 생각과 그에 따른 죄책감을 생각하면 때로 그는 망설여졌다. 이때 그의 결심은 깨질 뻔했지만 내가 그의 생각에 박수를 보낸다는 것을 알고 아버지와 어머니를 더 이상 보지 말라고 하는 내면의 목소리는 점점 커지고 집요해졌다. 노력이 부족해서 자신을 방해한다는 것을 알면서 그 사람들에게서 벗어날 수 없다면 운명에 대한 꿈은 헛된 것이다. 이 위험과 비교해 아버지로부터 받는 100파운드는 어찌 될까? 그는 여전히 자신의 수치스러운 일로 아버지와 어머니에게 드린 고통은 너무나 아프지만 어쩔 수 없었다. 아버지로부터 최종 결정을 내린 편지를 받았을 때 거의 이 결론에 도달했다. 교도소 규정이 엄격하게 적용됐다면 그는 이미 나한테 들었던 것처럼 앞으로 3개월 동안 이 편지를 받을 수 없었을 것이다. 하지만 교도소장은 관대했고 내가 보낸 편지는 친구들이 보낸 편지의 범주에 속하지 않는 사업상의 소통이라고 여겼다. 그래서 시어볼드의 편지가 아들에게 전해졌다. 그 편지는 다음과 같다.

사랑하는 어니스트.

내가 편지를 쓰는 이유는 내 동생 조이와 여동생은 말할 것도 없이 어머니와 나에게 안겨준 수치심과 부끄러움을 질책하려는 것이 아니다. 우리는 당연히 고통을 겪어야 하지만 그 고통 속에서 누구를 찾아야 하는지 알고 있고 우리의 고난보다 네가 겪을 고난에 대한 걱정으로 가득하다. 네 어머니는 놀라워. 그녀는 꽤 건강하고 너에게 그녀의 사랑을 전해달라고 했다. 출소 후에 대해서 생각해봤니? 오버튼 씨로부터 네가 증권 거래소에 대한 투기 과정에서 미성년 시절부터 쌓였던 이자와 함께 할아버지가 남기신 유산을 잃어버렸다는 것을 알게 됐다. 만일 네가 정말로 그런 형편없는 어리석음에 죄책감을 느낀다면 사무실에서 서기 자리라도 찾으려 노력할 거라고 생각한다. 처음에는 분명히 월급이 적겠지만 자업자득이니 불평하지 마라. 만약 네가 고용주 기분을 맞추려고 노력한다면 그들은 널 승진시키는 걸 주저하지 않을 거야. 내가 처음 오버튼 씨로부터 네 어머니와 나에게 닥친 말로 표현할 수 없는 재앙에 대해 들었을 때 나는 너를 다시 만나지 않기로 결심했었다. 그러나 네가 존경할 만한 사람들과의 마지막 연결고리를 끊고 싶지는 않다. 출소하는 대로 어머니

와 나는 배터스비 말고 (지금은 네가 여기 내려오지 않았으면 한
다.) 아마도 런던 어딘가에서 널 만날 것이다. 너는 우리를 만나
는 것을 주저할 필요가 없다. 우리는 너를 비난하지 않을 거다.
그리고 우리는 너의 앞날을 정할 거다. 현재 우리 생각으로 너는
아마도 이곳보다 호주나 뉴질랜드에서 제법 괜찮게 생활을 시
작할 수 있을 것이고 네 뱃삯으로 75파운드나 필요하다면 100파
운드까지 너에게 줄 생각이다. 일단 식민지에 가면 네 노력에 달
렸다. 하늘이 그들과 너를 번영시키시고 몇 년 후 다시 사회에서
존경받는 사람이 되길 바란다.

　　　　　　　　　　　　　　　- 너의 사랑하는 아버지, T. 폰티펙스

그다음 크리스티나가 쓴 추신이 있었다.

사랑하는 아들.
이 끔찍한 고통이 닥치기 전처럼 다시 행복하고, 하나가 되고,
경건하게 살아가는 가족이 되길 매일 매시간 나와 함께 기도하
자. 슬픔에 빠졌지만 사랑하는 너의 어머니, C. P.

　이 편지는 어니스트에게 수감 생활을 하기 전처럼 큰 영향을 미치
지 못했다. 그의 아버지와 어머니는 그를 내버렸을 때처럼 그를 데려
갈 수 있다고 생각했다. 그들은 고통 받는 자가 젊고 건전한 기질을
갖고 있다면 불행을 겪은 후 얼마나 빨리 성장하는지 잊어버렸다. 어
니스트는 아버지의 편지에 답장을 보내지 않았지만 완전히 관계를
끊고 싶다는 바람이 커졌다. 그는 자신에게 외쳤다. '부모를 잃은 아
이들을 위한 고아원은 있는데 아! 왜, 어째서, 아직 부모를 잃지 않은
어른들을 위한 도피처는 없는가?' 그리고 아버지 없이, 어머니도 없

이, 가문도 없이 고아로 태어났던 멜키체덱의 더없는 행복에 대해 곰곰이 생각했다.

68장

그가 교도소에서 생각했던 것과 이끌어내리려고 한 결론에 대해 내게 말했던 모든 것을 생각해볼 때 그는 가장 마지막으로 들었던 생각을 실제로 하고 싶은 것 같았다. 그는 아버지, 어머니와 관계를 끊으려고 했다. 그는 그들이 자신의 가장 참되고 지속적인 행복을 누리는 데 방해가 된다고 생각했기 때문에 연을 끊는다고 말했다. 스스로 가질 수 있는 능력에서 자신의 안녕을 가장 우선시하고 상투적이지만 그것을 고집하는 그는 어쨌든 그리스도인이다. 장미가 자신의 이름을 모른다고 해서 장미가 아닌 것은 아니다. 만약 주변 환경 영향으로 그의 의무가 대부분 사람들보다 더 수월했다면 어땠을까? 그것도 그의 운이었다. 부유하거나 잘생기게 태어났다면 그들은 행운을 누릴 권리가 있는 것이 분명하다. 내가 아는 어떤 사람은 한 사람이 다른 사람보다 더 나은 환경에서 태어날 권리가 없다고 말할 것이다. 다른 사람들은 행운이 인간이 바라는 것 중 유일하게 옳은 대상이라고 다시 말할 것이다. 두 가지 모두 아주 좋은 일이지만 어느 쪽이든 틀림없이 어니스트는 자신을 교도소에 갇히게 한 불운을 감수했듯이 임무를 더 수월하게 할 수 있는 행운을 누릴 권리가 있었다. 어떤 사람이 손에 비장의 카드를 쥐고 있다고 해서 비웃음을 받아서는 안 된다. 그가 비장의 카드를 잘못 사용했을 때 비웃음을 당해야 한다.

사실 나는 어떤 사람이 그리스도를 위해서 아버지와 어머니와 관계를 끊는 것이 어니스트보다 더 힘들지 의문이다. 이 문제에 관한 한 양측 간의 관계는 늘 심각했다. 나는 단지 양심의 가책 때문에 관계를 끊은 사람이 있었는지 의문이다. 그는 그들과 헤어지라는 부름을 받기 훨씬 전 그들에게 애착을 갖지 않을 것이다. 중요한 문제에 대한 의견 차이는 체질 차이에서 비롯하고 이미 너무 많은 의견 차이를 초래할 것이기 때문에 '관계를 끊는다'는 건 아프지만 매우 덜렁덜렁하고 구멍이 난 치아를 빼는 것과 같다. 우리가 그리스도를 위해 관계를 끊을 필요가 없는 사람들을 잃는 것은 정말 고통스러운 일이다. 그리고 진심으로 마음이 아프다. 다행스럽게도 요구된 일이 아무리 가벼워도 우리가 한다면 그것으로 충분하다. 엄청나게 힘든 일을 한 것처럼 보상을 받는다.

원래 이야기로 돌아와서 어니스트는 재단사가 되겠다고 결론을 내렸다. 그는 이 문제를 목사와 상의했는데 목사는 그가 세 달도 남지 않은 수감기간 동안 그 일에 대해 배운다면 출소할 때까지 하루에 6, 7실링을 벌지 못할 이유가 없다고 말했다. 그는 이 일을 하기에 충분히 건강했고 아직은 그에게 맞는 유일한 것이었다. 그래서 다른 때보다 빨리 의무실을 나와 재단사실로 향했고 다시 갈 길에 대해 알았다는 생각에 몹시 기뻐했으며 만약 확실한 시작의 발판을 마련할 수만 있다면 언젠가는 일어설 수 있다고 확신했다. 함께 지내야 했던 모든 사람이 소위 범죄자 계급에 속하지 않는다는 것을 알았고 그는 일을 배우고 싶었으며 말썽을 일으키고 싶지 않았기 때문에 항상 친절하고 공손했다. 뿐만 아니라 그 일이 귀찮지 않았다. 러프버러에서 라틴어와 그리스어로 운문을 짓는 것보다 훨씬 더 재미있었다. 그는 다시 러프버러에 있는 것보다, 심지어 케임브리지에 있는 것보다 교도소에 있는 것이 더 낫다고 느꼈다. 그가 위험에 빠질 수 있는 유일한 문제는 점잖은 외모로 동료 수감자들과 말이나 표정을 주고받는 것이었다. 이러한 행동은 금지였지만 이 점에서 규칙을 어길 기회를 결코 놓치지 않았다.

배우고 싶어 하고 동시에 학습 능력을 가진 사람이라면 당연히 발전도 빠를 것이고 출소 전에 교도관은 3개월 견습 생활을 한 그가 12개월 동안 견습 생활을 한 사람만큼이나 훌륭한 재단사라고 말했다. 어니스트는 선생님들한테서 그토록 칭찬받은 적이 없었다. 매일 그는 점차 건강해졌고 주변 환경에 익숙해지면서 원했던 것보다 훨씬 더 좋은 자신의 행운에 경탄했다. 그가 애쉬핏 플레이스에서 6개월 동안 살았던 것이 대표적인 예였다. 그와 비슷한 다른 사람들에게는 불가능했던 일이 그에게는 가능했다. 만약 토넬리와 같은 사람이 애쉬핏 플레이스와 같은 집에서 살아야 한다는 말을 듣는다면 견딜 수 없었을 것이다. 만약 그가 돈이 부족해서 어쩔 수 없이 그곳에서 살았다면 어니스트 자신도 견딜 수 없었을 것이다. 그는 자신이 금방이라도 도망칠 수 있다고 생각했기 때문에 그렇게 하고 싶지 않았다. 그러나 이제 애쉬핏 플레이스에서의 생활에 익숙해졌기 때문에 더 이상 그것을 개의치 않았고 돈을 낼 수 있는 한 런던 빈곤 지역에서 기꺼이 살 수 있었다. 가난한 이들과 살면서 이런 견습 생활을 할 것이라고 신중하게 생각하거나 계획한 적이 없었다. 그는 자신의 일을 빈틈없이 하려고 미약하게 노력했다. 하지만 철저하지 못했고 모든 것은 실패했다. 그는 필요한 시기에 진실한 사람이 되려고 보잘 것 없지만 작은 노력을 기울였고 받을 수 있는 것보다 훨씬 더 많은 보상으로 돌아온 것을 알 수 있었다. 애쉬핏 플레이스에서 자신도 모르게 알게 된 것처럼 그들을 인도할 수 있는 그런 다리가 없었더라면 매우 가난한 사람들 중 한 명이 되는 상황을 받아들일 수 없었을 것이다. 사실 그가 고른 집에는 단점이 있었지만 홀트 씨가 있는 집에서 살 필요가 없고 그가 그토록 증오했던 직업에 더 이상 얽매이지 않아도 된다. 만약 비명 소리나 성경을 낭독하는 소리가 없다면 그는 메이틀랜드 양이 살았던 것처럼 일주일에 3실링씩 하는 다락방에서 행복하게 살 수 있을 것이다.

더 생각해보니 하나님을 사랑하는 이들을 위해 평생 모든 것을 함께하겠다는 것이 기억났다. 어설프지만 그도 그 분을 사랑하려고 노력했었는지 자문했다. 그는 감히 그렇다고 대답할 수 없었지만 그러려고 열심히 노력했을 것이다. 그때 헨델의 웅장한 곡이 뇌리에 떠올랐고 이는 전에는 느껴보지 못했던 느낌이었다. 그는 기독교에 대한 믿음을 잃었지만 무언가에 대한 그의 믿음은 매일 점점 더 강해졌다. 다시 그는 자신 안에 있다고 느끼는 힘과 어디서 어떻게 그것을 분출시킬까 하는 생각을 떠올렸다. 가난한 사람들과 살게 했던 것과 같은 본능이 이곳에서도 그를 도와줬는데 그것은 그가 가장 가까이에서 분명하게 잡을 수 있었기 때문이다. 그는 호주에 있는 금과 그들 주변에 가득했지만 금을 본 적 없는 사람들에 대해 생각했다. 더불어 '찾는 자에게는 어디에나 금이 있다'라고 속으로 외쳤다. 만약 그가 가까이 있는 환경을 충분히 잘 살핀다면 기회가 가까이 오지 않을까? 그의 자리는 무엇이었나? 그는 모든 것을 잃었다. 그는 잃어버린 모든 것을 기회로 바꿀 수 없었을까? 그도 주님의 힘을 원했다면 성 바울처럼 약함 속에서 완벽해졌다는 것을 몰랐을까? 그는 더 이상 잃을 것이 없었다. 돈, 친구, 평판, 모든 것이 영원히는 아니지만 매우 오랫동안 사라졌다. 하지만 이것들과 함께 사라진 다른 것도 있었다. 인간에 대한 두려움을 말한다. 누가 이미 상처받은 그를 더 해칠 수 있겠는가? 그가 먹고 살 수 있게 하라. 젊고 사랑스런 사람들이 세상을 더 행복한 곳으로 만들 수 있다면 그는 감히 도전하지 못할 것이 없다는 것을 알았다. 여기에서 자신의 명성을 완전히 잃고 싶을 정도로 많은 위로를 얻었다. 그는 사람의 인생이 평판을 잃어버리고 위로를 얻고 위로를 얻으면 평판을 잃는 것과 같다는 것을 알았다. 그리스도를 위하여 모든 것을 포기할 용기가 없어야 했지만 이제 그리스도는 자비롭게 모든 것을 취하셨고 모든 것을 찾으신 것 같았다.

천천히 날이 지나가면서 그는 기독교와 기독교의 부정도 결국에는 다른 극과 극처럼 만난다는 것을 알게 됐다. 그것은 사물에 관한 것이 아니라 이름에 관한 싸움이었다. 사실상 로마 가톨릭 교회, 영국 국교회, 자유사상가는 동일한 이상적인 기준을 가지고 있으며 그 분 안에서 만난다. 그는 가장 완벽한 신사이며 가장 완벽한 성인이기 때문이다. 또한 어떤 사람이 자선적인 관대한 모순을 따르고 그것을 끝까지 고집하지 않는다면 종교에 상관없이 사람이 어떤 일을 할 것인지는 별로 중요하지 않다는 것도 알았다. 위험한 것은 교리 내용이나 부족이 아니라 그 교리가 가지고 있는 강경함이다. 이것이 그 체계의 가장 정점이다. 이 점에 이르게 되자 그는 더 이상 교황조차도 괴롭히고 싶지 않았다. 캔터베리 대주교는 그의 주변을 뛰어다닐지도 모르고 심지어 소금을 뿌리지 않고서도 손에서 부스러기를 뽑아냈을지도 모른다. 그 경계심 많은 고위 성직자, 그 자신은 아마 다른 생각이었을지 모르지만 우리 잔디밭을 뛰어다니는 철새지빠귀와 개똥지빠귀는 내 영웅보다 겨울에 빵 부스러기를 던져주는 대주교의 손을 더 이상 쓸데없이 의심하지 않는다.

아마도 그는 거의 모순을 초래한 사건 때문에 앞서 말한 결론에 도달할 수 있을 것이다. 그가 의무실을 떠나고 며칠 후, 목사가 그의 감방으로 와 예배당에서 오르간을 연주하던 수감자가 형기를 마치고 출소했다고 말했다. 그래서 어니스트가 오르간을 연주한다는 것을 이미 알고 있었던 그는 어니스트에게 그 자리를 제안했다. 어니스트는 예배를 더 많이 돕는 것이 옳은지 의심스러웠지만 오르간을 연주하는 즐거움, 그리고 그 자리에 수반되는 특권으로 일관성을 유지하지 않아도 되는 훌륭한 이유들에 대해 알게 됐다. 그러고 나서 한때 그의 체계에 모순의 요소를 넣었던 그는 지속적으로 모순되지 않으려 했고 호크 씨가 그에게 각성시킨 무관심주의와 별 차이가 없었던 쾌활한 무관심주의에 곧 빠졌다.

오르간 연주자가 되면서 그는 다람쥐 쳇바퀴 같았던 일에서 벗어났다. 의사는 아직 몸 상태가 좋지 않다고 했지만 그는 더 건강해지면 적절한 때에 그 자리를 맡을 것이다. 오히려 재단사실에서 완전히 나와서 목사 방에서 비교적 가벼운 일만 했을 수도 있지만 가능한 많은 재단 기술을 배우고 싶었기에 제안을 받아들이지 않았다. 하지만 오후에 두 시간씩 연습할 수 있도록 허락받았다. 그때부터 교도소 생활은 단조롭지 않았고 2개월 남은 형량 기간은 그가 자유로웠을 때와 마찬가지로 빨리 지나갔다. 음악과 책을 즐기고, 일을 배우고, 목사와 이야기를 나누면서 지내는 날들이 너무 즐거웠다.

69장

가족 없이 생각했던 일을 하기 위해 그는 가족과의 관계를 끊겠다는 결론을 내렸다. 사실 시어볼드는 어쨌든 아들이 호주나 뉴질랜드에 멀리 떨어져 있길 바랐던 만큼 아들한테서 벗어나고 싶었다. 하지만 완전히 아들과 관계를 끊겠다는 생각은 없었다. 이것이 그가 바랐던 것임을 바로 알아챌 만큼 아들을 너무 잘 알고 있었고 어니스트가 배터스비에 오거나 반복적인 지출을 없앤다면 관계를 이어가기로 결심했다. 그가 출소할 때가 다가오면서 그의 부모님은 어떻게 해야 할지 상의했다. 시어볼드는 인상적으로 말했다. "우리는 그 애를 혼자 내버려두면 안 돼요. 우리 둘 다 그걸 원하지 않잖아요." 크리스티나가 외쳤다. "오, 안 되죠! 절대 안 되죠! 시어볼드, 누구든 그 애를 버리고 그 애가 우리와 아무리 떨어져 있다 하더라도, 그 애가 아무리 잔인하게 굴어도 사랑으로 가슴 뛰는 부모님이 있다는 것을 알아야 해요." 시어볼드가 말했다. "그 애는 우리가 마땅히 받아야 할 만큼 우리를 사랑한 적이 없고 이제 우리를 보고 싶지 않다는 거짓 수치심에 사로잡혔을 거예요. 할 수만 있다면 우리를 피할 거예요." 크리스티나가 말했다. "그럼 우리가 직접 그 애에게 가면 돼요. 그 애가 좋든 싫든 간에 다시 세상에 나오면 우리는 그 아이 편에 서서 지지해야 해요. 그 애가 우리를 따돌리는 것을 원치 않는다면 교도소를 나올 때 붙잡아야 해요. 그 애가 나올 때 우리 얼굴을 가장 먼저 보고 기뻐하고 선의 길로 다시 돌아가라는 우리의 목소리를 가장 먼저 들을 거예요." 시어볼드가 말했다. "길에서 우리를 본다면 그 애는 우리에게서 달아날 거예요. 아주 이기적인 애잖아요. 그럼 그 애가 나오기 전에 우리가 먼저 교도소에 가 있어요."

많은 논의 끝에 시어볼드는 교도소장에게 어니스트가 출소할 때 교도소 안에 들어갈 수 있는지 물어보는 편지를 썼다. 그는 긍정적인 답변을 받았고 두 사람은 어니스트가 감옥에서 나오기 전날 배터스비를 떠났다. 어니스트는 출소 전 방문객이 기다리고 있어서 아홉 시쯤 면회실로 들어가야 한다는 말을 듣고 놀랐다. 누구인지 짐작했기 때문에 가슴이 철렁 내려앉았지만 용기를 내어 서둘러 면회실로 향했다. 아니나 다를까 문과 가장 가까운 탁자 끝에는 그가 세상에서 가장 위험한 적으로 생각하는 두 사람, 즉 아버지와 어머니가 서 있었다. 그는 날 수 없었지만 마음이 약해지면 질 것이라는 걸 알고 있었다. 어머니는 울고 있었지만 그를 보기 위해 앞으로 뛰어나와 두 팔로 그를 껴안았다. "오, 우리 아들." 그녀가 흐느꼈고 더 이상 말을 하지 못했다.

어니스트의 얼굴은 백지장처럼 하얘졌다. 심장은 너무 뛰어서 숨을 쉴 수가 없었다. 그는 어머니가 자기를 껴안게 내버려뒀고 그런 다음 몸을 뒤로 빼서 눈물을 흘리며 그녀 앞에 조용히 서 있었다. 처음에는 말을 할 수 없었다. 1분 남짓 침묵이 흘렀다. 그리고 힘을 모아 낮은 목소리로 말했다. "어머니, 우리는 헤어져야 해요." 그리고 나서 그는 교도관에게 말했다. "내가 원한다면 교도소를 떠나도 된다고 알고 있어요. 여기에 더 머물라고 강요할 수 없어요. 나를 문까지 데려다줘요."

시어볼드가 앞으로 나왔다. "어니스트, 너는 절대 이런 식으로 우리를 떠나면 안 돼." "저한테 뭐라고 하지 마세요." 어니스트가 평소와는 다르게 강한 눈빛으로 말했다. 다른 교도관이 시어볼드를 한쪽으로 데려갔고 첫 번째 교도관이 어니스트를 문 쪽으로 데려갔다. 어니스트가 말했다. "나는 그들한테 없는 사람이니까, 그 사람들에게 내가 죽었다고 생각하라는 내 말을 전해주세요. 내가 그들에게 안긴 수치를 생각하는 것이 큰 고통이고 무엇보다 이후로 내가 그들을 괴롭히지 않을 것이라고 말해주세요. 하지만 또 나에게 편지를 쓴다면 나는 편지를 뜯어보지도 않고 돌려보낼 것이고 나를 보러 온다면 나는 어떤 방법을 동원해서든 내 자신을 보호할 거라고 말해주세요."

이제 그는 교도소 문에 있었고 다음 순간 자유로워졌다. 몇 발자국을 걷고 난 후 교도소 담장에 얼굴을 기대고 가슴이 찢어진 것처럼 울었다. 아버지와 어머니와 관계를 끊는 것은 그렇게 쉬운 일이 아니었다. 만약 어떤 사람이 오랫동안 악마들에게 사로잡혀 있다면 그들이 그를 떠날 때 그를 놔줄 것이지만 단호하게 그들을 쫓아낼 수도 있다. 어니스트는 아버지와 어머니가 나올까 봐 두려웠기 때문에 오래 머물지 않았다. 그는 정신을 가다듬고 자기 앞에 펼쳐진 작은 거리의 미로로 향했다. 결국 돌이킬 수 없는 선을 넘었다. 어쩌면 영웅답게 극적이지 않았지만 극적으로 행동하는 것은 연극에서만 그렇다. 그는 이미 기꺼이 할 말을 많이 생각하고 침착성이 부족하다고 탓했다. 하지만 결국 그것은 중요하지 않았다. 아버지와 어머니에게 용서를 베풀려고 했지만 이미 출소의 기쁨을 느끼고 있을 때 아무런 경고도 없이 나타난 그들에게 그는 분개했다. 그에 대한 주도권을 잡기 위해 약점을 이용했지만 그는 그들이 그렇게 해서 기뻤다. 덕분에 관계를 완전히 끊을 수 있는 단 한 번의 기회임을 어느 때보다 확실히 깨달을 수 있었다.

아침은 흐렸고 지금은 9월 30일이었기에 겨울 안개의 첫 조짐이 보이기 시작했다. 어니스트는 교도소에 들어갔을 때 옷을 입어서 성직자 복장을 하고 있었다. 그를 본 사람이라면 그의 현재 모습과 6개월 전의 모습 사이에 별 차이를 못 느꼈을 것이다. 사실 그는 에어 스트리트 힐이라 불리는 우중충하고 혼잡한 길을 천천히 걸으면서 예전 자신의 모습으로 끌려가는 것 같았다. 마치 6개월간의 교도소 생활이 꿈이었던 것처럼 그는 이제 깨어났고 떠난 것을 받아들였다. 이것은 변함없는 환경이 변하지 않은 부분에 미치는 영향이었다. 하지만 달라진 부분이 있었고 변함없는 주변 환경이 이것에 미치는 영향은 모든 것을 낯설게 보이게 했고 마치 교도소 삶 이외에는 다른 삶이 없었던 것 같았으며 새로운 세상에 태어난 것 같았다. 우리는 평생 매일 매시간 변화하고 변하지 않는 환경에 자신을 맞추고 있다. 사실 산다는 것은 적응하는 과정일 뿐이다. 조금 실패하면 우리는 어리석은 것이고 크게 실패하면 우리는 화를 내고 잠시 멈출 때 잠을 자고 시도를 완전히 포기했을 때 우리는 죽는다. 조용하고 특별한 일이 없는 생활에서 내외부의 변화는 너무 작아서 융합 및 적응 과정에 거의 또는 전혀 부담이 없다. 다른 삶에서는 큰 부담이 있지만 또 다른 삶에는 적응력이 거의 없고 부담감만 크다. 변화에 융합되고 맞춰야 부담감을 감당하느냐에 못하느냐 하는 적응력에 따라 삶은 성공하거나 실패할 것이다. 문제는 결국 우주의 통합을 완전히 인정해야 하기에 외부 또는 내부가 존재한다는 것을 부인해야 하지만 모든 것을 하나의 외부와 내부로 동시에 주체와 객체의 모든 것처럼 통합되는 것으로 봐야 한다는 것이다. 이것은 모든 체제를 무너뜨릴 것이지만 무언가에 의해 무너져야 한다.

이러한 어려움에서 벗어나는 가장 좋은 방법은 주체와 객체를 분리하고 통합이 편하면 그 둘을 통합시키는 것이다. 비논리적이지만 극단적인 것은 논리적이고 그들은 항상 터무니없으며 그 중간은 혼자 실행 가능하고 그것은 항상 비논리적이다. 최고의 결정권자는 논리가 아니고 믿음이다. 모든 길은 로마로 통한다는 말이 있다. 그리고 내가 본 모든 철학은 궁극적으로 어떤 엄청난 부조리로 이어지거나 이미 이 페이지에서 한 번 이상 주장했던 결론으로 이어지는데 정의로운 사람은 믿음으로 살고 합리적인 사람은 양심 때문에 너무 많은 질문을 하지 않고 마음대로 이해하기에 대충 산다는 것이다. 사실을 받아들이고 그것에 대해 마지막까지 생각하라. 그러면 오래도록 뻔한 어리석은 행동을 하지 않을 것이다.

본래 이야기로 돌아가서 어니스트는 길의 꼭대기에 도착해 뒤를 돌아보니 거리 끝까지 채운 더럽고 음침한 교도소의 벽을 보았다. 그는 1, 2분 동안 잠시 멈췄다. 그리고 자신에게 말했다. '저기서 나는 보고 만질 수 있었던 빗장에 갇혀 있었네. 여기서 나는 가난과 세상의 무지라는 비현실적이지 않은 것들에게 갇혔어. 탈옥하려고 쇠붙이를 부수는 것은 내 일이 아니었지만 이제 나는 자유로워졌으니 다른 것들을 반드시 깨부숴야 해.' 그는 어딘가에서 쇠숟가락으로 침대 뼈대를 잘라 탈출한 죄수 이야기를 읽었다. 그 사람의 생각에 감탄하고 경탄했지만 그를 따라할 시도도 하지 않았다. 그러나 무형의 장벽 앞에서 쉽게 겁먹지 않았고 침대가 철로 되어 있었으며 숟가락이 나무로 되어 있더라도 머지않아 나무로 철을 자를 수 있는 어떤 방법들을 찾을 수 있을 것 같았다.

그는 에어 스트리트 힐을 등지고 레더 레인을 걸어 홀본으로 향했다. 그가 한 걸음, 한 걸음 걷다가 알고 있었던 얼굴이나 물건들을 보자 수감 전에 살아왔던 삶과 바로 이어졌고 수감 생활로 삶이 어떻게 두 부분으로 나눠졌는지, 그리고 수감 전과 후의 생활은 전혀 같을 수 없다는 것을 알게 됐다. 그는 페터 가를 지나 플리트 가로 가서 내가 여름휴가에서 막 돌아온 템플로 향했다. 그때는 아홉 시 반쯤이었고 나는 아침을 먹고 있었는데 소심한 노크 소리가 들렸고 문을 여니 어니스트가 있었다.

70장

나는 위대한 일을 하는 어떤 사람들은 젊었을 때 그다지 현명하지 않았다는 것을 알 만큼 충분히 오래 살았다. 어니스트가 30일에 출소한다는 것을 알았고 손님용 침실이 있어서 무엇을 할지 결정할 때까지 머무르라고 했다. 나는 내 방식대로 해도 별 어려움이 없을 거라 예상했지만 그는 거의 듣지 않았다. 그가 최대한 동의한 것은 방을 구할 때까지 내 손님으로 머물겠다는 것이었다. 그는 바로 방을 구하려 할 것이다. 물론 여전히 많이 불안했지만 교도소가 아닌 편안한 방에서 아침을 먹으며 점점 나아졌다. 그가 모든 것에 기뻐하는 모습을 보니 기분이 좋았다. 벽난로에는 불이 있고 창가에는 빨간 제라늄이 있었으며 커피는 말할 것도 없고 빵과 버터, 소시지와 마멀레이드 및 기타 등등이 있었다. 모든 것이 그에게 가장 강렬한 기쁨을 안겨주었다. 플라타너스 나무는 여전히 잎이 무성했다. 그는 아침 식탁에서 계속 일어나 그것들을 보며 감탄했다. 그러나 지금까지 이런 것들이 얼마나 소중한 것인지 알지 못했다. 그는 내가 잊을 수도, 말할 수도 없는 감정을 오가며 웃고 울었다.

그는 교도소에서 나오려고 할 때 어떻게 그의 아버지와 어머니가 그를 기다리고 있었는지 말해줬다. 나는 화가 나서 그가 한 일에 대해 진심으로 박수를 보냈다. 그는 이 점에 대해 내게 매우 고마워했다. 다른 사람들은 자기 자신보다 아버지와 어머니를 생각해야 한다고 말할 것이고 자신과 같은 생각을 하는 사람을 찾은 것이 너무나 위안이 된다고 말했다. 그와 의견이 달랐다 하더라도 그렇게 말하지 말았어야 했지만 나는 그의 의견에 동의했고 그도 같은 생각을 하고 있어서 고마웠다. 그도 혼자서 똑같이 느꼈다. 나는 시어볼드와 크리스티나를 싫어했는데 내 생각에 동의하는 사람을 찾아서 즐거웠다.

그때 우리 둘에게 끔찍한 순간이 찾아왔다. 우체부가 아닌 방문객이 두드리는 노크 소리가 내 집 문 앞에서 들렸다. 나는 소리쳤다. "세상에, 왜 방문을 거절하지 않았을까? 아마도 네 아버지일 거야. 하지만 분명 이 시간에 올 일이 없어. 일단 네 침실로 가 있어라." 역시나 시어볼드와 크리스티나였다. 나는 어쩔 수 없이 그들을 들어오게 했다. 크리스티나는 몹시 울었고 시어볼드는 화를 내면서 말했다. 약 10분 후, 나는 그들의 아들이 어디 있는지 전혀 알지 못한다고 확실히 말한 후 두 사람을 돌려보냈다. 그들은 누군가 나와 아침을 먹은 흔적을 의심스럽게 바라보았다. 불쌍한 어니스트가 등장했다. 아침 식사 후 우리는 이 상황에 대해 논의했다. 나는 쥬프 부인 집에서 그의 옷과 책은 챙겨왔지만 가구, 그림, 피아노는 부인에게 그냥 쓰라며 남겨두었다. 어니스트는 이 집에 자기 옷이 있다는 소리를 듣자마자 사제 서품을 받기 전에 입었던 옷 한 벌을 꺼내 입었다. 그렇게 입으니 외모가 훨씬 나아 보였다. 그런 다음 우리는 그의 재정 상태로 넘어갔다. 그는 체포되기 하루 이틀 전 프라이어로부터 10파운드를 받았고 그 중 7~8파운드는 교도소에 들어갈 때 지갑에 있었다. 이 돈은 그가 출소할 때 돌려받았다. 그는 무엇을 사든 항상 현금을 냈기 때문에 갚아야 하는 빚은 없었다. 이것 외에 옷, 책, 그리고 가구를 가지고 있었다. 내가 말했듯이 그가 이민을 선택했다면 아버지로부터 100파운드를 받을 수 있었지만 어니스트와 나 둘 다 거절하는 것이 낫다는 데 동의했다. 이것이 전부였다.

그는 곧바로 일주일에 3~4실링 정도 비용이 들고 가구가 없는 다락방에 자리 잡고 재단사 일자리를 찾아보겠다고 했다. 나는 그가 무엇을 시작하는지는 별로 중요하지 않다고 생각했다. 무엇이든지 시작할 수 있다면 머지않아 자신에게 맞는 길을 찾을 것이라 확신했기 때문이다. 문제는 어떻게 시작하느냐였다. 천을 자르고 옷을 만들 수 있다는 것만으로는 충분하지 않았다. 말하자면 재단사의 가르침이 있어야 했다. 그는 양복점에 들어가서 누군가에게 한동안 지도를 받아야 한다. 남은 하루 동안 그는 자유에 익숙해지는 데 시간을 보냈다. 저녁에 나는 그를 올림픽 극장에 데리고 갔는데 그곳에서 롭슨이 연기한 맥베스에 대한 풍자극을 보았고 내 기억이 정확하다면 킬리 부인이 맥베스 부인 역할을 맡았다.

다음날 그는 일자리를 찾기 시작했고 나는 다섯 시까지 그를 보지 못했다. 그는 그때쯤 와서 성공하지 못했다고 말했다. 다음날도 또 다음날도 똑같았다. 가는 곳마다 늘 거절당했고 가끔 가게 밖에서 문전박대를 당했다. 비록 그가 아무 말도 하지 않았지만 표정에서 그가 두려워하고 있다는 것을 알 수 있었고 내가 구해줘야겠다고 생각하기 시작했다. 그는 오래된 것을 유지하는 건 쉽지만 새로운 것을 만드는 건 매우 어렵다는 것을 알았다.

그는 차와 함께 먹을 훈제청어를 사러 갔다가 무심코 생선 장수에게 말을 걸었다. 가게 주인이 말했다. "실망스럽네. 일을 잘 안다면 뭔가는 1페니나 2페니 어치로 팔릴 수 있다는 것을 왜 아무도 안 믿지? 예를 들어 쇠고등을 봐. 지난 토요일 밤에 나와 내 딸 엠마는 8시에서 11시 반 사이에 7파운드어치 쇠고등을 팔았어. 거의 대부분 1페니나 2페니고 반 페니짜리도 몇 개 있지만 그렇게 많지는 않아. 팔게 하는 것은 증기야. 우리는 그들을 계속 뜨겁게 끓여. 그리고 지하실에서 인도까지 증기가 강하게 올라올 때마다 사람들은 사러 오지. 하지만 증기가 꺼질 때마다 사람들은 사지 않지. 그래서 다 팔릴 때까지 몇 번이고 끓였어. 바로 그런 곳이야. 장사를 안다면 팔 수 있고 모르면 곧 망하지. 증기가 없었다면 밤새 쇠고둥 10실링어치도 못 팔았을 걸."

이 이야기를 듣고서 어니스트는 재단 일에 매달리기로 했지만 3~4일이 지나도 구직은 멀어 보였다.

나는 해야 할 일을 했다. 25년 넘게 거래했던 내 재단사를 찾아가 그의 조언을 구했다. 그는 어니스트의 계획이 가망 없다고 했다. 내 재단사였던 라킨스 씨가 말했다. "만약 14살에 시작했다면 그렇게 할 수 있겠지만 24살 남자는 어느 누구도 재단사들로 가득한 작업장에서 일하는 것을 견딜 수 없어요. 그는 그 사람들과 잘 지내지 못할 것이고 그들도 그와 어울리지 못할 거예요. 그가 그들과 '친해지고 잘 맞을' 거라 기대할 수 없고 그가 그렇더라도 동료들이 그를 좋아할 것이라 기대할 수 없어요. 사람은 자신과 다른 교육을 받은 사람들과 어울리기 전 술을 마시거나 하층 계급과 친해져야 해요." 라킨스 씨는 훨씬 더 많은 말을 했고 나를 자기 직원들이 일하는 곳으로 데려갔다. 그가 말했다. "대부분 작업장에 비하면 여기는 천국이죠. 그 신사분이 이런 곳을 2주 동안이나 견딜 수 있겠어요?" 뜨겁고 악취가 심한 곳에서 나는 5분 만에 나왔다. 그렇지만 어니스트는 일을 해야만 했다. 라킨스 씨는 비록 어니스트가 훌륭한 일꾼일지라도 어떤 주인도 남자들 사이에 성가신 일이 생길까 봐 그에게 일자리를 주지 않을 것이라 말했다. 나는 이 모든 점을 생각해 봐야겠다고 하면서 떠났다. 그 어느 때보다 어니스트를 식민지로 보내는 것이 낫지 않을까 하는 생각이 들어서 나는 당혹스러웠다. 그는 다섯 시쯤 집으로 돌아왔고 그때 나를 기다리고 있는 그를 보았다. 환한 표정을 하고 있던 그는 원하는 모든 것을 찾았다고 말했다.

71장

그는 지난 3~4일간 할 일을 찾아다닌 것 같았다. 어쨌든 일을 찾는 방법보다 무슨 일을 하고 싶은지 더 잘 알았다. 그런데도 그가 원했던 것은 사실 너무 쉽게 찾을 수 있어서 자신과 같은 고학력자는 그것을 찾지 못했다. 아무리 그렇다 해도 그는 두려웠고 지금은 아무도 없는 곳에서 사자를 보는 듯한 충격과 공포를 느꼈다. 그리고 밤마다 낙담하고 아무 성과 없이 레이스톨 가에 있는 숙소로 돌아갔다. 그는 이 문제에 대해 자신감이 없었고 나는 그가 저녁에 무엇을 했는지 묻지 않았다. 마침내 아무리 고통스럽더라도 자신을 도울 사람이 있다면 그 사람이 쥬프 부인이라 생각한 그는 그녀를 찾아가야겠다는 결론을 내렸다. 7시부터 9시쯤까지 쓸쓸하게 걷다가 더 이상 미루지 말고 애쉬핏 플레이스로 가서 부인에게 허심탄회하게 털어놓겠다고 결심했다.

어니스트가 폐를 끼치려고 생각하는 일보다 쥬프 부인이 더 좋아할 일은 없었다. 겁먹고 망가진 상태라면 지금 그가 제안한 것보다 훨씬 더 잘할 수 있었을지도 모른다. 부인 덕분에 그녀에게 슬픔을 쉽게 털어놨을 것이다. 사실 그녀는 그가 어디 있는지 알기 전 모두 털어놓을 수 있도록 잘 달랬을 것이다. 그러나 운명은 부인 편이 아니었다. 그는 결심을 굳히지 못했고 부인의 집 방향으로 100야드 이상 가지 않았기 때문에 내 영웅과 전 집주인의 만남은 무기한 연기되었다. 그때 어떤 여자가 다가가 말을 걸었다. 그는 다른 많은 사람에게서 돌아섰던 것처럼 그녀에게서도 돌아서고 있었다. 그는 그녀의 얼굴을 거의 보지 못했지만 얼굴을 보려고 서둘러 달려가는 그녀를 따라갔다. 8년 전 어머니가 해고한 가정부 엘렌이었다.

그는 엘렌이 자기를 보고 싶어 하지 않는 진짜 이유를 이해해야 했지만 그녀가 자신의 수치스러운 일을 듣고 그를 무시하고 외면하고 있다고 생각했다. 세상을 향해 결심했던 것만큼 그는 용감해야 했고 이 순간은 각오했던 것보다 더 컸다. "뭐야! 너도 날 피해, 엘렌?" 그가 소리쳤다. 그녀는 비통하게 울었고 그를 이해하지 못했다. "아, 어니스트 도런님." 그녀가 흐느끼며 말했다. "절 보내주세요. 지금 저 같은 사람하고 말을 나누기에 도런님은 너무 좋은 분이에요." 그가 말했다. "아니, 엘렌. 무슨 엉뚱한 소리야. 넌 교도소에 간 적은 없잖아, 안 그래?" "오, 아뇨, 아뇨, 아니에요. 그렇게 나쁜 짓은 안 했어요." 그녀가 격렬하게 외쳤다. 어니스트는 억지로 웃으며 말했다. "있지, 나 6개월간 중노동형을 살고 3~4일 전에 나왔어." 엘렌은 그 말을 믿지 않았지만 "세상에! 어니스트 도런님"이라고 말하며 그를 바라봤고 바로 눈물을 닦았다. 사실 엘렌도 여러 번 교도소에 갇혔고 어니스트를 믿지는 않았지만 그가 교도소에 있었다고 말한 것만으로도 더 편해졌기에 두 사람 사이의 얼음은 깨졌다. 그녀에게는 두 부류의 사람이 있었는데 교도소에 있었던 사람들과 그렇지 않은 사람들이었다. 첫 번째는 동료들과 기독교인들이라 생각했고 두 번째는 거의 예외 없이 의심스러워하고 경멸적으로 바라봤다.

그 후 어니스트는 그녀에게 지난 6개월간의 일을 말했고 점점 그녀는 그를 믿었다. 15분 정도 이야기를 나눈 후 그녀가 말했다. "어니스트 도런님. 곱창과 양파를 파는 곳이 있어요. 도런님이 늘 곱창과 양파를 너무 좋아했다는 걸 알아요. 가서 좀 먹고 거기서 더 이야기

나눠요." 그래서 두 사람은 길 건너 가게로 들어갔다. 어니스트는 저녁을 주문했다. "그럼 도련님 어머니와 아버지는 어떻게 지내세요?" 엘렌은 평정을 되찾고 내 영웅과 있는 것이 익숙해졌다. 그녀가 말했다. "아, 저는 도련님 아버지를 좋아했어요. 그분은 훌륭한 신사였어요. 어머니도 그렇고요. 누구든 그녀와 살면 좋을 거예요." 어니스트는 놀라서 무슨 말을 해야 할지 몰랐다. 그는 엘렌이 받은 처우에 분개할 거라 생각했고 엘렌이 지금 이렇게 된 것은 아버지와 어머니 탓이라고 하려고 했다. 그런데 그렇지 않았다. 배터스비에 대한 그녀의 유일한 기억은 그녀가 먹고 마실 게 많았던 곳, 힘든 일이 많지 않았던 곳, 그리고 그녀가 꾸중을 듣지 않았던 곳이었다. 그녀는 어니스트가 그의 아버지와 어머니와 싸웠다는 말을 들었을 때 당연히 전적으로 어니스트가 잘못했다고 생각했다. "아, 도련님 어머니!" 엘렌이 말했다. "그녀는 항상 당신을 무척 좋아했어요. 그분은 도련님을 가장 좋아했어요. 저는 당신과 그녀 사이의 어떤 것도 생각할 수 없어요. 지금도 응접실에서 저에게 교리를 가르쳐 주신 거 생각나요. 오, 어니스트 도련님. 어머니와 화해하세요. 그렇게 해야 해요."

어니스트는 유감스러웠지만 이미 너무나 용감하게 저항했다. 악마는 엘렌을 통해 부모님의 문제를 끄집어내는 수고를 덜었을지도 모른다. 그는 화제를 바꿨고 두 사람은 곱창과 맥주를 먹으면서 친해졌다. 엘렌은 어니스트가 이 시기에 가장 자유롭게 말할 수 있는 사람일 것이다. 그는 다른 누구에게도 말할 수 없다고 생각한 것을 말했다. 그는 말을 맺었다. "저기 있잖아, 엘렌. 나는 어렸을 때 배워서는 안 될 것들을 배웠고 그걸 바로잡을 기회가 전혀 없었어." "좋은 집안의 사람들은 늘 그렇죠." 엘렌은 생각에 잠긴 채 말했다. "나는 네 말이 옳다고 생각하지만 난 더 이상 신사가 아니야, 엘렌. 그리고 나는 왜 그렇게 되어야 하는지 모르겠어. 내가 되도록 빨리 다른 사람이 될 수 있게 도와줬으면 좋겠어." "어니스트 도련님, 무슨 뜻이에요?" 두 사람은 곧 식당에서 함께 페터 가를 걸었다. 엘렌은 배터스비를 떠난 후 힘든 시간을 보냈기에 그들에 대한 기억이 거의 남지 않았다.

어니스트는 소년 시절 기억했던 싱그러운 미소를 띤 얼굴, 보조개가 있는 뺨, 맑고 푸른 눈동자, 사랑스러운 스핑크스와 같은 입술만을 보았다. 19살 때 그녀는 나이보다 많이 보였지만 지금 그녀는 나이보다 훨씬 젊어 보였다. 실제로 어니스트가 그녀를 마지막으로 봤을 때보다 나이 들어 보이지 않았다. 옷 상태가 좋지 않은 것은 그녀가 독주에 빠졌기 때문이고 모두 다 합쳐서 그보다 교도소에서 5~6배의 기간 동안 복역했다는 것을 그는 결코 몰랐다. 엘렌이 저녁을 먹는 동안 여러 번 말했던 추레한 옷차림은 점잖게 보이려 하는 거라고 생각했다. 그는 그녀가 맥주 1파인트만 마셔도 취기가 돈다고 말하는 모습에 매료되었고 많은 불평 뒤 그녀는 겨우 통째로 마셨다. 그에게 그녀는 하늘에서 떨어진 천사처럼 보였고 타락한 천사이기 때문에 더욱 쉽게 다가갈 수 있었다.

그녀와 함께 페터 가를 따라 레이스톨 가를 향해 걸어갈 때 누구보다 반가웠던 사람을 우연히 만나게 한 하나님의 경이로운 선함에 대해 생각했다. 사람들은 전능하신 하나님께 특별히 은혜 받는다고 생각하면 자신의 언행에 신경 써야 하며 악마의 모습이 더 특별하게 보인다면 악마가 그들보다 더 나쁜 짓을 하고 있다는 것을 기억해야 한다. 저녁을 먹는 동안 엘렌은 그와 결혼하고 싶을 만큼 강렬함을 느꼈고 그와 이야기를 나눌수록 그러한 기분은 더욱 커졌다. 그는 누군가와 결혼해야 한다. 그것은 이미 정해진 일이었다. 하지만 아무 여자와 결혼할 수 없었다. 그는 가난한 여자와 결혼해야 한다. 하지만 타락한 사람은? 그는 타락하지 않았나? 엘렌은 더 이상 타락하지 않을 것이다. 그는 이것을 확인하기 위해 그녀를 바라보기만 했다. 그들이 결혼하기 전 잠깐이라도 동거할 수는 없었다. 그는 더 이상 기독교의 초자연적인 요소를 믿지 않았다. 어쨌든 기독교의 도덕률은 논쟁의 여지가 없었다. 게다가 그들은 아이를 가질 수도 있고 낙인이 찍힐 수도 있다. 지금 그 자신 말고 누구와 상의할 수 있는가? 부모님은 결코 알 필요가 없으며 설사 알더라도 엘렌처럼 그를 행복하게 해줄 어떤 여자와 결혼한다는 것에 감사해야 한다. 가난한 사람들은 결혼 비용을 어떻게 감당했을까? 훌륭한 아내가 도움이 되지 않았나? 두 사람이 어디서 살 수 있을까? 만약 엘렌이 그보다 3~4살 연상이라면?

여러분은 누군가에게 첫눈에 반한 적이 있는가? 첫눈에 사랑에 빠졌을 때 사랑하는 사람이 생겼다는 생각만 하고 고려해야 할 모든 문제를 잊어버리는 데 얼마나 걸렸나? 만약 당신에게 부모님이 없다면, 돈, 지위, 친구, 출세한 직업이라고 할 만한 게 없다면, 그리고 당신이 좋아하는 대상이 당신처럼 아무런 장애물도 없다면? 사랑하고 의지하며 서로의 짐을 덜어줄 수 있는 사람을 갈망하는 사람이라고 가정해보라. 끔찍한 일 때문에 먹먹한데 갑자기 당신 앞에 행복한 앞날이 밝게 비췄다고 가정해보라. 이런 상황에서 당신에게 주어진 어떤 기회를 받아들이기 전 얼마나 오래 생각할 것 같은가? 나의 영웅은 오래 걸리지 않았다. 그는 페터 가의 꼭대기 근처에 있는 햄과 소고기 가게를 지나기 전, 법원에서 허가를 받아 결혼하기 전까지 엘렌에게 함께 살자고 말했다. 이번에는 악마가 낄낄대며 자신의 게임에 어느 정도 자신 있었을 거라고 생각한다.

72장

어니스트는 엘렌에게 일자리 찾기가 어렵다고 말했다. "그럼 가게를 해보는 건 어때요?" 엘렌이 말했다. "작은 가게를 해보지 그래요?" 어니스트는 비용이 얼마나 들어가는지 물었다. 엘렌은 엘러펀트 앤드 캐슬 인근 작은 거리에 있는 집을 일주일에 17실링이나 18실링에 빌릴 수 있고 뒷방과 가게를 포함해 꼭대기 층 두 개는 일주일에 10실링이라고 했다. 만약 5~6파운드를 모아서 중고 옷들을 사면 그것들을 수선하고 세탁해서 그녀는 여성복을 담당하고 그는 남성복을 담당할 수 있다. 그리고 그가 주문을 받는다면 옷을 수선하고 만들 수 있을 것이다. 이런 방식으로 하면 곧 일주일에 2파운드를 벌 수 있다. 그녀의 친구가 그렇게 시작해서 지금은 더 좋은 가게로 이사했고 최소 일주일에 5파운드나 6파운드는 번다고 했다. 엘렌은 물건을 사고파는 일을 많이 했다. 정말 새로운 빛이 보였다. 갑자기 5,000파운드를 다시 찾은 것 같았고 또 나중에 더 많이 벌 수 있을 거 같았다. 엘렌은 수호신 그 이상이었다. 베이컨 요리를 잘했고 그에게 아침마다 커피와 잘 구워진 토스트를 만들어줬다. 그녀는 어떻게 생활비를 버는지 그에게 알려줬을 뿐만 아니라 너무 예쁘게 웃으며 그의 편안함까지 보살폈다. 사실상 잃어버린 위상에 대해 신경 썼던 모든 면에서 그를 되살렸고 오히려 더 나았다고 할 수 있었다.

그는 일어났던 모든 일을 말하는 데 약간 어려워했다. 자신의 이야기를 다른 사람에게 해야 한다는 걸 알았을 때 불안감을 느끼기도 했다. 나는 앞에서 말한 것처럼 거의 모든 이야기를 알 때까지 물었다. 그러고 싶지 않았지만 나는 매우 화가 났다. 그녀를 본 적도 없었는데 어니스트가 말도 없이 결혼을 하겠다고 했으니 말이다. 지금 나는 짜증을 감추려 노력하고 있지만 이렇게 말해야 할 의무도 없다. 상당한 재산의 상속자인 한 젊은이가 엘렌과 같은 사람에게 자신을 내던졌다는 것에 매우 화가 났고 모든 것이 예상치 못한 일이라 더욱 그랬다. 나는 엘렌을 조금 더 알기 전까지 결혼하지 말라고 간청했다. 그는 듣지 않았다. 오히려 바로 가서 하겠다며 으름장을 놓았다. 나는 지금까지 그를 다루기가 매우 쉽다고 생각했지만 이 문제만큼은 내가 어찌 할 도리가 없었다. 최근 그는 부모님 문제를 말끔하게 해결했다고 생각해 더욱 기세등등했다. 나는 그의 처지에 대해 사실대로 말해야 하지만 아직 그러지 않기로 했다. 사실 그의 관점에서 보자면 그가 하는 일이 터무니없는 것은 아니었다. 그는 몇 년 전 엘렌을 매우 좋아했다. 그녀는 존경할 만한 사람들 사이에서 태어났고 성격이 좋았으며 배터스비에서 누구나 그녀를 좋아했다. 영민하고 똑똑하고 열심히 일하는 소녀였다. 그리고 매우 예뻤다. 마침내 그들이 다시 만났을 때 그녀는 진중하게 행동했고 겸손과 차분함이 성격에 깊게 묻어났다.

나는 내 어린 친구에게 행운을 빌어주었고 만약 수중에 돈이 부족하다면 가게를 시작하는 데 필요한 돈은 얼마든지 줄 것이라고 말했다. 그는 고맙다고 말했고 옷 수선할 게 있으면 모두 맡겨달라고 부탁했다. 나는 그와 함께 있을 때보다 그가 없을 때 더 화가 났다. 솔직하고 소년 같은 얼굴은 행복으로 빛나고 있었다. 케임브리지를 제외하고 그는 행복이 무엇을 의미하는지 거의 알지 못했으며 심지어 그곳에서도 지혜로움은 완전히 배제된 채 어두웠다. 나는 이렇게 말할 만큼 세상과 그에 대해 충분히 봐왔지만 그를 돕는 것이 불가능하다고 생각했다. 어떤 사람은 어린 물개가 헤엄치는 법을 배우는 것을 원하지 않고 새가 날기를 원하지 않는다고 생각할 것이다. 그러나 실제로 물개는 부모가 헤엄치는 법을 가르쳐주기 전에 바다에 깊이 빠지면 익사한다. 어린 매조차도 나는 법을 배워야 한다. 젊은이들 사이에서 스스로 뭔가를 찾아내야 한다고 말하는 것이 유행임을 안다. 방해가 되지 않는 범위 내에서 공정한 경기를 한다면 그렇게 할 것이다. 그러나 그들은 공정한 경기를 거의 하지 않는다. 보통 부정행위를 한다.

어니스트가 나와 함께 있는 동안 엘렌은 엘러펀트 앤 캐슬 근처 템스 강 남쪽에 있는 가게를 찾고 있었는데 그곳은 당시 새롭게 떠오르는 동네였다. 한 시가 되자 그녀는 몇 군데를 골랐고 밤이 되기 전 두 사람은 결정을 내렸다. 그가 엘렌을 데려왔다. 나는 그녀를 보고 싶지 않았지만 거절할 수는 없었다. 그는 몇 실링을 주고 그녀의 옷을 샀고 그녀는 말쑥하게 차려입었다. 실제로 그녀는 매우 예뻤기 때문에 다른 상황들을 생각해보면 어니스트의 열병은 당연했다. 그 후 나는 가게로 끌려갔다. 어니스트의 가게는 비어 있었는데 더럽고 냄새가 났다. 그 집은 낡지 않았지만 날림으로 지어져서 내구성이 전혀 없었다. 따뜻하고 조용하기는 해서 몇 달 동안 건강을 유지할 수 있을 것이다. 현재 몇 주 동안 비어 있어서 밤에는 고양이들이 드나들었고 낮에는 소년들이 창문을 깨뜨렸다. 응접실 바닥은 돌과 흙으로 덮여 있었고 길에는 죽은 개가 무방비 상태로 던져져 있었다. 집안 곳곳에서 냄새가 났지만 벌레나 쥐나 고양이 냄새인지 배수구 냄새인지 아니면 네 가지 모두 합쳐진 냄새인지 알 수 없었다. 창틀은 맞지 않았고 문짝은 헐렁했다. 바닥에는 구멍이 적지 않았다. 자물쇠는 헐거웠고 벽지는 찢어지고 더러웠다. 계단은 약하고 발 디딤판은 주저앉았다.

이러한 단점들에 더해 마지막 세입자의 아내가 몇 주 전 목을 매

자살했다는 사실 때문에 그 집의 평판은 더 나빴다. 구멍가게로 탁월한 위치임에도 불구하고 오랫동안 빈집으로 있었던 것은 바로 이 때문이었다. 마지막 세입자는 조사 직후 떠났고 주인이 일을 제대로 했다면 비극은 빨리 잊혔을 것이다. 하지만 나쁜 집 상태와 평판의 조합으로 많은 사람이 그 집을 꺼려했고 엘렌 같은 사람만이 사업적으로 훌륭한 곳임을 알아볼 수 있었다. 가까운 곳에 중고 옷가게가 없어서 지저분한 상태와 평판을 제외하고는 모든 것이 유리하게 갖춰졌다. 그곳을 봤을 때 나는 그렇게 끔찍한 곳에서 살 바에는 차라리 죽는 것이 낫겠다고 생각했다. 어니스트는 레이스톨 가에 하숙하고 있었고 막 교도소에서 나왔다. 그전에는 애쉬핏 플레이스에서 살았기 때문에 이 집에 대한 두려움은 없었다. 문제는 집주인 때문에 이사하기 힘들다는 것이었다. 마지막 세입자가 지불한 것과 같은 임대료로 5년 동안 집을 임대하는 것으로 해결했다. 나는 그곳을 어니스트에게 다시 빌려줬고 수리에 신경 썼다.

일주일 후 그 집을 방문했고 모든 것이 너무 완전히 바뀌어서 집을 알아볼 수 없었다. 천장은 흰색으로 칠해졌고, 방은 모두 도배했으며, 깨진 유리는 새것으로 바꿨고, 결함이 있던 목조 부분은 고쳐졌고, 창틀과 찬장, 문은 페인트칠이 됐다. 배수구들은 철저하게 정비되었고 사실상 고칠 수 있는 모든 것을 다 고쳤던 것이다. 최근에 봤을 때 으스스했던 방들은 이제 쾌적해졌다. 이제야 나는 그곳에서 살 수 있을 것 같았다. 그는 모두 나와 엘렌 덕분이라고 말했다.

가게에는 이미 카운터와 물품 몇 개가 있었고 이제 재고를 확보하고 판매 준비만 하면 됐다. 어니스트는 이곳이 중고 옷을 파는 곳이기 때문에 자신의 성직자 옷과 책을 파는 것으로 시작할 수 없다고 말했지만 엘렌은 책 몇 권을 못 팔 이유가 없다고 했다. 그래서 그가 중등학교와 대학에서 봤던 모든 책을 가져와 한 권당 1실링에 팔기 시작했다. 나는 몇 년 동안 공부했던 책의 내용보다 가게 앞 의자에 책을 쌓아놓고 팔면서 실용적인 것을 더 많이 배웠다고 그가 말하는 것을 들었다. 그는 팔 수 있는 책과 팔 수 없는 책은 무엇이며 얼마나 팔 수 있는지를 조사했다. 더불어 책 판매뿐만 아니라 옷 판매에도 참여하기 시작했고 얼마 지나지 않아 이 일은 재단일 만큼이나 중요해졌다. 나는 기부를 하고 조건을 내걸었다. 어니스트는 다시 일어설 수 있을 때까지 옛 생활을 완전히 잊고 싶어 했다. 만약 내버려뒀다면 그는 엘렌과 함께 가게 뒷방과 부엌에서 살았을 것이고 원래 계약 조건대로 위층 모두를 내줘야 했을 것이다. 그러나 나는 그가 음악과 편지, 그리고 고상한 생활에서 뒤처지는 것을 원치 않았다. 2층 앞쪽 방과 뒤쪽 방을 내가 쓰는 것으로 하고 쥬프 부인의 집에 남겨진 가구들로 채우자고 고집한 사람은 바로 나였다. 나는 그의 물건들을 적은 돈으로 사서 현재 사는 곳으로 옮겼다.

어니스트가 애쉬핏 플레이스에 가는 것을 꺼려서 내가 이 모든 것을 정리하려고 쥬프 부인의 집에 갔다. 불쌍한 노파는 정말 정직했다. 나는 그녀에게 프라이어가 어니스트의 모두 돈을 들고 달아났다고 말했다. 그녀는 프라이어를 싫어했다. 그리고 그녀가 외쳤다. "프라이어처럼 얼굴이 그렇게 창백한 사람은 처음이었어요. 온몸에 제대로 된 정맥이 없는 거 같았죠. 그는 아침마다 폰티펙스와 식사를 했는데 날 완전히 그림자 취급했어요. 그의 마음에 드는 건 하나도 없었어요. 처음에는 달걀과 베이컨을 해줬는데 그걸 안 좋아했어요. 이후 생선 요리를 해줬는데 역시 안 좋아했어요. 선생님도 아시다시피 생선은 귀하잖아요. 다음에는 독일 음식을 조금 해줬는데 얼굴이 벌개졌다고 했어요. 그래서 소시지를 해줬는데 독일 음식보다 별로라고 했어요. 전 제 방을 돌아다니며 내심 초조해하며 그 보잘 것 없는 아침 식사 때문에 몇 시간이나 울었어요. 반면 폰티펙스 씨는 그러지 않았어요. 무엇을 주든 좋아했어요." 그녀는 계속 말했다. "그리고 피아노도 그랬어요. 폰티펙스 씨가 연주하는 곡이 얼마나 아름답던지, 내가 들어본 것 중에서 제일 좋았어요. 한 번은 그 사람이 연주할 때 저는 방에 있었는데 제가 '오, 폰티펙스 씨, 그 곡은 꼭 저 같아요'라고 말하니까 '아뇨, 쥬프 부인, 이 곡은 오래됐지만 누구도 부인이 늙었다고 말할 수 없어요'라고 했어요. 물론 빈말이고 아첨일 뿐이었죠."

나처럼 그녀도 그의 결혼에 짜증을 냈다. 그녀는 그가 결혼하는 것도, 결혼하지 않는 것도 싫어했다. 어쨌든 그것은 엘렌의 잘못이지 그의 잘못이 아니었고 그녀는 그가 행복하기를 바랐다. "하지만 결국 선생님이나 저나 그 사람도 그녀도 아니에요. 딱히 다른 말이 없으니까 결혼의 행운이라고 말해야겠어요"라고 그녀는 말을 맺었다. 어니스트가 사는 곳에 가구가 도착했다. 2층에는 피아노, 테이블, 사진, 책장, 팔걸이의자 두 개, 그리고 케임브리지에서 가져온 모든 생활필수품들을 두었다. 안쪽 방에는 애쉬핏 플레이스에 살 때 침실에 있던 가구들과 아래층 신부 방에서 가져온 새 가구들이 놓였다. 2층 방 두 개는 내 소유로 하겠다고 고집했지만 그가 원할 때마다 사용하기로 했다. 그는 아내가 아프거나 그가 아플 경우를 대비해 그 침실을 남겨뒀다.

출소한 지 2주도 안 돼서 모든 정리가 끝났다. 어니스트는 수감생활 이전의 삶과 다시 연결되었다고 느꼈다. 그러나 몇 가지 중요한 차이점이 생겼고 그것은 그에게 큰 도움이 되었다. 그는 더 이상 성직자가 아니었다. 곧 사랑하는 여자와 결혼할 것이고 부모님과는 영원히 헤어졌다. 그는 돈과 명성, 그리고 신사로서의 지위를 잃었다. 혹시라도 그에게 현재가 나은지 체포 전 그날이 나은지 묻는다면 그는 조금도 주저하지 않고 현재가 더 좋다고 했을 것이다. 만약 현재를 그가 겪어온 모든 것을 대가로 치러야 얻을 수 있다면 다시 겪었을 것이다. 돈을 잃어버린 것은 최악이었지만 엘렌은 자신들이 성공할 거라 확신했다. 잃어버린 명성도 엘렌을 만났기에 상관없었다.

　나는 그날 오후 마무리된 집을 보았고 물건들을 사서 팔기만 하면 됐다. 내가 떠난 후, 그는 파이프 담배에 불을 붙이고 피아노 앞에 앉았다. 그리고 한 시간 정도 헨델 곡을 연주했고 테이블에 앉았다. 그는 성직자였을 때 썼던 모든 설교문과 신학 작품들을 불태웠다. 그것들이 불타는 것을 보면서 다른 큰 걱정거리가 사라지는 거 같았다. 그런 다음 그는 케임브리지 학부 생활의 후반기에 쓰기 시작했던 여러 작품을 가져와 몇 부분은 지우고 다시 쓰기 시작했다. 10시를 알리는 종소리가 들리고 침실로 갈 때까지 그는 조용히 작업했고 매우 행복하다고 느꼈다.

　다음날 엘렌은 그를 데벤함 경매소로 데리고 가서 경매실 곳곳에 걸려 있는 많은 옷을 살펴봤다. 그녀는 경매 물품별로 얼마에 팔리는지 알 만큼 경험이 많았다. 뿐만 아니라 경매 물품을 꼼꼼히 살피고 계산했다. 그 짧은 시간 동안 어니스트는 경매 물품별로 얼마로 해야 할지를 생각했고 결국 12개를 흥정했다. 그는 이 일을 정말로 좋아했고 체력에 부담을 주지 않고 돈을 버는 일이라면 무엇이든 좋아했을 것이다. 엘렌은 이번 경매 때 아무것도 사지 말자고 했다. 또한 첫 경매를 보고 가격이 실제로 어떻게 되는지 지켜보는 것이 좋겠다고 말했다. 경매가 시작되는 12시에 그와 엘렌이 찍어둔 경매 물품이 낙찰되는 것을 보았고 경매가 끝났을 때쯤 그는 정말로 사고 싶을 때마다 안전하게 입찰할 수 있을 만큼 충분히 알게 되었다. 이런 지식은 정말 배우고 싶은 사람이라면 누구나 쉽게 습득할 수 있다. 그러나 엘렌은 적어도 지금은 그가 경매에서 사는 것을 원치 않았다. 개인 거래가 최고라고 그녀는 말했다. 예를 들어 내게 헌옷이 있다면 그는 내 세탁부에서 그것들을 사서 다른 세탁부들에게 연락해 주인들이 어떤 옷을 주든 지금 그들이 받는 것보다 조금 더 쳐서 줘도 꽤 이익이 생긴다.

만약 신사들이 그들의 옷을 팔려고 한다면 그는 그것들을 자신에게 팔도록 할 것이다. 악의에 찬 어떤 요정이 이 때문에 그를 저주하려 했다면 그 요정은 자신의 악의를 너무 지나치게 이용했다고밖에 할 수 없다. 그는 자신이 이상한 일을 하고 있다는 것을 알지 못했다. 돈이 없다는 것을 알았을 뿐이고 자신과 아내, 그리고 어쩌면 가족을 부양해야 했다. 그는 저녁에 약간의 여가를 즐기기 원했을 뿐이다. 지금하고 있는 것보다 더 잘할 수 있는 방법을 알려줄 사람이 있다면 그들에게 고마워해야겠지만 그는 충분히 잘하고 있었다. 첫 주말에 두 사람은 3파운드의 순익을 냈다는 것을 알았다. 몇 주 만에 순익은 4파운드로 늘었다. 새해에는 일주일 만에 5파운드 이익을 얻었다.

어니스트는 법적으로 결혼할 수 있는 첫 날에 결혼한다는 계획을 고수했기 때문에 결혼한 지 두 달쯤 되었다. 이 날짜는 레이스톨 가에서 블랙프리아스로 주거지를 옮기면서 약간 지연되었지만 결혼할 수 있는 첫 날에 하기는 했다. 그는 부유했던 시절에도 1년에 250파운드 이상 가져본 적이 없었다. 그래서 일주일에 5파운드의 수익이 꾸준히 유지된다면 꽤 괜찮았다. 우리 모두 알다시피 번영은 에너지와 감각에 크게 좌우되지만 순전히 운에 좌우되지는 않는다. 말하자면 연결고리가 너무 뒤엉켜 있어서 그것들을 찾아내기보다는 존재하지 않는다고 말하는 게 더 쉽다. 어떤 이웃은 잘될 거 같다는 훌륭한 평판을 얻지만 갑자기 다른 이웃 때문에 가려져 아무도 그렇게 유망하다고 생각하지 않을 수도 있다. 확실히 알 수 있는 것은 거의 없기에 모든 사람이 말하는 것보다 더 많이 알려고 하지 말고 나머지는 운에 맡기는 것이 낫다. 지금까지 내 영웅에게 그다지 친절하지 않았던 행운은 이제 그를 보호하는 것 같았다. 그 동네는 번창했고 그도 그랬다. 그가 물건을 사서 가게에 들여놓으면 30~50% 수익을 남기고 팔았다. 그는 회계를 배워 장부를 꼼꼼하게 살폈고 곧 성공을 거뒀다. 책, 음악, 잡동사니, 가구 등 옷 외에 다른 것들을 사기 시작했다. 행운인지, 사업적 소질인지, 혹은 손님을 향한 공손함 때문인지 나는 말할 수 없다. 하지만 놀랍게도 가장 무모한 꿈이었는데도 기대했던 것보다 빨리 좋아졌고 부활절 무렵에는 1년에 4,500파운드를 벌고 그것을 불리는 방법도 아는 사업장의 주인으로 확실히 자리를 잡았다.

73장

엘렌과 그는 금전적 상황이 점점 좋아졌다. 그는 그녀를 매우 좋아했고 그녀에게 매우 잘했다. 엘렌은 하루 일과가 끝난 후 내가 가끔 방문하는 2층 응접실에 앉아서 자신의 시간을 대부분 보내는 어니스트를 질투하지 않는 것 같았다. 원하면 함께 앉을 수도 있지만 어쨌든 그녀는 보통 아래층에 있는 것으로 충분했다. 그는 결혼 생활이 너무 행복했다.

그의 취향은 사치스럽지 않았기 때문에 지출을 줄이는 건 쉬웠다. 그는 연극, 일요일의 시골 나들이, 그리고 담배를 좋아했지만 글과 음악 외에는 관심을 줄였다. 그는 평범한 연주회들을 싫어했다. 또한 헨델을 숭배했다. 하지만 음악에 별로 돈을 쓰지 않았다. 연극은 그들이 원하는 만큼 볼 수 있게 했기 때문에 돈이 전혀 들지 않았다. 일요일의 외출은 작은 것이었다. 1~2실링으로 시내에서 충분히 벗어난 곳으로 가는 왕복표를 사서 하루 동안 즐겁게 산책을 하고 완전히 기분 전환을 했다. 엘렌은 처음 몇 번 그와 함께 갔지만 체력적으로 버겁다고 말했고 그녀가 가끔 만나고 싶어 하는 오랜 친구들이 몇 명 있었는데 그들과 그는 아마도 잘 어울리지 않을 것 같았기 때문에 엘렌은 그가 혼자 가는 것이 더 나을 것이라고 말했다. 이는 매우 현명해 보였고 어니스트한테 편했기 때문에 쉽게 수긍했으며 그녀가 어떻게 이 문제를 처리했는지 들었을 때 그는 의심하지 않았다. 그의 가장 큰 기쁨

중 하나는 글쓰기였다. 만약 어떤 남자가 작은 스케치북을 가지고 다니며 계속해서 밑그림을 그린다면 예술적 본능이 있는 것이다. 많은 것들이 정당한 성장을 방해할 수도 있지만 본능은 늘 그곳에 있다. 어니스트는 공책을 늘 가지고 다녔다. 케임브리지에 다닐 때 그런 습관이 시작됐다. 때때로 책을 필사한 이런 공책들이 쌓이면 그는 색인을 만들면서 계속해 나갔다. 이 사실을 알았을 때 나는 그에게 문학적 자질이 있음을 알았고 그의 공책을 보았을 때 큰 기대를 걸기 시작했다.

하지만 오랫동안 나는 실망했다. 그는 선택한 주제의 본질 때문에 뒤로 물러나 있었다. 주제들은 주로 형이상학적이었다. 나는 그가 그런 주제에서 벗어나 일반 대중이 더 크게 관심 갖는 문제로 이끌려고 노력했지만 허사였다. 그에게 사람들이 가장 잘 알고 좋아하는 것으로 가득한 멋지고 우아한 짧은 이야기를 적어보라고 간청했을 때 그는 바로 믿음의 근거를 보여주는 논문을 쓰기 시작했다. 내가 말했다. "너는 흙탕물을 휘젓거나 잠자는 개를 건드리고 있어. 현명한 사람들은 의식하지 않는 일을 다시 생각해 보라고 하지. 네가 건들려는 사람들은 너의 앞에 있지 네 생각대로 뒤에 있지 않아. 굼뜬 사람은 그들이 아니라 너야." 그는 그 사실을 알지 못했다. 나는 당시 《성급한 그리젤다》라는 작품을 쓰고 있었는데 가끔 어떤 일이나 상황에 대해서는 어찌할 바를 몰랐다. 그때 그는 나에게 많은 제안을 했고 모든 제안의 감각은 뛰어났다. 그런데도 나는 그에게 철학을 접으라고 설득할 수 없었고 그를 혼자 내버려둘 수밖에 없었다.

오랫동안 그가 선택한 주제들이 마음에 들지 않았다. 그는 지금까지 널리 알려진 모든 체계가 그랬듯이 매번 손길이 닿을 때마다 바뀌는 것에 화를 내기보다 모든 상황에서 네 발로 뛰어야 하는 체계의 형태로 현자의 돌을 찾거나 만들 수 있는 바람으로 과학적이고 형이상학적인 작가들을 계속 연구했다. 너무 오랫동안 이룰 수 없는 환상을 좋아서 나는 기대를 내려놓고 그를 포기했었지만 놀랍게도 그는 원했던 것을 찾았다고 했다. 이것을 알게 된 그는 마치 상상할 수 있는 가장 완벽한 체계를 발견한 것처럼 기뻐했다. 그가 원했던 것은 그것이 어떤 식이어야 하는지 아는 것뿐이었다. 즉 그 체계가 가능한지를 말하는 것이고 가능하면 어떤 체계가 되어야 하는지를 말하는 것이었다. 절대적인 확실성에 바탕을 둔 체계는 불가능하다는 것을 알았기 때문에 그는 만족했다.

그가 말했다. "맞아요. 하지만 전 현명하게 태어나지 않았어요. 평범한 힘을 가진 아이는 잘 알지도 못하면서 1~2살 때 걷는 법을 배우잖아요. 평범한 힘을 잃은 아이는 아예 배우지 않는 것보다 열심히 배우는 것이 낫잖아요. 제가 강하지 못해서 유감이지만 제가 했던 것처럼 그렇게 하는 것이 유일한 기회예요." 그는 너무 온화해 보였기에 나는 내가 했던 말에 화가 났고 특히 여러 일을 상식적으로 보게 하는 그의 능력을 분명히 망쳤던 성장 과정을 떠올렸을 때 더욱 그랬다. 그가 말을 이었다. "이제 다 알겠어요. 토넬리 같은 사람들이 알 가치가 있는 모든 것을 아는 유일한 사람들이고 물론 저는 결코 그럴 수 없어요. 하지만 토넬리도 그것을 알기 위해서는 장작을 패고 물을 긷는 사람들이 있어야 해요. 사실 토넬리처럼 우아하고 본능적으로 그것을 적용할 수 있는 사람들에게 도달하기 전에 의식적인 지식이 전해져야 해요. 나는 장작을 패는 사람이지만 솔직하게 그 자리를 받아들이고 토넬리 같은 사람인 척하지 않는다면 그것은 문제가 되지 않아요." 그는 내가 바랐던 대로 문학에 눈을 돌리지 않고 여전히 과학에 몰두했지만 지식을 늘릴 수 있는 특정 주제에 대한 탐문에만 집중했다. 무한한 번뇌를 겪고 나서 그는 모든 지식의 근간을 잘라내는 결론에 도달했고 만족해하며 지식 추구에 안주했고 이후 때때로 문학의 영역을 탐하면서도 줄곧 그것을 추구했다. 이것은 예상할 수 있고 아마 잘

못된 인상을 줄 수도 있다. 그는 처음부터 가끔씩 과학적이거나 형이
상학적인 것보다 문학이라고 불러야 더 적절한 것에 관심을 돌렸기
때문이다.

74장

가게를 차린 지 약 6개월 만에 번창함은 절정에 달했다. 어느 날 아침, 그는 아내가 안쪽 방 의자에 앉아 가슴이 찢어질 것처럼 울고 있는 것을 봤다. 그녀는 어느 남자가 위협하는 바람에 겁을 먹었었다고 말했다. 그래서인지 줄곧 히스테리 상태였다. 하지만 그녀가 횡설수설하는 바람에 무슨 말을 하고 싶어 하는지 도무지 알 수가 없었다. 그러다가 그는 알아차렸다. 그녀는 임신을 한 것이었다. 그는 임신한 여성들이 쉽게 화를 내고 변덕을 부린다는 말을 들어본 적이 있었기에 크게 놀라지는 않았다. 사실 아버지가 되는 일이 번거롭기도 하지만 한편으로 즐거운 면도 있을 거라고 생각해왔으므로 당연하게 받아들일 수 있었다.

어니스트를 만나 결혼하면서 엘렌의 삶에는 많은 변화가 생겼다. 그 중 술을 끊었다는 점을 들 수 있었다. 술에 취하는 것은 습관의 문제이고, 습관은 주변 환경의 문제이므로 주변 환경이 완전히 바뀌면 때로는 전혀 취하지 않는다. 엘렌은 다 고쳤다고 믿었다. 그러나 그녀의 새로운 삶은 신선함을 잃기 시작했고 오랜 지인들이 그녀를 찾아오면서 다시금 과거의 그녀로 돌아가고 있었다. 처음에는 약간만 취했다. 하지만 소용없었다. 술을 끊으려 애쓰기보다 남편에게 들키지만 않으면 된다고 생각하기 시작했다. 히스테리는 계속되었다. 심하면 심할수록 그녀에게 더 많은 관심을 쏟았다. 마침내 그는 깨달았다.

의사의 진찰이 필요했던 것이다. 의사는 당연히 그 상황을 한눈에 알았다. 하지만 어니스트가 이해하지 못하는 방식으로 암시만 할 뿐 더는 말하지 않았다. 그는 이런 종류의 암시를 빨리 받아들이기에 고지식했다.

어니스트가 집에 있는 한 엘렌은 보통 괜찮았다. 하지만 그가 없을 때가 문제였다. 때때로 그녀는 30분 동안 웃다가 울었고, 어떤 때에는 침대 위에 반 혼수 상태로 누워 있었다. 가게는 방치되어 있었고 집안일도 엉망이었다. 그런데도 그는 이 모든 것이 여성들이 엄마가 될 때 늘 겪는 과정이라며 불평하지 않았다. 물론 다시 만났을 때 느꼈던 그 설렘은 사라지고 있었다. 그는 요리, 청소, 침대 정리, 불 피우기까지 가게 일과 더불어 많은 집안일을 해야 했다. 반면 엘렌은 처음에 팔았던 것만큼 팔지 못하고 있었다. 사실 예전 못지않게 장사를 잘하고 있었지만 술을 사기 위해 돈을 빼돌리고 있었던 것이다. 하지만 그마저도 부족하다고 생각했을 때 아이에게 회복할 수 없을 정도로 나쁠 것이라며 이상한 논리를 대면서 그에게 돈을 받아냈다. 어니스트는 그냥 출산하고 나면 괜찮아지겠지, 라고 생각할 뿐이었다.

75장

    1860년 9월 딸이 태어났다. 어니스트는 자랑스럽고 행복했다. 한동 안 사업은 약간 회복됐지만 더 이상 번창하지 않자 처음 그에게 나타 났던 행운의 마법이 깨진 것 같다고 생각했다. 그는 여전히 낙관적이 었고 열의를 갖고서 밤낮으로 일했다. 하지만 더 이상 음악을 듣거나 책을 읽거나 글을 쓰지는 않았다. 일요일 나들이는 그만뒀다. 아기가 태어난 지 몇 달이 지난 어느 오후, 나의 행복하지 않은 영웅은 더 큰 희망을 느끼기 시작했고 자신의 짐을 더 잘 감당할 수 있게 되었는데 엘렌이 갑자기 봄에 행동했던 유사한 히스테리를 부리기 시작했다. 그리고는 다시 아이를 가졌다고 말했고 어니스트는 그녀를 믿었다.

    지난 6개월간 겪었던 문제가 다시 발생했는데 오히려 점점 나빠졌 다. 돈은 생각보다 벌리지 않았다. 엘렌은 계속 돈을 빼돌리느라 물건 을 제대로 거래하지 않았다. 돈이 들어오면 그녀는 여러 가지 핑계를 대면서 오히려 돈을 가져갔다. 항상 같은 이야기였다. 하지만 어느 순 간 뭔가 이상한 점이 보이기 시작했다. 어니스트는 아버지의 꼼꼼함 과 정확함을 물려받았던 것이다. 그는 알고 싶었다. 그도 모르게 엘렌 이 주문한 물건이나 그녀가 계산했던 물건의 청구서가 그에게 들어 오기 시작했다. 결국 어니스트는 돌아섰다. 물건을 사지도 않고 빚을 진 것에 대해 그녀에게 항의하자 엘렌은 히스테리를 부렸다. 그녀는 자신의 힘만으로 살아야 했던 그때를 완전히 잊어버렸고 그녀와 결혼한 그를 노골적으로 나무랐다. 그 순간 그의 눈에서 콩깍지가 떨어졌다. 그는 알았다. 결혼을 잘못했던 것이다. 폐허가 된 성채로 올라가 팔걸이의자에 몸을 던지고 두 손으로 얼굴을 감쌌다. 그는 여전히 아내가 술을 마신다는 것을 몰랐지만 더 이상 그녀를 믿을 수 없었고 행복에 대한 꿈은 끝났다. 그는 교회와 자신을 결부시켰을 때 했던 똑같은 실수를 저질렀지만 결과는 100배 더 나빴다. 경험으로 배운 것이 아무것도 없었다. 그는 귀가 있어도 듣지 못하고, 눈이 있어도 보지 못하며, 눈물을 흘려도 회개할 곳을 찾지 못하는 불쌍한 사람들 중 한 명이었다.

그러나 그는 하나님의 길이 무엇인지 알고, 일편단심 그 길을 따르려고 하지 않았던가? 철저하지 못했어도 어느 정도는 그렇다. 그는 하나님을 위해 모든 것을 포기하지 않았다. 엘렌과 결혼하면서 그는 죄의 삶을 피하고 도덕적이고 옳다고 믿는 길을 가려고 했었다. 이전 일들과 주변 환경으로 볼 때 그가 한 일은 세상에서 가장 자연스러운 일이었지만 도덕성은 그를 무서운 위치에 내려놓지 않았다. 어느 정도 부도덕하다고 그가 훨씬 더 나쁜 사람일 수 있을까? 도덕성이 결국 사람에게 평안을 가져다주지 않는다면 어떤 가치가 있을까? 결혼이 이런 일을 할 것이라 확신할 수 있을까? 꽤 안전하게 디딜 수 있는 땅은 무엇인가?

그는 아직 너무 어려서 '상식적으로'라는 답에 도달하지 못했다. 그 답은 이상적인 기준을 가진 사람이라면 누구에게도 어울리지 않는다고 생각했다. 아무리 그렇더라도 현재 자신을 위해 했다는 것은 분명했다. 그것은 일생동안 그와 함께 있었다. 햇빛과 희망의 빛이 언제든지 찾아왔다면 그것은 즉시 가려야 했다. 교도소가 지금보다 더 행복했었다! 어쨌든 그곳에서 돈 걱정은 없었는데 이제는 이런 걱정들이 두려움과 함께 그를 짓누르기 시작했다. 물론 배터스비나 러프버러에 있을 때보다 행복했고 돌아갈 수 있다 해도 이제는 케임브리지 때로 돌아가지 않을 것이다. 그러나 모든 전망이 너무나 암울하고 절망적이었기 때문에 그는 기꺼이 팔걸이의자에서 자다가 죽을 수 있을 거 같았다.

그는 갑자기 밑에서 나는 소리를 들었고 이윽고 이웃 주민이 위층으로 달려와 그의 방으로 급히 들어오며 외쳤다. "오 세상에, 폰티펙스 씨. 빨리 내려가서 도와줘요. 부인이 이상해요." 그 불행한 남자는 이 말을 듣자마자 내려왔고 아내가 알콜성 진정 섬망 때문에 미쳐 있는 것을 보았다. 그는 이제 모든 것을 알았다. 이웃 사람들은 아내가 술을 마신다는 것을 그가 알았을 거라 생각했다. 하지만 엘렌은 너무 교묘했고 그는 너무 단순했다. 즉 아무런 의심도 하지 않았던 것이다. "그녀는 서 있을 수 있고 돈이 있으면 뭐든지 마셨어요." 어니스트는 귀를 의심했지만 선술집에 열심히 물어보고 다닌 결과 더 이상 의심할 수 없었다. 술집 주인은 기회를 잡아서 그의 아내에게 줬던 술값으로 몇 파운드짜리 계산서를 내 영웅에게 들이밀었다. 그는 아내가 출산하고 사업이 망하면서 줄 돈이 없었는데 그 금액은 통장 잔고보다 많았다.

그는 돈 때문이 아니라 그 비참한 이야기를 들려주려고 나에게 왔다. 나는 한동안 무슨 문제가 있다는 것을 알았고 무엇이 문제인지 아주 일찍부터 의심했지만 아무 말도 하지 않았다. 어니스트와 나는 한동안 관계가 소원했다. 그의 결혼에 화가 났고 그것을 숨기려 최선을 다했지만 그는 내가 화가 났다는 것을 알고 있었다. 남자의 우정은 그의 의지처럼 결혼으로 사라진다. 그러나 우정은 결혼으로 역시 사라지지 않는다. 어느 한쪽이 결혼하면 늘 나타나는 우정의 균열은 항상 그렇듯 빠르게 커져서 기혼자와 미혼자 사이에 큰 차이가 생겨버린다. 그래서 내가 관여할 권리나 힘도 없는 운명에 나의 피보호자를 맡기기 시작했다. 사실 나는 그가 부담스러웠다. 물론 자기가 뿌린 씨는 스스로 거두어야 한다. 어니스트는 이것을 알았고 그래서 지금까지 내 곁에 좀처럼 오지 않았다. 1860년 어느 늦은 저녁, 그는 매우 비탄에 잠긴 얼굴로 나를 찾아와 문제들을 이야기했다. 그가 더 이상 아내를 좋아하지 않는다는 것을 알게 되자마자 나는 바로 용서했고 그 어느 때보다 그에게 더 많은 관심을 보였다. 노총각이 결혼하지 않았으면 좋겠다고 바라는 젊은 기혼자를 찾는 것보다 더 좋아하는 것은 없다. 특히 그 사건이 너무 극단적이라면 문제가 잘 해결되기를 바라는 척하거나 그의 젊은 친구가 최선을 다하도록 격려할 필요가 없다.

나는 별거에 찬성했고 당연히 어니스트가 주는 것으로 하고 내가 엘렌에게 생활비를 주겠다고 말했다. 하지만 그는 이 말을 듣지 않았다. 그는 엘렌과 결혼했고 엘렌을 고치기 위해 노력해야 한다고 했다. 그는 싫지만 노력해야 했다. 평소처럼 완강하다는 것을 알았기에 나는 결과를 확신할 수 없었지만 잠자코 따를 수밖에 없었다. 나는 그가 쓸데없는 일에 자신을 내버리는 것을 보고 화가 났고 다시 그가 부담스러워지기 시작했다. 유감스럽지만 그가 다시 한동안 나를 피했고 몇 달 동안 나는 그를 거의 보지 못했다.

엘렌은 며칠 동안 매우 아팠다가 점차 회복되었다. 어니스트는 그녀가 고비를 넘길 때까지 그녀를 거의 떠나지 않았다. 의사는 그에게 만약 또다시 이 상황이 재발하면 틀림없이 그녀가 죽을 것이라고 말하도록 신신당부했다. 이 말에 그녀는 너무 무서워했고 맹세까지 했다. 그 후 그는 다시 희망을 가졌다. 그녀가 술에 취하지 않으면 결혼생활 초기 때 모습과 같았고 그는 고통을 빨리 잊고 며칠 후 그녀를 변함없이 좋아하게 되었다. 그러나 엘렌은 그가 한 일을 알고 용서할 수 없었다. 그가 유혹으로부터 그녀를 보호하기 위해 감시한다는 것을 알았고 더 이상 불안감을 느끼지 않도록 최선을 다했지만 그녀는 존중의 결합이 점점 부담스러웠고 남편을 만나기 전 너무나 자유로 웠던 생활을 점점 더 되돌아보고 갈망하게 됐다.

1861년 봄, 그녀는 똑바르게 살았다. 방탕했던 시절은 던져버리고 맹세할 때 했던 생각으로 한동안 괜찮았다. 가게는 다시 꽤 잘됐다. 1861년 여름에 그는 약간의 돈을 다시 모을 수 있었다. 가을에는 아들 이 태어났다. 아주 건강한 아이였고 모두가 그렇게 말했다. 어니스트 는 자유롭게 숨을 쉬기 시작했고 자신감이 넘쳤지만 그때 한마디의 경고도 없이 폭풍이 다시금 몰아쳤다. 결혼 2년 후 어느 날 바닥에 의 식 없이 쓰러져 있는 아내를 발견했다. 이때부터 그는 희망이 없어졌 고 눈에 띄게 우울해졌다. 너무나 낙담했고 행운은 오래전에 사라졌 다. 지난 3년간의 고단함이 느껴졌고 건강이 눈에 띄게 나빠졌다.

그는 이 사실을 모르는 척하려고 한동안 몸부림쳤지만 그 사실은 너무나 확실했다. 그는 다시 나를 찾아와서 무슨 일이 있었는지 말했 다. 나는 그 위기가 닥쳐서 기뻤다. 엘렌에게는 미안했지만 그녀와 완 전히 헤어지는 것이 그녀의 남편이 가진 유일한 기회였다. 하지만 이 번에도 그는 동의하지 않았고 그 자리에서 죽겠다는 허튼 소리를 했 다. 나는 엘렌에게 돈을 줘서 다른 사람과 함께 도망가거나 그런 비슷 한 일로 기습적으로 상황을 끝내려 했는데 예상치 못한 방식으로 문 제들이 해결되었다.

76장

겨울은 힘들었다. 어니스트는 피아노를 팔았다. 이렇게 그는 자신과 이전의 삶을 연결해주는 마지막 고리를 끊어버리고 가게 주인의 자리에 몰두했다. 아무리 비참해도 계속 고통스러워하면 안 된다. 그랬다면 죽을 수밖에 없다. 그는 이제 엘렌을 싫어했다. 두 사람은 서로를 외면하며 살았다. 만약 자식이 없었다면 그녀를 떠나 미국으로 갔겠지만 아이들을 엘렌에게 맡길 수 없었고 아이들을 데려간다 해도 무엇을 어떻게 해야 할지 몰랐다. 만약 기운이라도 결국에는 아이들을 데리고 떠나겠지만 그는 늘 불안했다. 하루하루가 지나고 아무 것도 하지 않았다.

그는 얼마 안 되는 주식 빼고 지금 겨우 몇 실링밖에 없었다. 악보를 팔면 아마 3, 4파운드 정도 받을 수 있을 것이고 그림과 가구 몇 점만 남았다. 글을 써서 돈을 벌어볼까 했지만 집필은 오래전 그만뒀다. 더 이상 머리에 생각이 떠오르지 않았다. 그는 형편없는 옷을 입거나 심지어 신발과 양말도 신지 않고 다니는 사람들을 보면서 그도 몇 달 안에 이렇게 다닐 것 같다는 생각을 했다. 무자비하고 불가항력의 운명의 손길이 그를 붙잡고 점점 아래로 끌어내렸다. 여전히 그는 비틀거리며 매일 돌아다녔다. 더불어 중고 옷을 사고 세탁하고 수선하며 저녁 시간을 보냈다.

어느 날 아침, 그가 웨스트엔드에 위치한 집의 하인들 중 한 명에게 옷을 사고 돌아오던 중 그린파크 길 근처 울타리가 쳐진 잔디밭 주위로 몇몇 사람들이 모여 있는 것을 보았다. 3월 말의 아름답고 온화한 봄 아침이었고 1년 중 유난히 훈훈했다. 어니스트의 우울한 기분마저 땅과 하늘에 스며든 봄 풍경에 잠시나마 좋아졌다. 그러나 다시 우울해져 슬픈 미소를 지으며 혼잣말했다. '다른 사람들은 희망이 있겠지만 나는 앞으로도 전혀 희망이 없어.' 속으로 이런 생각을 하며 그는 울타리 주변에 모인 사람들과 함께했고 겨우 태어난 지 하루 이틀밖에 안 된 아주 작은 새끼 양들과 양 세 마리를 보았다. 양들은 공원을 돌아다니는 사람들로 보호하기 위해 울타리 안에 있었다. 매우 예쁜 양이었다. 런던 사람들은 양을 볼 기회가 거의 없었기 때문에 모두가 그것들을 보려고 가던 길을 멈췄다. 어니스트는 어깨 위로 고기 쟁반을 든 채 울타리에 몸을 기댄 도살장 소년이 이 상황을 제일 좋아한다는 것을 알았다. 그는 이 소년을 바라보며 그의 우스꽝스러운 감탄에 웃음 지었는데 마부 복장을 한 남자가 그를 유심히 바라본다는 것을 알게 됐고 마부도 양들을 보기 위해 우리 반대편에 기대고 있었다. 어니스트는 곧 그가 배터스비에서 아버지의 옛 마부였던 존임을 알아보고 바로 그에게 다가갔다.

그는 강한 북부 악센트로 말했다. "아니, 어니스트 도련님 아니세요. 전 오늘 아침에도 도련님 생각이 났어요." 두 사람은 악수했다. 존은 웨스트엔드에서 잘 살고 있었다. 그는 배터스비를 떠나고 나서 1, 2년을 제외하고 매우 잘 지냈다 했고 얼굴을 살짝 찡그리며 그때 거의 망가질 뻔했다고 말했다. 어니스트는 어떻게 되었는지 물었다. 존이 말했다. "저기, 도련님도 아시다시피 저는 항상 엘렌을 좋아했어요. 도련님이 쫓아와서 시계를 줬던 엘렌 말이에요. 도련님 그날 기억나시죠?" 그리고 그가 웃었다. "그녀가 배터스비에서 임신했던 아이 아버지가 저라는 것을 몰랐지만 곧 알게 됐죠. 어쨌든 제가 도련님 아버님 집을 떠나고 며칠 후, 저는 우리가 정해놓은 주소로 엘렌에게 편지를 써서 내가 할 일을 하겠다 말했고 그래서 그렇게 했어요. 한 달 뒤 엘렌과 결혼했어요. 세상에 도련님 무슨 일 있으세요?" 그가 들려준 이야기 중 마지막 몇 마디에 어니스트의 얼굴은 백지장처럼 하얗게 변했다. 내 영웅은 숨을 헐떡이며 말했다. "존, 그 말 사실이에요? 정말 그녀와 결혼했어요?" "그럼요. 1851년 8월 15일 레치버리 등기소에서 결혼했어요." 어니스트가 말했다. "날 좀 부축해서 피카딜리로 데려다줘요. 혹 시간 있으면 템플에 있는 오버튼 씨 댁으로 나와 같이 바로 가요."

77장

끔찍한 악몽에서 깨어났을 때 자신이 침대에 무사하고 멀쩡하게 있는 것을 알게 됐지만 그는 여전히 그 방이 그에게 달려들려고 무장한 사람들로 가득하다고 생각했다. 그가 말했다. "그리고 한 시간 전만 해도 희망이 없다고 나는 투덜거렸어요. 그녀는 다른 사람에게 미소 지었지만 결코 나를 보고 웃지 않았다고 말한 것도 나였어요. 아, 나만큼 운 좋은 사람은 없어요." "맞아. 넌 결혼 예방 주사를 맞고 회복한 거야"라고 나는 말했다. 그가 말했다. "그래도 난 그녀가 술을 마시기 전까지는 그녀를 정말 좋아했어요." "아마 그랬을 거야. 시인 테니슨은 사랑하고 이별해 보는 것이 그 누구도 사랑하지 않는 것보다 낫다고 했지. 이제 너는 완전한 총각이야."

그 후 우리는 존과 긴 이야기를 나눴고 나는 그 자리에서 그에게 5파운드 지폐를 줬다. 그가 말했다. "엘렌은 배터스비에서도 술을 마시곤 했어요. 요리사가 가르쳐줬죠. 저는 그 사실을 알았지만 그녀를 너무 좋아했고 그녀가 바로 살기를 바라면서 결혼했어요. 그녀는 도련님에게 했던 것처럼 저에게도 그랬어요. 술에 취하지 않으면 좋은 아내였지만 술에 취하면 나쁜 아내가 됐어요." 존이 말했다. "만약 술을 못 마시도록 할 수만 있다면 영국을 통틀어서 가장 다정하고 손재주가 좋고 예쁜 아내가 바로 엘렌일 거예요. 하지만 그녀는 아주 교묘해서 당신 모르게 당신 눈앞에서 마실 거예요. 물건을 더 저당 잡히거나 팔 수 없다면 이웃의 물건을 훔치겠죠. 그녀와 살 때 그렇게 처음 문제를 일으켰어요. 그녀가 교도소에 6개월 있는 동안 다시 나올 거라는 걸 몰랐더라면 행복했을 거예요. 그녀는 출소했고 2주도 안 돼서 다시 물건을 훔쳐서 도망치기 시작했고 술 마시는 데 돈을 다 썼어요. 그래서 그녀와 함께할 수 없다는 걸 알았죠. 저는 그녀를 떠나 런던으로 왔고 다시 마부 일을 시작했어요. 선생님과 어니스트 도련님이 말해줄 때까지 그녀가 어떻게 됐는지 몰랐어요. 두 분 다 저를 본 적 없다고 하셨으면 좋겠어요."

우리는 약속을 지키겠다고 했고 그는 항상 관심을 가졌던 어니스트에게 많은 애정을 보이고는 떠났다. 우선 그는 아이들을 데리고 떠난 후 엘렌과 양육권에 대해 합의 보기로 했다. 나는 그녀가 아무런 문제를 일으키지 않은 한 일주일에 생활비 1파운드를 주자고 제안했다. 어니스트는 일주일에 1파운드씩 어디서 마련해야 할지 몰랐지만 내가 직접 주겠다고 말하면서 그를 진정시켰다. 두 시간도 채 안 돼서 엘렌이 늘 무관심했던 아이들을 데려왔다. 어니스트는 그녀가 받을 충격을 생각하니 마음이 아팠다. 하지만 한편으로 생각해보니 그 일은 너무나 명백해서 양심의 가책을 느끼지 못했다. 나는 왜 그가 아내와 또다시 면담하는 고통을 겪어야 하는지 이해할 수 없었다. 그래서 오터리 씨에게 일 전체를 맡겼다. 엘렌이 다시 쫓겨났을 때 겪을 고뇌에 대해 그토록 괴로워할 필요가 없다는 것을 알게 됐다. 그는 아내의 음주 문제를 처음 알게 됐던 그날 밤 그를 찾았던 이웃 주민 리처드 부인을 만났고 그녀에게서 그 문제에 대한 엘렌의 생각을 자세히 알게 됐다. 그녀는 조금도 양심의 가책을 느끼지 않는 것 같았다. 그녀는 "세상에, 드디어 알았네요"라고 말했다. 그리고 결혼이 유효하지 않다는 것을 알면서도 다른 사람들이 자세히 알 필요가 없는 단순한 일로 생각하는 것 같았다. 그녀와의 이별에 대해 그녀는 모두에게 좋은 일이라고 말했다. 그녀가 말을 이었다. "이런 생활은 나한테 어울리지 않아요. 어니스트는 저한테 너무 과분해요. 그 사람은 저보다 훨씬 좋은 여자를 만나야 하고 저는 그 사람보다 못한 사람을 만나야 해요. 우리가 결혼해서 함께 살지 않았다면 모두 잘 지냈을 거예요. 하지만 나는 오랫동안 나만의 작은 공간에서 지내는 것이 너무나 익숙해졌고 어니스트나 다른 남자가 그 주위에서 늘 어슬렁거리는 것을 원치 않아요. 게다가 그는 너무 착실해요. 교도소 생활은 그에게 조금도 도움이 되지 않았어요. 교도소에 가지 않은 것처럼 그는 여전히 의젓하고 무슨 일이 생겨도 욕하거나 악담을 퍼붓지 않아요. 나는 그가 두려웠고 그래서 술을 더 마셨어요. 우리 같은 불쌍한 여자들이 원하는 것은 갑자기 일어나서 정직한 여자들이 되는 것이 아니에요. 너무 과하고 편안한 자리에서 쫓겨나는 거예요. 우리가 원하는 것은 굶주리지 않고 때때로 같이 지내는 평범한 한두 명의 친구예요. 그 정도만 있어도 우리는 견딜 수 있어요. 그 사람이 아이들을 키우겠죠. 아마 나보다 더 잘할 거예요. 그리고 돈은 그가 원하는 대로 줘도 되고 안줘도 돼요. 그는 한 번도 날 해치지 않았으니까 그 사람에게 맡길 거예요. 하지만 돈을 주겠다면 받을 거예요."

합의를 마무리할 때 어니스트는 다시 생각했다. '그리고 나는 스스로 불운하다고 생각했어.' 엘렌에 대해서는 여기서 전부 이야기하는 것이 나을 것이다. 그 후 3년 동안 그녀는 매주 월요일 아침마다 오터리 씨를 주기적으로 방문해 돈을 받았다. 항상 말쑥한 옷차림을 하고 있었고 너무 조용하고 예뻐서 아무도 그녀의 과거를 의심하지 않았을 것이다. 처음에 그녀는 종종 아주 불쌍한 이야기를 하면서 내심 기대를 했지만 받아들여지지 않자 3~4번 정도 시도한 후 포기하고 말 없이 정기적으로 돈을 받았다. 한번은 그녀의 눈에 멍이 들었는데 어떤 남자애가 던진 돌에 우연히 맞았다고 했다. 그러나 3년이 지나도 전체적으로 그녀는 처음 봤을 때랑 거의 똑같았다. 그녀는 다시 결혼한다고 했다. 이 말에 오터리 씨는 그녀를 바라보며 그렇게 하면 다시 중혼을 저지를 가능성이 매우 높다고 지적했다. "부르고 싶은 대로 부르세요"라고 그녀가 답했다. "하지만 나는 정육점을 하는 빌과 함께 미국으로 갈 거예요. 폰티펙스 씨가 우리를 너무 힘들게 하지 말고 생활비는 계속 주셨으면 해요." 어니스트는 그러고 싶지 않았기 때문에 두 사람은 안심하고 갔다. 나는 빌이 그녀의 눈을 멍들게 했고 그녀는 그래도 그를 좋아한다고 생각했다.

78장

　어니스트는 이제 25살이 되었고 약 1년 6개월 뒤에는 그 돈을 받을 수 있다. 나는 폰티펙스 양이 직접 정한 날짜보다 더 빨리 줄 이유를 찾지 못했다. 동시에 그가 그런 문제를 겪은 후 블랙프라이어스에서 계속 가게를 하는 것이 마음에 들지 않았다. 지금까지 그가 얼마나 많은 고통을 겪었는지, 그리고 아내의 버릇 때문에 얼마나 궁핍해졌는지 전혀 몰랐다. 나는 사실 그의 얼굴에 드리워진 늙고 창백한 표정에 주목했지만 엘렌과 오랫동안 전쟁을 계속하기에는 너무 나태하거나 너무 절망적이어서 그에 대한 동정심으로 이어졌고 내가 진작했어야 했던 연락을 취했다. 결국 내 생각이 옳았다. 모든 것이 훨씬 더 잘 해결된 것 같았다. 어쨌든 그들이 해결했든 아니었든 엘렌이 있는 한 모든 것이 너무 엉망이라서 내가 감히 나설 수 없었다. 그러나 이제 그녀는 떠났고 대자에 대한 나의 모든 관심이 되살아났다. 그에게 더 잘해줘야 했던 일에 대해 여러 번 생각했다. 말하자면 그가 자립해서 런던에서 살기 시작한 지 이제 3년 반이 되었다. 이 중 6개월은 성직자로서, 6개월은 교도소에서 보냈고, 2년 반 동안 사업과 결혼이라는 두 가지 경험을 했다. 그가 했던 모든 일들은 심지어 재소자 시절 때보다 못했다고 말할 수 있다. 나의 유일한 두려움은 내가 그를 간섭하지 않도록 하는 것이었다. 그는 3년 반 동안 험난한 삶을 충분히 겪었다. 이 시기에 가게가 큰 도움이 됐다. 가게 때문에 어느 정도 지낼 수 있었던 것이다. 그는 하층 계급을 이해하게 되고 인생을 신사의 관점에서만 바라보지 않으면서 동정심을 키웠다. 거리를 돌아다니며 헌책방 밖의 책들, 골동품 가게의 장식품들, 우리 주변 어디에나 있는 무한한 상업 활동을 보면서 자신이 가게를 하지 않았다면 절대 할 수 없었던 일들을 이해하고 공감했다.

그는 사람들이 많은 교외가 보이는 철도를 타고 여행을 하고 우중충한 집들이 있는 거리를 지날 때마다 그곳에 어떤 사람들이 살고 있는지, 그들이 무엇을 하고 무엇을 느끼는지, 그리고 그것이 그가 하고 느끼는 것과 얼마나 다른지 궁금했다고 나에게 종종 말했다. 이제 그는 그것에 대해 모두 안다고 말했다. 교도소에서 보냈던 생활, 블랙프라이스에서 재단사로 지냈던 생활과 비교하면 어니스트의 중등학교와 대학교 생활이 얼마나 거짓말 같고 병약하고 쇠약해진 타락이란 말인가. 지난 3년 동안의 경험을 통해 버티지 못했던 깊은 바다에 던져졌을 때 그는 스스로 헤엄칠 수 있었고 자신감을 얻었다. 그러나 도움이 될 것 같은 삶의 어두운 면을 많이 봤으니 이제 그의 앞길에 조금 더 어울리는 방식으로 살 때라고 생각했다. 그의 고모는 그가 땅에 키스하기를 원했고 그는 앙갚음으로 키스했다. 나는 그가 갑자기 작은 가게 주인에서 1년에 3,000에서 4,000파운드의 수입이 생기는 사람이 된다는 생각이 마음에 들지 않았다. 너무 갑자기 나쁜 운에서 좋은 운으로 올라가는 것은 좋은 운에서 나쁜 운으로 내려가는 것만큼 나쁘다. 게다가 가난은 사람을 몹시 지치게 한다.

예상치 못한 일을 겪지 않는 한, 가지고 있는 모든 돈을 잃어버려도 무사한 사람은 없다. 중년 여성과 조용하고 가정적인 남자들이 투기 성향이 없다는 말을 내가 얼마나 자주 듣지 못했는가? 그들은 가장 건전하고 가장 평판이 좋은 투자를 제외하고는 결코 건들지 않았고 결코 건들지 않을 것이다. 그리고 무한한 책임에 관해서는 "오 이런!"

이라며 외면할 것이다. 어떤 사람이 이런 말을 들을 때마다 그는 그를 우연히 만난 첫 번째 투기꾼의 쉬운 먹잇감으로 생각할 수 있다. 본래 조심스럽고 투기가 얼마나 어리석은지를 잘 알고 있음에도 불구하고, 투기라 불리지만 실제 그렇지 않은 투자들이 있다는 식으로 보통 마무리할 것이다. 진짜로 돈을 잃고 나서야 비로소 손실이 얼마나 끔찍한 것인지 깨닫고 아주 익숙한 길 한가운데서 얼마나 쉽게 투기꾼들에게 돈을 잃었는지 알게 된다. 어니스트는 젊고 현명한 사람이라면 쉽게 잊어버릴 수 없는 가난으로 뜻하지 않았던 일을 겪었다. 물론 회복할 수 없을 정도로 망가지지 않았다면 이보다 더 좋은 일들이 누구에게나 일어날 수 있다고 생각할 수 있다. 그래서 나는 이 주제에 대해 통감하며 만약 할 수만 있다면 모든 학교에 투자 전문가를 두고 싶다. 남학생들에게 〈머니 마켓 리뷰〉, 〈철도 뉴스〉, 그리고 모든 최고의 금융 신문들을 읽도록 권장할 것이고 그들 사이에 펜스를 파운드로 취급하는 증권거래소를 만들게 할 것이다. 그다음에 그들이 실제로 많은 돈을 벌기 위해 얼마나 서두르는지 지켜보자. 교장이 가장 신중한 딜러에게 주는 상이 있을 수 있고 시간이 지날수록 돈을 잃은 소년들은 나가게 될 것이다. 물론 어떤 남학생이 투자에 천재성을 보이며 돈을 벌었다면 무슨 일이 있더라도 투자하도록 내버려두자.

만약 대학교들이 세계에서 가장 나쁜 선생님들이 아니라면 나는 옥스퍼드와 케임브리지의 투자학과 교수직에 도전하고 싶다. 하지만 옥스퍼드와 케임브리지가 잘할 수 있는 유일한 일은 요리, 크리켓, 조정, 게임이며 여기에 대한 교수직은 없었다. 하지만 혹시라도 생긴다면 젊은이들에게 투자하는 방법도, 투자하지 않는 법도 가르치지 않고 단순히 나쁜 투기꾼으로 만들까봐 두렵다. 나는 한 아버지가 실제로 내 생각을 실행에 옮긴 일에 대해 들었다. 그는 아들이 투자설명서와 기사를 얼마나 신뢰할 수 없는지 배우기를 원했고 뜻에 따라 투자하려던 500파운드를 아들에게 주었다. 아버지는 그가 돈을 잃을 것이라 예상했지만 실제로는 그렇지 않았다. 왜냐하면 그 소년은 아주 많은 노력을 기울이고 신중했다. 아버지가 그것을 다시 빼앗을 때까지 계속 돈이 늘어나고 있었다. 그는 자기 행동이 정당하고 말하면서 기뻐했다.

1846년 사람들이 돈을 벌고 있을 때 나는 실수를 저질렀다. 몇 년 동안 너무 무서웠고 너무 고통스러웠는데 결국 패자가 아닌 승자가 되었을 때 더 이상 장난치지 않았다. 앞으로는 할 수 있는 한 거의 판에 박힌 생활을 했다. 사실 돈을 더 벌기보다 유지하려고 노력했다. 나는 어니스트의 돈을 내 방식대로 했다. 즉 폰티펙스 양의 지시에 따라 미들랜드 보통주에 투자한 후 그냥 내버려뒀다. 내가 어떤 문제도 겪지 않았다면 아무리 문제가 많았어도 내 대자의 재산이 절반은 더 늘어났을 것이다. 1850년 8월 말, 내가 폰티펙스 양의 채권을 다 팔았을 때 미들랜드 주식은 100파운드당 32파운드였다. 나는 어니스트의 1만5,000파운드 전부를 투자했고 글을 쓰고 있는 최근 몇 달 전, 그러니까 1861년 9월까지 투자를 변경하지 않았다. 그 후 나는 주당 129파운드에 매각해 런던과 노스웨스턴 보통주에 투자했는데 현재 미들랜드보다 상승할 가능성이 더 높다고 조언 받았다. 런던과 노스웨스턴의 주식을 100파운드당 93파운드에 샀고 내 대자는 1882년 현재까지 그것을 보유하고 있다.

원금 1만5,000파운드는 11년 만에 6만 파운드 이상으로 증가했다. 물론 재투자했던 이자를 다 합치면 약 1만 파운드 정도 더 증가했고 그래서 어니스트의 재산은 7만 파운드 이상의 가치가 되었다. 현재 그는 그 금액의 거의 두 배나 되는 재산을 가지고 있고 모든 것은 그냥 내버려둔 결과였다. 현재 그의 재산이 불어났지만 재산을 물려 받을 수 있는 때까지 남은 1년 반 동안 더 늘어나면 그는 적어도 1년에

3,500파운드의 수입을 벌어들일 것이다.

나는 그가 복식 부기를 이해하기를 바랐다. 어렸을 때 그다지 어렵지 않은 이 기술을 어쩔 수 없이 익혀야 했다. 이 기술을 습득한 후, 읽고 쓰는 것보다 이 기술이 젊은이의 교육에서 가장 필요한 부분이라 생각하게 됐다. 그래서 어니스트가 그것을 숙달해야 한다고 생각했고 1만5,000파운드에서 7만 파운드로 늘어난 장부의 금액을 불러주며 그가 내 관리인, 회계사, 그리고 물품 관리자가 될 것을 제안했다. 나는 그에게 8만 파운드가 되는 대로 수입을 쓰기 시작하겠다고 말했다.

그의 행복에서 완성하고 싶은 것이 있다면 바로 이것이다. 그는 3, 4일 만에 자신이 상상할 수 있는 가장 끔찍하고 절망적인 관계에서 벗어났음을 알게 됐고 동시에 비참한 생활에서 상당한 수입이 생긴다는 것에 기뻐했다. "일주일에 1파운드는 엘렌에게 주고 나머지는 제가 할게요." 내가 말했다. "안 돼. 엘렌에게 매주 주는 1파운드도 재산에서 충당할 거야. 자네는 300파운드만 하게." 나는 이 금액으로 정했다. 왜냐하면 디즈레일리 씨가 코닝스비가 정말 상황이 안 좋을 때 줬던 금액이었기 때문이다. 디즈레일리 씨는 분명 코닝스비가 수지타산을 맞추며 살 수 있는 최소 금액을 연간 300파운드라 생각했다. 1862년 금액은 올랐지만 이후로 그렇게 많이 올리지 않았다. 다른 한편으로 어니스트는 코닝스비보다 돈을 덜 쓰기 때문에 대체로 1년에 300파운드면 그에게 적절하다고 생각했다.

79장

이제 자녀들을 어떻게 해야 하는가, 라는 문제가 떠올랐다. 나는 어니스트에게 그들의 비용은 재산에서 충당되어야 한다고 설명했고 내가 청구하기로 한 모든 품목들이 내가 처분할 수 있는 수입에 비해 얼마나 작은 빈자리를 만들 것인지 보여줬다. 그는 어려움을 겪기 시작했는데 나는 그 돈이 그를 건너뛰고 고모로부터 내게 모두 왔다는 것을 언급하면서 진정시켰다. 만약 기회가 생긴다면 내가 하는 많은 일에 대해 그녀와 나 사이의 이해가 있었다는 것을 상기시켜줬다. 그는 자녀들이 맑은 공기 속에서 행복해하고 만족하는 다른 아이들처럼 자라기를 원했다. 하지만 여전히 자신을 기다리고 있는 재산에 대해 모른 채, 그들이 부자가 아닌 가난한 사람들 사이에서 유년 시절을 보내야 한다고 주장했다. 나는 반대했지만 그는 매우 단호했다. 그리고 그들이 사생아인 것을 생각했을 때 나는 확신할 수 없었지만 어니스트의 제안이 결국 모두에게 도움이 될 것이다. 그들은 아직 너무 어려서 친절하고 예의 바른 사람들과 함께 지내고 건전한 동네에 있는 한, 어디에 있는지는 별로 중요하지 않았다.

그가 말했다. "나는 할아버지가 아버지에게 했듯이, 아버지가 나에게 했던 것처럼 내 아이들을 매정하게 대할 거예요. 만약 그분들이 자식들 사랑을 받지 못했다면 나도 역시 그럴 거예요. 나도 사랑하고 싶다고 스스로에게 말했지만 그들 역시 그랬어요. 만약 그들이 나와 많은 관련이 있었다면 얼마나 나를 싫어했을지 모를 수 있다고 확신할 수 있어요. 이게 내가 할 수 있는 전부예요. 내가 애들 앞날을 망쳐야 한다면 애들이 알 수 있는 나이가 되기 전 적당한 시기에 그렇게 하도록 해주세요." 그는 조금 생각에 잠기더니 웃으며 덧붙였다. "사람은 태어나기 9개월 전부터 아버지와 처음으로 다퉈요. 그러고 나서 다른 살림을 차리겠다고 고집해요. 그 후 완전히 헤어진다면 양쪽 모두에게 더 좋을 거예요." 그는 더 진지하게 말했다. "아이들이 건강하고 행복하고 거짓된 기대감의 고통 속으로 배신당하지 않는 곳에서 지냈으면 좋겠어요."

급기야 그는 일요일 나들이 중 바다가 시작되는 그레이브젠드에서 몇 마일 떨어진 물가에 살았던 부부를 여러 번 봤다는 것을 떠올렸다. 그들에게는 사람들과 금세 잘 어울리는 가족이 있었고 아이들은 다 큰 거 같았다. 아버지와 어머니는 모두 편안하고 잘 장성한 사람들이었고 그들 품에서 잘 성장할 수 있을 거 같았다. 우리는 이 부부를 보러 내려갔다. 그들은 어니스트만큼 사는 것 같았고 그들에게 일주일에 1파운드씩 줄 테니 아이들을 데리고 가서 그들의 자녀처럼 키워줄 것을 제안했다. 그들은 제의를 받아들였고 우리는 하루 이틀 만에 아이들을 데리고 내려갔다. 어쨌든 지금으로서는 그것이 최선이었다. 그 후 어니스트는 남은 물건들을 데벤햄의 집으로 보냈고 2년 반 전 샀던 집을 포기하고 문명사회로 돌아왔다.

나는 그가 빨리 회복될 것이라 기대했지만 확실히 더 나빠지는 것을 보고 실망했다. 사실 얼마 안 가서 그가 너무 아파 보였기 때문에 런던에서 가장 저명한 의사들 중 한 명에게 진찰을 받으러 가자고 했다. 의사는 급성 질환은 없지만 길고 극심한 정신적 고통으로 신경 쇠약을 앓고 있으므로 충분히 시간을 가지고 잘 지내고 잘 쉬는 것 외에는 치료법이 없다고 했다. 그는 어니스트가 나중에 나빠질 수도 있지만 아직 몇 달 동안은 좋아질 수 있다고 했다. "요양을 해야 해요. 요양은 위대한 의학적 발견이에요. 다른 것을 그에게 주입해서 그를 깨워야 해요." 그에게 돈은 문제가 안 된다고 말하지 않았다. 그는 내가 그렇게 부자가 아니라고 생각하고 있는 듯했다. "보는 것은 만지는 것이고 만지는 것은 먹는 것이며 먹는 것은 동화되는 것이고 동화는 오락과 재생산이지요. 이것이 요양이에요. 다른 것에 당신을 털어버리고 다른 것은 당신에게 털어버리는 거죠." 그가 웃으며 말했지만 분명 진지했다. 그가 말을 이었다. "요양을 하거나 기분 전환을 하고 싶거나 런던을 떠날 만큼 돈이 별로 없는 사람들은 항상 내게 오죠. 그래서 비록 그들이 집을 떠날 수 없을지라도 어떻게 그들이 가장 잘 요양할 수 있을지 생각하게 됐고 나는 환자들에게 추천할 저렴하게 즐길 수 있는 런던 오락거리의 목록을 만들었죠."

나는 돈은 신경 안 써도 된다고 말했다. 그가 여전히 웃으면 말했다. "다행이네요. 동종요법사들은 금을 약으로 쓰는데 충분한 양을 주지 않아요. 만약 선생님이 어린 친구에게 이 약을 마음껏 쓸 수 있다면 그는 곧 돌아올 거예요. 그러나 폰티펙스 씨는 아직 해외에 나가는 것과 같은 큰 변화를 견디기에는 건강하지 못해요. 선생님 말씀을 들어보면 그에게 도움이 되는 많은 변화가 있었던 거 같군요. 만약 그가 지금 외국에 간다면 아마 일주일 안에 중병에 걸릴 거예요. 우리는 그가 조금 더 회복될 때까지 기다려야 해요. 그에게 런던에서 기분 전환하는 것부터 시작할게요." 그는 잠시 생각하더니 말했다. "동물원이 많은 환자에게 도움이 됐어요. 폰티펙스 씨에게 큰 포유동물들을 처방하고 싶네요. 치료한다고 생각하지 말고 일주일에 두 번 2주 동안 동물들 우리에 가서 하마, 코뿔소, 코끼리들이 그를 뚫어지게 볼 때까지 함께 있게 하세요. 나는 이 야수들이 내 환자들에게 다른 동물들보다 더 도움이 된다는 것을 알게 됐죠. 원숭이들은 충분히 자극되지 않아요. 큰 육식동물은 인정이 없어요. 파충류는 쓸모없다고 하기 보다 나쁘고 유대목 동물은 그렇게 좋지 않아요. 앵무새를 제외한 새들은 그렇게 유익하지 않아요. 그는 때때로 그들을 볼 수 있지만 현재는 가능한 맘껏 코끼리와 돼지도 같이 보면서 동물들과 함께해야 합니다. 그리고 단조로움을 피하기 위해 떠나기 전 웨스트민스터 대성당에서 아침 예배를 보게 하세요. 수도원을 돌아보고 음악의 주요 부분이 끝날 때까지 시인 구역에 조용히 앉아 있도록 하세요. 동물원에 가기 전 두세 번만 하도록 하세요. 그리고 다음 날 배를 타고 그레이브젠드로 가라고 하세요. 무슨 일이 있어도 저녁에는 극장에 가도록 하고 2주 후 날 다시 보러 오도록 하세요."

그 의사가 덜 유명했더라면 진심인지 의심했어야 했지만 그가 자신의 시간과 환자의 시간을 낭비하지 않는 실무가임을 알았다. 우리는 집에서 나오자마자 마차를 타고 리젠트 파크로 가서 몇 시간 동안 돌아다녔다. 의사가 한 말 때문인지 모르지만 나는 전에 경험해본 적 없는 느낌을 확실히 알게 되었다. 그 과정에서 새로운 삶이 도래했거나 삶을 바라보는 새로운 관점을 끌어내고 있다는 뜻이다. 나는 큰 포유동물들에 대한 그의 판단이 가장 유익하다는 것을 알았고 내게 한 말을 전혀 듣지 않았던 어니스트가 본능적으로 동물들 앞에 머물고 있는 것을 봤다. 코끼리들, 특히 아기코끼리는 재미와 재생을 위해 물을 꿀꺽꿀꺽 마시는 거 같았다. 우리는 정원에서 식사했고 나는 어니스트의 식욕이 벌써 좋아졌다는 것을 알고 기뻤다. 이때부터 기분이 안 좋아질 때마다 바로 리젠트 파크에 갔고 늘 도움이 되었다.

2주가 끝나니 내 영웅은 훨씬 더 좋아졌다. "이제 폰티펙스 씨는 외국으로 가세요. 빠를수록 좋아요. 몇 달 정도 지내세요"라고 그가 말했다. 어니스트가 해외로 가야 한다고 듣는 것은 이번이 처음이었고 그는 내가 그렇게 긴 시간을 내어주지 않을 것이라고 이야기했다. 난 곧 이 일을 해결했다. "이제 4월이네. 마르세이유로 가서 증기선을 타고 니스에 가자. 그런 다음 리비에라에서 제노바로 가고 제노바에서 피렌체, 로마, 나폴리에 가고 베니스와 이탈리아 호수를 거쳐 집으로 돌아오자." "아저씨도 같이 가는 거죠?" 그가 간절히 말했다. 나는 좋다고 했고 우리는 다음 날 아침부터 시작해서 며칠 만에 준비를 마쳤다.

80장

우리는 야간열차를 타고 떠났고 도버 해협을 건넜다. 밤은 조용했고 바다에는 밝은 달이 떠 있었다. "도버 해협 중기선 엔진에서 나는 기름 냄새 좋았죠? 희망으로 가득한 거 같지 않았어요?" 어니스트가 말했다. 어렸을 때 어느 여름날 그는 아버지, 어머니와 함께 노르망디에 간 적이 있었는데 그 냄새로 바깥 세계에 상처 받기 전 시절이 떠올랐기 때문이다. "해외에 갈 때 가장 좋은 것 중 하나는 피스톤이 처음 쿵 하는 소리와 노가 물에 처음 닿을 때 나는 소리라고 늘 생각했어요." 칼레를 떠나서 보통 침대에 누워서 잘 시간에 낯선 마을에서 짐을 들고 터벅터벅 걷는 것은 아주 꿈같은 일이었다. 객차에 오르자마자 우리는 잠이 들었고 아미맹을 지나칠 때까지 졸았다. 상쾌한 아침이 되기도 전, 나는 벌써 어니스트가 호기심을 가지고 우리를 스쳐지나는 모든 것을 쳐다보고 있다는 것을 알았다. 기차를 타고 있을 때 때마침 수레를 몰고 시장에 가는 소작농도, 녹색 깃발을 흔들며 남편의 모자와 코트를 입고 있는 신호원의 아내도, 둑에 야생화도 없었지만 그는 말로 표현할 수 없는 기쁨으로 그 모든 것을 받아들이고 있었다. 우리가 탄 기차 엔진의 이름은 모차르트였고 어니스트는 이것도 좋아했다.

여섯 시에 파리에 도착했고 마을을 가로질러 마르세유 행 아침 급행열차를 타고 갈 시간이 있었다. 그러나 정오도 안 돼서 내 젊은 친구는 피곤하다며 한 시간 정도 잠에 빠져버렸다. 그는 한동안 버텼지만 결국 잠을 아낄 만큼 너무나 즐거웠다고 말하며 자신을 위로했다. 마르세유에서 우리는 휴식을 취했고 기분 전환으로 인한 자극이 아직 허약한 나의 대자에게는 과분하다는 것을 드러냈다. 며칠 동안 그는 정말 아팠지만 이후에는 괜찮았다. 나는 너무 아프지 않고 병이 나을 때까지 일할 필요가 없다면 병을 인생의 큰 즐거움 중 하나라고 생각한다. 외국 호텔에서 한번 앓았던 적이 있는데 얼마나 즐거웠는지 기억한다. 아무것도 신경 쓰지 않고 조용하고 따뜻하며 마음의 부담 없이 누워 있고 멀리 떨어진 부엌에서 부엌일 하는 사람이 접시를 헹구고 옆에 놓을 때 나는 쨍그랑 소리를 듣는다. 태양이 구름 뒤를 왔다 갔다 할 때 천장에 드리워지는 부드러운 그림자를 지켜본다. 밑에 있는 분수대에서 나는 즐거운 소리와 말 목걸이에서 흔들리는 방울과 파리가 그들을 괴롭힐 때 말굽이 땅에 부딪치는 소리를 듣는다. 몽상가가 될 뿐 아니라 몽상가가 되는 것이 자신의 일이라는 것을 알게 된다. 나는 생각했다. '아, 만약 내가 지금 그렇게 잊어버리고 영원히 잠들 수 있다면 이건 내가 바랄 수 있는 어떤 것보다 더 좋은 행운이지 않을까?' 물론 그렇겠지만 그런 일이 생긴다 해도 우리는 받아들이지 않을 것이다. 어떤 나쁜 일이 닥치더라도 우리는 대부분 그것을 견디고 끝까지 지켜볼 것이다.

나는 어니스트가 나와 같은 생각을 했음을 알 수 있었다. 그는 거의 말을 하지 않았지만 모든 것에 주목했다. 그가 날 놀랍게 하는 것은 단 한 번뿐이었다. 날이 저물어갈 무렵 나를 침대로 불러서 묵직하고 차분한 말투로 이야기하고 싶다고 했다. 그가 말했다. "나는 어쩌면 이 병에서 회복 못 할지도 모른다고 생각해요. 만약 내가 회복되지 않는다면 내 마음의 유일한 짐이었던 일을 아저씨가 알았으면 좋겠어요. 내가…." 그는 잠시 멈춘 후 말을 이었다. "아버지와 어머니에게 했던 행동들 말이에요. 나는 그분들에게 너무 착하기만 했어요. 너무 그분들을 배려했어요." 그때 그는 미소 지었고 나는 그가 심하게 잘못되지 않을 것이라고 확신했다. 그의 침실 벽에는 리쿠르고스의 삶에서 일어난 일들을 보여주는 프랑스 대혁명 출판물들이 있었다.

그는 다소 소심하게 엘렌과의 결혼 이야기를 했다. 그가 괜찮아진 것을 보고 망설임 없이 하루 이틀 후 여행을 계속하자고 했다. 우리는 시에나, 코르토나, 오르비에토, 페루자, 그리고 다른 많은 도시들을 들렀다. 2주 후 로마와 나폴리 사이를 지나 베네치아로 가서 알프스 산맥의 남쪽 경사지와 아펜니노 산맥의 북쪽 경사지 사이에 있는 모든 멋진 도시들을 방문하고 마침내 생고타르까지 돌아왔다. 그가 나보다 더 여행을 즐겼는지는 확실하지 않지만 돌아가야 할 때가 되기도 전에 어니스트는 꽤 기력을 회복했다. 그리고 지난 4년 동안 받았던 상처를 완전히 잊어버리고 흉터만 남은 것 같다고 느끼게 된 것은 수개월이 걸리지 않았다.

사람들은 팔이나 발을 잃었을 때 그 후로도 오랫동안 계속해서 고통을 느낀다고 한다. 그가 영국으로 돌아오면서 거의 잊을 뻔했던 고통 중 하나가 떠올랐는데 교도소에 갇혔을 때의 고통이었다. 작은 가게 주인이기만 할 때 그의 수감 생활은 아무런 문제가 되지 않았다. 아무도 그 일을 몰랐고 사람들이 알았다 해도 별로 신경 쓰지 않았을 것이다. 그러나 이제 그는 예전의 자리로 돌아가고 있었지만 그 자리가 곤욕스럽다고 생각했고 너무나 새로워서 어제 받은 상처처럼 그에게 일어났다. 그는 사람들이 자신의 치욕을 잊도록 하기보다 장점으로 삼겠다고 교도소에서 했던 숭고한 결심에 대해 생각했다. 그는 속으로 생각했다. '그때는 아주 괜찮았어. 포도가 내 손이 닿지 않을 때였으니까. 하지만 지금은 달라.'

옛 친구들 중 몇몇은 그가 소위 아내였던 사람과 끝내고 이제 다시 편안하게 지내고 있다는 것을 알고 다시 친해지고 싶어 했다. 그는 그들이 고마웠고 어느 정도 다가가고 싶었지만 그렇게 하지 못했고 얼마 안 돼서 그들을 모르는 척하며 움츠러들었다. 정직이라는 지긋지긋한 악마가 그를 괴롭혔기에 스스로 말했다. "이 사람들은 많은 것을 알고 있지만 모든 것을 알지는 못해. 그들이 나와 관계를 끊는다면 나는 그들과 친해질 자격이 없는 거야." 그는 자신을 제외하고 모든 사람이 용감하고 흠잡을 데 없다고 생각했다. 당연히 그들은 그럴 것이다. 만약 그렇지 않다면 그들은 그들과 관련된 모든 사람에게 자신의 부족함을 알리지 않았을까? 뭐, 그는 이렇게 할 수 없었고 신분을 숨긴 채 사람들과 친해지려 하지 않았기에 사회에 복귀하고 나서도 예전처럼 음악과 문학에 다시 빠졌다.

물론 그는 예상치 못한 곳에서 성공을 알게 되는 관계에서 벗어나며 이론상 얼마나 어리석었는지 오래 전부터 알았다. 자신에게 가장 자연스러운 일이기 때문에 다른 이유 없이 본능적으로 한 일을 했다. 나는 얼마 전 그에게 이런 말을 한 적이 있었는데 그는 항상 높은 곳을 목표로 한다고 말했다. 그리고는 좀 분해하며 대답했다. "저는 모든 것에 목표를 세우지 않았어요. 그리고 아저씨는 내가 기회를 잡았다고 생각한다면 낮은 곳을 목표로 해야 한다고 확신하시네요." 나는 어쨌든 마음이 온화하고 비정상적이지 않은 사람은 아직 완전한 악의를 가지고 높은 목표를 세우지 않았다고 생각한다. 언젠가 우유막이 얇게 생긴 뜨거운 커피 잔 위에 앉은 파리를 본 적이 있다. 그것은 극한의 위험을 알아차렸고 나는 그것이 위험한 표면과 컵 가장자리에서 얼마나 많은 달음박질과 초인적인 힘을 기울이는지 지켜봤다. 왜냐하면 바닥은 그것이 날갯짓으로 벗어날 만큼 단단하지 않았기 때문이다. 나는 그것을 보면서 어려움과 위험의 순간에 매우 커지는 도덕적이고 육체적 힘을 어느 정도 그것의 새끼들도 물려받은 것이라고 상상했다. 하지만 확실히 그것이 도움을 받았다면 도덕적 힘이 커지지 않았을 것이고 일부러 뜨거운 커피 잔에 앉지 않을 것이다. 나는 사람들이 옳은 일을 하는 한 왜 옳은 일을 하는지, 그리고 그들이 잘못했다면 왜 잘못을 했는지는 중요하지 않다는 것을 더 많이 볼수록 더 확신한다. 결과는 했던 일에 달려 있으며 동기는 아무것도 아니다. 기억이 정확하지는 않지만 어떤 시골은 한때 식량 부족이 심했는데 그동안 가난한 사람들이 극심한 고통을 겪었다는 것을 어딘가에서 읽었다. 실제로 많은 사람들이 굶주림으로 죽었고 모두가 힘들었다. 그러나 어느 마을에는 어린 자식들이 있는 불쌍한 과부가 있었는데 그녀는 생계가 변변찮았지만 여전히 잘 먹고 편히 지냈고 자식들도 그랬다. 모두가 "어떻게 살 수 있었나요?"라고 물었다. 그들에게 비밀이 있다는 것은 분명했고 좋은 비밀이 아니라는 것도 분명했다. 다른 사람들이 굶주릴 때 그녀와 가족이 잘 먹고 잘 사는 방식에 대해 누군가가 말하면 그 불쌍한 여자는 다급하고 쫓기는 듯한 표정을 지었다. 게다가 그 가족은 가끔 밤중에 목격됐고 분명 정직하게 가져올 수 없었던 물건을 집으로 들고 갔다. 그들은 자신들이 의심을 받고 있다는 것을 알고 있었다. 그러다보니 그 일로 매우 불행해졌다. 그들이 한 짓이 완전히 사악하지는 않지만 기이하다고 생각했음을 자백해야 했다. 이런 일에도 불구하고 이웃들이 초췌할 때 그들은 잘 살았고 힘을 잃지 않았다.

마침내 문제가 수면 위로 떠올랐고 교구 성직자는 불쌍한 여인에게 매우 엄중하게 물었다. 그녀는 눈물을 흘리고 쓸쓸한 수모를 느끼며 진실을 고백했다. 그녀와 자식들은 울타리 안으로 들어가 달팽이를 모았고 그것으로 죽을 만들어 먹었다. 그녀는 과연 용서받을 수 있을까? 그런 이상한 행동을 했을 때 이번 생이나 다음 생에서 구원의 희망이 있을까? 또 나는 모든 돈을 콘솔 공채에 넣은 늙은 노백작 부인에 대해 들었다. 그녀에게는 아들이 많았는데 어린 아들들이 잘 독립할 수 있기 바랐기 때문에 콘솔에서 받는 것보다 더 많은 수입을 원했다. 그녀는 변호사와 상의했고 콘솔을 팔고 그 당시 85파운드였던 런던과 노스웨스턴 철도에 투자하라는 조언을 받았다. 이 조언은 달팽이를 먹는 여인과 같았다. 부정한 일을 해서 부끄럽고 슬프지만 아들들은 독립해야 했고 그녀는 조언대로 했다. 그 후 오랫동안 그녀는 밤에 잠을 잘 수 없었고 재앙의 조짐에 사로잡혔다. 그런데 무슨 일이 일어났는가? 그녀는 아들들을 독립시켰고 몇 년 후 돈은 두 배로 늘어나 모두 매각하고 다시 콘솔에 넣어 의료비 지원을 받으며 완전한 축복 속에 죽었다.

사실 그녀는 자신이 잘못되고 위험한 일을 하고 있다고 생각했지만 전혀 상관없었다. 만약 그녀가 어떤 유명한 런던 은행가의 추천을 완전히 믿고 투자했는데 그 조언이 틀려서 모든 돈을 잃었다고 가정하자. 그녀가 가벼운 마음으로, 그리고 죄를 자각하지 못하고 이 일을 했다고 가정하자. 악의적 목적의 결백함과 동기의 훌륭함이 그녀를 대신할 수 있을까? 아니다.

내 이야기로 돌아와서 토넬리는 내 영웅에게 가장 큰 문제를 안겼다. 토넬리는 어니스트가 곧 돈을 물려받을 것임을 알고 있었지만 어니스트는 그가 알고 있다는 것을 알지 못했다. 토넬리는 그 자신도 부자였고 결혼했다. 어니스트는 곧 부자가 될 것이고 이미 결혼할 뜻이 있었다. 그리고 어느 날 토넬리는 거리에서 어니스트와 만났고 어니스트가 그를 피하려 했을 때 그를 붙잡고는 크게 웃었다. 토넬리는 이제껏 그래왔던 것처럼 어니스트의 우상이었다. 어니스트는 그 어느 때보다 더 고맙고 따뜻함을 느꼈지만 토넬리보다 더 강한 무의식적인 무언가가 있었고 어쩌면 다른 사람들보다 그와 더 단호하게 헤어지기로 마음먹었다. "우리가 다시 만난다면 나를 쳐다보지 말고 내가 마음에 들지 않는 글을 쓴다는 말을 듣는다면 가능한 너그럽게 생각해줘요"라고 그는 말했고 그렇게 그들은 헤어졌다.

나는 진지하게 말했다. "토넬리는 좋은 녀석이야. 그리고 너는 그와 관계를 끊지 말았어야 했어." 그가 답했다. "그는 좋은 사람일 뿐만 아니라 예외 없이 내가 살면서 본 사람 중 가장 훌륭한 사람이에요. 단 아저씨는 빼고요"라며 나에게 찬사의 말을 했다. "토넬리는 내가 가장 되고 싶어 하는 모든 것의 기준이지만 우리 사이에는 진정한 유대가 없어요. 만약 내가 그를 좋아하지 않는다고 말한다면 그가 좋지 않게 볼까봐 끊임없이 두려워해야 해요. 그리고 나는 많은 걸 말하려 하는데 토넬리는 그것을 좋아하지 않을 거예요"라며 조금 아무 생각 없이 말을 이었다. 인간은 대부분 쉽게 그리스도를 위해 아버지와 어머니를 포기할 수 있지만 토넬리 같은 사람들을 포기하는 것은 그렇게 쉽지 않다.

81장

그래서 그는 나와 내 오랜 친구 3~4명을 제외하고 그의 옛 친구들과 모두 헤어졌다. 그들은 젊고 새로운 생각을 가지고 있는 나를 좋아했었다. 어니스트는 그다지 살필 것도 없는 내 회계장부를 관리하는 데 신경 썼고 시간의 대부분은 이미 축적된 작품집의 많은 메모와 시험적인 에세이를 덧붙이는 데 보냈다. 글쓰기에 익숙한 사람이라면 누구나 그가 문학적으로 타고 났음을 알 수 있었다. 나는 그가 자발적으로 거기에 안착하는 것을 보고 기뻤다. 그러나 가장 진지한 것에만 전념하는 것은 그다지 기쁘지 않았다. 그가 진지한 음악 외에는 전혀 신경 쓰지 않았던 것처럼 엄숙한 주제들에 대해 대부분 말했다.

나는 어느 날 하나님이 진지한 탐구의 추구에 주신 얼마 안 되는 대가는 그것을 인정하지 않았다거나 하나님이 많이 기억하거나 독려하지 않으신다는 것을 충분히 보여준다고 말했다. 그가 말했다. "아, 대가에 대해서는 말하지 마세요. 《실낙원》으로 겨우 5파운드만 받았던 밀턴을 보세요." 나는 바로 응수했다. "그리고 너무 많았지. 그가 전혀 쓰지 않도록 두 배 더 줬을 거야." 어니스트는 약간 충격 받았다. "어쨌든." 그가 웃으며 말했다. "저는 시를 쓰지 않아요." 내 희가극은 당연히 운문으로 쓰였기 때문에 이 말은 나에게 상처였다. 그래서 나는 그 문제를 포기했다. 잠시 후 그는 아무것도 하지 않고 1년에 300파운드를 받는 것에 대해 다시 의문을 제기했고 먹고 살 수 있을 만큼 충분한 일자리를 찾기 위해 노력할 것이라 했다. 나는 이 말에 웃었지만 그를 내버려뒀다. 그는 오랫동안 정말 노력했지만 나는 성공하지 못했다고 말할 필요가 없다. 나이가 들수록 대중의 어리석음과 맹신을 더 확신하게 된다. 그러나 동시에 그 어리석음과 맹신에 주제넘게 나서는 것도 더 어렵다고 생각한다.

그는 원고를 들고 편집자들을 만났다. 가끔씩 편집자가 그의 말을 듣고 원고를 두고 가라고 말하기도 했다. 그러나 그는 거의 언제나 그가 보낸 원고가 특정 신문에 어울리지 않는다는 공손한 내용이 적힌 메모와 함께 결국 원고를 돌려받았다. 그럼에도 불구하고 이 원고들 중 상당수는 그가 후반에 쓴 작품에서 나왔고 어느 누구도 그 원고가 문학적 기량이 너무 형편없다고는 하지 않았다. 그가 어느 날 나에게 말했다. "수요가 있어야 공급도 있다는 것을 알겠어요." 실제로 한 번은 권위 있는 월간 잡지의 편집자가 원고를 받아들였고 그는 이제 문학계에 발을 들여놓았다고 생각했다. 그 원고는 다음 호에 실릴 예정이었고 10일 또는 2주 내에 교정본을 받아야 했지만 몇 주가 지나도 교정본은 없었다. 한 달이 지나도 어니스트의 원고는 실리지 않았다. 약 6개월 후 어느 날 아침 편집자는 그에게 앞으로 10개월 동안 논평기사가 다 찼지만 원고는 분명 실릴 것이라고 말했다. 이 말에 그는 원고 반환을 주장했다.

가끔씩 그의 원고는 실제 출판되었지만 편집자가 자신의 취향에 따라 편집했다는 것을 알게 됐다. 편집자는 자신이 재미있다고 생각하는 농담을 넣거나 어니스트가 전체 내용의 요점이라 생각했던 구절을 잘라낸 다음 원고를 실었다. 심지어 원고료는 받지도 못했다. 그는 이 무렵 어느 날 나에게 말했다. "편집자들은 요한계시록을 사고파는 사람들 같아요. 한 마리도 없지만 분명 짐승의 흔적이 있어요." 몇 달 동안 우중충한 방(나에게는 모든 방들 중 편집자들의 방이 가장 따분해 보였다)에서 낙담하고 지루한 시간을 보낸 후 마침내 문제의 신문사에서 막강한 영향으로 가지고 있는 사람에게 그를 소개했다. 편집자는 그에게 다양하고 어려운 주제에 관한 12권의 두꺼운 책을 보냈고 일주일에 한 편씩 논평을 쓰라고 했다. 어떤 책에는 그 작가가 비난받아야 한다는 취지의 편집자 메모가 있었다. 어니스트는 특히 그가 비평해야 하는 그 책에 감탄했고 그가 받은 책에 판사와 같은 일을 하는 것이 얼마나 끔찍한지를 느낀 후 편집자에게 넘겼다.

마침내 한 신문사가 정말로 12개 정도의 원고를 받았고 그에게 원고 당 몇 기니씩 현금으로 줬지만 이후 어니스트의 마지막 원고가 실리고 2주도 채 안 돼서 끝나버렸다. 다른 편집자들이 나의 불행한 대자와 어떤 일도 같이 하지 않으려 한다는 것을 분명히 아는 것 같았다. 그가 정기 간행물 일을 실패한 것이 유감스럽지 않았다. 왜냐하면 논평이나 신문 기사를 쓰는 것은 더 영구적인 흥미를 가진 작품을 쓰고 싶어 하는 사람에게는 나쁜 훈련이기 때문이다. 젊은 작가는 일간지 또는 주간지에 기고자로서 할 수 있는 것보다 더 많은 성찰의 시간을 가져야 한다. 그러나 어니스트 자신은 그가 얼마나 시장성이 없는지를 알고 분개했다. 그가 나에게 말했다. "내가 잘 자란 말, 양, 순종 비둘기이거나 귀가 늘어진 토끼였다면 더 잘 팔렸을 거예요. 내가 식민지 마을의 성당이라면 사람들은 나에게 뭔가를 주지만 그들은 나를 원하지 않아요." 이제 그는 잘 지내고 쉬었으니 다시 가게를 차리고 싶었지만 당연히 나는 이 말을 무시했다.

어느 날 그는 내게 말했다. "그들이 말하는 신사가 나하고 무슨 상관이에요?" 그리고 그의 태도는 거의 험악했다. "신사가 되면 내가 먹잇감을 덜 잡아먹고 내가 더 쉽게 먹잇감이 되는 거 말고는 나에게 해준 게 뭐가 있을까요? 그건 내가 사기를 당하는 방식을 바꾸어놨어요. 그것뿐이에요. 하지만 아저씨가 저에게 베풀어주시는 호의 덕분에 저는 무일푼이 될 거예요. 감사하게도 아이들은 거둘 수 있네요."
나는 그에게 조금만 더 차분히 있고 가게를 차리는 것에 대해서는 말
하지 말라고 간청했다. 그가 말했다. "신사가 되면 결국 돈을 벌 수 있
고 안식을 얻을 수 있을까요? 재물을 가진 자는 천국에 가지 못한다고
해요. 주피터 말에 따르면 그래요. 그들은 스트룰드브루그와 같아요.
그들은 가난했더라면 천국에서 오랫동안 살고 행복하게 지내요. 나
는 오래 살고 싶고 내가 키워서 아이들이 더 행복하다면 그 애들을 키
우고 싶어요. 그것이 내가 원하는 거예요. 그리고 지금 내가 하고 있
는 일이 나한테 도움이 안 돼요. 신사가 되는 것은 내가 감당할 수 없
는 사치이기 때문에 원하지 않아요. 다시 내 가게로 돌아가서 사람들
이 원하는 일을 하고 그들을 위해 일한 대가로 받을 거예요. 그 사람
들은 내가 그들에게 말할 수 있는 것보다 자신들이 무엇을 원하고 무
엇이 자신들에게 좋은지 더 잘 알아요."

이 일의 견실성을 부인하기 어려웠고 만약 그가 나한테 1년간 받
는 300파운드에만 의존했다면 나는 다음날 아침 가게를 다시 열라고
충고했어야 했다. 늘 그랬듯이 나는 시간을 끌고 반대하며 내가 할 수
있는 한 그를 진정시켰다. 물론 그는 다윈의 책이 나오자마자 빨리 읽
고 진화론을 신조로 여겼다. 그가 한 번은 이렇게 말했다. "내가 보기
에 나는 애벌레와 같아요. 애벌레가 해먹을 만들 때 방해받으면 처음
부터 다시 시작해야 해요. 오랫동안 사회적 신분이 낮았을 때 나는 모
두 잘해냈고 엘렌을 위해서만 돈 벌면 됐어요. 더 높은 단계에서 일을
시작하려 하면 나는 완전히 실패해요." 그 비유가 좋은 것인지 아닌지
는 모르겠지만 큰 추락을 겪은 후 아주 밑바닥부터 인생을 새로 시작
하는 것이 낫다고 말하는 어니스트의 본능은 옳았다고 나는 확신한
다. 그리고 무엇을 해야 하는지 몰랐다면 그를 다시 가게로 돌려보냈
을 것이다.

그의 고모가 지정한 시기가 다가옴에 따라 그에게 다가올 일에 대해 점점 더 많은 준비를 시켰고 마침내 그의 스물여덟 번째 생일에 모든 것을 말할 수 있었다. 그를 위해 돈을 맡는다는 의미로 그의 고모가 임종 당시 서명했던 편지를 보여줄 수 있었다. 1863년 그의 생일은 일요일이었지만 이튿날 나는 그의 몫을 그의 이름으로 바꾸고 그가 지난 1년 반 동안 관리해온 회계 장부를 선물했다. 내가 준비하도록 했던 모든 일에도 불구하고 실제로 그 돈이 자신의 것이라고 믿기까지는 한참이 걸렸다. 그는 많은 말을 하지 않았다. 나도 더 이상 말하지 않았다. 왜냐하면 어니스트가 7만 파운드가 넘는 돈의 주인이라는 것을 알게 된 것만큼 내가 오랫동안 한 신탁 관리 업무가 만족스러운 결론에 이른 것에 대해 크게 감동하지 않았는지 확신할 수 없었기 때문이다. 그가 말할 때 한 번에 한두 문장씩 띄엄띄엄 곰곰이 생각해보는 거 같았다. "만약 이 순간을 음악으로 표현한다면 증6도를 자유롭게 칠 수 있어야 해요"라고 말했다. 조금 후 그가 고모와 약간 비슷하게 웃으며 했던 말이 기억난다. "내가 즐기는 것은 나에게 일어난 즐거움이 아니라 아저씨와 토넬리를 제외한 모든 친구들에게 생길 고통이에요."

나는 말했다. "네 아버지와 어머니에게 말할 수 없어. 그러면 그들은 화를 낼 거야." "아뇨, 아니죠." 그가 말했다. "아주 괴로울 거예요. 이삭이 아브라함을 바치는 것과 같고 덤불 가까이에 숫양도 없어요. 게다가 내가 왜 그래야 하죠? 우리는 지난 4년 동안 연락을 끊었어요."

82장

우리가 시어볼드와 크리스티나를 무심코 언급하면서 휴면 상태에서 활성 상태가 되는 것 같았다. 마지막으로 모습을 보인 후 그들은 배터스비에 남아 다른 자식들에게 애정을 쏟았다. 시어볼드에게 첫 아이를 괴롭히지 못하는 것은 쓰라린 고통이었다. 만약 사실이 알려졌더라면 어니스트의 수감 생활로 당했던 수치심보다 더 뼈저리게 느꼈을 것이다. 그는 나를 통해 관계를 다시 회복하려고 한두 번 시도했지만 나는 어니스트가 화 낼 것을 알았기 때문에 아무 말도 하지 않았다. 나는 시어볼드에게 편지를 써서 그의 아들이 아주 단호하며 어쨌든 지금은 관계 회복을 그만두라고 권했다. 이것은 어니스트가 가장 좋아하는 것이고 시어볼드는 가장 싫어하는 것이라 생각했다. 그러나 어니스트가 재산을 물려받고 며칠 후, 나는 시어볼드에게 어니스트에게 보내는 편지가 동봉된 편지를 받았고 줄 수밖에 없었다. 그 편지는 다음과 같았다.

내 아들 어니스트에게

네가 나의 제안을 여러 번 거절했지만 너의 양심에 다시 한 번 간청한다. 내 생각에 오랫동안 병을 앓아온 너의 어머니가 돌아가실 때가 가까워진 거 같다. 그녀는 아무것도 먹을 수 없고 의사 마틴은 회복할 희망이 거의 없다고 한다. 그녀는 너를 만나고 싶다고 했고 그녀의 상태를 생각하면 네가 그녀를 보러 오는 것을 거절하지 않을 것이라 했어. 네가 그렇게 할 것이라 생각하지 않는다. 너에게 우편환으로 교통비를 보내고 돌아갈 때도 교통비를 주겠다. 옷이 필요하면 네가 적당하다고 생각하는 것을 주문하고 청구서를 나에게 보내라. 8파운드나 9파운드를 넘지 않는 선에서 바로 지불할 것이고 어떤 기차를 타고 오는지 알려준다면 마차를 보내겠다.

- 진심을 담아, 너의 사랑하는 아버지, T. 폰티펙스

물론 어니스트는 망설이지 않았다. 아버지가 옷을 사주겠다는 제안과 2등석 기차표 가격만큼 우편환을 보낸 것에 미소 지을 수 있었고 물론 어머니 상태를 알고는 충격을 받았다. 무엇보다 그를 보고 싶어 하는 그녀의 바람에 감동을 받았다. 그는 바로 내려가겠다고 전보를 쳤다. 나는 그가 출발하기 전 잠시 그를 만났고 재단사가 정말 옷을 잘 만든 것을 보고 기뻤다. 토넬리도 이렇게 잘 어울리지 않을 것이다. 큰 여행 가방과 기차에서 덮을 담요, 모든 짐들을 챙겼다. 그는 20살이나 23살 때보다 훨씬 더 잘 생겼다. 1년 반 동안 과거의 고통으로 인한 모든 나쁜 영향을 지웠고 진짜로 부자가 된 지금 모든 것이 완벽하게 돌아가고 있는 남자처럼 얼굴에서 느긋함과 쾌활함이 느껴졌다. 그러다 보니 잘생겨 보였다. 나는 그가 자랑스럽고 흐뭇했다. 그리고 속으로 말했다. '그가 어떤 일을 하더라도 다시는 결혼하지 않을 거라고 확신해.'

그 여정은 고통스러웠다. 역에 가까워지면서 익숙한 모습을 하나하나 보게 되자 기억의 힘은 너무 강해서 고모의 돈을 물려받은 것이 꿈같고 케임브리지에서 방학을 보내기 위해 아버지에게 돌아가는 것 같았다. 아버지가 역에서 그를 만날까? 아무 일도 없었다는 듯 그를

맞이할 것인가, 차갑게 대하며 거리를 둘까? 아들의 행운을 어떻게 받아들였을까? 열차가 플랫폼에 들어서자 어니스트는 역에 있던 사람들을 빠르게 훑어보았다. 익숙한 아버지의 모습은 그들 사이에 보이지 않았고 역 마당과 플랫폼을 구분하는 울타리 반대편에 그의 생각대로 다소 허름해 보이는 조랑말 마차가 있었다. 아버지의 마차였다. 몇 분 후 그는 배터스비로 향하는 마차에 있었다. 너무나 많이 변한 자신의 외모에 놀라는 표정을 짓는 마부를 보고 미소를 지을 수밖에 없었다. 너무 많이 변했기 때문에 어니스트가 실제로 말을 걸고 나서야 마부는 그를 알아봤다.

그가 마차에 타자마자 "아버지와 어머니는 어떠세요?"라고 다급히 물었다. "주인님은 괜찮으시지만 도련님, 부인은 매우 슬퍼하고 계세요"가 답이었다. 날씨는 매우 추웠고 이상적인 11월 날씨였다. 일부 도로는 바닥이 드러났고 그날 아침 배터스비 근처에 사냥개들이 있었기 때문에 많은 기수들을 지나쳤다. 어니스트는 그가 아는 몇몇 사람들을 보았지만 그들은 그를 알아보지 못했다. 배터스비 교회 종탑이 가까워지면서 언덕 꼭대기에 있는 교구목사관이 보였고 굴뚝은 잎이 없는 나무들에게 둘러싸였다. 그는 다시 마차에 몸을 기대고 두 손으로 얼굴을 가렸다.

몇 분 후 그는 아버지의 집 앞 계단에 있었다. 마차가 도착하는 소리를 들은 그의 아버지는 그를 맞이하기 위해 계단으로 내려왔다. 마부처럼 그도 어니스트가 돈이 풍족하고 튼튼하고 활기로 넘친다는 것을 한눈에 알아봤다. 이것은 그가 기대했던 것이 아니었다. 그는 어니스트가 돌아오기를 원했지만 아버지에게 용서를 구하면서 품행이 단정하고 잘 통제되고 절망적이고 상심한 탕아로 돌아와야 했다. 만약 그가 신발과 양말, 그리고 옷을 입어야 한다면 너덜너덜하고 누더기를 걸치고 있어야 하지만 그는 회색 외투를 걸치고 파란색과 하얀

색 넥타이를 매고 뽐내고 있었다. 시어볼드가 평생 봐왔던 모습보다 훨씬 멋졌다. 원칙에 어긋났다. 어머니 임종을 보러 오면서 말쑥한 옷차림을 마련할 수 있을 만큼 그가 그렇게 후하게 줬던가? 어니스트가 입은 것보다 더 초라하게 입는다고 좋을 것이 있을까? 분명 약속했던 8, 9파운드에서 한 푼도 넘지 않았을 것이다. 시어볼드는 평생 그런 큰 여행 가방을 살 여유가 없었다. 그는 케임브리지에 갔을 때 아버지가 물려준 낡은 가방을 여전히 사용하고 있었다. 게다가 그는 여행 가방이 아니라 옷이라고 말했다.

어니스트는 아버지가 속으로 무슨 생각을 하는지 알았고 지금 그가 보고 있는 모습에 어떤 식으로든 준비했어야 한다고 생각했다. 그러나 아버지의 편지를 받자마자 바로 전보를 보냈고 너무 빨리 일을 진행했기 때문에 쉽지 않았을 것이다. 그는 손을 내밀며 웃으며 말했다. "아, 다 계산한 거예요. 오버튼 씨가 알레시아 고모의 돈을 저에게 전부 넘겨주신 거 모르셨나 보네요." 시어볼드는 얼굴이 붉어졌다. 그의 입에서 나온 첫마디는 "하지만 왜, 그 돈이 어째서, 내 형 존과 나에게 넘겨주지 않았던 거야?"였다. 그는 말을 상당히 더듬었다. "왜냐하면 나의 사랑하는 아버지." 어니스트가 여전히 웃으며 말했다. "고모는 아버지나 존 삼촌에게 주지 않고 내게 주려고 그분에게 맡겼어요. 그리고 그 돈은 지금 7만 파운드 넘게 쌓였어요. 그런데 어머니는 어떠세요?"

"아니, 어니스트." 시어볼드가 흥분하면서 말했다. "여기서 넘어갈 수 없어. 나는 모든 것을 다 알아야겠어." 이것으로 시어볼드의 본모습이 드러났고 어니스트 마음속에 아버지에 대한 일련의 생각들이 떠올랐다. 주변 환경은 오래 전부터 익숙한 곳이었지만 거의 알아볼 수 없을 정도로 변해 있었다. 그는 잠시 후 시어볼드에게 맹렬하게 대들었다. 시어볼드는 아무 말도 하지 않았지만 얼굴은 거의 잿빛으로 변했다. 그는 아들이 이 자리에서 한 말을 되풀이하지 않도록 하기 위해 그에게 다시는 말을 걸지 않았다. 어니스트는 재빨리 화를 풀었고 다시 어머니의 안부를 물었다. 시어볼드는 지금 이 좋은 기회를 기꺼이 받아들였다. 그녀가 급격히 악화되고 있다고 조급히 대답했고 30년 이상 삶의 위안과 버팀목이 되어주었지만 더 오래 계속되기를 바랄 수는 없다면서 말을 끝냈다.

두 사람은 위층 크리스티나의 방으로 갔는데 어니스트가 태어났던 방이었다. 아버지는 그보다 먼저 가서 그녀가 아들을 맞이할 수 있도록 준비시켰다. 그 가엾은 여자는 아들이 자기 쪽으로 다가오자 침대에서 몸을 일으켰고 그를 안으면서 눈물을 흘렸다. "오, 올 줄 알았어. 올 수 있을 줄 알았어."

어니스트는 몇 년 동안 울지 않았던 것처럼 통곡했다. "아, 우리 아들." 목소리가 다시 나오자마자 그녀가 말했다. "정말 지금까지 우리 보러 한 번도 안 왔어? 우리가 널 얼마나 사랑하고 슬퍼했는지 넌 모를 거야. 아버지도 나만큼 그랬어. 아버지가 감정을 잘 표현은 안 하시지만 그 사람이 너를 얼마나, 얼마나 많이 생각하는지 이루 말로 다 할 수 없어. 가끔 밤에 나는 마당에서 발자국 소리가 들렸던 거 같아서 그를 깨우지 않으려고 조용히 침대에서 일어나 창밖을 내다봤지만 아침의 어두움이나 잿빛만 있었고 다시 울면서 잠자리에 들었어. 나는 아직도 네가 너무 자존심이 세서 우리한테 알리지 않았지만 우리를 보러 왔다고 생각한단다. 이제 드디어 너를 다시 내 품에 안아보는구나. 우리 사랑하는 아들."

어니스트는 자신이 얼마나 매정하고 잔인한 사람이었는지 생각했다. 그가 말했다. "어머니, 용서하세요. 제 잘못이에요. 제가 그렇게 매정하게 굴지 말았어야 했어요. 제가 잘못했어요. 정말 잘못했어요." 그는 진심으로 말했고 다시는 그리워할 것이라 생각하지 못했지만 마음은 어머니를 그리워했다. 그녀가 말을 이었다. "하지만 어두워서 우리는 몰랐지만 너 정말 온 적 없어? 우리 생각대로 넌 그렇게 매정하지 않았어. 나를 위로하고 더 행복해질 수 있게 왔었다고 말해줘." 어니스트는 준비되었다. "어머니, 최근까지도 저는 올 돈이 없었어요." 이것은 크리스티나가 이해하고 용인할 수 있는 변명이었다. "아, 그랬으면 네가 왔을 텐데. 온 것이나 다름없어. 그리고 이제 네가 다시 무사하니까 절대로, 절대로, 나를 떠나지 않는다고 해줘. 그때까지 말이야. 오, 내 아들. 그 사람들이 내가 죽는다고 말했니?" 그녀는 비통하게 울면서 베개에 머리를 파묻었다.

83장

조이와 샬롯이 방에 있었다. 조이는 사제서품을 받았고 시어볼드의 부목사였다. 그와 어니스트는 전혀 호의적이지 않았고 한눈에 봐도 그들 사이에 화해할 가능성은 없었다. 그는 성직자 옷을 입고 있는 조이를 보고는 몇 년 전 자신의 모습과 비슷하다는 생각이 들어 조금 놀랐다. 두 사람이 많이 닮았기 때문이다. 조이의 얼굴은 차가워 보였다. 그는 다른 성직자들보다 좋지도 나쁘지도 않았다. 어니스트에게 다소 무례한 태도로 인사하려 했지만 뜻대로 되지 않았다. 그의 여동생은 키스를 받기 위해 뺨을 내밀었다. 그는 그것이 너무나 싫었다. 그녀 역시 우월한 사람인양 태도에서는 거리감이 느껴졌고 그를 책망하는 듯했다. 그녀는 모든 것을 어니스트의 탓으로 돌렸다. 젊은이들이 그녀에게 청혼하는 데 걸림돌이 되는 그의 비행을 비밀로 했고 그에 따른 피해에 대한 두꺼운 청구서를 그에게 내밀었다. 그녀와 조이는 처음부터 사냥개들과 함께 사냥하는 본능이 발달했고 이제 이 둘은 부모님과 상당히 비슷했다. 다시 말해서 어니스트와 반대였다.

집에 도착한 후 30분 동안 그들에 대한 기억과 그들의 행동을 보면서 어니스트는 여러 가지를 알게 됐다. 물론 그들은 그에게 돈이 있다는 것을 몰랐다. 그는 그들이 가끔씩 분개하면서도 놀라움으로 그를 본다는 것을 알았고 그들이 무슨 생각을 하는지 너무 잘 알았다. 크리스티나는 그에게 일어난 변화를 보았다. 마지막으로 그를 봤을 때보다 몸과 마음 모두 자신감과 활기로 넘쳤다. 그녀도 그가 얼마나 옷을 잘 입었는지를 봤고 모든 애정을 쏟은 첫째가 돌아왔지만 이 화려한 옷값을 준 시어볼드의 주머니 사정이 조금 걱정됐다. 이를 알고 어니스트는 그녀의 마음을 진정시키고 동생들이 있는 곳에서 고모의 유산과 내가 어떻게 관리했는지를 모두 말해줬다. 그들은 관심 없는 척했다. 어머니는 처음에 "아버지는 건너뛰고?"라면서 아들이 돈을 받은 것에 조금 화를 냈다. 그러나 어니스트는 폰티펙스 고모가 액수가 얼마나 늘어날지 알았다면 상당 부분을 아버지에게 맡겼을 것이라 말함으로써 그녀를 진정시켰다.

어니스트가 훨씬 젊고 부자라는 것이 시어볼드의 마음을 괴롭혔다. 만일 그가 60세나 65세까지 기다려야 하고 그동안 오랜 실패로 망했다면 그의 임종 비용을 지불할 만큼의 돈만 가졌을 것이다. 하지만 그는 28살에 7만 파운드를 받았고 부인은 없으며 두 아이만 있으니 참을 수 없는 일이었다. 크리스티나는 앞서 말한 것과 같은 세부 사항들을 신경 쓰면서 돈을 쓰기에는 너무 아팠고 얼마 남지 않았다. 그리고 그녀는 천성적으로 시어볼드보다 훨씬 착했다. 그녀는 한눈에 알았다. "이 행운으로 교도소에 갇혔던 그 애의 불명예가 완전히 사라졌어. 그 일에 대해 더 이상 터무니없는 말을 해서는 안 돼. 모든 것이 실수였고, 불행한 실수였지만 지금은 그 일에 대해 적게 말할수록 좋아. 물론 어니스트는 결혼할 때까지 배터스비에서 살 것이고 아버지에게 숙식비로 돈을 후하게 줄 거야. 사실 시어볼드가 수익을 내는 것이 맞고 어니스트 자신도 많은 수익을 내는 것을 바라지 않았을 거야. 이것이 가장 좋고 가장 간단한 방법이야. 그리고 그 애는 시어볼드나 조이보다 여동생을 더 잘 보살필 것이고 배터스비에서 틀림없이 가장 후하게 그녀를 대우할 거야. 물론 조이에게 성직 자리를 마련해주고 여동생에게 매년 큰 선물을 줄 거야. 다른 건 또 없을까? 아! 그래,

그 애는 이제 지역 거물이 되겠지. 1년에 거의 4,000파운드를 버는 남자는 당연히 지역 거물이 되어야 해. 심지어 의회에 진출할지도 몰라. 당연히 상당한 능력을 가졌고 스키너 박사나 시어볼드만큼 천재는 아니지만 부족한 것이 없잖아. 만약 의회에 진출한다면 별무리 없이 총리가 될 것이고 그렇게 되면 당연히 귀족이 될 거야. 아! 왜 그 애는 그 모든 일을 바로 시작하지 않았을까. 그랬다면 사람들이 '배터스비 경(그녀는 아주 멋지다고 생각했다)'이라고 부르는 것을 들었을까."

그녀가 앉을 수 있을 만큼 건강했다면 그는 큰 식당 끝에 그녀의 초상화를 크게 걸어놓을 것이다. 그것은 왕립 아카데미에 전시될 것이다. '배터스비경의 어머니 초상'이라고 그녀는 혼잣말했고 가슴은 예전처럼 활기차게 뛰었다. "하나님께서 우리를 대신해 우리보다 더 현명하게 문제를 해결해주셨어! 조이는 캔터베리 대주교가 되고 어니스트는 평신도로 남아서 총리가 될 거야." 그녀의 딸이 그녀에게 약 먹을 시간이라고 말할 때까지 계속 됐다.

크리스티나의 머릿속 일부에 불과한 이 몽상은 1분 30초 정도 게속됐다. 그런데 이 덕분에 그녀의 영혼이 놀랍도록 되살아나는 것 같았다. 사실 죽어가고 있고 괴로워하던 그녀는 오후에 한두 번 아주 즐겁게 웃을 수 있을 만큼 밝아졌다. 다음 날 의사 마틴은 그녀가 훨씬 좋아져서 희망이 보인다고 했다. 시어볼드는 이런 말을 들을 때마다 가능한 고개를 저으며 "우리는 더 오래 살라고 바랄 수 없어요"라고 말했다. 그리고 그때 샬롯은 무의식적으로 어니스트를 붙잡고 말했다. "어니스트 오빠, 이런 말에 아빠가 매우 동요된다는 거 알 거예요. 아빠는 무슨 일이 생겨도 버틸 수 있지만 하루 동안 시시각각 변하는 여러 가지 일들 때문에 너무 지치니까 오빠는 그러지 않았으면 해요. 의사가 희망을 버리지 않았더라도 나는 아빠한테 아무 말도 안 할 거예요." 샬롯은 시어볼드, 그녀, 조이, 그리고 다른 모든 사람들이 느끼는 불편함의 원인이 어니스트라는 것을 넌지시 알리려 했다. 그녀는 실제로 이 말을 하기 위해 말을 꺼냈다. 사실 그녀는 그들에 대한 애정이 없었고 관심을 껐지만 어쨌든 어느 순간 그들을 보살피게 됐고 없는 것보다는 나았다.

조이와 샬롯이 다 컸다는 점만 빼면 집 구조는 어니스트가 마지막으로 본 이후로 거의 바뀌지 않았다. 벽난로 쪽에 있는 가구와 장식품들 모두 그때 그대로였다. 응접실 벽난로 양쪽에는 예전처럼 카를로 돌치와 사소페라토 작품이 걸려 있었다. 샬롯의 그림 선생님이 빌려준 원작을 따라 그리고 그의 지도에 따라 완성한 마조레호 풍경 수채화도 있었다. 벽지는 그대로였고 장미꽃은 여전히 벌을 기다리고 있었으며 가족은 여전히 아침과 밤에 '진실 되고 양심적인 사람'이 되기를 기도했다. 사진 한 장만 없어졌다. 아버지 사진 밑에, 그리고 형제자매 사이에 걸려 있던 그의 사진이었다. 하지만 다음날 아침, 그 사진은 먼지를 좀 뒤집어쓰고 액자의 한쪽 모서리는 금박이 좀 벗겨진 채 다시 걸렸지만 그것만으로도 확실히 충분했다. 나는 그가 큰 부자가 되었다는 것을 알고 다시 걸었을 것이라 생각한다.

식당 벽난로 위에는 여전히 큰 까마귀들이 엘리야에게 먹이를 주려 했다. 이 그림에는 다 생각나지는 않지만 많은 추억담이 담겨 있었다. 창밖을 내다보니 정원의 꽃밭이 그대로 있었고 어니스트는 어릴 적 아버지와 함께 수업할 때처럼 비가 내리는지 보기 위해 정원 아래쪽 파란 문에 몸을 힘껏 기댔다. 이른 저녁을 먹고 조이와 어니스트, 아버지만 남았을 때 시어볼드는 일어나서 엘리야의 그림 밑에 있는 깔개 한가운데 서서 예전처럼 멍하게 휘파람을 불었다. 그는 오직 두 곡만 불었는데 하나는 '숲 근처 내 오두막에서'였고 다른 하나는 부활절 찬송가였다. 평생 그 곡들을 휘파람으로 불려 했지만 전혀 성공하지 못했다. 그는 똑똑한 피리새가 부는 것처럼 휘파람을 불었다. 똑바로 부르려고 했지만 그렇게 되지 않았다. 무슨 곡이든 대부분 틀리는 옛 음악 선구자가 된 것처럼 늘 세 번째 음에서 반음 이탈을 했다. 시어볼드는 벽난로 한가운데에 서서 어니스트가 방을 떠날 때까지 예전처럼 두 곡을 부드럽게 휘파람으로 불었다. 외부의 불변함과 내부의 변화에 그는 균형이 무너지는 것 같았다.

그는 현관 밖으로 나가 집 뒤에 있는 습한 작은 숲에서 파이프 담배를 피며 자신을 위로했다. 이윽고 아버지의 마부가 사는 작은 집 입구에 서 있었다. 그는 외할머니의 하녀와 결혼했는데 그녀는 어니스트를 대여섯 살 때부터 알았기 때문에 그녀만큼 어니스트도 그녀에게 늘 정이 많았다. 그녀의 이름은 수전이었다. 그는 불가 옆 흔들의자에 앉았고 수전은 창문 앞 테이블에서 다림질을 했고 뜨거운 플란넬 냄새가 부엌에 스며들었다. 수전이 바로 어니스트의 편을 들기에는 크리스티나와의 관계가 너무 돈독했다. 그는 이것을 매우 잘 알고 있었다. 사실 도덕적이든 다른 이유든 그녀의 지지를 얻으려고 방문한 것은 아니었다. 그는 그냥 그녀가 좋아서 방문했고 어떤 식으로든 많은 이야기를 나누어야겠다고 생각했다.

수전이 말했다. "어니스트 도련님, 불쌍한 아버지와 어머니가 도련님을 찾을 때 왜 안 돌아왔어요? 도련님 어머님은 모든 것이 예전과 똑같아야 한다고 저한테 100번 이상 말씀하셨어요." 어니스트는 혼자 미소를 지었다. 수전에게 그가 왜 웃는지 설명하는 것은 소용없기에 아무 말도 하지 않았다. "하루 이틀간 나는 그녀가 절대 극복하지 못할 거라고 생각했어요. 어머니는 그 일이 자신에 대한 심판이라 말하며 도련님 아버지를 만나기 전 했던 일들에 대해 계속 이야기했고 그녀가 무슨 말을 안 했고 안 하려고 했는지 몰랐지만 일단 그녀를 말렸어요. 그녀는 제정신이 아닌 것 같았고 이웃 사람들 중 누구도 다시는 그녀에게 말을 걸지 않을 거라 했지만 다음날 부쉬비 부인(도련님이 아는 코웨이양이에요)이 찾아왔어요. 도련님 어머니는 항상 그녀를 좋아하셨고 힘이 되었는지 다음날 옷을 다 정리했고 우리는 옷을 어떻게 수선할지 정했어요. 그러더니 수마일 떨어진 모든 이웃 주민들을 부르더니 어머니가 여기에 와서 자신은 고난의 물살을 헤쳐 왔고 신께서 그것을 우물로 바꾸셨다고 이야기했어요. '그래, 수전, 확실해. 신께서는 고난을 겪는 그 아이를 사랑하시지'라고 말하면서 여기서 또 울기 시작했죠. '그 아이는 자업자득인 거야. 그 애가 교도소에서 나오면 그 애 아빠가 그에게 가장 좋은 일이 뭔지 알 것이고 그럼 어니스트는 너무 훌륭하고 오래 고통을 겪고 있는 아빠에게 감사해할 거야라고 계속 말했죠. 그리고 도련님이 그들을 보지 않을 것이라고 했을 때 그 말은 당신 어머니에게 엄청난 충격이었어요. 도련님 아버지는 아무 말도 안 했어요. 완전히 화나지 않는 이상 도련님 아버지는 아무 말도 하지 않는다는 거 알잖아요. 하지만 어머니는 며칠 동안 너무나 무서웠고 주인님이 그렇게 화가 난 것은 처음 봤어요. 다행히도 며칠 후 모든 것이 괜찮아졌고 그 후로 두 사람은 예전과 별로 달라 보이지 않았어요. 어머니가 아프기 전까지는 말이죠."

그는 다음날 아침 가족 기도에서 잘 처신했다. 샬롯 옆에 무릎을 꿇고 앉아 일부러 그런다고 그녀가 확실히 알 정도로 형식적이지만 너무 형식적이지 않게 응창했다. 그는 '진정으로'를 강조했다. 샬롯이 뭔가 알아챘는지는 모르겠지만 그녀는 그가 머무는 동안 좀 떨어진 곳에 무릎을 꿇었다. 배터스비에서 지내는 동안 그가 한 유일한 짓궂은 일이었다고 나에게 장담했다.

어니스트가 도착한 지 사흘째 되던 날 크리스티나는 다시 상태가 나빠졌다. 지난 이틀 동안 그녀는 고통스럽지 않았고 잠도 잘 잤다. 아들의 존재는 여전히 힘이 되는 것 같았고 그녀는 종종 임종 시 매우 행복하고 아주 경건하게 살고 너무나 끈끈한 가족이 그녀 주위에 있을 거라며 너무 고맙다고 말했지만 이제 그녀는 헤매기 시작했다. 다가오는 죽음을 더욱 더 의식하면서 심판의 날에 대한 생각으로 더 두려워하는 거 같았다. 그녀는 여러 번 자신이 지었던 죄에 대해 이야기했고 시어볼드에게 자신을 용서해달라고 간청했다. "크리스티나, 하나님께서는 이미 당신을 용서했어요." 그는 주의 기도로 자신을 굳건히 하며 위엄 있는 태도를 보였다. 하지만 곧 어니스트를 찾아서 더 오래 살기를 바랄 수 없다고 말했다.

그는 천사가 조이나 샬롯에게 나타났는지 알고 싶었다. 그래서 어머니에게 물었다. "아! 그래. 너는 이 모든 일에 관해 아무것도 모르니까 아마 그 일도 마찬가지이겠구나." 어니스트는 그와 가까운 사람들 중 누가 불멸의 존재와 직접 소통했는지 전혀 알지 못했다. 다들 결코 그에게 어떤 말도 하지 않았고 그래서 짜증은 났지만 알아낼 수는 없었다. 어니스트는 그 후 이 이야기에 대해 자주 생각했다. 이미 알고 있을 거라 확신했던 수전한테 사실을 알아내려 했지만 샬롯이 그보다 앞섰다. 그가 수전에게 물어보려 할 때 그녀가 말했다. "아뇨, 어니스트 도련님. 어머니께서 샬롯 아가씨를 통해 그것에 대해 아무 말도 하지 말라고 하셨고 그래서 전 절대 말하지 않을 거예요." 당연히 더 물어볼 수도 없었다. 샬롯이 사실 그를 믿지 않는다는 생각이 어니스트에게 여러 번 들었고 이번 일로 그의 추측이 더 확실해졌다. 하지만 그녀가 신도들의 기도를 부탁하는 편지를 가지고 어떤 실수를 했는지를 떠올리니 그는 약해졌다. 그리고는 "어머니는 어쨌든 그걸 믿고 있어"라며 침울하게 혼잣말을 했다.

크리스티나는 자신의 신앙심 부족의 이야기로 돌아왔고 심지어 블랙 푸딩을 먹었다는 것에 관한 불만을 자꾸 이야기했다. 예전에는 그것을 먹지 않았지만 그 음식이 금지된 것에 대해 불만을 품고서 몇 년 동안 먹지 않았던가! 그리고 결혼 전에 일어났던 어떤 일이 그녀의 마음을 짓눌렀는데 그녀는 좋아해야 할지 몰랐다. 어니스트가 "어머니"라고 말하면서 끼어들었다. "어머니는 아프고 마음이 약해졌어요. 다른 사람들은 이제 어머니보다 어머니에 대해 더 잘 판단할 수 있어요. 장담하건대 어머니는 그 누구보다 헌신적이고 이기적이지 않은 아내이자 어머니예요. 말 그대로 그리스도를 위해 모든 것을 포기하지 않았다 하더라도 어머니는 할 수 있는 만큼 했고 더 이상 그럴 필요가 없어요. 나는 어머니가 그냥 성인이 아니라 매우 유명한 성인이 될 거라고 믿어요."

이 말에 크리스티나는 밝아졌다. "네가 나에게 희망을 주는구나, 희망을 줘"라며 울었고 눈물을 닦았다. 그녀는 몇 번이고 이것이 그의 엄숙한 신념이라는 것을 확인했다. 이제 유명한 성인이 되는 것에는 신경 쓰지 않았다. 그 끔찍한 지옥을 탈출할 수 있다면 천국에 간 가장 못된 사람들 중 하나이면 됐다. 그녀는 확실히 이에 대한 두려움으로 가득했고 어니스트가 할 수 있는 말은 다 했음에도 그는 이 불안감을 불식시키지 못했다. 실은 어니스트가 한 시간 동안 위로했지만 그녀는 고마워할 줄 몰랐다. 그녀는 그가 이 세상에서 모든 축복을 받을 수 있기를 기도했다. 자식들 중 오직 그만이 천국에서 만나서는 안 되는 사람일까 봐 늘 두려워했기 때문이다. 그러나 그 당시 그녀는 정신이 오락가락했고 그가 있는 줄도 모르고 있었다. 그녀의 마음은 사실 아프기 전의 상태로 되돌아가고 있었다.

일요일에 어니스트는 교회에 갔고 그가 없었던 몇 년 동안 복음주의 쇠퇴로 많은 사람들이 빠져나간 것에 주목했다. 아버지는 목사관 저 정원을 지나 중간에 있는 작은 들판을 가로질러 교회로 갔었다. 긴 모자를 쓰고 목사복을 입고 제네바 밴드를 둘렀었다. 어니스트는 밴드를 더 이상 착용하지 않는다는 것을 알아차렸다. 더 놀라운 것은 시어볼드가 목사복을 입고 설교하는 것이 아니라 중백의를 입고 설교했다는 것이다. 예배의 모든 특징이 바뀌었다. 어니스트가 케임브리지에 다니는 동안 샬롯과 크리스티나는 시어볼드에게 찬송가를 부르게 해달라고 했다. 모닝턴 경과 듀푸아 박사와 다른 사람들이 만든 옛날 곡을 불렀다. 시어볼드는 좋아하지 않았지만 어쨌거나 부르게 허락했다.

당시 크리스티나는 이렇게 말했다. "여보, 당신도 알듯이 저는 정말 (크리스티나는 늘 '정말' 생각했다) 사람들이 성가를 매우 좋아하고 성가가 지금까지도 멀리 떨어 있는 사람도 교회로 오게 하는 방법이 될 것이라고 생각해요. 저는 어제 굿휴 부인과 라이트 양에게 그 이야기를 했는데 그들은 제 말에 전적으로 동의했어요. 하지만 그들 모두 찬송가가 끝날 때마다 '영광송'을 불려야 한다고 했어요." 시어볼드는 화가 났다. 성가의 영역이 점점 높이 올라오고 있다고 느꼈던 것이다. 이유는 모르지만 싸우는 것보다 져주는 것이 낫다고 생각했고 앞으로 영광송을 부르라고 허락은 했지만 마음에 들지 않았다. 싸움에 이겼을 때 샬롯은 "엄마, 영광송이 아니고 '영광의 찬가'를 읊조려야 해요"라고 말했다. "물론이지, 얘야"라고 크리스티나가 답했고 그 후로 영광의 찬가라고 말했다. 그녀는 샬롯이 얼마나 똑똑한지를 생각하며 주교와 결혼시킬 방법에 대해 고민했다. 머지않아 어느 여름날 시어볼드가 유난히 긴 여름휴가를 떠나려 할 때 그의 자리를 대신할 고교회파 목사를 찾을 수가 없었다. 이 신사는 그 지역에서 유력 인사였고 상당한 불로 소득이 있었지만 승격은 하지 못했다. 여름에 그는 종종 성직자 형제들을 도왔고 기꺼이 몇 주간 일요일에 배터스비에서 대신해주겠다고 해서 시어볼드는 길게 자리를 비울 수가 있었다. 그러나 돌아와서 보니 시편 전체를 영광의 찬가와 함께 부른다는 것을 알게 됐다. 영향력 있는 성직자, 크리스티나와 샬롯은 시어볼드가 돌아오자마자 정면으로 맞섰고 그는 웃으면서 넘겼다. 성직자는 웃으며 뛰었고 크리스티나는 웃고 달래고 샬롯은 새로울 것도 없는 감정들을 내뱉었다. 그 일은 이제 끝났고 돌이킬 수 없었으며 이미 엎질러진 물이었다. 이후로는 찬송가를 불러야 했지만 시어볼드는 마음속으로 짜증냈고 싫어했다.

많은 농부들이 예배가 끝나자 어니스트에게 와서 악수했다. 그는 모든 사람이 상속에 대해 알고 있다는 것을 인지했다. 사실 시어볼드가 마을에서 가장 입이 가벼운 2~3명에게 바로 이야기했고 그 이야기는 순식간에 퍼졌다. 그는 "일이 아주 쉬워졌네"라고 혼잣말했다. 어니스트는 굿휴 씨 때문에 그의 부인을 정중하게 대했지만 라이트 양은 변장한 샬롯과 같을 뿐이라는 것을 알았기 때문에 바로 냉정하게 대했다.

일주일이 더디게 지나갔다. 크리스티나의 임종 전후로 가족끼리 두세 번 성찬을 함께했다. 시어볼드의 조급함은 날로 심해졌지만 크리스티나도 점점 약해지고 정신이 오락가락했다. 어니스트가 집에 온 지 약 일주일 후, 어머니는 며칠 동안 혼수상태에 빠졌고 결국 평화롭게 떠났다. 어디서 땅이 끝나고 하늘이 시작되는지 누구도 말할 수 없는 포근하고 연무가 낀 날에 바다와 하늘이 어우러지는 것 같았다. 그녀는 수많은 환상에서 깨어났다기보다 덜 고통스럽게 현실에서 죽었다.

"그녀는 30년 넘게 내 삶의 위안이자 버팀목이었어"라고 시어볼드는 모든 것이 끝나자마자 말했다. "하지만 더 오래 살라고 바랄 수는 없었어"라 말하며 자신의 감정이 부족한 것을 감추기 위해 손수건에 얼굴을 묻었다. 어니스트는 어머니가 돌아가신 다음날 시내로 돌아와 나와 함께 장례식에 참석했다. 그는 아버지가 폰티펙스 양의 뜻을 오해하지 않도록 내가 그를 만나길 원했고 나는 그 가족의 오랜 친구였기 때문에 크리스티나의 장례식에 참석하는 것이 놀랄 만한 일은 아니었다. 그녀의 모든 단점에도 불구하고 나는 크리스티나를 좋아했다. 그녀는 남편의 작은 소원을 들어주기 위해 어니스트나 다른 누군가를 매우 다그쳤을 것이다. 하지만 다른 누군가를 위해 그를 다그치지는 않았을 것이다. 그리고 그가 선을 넘지 않는 한 그녀는 그를 매우 좋아했다. 천성적으로 그녀는 고분고분했고 화내기보다 기꺼이 기뻐했으며 선의의 행동을 할 준비가 되어 있었다. 단, 노력을 많이 하지 않아도 되고 시어볼드가 돈을 쓰지 않아도 된다면 말이다. 돈이 적은 것은 문제되지 않았다. 옷값으로 필요한 만큼 남겨둔 후에는 누구든지 가질 수 있을 만큼 가졌을 것이다. 어니스트는 그녀에 대한 동점심이 그렇게 크지 않았고 정말로 동정심을 느끼지 못했기 때문에 나는 그녀의 마지막을 들을 수 없었다. 그렇지만 장례식에 참석하는 것은 곧바로 동의했다. 대자에게 이야기를 듣고 관심이 생겼던 샬롯과 조이를 만나고 싶다는 바람도 있었을 것이다.

시어볼드는 놀랍도록 괜찮아 보였다. 그가 그 일을 아주 잘 받아들이고 있다고 모두가 말했다. 사실 한두 번 고개를 저으며 아내가 30년 넘게 자기 인생의 위안이자 버팀목이었다고 말했지만 장례식은 거기서 끝이 났다. 나는 일요일까지 머물며 시어볼드에게 그의 아들이 말해주기를 원했던 모든 것을 다 말한 후 다음날 아침에 출발했다. 그는 나에게 크리스티나의 묘비명 쓰는 것을 도와달라고 부탁했다. 그가 말했다. "가능한 짧게 하고 싶어. 대부분의 경우 고인에 대한 추도연설은 불필요하기도 하고 사실이 아냐. 크리스티나의 묘비명에는 불필요하거나 사실이 아닌 것은 담지 않을 거야. 이름, 출생과 사망 날짜를 새기고 물론 그녀가 나의 아내였음을 알려주며 간단한 글로 마무리했으면 해. 예를 들어 그녀가 가장 좋아하는 구절로 말이야. 이보다 더 어울리는 것은 없을 거야. '마음이 청결한 자는 복이 있나니 그들이 하나님을 볼 것이다.' 어떤가."

나는 이것이 가장 좋을 것이라 생각한다고 말했고 그렇게 해결됐다. 어니스트는 가장 가까운 마을의 석공인 프로서 씨에게 주문하러 갔고 그는 그 구절이 팔복에서 나왔다고 말했다.

84장

———

　시내로 가는 길에 어니스트는 앞으로 1~2년간 계획에 대해 이야기를 꺼냈다. 몇몇 친한 친구를 제외하고 모든 부류의 사회에 대해 극복하기 어려운 혐오감을 느꼈다. "난 항상 그 사람들이 싫었어요. 그들은 항상 날 싫어했고 앞으로도 날 싫어할 거예요"라고 말했다. "나는 우연한 상황 못지않게 본능적으로 이스마엘이지만 만약 내가 사회에서 멀어진다면 일반적인 이스마엘보다 덜 취약할 거예요. 사람이 사회에 나가는 순간, 전반적으로 취약해지죠." 나는 그가 이런 식으로 말하는 것을 듣게 되어서 매우 유감이었다. 사람은 혼자 하는 것보다 함께함으로써 분명 더 많은 것을 얻을 수 있기 때문이다. 그가 답했다. "내 힘을 최대한 쓸 수 있든 말든 신경 안 써요. 내가 어떤 힘을 가지고 있는지도 상관하지 않아요. 하지만 나한테 힘이 있다면 스스로 발휘할 수 있는 방법을 찾을 거예요. 난 다른 사람들이 원하는 대로 살지 않고 내가 살고 싶은 대로 살 거예요. 고모와 아저씨 덕분에 나는 방해받지 않는 삶을 맘껏 누릴 수 있어요"라고 웃으며 말했다. "그리고 진심이에요. 내가 글쓰기를 좋아하는 거 아저씨도 알잖아요." 그가 몇 분 뒤 덧붙여 말했다. "난 몇 년 동안 삼류 작가였어요. 이왕 주목받고 싶다면 글로 주목받아야 해요." 나는 이미 오래 전 결론을 내렸었다.

　그가 말을 이었다. "세상에는 말하고 싶지만 말할 엄두가 안 나는 일들, 비난하고 싶지만 누구도 비난하지 않는 사기꾼들이 많아요. 영국에서 나 빼고는 누구도 말할 용기가 없는데 너무나 하고 싶은 말들을 내가 할 수 있을 거 같아요." 내가 말했다. "하지만 누가 들어줄까? 누구도 감히 할 수 없는 말을 네가 한다면 이건 너를 제외하고 모든 사람이 지금처럼 말하지 않는 것이 더 낫다고 말하는 것과 같은 게 아닐까?" "어쩌면요"라고 그가 말했다. "하지만 모르겠어요. 나는 하고 싶은 말들이 한 가득이고 그걸 말하는 것이 내 운명이에요." 그를 막을 수 없다는 것을 알았기에 나는 받아들이고 첫 번째로 손 대고 싶다고 느꼈던 문제가 무엇인지 물었다. 그는 바로 답했다. "결혼과 사후 고인 재산 처분권요. 기독교 문제는 거의 해결되었거나 해결되지 않았다면 해결하려는 사람들이 많아요. 오늘날의 문제는 결혼과 가족 제도예요." 나는 은근슬쩍 말했다. "그건 사실 벌집을 건드리는 거야." 그도 은근슬쩍 말했다. "맞아요. 하지만 벌집을 건드리는 게 정확히 내가 원하는 거예요. 현재 존재하는 나라들 중 가장 예쁘고 아름다운 나라가 어떤 나라들이고 어떤 나라가 아직도 과거에 머물러 있는지 알기 위한 특별한 목적을 가지고 몇 년 동안 여행을 할 거예요. 이들이 어떻게 살고, 어떻게 살아왔는지, 그리고 관습이 무엇인지 알고 싶어요."

"난 아직 너무 막연하게만 알고 있지만 일반적인 느낌으로 알려진 국가들 중 가장 활기차고 호감이 가는 나라 사람들은 현대 이탈리아 사람들, 고대 그리스 및 로마 사람들과 남양제도 사람들이에요. 이 멋진 사람들은 대부분 순수주의자가 아니라고 생각하지만 아직 만나지 못했던 사람들을 만나고 싶어요. 그들은 인간에게 가장 좋은 무엇인가에 대한 질문에 현실적인 권위자들이에요. 그들을 만서 그들이 무엇을 하는지 알고 싶어요. 먼저 진실을 알고 그 뒤 도덕적 성향에 대해 다뤄야 해요."

나는 웃으며 말했다. "너 사실 재미나게 놀고 싶은 거네." "예나 지금이나 최고라는 사람들도 다 똑같잖아요. 이제 다른 이야기해요." 그는 주머니에서 편지를 꺼냈다. "아버지가 오늘 아침에 이미 봉인이 뜯긴 편지를 줬어요." 그 편지를 나에게 건넸는데 아이가 태어나기 전 크리스티나가 쓴 편지임을 알게 됐다. "그리고 이 편지가 방금 말한 현재 계획에 대해 네가 내린 결론에 영향을 줬다는 것을 모르겠어?"라고 내가 말했다. 그는 미소 지었다. "아뇨, 하지만 아저씨가 가끔씩 이야기했던, 별 볼 일 없는 내 이야기를 소설로 만든다면 이 편지를 실어주세요." "어째서?" 나는 이런 편지는 대중의 시선에서 존중받아야 한다고 생각하며 말했다. "어머니는 이 편지가 출간되기를 원하셨을 거예요. 만약 어머니가 아저씨가 나에 대해 쓰고 있고 이 편지를 아저씨가 가지고 있다는 것을 알았다면 그걸 실어주기를 가장 원하셨을 거예요. 그러니까 이왕 쓰는 김에 그 편지도 실어주세요." 이것이 내가 그렇게 한 이유이다.

한 달 만에 어니스트는 계획을 실행에 옮겼고 자식들 생활에 필요한 모든 것을 준비해놓고 크리스마스 전 영국을 떠났다. 나는 가끔 그에게서 소식을 들었고 그가 세계의 거의 모든 지역을 방문하고 있다는 것을 알게 되었지만 주민들이 아주 멋지고 활기찬 곳에만 머무른다는 비하인드 스토리도 들었다. 그는 엄청난 양의 공책을 가득 채웠다고 말했고 나는 그랬을 거라고 의심치 않았다. 마침내 1867년 봄, 그는 돌아왔고 짐 가방은 각 호텔들의 광고물로 가득했다. 그는 구릿빛 피부에 매우 강인해 보였고 매우 잘생겼기 때문에 함께 지냈던 사람들로부터 좋은 인상을 받은 것이 틀림없는 것 같았다. 더불어 템플에 있는 옛 집으로 돌아와서 하루도 떠나지 않았던 것처럼 쉽게 적응했다.

우리가 첫 번째로 한 일은 아이들을 보러 가는 것이었다. 그레이브젠드로 가는 기차를 타고 강가를 따라 몇 마일을 걸어가서 아이들을 부탁했던 좋은 사람들이 살고 있는 외딴 집에 도착했다. 아름다운 4월 아침이었지만 신선한 바람이 불어왔고 조수는 높았다. 바다는 바람과 물결에 따라 움직이는 배로 활기 넘쳤다. 바다 갈매기들이 머리 위를 빙빙 돌았고 조수가 아직 닿지 않는 제방에는 해초가 사방에 붙어 있었다. 모든 것이 바다와 접했고 물 위로 불어오는 맑은 상쾌한 바람에 배가 더 고파졌다. 나는 이보다 더 좋은 자연 환경에서 자라는 아이들을 본 적 없었고 어니스트가 자식들을 대신해서 내린 결정에 박수쳤다. 아직 4분의 1마일이 남았을 때 우리는 환호소리와 아이들의 웃음소리를 들었고 많은 소년 소녀들이 함께 즐겁게 뛰면서 서로 뒤쫓는 것을 볼 수 있었다. 우리 아이 둘을 알아볼 수 없었지만 가까이 가니 알아볼 수 있었다. 다른 아이들은 파란 눈에 금발 머리였고 우리 아이들은 짙은 생머리였다.

우리가 간다고 편지는 썼지만 아이들에게는 아무 말도 하지 말라고 했다. 그래서 그들은 선원들을 제외하고 인적이 드문 곳을 우연히 방문한 다른 낯선 사람들에게 그랬던 것처럼 우리에게 별 관심을 두지 않았다. 우리는 분명 낯선 사람이 아닌데 말이다. 하지만 오렌지와 사탕을 한가득 들고 왔다는 것을 알자 빠른 관심을 보였다. 처음에 우리에게 가까이 오게 하는 데 많은 어려움을 겪었다. 그들은 야생의 어린 망아지 같았고 호기심은 정말 많았지만 매우 수줍어하고 쉽게 넘어오지도 않았다. 아이들은 모두 아홉이었다. 다섯 소년과 두 소녀는 롤링스 부부의 아이들이고 두 명은 어니스트의 아이였다. 나는 롤링스네 아이들보다 더 건강한 아이들을 본 적이 없다. 강인하고 원기왕성하고 용감하며 매처럼 맑은 눈을 가진 친구들이었다. 큰딸은 우아하게 예뻤지만 작은딸은 갓난아기에 불과했다. 그들을 보면서 만약 내게 자식들이 있다면 더 나은 집이나 더 좋은 친구들을 바라지 않았을 것이다. 어니스트의 두 자녀인 조지와 앨리스는 롤링스 부부를 삼촌과 숙모라 불렀다. 그들은 집에 처음 왔을 때 너무 어렸기 때문에 집안에서 태어난 신생아처럼 보살핌을 받았다. 롤링스 부부는 아이들을 키우면서 일주일에 그렇게 많은 돈을 받는 것을 전혀 몰랐다. 어니스트는 아이들에게 무엇이 되고 싶은지 물었다. 그들은 한 가지 생각만 했다. 조지를 포함해 모두 하나같이 바지선 선장이 되고 싶어 했다. 어린 오리들은 물 다음으로 더 원하는 것이 없었다.

"앨리스는 뭐가 되고 싶어?" 어니스트가 물었다. "음, 나는 여기서 잭이랑 결혼해서 바지선 선장의 부인이 될 거야"라고 말했다. 잭은 이제 거의 열두 살이 된 맏아들로, 건장한 꼬마였고 그 나이 때 롤링스 씨가 어땠을 지 알 수 있었다. 나와 어니스트는 그녀가 더 좋은 생각을 할 수 없었을 것임을 알았다. "이리 와, 잭. 여기 1실링을 받아"라고 어니스트가 말했다. 소년은 얼굴을 붉히기만 할 뿐 우리의 감언이설에 넘어오지 않았다. 그 애는 전에 페니는 받은 적이 있었지만 실링을 받은 적은 없었다. 그의 아버지는 친절히 그의 귀를 붙잡고 우리에게 데려다줬다. 어니스트가 롤링스 씨에게 말했다. "잭이 착하네요." 롤링스 씨가 말했다. "네, 정말 착한데, 다만 읽기와 쓰기를 안 배우려고하네요. 아들이 학교 가는 것을 싫어해서 그게 유일한 불만이에요. 우리 애들도 그렇고 폰티펙스 씨 아이들도 왜 그러는지 모르지만 다른 건 빨리 배우는데 누구도 공부는 안 좋아해요. 여기 잭은 저만큼 바지선을 잘 타요." 그리고 그는 자신의 자손을 사랑스럽고 다정하게 바라봤다.

어니스트가 롤링스 씨에게 말했다. "내 생각엔 만약 그가 나이를 먹고 앨리스와 결혼하고 싶다면 그렇게 하면 좋을 것 같아요. 그리고 그는 원하는 만큼 많은 바지선을 가질 거예요. 그동안 롤링스 씨는 돈이 어떤 식으로 당신에게 도움이 될 수 있는지 말해보고 당신에게 도움이 되는 건 무엇이든 마음대로 쓰세요." 어니스트가 이 좋은 부부를 위해 문제를 쉽게 해결해준 것은 말할 필요가 없다. 하지만 한 가지 조건이 있었는데 더 이상 밀수는 안 되고 어린 애들이 이 일에 영향을 받아서는 안 된다고 주장했다. 누군가 어니스트에게 몰래 밀수하는 것이 롤링스 가족이 먹고 사는 방법 중 하나라고 말해줬기 때문이다. 롤링스 씨는 이를 인정했다. 하지만 미안해하지 않았고 해안 경비대가 롤링스 가족을 수입법 위반자로 의심한 지 수 년이 되었다고 생각한다.

어니스트가 집으로 돌아가는 기차에서 나에게 말했다. "왜 지금 사는 곳에서 애들을 데려와 사생아로 태어난 것이 가장 큰 걱정거리가 될 수 있는 학교로 보내야 하죠? 조지가 바지선 선장이 되고 싶대요. 빨리 시작할수록 더 좋아요. 그는 다른 일을 하면서 이 일을 시작할 수 있을 거예요. 그가 발전하는 모습을 보이면 나는 그들을 격려하고 그 애가 쉽게 일하도록 할 수 있어요. 그런데 그 애가 앞으로 나아가고 싶지 않다면 밀어붙인다고 도대체 무슨 소용이 있겠어요?" 어니스트는 전반적으로 교육과 젊은이들이 팔다리만큼이나 경제력을 가지고 태아 단계를 보내는 상황, 그들이 부모의 지위보다 훨씬 낮은 사회적 위치에서 시작하는 인생과 나중에 그가 출간했던 더 많은 문제에 대해 이야기했던 거 같다. 하지만 난 나이를 먹었고 산책과 상쾌한 바람에 졸렸다. 그린히트 역을 지나치기도 전에 나는 숙면에 빠졌다.

———

85장

32살이 된 어니스트는 지난 3~4년 동안 하고 싶은 대로 했고 지금은 런던에 정착해 꾸준히 글을 쓰기 시작했다. 이때까지 그는 많은 약속을 했지만 아무것도 내놓지 못했다. 그는 매우 조용히 살았고 서너 명의 친구들을 빼고는 거의 아무도 만나지 않았다. 그는 주로 여행에 돈을 썼는데 자주 여행을 했지만 짧게만 했다. 나머지 수입은 잘 쓰일 수 있다고 생각하는 일을 찾았을 때 쓰거나 이롭게 쓸 수 있는 기회가 생길 때까지 모아뒀다. 나는 그가 글을 쓰고 있다는 것을 알았지만 우리는 이 문제에 약간의 의견 차이가 있어서 암묵적으로 그 이야기는 거의 언급하지 않았다. 다만 어느 날 그가 나에게 책을 주면서 자기 책이라고 딱 잘라 말하기 전까지 진짜로 책을 낸다는 것도 몰랐다. 그 책에는 반신학적이고 반사회적인 에세이들이 담겼는데 6~7명의 사람들이 같은 주제에 대해 다른 관점으로 쓴 거 같았다. 사람들은 아직 유명한 〈에세이 앤 리뷰〉를 잊지 않았고 어니스트는 주교가 쓴 것으로 막연하게 알려진 에세이들 중 최소 두 편을 썼다. 그 에세이들은 전부 영국 국교회를 지지했고 모두 내부 의견에 따른 것 같았으며 교회의 적들과 마찬가지로 교회도 제대로 마주하지 못했던 그 시기 어려운 문제들에 정면으로 받아들인, 경험 많고 높은 지위에 있는 여섯 명의 작품이라고 주장했다.

그리스도 부활의 외적 증거에 관한 에세이가 있었고 과거와 현재에서 가장 유명한 국가들의 결혼법에 관한 에세이가 있었다. 다른 하나는 영국 교회의 가르침이 도덕적 권위를 더 이상 지니고 있지 않다면 그 가치에 대해 다시 생각하고 재고해야 할 많은 질문을 살피는 데 전념했다. 또 다른 것은 중산층의 빈곤에 관한 보다 단순한 사회적 문제를 다뤘다. 다른 것은 네 번째 복음의 진위여부를 다뤘고 또 다른 것은 '비합리적 합리주의'를 표방했으며 두세 편이 더 있었다. 그것들은 모두 권위에 익숙한 사람들이 쓴 것처럼 힘차고 두려움이 없이 쓰였다. 모든 글은 증거를 따지는 데 익숙해져 있는 사람이라면 아무도 믿을 수 없는 믿음을 교회가 강요한다는 것을 인정했다. 그러나 많은 소중한 진실이 이런 실수들과 너무나 밀접하게 뒤섞여 있어서 그 실수는 건드리지 않는 것이 낫다고 주장했다. 이런 실수들을 크게 강조하는 것은 정복자 윌리엄이 사생아라는 이유로 여왕의 통치권을 트집 잡는 것과 같았다.

어느 글은 비록 우리의 기도서와 항목의 말을 바꾸는 것이 불편하겠지만 우리가 그 말에 부여한 의미를 조용히 바꾸는 것은 불편하지 않을 것이라고 주장했다. 법의 경우에는 실제로 이렇게 한다고 주장했다. 이것이 법의 성장과 적응 방식이었으며 모든 연령대가 변화를 불러오는 올바르고 편리한 방법이라고 여겼다. 그리고는 교회가 그것을 받아들여야 주장했다. 또 다른 에세이에서는 교회가 이성에 기대지 않는다는 것을 과감히 부인했다. 궁극적인 근간은 믿음이었고 그래야 했다는 것은 논쟁의 여지없이 증명되었으며 실제로 인간의 어떤 믿음에 대해서도 이것 외에 다른 궁극적인 근간은 없었다. 그렇다면 교회가 이성 때문에 속상할 수 없다고 작가는 주장했다. 그것은 다른 모든 것과 마찬가지로 믿음에 관한 첫 가정들을 바탕으로 했다. 그들의 삶은 더 우아하고 더 사랑스럽고 어려움을 더 잘 극복할 수 있는 거 같은 사람들의 믿음 때문에 속상해야 한다. 이러한 점에서 우월함을 보여준 어떤 종파는 완벽하게 성공할 수 있지만 다른 종파는 함께 오랫동안 나아가지 못할 것이다. 기독교는 아름다움을 키우고 더 많은 아름다움을 키우는 한 진실이었다. 추악함을 키우고 더 많은 추악함을 키우는 한 가짜였다. 그러므로 그것은 진실도 아니고 거짓도 아니었다. 작가는 우리가 어떤 주제에 대해 매우 강렬히 느끼기 시작하면 당연히 박해자가 될 것을 촉구했다. 그러므로 이것을 해서는 안 된다. 우리는 심지어 다른 어떤 것보다 작가에게 더 소중한 기관인 영국 국교회에 대해서도 강렬히 느끼지 말아야 한다. 교인이 되어야 하지만 종교나 무종교에 대해 매우 관심을 갖는 사람들이 예절이 바르거나 상냥한 사람으로 되는 경우는 보기 힘들기 때문에 다소 미온적인 교인이 되어야 한다. 교회는 어쨌든 계속해서 어떤 교회가 되는 것과 양립될 수 있는 한 라오디케아 교회에 거의 가깝게 접근해야 하며 각 신도들은 가능한 한 미온적인 신도가 되기 위해 노력해야 한다.

작가는 외쳤다. '만약 사람들이 우리에게 가정을 구성하라고 한다면 우리는 좋은 번식을 초석으로 삼는다. 의식적으로든 무의식적으로든 모든 사람들의 마음속에 존재하게 될 것이다. 좋은 번식을 하거나 아니면 맞서려고 할 때 선악으로 알려진 모든 사물의 초석으로서 살아가고 움직이고 존재하게 하는 가장 중요한 믿음으로 말이다. 남자는 잘 자라야 한다. 모습, 머리, 손과 발, 목소리, 예의와 옷도 그럴 듯해야 한다. 좋은 가문에 태어났거나 좋은 혈통을 물려줄 것이라 생각하면서 그를 바라볼 것이고 이것이 바로 필요한 것이다. 여자도 마찬가지이다. 많은 남녀가 잘 자라고 아주 행복한 것이 최고의 선이다. 이를 위해 모든 정부, 모든 사회적 관습, 모든 예술, 문학과 과학이 이것을 지향해야 한다. 거룩한 남자와 거룩한 여자는 일이나 취미와 관계없이 항상 이것을 무의식적으로 염두에 둔다.'

만약 어니스트가 자신의 이름으로 이 작품을 출판했다면 실패작으로 전락했을 것이라 생각했지만 유명 판사가 작가 중 한 명으로 거론 되었고 주교들과 재판관들 중 6~7명이 함께 내기로 의견을 모아서 만 들었다는 소문이 퍼졌다. 이는 곧 당시 유명한 작품의 영향력에 맞먹 었다. 평론가들은 우리처럼 열정을 가진 사람들이었다. 이 책은 정말 뛰어났고 유머, 풍자, 좋은 감각으로 넘쳤다. 그것은 새로운 주목을 받았고 한동안 저자에 대해 만연했던 추측은 그 책을 전혀 다르게 보 지 않았던 많은 사람들을 돌아보게 만들었다. 가장 열렬한 주간지들 중 한 곳은 그 책에 강한 충격을 받고 파스칼의 《시골 친구에게 보내 는 편지》 이후 가장 훌륭한 작품이라고 공언했다. 그 주간지는 한 달 에 한 번 정도 늘 옛 거장들 이후 나온 최고의 그림들 몇 점을 찾아내 거나 조나단 스위프트 이후 최고의 풍자나 혹은 다른 것 이후에 나타 난 가장 훌륭한 뭔가를 찾아냈다. 만약 어니스트가 그 책에 자신의 이 름을 썼다면, 그리고 작가가 보잘 것 없는 사람이라고 알려졌다면 틀 림없이 그는 매우 다른 성향으로 글을 썼을 것이다. 평론가들은 자신 들이 공작이나 심지어 왕자 혈통의 등을 쓰다듬고 있다고 알고 있는 어떤 것에 대해 생각하기 좋아했고 브라운, 존스, 로빈슨만을 칭찬하 고 있다는 것을 알게 될 때까지 심하게 과장한다. 그 후 그들은 실망 하고, 보통은 브라운, 존스 또는 로빈슨에게 돈을 지불한다.

어니스트는 나만큼 문학계에 대해 잘 알지 못했고 어느 날 아침 일 어나 자신이 유명하다는 것을 알게 되었을 때 약간 정신이 나갔을까 봐 걱정됐다. 그는 크리스티나의 아들이었고 가끔씩 과도하게 기뻐 할 수 없었다면 그가 했던 일을 하지 못했을지도 모른다. 그러나 곧 이 사실을 알고 조용히 자리를 잡고 여러 권의 책을 썼는데 이 책에서 그는 다른 사람들이 할 수 있지만 하지 않는 것이나 하고 싶지만 할 수 없는 것에 대해 말하기를 고집했다. 그는 자신을 형편없는 문학계 인물이라고 여겼다. 나는 어느 날 그런 부분을 억제할 수 있다고 했던 지난 세기에 살았던 사람과 그가 같다고 웃으며 말했다. 그는 웃으면서 자신이 이름 붙일 수 있는 현대 작가 한두 사람처럼 되느니 차라리 그런 사람이 되고 싶다고 말했다. 그 부분은 너무 형편없어서 그런 인물에 의해서만 유지될 수 있었다.

나는 이 책들 중 한 권이 출판된 직후 어니스트가 주당 약간의 생활비를 줬던 쥬프 부인을 우연히 만났던 것이 기억난다. 어니스트의 방에 있었는데 무슨 이유인지 몇 분 동안 우리끼리 있었다. 나는 그녀에게 "폰티펙스 씨가 또 다른 책을 썼어요, 쥬프 부인"이라고 말했다. 그녀가 말했다. "세상에, 진짜요? 그 신사분이라니! 사랑에 관한 건가요?" 그녀는 주름진 눈꺼풀 아래서 강렬한 추파의 시선으로 나를 바라봤다. 나는 그 눈길에 뭐라고 답했는지 잊어버렸지만 아마 별말은 아니었을 것이다. 벨이 그녀에게 오페라 티켓을 주었기 때문에 그녀는 그것에 대해 계속 재잘거렸다. "그래서 당연히 갔죠. 전부 프랑스어라 한마디도 이해 못 했지만 그 사람들 다리를 봤어요"라고 말했다. "오 이런, 오 이런! 더 이상 여기 있을 수 없을 것 같아요. 그리고 사랑하는 폰티펙스 씨가 관에 누워 있는 저를 보면 '가엾은 쥬프 부인, 그녀는 더 이상 떠벌리고 다니지 않을 거예요'라고 말할 거예요. 하지만 축복해주세요. 난 그렇게 늙지 않았고 춤도 배우고 있어요."

이때 어니스트가 들어와서 대화가 바뀌었다. 쥬프 부인은 이 책이 완성되었으니 그가 더 많은 책을 쓰고 있는지 물었다. "물론이죠." 그가 대답했다. "난 항상 책을 쓰고 있어요. 여기 내 다음 작품의 원고가 있어요." 그리고 그는 그녀에게 종이뭉치를 보여주었다. 그녀가 소리쳤다. "어머나, 그게 원고예요? 원고에 대한 이야기를 종종 들었지만 직접 볼 거라고는 생각도 못했어요. 와, 그게 진짜 원고예요?" 창가에 제라늄 몇 개가 있었는데 상태가 좋아 보이지 않았다. 어니스트는 쥬프 부인에게 꽃에 대해 아느냐고 물었다. "꽃말을 이해해요"라고 그

너는 황홀한 시선을 던지며 말했고 이때 그녀가 다음에 또 방문하겠
다고 해서 우리는 그녀를 떠나보냈는데 어니스트가 그녀를 좋아했기
때문에 그녀는 가끔 특권을 누린다는 것을 안다.

86장

그리고 이제 내 이야기를 마무리해야 한다. 앞장은 여러 일들을 기록한 직후, 즉 1867년 봄에 썼다. 내 이야기는 여기까지 쓰었다. 하지만 종종 여기저기를 수정했다. 이제 1882년 가을이다. 말할 것이 더 있다면 빨리 해야 한다. 나는 80살이고 건강하지만 더 이상 젊지 않다는 것을 숨길 수 없다. 어니스트는 거의 그렇게 보이지 않지만 47살이다. 그는 결혼한 적이 없고 런던과 노스웨스턴 주식이 거의 두 배나 올랐기 때문에 어느 때보다도 부유하다. 돈 쓰는 것은 전혀 소질이 없어서 그는 자기 방어적으로 쌓아둘 수밖에 없었다. 그가 가게를 포기했을 때 내가 데리고 갔던 템플에 있는 바로 그 방에 그는 여전히 살고 있다. 아무도 그에게 집을 사라고 설득할 수 없었기 때문이다. 그는 좋은 호텔이 있는 곳이면 어디든지 자기 집이라고 말한다. 그리고 도시에 있을 때 일하는 것과 조용하게 있는 것을 좋아한다. 도시를 떠날 때 그는 잘못 될 수 있는 것을 거의 남겨두지 않았다고 생각하고 한 곳에만 얽매이고 싶어 하지 않는다. 그는 "우유를 사는 것이 소를 기르는 것보다 더 싸다는 규칙도 예외는 아니에요"라고 말한다.

내가 쥬프 부인을 언급했듯이 여기에서 그녀에 대해 할 말이 조금 남았다. 그녀는 이제 아주 늙었지만 의기양양하게 말하는 것처럼 현재 살아 있는 사람들 중 누구도 그녀가 몇 살인지 말할 수 없다. 올드 켄트 가에 살았던 그 여자는 마침내 죽었고 아마도 그녀의 비밀을 무덤까지 가지고 갔을 것이다. 나이가 많긴 하지만 그녀는 같은 집에 살면서 수지 타산을 맞추기는 힘들었고 그녀가 이 문제를 신경 쓰는지 나는 모르겠지만 건강을 위한다기보다 술을 더 많이 마시지 못하게 되었다. 매주 생활비를 주는 것 외에 그녀를 위해 무슨 일을 하려 해도 소용없었고 원하는 것을 들어주겠다고 해도 그렇게 거절한다. 그는 매주 토요일 4페니에 다리미를 전당포에 맡겼고 매주 월요일에 생활비를 받으면 4.5페니에 다시 가져왔다. 지난 10년 동안 매주 규칙적으로 그랬다. 그녀가 다리미를 실제로 팔지 않는 한, 우리는 그녀가 계속 자신만의 비밀스러운 방식으로 재정 문제를 해결할 수 있고 그렇게 하도록 내버려두는 것이 낫다는 것을 알고 있다. 만약 다리미를 상환하기 어렵다면 그때가 개입할 때라는 것을 알아야 한다. 이유는 모르겠지만 그녀를 보면 한 사람이 다른 사람이 될 수 있다면 그녀와는 달랐을 누군가를 떠올리게 하는 뭔가가 있었다. 어니스트의 어머니이다.

내가 그녀와 마지막으로 오랫동안 수다를 떤 것은 2년 전 그녀가 어니스트 대신 나에게 왔을 때였다. 그녀가 계단을 막 올라가려 할 때 마차가 지나갔고 폰티펙스 씨의 아버지가 창밖으로 악마의 머리를 내미는 것을 보았다고 말했다. 그래서 그 같은 사람에게는 허리를 숙이지 않기 때문에 나에게 왔었다. 그녀는 운이 별로 없다고 했다. 그녀의 하숙인들은 돈을 내지 않고 달아나버리면서 그녀를 지독하게 이용했지만 오늘날 그녀는 만족스러워한다. 그녀는 햄과 완두콩으로 만든 아주 멋진 저녁을 먹었다. 그것 때문에 크게 울었지만 그때 그녀는 너무 어리석었다.

어떤 연관성이 있는지 몰랐지만 그녀는 말을 이었다. "그리고 벨은 그를 만나기 위해 충분히 노력했고 그는 교회에 끌려갔고 그의 어머니는 예수를 만날 준비를 했고 나한테 모든 걸 다 남기고 그 애는 죽으려고 꿈쩍도 안 하고 하루에 샴페인 반병을 마셔요. 그 후 설교하는 그릭은 벨에게 내가 정말 행복한지 물어봤고 내가 젊었을 때 손가락만 까딱하면 야반도주할 수 있는 건 아니었지만 튼튼해서 지금 당장 그렇게 할 수 있어요. 불쌍한 왓킨스를 잃었지만 당연히 그건 어쩔 수 없는 일이고 그 후 사랑하는 로즈도 잃었어요. 바보같이 수레에 타서 기관지염에 걸렸거든요. 내가 로즈에게 키스했을 때 그녀가 내게 상처를 줄 거라고는, 다시는 그녀를 못 볼 거라고는 전혀 생각도 못했어요. 그리고 그녀의 신사 친구는 유부남인데도 그녀를 좋아했어요. 아마 지금쯤 그 애는 쇠약해졌을 거예요. 만약 그녀가 일어나서 손가락이 아픈 나를 볼 수 있다면 그녀는 울 거예요. 그리고 나는 '신경 쓰지마, 애야, 난 괜찮아'라고 말할 거예요. 아! 이런, 비가 내리려고 하네요. 난 비 내리는 토요일 밤이 싫어요. 멋진 흰색 스타킹을 신고 사는 불쌍한 여자들 말이죠." 등등을 말했다.

어니스트의 딸 앨리스는 1년여 전 소꿉친구였던 그 소년과 결혼했다. 어니스트는 그들이 원하는 모든 것과 더 많은 것을 해주었다. 그들은 이미 그에게 손자를 안겨줬고 더 많은 손자가 생길 것이다. 조지는 겨우 21살이지만 그의 아버지가 사준 멋진 증기선의 주인이었다. 그는 13살 때 롤링스 씨와 잭과 함께 벽돌을 실은 바지선을 타고 로체스터에서 템스강 상류까지 다니기 시작했다. 그 후 그의 아버지는 그와 잭에게 그들 이름으로 바지선을 사줬고 그다음에는 증기선을 사줬다. 나는 사람들이 증기선을 타고 어떻게 돈을 버는지는 정확히 모르지만 그는 늘 하는 일이었고 내가 볼 때 상당히 돈을 잘 벌었다. 그는 아버지와 상당히 닮았지만 내가 보기에 문학적 소질은 전혀 없었다. 유머 감각도 상당하고 상식도 풍부하지만 본능은 분명히 현실적인 것이다. 그를 보면서 어니스트 말고 만약 시어볼드가 선원이었다면 어땠을지 생각해보지 않았다고는 확신하지 못한다. 어니스트는 시어볼드가 죽을 때까지 1년에 두 번 배터스비에 내려가 아버지와 며칠씩 지내곤 했는데 이웃 성직자들이 어니스트 폰티펙스가 쓴 책이 끔찍하다고 말했음에도 불구하고 두 사람은 좋은 관계를 이어갔다. 아마도 두 사람이 잘 어울리고 혹은 다툼이 없는 것은 시어볼드가 아들 작품의 내용을 한 번도 본 적이 없었기 때문이었을 것이고 물론 어니스트도 아버지 앞에서 결코 그것을 언급하지 않았기 때문일 것이다. 두 사람은 상당히 잘 지냈지만 어니스트는 짧게 방문했고 너무 자주 가지 않았다는 것도 분명했다. 한 번은 시어볼드가 어니스트로 하여금 손주들을 데려오라고 했지만 어니스트는 그들이 원치 않을 것이라는 것을 알았고 그래서 이 일은 이루어지지 않았다

가끔씩 시어볼드는 작은 용무를 보기 위해 시내에 와서 어니스트의 방을 방문했다. 그는 보통 상추, 양배추, 또는 갈색 포장지로 감싼 순무 몇 개를 가져왔고 어니스트에게 런던에서는 신선한 야채를 구하기 어렵다는 걸 알아서 자기 것을 몇 개 가져왔다고 말했다. 어니스트는 가끔씩 야채를 쓸 일이 없다면서 가져오지 않는 것이 낫다고 말했다. 하지만 시어볼드는 순수한 사랑으로 아들이 좋아하지 않는 것을 하는 것이지만 너무 작아서 눈에 보이지 않는 것이라 생각한다.

그는 12개월 전쯤 아들에게 다음과 같은 편지를 쓴 후 아침에 그의 침대에서 죽은 채로 발견될 때까지 살았다.

사랑하는 어니스트에게
특별히 쓸 건 없지만 너의 편지는 며칠 동안 답장을 쓰지 못한 채 내 주머니에 있었고 이제 답장을 할 차례구나. 나는 아주 잘 지내고 편안하게 5~6마일을 걸을 수 있지만 내 나이에는 그것이 얼마나 오래 갈지 모르고 시간은 빠르게 흘러간다. 오전 내내 화

분을 심느라 바빴는데 오늘 오후에 비가 왔다. 이 끔찍한 정부는 아일랜드를 어떻게 할까? 그들이 글래드스톤 씨를 날려버렸으면 좋겠다고 생각하진 않지만 미친 황소가 그 자리에서 그를 몰아내 다시는 돌아오지 않을 거라면 나는 미안해하지 않을 거야. 하링턴 경은 그를 대신할 사람으로 내가 꼭 원하는 사람은 아니지만 글래드스톤보다 훨씬 더 나을 거야. 네 여동생 샬롯이 더 보고 싶구나. 그 애가 내 가계부를 관리했고 그 애에게 작은 걱정거리를 다 쏟아낼 수 있었고 이제 조이도 결혼했으니 그들 중 한 명이 가끔 와서 나를 돌봐주지 않는다면 어떻게 해야 할지 모르겠다. 나의 유일한 위안은 샬롯이 그녀의 남편을 행복하게 해줄 것이고 그가 남편으로서 그녀에게 걸맞다는 것이다.

— 진심을 담아, 너의 사랑하는 아버지

'시어볼드 폰티펙스.' 시어볼드가 잠든 동안 평화롭게 세상을 떠났다는 것은 의심의 여지가 없었다. 이렇게 죽은 사람이 죽었다고 할 수 있을까? 그는 다른 사람들에게 죽음의 경이로움을 보여줬지만 자신에 관해서는 죽지 않았을 뿐만 아니라 자신이 죽을 것이라고 생각조차 하지 않았다. 이것은 반만 죽는 것도 아니고 반만 산 것도 아니었다. 그는 삶의 경이로움을 많이 보여줬기 때문에 전반적으로 그를 살아 있다고 생각하는 것이 태어나지 않은 것보다 덜 힘들 것이다. 어니스트는 애도의 표현과 아버지의 기억에 대한 존경심으로 가슴이 벅찼다. 어니스트를 세상에 나오게 한 늙은 의사 마틴이 말했다. "그분은 누구에게도 나쁜 말을 한 적이 없었어요. 그분과 관련된 사람들은 그를 좋아했을 뿐만 아니라 사랑했어요." 가족 변호사가 말했다. "더 완벽하게 공정하고 정의롭게 처리할 수 있는 사람으로서 나는 모든 업무를 이행하는 데 있어 시간을 이렇게 잘 지키는 사람과 뭔가를 해

보기는 이제껏 처음이었어요." 주교가 조이에게 "우리는 그를 매우 그리워할 것입니다"라며 가장 따뜻한 말로 편지를 썼다.

그가 사실 어니스트보다 조이나 샬롯을 조금 더 좋아하지 않았다고 확신한다. 그는 누구도 그 무엇도 좋아하지 않았고, 혹은 그가 조금이라도 누군가를 좋아한다면 그건 집사였는데 집사는 몸이 좋지 않을 때 그를 돌봤고 그가 세상에서 가장 훌륭하고 유능한 사람이라고 믿게 만들었다. 이 충성심 강하고 정이 넘치는 하인이 시어볼드의 유언장이 공개된 후에도 계속 이런 생각을 했는지, 그리고 그가 어떤 유산을 남겼는지 나는 모른다. 그가 정말 자식처럼 대한 사람은 태어난 첫 날에 죽은 아기가 유일했다. 그는 그 아이를 그리워하는 척하거나 이름을 언급한 적이 전혀 없었다. 하지만 이것은 그 아이에 대해 말할 수 없을 정도로 심한 상실감을 느꼈다는 증거로 받아들여졌다. 그랬을 수도 있지만 나는 그렇게 생각하지 않는다. 시어볼드의 물건은 경매로 팔렸고 그 중 그가 오랜 세월 동안 아주 정교하고 깔끔하게 쓴 방대한 양의 설교 원고들은 수레 당 9펜스에 팔렸다.

조이와 샬롯은 모두 결혼했다. 조이와 어니스트는 거의 왕래하지 않았다. 물론 어니스트는 아버지의 유언을 전혀 따르지 않았다. 샬롯은 여느 때처럼 영리하고 가끔 어니스트에게 도버 근처에 와서 함께 지내자고 부탁한다. 왜냐하면 그녀는 그가 이 초대를 받아들이지 않을 것을 알고 있기 때문이다. 그녀의 모든 편지는 말투가 무례했다. 정확하게 말하기는 어렵지만 어니스트는 천사와 직접 소통한 사람이 쓴 편지를 받았다고 생각했다. 그가 한 번은 나에게 이렇게 말했다. "그 천사가 샬롯의 본모습을 만드는 데 관여했다면 얼마나 끔찍했을까요." 얼마 전 그녀가 편지를 썼다. '이곳의 작은 변화에 대해 어떻게 생각해요? 절벽 꼭대기는 곧 야생화들로 생기가 가득할 거예요. 가시금작화는 벌써 폈고 히스는 유얼 언덕의 상태를 보고 판단해야 한다고 생각해요. 히스가 있든 없든 절벽은 언제나 아름답고 오빠가 온다면 오빠 방은 아늑해서 편안하게 지낼 수 있을 거예요. 한 달 왕복 티켓 값은 19실링 6펜스예요. 오빠가 원하는 대로 하세요. 만약 오빠가 온다면 우리는 기쁠 거예요. 하지만 오고 싶지 않다면 부담 갖지 마세요.'

어니스트가 나에게 이 편지를 보여주면서 웃으며 말했다. "심한 악몽을 꾸게 되면 샬롯과 함께 있어야 하는 꿈을 꿔요." 그녀는 편지를 아주 잘 썼는데 나는 가족들 중 샬롯이 어니스트보다 문학적 소질이 훨씬 더 많다고 생각한다. 가끔씩 우리는 그녀가 이런 말을 하고 싶어서 쓰는 것 같다고 생각한다. '자, 우리들 중 오빠만 글을 쓸 수 있다고 생각하지 말아요. 이걸 읽어봐요! 그리고 만약 오빠 다음 책에 대한 설명문을 원하면 원하는 대로 쓸 수 있어요.' 그녀가 글을 잘 쓰기는 하지만 문체는 단조로웠다.

얼마 전 어니스트와 스키너 박사의 장녀인 스키너 양 사이에 있었던 작은 일이 생각난다. 스키너 박사는 오랫동안 러프버러를 떠나 있었고 중부 지방의 한 성당 주임 사제가 되었는데 그에게 딱 어울리는 자리였다. 한번은 어니스트가 방문했던 지역에서 그를 만나게 되면서 옛정을 생각해 즐겁게 점심을 함께했다. 30년이 흘렀는데 박사의 숱 많은 눈썹은 하얘졌지만 머리는 하얘지지 않았다. 나는 그 가발 때문에 주교가 되었을 것이라 생각한다. 그의 목소리와 태도는 변함이 없었고 어니스트가 복도에 걸려 있는 로마의 계획에 대해 언급하자 그는 우연히 퀴리날리의 이야기를 하게 됐는데 늘 그렇듯 거창하게 답했다. "맞아, 퀴르이날리, 나는 퀴르이날리로 부르는 게 더 좋단 말일세." 이렇게 말한 후 그는 입 꼬리 사이로 긴 숨을 들이 마시고 교장이었을 때 가장 훌륭했던 모습처럼 다시 천국과 같은 표정을 지었다. 점심 식사 때 그는 사실 "다른 것을 생각할 수 없을 것"이라고 말했지

만 바로 단어를 바꿔서 "관련되지 않은 생각을 즐길 수 없을 것"이라
말했다. 그 후 훨씬 더 편안함을 느끼는 것 같았다. 어니스트는 주임
사제관 식당 책장에서 스키너 박사의 친숙한 책들을 봤지만 '로마서
혹은 성경'은 한 권도 보지 못했다.

"여전히 음악을 좋아하나요, 폰티펙스 씨?" 점심을 먹는 동안 스키
너 양이 어니스트에게 말했다. "몇몇 종류의 음악을 좋아해요, 스키
너 양. 하지만 알다시피 나는 현대 음악을 좋아하지 않았어요." "그건
좀 끔찍하지 않나요? 당신은 더 낫다고 생각해요?" 그녀는 "해야 할
까요?"라고 덧붙이려 했지만 자신의 뜻을 충분히 전달했다고 확실히
생각했기에 말하지 않았다. "할 수 있다면 현대 음악을 좋아할 거예
요. 난 현대 음악을 좋아하려고 평생 노력해왔지만 나이가 들수록 점
점 안 돼요." "당신은 현대 음악이 어디서부터 시작된다고 생각해요?"
"세바스찬 바흐요." "베토벤은 좋아하지 않나요?" "아뇨, 어렸을 때는
좋아했다고 생각했지만 지금은 정말 좋아한 적이 없다는 것을 알아
요." "아! 어떻게 그렇게 말할 수 있어요? 당신은 그를 알지 못하네요.
그를 안다면 이런 말을 할 수 없을 거예요. 나는 베토벤의 간결한 화
음 하나만으로도 충분해요. 이게 행복이죠."

어니스트는 그녀가 점점 나이 들면서 목소리와 말투까지 아버지와
많이 닮아가는 모습이 재미있었다. 그는 내가 지난 며칠간 의사와 했
던 체스 게임을 이야기하는 것을 어떻게 들었는지 떠올리고 마음속
으로 스키너 양이 말하는 것이 묘비명과 같다고 생각했다.

그는 평생 동안 평론가에게 저녁식사를 하자고 권한 적이 없었다.
나는 그에게 이러는 것이 미친 짓이라고 몇 번이나 말했고 그가 나에
게 화내는 것은 오직 이 말뿐이라는 것을 알았다. "사람들이 내 책을
읽든 말든 그게 나랑 무슨 상관이에요? 그 사람들한테는 중요하겠지

만 나는 뭔가를 더 원하기에 돈이 너무 많이 있어요. 그리고 책이 괜찮으며 곧 알려지겠죠. 나는 내용이 좋은지 아닌지 알지도 못하고 크게 신경도 쓰지 않아요. 제정신인 사람이라면 자기 작품에 대해 어떤 의견을 정할 수 있을까요? 어떤 사람들은 반드시 하급 군사 작전과 3급 여론조사원이 있어야 하는 것처럼 멍청한 책들을 써야 해요. 왜 내가 평범하다고 불평해야 하나요? 어떤 사람이 아주 평균 이하가 아니라면 고마워하게 내버려두세요. 게다가 책들은 언젠가 자기들끼리 그 자리에 있어야 하니 빨리 시작할수록 좋아요"라고 그가 말했다.

나는 최근에 그의 담당 출판인과 이야기를 나눴다. 그는 "폰티펙스 씨는 한 권의 책에 능한 사람이지만 그 사람한테는 말하지 말아요"라고 했다. 그 출판업자는 어니스트의 문학계 위치에 대한 모든 믿음이 사라졌고 단지 한 번 큰 성공을 거뒀다는 사실에 더욱 더 절망하는 사람으로 그를 바라본다는 생각이 들었다. "그는 매우 외로운 위치에 있어요, 오버튼 씨." 출판인이 말을 이었다. "그는 어떤 동맹도 결성하지 않았고 종교계뿐만 아니라 문학과 과학계도 적으로 만들었어요. 요즘은 그렇지 않을 거예요. 만약 성공하고 싶다면 그는 모임에 속해야 하는데 폰티펙스 씨는 클럽은 물론 모임에도 들지 않았어요."

내가 답했다. "폰티펙스 씨는 오셀로와 똑같지만 다른 점이 있어요. 그는 현명하게 싫어하는 것이 아니라 너무 대놓고 싫어해요. 그가 문학과 과학계 인물들을 알려 하고 그들도 그를 알려고 했다면 문학과 과학계 인물의 번성을 싫어했을 거예요. 그와 그 사람들 사이에는 자연스러운 연대가 없고 만약 그가 그들과 접촉한다면 그의 마지막 상태는 첫 번째 상태보다 더 나빠질 거예요. 본능에 따라 그는 그들과 떨어져 지내고 그들이 그럴 자격이 있다고 생각할 때마다 공격해요. 아마도 젊은 세대가 현 세대보다 그의 말을 더 기꺼이 듣기를 바라는 마음일 거예요."

"더 실행 불가능하고 더 경솔하게 생각할 수 있는 게 있을까요?"라고 출판인이 말했다. 이 모든 것에 대해 나는 단 한마디로 답했다. "기다리세요."

만인의 길

1판 1쇄 인쇄 2021년 7월 13일
1판 1쇄 발행 2021년 7월 20일

지은이   새뮤얼 버틀러
옮긴이   남유정·조기준
발행인   조은희
발행처   아토북

등 록   2015년 7월 31일(제2015-000158호)
주 소   (10261) 경기도 고양시 일산동구 성현로659번길 143 103-101
전 화   070-7537-6433
팩 스   0504-190-4837
이메일   attobook@naver.com

• 값은 뒤표지에 있습니다.
• 잘못 만들어진 책은 구입하신 서점에서 바꾸어 드립니다.

ISBN 979-11-90194-05-1 03840